Charlottenburg
Wilmersdorf
Schmargendorf
Jungfernheide
Spree
Schloß
Moabit
Bergarten
Charlottenburg
Knie
Techn. Hochsch.
St. Charlottenbg.
Witzleben
Kurfürstendamm
Hohenzollerndamm
Fehrbell. Pl.
Heidelbgr. Pl.
Innsbruck. Pl.
Wilmersdf. Frd.
Hindenburg
Kaiser Allee
Deutsch. Opernh.
Rich. Wagner Pl.
Beusselstr.
Nürnbgr. Pl.
Park

Volker Kutscher

OLYMPIA

Volker Kutscher

Olympia

Der achte Rath-Roman

PIPER

Mehr über unsere Autoren und Bücher:
www.piper.de/literatur

Wenn Ihnen dieser Roman gefallen hat,
schreiben Sie uns unter Nennung des Titels »Olympia«
an empfehlungen@piper.de,
und wir empfehlen Ihnen gerne vergleichbare Bücher.

Von Volker Kutscher liegen im Piper Verlag vor:

Der nasse Fisch – Der erste Rath-Roman
Der stumme Tod – Der zweite Rath-Roman
Marlow – Der siebte Rath-Roman

MIX
Papier aus verantwortungsvollen Quellen
FSC® C014496

ISBN 978-3-492-07059-1

Gesetzt aus der Goudy Old Style
Satz: Tobias Wantzen, Bremen
Karte: © www.pharus-plan.de
Druck und Bindung: GGP Media GmbH, Pößneck
Printed in Germany

The fact is that some of us went to Berlin
with the mistaken idea that we were going to watch
or take part in a sports meeting;
instead we're treated to a piece of political propaganda.

Arthur Godfrey Kilner Brown,
britischer Leichtathlet und Olympiasieger 1936

Prolog

Donnerstag, 29. April 1937

Überall in dieser Stadt dampfte es aus der Erde, aus jedem Kanaldeckel, aus jedem Gully, aus jedem Brunnen. Am gewaltigsten aber dampfte es vor dem Hotel Rose, dessen Balkone direkt zum Kochbrunnenplatz hinauswiesen. Selbst im Innenhof des Grandhotels, das wie die meisten Wiesbadener Häuser einmal bessere Zeiten gesehen hatte, krochen Dampf und Nebel aus der Unterwelt.

Der Lieferwagen des Dotzheimer Weingutes Jacoby rollte geradewegs über die Dampfwolke und hielt vor dem Kellereingang. Der Sommelier stand schon am Treppenaufgang, die berufsbedingt elegante Erscheinung in direktem Widerspruch zu seinem Gesichtsausdruck.

»Na endlich, da sind Sie ja, wurde auch Zeit! Der Riesling geht uns schon aus, sollen unsere Gäste verdursten? Nu machen Se mal Tempo!«

Der Mann am Steuer des Lieferwagens zündete sich in aller Ruhe eine Zigarette an. Wortlos schwang er sich vom Fahrersitz, ging um den Wagen herum und öffnete die Hecktür.

Er kannte den Sommelier des Hotels Rose nun schon eine Weile und wusste, wie er ihn behandeln musste: das Geschimpfe gar nicht erst beachten. Mit den Gastronomen und Weinhändlern, mit denen er täglich zu tun hatte, konnte er umgehen, sonst kannte er in dieser Stadt kaum jemanden – seinen Hauswart, seinen Chef, ein paar Kollegen. Das war's, keine Freunde, kein Stammtisch, nicht mal eine Liebschaft. Einen wie ihn nannte man wohl einen Einzelgänger.

Manchmal fragte er sich, ob das nicht immer schon so gewesen war, oder erst seit jenem Tag, als er sich, wenige Wochen nach der Olympiade, die sein ganzes Leben verändert hatte, beim alten Jacoby bewarb.

Heinrich Jacoby hatte hinter seinem Schreibtisch gesessen wie ein argwöhnischer Uhu und ihn über den Rand seiner Brillengläser gemustert.

»Kessler heißen Sie also ...«

»Kessler. Jawohl. Wilhelm Kessler.«

»Geboren in Neuwied?«

»Jawohl.«

»Junggeselle.«

»Jawohl.«

»Sind schon für die Firma Wittlich gefahren, sehe ich ...«

»Jawohl. Im Raum Köln.«

»Und gedient haben Sie auch.«

»Jawohl.«

»Nichts für ungut, aber das hört man Ihnen heute noch an, Herr Kessler. Jawohl!«

Ein Lachen und einen Handschlag später hatte sein neues Leben begonnen. Es war nicht das Leben, das er sich ausgesucht hätte, aber wer konnte das schon, zumal in diesen Zeiten? Er konnte froh sein, dass er überhaupt noch eines hatte.

Er streifte die abgewetzten Lederhandschuhe über und stemmte die ersten zwei Kisten *Dotzheimer Judenkirch*, schleppte wortlos Kiste für Kiste in den Weinkeller, während der Sommelier auf dem Hof stand und überflüssige Befehle erteilte. Endlich war die letzte Weinkiste ausgeladen, die letzte für das Hotel Rose, die letzte für heute. Er ließ sich den Lieferschein quittieren und stieg zurück in den Wagen.

Es war spät geworden. Grundsätzlich machte ihm das nichts aus, einen pünktlichen Feierabend hatte man in diesem Beruf ohnehin nie. Wenn er es dann allerdings nicht einmal mehr zur Abendvorstellung schaffte, haderte er doch mit seinem Schicksal. Ab und an ein Spielfilm, das war der einzige Luxus, den er sich erlaubte, seit er in dieser verschlafenen Stadt sein zurückgezogenes Leben lebte. Um für anderthalb Stunden wenigstens das Gefühl zu haben dazuzugehören, zu den Menschen, die mit ihm im dunklen Saal saßen, auch wenn er das nicht tat.

Das war der Preis, den er zahlte für sein Überleben: kein Leben mehr zu haben, jedenfalls kein glückliches. Aber hatte er das überhaupt jemals gehabt? Er hatte eine Frau gehabt, eine Frau, mit der er sogar Kinder hatte haben wollen, doch war es bei dem Wunsch geblieben. Und das einzige, was ihn sein trostloses Dasein ertragen ließ, war die Hoffnung, sie eines Tages wiederzusehen. Manchmal wurde die Sehnsucht nach seinem alten Leben, obwohl es alles andere als perfekt gewesen war, so groß, dass er es kaum ertragen konnte.

Doch das war vorbei, damit hatte er sich abzufinden. Selbst wenn die Zeiten sich wieder zum Besseren wenden sollten, würden sie nie wieder so werden, wie sie einmal gewesen waren.

Er fuhr den Lieferwagen ohne Umwege ins Wiesbadener Westend und parkte unter der Straßenlaterne vor seinem Haus. Er öffnete die Hecktür und wunderte sich, wie vertraut ihm der Mann, dessen Gestalt sich in der Fensterscheibe spiegelte, inzwischen war. Manchesterhosen, Lederjacke, Schirmmütze und Schnauz, nicht einmal seine eigene Mutter hätte ihn erkannt.

Er holte eine Flasche Riesling für den Abend aus dem Wagen. Kein Mensch mehr auf der Straße. Er ging durch die Toreinfahrt und überquerte den Hof. Allein das Dudeln eines Radios begleitete seinen Weg das Treppenhaus hinauf. So war das meistens hier, und wenn er doch mal jemandem begegnete, interessierte der sich nicht groß für ihn. Was auf Gegenseitigkeit beruhte, die meisten seiner Nachbarn hier im Hinterhaus kannte er bis heute nicht. Oben unterm Dach hatte er seine Ruhe, so hoch stieg sonst niemand.

Die Wohnungstür war nicht verriegelt. Nichts Neues, schon einige Male hatte er morgens vergessen abzuschließen, dennoch machte ihn die unverschlossene Tür nervös. Jedesmal.

Er glaubte nicht, dass sie ihn aufgestöbert hatten, so einfach war das nicht, dennoch nahm er die Weinflasche in seine Rechte und umfasste mit festem Griff ihren Hals. Sollten sie ihn tatsächlich gefunden haben, würde er sich wehren, ganz gleich wie aussichtslos es sein mochte. Wenn ihn sein Leben eines gelehrt hatte, dann dies: Auch auf verlorenem Posten sollte man kämpfen.

Behutsam öffnete er die Tür und horchte, lauschte auf jedes Geräusch, doch alles, was er hörte, waren das Radio unten im Haus und das kaum wahrnehmbare Knarren der Türangeln. Auf leisen Sohlen betrat er die Wohnung, eine Diele ächzte unter seinem Schritt.

Er blieb stehen und erstarrte, denn mitten im Raum saß jemand.

Es dauerte eine Weile, bis er merkte, dass der Mann, der da im Sessel kauerte, sich nicht mehr regte. Sondern mit aufgerissenen Augen in die Dunkelheit starrte, den Kopf seltsam schief. Beinahe als habe er sich zum Musikhören dorthin gesetzt und sein Ohr zum Plattenspieler geneigt, um zu lauschen. Doch es lief keine Musik. Und der Mann konnte auch nichts mehr hören.

Auf dem senfgelben Sessel, dem einzigen gemütlichen Möbelstück im ganzen Raum, saß eine Leiche. Ein Mann, den er noch nie zuvor gesehen hatte. Hager, vielleicht Mitte vierzig, in einen unauffälligen grauen Anzug gekleidet.

Als er sich fragte, wer zum Teufel das sein mochte und wie er in seine Wohnung gelangt war, hörte er ein Geräusch und fuhr herum, bereit, jeden Angriff abzuwehren. Zur Not eben mit einer Weinflasche, und wenn es das Letzte sein sollte, was er in seinem Leben noch tun würde.

Eine tiefe, warme Frauenstimme kam aus dem Dunkel.

»Nicht! Tun Sie mir nichts!«

Eine Stimme, die er kannte. Eine Stimme aus seinem alten Leben. Keine von denen, die er befürchtet hatte und deretwegen er eine Weinflasche in der erhobenen Hand hielt.

Dennoch gab es keinen Zweifel: Die Vergangenheit hatte ihn eingeholt.

Erster Teil
Citius

Samstag, 25. Juli, bis Montag, 3. August 1936

Da die in Deutschland stattfindende Olympiade dazu dienen soll und kann, Deutschlands Ansehen in der Welt zu heben und das bestehende Mißtrauen in die Staatsführung zu beseitigen, darf der Erfolg, den die Olympiade für Deutschland damit verspricht, nicht durch irgendwelche Maßnahmen aufs Spiel gesetzt werden, die nicht zur Abwehr gleichzeitig auftauchender Gefahren unbedingt erforderlich sind.

Interne Stellungnahme zu den Vorschlägen des Sicherheitshauptamtes des Reichsführers SS betreffend Maßnahmen polizeilicher und propagandistischer Art gelegentlich der Olympiade 1936

1

Vor Haus Zittau, gleich neben der Schwimmhalle, knatterte das Sternenbanner im Wind. Die Fahne machte das einzige Geräusch weit und breit, das Dorf lag wie tot in der Mittagssonne; niemand war unterwegs. Was für ein Unterschied zu gestern Abend, als sich die Menschen auf dem schmalen Weg zwischen den schlichten Walmdachhäusern dicht an dicht drängten, während die Fahne zu den Tönen der amerikanischen Nationalhymne den Mast hinaufgeklettert war.

Fritze klaubte das Foto aus der Brusttasche, das er aus der Zeitung ausgeschnitten und fein säuberlich auf Pappe geklebt hatte. Heimlich, denn sein Pflegevater durfte davon nichts wissen. Für Wilhelm, wie Fritze Herrn Rademann nennen musste, obwohl ihm eigentlich gar nicht danach war, gehörten die Negersportler nämlich von der Olympiade ausgeschlossen. »Das sind doch Tiere«, hatte er gesagt, »was soll das für einen Sinn haben? Man lässt einen Menschen ja auch nicht gegen ein Pferd um die Wette rennen.«

Für Fritze war Jesse Owens kein Tier, sondern der größte Sportler des Planeten. Schlicht und einfach der schnellste Mann der Welt. Er hatte die selbstgebastelte Autogrammkarte gestern schon in der Tasche gehabt, bereit, sie jederzeit hervorzuholen, jedoch hatte das Schicksal es nicht gut mit ihm gemeint. Bei der Zuteilung der Busse hatte man ihn hinten zum allerletzten geschickt, Owens aber hatte im ersten gesessen und war auch einer der Ersten, die ausstiegen. Fritze, mit zwei Koffern und dem Mantel irgendeines Schwimmers beladen, hatte keine Chance gehabt. So waren sie vom Empfangsgebäude die Dorfaue hinaufmarschiert zu den Unterkünften, über zweihundert amerikanische Athleten, alle in blauen Anzügen und mit Strohhüten auf dem Kopf, flankiert von den weißen Uniformen des Jugendehrendienstes, angeführt vom deutschen Empfangskomitee, Jesse Owens ziemlich weit vorne, Fritze mit seinem Schwimmer ziemlich weit hinten. Gleich nach der Hymne waren die Athleten, denen man die Müdigkeit nach der langen Reise ansah, in ihren Unterkünften verschwunden. Fast wie eine Schulklasse, die gerade in der Jugendherberge angekommen ist und sich um die besten Betten streitet. Fritze hatte sich gemerkt, in welches Haus Owens gegangen war. Haus Bautzen.

Sachsenstraße, so nannten sie diesen Abschnitt hier, den Abschnitt zwischen Schwimmhalle und Speisehaus, weil die amerikanischen Athletenunterkünfte allesamt die Namen sächsischer Städte trugen.

Er konnte es immer noch nicht ganz fassen: Olympische Spiele in Berlin, und er mittendrin. Er, Friedrich Thormann, Sohn einer Mutter, die ihn verstoßen, und eines Vaters, der ihn nie gekannt hatte und von dem man nicht einmal wusste, wie er hieß und ob er überhaupt noch lebte. Fritze Thormann, der die meisten Jahre seines jungen Lebens auf der Straße und in Waisenhäusern verbracht hatte. Der vor wenigen Jahren noch vor den Berliner Bahnhöfen Passanten angeschnorrt und in aufgebrochenen Laubenpieperhütten geschlafen hatte, um irgendwie über die Runden zu kommen. Und nun gehörte er dazu, war mittendrin in Olympia, jedenfalls mitten im Olympischen Dorf, und trug voller Stolz die Uniform des Jugendehrendienstes: weiße Kniestrümpfe, weiße Shorts und eine weiße Jacke, auf dem Kopf ein weißes Schiffchen und auf der linken Brusttasche die olympischen Ringe.

Nur die Besten waren ausgewählt worden. Dass er mit Abstand der sportlichste seiner HJ-Schar war, hatte sicherlich geholfen, wichtiger aber waren seine Sprachkenntnisse, das Französische, das er mit Charly, das Englische, das er mit Gereon gepaukt hatte, um aufs Gymnasium gehen zu dürfen. Dafür war er ihnen dankbar, aber noch mehr, das spürte er, war er dem Führer zu Dank verpflichtet. Dafür, dass einer wie Fritze Thormann es in diesem Land überhaupt so weit bringen konnte. Vom Straßenjungen bis zum Jugendehrendienst.

Seit dem Beginn der Großen Ferien waren sie nun schon hier, und die ersten Mannschaften waren kurz danach eingezogen, doch erst seit gestern Abend, seit die grauen Wehrmachtsbusse mit den Amerikanern vorgefahren waren, hatte das Olympische Dorf seinen Namen auch verdient. Im Ehrendienst hatten sie schon seit Tagen von nichts anderem gesprochen. Ohne die Amis – mit Stars wie Jesse Owens, Glenn Hardin, Earle Meadows, Forrest Towns oder Eleanor Holm – wären die Olympischen Spiele keine richtigen Olympischen Spiele gewesen, da waren sich alle einig. Dabei hatte es lange so ausgesehen, als würden die Amerikaner gar nicht kommen. Noch vor einem Jahr hatte in den Zeitungen gestanden, dass sie die Spiele in Berlin wegen der jüdischen Greuelpropaganda in den amerikanischen Zeitungen boykottieren könnten. Doch schließlich hatte der Führer die amerikanischen Funktionäre überzeugen können, dass Deutschland ein normales Land war wie jedes andere auch und nicht das Ungeheuer, das die ausländische Lügenpresse so gerne aus ihm machte.

Fritze schaute sich um. Das Haus, in dem Jesse Owens gestern Abend verschwunden war, lag still und verschlafen vor ihm. Kein Mensch zu sehen. Er fühlte sich nicht ganz wohl in seiner Haut, denn eigentlich sollte er bei den anderen sein, beim gemeinsamen Essen, bei dem sie auch nie Ruhe hatten, weil sich immer mal wieder einer der Athleten mit einem Auftrag meldete. Heute jedoch hatte Fritze sich unerlaubt entfernt und kam sich vor wie ein Deserteur. Sein knurrender Magen aber war ein Preis, den er für ein Autogramm von Owens zu zahlen bereit war.

Er ging um das schlichte einstöckige Walmdachhaus herum. Auf der Terrasse saß niemand, die hölzernen Liegestühle waren leer, auf einem lag noch ein blaues Handtuch, sonst nichts. Fritze ging hinüber zur Terrassentür und klopfte kurz entschlossen gegen das Glas. Schon bei der ersten Berührung seiner Fingerknöchel schwang die Tür nach innen. Er zuckte zurück, dann steckte er seinen Kopf durch den Spalt und lugte hinein. Ein großer Raum, menschenleer, an der Wand prangte eine Ansicht der Stadt Bautzen, eingerahmt von Frauen in Tracht. *Evangelische Wendinnen beim Kirchgang*, stand darüber. Die Schlafräume lagen gleich hinter dem Gemeinschaftsraum, rechts und links des langen Gangs, der bis vorne zur Haustür reichte – die Athletenunterkünfte waren alle nach demselben Prinzip gebaut. Fritze machte einen Schritt hinein. Sollte er es wirklich wagen? An die Tür zur nächsten Schlafkammer klopfen? Nein, er kam sich schon jetzt vor wie ein Eindringling, höchste Zeit umzukehren. Er wollte durch die Terrassentür wieder hinaus, da ließ ihn eine tiefe Stimme einfrieren.

»What the heck are you doing here, boy?«

Fritze fühlte sich ertappt. Es stand ihm nicht zu, sich in den Athletenhäusern herumzutreiben, außer wenn ein Auftrag dies nötig machte. Doch er hatte keinen Auftrag, niemand hatte ihn gerufen. In der Tür zum Gemeinschaftsraum stand ein Mann, der schwärzer war als alle Neger, die Fritze jemals gesehen hatte. Er trug den blauen Trainingsanzug der amerikanischen Olympioniken mit dem rot-weißen USA-Schriftzug quer über der Brust und musterte den Eindringling mit misstrauischem Blick.

Fritze nahm Haltung an, so wie sie es beim Jugendehrendienst gelernt hatten. So wie er es schon bei der HJ gelernt hatte.

»I'm sorry, Sir, I am looking for Mister Owens ...«

»Mister Owens? He ain't here.«

Fritze räusperte sich, weil er das Gefühl hatte, seine Stimme sei ihm abhandengekommen. »Do you know where to find him?«

Der Schwarze schaute ihn an und sagte lange nichts. Eine Ewigkeit, wie es Fritze schien.

»You are kind of an errand boy, aren't you?«

»Yes, Sir, Jugendehrendienst, Sir! At your service!«

Der Schwarze zeigte auf seine Trainingsanzugsbrust. »You are here to serve *me?*«

»Yes, Sir.«

Die Mundwinkel des Sportlers zogen sich in die Breite. »That's great: White boy serves a black man! I think I like it here.«

Fritze wusste nicht, was er sagen sollte, er wusste nicht, ob der Mann sich über ihn lustig machte oder es ernst meinte.

»So how about fetching me something?«

»Sir?«

»May you get me a hamburger. And a Coke.«

Einen Hamburger? Fritze war irritiert. Meinte der vielleicht ein Frankfurter Würstchen und hatte die Städte durcheinandergebracht? Und das andere? Wollte der wirklich Kokain? Was dachten die in Amerika denn, wie es in Berlin zuging?

»I'm sorry, Sir, I'm afraid I don't understand.«

»A burger. Never heard?«

Fritze zuckte die Achseln. »I'm sorry.«

»It's beef in a bread roll with onions, and a slice of tomato. And I'm sure you can get Coca-Cola in our lunchroom over there. I already had one yesterday.«

»Coca-Cola, of course, Sir. And a … burger.«

»Just say you want this for Mister Albritton and they should give it to you.«

»Der Hochspringer!«

»Pardon?«

»I mean, you are David Albritton. The … the high jumper.« Gestern erst hatte Fritze den Artikel *Amerikas schwarze Kämpfer* im Tageblatt gelesen. Er stand vor dem Weltrekordhalter im Hochsprung.

»You know me?«

»I read about you in the newspaper.«

»So I'm already famous in Germany? Do you want an autograph, boy?«

»Sure«, sagte Fritze, obwohl er von Albritton nicht einmal ein Foto hatte. Aber vielleicht hatte der ja Autogrammkarten. Manche Sportler hatten das. Max Schmeling hatte das.

»You will get my autograph after bringing me my food. And maybe …« Er zwinkerte verschwörerisch. »… maybe Jesse will be back and give you an autograph, too.«

»That would be very kind, Sir.«

Albritton lachte. »Of course. It is. And now hurry up, I'm hungry.«

Fritze spürte eine gewisse Erleichterung, als er wieder auf der Dorfstraße stand. Der schwarze Sportler hatte ihn eingeschüchtert. Obwohl er sicher war, dass der Mann sich auch einen Spaß mit ihm erlaubt hatte. Wahrscheinlich war er es in seiner Heimat wirklich nicht gewohnt, von einem Weißen bedient zu werden. Überhaupt bedient zu werden. Fritze hatte keine Ahnung, wie so ein Sportlerleben in Amerika aussah.

Haus Berlin, das zentrale Speisehaus, lag nur wenige Schritte von den amerikanischen Unterkünften entfernt. Es sah einladend aus, hell und modern, mit großen Fenstern. Hier hatte jede Nation ihren eigenen Speisesaal mit eigener Küche. Der Saal der Amerikaner trug die Nummer zwölf und lag im Erdgeschoss, direkt am Ende der Sachsenstraße. Als Fritze die Tür öffnete, fühlte er sich längst nicht mehr so unbehaglich wie vorhin, nun hatte er eine Aufgabe. Und als Belohnung winkte ein Autogramm, vielleicht sogar zwei. Die anderen Jungen würden neidisch sein. Obwohl sie nicht offen darüber sprachen und sich unter den Augen ihrer Vorgesetzten lieber über die deutschen Medaillenhoffnungen unterhielten, waren die amerikanischen Negersportler für die meisten Kameraden im Jugendehrendienst die eigentlichen Helden.

Vor der Essensausgabe, einer ganzen Batterie von Durchreichen, die wie Postschalter aussahen, warteten drei, vier Kellner auf ihre Bestellungen. Fritze stellte sich geduldig hinten an, es war beinah wie auf dem Postamt.

»Was will denn der Jugendehrendienst hier?«, fragte der Mann hinter dem Tresen, der ganz in Weiß gekleidet war und eine Kochmütze trug. »Das hier ist unser Reich, hier serviert nur der Lloyd!«

»Mister Albritton schickt mich. Auf eine Coca-Cola und einen … Hämbörger.« Obwohl Fritze sich ein bisschen albern vorkam, sprach er das Wort genauso aus, wie er es von dem Amerikaner gehört hatte. Der Mann an der Essensausgabe schien zu wissen, was es zu bedeuten hatte.

»Steht zwar nicht auf dem Speiseplan, lässt sich aber machen«, sagte er. »Wir braten gerne auch Extrawürste. Oder -börger.« Er drehte sich um und rief die Bestellung nach hinten. Dann wandte er sich wieder dem Jungen zu. »Wird 'nen kleinen Moment dauern. Willste so lang warten? Musst nur aufpassen, dass du unseren Stewards nicht im Weg stehst.«

Fritze stellte sich ein wenig abseits an die Wand und schaute sich um. Ein gutes Dutzend langer Tafeln, akkurat in zwei Reihen aufgestellt, an den meisten saßen Männer und aßen. Weiße Männer vor weißen Tischdecken. Fritze fragte sich, wo die Negersportler sein mochten, von denen es bei den Amis doch so viele gab. Ob die alle trainierten? Und später aßen? Vielleicht durften Schwarze ja nicht zusammen mit Weißen an einem Tisch sitzen. Oder wollten es nicht.

Ein lautes Scheppern riss ihn aus seinen Gedanken. An einem der Tische musste ein Teller zu Boden gegangen sein. Ein dicker

Mann im dunklen Zweireiher, der neben all den schlanken Sportlern und blauen Trainingsanzügen wie ein Fremdkörper wirkte, war aufgestanden. Es sah aus, als wolle er eine Rede halten, doch das tat er nicht. Er stand einfach da und stierte in die Ferne, als könne er dort etwas sehen, was sonst niemand sah. Die Männer ringsum schauten ihn an, als erwarteten sie eine Ansprache oder etwas in der Art, doch der dicke Mann sagte keinen Ton, er starrte lediglich mit großen Augen geradeaus. Sein Gesicht war blaurot angelaufen, mit der einen Hand krallte er sich am Tischtuch fest, mit der anderen griff er sich an die Brust, irgendwo zwischen Herz und Hals. Sein Tischnachbar, ein blonder Athlet, sprang auf und machte Anstalten, dem Dicken auf den Rücken zu klopfen, als gelte es, einen Bissen zu lösen, der dem Mann im Halse steckengeblieben war.

Doch bevor es dazu kam, erbrach sich der Unglückliche in einem großen Schwall quer über den Tisch, über Teller, Gläser, Servietten und die Trainingsanzüge der in seiner Reichweite Sitzenden, die reflexartig beiseite sprangen. Der Dicke schien davon nichts mitzubekommen, immer noch stierte er die Wand an, dann ließ er das Tischtuch los und kippte wie ein gefällter Baum nach vorne auf den besudelten Tisch, warf dabei noch ein paar Gläser und Flaschen um und blieb reglos liegen. Noch einmal klirrte es laut, als zwei, drei Gläser über die Tischkante rollten und auf dem Boden zerschellten, dann war es still wie in einer Kirche. Alle Umstehenden schauten entsetzt und ohne einen Ton zu sagen auf den leblosen, massigen Körper, der zwischen all den Schüsseln und Platten lag. Dann, mit einem Mal, fingen alle an zu tuscheln und schienen ratlos, was zu tun sei, nur der Blonde beugte sich zu dem Dicken hinab.

»Scheiße«, entfuhr es dem Steward, der neben Fritze an der Essensausgabe stand. Er stellte die Gemüseplatten, die er gerade aufgenommen hatte, wieder ab und ging so schnell er konnte zum Tisch hinüber. Fritze folgte ihm, er hatte das Gefühl, helfen zu müssen, obwohl er keine Ahnung hatte wie. Inzwischen hatten der hilfsbereite Blonde und ein anderer Athlet den leblosen Körper vom Tisch gehoben und behutsam auf den Boden gelegt, der Blonde beugte sich über den Dicken und versuchte, ihn mittels Ohrfeigen wieder wachzubekommen, doch das Gesicht, das nach der blauroten Färbung wenige Sekunden zuvor nun erschreckend bleich wirkte, blieb ohne jede Regung. Der Blonde suchte an der Halsschlagader nach dem Puls und machte ein besorgtes Gesicht, fing schließlich an, mit beiden Händen gegen den Brustkorb zu drücken, hielt dem Dicken die Nase zu und begann mit der Mund-zu-Mund-Beatmung.

»We need a doctor«, rief er, als er den Brustkorb wieder bearbeitete, »we need a fucking doctor here!«

Die Kellner, von denen inzwischen ein halbes Dutzend um den Tisch herumstanden wie die Ölgötzen, reagierten nicht, vielleicht war ihr Englisch nicht gut genug oder sie standen einfach auf der Leitung, also rannte Fritze los. Er wusste wohin, der Sanitätsdienst des Olympischen Dorfes hatte auch hier im Haus ein kleines Büro samt Behandlungszimmer. Er klopfte an die Tür und stürmte ohne abzuwarten hinein. Hinter dem Schreibtisch saß ein weißbekittelter Mann, der ihm mit hochgezogenen Augenbrauen entgegenblickte.

»Heil Hitler, Sanitätsrat, ein Notfall in Speisesaal zwölf, bitte kommen Sie schnell!«

»Heil Hitler, mein Junge. Nu mal langsam mit den jungen Pferden. Was ist denn passiert?«

»Keine Ahnung. Da ist einer zusammengebrochen, bitte machen Sie schnell. Ich glaube, der stirbt!«

Mit einem Mal kam Bewegung in den Arzt, er stand auf und folgte dem Jungen in den Speisesaal. Der Blonde im Trainingsanzug war immer noch mit Wiederbelebungsversuchen beschäftigt, doch der Dicke regte sich nicht, sein Gesicht schien eher noch bleicher geworden zu sein. Fritze hatte schon einige Leichen in seinem Leben gesehen, und noch bevor der Doktor sich niederbeugte, war er sicher, dass da nichts mehr zu machen war.

»Hilmar Schmidt«, stellte sich der Arzt vor. »I am a doctor.«

Die Umstehenden machten bereitwillig Platz, auch der blonde Ersthelfer. Alle schauten den Mann im weißen Kittel an, als sei er eine Art Zauberer und könne alles wieder gut machen. Doch Doktor Schmidt war kein Zauberer. Er fühlte den Puls, unternahm noch einige Wiederbelebungsversuche, die Fritze allerdings eher halbherzig erschienen, dann schaute er zu den Männern auf, die um ihn herumstanden.

»I am very sorry. But this man can't be helped, he is dead. I'm afraid he had a heart attack.«

Die Sportler schauten betroffen zu Boden oder unterhielten sich flüsternd, die Stewards schienen nicht so recht zu wissen, ob sie weiter servieren sollten oder ob das pietätlos war. Einer fing schließlich an, die Scherben aufzufegen, ein anderer räumte das vollgekotzte Geschirr ab, Teller, Schüsseln, Flaschen, Gläser und was sonst noch so auf dem Tisch stand. Als alles abgeräumt war, ersetzten zwei Stewards die schmutzige Tischdecke durch eine blütenweiße neue. Alles sah wieder picobello aus, einzig der tote Mann störte das makellose Bild. Die ersten Sportler verließen den Saal. Tuschelnd, achselzuckend. Andere standen ratlos um die Leiche herum.

Auch Fritze kam sich überflüssig vor, er ging zur Essensausgabe. Er wusste nicht, ob die in der Küche etwas von dem Zwischenfall mitbekommen hatten, die Arbeit jedenfalls hatten sie nicht eingestellt: In der Durchreiche stand eine große braune Papiertüte, daneben eine kleine Flasche mit einer braunen Flüssigkeit. Fritze nahm beides an sich. Die Tüte war warm, die Flasche eiskalt.

Er machte sich auf den Weg zum Ausgang, da rief ihn eine Stimme zurück.

»Hey, Junge! Einen Moment noch!«

Es war der Doktor, der sich ihm mit flatterndem Kittel näherte. Es wirkte, als müsse er sich um einen weiteren Notfall kümmern, doch legte er Fritze lediglich die Hand auf die Schulter.

»Einen Moment, Junge«, sagte er. »Ich muss noch kurz mit dir reden.«

»Mit Verlaub, Sanitätsrat, ich habe einen Botengang auszuführen. Das Essen wird kalt.«

»Keine Sorge, es dauert nicht lange.« Der Doktor räusperte sich. »Es war gut, dass du mich sofort geholt hast. Nicht deine Schuld, dass da nichts mehr zu machen war, das geht manchmal ganz schnell.«

»Jawohl, Sanitätsrat.«

»Ich bin Oberarzt, kein Sanitätsrat.«

»Jawohl, Oberarzt!«

»Doktor reicht. Wie heißt du denn, Junge?«

»Thormann, Friedrich, Oberrottenführer der Hitlerjugend, für die Zeit der Olympischen Spiele zum Jugendehrendienst abkommandiert.«

»Soso, Oberrottenführer Thormann, hast du denn mitbekommen, was da drüben passiert ist?«

»Jawohl. Der Herr hat sich an die Brust gefasst, ist blau angelaufen, hat sich übergeben und ist dann umgekippt.«

»Hört sich nach einem Herzanfall an.«

»Das wissen Sie doch schon. Haben Sie doch eben allen gesagt.«

»Oh, du kannst Englisch.«

»Of course.«

»Nun, Oberrottenführer Thormann, so eine Diagnose ist immer nur vorläufig. Erst die Obduktion bringt Gewissheit. Aber die Menschen erwarten von einem Arzt natürlich, dass man ihnen etwas sagt. Gerade in so einer Situation.«

Fritze nickte. »Verstehe.«

»Eigentlich rechnet man als Mediziner im Olympischen Dorf mit anderen Einsätzen. Mit Sportverletzungen und dergleichen.« Der Oberarzt schüttelte den Kopf. »Aber eigentlich sollen herzkranke Funktionäre auch nicht bei den Athleten essen.«

Fritze nickte noch einmal und wollte sich auf den Weg machen, doch der Doktor hielt ihn zurück. »Einen Moment noch, Thormann«, sagte er und schaute ihn mit ernsten Augen an. »Du bist dir doch darüber im Klaren, dass du niemandem erzählen darfst, was du gerade gesehen hast?«

Fritze schaute den Oberarzt verwundert an.

»Was hier geschehen ist«, fuhr der fort, »ist bedauerlich, aber nicht zu ändern. Ein Unglück, wie es jederzeit überall auf der Welt passieren kann. Vermutlich waren die Strapazen der langen Reise letzten Endes zuviel für den armen Mann. Aber das darf keinen Schatten auf das Olympische Dorf werfen, das verstehst du doch, oder? Hätte der Mann sein Mittagessen mit den anderen Funktionären eingenommen, wäre er im Adlon oder im Esplanade gestorben und nicht hier.«

Fritze nickte, obwohl er sich nicht ganz sicher war, ob er verstand.

»Also hör gut zu: Ich werde den zuständigen Stellen Bericht erstatten und die Todesursache untersuchen lassen. Aber du erzählst niemandem davon, nicht deinen Kameraden, nicht deinen

Freunden, nicht einmal deinen Vorgesetzten, auch nicht deinen Eltern. Hast du das verstanden, Oberrottenführer Thormann? Niemandem!«

»Ja ... Jawohl, Oberarzt!« Fritzes Antwort kam zögerlicher, als er beabsichtigt hatte.

»Ehrenwort?«

»Ehrenwort.«

Endlich ließ der Doktor seine Schulter los und ging wieder zurück zu dem toten dicken Mann. Fritze öffnete die gläserne Tür mit den Ellenbogen und trat hinaus an die frische Luft, in der Linken die warme Papiertüte, in der Rechten die kalte Colaflasche. Ob er für seinen Botengang ein Autogramm bekommen würde, vielleicht sogar zwei, das war ihm mit einem Mal herzlich egal.

2

Nichts hier hatte sich verändert, alles war wie eh und je: dreckig und dreieckig. Als sei die winzige Gaststätte zwischen den drei holzvertäfelten Wänden aus Zeit und Raum gefallen und hätte nichts, aber auch gar nichts mit dem zu tun, was vor ihrer Tür geschah. Das Nasse Dreieck war ein Zufluchtsort, dem die irren Kapriolen, die die Welt draußen schlug, nichts anhaben konnten: Ganz gleich, was dort geschah, das Dreieck würde bleiben, wie es war. So gesehen also genau der richtige Platz für einen wie ihn.

Und dennoch fühlte es sich falsch an. Rath saß an dem dunkelhölzernen Tresen neben Reinhold Gräf, wie sie schon vor Jahren dort gesessen hatten, und schaute Schorsch beim Bierzapfen zu. Sie hatten noch kein Wort gesprochen, nicht einmal eine Bestellung aufgegeben, aber das war im Dreieck auch nicht nötig. Der Wirt war schon dabei, zwei Mollen und zwei Kurze fertig zu machen. Er kannte seine Gäste.

Früher hatten Rath und Gräf regelmäßig hier verkehrt, früher, als sie noch Kollegen, Partner und Freunde in Ernst Gennats

Mordinspektion am Alex gewesen waren. Doch dann hatte ihre Freundschaft einen Knacks bekommen, aus Gründen, über die Rath nicht gerne nachdachte.

Schorsch stellte zwei Biergläser und zwei Stumpen auf das abgewetzte, glänzende Holz des Tresens. Rath und Gräf kippten den Kornbrand hinunter, in einer wie einstudiert wirkenden Gleichzeitigkeit, doch war es lediglich ein Hunderte Male zelebriertes Ritual. Die Schnapsgläser in einem Zug geleert und zurück auf den Tresen gestellt, dann die Biergläser, zwei, drei große Schlucke. Dann Schweigen. Genau wie früher. Nur hatte das Schweigen früher nicht so bleiern und unangenehm im Raum gestanden.

Rath fummelte eine *Overstolz* aus seinem Zigarettenetui und zündete sie an. Er nahm zwei tiefe Züge, ehe er das erste Wort sprach.

»Eigentlich dachte ich, wir wären durch damit«, sagte er und schaute den Rauchkringeln hinterher.

»Durch womit?«

»Na, mit dem hier.« Rath zeigte mit seiner Zigarettenhand im Raum umher und hinterließ eine sich verwirbelnde weißblaue Rauchfahne, die sich langsam im allgemeinen Kneipendunst auflöste. »Mit diesen Treffen. Ich dachte, meine Arbeit für euch hätte sich erledigt.«

»Vielleicht solltest du nicht so viel denken, Gereon.«

»Himmler ist seit sechs Wochen Polizeichef, der SD hat sein Ziel erreicht, was braucht ihr da noch Informationen aus dem LKA?«

Gräf schaute auf sein Bierglas und tat, als sei Rath gar nicht im Raum. »Wann wir deine Mitwirkung brauchen und wann nicht«, sagte er, »das sind Dinge, über die nicht du dir Gedanken machen musst.«

»Verstehen würde ich's trotzdem gern. Die SS hat dank Himmlers neuem Posten doch jetzt sowieso überall ihre Finger drin. Heydrich bläst die Pfeife, nach der Nebe tanzen muss. Nach der wir alle tanzen müssen.«

»Eben. Auch du, mein lieber Gereon.« Zum ersten Mal an diesem Abend schaute Gräf ihn an. »Du bist inoffizieller Mitarbeiter des Sicherheitsdienstes des Reichsführers SS, und als solcher ist es deine Pflicht, deinem Führungsoffizier nach bestem Wissen und Gewissen Auskunft zu erteilen, wann immer er das verlangt.«

Führungsoffizier. Wie Rath es hasste, wenn Gräf dieses Wort benutzte. Seit einem Jahr ungefähr war der einstige Gestapo-Kommissar als Untersturmführer im Sicherheitsdienst des Reichsführers SS beschäftigt.

»Was willst du, ich bin doch hier. Auch wenn dein Anruf aus heiterem Himmel kam – nach sechs Wochen Funkstille – und du mir den Abend versaut hast. Mir und Charly. Es ist Samstag, verdammt nochmal!«

»Hör auf zu jammern. Mir hat man auch den Abend versaut. So ist das eben in unserem Beruf.«

»Ich glaube nicht, dass wir beide denselben Beruf haben«, sagte Rath. »Ich bin immer noch Polizist.«

»Das mag sein. Aber für mich bist du in erster Linie ein mir zugeteilter Mitarbeiter des SD.«

»Ein bisschen mehr Absprache wäre trotzdem sinnvoll. Das Problem an solch einem Treffen aus heiterem Himmel ist ja nicht nur, dass meine Frau stinksauer ist, sondern auch, dass es witzlos ist: Ich bin völlig unvorbereitet und habe so gut wie keine Informationen, die interessant für euch wären.«

»Als ob das etwas Neues wäre! Aber darum geht es heute auch nicht.«

»Ach was? Wolltest du nur ein Bierchen mit mir trinken?«

»Es gibt keinen Grund, sarkastisch zu werden. Aber wir sind heute tatsächlich nicht zum Reden hier, wir haben noch etwas vor.« Gräf kippte den Rest seines Bieres hinunter. »Trink aus, Gereon«, sagte er. »Wir müssen los.«

»Wie?«

»Ein kleiner Ausflug.«

»Und wohin geht's?«

»Du wirst sehen.«

Rath drückte seine Zigarette aus, obwohl sie erst halb geraucht war, doch an irgendetwas musste er seine Wut auslassen. Das alles klang nach einem völlig verkorksten Abend.

»Aber du zahlst«, sagte er.

»Es geht hier um die Staatssicherheit«, sagte Gräf und legte ein paar Münzen auf den Tresen. »Da muss ein Beamter der Sicherheitspolizei auch mal eine Ehekrise in Kauf nehmen. Über allem stehen Volk und Reich!«

»Und ganz oben steht der Führer …«, knurrte Rath. »Da bin ich aber wirklich gespannt, was du zu bieten hast. Das muss schon etwas Gewaltiges sein, dass du so geheimnisvoll tust. Will jemand dem ollen Adolf ans Leder?«

»Du solltest nicht so daherreden. Wenn das jemand Falsches zu Ohren bekommt, kann das übel enden. Dann kann auch ich nichts mehr für dich tun.«

»Es bekommt aber niemand Falsches zu hören. Nur du. Und du bist doch mein Freund, oder?«

»Ich sage ja nur: Überspann den Bogen nicht«, sagte Gräf. Raths Frage beantwortete er nicht.

Ihre Freundschaft, die es tatsächlich einmal gegeben hatte, spielten sie sich nur noch vor; seit Monaten taten sie das, wenn nicht seit Jahren. Vielleicht konnte Rath es deshalb nicht lassen, diese angebliche und vor langer Zeit einmal doch sehr reale Freundschaft ab und an anzusprechen. Und auszuloten.

Er rutschte vom Barhocker und griff nach Hut und Autoschlüsseln.

»Gut, dann lass uns fahren.«

»Steck die Schlüssel ein«, sagte Gräf. »Wir nehmen meinen Wagen.«

»Du musst mich nicht mitnehmen, ich fahre lieber selber.«

»Egal. Du fährst mit mir.«

»Du musst mir nur sagen, wo's hingeht, dann …«

»Schluss jetzt, du fährst mit mir. Das ist ein Befehl!«

Gräfs Stimme klang ungewohnt scharf. Rath hatte eine Antwort auf den Lippen, aber er schluckte sie hinunter. Wortlos folgte er Gräf durch die Tür nach draußen. *Das ist ein Befehl!* Es war das erste Mal, dass Gräf so etwas zu ihm sagte, und obwohl diese vier Worte eigentlich nur die Dinge beschrieben, wie sie wirklich lagen, hätte Rath am liebsten gemeutert. Doch er würgte die Wut, die in ihm hochsteigen wollte, wieder hinunter und stieg in den schwarzen Audi, der vor dem Dreieck parkte. Nagelneues Modell. Die SS ließ sich in Sachen Dienstwagen nicht lumpen.

Die Fahrt ging in Richtung Westen, erst den Landwehrkanal entlang und am Halleschen Tor dann in die Saarlandstraße. Die meisten Häuser zeigten sich im Fahnenschmuck, auch das Hotel *Excelsior* gegenüber dem Anhalter Bahnhof, in dem Rath vor sieben Jahren seine ersten Berliner Nächte verbracht hatte. Seither hatte die Straße ihren Namen schon dreimal geändert: von Königgrätzer Straße in Stresemannstraße, dann ab dreiunddreißig wieder Königgrätzer, weil Stresemann bei den Nazis verpönt war, und seit einem Jahr nun also Saarlandstraße. Weil sich die Saarländer mit so großer Mehrheit für den Anschluss ans Reich entschieden hatten.

Man erzählte sich, dass das *Excelsior* einmal Adolf Hitler persönlich des Hauses verwiesen haben sollte, doch blähten sich jetzt auch hier die Hakenkreuzfahnen im Wind, im steten Wechsel mit den weißen Olympiafahnen. Selbst Mendelsohns modernes Columbushaus am Potsdamer Platz, Zeuge einer vergangenen Zeit, musste Hakenkreuzfahnen an seiner Fassade dulden.

An der ausgebrannten Reichstagsruine bog Gräf auf die Charlottenburger Chaussee, die mitten durch den Tiergarten führte, und hier wurde es noch schlimmer, hier hatte die öffentliche Hand geflaggt. Die Chaussee war Teil der sogenannten Via triumphalis, die vom Stadtschloss über die Linden und den Tiergarten bis zum Reichssportfeld reichte. Sie passierten das Charlottenburger Tor, und mit jedem Meter, den sie weiter Richtung Westen fuhren, wuchs Raths Wut. Warum bestellte Gräf ihn erst nach Kreuzberg, wenn es doch wieder in den Westen ging?

»Jetzt frage ich mich wirklich, warum ich nicht meinen eigenen Wagen nehmen konnte. Wo wir doch fast an meiner Haustür vorbeifahren. Ist das Schikane, oder was?«

Gräf zuckte die Achseln. »Ich habe meine Anweisungen.«

»Und die wären? Mir den Abend zu verderben?«

»Dich persönlich zu unserem Zielort zu bringen.«

»Und wo zum Teufel liegt der?«

Gräf sagte nichts und bog am Knie rechts ab. Zur Carmerstraße, wo Charly auf ihn wartete, wäre es nach links gegangen. Rath zündete sich vor Wut eine *Overstolz* an. Den Rest der Fahrt schwieg er. Auch von Gräf kam kein Ton, dessen Gesicht war ausdruckslos auf den Verkehr gerichtet. Sie passierten das Charlottenburger Rathaus und das Schloss, und dann erhob sich auf der rechten Straßenseite, gleich hinter der S-Bahn-Brücke, eine von kleinen Türmchen gekrönte Dächerlandschaft. Das Krankenhaus Westend. Sie waren am Ziel. Gräf parkte vor dem Haupteingang.

»Ein Krankenbesuch?« Rath stieg aus und schnippte seine Zigarette auf die Straße. »Und wir haben nicht mal Blumen dabei …«

Gräf schloss den Wagen ab und ging wortlos voran. Nicht in den Bettentrakt, sondern hinab in die Katakomben des Krankenhauses, vorbei an mehreren Wachtposten, die Gräf alle zu kennen schienen und sie mit einem Kopfnicken passieren ließen, in einen dunklen, gefliesten Raum, an dessen Längswand vier mit Leinentüchern abgedeckte Rollbahren standen. In der Mitte des Raumes, rings um eine weitere Bahre, auf der sich der behaarte bleiche Bauch eines toten Mannes wölbte, standen zwei Ärzte in weißen Kitteln und ein Mann in schwarzer Uniform.

Gräf blieb an der Tür stehen und nahm Haltung an.

»Heil Hitler, Obersturmbannführer!«, sagte er und ließ den rechten Arm nach oben schnellen. Rath winkelte seine Rechte an und nuschelte sein »Hei'itler«. Mehr bekamen sie von ihm nicht, auch nicht die SS.

Der rechte Uniformärmel des Obersturmbannführers hing schlaff und akkurat gefaltet herab, den muskulösen linken, der sich nun zum Deutschen Gruß erhob, umspannte die rote Hakenkreuzbinde. Sebastian Tornow sah aus wie immer: wie aus dem Ei gepellt.

»Heil Hitler, Untersturmführer«, sagte Tornow, »da sind Sie ja endlich!« Seine Miene war ernst. Er ignorierte Rath, als sei der gar nicht im Raum, und wandte sich den beiden Ärzten zu. »Die Kriminalpolizei ist da, wir können loslegen. Bevor wir beginnen, möchte ich die Herren jedoch darauf aufmerksam machen, dass alles, was in diesem Raum heute zu sehen und zu hören war und ist und sein wird, selbstverständlich striktester Geheimhaltung unterliegt.« Tornow räusperte sich. »Oberführer Grawitz, dann klären Sie den Oberkommissar doch bitte kurz auf.«

»Gern, Obersturmbannführer«, sagte der ältere der beiden Mediziner, der seinen Schnurrbart trug wie Adolf Hitler. Was eher lächerlich wirkte, wie Rath fand. Anbiedernd. Aber vielleicht verehrte Oberführer Grawitz ja auch nur Charlie Chaplin. Oberführer, das war schon ein hohes Tier in der SS. Ein, zwei Dienstränge höher als Sebastian Tornow selbst. Trotzdem wirkte es so, als habe Tornow in diesem Raum das Sagen.

Der SS-Mann im Arztkittel nickte dem Obersturmbannführer zu und wies auf den dickbäuchigen Toten auf der Bahre.

»Diese männliche Leiche wurde uns heute aus dem Olympischen Dorf zur Obduktion gebracht. Es handelt sich um den amerikanischen Staatsbürger Walter Morgan. Morgan sitzt ... saß im Vorstand der Amateur Athletic Union und war in dieser Funktion Mitglied der US-Olympia-Delegation. Heute hat er im Anschluss an einen Besuch des Olympischen Dorfes zusammen mit einigen Sportlern seines Landes im Speisesaal zwölf des Zentralen Speisehauses zu Mittag gegessen. Noch während des Mittagsmahls ist Morgan plötzlich zusammengebrochen; sofort eingeleitete Wiederbelebungsmaßnahmen blieben wirkungslos. Kollege Schmidt ...« – Grawitz deutete auf den zweiten Weißkittel – »... attestierte vor Ort Herzversagen als Todesursache und ...«

»Danke, Oberführer!«, unterbrach Tornow. »Ich denke, es ist nicht nötig, dass Sie sich in Einzelheiten verlieren, die werde ich mit dem Oberkommissar noch erörtern. Uns reicht der medizinische Befund. Wir wollen nicht zuviel Ihrer wertvollen Zeit stehlen.«

Grawitz schaute pikiert, gleichwohl machte er keinerlei Anstalten zu widersprechen. Tornow mochte einen niedrigeren Dienstrang haben. Aber er kam vom SD.

»Gewiss, Obersturmbannführer, das ist schnell erklärt. Die Todesursache ist keine natürliche, wie zunächst angenommen. Wir haben im Blut des Toten Digitalis in immens hoher Konzentration feststellen können, eine Dosierung, die mit Sicherheit als letal anzusehen ist. Im Mageninhalt des Toten – Rindfleisch, Kartoffeln und Gemüse – fanden sich ebenfalls Spuren von Digitalis. Es ist davon auszugehen, dass dem Mann mehrere Milligramm des Giftes verabreicht wurden. Aller Wahrscheinlichkeit nach ist es ihm ins Essen gerührt worden.«

»Vielen Dank, Oberführer«, sagte Tornow. »Vielen Dank auch an Sie, Doktor Schmidt. Sie können wieder an Ihre Arbeit gehen. Untersturmführer, Sie können im Wagen warten.«

Keiner der Männer widersprach, auch nicht der SS-Oberführer, in dessen Krankenhaus sie sich befanden. Sie nickten devot und verließen den Obduktionssaal so leise und dezent, als seien sie aus Versehen in ein fremdes Schlafzimmer geplatzt. Fehlte nur, dass sie eine Entschuldigung murmelten.

Die Tür schlug zu, und dann waren sie allein, SS-Obersturmbannführer Sebastian Tornow und Kriminaloberkommissar Gereon Rath. Allein mit dem Leichnam eines amerikanischen Sportfunktionärs. Und zum ersten Mal, seit Rath den Raum betreten hatte, schaute Tornow ihn an. Und sprach ihn an.

»Na, was sagst du dazu, Gereon?«

Rath mochte es nicht, wenn Tornow ihn duzte. Als habe ihre Freundschaft immer noch Bestand. Dabei wusste er, dass der Mann ihn bis aufs Blut hasste. Nicht nur, weil er ihm die Schuld am Verlust seines rechten Arms gab.

»Was sage ich wozu, Obersturmbannführer?«

»Na, zu dieser Sauerei hier.« Tornow zeigte auf die Leiche. »Ein toter Amerikaner im Olympischen Dorf. Vergiftet.«

»Nun, ich würde sagen, Obersturmbannführer, Sie haben den falschen Beamten kommen lassen. Das LKA ist nicht zuständig. Das ist ein Fall für Ernst Gennat und die Mordinspektion.«

»Ist das dein Ernst? Das Mordauto im Olympischen Dorf? Da können wir ja gleich eine Pressekonferenz einberufen. Doktor Schmidt war glücklicherweise so geistesgegenwärtig und hat im Beisein von Zeugen noch im Speisesaal Herzversagen als Todesursache attestiert. Und das bleibt auch unsere offizielle Darstellung: Ein US-Funktionär, der einige Schwimmsportler seiner Mannschaft im Olympischen Dorf besucht und gemeinsam mit ihnen zu Mittag gegessen hat, ist tragischerweise einem Herzanfall erlegen. Unser Mister Morgan hier war bekanntermaßen herzkrank, also ist das keine allzu große Überraschung.«

»Dann ist ja alles in bester Ordnung, Oberstummbannführer.«

»Ist es eben nicht.« Tornows Augen funkelten wütend. Schien ordentlich unter Druck zu stehen, der Mann. »Wir müssen wissen, was passiert ist. Den Täter stellen. Damit er nicht noch weiteren Schaden anrichtet.«

»Wie meinen Sie das?«

»Das liegt doch auf der Hand. Da sind Feinde der nationalsozialistischen Regierung am Werk, die uns die Spiele neiden und sie mit allen Mitteln sabotieren. Wer weiß, was sie als nächstes planen?«

»Ein Mord, nur um die Olympischen Spiele zu sabotieren? Ist das nicht ein bisschen übertrieben?«

»Unseren Feinden ist jedes Mittel recht, unser Land zu diskreditieren, ganz gleich ob Kommunisten, Juden oder Plutokraten …«

Rath fragte sich, ob Tornow immer schon so misstrauisch gewesen war oder ob das erst die Arbeit für den Sicherheitsdienst bewirkt hatte. Ob SD oder Gestapo: Geheimpolizisten sahen überall Verschwörer am Werk, das lag wohl in der Natur ihrer Tätigkeit.

»Und das«, fuhr Tornow fort, »müssen wir verhindern. Es gilt, die Hintergründe dieses Giftmordes aufzuklären und der Schuldigen habhaft zu werden, bevor sie noch einmal zuschlagen können. Und dabei dürfen wir keinerlei Aufsehen erregen. Niemand darf auch nur mutmaßen, im Olympischen Dorf könne ein Mord geschehen sein.«

Da hatte er wohl recht, dachte Rath. Ein Giftmord in der Küche des Olympischen Dorfes war nichts, was an die Öffentlichkeit dringen durfte. Dann hätte man die Spiele gleich abblasen können, und die Stimmen im Ausland, allen voran in den USA, die die Berliner Spiele am liebsten boykottiert hätten, die hätten am Ende doch noch gewonnen. Was Rath nicht bedauert hätte, er machte sich nicht viel aus dem Spektakel.

»Und was habe ich damit zu tun?«, fragte er.

»Du bist wirklich schwer von Begriff, was? Du wirst die Ermittlungen übernehmen und mir den Schuldigen bringen, bevor er noch mehr Unheil anrichtet.«

»Mit Verlaub, Obersturmbannführer, aber ich habe derzeit andere Aufgaben. Mein Dienstherr ist das preußische Landeskriminalamt, mein Chef heißt Arthur Nebe.«

»Das ist alles geregelt, mit Nebe habe ich bereits gesprochen.«

Tornow zog ein paar Papiere aus seiner Aktentasche, die neben einem kleinen Tisch voller Metallschalen und Instrumente an der Wand stand, und legte sie auf den weißen Bauch der Leiche.

»Was ist das?«

»Das hier ist die Verfügung über deine vorübergehende Versetzung zur Kriminalpolizeiwache Elstal, von Nebe bereits unterzeichnet.«

»Elstal hat eine Kriminalwache?«

»Vorübergehend. Die Kriminalwache im Olympischen Dorf. Ab sofort verstärkst du die Kollegen, die wir dort stationiert haben. Melde dich morgen um acht im Empfangsgebäude. Kurz hinter der Stadtgrenze, direkt an der Chaussee nach Hamburg.«

Rath konnte es nicht ausstehen, wenn die SS im Zusammenhang mit der Kriminalpolizei von *Kollegen* sprach. Das Schlimme war nur, dass es stimmte. Seit Heinrich Himmler Polizeichef war, entsprach das genau den Tatsachen. Nur wenige Tage nach seiner Amtseinführung hatte der SS-Chef die gesamte deutsche Polizei neu organisiert: Kriminalpolizei und Geheime Staatspolizei waren nun im Hauptamt Sicherheitspolizei zusammengefasst, das Reinhard Heydrich leitete, Himmlers Adlatus in Berlin. Auch Raths Vorgesetzter Arthur Nebe war SS-Mitglied, kein Wunder, dass der spurte, wenn der SD anfragte. Raths alter Chef Ernst Gennat hätte keinen seiner Kommissare einfach so an die SS ausgeliehen.

Rath räusperte sich. »Ich werde also in die Kriminalwache Elstal versetzt«, sagte er. »Und was soll ich dort tun?«

»Offiziell hilfst du den Kollegen, passt auf, dass keinem Sportler die Armbanduhr gestohlen wird oder was die Kripo dort sonst so tut. Deine eigentliche Aufgabe aber ist es herauszufinden, wer hinter diesem Giftmord steckt. Ohne dass jemand merkt, dass du in dieser Richtung ermittelst. Ein Todesfall in der amerikanischen Olympiadelegation ist schlimm genug, aber das lässt sich regeln. Doch darf nie auch nur der leiseste Verdacht aufkommen, dass es sich dabei um einen Mord handeln könnte.«

»Ich weiß nicht, wie Sie sich das vorstellen, Obersturmbannführer.«

»Wie du das anstellst, ist mir herzlich egal. Weitere Morde oder Sabotageakte müssen um jeden Preis verhindert, die Verantwortlichen für diese feige Tat so schnell wie möglich unschädlich gemacht werden. Es geht um Deutschlands Ruf in der Welt; ich hoffe, dir ist der Ernst der Lage bewusst.«

3

Was für ein Mistwetter. Es war gespenstisch, die Dorfaue verschwand im dichten Nebel, das Olympische Dorf wirkte wie eine Geisterstadt. Hätte Fritze nicht gewusst, wieviele Menschen hier lebten, er hätte denken können, Schröder und er seien die Einzigen auf dem Gelände.

Die Athleten waren noch nicht auf den Beinen, jedenfalls noch nicht vor der Tür. Kein Wunder: Sonntagmorgen, kurz nach halb sechs, so früh standen nicht einmal die Japaner auf. Aber zwei Jugendehrendienstler, denen man eine Strafarbeit aufgebrummt hatte. Rönnberg, ihr Stubenältester, hatte sie noch vor dem Frühstück aufs Gelände gejagt. Fritze, weil er sich gestern ohne Abmeldung von der Truppe entfernt hatte, und Schröder, den Witzbold vom Dienst, der immer wieder mit Albernheiten auffiel, wegen einer dieser Albernheiten. Die beiden Jungen gingen die Wege ab und sammelten, ausgerüstet mit Blecheimern und Papierpickern, Unrat und Abfälle ein.

Sie hatten sich schon bis zur Unteren Dorfaue vorgearbeitet, da blieb Schröder plötzlich stehen und stellte seinen Blecheimer ab. »Pass mal auf«, sagte er, nahm Anlauf und schleuderte den hölzernen Papierpicker mit der metallenen Spitze wie einen Speer durch die Luft. Ein paar Meter weiter landete das Ding auf dem Rasen, der Kamerad riss die Arme hoch und jubelte.

»Neuer Weltrekord für Gerhard Stöck!«, rief er und drehte sich im Kreis. »Stöck, Stöck, Stöck! Wirf über siebzig Meter weg!«

Fritze musste lachen. Doch dann wurde ihm bewusst, welchen Blödsinn sie hier machten, statt ihre Pflicht zu erfüllen, und er hielt sich den Mund zu. Er lief auf den Rasen, zog den Picker aus dem Boden und brachte ihn Schröder zurück, der immer noch jubelnd auf dem asphaltierten Weg herumhüpfte.

»Los, lass uns weitermachen«, sagte er, »bevor noch jemand sieht, dass wir Blödsinn machen statt zu arbeiten.«

Schröder, der von der HJ Potsdam zum Jugendehrendienst gekommen war und dessen Vater angeblich in der dortigen Gauleitung arbeitete, hielt in seinem Gehüpfe inne und schaute Fritze an, eine Spur Verachtung im Blick.

»Was bissen du für'n Spießer?«

»Ich bin ein deutscher Junge, der seine Pflicht erfüllt«, sagte Fritze und kam sich vor wie sein eigener Großvater. Eigentlich hielt er sich für alles andere als spießig und verbissen, aber in diesem Fall hatte er tatsächlich Angst. Hauptmann Fürstner verstand keinen Spaß, wenn Jugendehrendienstler ihre Aufgabe nicht ernst nahmen. Einen von ihnen hatte es schon erwischt: Borchert, ein Großmaul aus der Uckermark. Ihn hatte Fürstner ohne viel Federlesens wieder nach Hause geschickt, nachdem man den Idioten dabei erwischt hatte, wie er Waschpulver in die Filteranlage des Schwimmbads schütten wollte.

Gut, das, was Schröder gemacht hatte, war dagegen vergleichsweise harmlos, aber auch Borchert hatte nur einen Streich spielen wollen, und womöglich reichte ein Speerwurf, der ein Loch in den gepflegten Dorfrasen bohrte, ebenfalls für einen Verweis und die Verbannung aus dem Dorf – zumal, wenn man, wie Schröder und er, sowieso schon einen Strafdienst aufgebrummt bekommen hatte. Und wenn Fritze eines nicht wollte, dann war es, aus dem Jugendehrendienst geworfen zu werden und zurück zu den Rademanns zu gehen. Auch wenn die neue Wohnung in der Lothringer Straße, nahe der Reichsjugendführung, wo Herr Rademann jetzt arbeitete, größer und schöner war als die alte. Noch mehr Angst hatte Fritze davor, dass Wilhelm Rademann, der nicht nur sein Pflegevater war, sondern auch sein HJ-Führer, ihn vor lauter Enttäuschung zurück ins Heim schicken könnte. Und dass er nie mehr in ein Waisenhaus gehen würde, das stand für Friedrich Thormann fest, ein für allemal, eher würde er sterben, das hatte er sich geschworen.

Schröder wusste von alldem nichts. Sollte er auch nicht. Der Kamerad nahm seinen Papierpicker und warf Fritze einen misstrauischen Blick zu. Fragte sich wohl, was er von so einem Kameraden halten solle, von so einem Langweiler, der zum Lachen in den Keller ging. Der einen vielleicht sogar verpfiff. Das würde Fritze natürlich niemals tun, aber das wusste Schröder nicht, sie kannten sich ja kaum. Wortlos setzten die beiden Jungen ihre Arbeit fort und füllten die Blecheimer mit Unrat. Nach einer Weile brach Schröder das Schweigen. Versuchte, gut Wetter zu machen.

»Das hätten unsere Ollen sich auch nicht träumen lassen, was?«, sagte er.

»Was?«, fragte Fritze, schärfer als beabsichtigt.

Jedesmal, wenn das Thema Eltern in ihrer Runde auftauchte, machte ihn das nervös. Was wussten die Kameraden? Ahnten sie, dass Wilhelm Rademann nicht sein richtiger Vater war? Wussten es vielleicht sogar?

»Na, dass wir hier unser Dasein als Straßenkehrer fristen müssen. Wenn mein Oller mich so sehen würde! Kolossal!«

In Schröders Gesicht machte sich ein Grinsen breit, die Vorstellung schien ihn zu amüsieren. Soweit Fritze wusste, war dessen Vater Rechtsanwalt. Schröder spießte ein Stück Butterbrotpapier auf, das am Wegesrand lag, und hielt es Fritze unter die Nase.

»Kiek mal, ick kann ooch spießig sein!«

Der Kamerad brach in schallendes Gelächter aus und ließ das Papier in seinen Eimer plumpsen.

»Du müsstest mal dein Gesicht sehen«, sagte er. »Wie du jekiekt hast, bis der Groschen endlich gefallen ist.«

Fritze grinste um des lieben Friedens willen mit. Der Kamerad schien ein Clown zu sein. Und keine zehn Sekunden den Mund halten zu können.

Während sie den Birkenring, den zentralen Platz des Dorfes, nach Abfällen absuchten, begann Schröder das nächste Gespräch.

»Sag mal, du warst dabei, erzählt man sich?«

»Was erzählt man sich?«

»Na, der dicke Ami. Du hast gesehen, wie er krepiert ist, oder?«

Fritze stockte. Schröder stierte ihn neugierig an. Wollte offensichtlich eine spannende Geschichte hören. Nur dass Fritze die nicht erzählen konnte. Dass er eigentlich überhaupt nichts erzählen konnte, wenn er an die Worte von Doktor Schmidt dachte.

Aber dass etwas passiert war, wusste Schröder natürlich, das wussten alle Kameraden vom Jugendehrendienst, das wusste jeder im Dorf. Doch niemand wusste etwas Genaues.

»Ich weiß auch nicht mehr als du.«

»Du warst doch bei den Amis. Als es passiert ist. Hat Rönnberg erzählt. Der kennt einen von den Kellnern.«

Prima, dachte Fritze, du wirst zu Stillschweigen verpflichtet, und die Stewards des Norddeutschen Lloyd tratschen wie die

Waschweiber. Die hätte Doktor Schmidt sich mal zur Brust nehmen sollen.

»Welcher Kellner?«

»Spielt doch keine Rolle. Aber er hat dich gesehen.«

»Kann sein.« Fritze zuckte mit den Achseln. »Ich war im Speisehaus, ja. Hab eine Besorgung gemacht für Dave Albritton.«

»Ist das nicht ein Neger?«

»Isser. Und der Kumpel von Jesse Owens.« Fritze überlegte einen Augenblick, ob er Schröder von seinem Autogramm erzählen sollte, ließ es dann aber bleiben. »Jedenfalls war alles ruhig, als ich da war. Muss später passiert sein.«

Schröder schaute ihn an, als glaube er ihm nicht. Vielleicht war es auch nur die Enttäuschung. All seine Kameraden, da war Fritze sicher, hätten sonstwas darum gegeben, so eine Geschichte erzählen zu können. Dass jemand etwas erlebt hatte und es *nicht* erzählte, war für einen wie Schröder kaum vorstellbar.

»Schade«, sagte er. »Hatte gehofft, du hättest mir erzählen können, wie er krepiert ist. Würde so was gerne mal sehen.«

»Du würdest gerne einen sterben sehen?«

»Sicher.« Schröder grinste. »Hart wie Kruppstahl, oder? Das ist die deutsche Jugend!«

»Hast du denn schon mal jemanden sterben sehen?«

»Eben nicht. Als wir geboren wurden, war der Krieg ja schon vorbei.«

Schröder klang, als würde er das bedauern.

»In Spanien kämpfen sie«, sagte Fritze, »da ist jetzt wieder Krieg.«

»Ja, hab gehört, sind bald auch Deutsche dabei. Der Führer will Wehrmachtssoldaten hinschicken, damit die den kommunistischen Greueln Einhalt gebieten. Und die Deutschen im Land vor den Roten schützen.«

»Wenn du unbedingt Leute sterben sehen willst, dann geh doch dahin.«

»Na klar! Weil die auch Siebzehnjährige nehmen!«

»Dann warte eben, bis du achtzehn bist.«

»Da ist der Bürgerkrieg doch längst zuende, so lange halten die Roten nicht durch.« Schröder seufzte. »Ne, ich glaube, wir haben einfach Pech gehabt. Für unsere Generation wird es so bald keinen Krieg mehr geben.«

»Mach dir mal keene Sorgen, früher oder später wirst du deine Todeskämpfe sehen. Wenn du so wild drauf bist.«

»Wie du redest! Hast du denn schon jemanden sterben sehen?«

Fritze sagte nichts mehr. Er konnte mit solchen Jungen nicht reden, sie lebten in einer anderen Welt. Ja, er hatte schon einige Sterbende gesehen in seinem Leben und gewiss Schlimmeres erlebt als den Herzanfall eines dicken amerikanischen Sportfunktionärs. Aber reden konnte er darüber nicht.

4

Sie stand in der Wohnungstür, hielt ihren kleinen Koffer in der Hand und sah sehr entschlossen aus.

»Vielleicht tut es uns ja mal ganz gut«, sagte sie.

»Ich weiß nicht, was daran gut sein soll. Wir sind verheiratet. Wir sollten zusammenleben.«

Sie zuckte die Achseln. »Menschen, die zusammenleben, setzen sich auch zusammen, ehe sie Übernachtungsgäste aufnehmen, und besprechen das gemeinsam.«

»Ich habe dir doch erklärt, warum das nicht möglich war! Das hatte ... berufliche Gründe. Ich konnte mich da nicht drücken.«

»Und ich habe dir erklärt, warum ich genau deswegen ausziehen muss. Vorübergehend.«

In der Tat. Das hatte sie. Dennoch hatte er nicht damit gerechnet, dass sie es tatsächlich tun würde. Obwohl er es besser hätte wissen sollen. Vor ihm stand Charlotte Rath, geborene Ritter, die sturste Frau des Universums.

»Mach's gut, Gereon.« Sie gab ihm einen Kuss auf die Wange. »Du weißt ja, wie du mich erreichen kannst.«

Ja, das wusste er. Telefonisch. Bei Greta Overbeck. Falls die den Hörer überhaupt weiterreichte, wenn sie seine Stimme hörte.

Er wartete, bis Charly mit ihrem Koffer im Aufzug verschwunden war, dann ging er zurück in die Wohnung. Das Telegramm lag immer noch auf der Kommode im Flur.

Der Telegrammbote war mitten in ihr Sonntagsfrühstück geplatzt. Über dem ohnehin schon eine Gewitterwolke geschwebt hatte, weil er gestern nach dem Treffen mit Gräf und Tornow viel zu spät nach Hause gekommen war. Und nicht einmal erzählen durfte, warum. Die dünne Lügengeschichte, die er sich auf dem Heimweg zurechtgelegt hatte, wurde nicht gebraucht: Als er gegen elf endlich wieder zuhause war, hatte er die Wohnung dunkel und leer vorgefunden. Erst gegen zwei Uhr war Charly zurückgekehrt, hatte ihm aber noch nicht gesagt, wo und mit welchen Leuten sie den Abend verbracht hatte. Er hatte auch nicht danach gefragt. War eher erleichtert darüber, dass auch sie nicht wissen wollte, warum sein Treffen mit Gräf so lange gedauert hatte.

Und dann hatte der Telegrammbote geklingelt.

Rath nahm das dünne Papier von der Kommode und las sie noch einmal, die wenigen Worte, die Charly aus dem Haus getrieben hatten.

expect to arrive in berlin on tuesday 2 pm = looking forward to meeting you = frank miller

Frank Miller. Sein Olympiagast. Auf einer Dienstbesprechung vor ein, zwei Monaten hatte Nebe, sein Chef, das Thema aufgebracht und keinen Zweifel daran gelassen, was er von den Beamten des preußischen Landeskriminalamtes erwarte: Dass diese sich selbstverständlich und mit Freuden bereiterklären, einen ausländischen Gast für die Zeit der Olympischen Spiele zu beherbergen. Niemand hatte gekniffen, Rath hatte gar nicht anders gekonnt, als sich mit den anderen zu melden und ein Bett zur Verfügung zu stellen. Fritzes Zimmer stand ja leer, da konnte man gut für eine Weile jemanden unterbringen.

Dummerweise hatte er Charly nichts davon erzählt, und dann war der Bescheid vom Verkehrs- und Quartiersamt gekommen. Charly hatte den Brief geöffnet, und Rath hatte versucht, ihr die Sache zu erklären. Vergeblich.

»Du hältst es nicht einmal für nötig, mich zu fragen, bevor du so etwas zusagst?«

»Ich hatte doch keine Wahl. Außerdem bekommen wir ein kleines Entgelt für unsere Gastfreundschaft.«

»Man hat immer eine Wahl. Selbst im März hatte man das, obwohl der Wahlzettel nur eine Partei und einen Kandidaten aufgelistet hat. Ich habe mein Kreuz jedenfalls nicht bei Adolf Hitler gemacht.«

»Ich doch auch nicht. Was sind denn das für Vergleiche?«

»Aber du lässt dich für die Propaganda der Nazis einspannen.«

»Was heißt Propaganda. Das sind die Olympischen Spiele, das ist doch keine Erfindung der Nazis. Die hat die Republik für Deutschland nach Berlin geholt. Ich kann mich noch erinnern, dass du stolz darauf warst. Dass du dich darauf gefreut hast.«

»Ja, aber inzwischen ist einiges passiert in Deutschland, wenn ich dich daran erinnern darf. Und jetzt fallen die Spiele den Nazis in den Schoß.«

So war es noch eine Weile hin- und hergegangen, und in der Folge hatte Charly klein beigegeben und sich nicht mehr quergestellt. Hatte allerdings auch Konsequenzen angekündigt.

»Du kannst hier so viele Olympiagäste beherbergen, wie du willst. Aber ohne mich. Solange die hier sind, bin ich weg.«

Das hatte sie gesagt, und Rath hatte es nicht ernst genommen. Bis sie heute morgen ernst gemacht hatte. Von jetzt auf gleich. Sie hatte nicht einmal böse gewirkt, als sie mit ihrem Koffer aus dem Schlafzimmer gekommen war. Musste sie ja auch gar nicht. Wusste sie doch, wie weh es ihm tat, sie in Richtung Moabit ziehen zu lassen. Wie schwer es ihm fiel, allein zu sein.

Er setzte sich an den verwaisten Frühstückstisch, zündete sich eine *Overstolz* an und starrte auf die Brötchenkrümel und den roten Marmeladenklecks auf Charlys Teller. Saß da minutenlang, ohne sich zu regen, ohne auch nur an der Zigarette zu ziehen, deren Asche immer länger wurde, bis sie abbrach und aufs Parkett fiel.

Und dann holte er aus und wischte mit einer Bewegung seines Unterarms sämtliches Geschirr vom Tisch, das in seiner Reichweite stand. Es schepperte laut, ein Teller ging zu Bruch, der Inhalt einer halbvollen Kaffeetasse spritzte gegen die Tapete und hinterließ eine unschöne Spur.

Rath sprang so abrupt auf, dass der Stuhl umkippte, er trat gegen das Tischbein und gegen den Büffetschrank, in dem Teller und Gläser klirrten, trommelte mit seinen Fäusten gegen die Wand, bis die Knöchel schmerzten, und schrie seine ohnmächtige Wut in den leeren Raum.

5

Charly schaute aus dem S-Bahn-Fenster, sah die Baumwipfel des Tiergartens an sich vorüberziehen und wunderte sich, dass sie überhaupt nicht wütend war. Obwohl sie allen Grund dazu hatte. Wie er gestern nachmittag aus dem Haus gestürmt war nach dem Anruf. »Mal eben auf ein Bier mit Reinhold.« Als ließe sich das nicht verschieben, als sei es ein Befehl, wenn Reinhold Gräf anruft und sich mit Gereon Rath im Nassen Dreieck treffen will.

Sie konnte Gereon nicht wirklich böse sein, eher tat er ihr leid. Reinhold Gräf war der einzige Freund, den er in Berlin noch hatte, der einzige, mit dem er sich überhaupt noch traf. Oder besser: wieder traf. Einige Jahre war ihre Freundschaft eingeschlafen, aber dann, vor wenigen Monaten, doch wieder aus ihrem Dornröschenschlaf erwacht. Insgeheim hatte sie sich gefreut für Gereon. Reinhold mochte sich mit den Nazis arrangiert haben und in der Prinz-Albrecht-Straße arbeiten, aber er war im Grunde kein schlechter Kerl. Als Kollegen bei der Mordinspektion hatte sie ihn schätzen gelernt.

Und konnte immer noch nicht verstehen, dass er sich den neuen Machthabern so andiente. Insgeheim hoffte sie, Reinhold werde irgendwann einsehen, dass man in einem Unrechtsstaat als Polizist nicht für Recht und Ordnung sorgen kann. Höchstens für Ordnung. Gereon hatte das inzwischen verstanden, das wusste sie, auch wenn sie selten darüber sprachen. Er war nur nicht bereit, daraus die nötigen Konsequenzen zu ziehen.

Die Bahn überquerte die Charlottenburger Chaussee, und Charly schloss die Augen. Auch Berlins Ost-West-Magistrale hatten sie in diesen Tagen herausgeputzt, und sie wollte es nicht sehen, dieses Nebeneinander der olympischen Ringe und der Hakenkreuze, das sich in der ganzen Stadt breitgemacht hatte. Dass die Hakenkreuzfahne nun ihre Nationalfahne sein sollte, daran konnte Charly sich noch immer nicht gewöhnen. Und sie wollte es auch nicht. Unerträglich, wie das Hakenkreuz einträchtig neben den Nationalfahnen der übrigen neunundvierzig Olympiateilnehmer hing. Auf dem Reichssportfeld, im Fahnenwald vor dem Schloss, am Knie, am Adolf-Hitler-Platz, überall. Und immer in Verbindung mit der unschuldig weißen Olympiafahne.

Am Bahnhof Bellevue stieg sie aus und überquerte die Spree. Sie wusste nicht, ob Greta zuhause war, doch Charly hatte einen Schlüssel. Immer noch. Obwohl sie vor vier Jahren aus der Wohnung ausgezogen war. Gleichwohl war die Spenerstraße ihre Zuflucht geblieben, in all den Jahren, da sie mit Gereon verheiratet war und in Charlottenburg lebte. Eine Art Notausgang für alle Fälle. Greta hatte Charlys Zimmer nicht neu vermietet, sie konnte auf das Geld verzichten, und Charly hatte die Übernachtungsmöglichkeit schon einige Male genutzt. Dass sie gleich für mehrere Wochen wieder einzog, das war allerdings noch nicht vorgekommen.

Ihre Ehe war nicht so, wie eine Ehe hätte sein sollen. Wobei sie auch nicht genau wusste, wie eine ideale Ehe überhaupt aussah. Eines jedoch wusste sie genau: dass es keiner Ehe guttat, wenn Mann und Frau so viele Geheimnisse voreinander hatten wie sie und Gereon Rath.

Sie wusste nicht, was er vor ihr verbarg, nur, dass er, seit er beim LKA arbeitete, längst nicht mehr so viel von der Arbeit erzählte wie früher – und wenn, dann nur Belanglosigkeiten. Die Zeiten, da sie am Frühstückstisch seinen aktuellen Fall durchgingen und über die Kollegen sprachen, waren lange vorbei. Um so genauer wusste sie, was sie vor ihm verbarg. Verbergen musste.

Es war nicht so, dass sie sich gegenseitig misstrauten, so sehr hatten die Nazis ihre Ehe nicht vergiften können, aber sie vertrauten sich eben auch nicht mehr alles an, was sie bewegte und belastete. Und Gereon trug eine schwere Last auf seinen Schultern, das konnte sie sehen, sosehr er es auch zu verbergen suchte, eine, die er nicht mit ihr teilen wollte. Oder konnte. Es nagte in ihm, es arbeitete in ihm, und sie hatte die leise Hoffnung, dass er irgendwann so weit war, die Konsequenzen zu ziehen. Den Polizeidienst zu quittieren. Sich von diesem Staat, der nicht mehr der ihre war, loszusagen. Aber was dann? Darauf wusste sie auch keine Antwort.

In der Spenerstraße parkte eine Limousine vor dem Haus, ein dunkelgrüner Opel, an dessen Außenspiegeln kleine Olympiawimpel befestigt waren. Charly schüttelte den Kopf. Man konnte ihnen einfach nicht entgehen, überall sah man sie, die fünf Ringe, blau, schwarz, rot, gelb, grün, nicht nur an Flaggenmasten und Fassaden, auch in Schaufenstern, an Autos und Kinderwagen, an jedem verdammten Fahrrad flatterten sie. Obwohl es bis zur Eröffnung der Spiele noch eine Woche hin war, bejubelten die Zeitungen schon jetzt jede Mannschaft, jeden Staatsmann, jede Berühmtheit, die wegen der Olympiade in der Stadt eintraf. Berlin war auf eine ekelerregende Weise von sich selbst besoffen. So kannte sie ihre Stadt gar nicht.

Sie hätten Urlaub nehmen sollen, sie und Gereon, zwei Wochen an die Ostsee fahren, um sich diesem Rummel zu entziehen; stattdessen musste er den Olympiawahn auch noch in ihr gemeinsames Zuhause holen.

Ihr Zuhause.

War es das überhaupt? Hatte sie sich in der Carmerstraße jemals wirklich zuhause gefühlt? Oder nicht doch eher in der Spenerstraße?

An der Wohnungstür stand immer noch *Overbeck/Ritter*. Charly klingelte. Schaute auf die Uhr und wartete. Schon elf durch, aber das musste bei Greta nichts heißen, vor allem nicht an einem Sonntagmorgen. Charly kramte in der Handtasche schon nach ihrem Schlüssel, da war in der Wohnung doch etwas zu hören, das Schloss knarzte, und im Türspalt erschien das überraschte Gesicht von Greta Overbeck. Sie war noch unfrisiert und trug ihren Morgenmantel, schien aber bereits wach zu sein, machte weder einen verkaterten noch einen verschlafenen Eindruck. Eher einen überraschten.

»Du?«, sagte sie und schaute auf den kleinen Koffer in Charlys Hand. »Jetzt schon?«

»Stör ich?«

»Quatsch. Du störst nie. Komm rein.« Greta öffnete die Tür zur Gänze. »Hab nur noch nicht mit dir gerechnet.«

Sie nahm Charly den Koffer ab und stellte ihn vor Charlys Zimmertür gleich wieder ab.

»Lass uns erst mal einen Kaffee trinken«, sagte sie und ging voran in die Küche.

Charly setzte sich. Auf den Platz, auf dem sie immer saß. Auf dem Tisch standen bereits zwei Kaffeetassen. Beide benutzt.

»Also«, begann Greta, während sie Kaffeewasser aufsetzte, »dann erzähl mal. Was für einen Bock hat dein lieber Gereon wieder geschossen?«

Charly ignorierte die Frage ebenso wie die Unterstellung und zeigte auf die Kaffeetassen. »Hat das jemand gestern Abend wörtlich genommen, als du ihn noch auf einen Kaffee mit nach oben gebeten hast?«, fragte sie und grinste.

»Kann man eigentlich nicht sagen. Der Kaffee ist von heute morgen.« Greta deutete mit den Augen zum Badezimmer. »Klaus ist noch da«, sagte sie. »Rasiert sich gerade.«

»Klaus?«

»Kennst du noch nicht. Da hast du schon im Taxi gesessen.«

Charly grinste. »Aus dir wird auch nie ein ehrbares, sesshaftes Mädchen.«

»Naja, sesshaft bin ich schon. Wohne immerhin bereits zehn Jahre in dieser netten kleinen Wohnung.«

»Dann wird es dir hoffentlich nichts ausmachen, drei weitere Wochen wieder mit mir zusammen zu wohnen.«

»Das weißt du doch, ist doch alles abgemacht. Habe aber eigentlich erst Ende der Woche mit dir gerechnet.«

Greta stand am Herd und schaute sich um, als erwarte sie eine Antwort, doch Charly zuckte nur die Achseln. Sie wusste doch selbst nicht, warum sie es nicht mehr ausgehalten hatte, unbedingt hatte gehen müssen. Das Telegramm hatte ihr nur den passenden Vorwand geliefert. Um ohne Streit gehen zu können.

»Du weißt, du kannst jederzeit kommen«, fuhr Greta fort, als Charlys Antwort ausblieb. »Und wenn der Scheißkerl dich schlecht behandelt, kannst du auch für immer bleiben.«

Mit *Scheißkerl* war Gereon gemeint. Auch wenn sie solche Ausdrücke inzwischen eher ironisch meinte: Ihren Frieden hatte Greta mit Gereon Rath immer noch nicht gemacht. Dazu wusste sie wohl einfach zu viel über ihn.

Charly lachte die Sorge und die Neugier und alles, was in Gretas Worten lag, einfach weg. »Mensch, das hört sich ja an, als hättest du Sehnsucht nach mir.«

»Hab ich auch, Charlyschatz.«

»Manchmal denke ich, du brauchst dringend einen Mann.«

»Wieso, im Badezimmer ist doch gerade einer.«

Charly zündete sich eine *Juno* an und schaute Greta dabei zu, wie sie frischen Kaffee aufbrühte. Alle paar Wochen ein anderer Mann. Solche Zeiten hatte sie auch mal durchlebt. Zusammen mit Greta. Es waren spannende Zeiten gewesen, aber sie wusste nicht, ob sie so etwas noch einmal haben wollte.

Das Geräusch fließenden Wassers erinnerte sie daran, dass sie mit Greta nicht allein in der Wohnung war. Im Badezimmer war der Wasserhahn aufgedreht worden. Als habe Gretas Übernachtgast eine Gesprächspause abgewartet, ehe er seinen Rasierpinsel auswusch oder was immer er gerade tat. Hatte er gelauscht?

Jedenfalls wirkte der Mann, der zwei Minuten später die Badezimmertür öffnete, nicht überrascht, eine weitere Frau in der Küche vorzufinden. Er blieb im Türrahmen stehen, wischte sich mit einem Handtuch das frisch rasierte Kinn trocken und taxierte Charly unverhohlen. Sie wusste nicht, ob ihr das gefiel oder ob es das genaue Gegenteil war. Eines war es in jedem Fall: unverschämt.

Greta brach das Schweigen. »Charly«, sagte sie, »das ist Klaus von Rekowski. Klaus, das ist Charlotte Rath.«

Der Mann warf sich das Handtuch über die Schulter und deutete eine Verbeugung an. Sein dunkles Haar war noch feucht und streng gescheitelt, über der muskulösen Brust spannte sich ein Unterhemd. Wenigstens trug er bereits Hosen, doch hingen die Hosenträger noch schlaff an den Seiten herab. Auch das wirkte auf eine gewisse Weise lässig, und der Mann sah aus, als wisse er das.

»Angenehm«, sagte er.

Charly sagte nichts. Es war ihr nicht angenehm. Obwohl – oder gerade weil – der Mann so gut aussah. Sie zog an ihrer Zigarette und nickte nur.

Von Rekowski zog sich die Hosenträger übers Unterhemd, ging zu Greta hinüber und gab ihr einen Kuss auf die Wange.

»Ich muss dann auch mal los«, sagte er. »Ist spät geworden.«

»Denk an deine Siebensachen. Ich mag Männer nicht, die sich bei mir einzunisten versuchen.«

»Keine Sorge, das wird nicht passieren. Außerdem werde ich bestimmt nicht im Unterhemd aus dem Haus gehen.«

Er grinste, als er das sagte, vielleicht sollte es ein Witz sein, doch

Charly fand ihn nicht lustig. Erst recht nicht, als sie ein paar Minuten später sah, was der Mann sich übergezogen hatte.

Eine schwarze Uniform. Mit roter Armbinde.

»Die Damen«, sagte er und tippte mit dem Finger an den Schirm seiner Uniformmütze, »wünsche noch einen schönen Sonntag.«

Immerhin verkniff er sich den Deutschen Gruß, doch auch das konnte die Fassungslosigkeit nicht mindern, die Charly ergriffen hatte und der sie nur mit Hilfe ihrer Zigarette verwehren konnte, sich auch auf ihrem Gesicht zu zeigen.

Eine unangenehme Stille breitete sich aus, nachdem Gretas Liebhaber die Wohnungstür zugeschlagen hatte. Die Freundinnen saßen am Küchentisch vor ihren Kaffeetassen und rauchten. Hörten, wie im Erdgeschoss die Haustür ins Schloss fiel. Unten vor dem Fenster ein Auto angelassen wurde und davonfuhr. Nun wusste Charly, wem der grüne Opel gehörte. Einem olympiabegeisterten SS-Mann. Der jüngsten Errungenschaft ihrer besten, ihrer einzigen Freundin. Einem verdammten Nazi.

Sie drückte ihre Zigarette in den Aschenbecher und sprach aus, was sie dachte. Was im Raum stand, ohne dass es jemand hätte aussprechen müssen.

»Was machst denn du für Sachen?«, fragte sie, lauter und empörter als beabsichtigt. »Gehst neuerdings mit Nazis ins Bett?«

Greta zog an ihrer Zigarette. »Ich gehe mit jedem ins Bett, der mir gefällt.«

»Auch mit einem Nazi? Ich verstehe dich nicht. Ich dachte, wir denken ähnlich über die. Über das, was die mit Deutschland machen. Aus Deutschland gemacht haben.«

Greta drückte ihre Zigarette aus. Endlich schaute sie Charly an. »Das tun wir doch auch!«

»Und?«

Greta zuckte die Achseln. »Nazi ist doch nicht gleich Nazi«, sagte sie. »Klaus ist ein ganz anständiger Kerl.«

»Natürlich. Und Adolf Hitler ist lieb zu Hunden.«

»So meine ich das doch nicht. In seinem Amt muss man halt in der Partei sein. In den heutigen Zeiten.«

»In welchem Amt?«

»Klaus kann uns vielleicht noch helfen. Er ist ein hohes Tier im Passamt Charlottenburg.«

»Was soll denn das heißen?«

»Na, wir benötigen doch Pässe, oder? Für deine Klienten. Oder Stempel. Oder was auch immer.«

»Klar können wir Pässe gebrauchen. Aber keinen Nazi, der in alles eingeweiht ist.«

»Natürlich nicht. Für wie blöd hältst du mich? Natürlich ist Klaus nicht eingeweiht. Wird er auch nicht.«

»Und wie soll er uns dann helfen?«

»Das lass mal meine Sorge sein. Ich weiß schon, wie man mit solchen Männern umgeht. Er wird mir helfen, ohne zu wissen, dass er mir hilft.«

Charly hatte nie einen Gedanken daran verschwendet, dass es vielleicht ein Fehler sein könne, Greta in die geheimen Geschäfte einzuweihen, die sie mit Wilhelm Böhm betrieb. Sie hatte es getan, weil Greta einen schwedischen Pass besaß und weil eine schwedische Staatsbürgerin in vielen Dingen, die mit Grenzübertritten zu tun hatten, hilfreich sein konnte. Sie hatte es nicht getan, damit die Freundin mit Nazis ins Bett ging, die sie für ihre Zwecke zu nutzen gedachte.

»Vielleicht hast du recht«, sagte sie. »Aber du solltest aufpassen, dass es nicht umgekehrt ist und *du* deinem SS-Mann hilfst. Ohne zu wissen, dass du ihm hilfst.«

6

Das Olympische Dorf lag ganz schön jotwede, dennoch war Rath eine Viertelstunde zu früh, als er seinen Buick von der Reichsstraße auf den Platz vor dem Empfangsgebäude lenkte, auf dem neben drei wehrmachtsgrau lackierten Bussen auch ein paar zivile Pkw standen. Ein Jägerzaun grenzte den Asphalt von den frisch gemähten Rasenflächen ab. Rath parkte direkt neben einem dunkelroten Ford. Höchstens zwei Jahre alt, also aus Kölner Produktion. Er verspürte einen gewissen lokalpatriotischen Stolz. Und Neid. Sein zweisitziger Buick, den er schon gebraucht gekauft hatte, hatte inzwischen mehr als zehn Jahre auf dem Buckel, und das merkte man dem Wagen auch an: Die Ventile klapperten, der Auspuff schepperte, doch für eine gründliche Überholung fehlte das Geld. Der sandfarbene Lack war stumpf und schmutzig, weil Rath dem Wagen schon länger keine Wäsche, geschweige denn eine Politur gegönnt hatte. Neben dem in der Morgensonne glitzernden Ford wirkte sein Buick wie ein hässliches Entlein.

Rath stieg aus und ging zum Empfangsgebäude hinüber, das überraschend modern und bescheiden war. Nicht so protzig wie die Bauten, die man sonst in Deutschland mittlerweile zu bauen pflegte. Wie Görings Luftfahrtministerium beispielsweise, neben dem sich selbst das königlich preußische Polizeipräsidium, einst eines der größten Gebäude der Stadt, wie ein Buswartehäuschen ausnahm.

Das Olympische Dorf empfing seine Besucher mit einem freundlichen einstöckigen Gebäude in Form eines Kleiderbügels, das sich dem Besucher mit offenen Armen entgegenstreckte. Eine Reihe Schaufenster in der hellen Fassade verstärkte den Eindruck der Offenheit, ein Fotogeschäft, ein Friseur, sogar ein Postamt. Die Uhr am Glockentürmchen, das wie ein Dachreiter auf dem Torgebäude saß, zeigte zwölf Minuten vor acht. Direkt über dem Torbogen hielt ein steinerner Reichsadler ein Hakenkreuz in seinen Klauen; direkt darunter stand ein Wehrmachtssoldat mit geschultertem Karabiner. Rath nahm unwillkürlich Haltung an, doch der Soldat benahm sich eher wie ein Zivilist, lächelte sogar, als er Raths Anliegen hörte.

»Melden Sie sich in der Halle der Nationen«, sagte er und zeigte nach rechts. »Schalter eins.«

Rath gehorchte und gelangte in eine langgestreckte, geschwungene Halle, lichtdurchflutet und modern, beide Längsseiten flankiert von holzgetäfelten offenen Schaltern und den Fahnen der Olympianationen. Über Schalter 1 hing die Hakenkreuzfahne. Und dahinter stand ein Wehrmachtsoffizier, der lächelte, als mache er Werbung für Chlorodont, und sogar »Guten Morgen« sagte statt »Heil Hitler«. Selbst als er Raths Papiere begutachtete, den Dienstausweis und den von Nebe unterschriebenen Überstellungsbefehl, legte der Mann sein Zahnpastalächeln nicht ab.

»Ach, Sie sind das. Oberkommissar Franke hat schon erzählt, dass ein Neuer kommt.«

»Franke?«

»Der Leiter der Kriminalwache«, sagte der Offizier. »Glück für Sie, dass ich Ihren Passierschein schon hier habe, da können Sie gleich weiter.«

Der Uniformierte schob ein Ausweispapier über den Tresen, das seinem Träger Zugang zu sämtlichen olympischen Stätten und dem Olympischen Dorf gewährte.

»Reicht der hier nicht?«, fragte Rath und wies auf seinen Dienstausweis.

»Überall im Reich, aber nicht da, wo wir das Sagen haben«, meinte der Offizier und machte wieder Zahnpastawerbung. »Das Olympische Dorf ist Wehrmachtsgelände.«

Er winkte einen Jungen heran, der aussah wie ein Hitlerjunge, dem man sämtliche Farbe aus der Uniform gewaschen hatte.

»Oberleutnant?«

»Führe den Herrn Oberkommissar zur Kriminalwache«, sagte der Oberleutnant.

»Zu Befehl!«

Der Junge salutierte ein zweites Mal und machte Anstalten, Raths Aktentasche an sich zu nehmen, doch Rath entzog sie dem hilfsbereiten Griff.

»Wenn Sie mir bitte folgen wollen, Oberkommissar«, sagte der Knabe und stiefelte los. Wirkte wie eine Mischung aus Pfadfinder und Liftboy in seiner Uniform. Er führte Rath ans Ende der Halle, wo sie eine zweite Wache passierten, die sich erst zufriedengab, als sie den Passierschein gesehen hatte. Und schließlich machten sie vor einer Tür halt, auf der in unauffälligen Buchstaben *Kriminalpolizeiwache* geschrieben stand.

»Hier ist es, Oberkommissar.«

»Danke.«

Rath überlegte noch, ob man den Jungen hier Trinkgeld gab wie einem gewöhnlichen Hotelboy, da riss der auch schon den rechten Arm hoch, schlug die Hacken zusammen und verabschiedete sich mit einem strammen »Heil Hitler«.

Nach dem freundlich zivilen Empfang hatte Rath tatsächlich für einen Moment geglaubt, hier im Olympischen Dorf spiele der Nazi-Firlefanz keine Rolle. Spielte er natürlich doch.

Auch der Mann hinter dem Schreibtisch, auf dessen zackiges

»Herein« Rath nach höflichem Anklopfen den Raum betreten hatte, empfing ihn mit dem für Beamte vorgeschriebenen Deutschen Gruß. So barsch hatte Rath die Nazi-Grußformel, die sich ohnehin nicht gerade durch Liebenswürdigkeit auszeichnete, noch nie vernommen; Oberkommissar Franke schien eine Laus über die Leber gelaufen zu sein. Oder er war noch bärbeißiger als Oberkommissar Böhm seinerzeit in der Burg.

Rath legte seine Papiere auf den Schreibtisch.

»Kriminaloberkommissar Rath meldet sich zum Dienst.«

Oberkommissar Franke, der einen unauffälligen grauen Dreiteiler von der Stange trug, prüfte die Überstellungspapiere und den Dienstausweis mit missgelauntem Blick, dann schob er sie wortlos über den Tisch. Rath schaute sein Gegenüber erwartungsvoll an, doch da kam nichts mehr, der Mann wandte sich wieder den Akten auf seinem Schreibtisch zu.

Rath zuckte die Achseln, hängte seinen Sommermantel und den hellbraunen Hut an die Garderobe und setzte sich an einen der freien Schreibtische.

»Nicht den«, sagte Franke, ohne von seiner Aktenlektüre aufzuschauen. »Da sitzt Kollege Krause.«

Rath erhob sich und machte Anstalten, am benachbarten Schreibtisch Platz zu nehmen.

»... und da Kriminalsekretär Lohmann ...«

Blieb nur noch der Schreibtisch in der Ecke übrig.

»Dann ist das wohl meiner«, sagte Rath und ging hinüber.

»Das ist der Schreibtisch von Kriminalsekretär Löhr«, brummte Franke.

Rath stutzte. Hatte der SD in Rekordzeit alles Nötige eingefädelt, um ihn ins Olympische Dorf zu schleusen, dann aber vergessen, ihm einen Schreibtisch ins Büro zu stellen?

Bevor er etwas sagen konnte, fuhr Franke fort. »Da der Kollege Löhr jedoch Ihretwegen nach Cottbus zurückbeordert wurde, wird sein Schreibtisch wohl der Arbeitsplatz sein, den man Ihnen zugedacht hat.«

Jetzt ahnte Rath, woher die schlechte Laune rührte. Er war keine Verstärkung für die Kriminalwache Elstal, seinetwegen hatte man jemanden hinausgeworfen. Er setzte sich und stellte seine Aktentasche ab. Löhrs Schreibtisch wirkte so aufgeräumt, wie man es von einem Schreibtisch der preußischen Kriminalpolizei erwarten durfte: Telefon und Schreibtischlampe rechts, Schreibmaschine links, dazwischen eine mit Tinte beschmierte lederne Schreibunterlage, dahinter Stempelhalter, gläserner Aschenbecher, Tintenfass und Tintenlöscher. Im Eingangskorb ganz links lagen einige Papiere, obenauf der Lagebericht der Geheimen Staatspolizei. Auch die Schubladen waren voll. Kriminalsekretär Löhr schien noch nicht dazu gekommen zu sein, seine Siebensachen abzuholen.

Wenige Minuten später, in denen Rath mit einer *Overstolz* gegen das ungemütliche Schweigen ankämpfte, mit dem Franke den Raum ausfüllte, sollte er auch die anderen Kollegen kennenlernen. Als Erster trudelte ein hagerer blonder Mittzwanziger ein, der Rath neugierig anschaute, als er seinen Mantel aufhängte.

»Darf ich vorstellen: unser neuer Kollege, Oberkommissar Gideon Rath«, sagte Franke.

»Gereon«, verbesserte Rath.

»Lohmann, Erich, Kriminalsekretär«, sagte der Blonde und nickte Rath zu.

»Angenehm.«

»Wusste gar nicht, dass wir aufgestockt werden«, sagte Lohmann zu Franke.

»Werden wir auch nicht. Rath ist der Ersatz für Manni.«

»Wieso das?«, fragte Lohmann.

»Da müssen wir wohl die da oben fragen«, sagte Franke und zeigte zur Zimmerdecke.

»Na, ich hoffe mal nicht, dass alle Kriminalsekretäre gegen höhere Dienstränge ausgetauscht werden«, sagte Lohmann und lachte.

Rath quälte sich ein Grinsen ins Gesicht.

»Na denn.« Der Kriminalsekretär beugte sich mit ausgestreckter Hand über den Schreibtisch. »Auf gute Zusammenarbeit«, sagte er und lächelte. In seinem Blick jedoch lag eher so etwas wie lauerndes Misstrauen.

Rath ergriff die dargebotene Hand und schüttelte sie.

»Gleichfalls.«

»Was sind denn Ihre Bestzeiten?«, fragte der Kriminalsekretär, nachdem er sich gesetzt hatte.

»Wie?«

»Kollege Löhr hat die hundert Meter schon in zwölfkommazwo gelaufen. Da sind Sie wohl schneller, was?«

»Keine Ahnung.«

»Ach, Sie sind gar kein Läufer?«

»Ich laufe nur, wenn die Umstände es verlangen.«

Lohmann stutzte einen kurzen Moment, dann lachte er.

»Der war gut. Jetzt ist der Groschen gefallen. Hätte ich auch selbst drauf kommen müssen, bei Ihrer Körpergröße! Hochsprung, nicht wahr? Wo liegt denn Ihr persönlicher Rekord? Und welchen Stil bevorzugen Sie? Schere oder Rolle? Oder diesen neumodischen Wälzsprung.«

Rath räusperte sich. »Ähm, ich glaube, ich sollte ein Missverständnis aufklären: Ich bin kein Leichtathlet, ich bin Kriminalbeamter. Vom Chef der Sicherheitspolizei und vom Landeskriminalpolizeiamt zur Verstärkung der Kriminalwache ins Olympische Dorf abkommandiert.«

Kriminalsekretär Lohmann schaute irritiert.

»Kein Sportler? Aber warum sind Sie dann hier?«

»Um Polizeiarbeit zu machen, was denken denn Sie?«

»Ja ... aber ...« Lohmann konnte seine Verwunderung nicht verbergen. »... ich meine, wir sind doch alle ins Olympische Dorf berufen worden, weil wir Polizisten *und* Sportler sind.«

Rath zuckte die Achseln.

Lohmann zeigte auf Franke. »Unser Chef, Oberkommissar Franke, läuft die achthundert Meter immer noch unter zwei Minuten, Kriminalkommissar Krause war vor zwei Jahren brandenburgischer Polizeisportmeister im Hammerwerfen. Ich für meinen Teil bin ein ganz passabler Sprinter, ebenso wie der Kollege Löhr. Und Sie ...« Er schaute Rath immer noch an, als könne er das nicht fassen. »... Sie sind ... gar nichts?«

»Ich war mal rheinischer Meister im Seitensprung. Aber das ist schon 'ne Weile her.«

Lohmann schaute wie ein Auto. Schien nicht die hellste Leuchte zu sein, der Kriminalsekretär. »Aber das ist nicht olympisch, oder?«, fragte er schließlich.

Bevor die Situation noch peinlicher werden konnte, öffnete sich die Tür und ein Berg von einem Mann betrat den Raum, korpulent und muskulös zugleich. Krause, der Hammerwerfer, hätte einen veritablen Türsteher vor einem der vielen immer noch aktiven illegalen Nachtlokale der Stadt abgegeben, hatte sich aber offensichtlich für eine Polizeikarriere entschieden. Der Muskelberg setzte sich an den Schreibtisch gegenüber und nickte Rath zu.

»Angenehm, Krause«, sagte er, und noch bevor Rath antworten konnte, übernahm Franke wieder die Vorstellung: »Oberkommissar Gideon Rath, unser neuer Kollege.«

»Gereon«, verbesserte Rath. »Alter Kölner Heiliger. Leicht zu merken. Steht ja auch in den Papieren, die ich Ihnen auf den Tisch gelegt habe, Kollege Franke. Kleiner Tipp: Lesen hilft.«

Franke zog die Augenbrauen hoch. »Oh, da haben wir aber einen ganz schlauen Kollegen bekommen. Dem LKA sei Dank!«

Er warf Rath einen letzten missgünstigen Blick zu und wandte sich wieder seinen Akten zu. Auch Lohmann wirkte bereits in Arbeit vertieft. Krause, der Kollege gegenüber, nahm ein Papier aus dem Posteingangskorb und stierte es an, als wolle er es hypnotisieren. Beklemmendes Schweigen breitete sich, ausgehend von Frankes Schreibtisch, wieder im ganzen Raum aus.

»Was sind denn so Ihre Aufgaben hier?«, fragte Rath, nachdem er eine Weile mit den Bleistiften auf seinem Schreibtisch gespielt und sich niemand in irgendeiner Weise um ihn gekümmert hatte. Kommissar Krause schaute ihn an, sagte aber nichts. Statt seiner antwortete wieder Oberkommissar Franke.

»Lesen hilft, Oberkommissar Rath«, sagte er und wedelte mit einer dünnen Mappe. »Erst mal gehen wir den Tagesbericht der Geheimen Staatspolizei durch und prüfen, ob wir irgendwo tätig werden müssen. Und dann … schauen wir mal. Zu tun gibt es genug. Hat das LKA Sie denn nicht ausreichend instruiert? Oder haben die Sie nur hierhergeschickt, weil sie denken, in der Kriminalwache Elstal könne man eine ruhige Kugel schieben? Wenn es das ist, Oberkommissar Rath – das können Sie sich schon mal abschminken.«

»Ich weiß nicht, was an meiner Frage misszuverstehen war, Oberkommissar Franke«, sagte Rath. »Habe ich gefragt, wo man sich hier am besten die Eier schaukeln kann? Sollten Sie etwas Derartiges verstanden haben, rate ich Ihnen dringend zu einem Besuch beim Ohrenarzt.«

»Mäßigen Sie sich, Oberkommissar! Mögen wir auch denselben Dienstrang haben, bin ich doch immer noch der leitende Beamte dieser Kriminalwache und damit Ihr Vorgesetzter.«

»Und genau deswegen habe ich mich freundlichst erkundigt, wie ich Sie am besten unterstützen kann.«

»Ein guter Polizist sieht so etwas.«

»Da haben Sie völlig recht, ich bin lange genug bei der Kriminalpolizei, ich weiß mich zu beschäftigen. Wenn Sie also in diesem Büro auf meine Unterstützung verzichten können …« Rath fischte Hut und Mantel von der Garderobe und ging zur Tür. »… die Herren mögen mich entschuldigen, wünsche noch einen schönen Arbeitstag. Sollte sich doch noch eine Aufgabe für mich finden – Sie können mich ja ausrufen lassen.«

Und damit verschwand er nach draußen. Wenn die ihn nicht wollten, umso besser: Er hatte wichtigere Dinge zu erledigen.

Rath trat vor das Empfangsgebäude und schaute die Dorfaue hinauf. Der Himmel über dem Olympischen Dorf war immer noch blau, zog sich aber nach und nach zu. Ein Weg reckte sich in elegantem Schwung den grünen Hügel hinauf, überall standen einstöckige Häuschen mit roten Walmdächern in Reih und Glied, dazwischen wuchsen Birken und andere Bäume, links, leicht erhöht, stand ein bruchsteinernes Rondell, in dem eine Bar untergebracht war, ganz oben aber, oben auf dem Hügel, thronte das zentrale Gebäude des Olympischen Dorfes: Haus Berlin, das Speisehaus der Nationen. Das Haus, in dem Walter Morgan gestorben war. In dessen Küche eine Überdosis Digitalis in das Essen des Amerikaners gerührt worden sein musste.

Die gastronomische Versorgung der Athleten im Olympischen Dorf lag in der Hand des Norddeutschen Lloyd, und in gewisser Weise erinnerte das konvex geschwungene Gebäude mit seiner blendend weißen Fassade und den umlaufenden Terrassen auch eher an einen Passagierdampfer als an ein Haus. Bauherr des Olympischen Dorfes war jedoch nicht der Lloyd, sondern die Wehrmacht, die es nach den Spielen als Kaserne nutzen wollte. Und das konnte man sehen: Auf dem Dach des Speisehauses wehte neben den fünf Olympischen Ringen die neue Reichskriegsflagge, die Hitler angeblich selbst entworfen hatte, mit einem Hakenkreuz in der Mitte anstelle des Reichsadlers. Eine Kriegsfahne in einem Dorf des Friedens – auf solch eine Idee konnte auch nur die Wehrmacht kommen, dachte Rath.

Auf seinem Weg nach oben war er der einzige Anzugträger; alle anderen Männer trugen entweder Trainingsanzüge oder Uniform, sei es das Feldgrau der Wehrmacht oder das olympische Weiß des Jugendehrendienstes. Rath fragte einen Jungen nach dem Speisesaal der Amerikaner. Der deutete auf die rechte Seite des Gebäudes.

»Die Nummer zwölf, gleich da drüben. Zugang über die Terrasse.«

Der Saal war leer, als Rath ihn betrat, bis auf ein paar Kellner, die gerade die Reste des Frühstücks abräumten. Gegenüber der Fensterreihe, die den Blick nach draußen auf das Grün des Dorfes freigab, befand sich eine weitere, die aussah wie die Schalterwand einer Bank, nur dass man hinter den Schaltern eine Küche erkennen konnte, gestapelte Edelstahltöpfe, Pfannen und Kochlöffel, und hinter dem großen Elektroherd eine Spülmaschine, die ein weißgeschürzter Mann mit schmutzigem Geschirr fütterte.

Rath ging zur nächstbesten Durchreiche und klopfte gegen das Holz des Tresens. Der Mann an der Spülmaschine brauchte etwas, bis er das Klopfen bemerkte. Er drehte sich um und schaute irritiert, als könne er nicht glauben, dass er gemeint war, obwohl sonst niemand in der Küche war. Erst als Rath ihn mit dem Zeigefinger heranlockte, warf er sich das Abtrockentuch über die Schulter, das ebenso klitschnass war wie die Schürze, und setzte sich in Bewegung. Rath zückte seine Dienstmarke, als der Spüler den Tresen erreicht hatte.

»Wenn ich kurz stören dürfte …«

»Was will denn die Kripo hier?«

»Reine Routine. Wir müssen noch ein paar Dinge festhalten im Zusammenhang mit dem tragischen Todesfall am Samstagmittag.«

Der Spüler schaute ihn an, sagte aber nichts.

»Zum Beispiel müssten wir wissen«, fuhr Rath fort, »wer sich zur bewussten Uhrzeit im Dienst befand. In der Küche, im Service, in allen Bereichen, die hier mit dem Mittagessen zu tun haben.«

»Soso. Wollen Sie vielleicht auch wissen, wer das Porzellan gebrannt hat?«

Unter anderen Umständen hätte Rath den Witzbold mit auf die Wache genommen und weichgekocht, aber hier musste er sich zurückhalten, Franke und Kollegen sollten nicht erfahren, was der Neue, um den sie nicht gebeten hatten, hinter ihrem Rücken trieb.

»Zunächst einmal reicht mir der Dienstplan von Samstag«, sagte er also, »Sie haben hier doch bestimmt so etwas.«

»Klar haben wir Dienstpläne. Sind ja nicht bei den Hottentotten.«

Rath erwiderte nichts, er schaute den Mann mit der nassen Schürze nur an. Es wirkte.

»Müsste ich den Chef fragen«, sagte der Spüler. »Kann ich ja nicht entscheiden so was. Wüsste auch gar nicht, was er mit den alten Dienstplänen macht; die neuen hängen hier aus, sehen Se.«

Er wies mit dem Kopf zu einem Schwarzen Brett, das an der gefliesten Wand angebracht war.

»Und wo finde ich Ihren Chef?«

»Hinten. Macht gerade Zigarettenpause. Während unsereiner noch das halbe Frühstück wegspülen muss.«

»Dann führen Sie mich doch bitte zu Ihrem Chef, danach können Sie in Ruhe weiterspülen.«

Der Mann nickte, das schien ihm ein annehmbarer Vorschlag zu sein. »Kommen Sie hinten rum«, sagte er, »ich schließ Ihnen auf.«

Kurz darauf öffnete sich eine unscheinbare Tür in der holzvertäfelten Wand, und Rath betrat die Küche, folgte dem Spüler quer durch den Raum, vorbei an zwei Vorratskammern zu einer weiteren Tür, die direkt nach draußen führte.

»Da hinten steht der Chef.« Der Spüler wies auf eine Gruppe von vier Männern, alle in Weiß, die beieinanderstanden, rauchten und sich unterhielten. »Der mit dem Schnurrbart.«

Damit schloss er die Tür und verschwand wieder in der Küche. Rath stand draußen auf einer Art Laubengang. Im Innenhof hatte das zentrale Speisehaus ebensolche umlaufenden Balkone wie an seiner Front, nur dass sie hier konvex gebogen waren. Sozusagen die nichtöffentliche Kehrseite von Haus Berlin. Er blickte in einen grünen Hof, den der ebenso geschwungene, aber eine Etage niedrigere Wirtschaftsflügel abschloss. Der gesamte Grundriss hatte die Form eines Auges.

Rath ging zu den rauchenden Männern hinüber. Der Mann mit dem Menjou-Schnurrbart war der einzige, der keine Kochmütze, sondern eine Art Kapitänsmütze trug. Rath zeigte ihm seine Marke. »Sie sind der Chef hier?«, fragte er.

»Wenn Sie so wollen.« Der Kapitän streckte die Hand aus und stellte sich vor. »Pütz, Verpflegungsoffizier des Norddeutschen Lloyd. Was kann ich für Sie tun, Kommissar?«

»Oberkommissar.« Rath räusperte sich. »Ich störe nur ungern Ihre Zigarettenpause. Aber dürfte ich Sie kurz unter vier Augen sprechen? Reine Routinebefragung.«

Pütz zuckte die Achseln und trat seine Zigarette aus.

»Wir haben ja alles besprochen, Männer«, sagte er zu den Köchen. »Dann macht euch mal wieder an die Arbeit.«

Wenig später saß Rath in einem kleinen Büro vor einem ebenso kleinen Schreibtisch, hinter dem der Verpflegungsoffizier Platz genommen hatte. Umso größer war das Schwarze Brett an der Wand, das übersät war mit Notizzetteln, Preislisten, Briefen und ähnlichem. Auf dem Schreibtisch hingegen fand sich außer einem Notizblock kein bisschen Papier, nur ein modernes schwarzes Siemens-Telefon und ein schwerer Glasaschenbecher.

Pütz zauberte ein Zigarettenetui aus seiner weißen Uniformjacke, klappte es auf und reichte es über den Tisch. »Sie rauchen, Oberkommissar?«

Rath griff zu. »Danke.«

Er hielt sich die Zigarette unter die Nase, bevor er sie in den Mund steckte. *Ernte 23.* Pütz beugte sich über den Tisch und gab Rath Feuer, dann steckte er sich selber eine an.

»Lassen Sie mich raten: Es geht um Sonnabend«, sagte er.

»Richtig. Wie kommen Sie darauf?«

»Nun, was für einen Grund sollte die Kripo sonst haben, mit uns zu sprechen, als den, dass in unserem Speisesaal jemand gestorben ist.«

»Nicht jemand. Ein Mitglied des amerikanischen Olympiatrosses. Das macht die Sache so delikat, deswegen wünsche ich auch, Sie unter vier Augen zu sprechen. Dieser Vorfall darf selbstverständlich nicht an die große Glocke gehängt werden.«

»Selbstverständlich.«

»Sie ahnen, dass die Lügenpresse im Ausland nur darauf lauert, der deutschen Olympiaorganisation einen Skandal anzuhängen und die Spiele zu diskreditieren. Wir müssen uns also gegen alle eventuellen Rückfragen seitens der amerikanischen Presse wappnen und Antworten parat haben.«

»Verstehe.« Pütz nickte wissend und zog an seiner Zigarette. »Normalerweise bin ich auf Passagierdampfern beschäftigt«, sagte er. »Immer mal wieder kommt es da an Bord zu Todesfällen. Natürlich tut auch der Norddeutsche Lloyd in solchen Fällen alles, um Unruhe unter den Passagieren zu vermeiden. Sie können also auf mich zählen. Ebenso auf meine Männer. Das sind alles keine Landratten.«

»Nun«, sagte Rath, »ich bin eine Landratte, aber ich schätze es, dass Sie und Ihre Männer Diskretion ebenso achten wie ich und die deutsche Sicherheitspolizei.«

Sipo. An den neuen Namen hatte er sich immer noch nicht gewöhnt. Aber es klang einschüchternder als Kripo, weil immer auch das unausgesprochene Wort *Gestapo* mitschwang, also benutzte er ihn ganz gern. Vor Heydrich, dem Sipo-Chef, hatte in Deutschland jeder Respekt.

»Wie gesagt, wir müssen uns gegen alle Eventualitäten und Nachfragen von amerikanischer Seite absichern«, fuhr Rath fort. »Deswegen gilt es die Umstände rund um den Tod von Mister Morgan so akribisch wie möglich zu rekonstruieren.«

Pütz nickte.

»Es wäre also hilfreich, wenn Sie mir den Dienstplan von Samstagmittag zur Verfügung stellen, damit die Sipo einen Überblick über alle in Frage kommenden Zeugen hat.«

»Selbstverständlich.« Pütz öffnete eine Schublade und holte ein Papier heraus, das eine mit Schreibmaschine getippte Tabelle enthielt, auf der zahlreiche handschriftliche Korrekturen vermerkt waren. *SONNABEND, 25. 7. 1936, SPEISESAAL 12* war in Großbuchstaben ganz oben vermerkt.

»Ich habe mir so etwas schon gedacht«, sagte er, als er Rath das Papier über den Schreibtisch reichte. »Außerdem bewahre ich die alten Dienstpläne sowieso immer für die wöchentliche Stundenabrechnung auf. Die ist aber bereits erledigt, Sie können den Plan also gerne mitnehmen.«

»Danke.« Rath faltete das Papier und steckte es in die Innentasche seines Jacketts. »Die Sicherheitspolizei weiß Ihre Kooperation zu schätzen.«

»Immer gerne«, entgegnete Pütz, und der Menjou-Schnurrbart über seiner Oberlippe straffte sich zu einem Lächeln.

»Den Speiseplan von Samstag bräuchte ich natürlich auch noch«, sagte Rath, und das Menjou-Lächeln fror ein. »Und wenn Sie mir dann noch sagen könnten, woher Sie die Zutaten beziehen.«

Pütz zog die Augenbrauen hoch, das Lächeln war verschwunden.

»Was soll das heißen? Wollen Sie dem Norddeutschen Lloyd unterstellen, dass er verdorbene Lebensmittel verarbeitet?«

»Natürlich nicht! Wir wollen nur alle Möglichkeiten ausschließen. Der ausländischen Greuelpropaganda keine Angriffsfläche bieten. Wie ich schon sagte: reine Routine. So ist das nun mal mit der Polizeiarbeit. Die ist meistens überflüssig und langweilig.«

»Und macht *anderen* Arbeit«, sagte Pütz. »Solch eine Liste habe ich natürlich nicht in der Schublade. Da müsste ich erst Rücksprache halten.«

»Tun Sie das«, sagte Rath. »Ich komme dann heute Nachmittag nochmal vorbei und nehme alles mit. Wie gesagt: die Zutaten zu allen Speisen, die Samstagmittag ausgegeben wurden, plus die Adressen der entsprechenden Lieferanten.«

Er drückte seine Zigarette in den gläsernen Aschenbecher, in dem sich schon einige krummgedrückte Kippen befanden, nahm den Dienstplan und stand auf.

»Haben wir uns verstanden, Verpflegungsoffizier?«

»Natürlich, Oberkommissar.« Pütz war ebenfalls aufgestanden und riss den rechten Arm hoch. »Heil Hitler.«

»Heil!« Rath winkelte seine Rechte so zackig an wie noch nie zuvor und verließ den Raum. Konnte nicht schaden, wenn ihn der Verpflegungsoffizier für einen strammen Nazi hielt.

7

Die Stadt hatte sich verändert. Und das lag nicht nur an den Fahnen, die an den Fassaden hingen, nicht an den Uniformierten, denen man allenthalben über den Weg lief, und es lag auch nicht an der ungewohnten Freundlichkeit, die einem entgegenschlug. Einer Freundlichkeit, die zu Berlin nicht so recht passen wollte, nicht zu dem Berlin, das er gekannt hatte, und schon gar nicht zu dem Berlin, vom dem sie sich daheim in den Staaten erzählten. Von einer Stadt, in der die Regierung einen unverhohlenen, offenen Antisemitismus pflege, in der man als Jude nicht mehr arbeiten, nicht mehr leben, nicht mehr atmen könne.

Davon hatte Abraham Goldstein bislang nichts gemerkt, im Gegenteil. Alle Berliner, alle Deutschen, ja selbst der Zollbeamte in Hamburg, hatten ihn, trotz des offenkundig jüdischen Namens in seinem Pass, mit nichts als ausgesuchter Höflichkeit behandelt. Vielleicht lag es daran, dass er mit der *SS Manhattan* angekommen war, demselben Schiff, das auch die amerikanischen Olympioniken über den Atlantik gebracht hatte. Vielleicht lag es aber auch an seiner blonden Begleitung, an Marion, die alle Blicke auf sich zog und allen – jedenfalls den Männern – ein freundliches Lächeln ins Gesicht zauberte.

Oder es lag daran, dass nahezu die komplette Stadt im Olympiafieber und schier aus dem Häuschen war. Jetzt schon, eine Woche vor der Eröffnung, waren nicht nur sämtliche Schaufenster mit den olympischen Ringen geschmückt; sie prangten auch auf den Speisekarten der Restaurants, auf Stadtplänen, Teetassen und Busfahrkarten. Und mindestens jedes zweite Auto war mit Olympiafähnchen und Wimpeln dekoriert.

Die meisten Menschen, denen sie begegneten, waren in einer aufgekratzten Weise gut gelaunt und schienen den Beginn der Spiele kaum erwarten zu können. Wie Kinder, die auf Weihnachten warteten. Nein, eigentlich eher wie Kinder, die ihre Weihnachtsgeschenke bereits auspackten.

Bei seinem letzten Besuch war ihm die Stadt rauer vorgekommen, dreckiger, ungehobelter. Aber auch – freier. Das war vielleicht das passende Wort. Irgendwie machte der ganze Zirkus, der hier veranstaltet wurde, selbst die Freundlichkeit der Menschen, einen gezwungenen Charakter. Als sei es sozusagen erste Bürgerpflicht, zu den Olympischen Spielen nicht nur Fahnen, sondern auch gute Laune zu flaggen und allen Fremden in der Stadt mit ausgesuchter Freundlichkeit zu begegnen.

Ja, das alte Berlin mochte unfreundlicher gewesen sein und schroffer – aber es war auch eine Stadt ungeahnter Freiheiten gewesen, eine Stadt der Verheißungen und eines ungezügelten Nachtlebens. So etwas hatte er nicht einmal in den Staaten erlebt, nicht in Manhattan, nicht in Brooklyn, nicht in Atlantic City, und das sollte etwas heißen, denn im dortigen Nachtleben kannte er sich aus. Dieses Berlin aber schien verschwunden zu sein, ersetzt durch etwas, das (bis auf die Fahnen und Uniformen) beinahe identisch aussah und dennoch etwas ganz anderes war. Als habe man die Stadt gegen eine Doppelgängerin ausgetauscht.

Er schaute zu Marion hinüber. Sie stand auf dem kleinen Balkon und rauchte, blickte hinaus in den trüben Morgen, als versuche sie zu verstehen, was das da war, draußen vor dem Hotel. Sie trug inzwischen seinen Namen und war amerikanische Staatsbürgerin, dennoch war sie ein Berliner Mädchen geblieben, hatte sich auf den Besuch in ihrer Heimatstadt gefreut, war aber gestern, nach ihrem so heiß herbeigesehnten Treffen mit den alten Freundinnen, früher als erwartet ins Hotel zurückgekehrt. Sie hatte nicht darüber gesprochen, das war nicht ihre Art, aber er hatte ihr angemerkt, dass etwas in ihr arbeitete. Die Vorfreude, die sie während der ganzen Überfahrt beherrscht hatte, war wie fortgeweht.

Goldstein hatte eigentlich im *Adlon* reservieren wollen, aber das war komplett in der Hand von Olympia, bis unters Dach voll mit Sportfunktionären; also waren sie ein paar Meter weiter die Linden hinunter im Hotel *Bristol* untergekommen, das war zwar weniger bekannt, aber sogar eine Spur luxuriöser. Nicht dass er so etwas brauchte, das *Excelsior* hätte ihm vollauf gereicht, und er wäre dort auch wieder abgestiegen, so wie vor fünf Jahren, doch hatte er es Marion nicht zumuten wollen, im selben Hotel zu nächtigen, in dem sie damals als Zimmermädchen gearbeitet hatte. Im

Bristol kannte niemand sie von früher, nicht als Zimmermädchen, nicht als Nachtclubtänzerin, und dennoch schien sie sich nicht wohlzufühlen.

Das ganze Frühstück über hatte sie geschwiegen, war gleich danach aufgestanden, hatte sich eine Zigarette angezündet und war auf den kleinen Balkon hinausgetreten, der zu ihrer Suite gehörte. Abraham Goldstein legte die Serviette beiseite, ging hinüber und stellte sich neben seine Frau. Es war, als könne er ihre Enttäuschung körperlich spüren. Dabei hatte er ihr mit der Fahrt doch eine Freude machen wollen. Eine Reise zurück in die alte Heimat, zum größten Sportereignis des Planeten. Und eine Reise zurück in die Zeit, als er sie kennengelernt hatte, damals im *Excelsior*. Als sie ihn eigentlich nur verführen wollte, um ihn auszuhorchen. Und alles ganz anders gekommen war.

Er hätte niemals gedacht zu heiraten und schon gar keine Schickse. Aber Marion war ein Glücksfall. Sie war loyal, sie mochte ihn, sie mochte sein Geld, und sie stellte keine Fragen.

Nun waren sie also sportbegeisterte amerikanische Touristen, zur Olympiade nach Berlin gekommen wie so viele andere, mit dem nötigen Kleingeld ausgestattet, um sich solch eine Reise und solch ein Hotel und überdies die nicht gerade preiswerten Karten für die Sportveranstaltungen leisten zu können.

Dass das nur die halbe Wahrheit war, ahnte Marion nicht. Solche Dinge erzählte er ihr nicht, und sie fragte auch nie danach. Es schmerzte ihn, sie nun so traurig zu sehen. Und diese Enttäuschung in ihrem Gesicht. Naja, vielleicht würde sich das noch ändern, wenn sie die ersten Sportveranstaltungen besuchten. Er hoffte es sehr, denn eine vorzeitige Abreise kam nicht in Frage.

Von ihrer Suite aus konnte man direkt auf den Boulevard blicken. Die Linden, die ihm den Namen gegeben hatten, fehlten. All die stattlichen Bäume, die der Mittelallee Schatten gespendet hatten, waren gefällt worden. Zwar hatte man neue gepflanzt, aber die waren so mickrig, dass sie neben den riesigen Fahnenmasten, die entlang des Boulevards in den Himmel ragten, beinahe unsichtbar waren. Eine Allee von Fahnenmasten, vom Brandenburger Tor bis zur Schlossbrücke. Fahnen schienen in diesem Land wichtiger zu sein als Bäume. Auch das war vor fünf Jahren anders gewesen.

Marion schaute hinab auf die Straße, und er wusste, dass sie das gleiche dachte. Er legte seinen Arm um ihre Schulter.

»Was hältst du davon«, fragte er sie, »wenn wir heute ins Grüne fahren? Hier in der Stadt scheint man auf Bäume ja keinen allzugroßen Wert mehr zu legen.«

8

Ein paar Trainingsanzüge waren zu sehen, das schon, ansonsten aber erfreulich viel Zivilkleidung und kaum Uniformen. Rath hatte sich in die Besuchergaststätte des Olympischen Dorfes zurückgezogen, ein Ort, an dem sich die Außenwelt mit der Innenwelt des Dorfes vermischte. Wer einen Sportler im Dorf besuchen und mit ihm speisen oder wenigstens eine Tasse Kaffee trinken wollte, der tat es hier. Das Lokal war ganz eindeutig ein Ort der Begegnung.

Und so war Rath der einzige Gast im ganzen Saal, der allein an seinem Tisch saß. Er wusste nicht, wo die Kollegen zu Mittag speisten, sie waren alle drei aufgebrochen, ohne ihm mitzuteilen, wohin es ging, und eigentlich war ihm das auch recht. Er hatte seine Aktentasche geschnappt und war auf dieses große Restaurant gestoßen, das im Empfangsgebäude ganz in der Nähe der Kriminalwache lag.

Die Besuchergaststätte wurde nicht vom Norddeutschen Lloyd geführt, sondern von Hoffmann & Retschlag, einem alteingesessenen Berliner Gastronomiebetrieb. Unter anderem betrieben die das Konzerthaus Clou, ein Laden, den Rath bislang gemieden hatte, und das Funkturmrestaurant, mit dem er keine guten Erinnerungen verband. Was allerdings nicht an der Gastronomie gelegen hatte.

Jeden Tag würde er hier nicht zu Mittag speisen, das stand fest. Für sein Hühnerragout mit Reis und Spargel musste er zweifünfzig hinblättern, für ein Glas Schultheiss nochmal fünfunddreißig Pfennige – eindeutig mehr, als sein Oberkommissarsgehalt für ein Mittagsmahl hergab. Auf einen Nachtisch verzichtete er und zündete sich stattdessen eine Zigarette an. Noch ein Kännchen Kaffee für achtzig Pfennige oder lieber ein Bier? Das Bier war billiger. Rath winkte nach dem Kellner und bestellte.

Dann faltete er den Dienstplan auseinander, den ihm der Verpflegungsoffizier gegeben hatte. Das waren schon eine ganze Menge Namen, die da zusammenkamen. Rath überflog das Papier und suchte nach irgendwelchen Auffälligkeiten, doch da fand sich nichts, was ihm ins Auge sprang.

Er hatte nicht vor, jeden einzelnen Zeugen selbst zu befragen. Er würde die Liste an den SD weiterleiten, die hatten ausreichende Kapazitäten, die betreffenden Personen zu durchleuchten. Sollte sich ein potentieller Attentäter oder ein politisch unzuverlässiges Subjekt darunter befinden, würden sie die Betreffenden schon aussieben. Und Raths Arbeit wäre getan.

Vielleicht ging ja alles ganz schnell, und er würde in wenigen Tagen zum LKA zurückkehren können. Der Gedanke an die drei Stinkstiefel von der Kriminalwache ließ ihn dies inständig hoffen. Wirklich glauben konnte er es indes nicht. Weil er nicht an Tornows Theorie glaubte, Walter Morgan sei vergiftet worden, um dem Deutschen Reich die Olympischen Spiele zu verderben. Ein Unfall, irgendeine Schlamperei in der Küche oder was auch immer erschien ihm weitaus wahrscheinlicher als ein vorsätzlicher Giftmord.

Der Kellner kam mit dem Bier, und Rath holte das dünne Dossier aus der Aktentasche, das heute morgen hinter dem Briefschlitz seiner Wohnungstür gelegen hatte. Alles, was der SD in der Kürze der Zeit an Informationen über Walter Morgan hatte zusammentragen können.

In seiner Jugend, die allerdings schon eine Weile zurücklag, war der Mann ein erfolgreicher Schwimmer gewesen. 1884 in Cicero/Illinois geboren, wurde Walter Samuel Morgentau, wie Walter Morgan ursprünglich geheißen hatte, mit achtzehn Jahren Mitglied in der Schwimmabteilung des New Illinois Athletic Club und feierte kurz darauf erste Erfolge als Schwimmsportler, wurde einmal Dritter bei den US-Meisterschaften über hundertfünfzig Yards Freistil, ein Jahr darauf sogar Zweiter. Bei den Olympischen Spielen in St. Louis kam er allerdings an seinem Landsmann Charles Daniels nicht vorbei und gewann in keiner Disziplin eine Medaille. 1905, ein Jahr nach Olympia, heiratete er, änderte seinen Namen in Morgan und beendete seine Schwimmkarriere, wurde aber kurz darauf Mitglied in der Schwimmabteilung der Amateur Athletic Union, wo er schon bald die ersten Ämter übernahm, die ihn schließlich nach dem Weltkrieg bis in den Vorstand der AAU und als Vertreter der USA zu den Olympischen Spielen nach Amsterdam und Los Angeles brachten. Auch wenn ihm die Spiele in Berlin nicht mehr vergönnt waren, konnte er als Funktionär mehr Olympiateilnahmen denn als Sportler verbuchen. Ob Morgan den Schwimmsport aus gesundheitlichen Gründen aufgegeben hatte, etwa wegen eines Herzleidens, ging aus dem Dossier nicht hervor. Oder spielte Antisemitismus auch in der amerikanischen Sportwelt eine Rolle? Denn das war ein Detail, das im Dossier des SD dick angekringelt war: Walter Morgan war Jude. Jude gewesen. Schon 1904 hatte er sich christlich taufen lassen, doch im Weltbild der SS blieb man auch dann ein Jude. Was den Kringel erklärte. Was Rath aber mehr irritierte, war die Konfession: Morgan hatte sich der griechisch-orthodoxen Kirche angeschlossen. Doch dann las er den Geburtsnamen von Mrs Morgan: Dimopoulou, und verstand. Morgan musste seine Frau beim Sport kennengelernt haben, denn auch sie war in ihrer Jugend als Schwimmerin aktiv gewesen und trug den schönen griechischen Vornamen Olympia.

Nach dem Ende seiner aktiven Sportlaufbahn war Walter Morgan überaus erfolgreich ins Berufsleben gestartet. Als Erbe des elterlichen Grocery Store in Cicero hatte er in Blue Island, einer anderen Kleinstadt in der Nähe von Chicago, nach seiner Hochzeit eine Konservenfabrik aufgebaut, die durch den amerikanischen Kriegseintritt ungeahnten Aufschwung erfahren sollte. Inzwischen gehörten fünf Konservenfabriken zu Morgans Imperium, und Rath fragte sich, woher der Mann die Zeit für all das nahm, wenn er auch in Sachen Sport dauernd unterwegs war. In Kenwood, einem der besseren Stadtviertel Chicagos, hatte Morgan eine Villa errichten lassen, in der seine Witwe und zwei Söhne zurückblieben. Wer es wohl übernommen hatte, den Hinterbliebenen Bescheid zu sagen. Der SD? Ob es da überhaupt einen Mitarbeiter gab, der die richtigen Worte finden würde? Eher nicht. Wahrscheinlich hatte das Auswärtige Amt diese Aufgabe übernommen oder jemand vom Organisationskomitee.

Rath drückte seine Zigarette aus und klappte die Mappe zu. Ob das alles sinnvoll war, was er hier tat, daran hatte er so seine Zweifel. Daran, dass er überhaupt einen Mord untersuchte. Auch eine Vergiftung konnte sich als Unfall herausstellen, irgendwelche Hygienevorschriften, die in der Küche nicht beachtet worden waren. Dass jemand so weit ging, einen Menschen zu töten, nur um die Olympischen Spiele zu sabotieren, konnte er sich einfach nicht vorstellen. Und eine Erklärung dafür, warum es nur Morgan getroffen hatte und nicht auch andere, die zur gleichen Zeit mit ihm beim Mittagessen saßen, hatte er ebensowenig.

Aber so hanebüchen und paranoid ihm Tornows Theorie auch erschien, er hatte keine andere Wahl, er musste tun, was der SD von ihm verlangte.

Er trank sein Bier aus und winkte dem Kellner. Auf ein Trinkgeld verzichtete er angesichts der gesalzenen Preise. Er nahm seine Aktentasche, warf Hut und Mantel über und ging vorbei an den Wachen wieder hinein ins Olympische Dorf und hinauf zum Speisehaus der Nationen.

Im Speisesaal 12 war man bereits damit beschäftigt, die Spuren des Mittagessens zu beseitigen. Wie schon am Morgen fand Rath den Verpflegungsoffizier rauchend auf der Terrasse im Hinterhof. Pütz hatte ihn erspäht und löste sich von der Truppe der Köche und Kellner.

»Herr Oberkommissar! Heil Hitler!«

Rath winkelte den rechten Arm kurz an.

»Haben Sie die Liste?«

»Ich habe alles Nötige veranlasst.«

»Was soll das heißen?«

»Dass es gerade bearbeitet wird. Sollen wir mal nachschauen, wie weit die Sache gediehen ist?«

»Ich bitte darum.«

Pütz trat seine Zigarette aus und machte eine schwungvolle einladende Bewegung mit seiner rechten Hand. »Wenn Sie mir bitte folgen wollen ...«

Der Verpflegungsoffizier führte Rath in den Wirtschaftstrakt, diesmal allerdings nicht in sein kleines Büro, sondern ein paar Türen weiter in einen großen Raum, in dem mehrere Schreibtische standen, an denen Männer in blütenweißen Hemden mit

Schulterklappen saßen, die telefonierten, schrieben oder sonstwie beschäftigt wirkten.

»Die zentrale Küchenverwaltung«, erklärte Pütz.

»Sieht alles sehr maritim aus.«

»Weil die Küche komplett in der Hand des Norddeutschen Lloyd liegt. Diese Männer arbeiten sonst auf hoher See.«

»Und nun auf einem gestrandeten Schiff.«

»Wenn Sie so wollen.« Pütz lächelte schief. Sie waren am Schreibtisch eines hageren blonden Jünglings angelangt, der eifrig telefonierte und etwas in einer Liste abhakte.

»Wie weit sind Sie denn, Ruge?«, fragte Pütz, als der Mann aufgelegt hatte, und räusperte sich. »Mit der Liste für die Kriminalpolizei, meine ich.«

»Heute nachmittag, hatten Sie doch gesagt. Ich bin mittendrin.«

»Ich habe Ihnen gesagt, so schnell wie möglich, Ruge. Das sind kriminalpolizeiliche Ermittlungen ...«

»Ich tu, was ich kann.« Ruge griff in einen Ablagekorb und nahm einen Stapel Papiere heraus. »Den Menüplan von Sonnabend können Sie schon haben. Mit den Zutaten und Lieferanten bin ich noch nicht ganz durch. Ist eine Heidenarbeit.«

Rath nahm die Papiere entgegen. »Na, das ist doch wenigstens ein Anfang«, sagte er. »Dann würde ich mir den Rest in spätestens zwei Stunden abholen.«

Pütz schien froh zu sein, dass sich die Kriminalpolizei mit einer Art Anzahlung zufriedengab und sie das Büro wieder verlassen konnten.

»Wenn ich noch etwas für Sie tun kann, Oberkommissar?«, sagte er, als sie wieder auf dem Laubengang waren.

»Danke. Gehen Sie ruhig wieder an Ihre Arbeit.« Rath wedelte mit den Papieren. »Ich habe erst mal genug zu tun.«

Er spazierte über die Dorfaue in Richtung des Empfangsgebäudes, doch dann dachte er an die Kriminalwache und die Kollegen dort und schlug eine andere Richtung ein. Hinter der Schwimmhalle lag ein Wäldchen mit einem kleinen See. Rath setzte sich ans Ufer und schaute auf den Speiseplan. Samstagmittag hatte es Philadelphia Pepper Pot gegeben, was immer das sein mochte, irgendeine amerikanische Spezialität, dazu gedämpfte Rindshüfte, Rosenkohl, Karotten und Kartoffeln. Nichts Exotisches, nichts, was eine versehentliche Vergiftung hätte erklären können. Aber irgendwie war in eine dieser Speisen Digitalis gelangt.

Rath steckte die Papiere in seine Aktentasche zurück und schaute auf den See, den kaum eine Welle kräuselte. Noch ein bisschen Zeit totzuschlagen, ehe er sich die Liste mit den verwendeten Lebensmitteln und deren Lieferanten abholen konnte. Er spürte, wie ihm die Augen zufielen; kein Wunder, er hatte letzte Nacht kaum geschlafen, Charly hatte ihm gefehlt. Er schnippte die Zigarette in den See, lehnte sich nach hinten ins Gras, schloss die Augen und ließ sich die Sonne auf die Nase scheinen.

Ein lautes Platschen ließ ihn hochschrecken. Er setzte sich auf und wusste im ersten Moment nicht, wo er war. Von einem Steg sprangen nackte Männer in den See. Sie kamen aus dem schlichten Häuschen direkt am Seeufer, ihre Haut dampfte. Rath richtete sich auf und griff nach seiner Aktentasche. Einer der Nackten vom Steg, schon im Anlauf begriffen, um ins Wasser zu springen, blieb stehen und schaute hinüber. Rath kam sich vor wie ein Voyeur, er setzte seinen Hut auf, der ins Gras gerollt war, und ging zurück in das Wäldchen auf die Dorfaue zu. Ein Blick auf die Armbanduhr zeigte ihm, dass es drei Minuten vor fünf war.

Im Speisehaus waren sie bereits mit der Vorbereitung des Abendessens beschäftigt. Mit seinem Passierschein gelangte er bis in die zentrale Küchenverwaltung und an den Schreibtisch des hageren Jünglings. Der wirkte gehetzt, als er Rath erblickte.

»Kleinen Moment noch, Kommissar«, sagte er.

»Oberkommissar.«

Der Jüngling wurde rot und noch hektischer, tippte mit Maschinengewehrgeschwindigkeit die letzten Buchstaben in die Schreibmaschine und holte das Blatt aus der Walze. Es waren zwei Blätter, mit dazwischengelegtem Kohlepapier. Der Leichtmatrose – oder was für einen Dienstrang er im Norddeutschen Lloyd auch bekleiden mochte – hantierte mit einem Locher und heftete Original und Durchschlag in zwei unterschiedlichen Mappen ab, die er Rath reichte.

»Die Firma dankt«, sagte Rath und steckte die Mappen ein.

In der Kriminalwache saßen die drei Kollegen an ihren Schreibtischen, als hätten sie sich seit heute Morgen keinen Millimeter bewegt. Lohmann und Krause schwiegen betreten, Oberkommissar Franke bedachte Rath lediglich mit einer hochgezogenen Augenbraue, als er das Büro betrat und sich an den Schreibtisch von Kriminalsekretär Löhr setzte. Die Schubladen waren immer noch randvoll mit dessen Krempel. Rath fragte sich, wann der Kollege denn endlich seinen Kram abholen wollte. Das war jetzt sein verdammter Schreibtisch.

Die Antwort auf seine Frage kam wenige Minuten später durch die Tür. In Form eines drahtigen Mannes, unter dessen Jackett sich einige Muskeln beulten. Der Mann behielt Hut und Mantel an und warf Rath einen irritierten Blick zu. Dann machte er vor Oberkommissar Franke Männchen und begann nach einem strammen »Heil Hitler« und einem kurzen Nicken zu Lohmann und Krause, den Inhalt der Schreibtischschubladen in eine Ledertasche zu schaufeln. Wortlos und ohne Rath auch nur eines weiteren Blickes zu würdigen. Er tat so, als sitze da niemand.

Rath machte brav Platz, er rollte mit seinem Stuhl ein paar Zentimeter zurück und beobachtete das absurde Schauspiel. Der geschasste Kriminalsekretär schaffte es tatsächlich, seinen Nachfolger während der ganzen Prozedur kein einziges Mal anzuschauen. Zum Abschied machte er noch einmal vor dem Schreibtisch von Oberkommissar Franke halt, erbot den Hitlergruß und verschwand dann ebenso energisch, wie er gekommen war.

Rath schüttelte den Kopf und rollte wieder an den Schreibtisch.

»Das war Kriminalsekretär Löhr«, sagte Franke überflüssigerweise.

»Warum kommt denn der jetzt erst?«

»Weil ich ihn darum gebeten habe.« Franke schaute auf die Uhr. »Eigentlich wäre Kollege Löhr erst in zwei Stunden zum Dienst erschienen.«

»So spät.«

»Nachtdienst«, sagte Franke. »Aber den übernehmen ja jetzt Sie.«

»Wie bitte?«

»Haben Sie nicht auf den Dienstplan geschaut? Hätten Sie besser mal. Kollege Löhr, den Sie ersetzen, ist diese Woche für den nächtlichen Bereitschaftsdienst eingeteilt.« Franke schaute die Kollegen an, bevor er weitersprach, mit einem Grinsen, das wohl verschmitzt wirken sollte, ihm aber völlig misslang. »Wie man sich erzählt, haben Sie heute Nachmittag am Waldsee ja auch schon ein Nickerchen gemacht, da dürften Sie sich genügend ausgeruht haben.«

»Schön, ich habe also Nachtdienst«, knurrte Rath. »Und warum haben Sie mir das nicht schon heute Morgen gesagt?«

»Tut mir leid, Oberkommissar. Aber Sie waren so schnell durch die Tür … Wir wussten leider nicht, wie wir Sie erreichen sollten. Ich hoffe, Sie haben genug zu lesen dabei, so eine Nacht kann sich ziehen.«

Mit diesen Worten stand Franke auf und ging zum Garderobenständer hinüber. »Kommt, Kollegen«, sagte er zu Lohmann und Krause, »der Nachtdienst ist ja bereits da, wir können heute mal ein bisschen früher Feierabend machen.«

Der Kommissar und der Kriminalsekretär standen auf. Krause zeigte Rath immerhin noch ein entschuldigendes Achselzucken, bevor er die Kriminalwache mit den beiden anderen verließ.

Na, das konnte ja heiter werden mit den Kollegen. Dann also Nachtdienst. Gut, dass Charly schon ausgezogen war. Dennoch gab es eine Verabredung, die er absagen musste, was ihm allerdings weniger schwerfiel, als Charly einen Korb zu geben. Er zündete sich eine Zigarette an und griff zum Telefonhörer.

9

Er war sich ganz sicher, und dann auch wieder nicht. Den hellen Mantel kannte er noch nicht, ebensowenig den Hut – kein Wunder, hatte er den Mann doch seit Monaten nicht gesehen. Diese leicht schlaksige Art zu gehen jedoch kannte er nur von einem Menschen. Aber was sollte Gereon Rath im Olympischen Dorf zu tun haben? Der war doch Mordermittler. Bevor Fritze sich der Sache hatte vergewissern können, war der sandfarbene Sommermantel zwischen den Häusern verschwunden und Dave Albritton hatte nach seinem *Ärrendienstboy* gerufen.

Er hatte den Amerikaner in die Stadt begleitet, und als Albritton erfuhr, dass der Jugendehrendienstjunge Thormann ein waschechter Berliner war, musste Fritze ihm alle wichtigen Sehenswürdigkeiten zeigen, sich um Kraftdroschken, Fahrscheine und Eintrittskarten kümmern und darüberhinaus alles erklären. Ein seltsames Gefühl war das, an den Bahnhöfen, an denen er vor wenigen Jahren noch die Passanten angebettelt hatte, in weißer Uniform herumzustolzieren und Fremdenführer für einen amerikanischen Touristen zu spielen. Natürlich fielen sie auf, der blonde weiße Junge und der schwarze große Mann, immer wieder blieben neugierige Blicke an ihnen hängen. Die meisten ahnten wohl, dass es ein Olympionike sein musste, allein schon wegen der olympischen Ringe an Fritzes Uniformbrust, doch traute sich niemand, ihn anzusprechen. Bis auf einen, der den Hochspringer mit Jesse Owens verwechselte und um ein Autogramm bat. Mit bierernstem Gesicht und unbeholfener Handbewegung krakelte Albritton, obwohl er schreiben konnte, drei Kreuze auf das mitgebrachte Foto, das tatsächlich Jesse Owens zeigte. Wie man die beiden bloß verwechseln konnte, fragte sich Fritze. Wahrscheinlich gehörte der Autogrammjäger zu den Leuten, die sagten, Neger sähen doch sowieso alle gleich aus.

Hundemüde und voller Eindrücke war er ins Dorf zurückgekehrt und hatte seine Beobachtung von heute morgen völlig vergessen. Bis Schröder beim Abendessen mal wieder das Gespräch an sich riss.

»Ein echter Kriminalkommissar, ick schwöre! Hatte nur keene Ahnung, wo die Kriminalwache ist, musste ihn hinbringen.«

Sie aßen nicht im Speisehaus der Athleten, sondern im Kasino der Unteroffizierssiedlung neben dem Olympischen Dorf, in der sie auch schliefen. In Achtbettzimmern. Mit denselben Jungen, mit denen Fritze nun auch am Tisch saß. Am Kopfende Rönnberg, ihr Stubenältester.

Doch das Wort an ihrem Tisch führte wieder mal Schröder, das Großmaul.

»Klingelt's denn da überhaupt nicht bei euch?«, fragte der. »Ein Kriminaler, der den Weg zur Wache nicht kennt?«

»Und?«, fragte Max, Fritzes Freund aus Reinickendorf. Die beiden Berliner Jungen hatten sich vor einem Jahr in Nürnberg kennengelernt, im HJ-Lager beim Reichsparteitag, und sich gleich angefreundet.

»Ja, was: und?«, sagte Schröder, in einem Ton, als könne Maxe nicht eins und eins zusammenzählen. »Denkt doch mal nach! Kombinieren! Der war heute zum ersten Mal hier, jede Wette.«

Er schaute erwartungsvoll in die Runde, doch niemand reagierte.

»Mensch, ihr steht aber auf der Leitung, det muss ick schon sagen!« Schröder senkte seine Stimme und klang nun wie ein Verschwörer. »Wenn ihr mich fragt«, raunte er bedeutungsschwanger, »dann ist das kein Zufall.«

Jetzt hatte er sie. Alle Jungen am Tisch und selbst die von den Nachbartischen hörten ihm gebannt zu, und Fritze hasste sich dafür, dass er selbst ebenfalls zuhörte.

»Ich denke, die haben einen Spezialisten geholt, weil da was nicht mit rechten Dingen zugegangen ist beim Tod von diesem Ami. Weil das …« – Und hier machte Schröder eine kunstvolle Pause und schaute alle an, um auch ganz sicherzugehen, dass alle zuhörten. – »… nämlich ein Mord war.«

Schröder, das Großmaul! Warum nur konnte der nicht mal für fünf Sekunden die Klappe halten. Nun waren sie wieder bei dem Thema, das Fritze am liebsten vermieden hätte. Und dann stellte er auch noch einen Mordverdacht in den Raum.

Für einen Moment herrschte tatsächlich ehrfürchtiges Schweigen, doch dann meldete sich Maxe zu Wort.

»So ein Quatsch«, sagte er, »wenn irgendwo ein Mord geschieht, dann kommt das Mordauto mit dem dicken Gennat und zig anderen Kriminalern, da kommt nicht nur eener alleene.«

»Ach, woher weeßte denn dette, Körner?«

»Weil ick Berliner bin. Da weeß det jedes Kind.«

Schröder, der Potsdamer, guckte ein bisschen eingeschnappt, aber dann fiel ihm doch noch eine Antwort ein.

»Vielleicht wollen die hier aber auch nich so'n Aufsehen erregen und haben deswegen nur *eenen* geschickt, wat weeßten du schon?«

»Schröder, Körner, nu hört mal auf, euch zu zanken, sonst gibt's wieder Strafdienst«, mischte sich Rönnberg ein, der ein bisschen älter war als sie alle und immer meinte, den Vernünftigen spielen zu müssen. »Wenn die wirklich einen Mordermittler ins Dorf geschickt haben, dann hätte der doch auch Thormann befragen müssen, oder? Der wäre dann doch ein Zeuge.«

Na, prima. Nun waren alle Augen auf ihn gerichtet.

»Ich bin doch kein Zeuge«, protestierte Fritze. »Ich hab doch gar nix gesehen. Außerdem war ich heute den ganzen Tag mit diesem amerikanischen Hochspringer unterwegs.«

»Vielleicht haben die dich nur deshalb nicht befragt«, meinte Schröder, der so schnell wohl nicht aufgeben wollte. »Weil sie dich nicht gefunden haben! Sonst hätten sie.«

»Was jetzt? Sie oder der?«, sagte Max. »Eben hast du noch behauptet, die Sipo hat nur einen Mordermittler ins Dorf geschickt?«

Aber es war zu spät, das Interesse des halben Speisesaals war wieder auf Fritze gerichtet.

»Du musst doch irgendwas gesehen haben«, sagte Rönnberg, »du warst doch dabei.«

»Ich war im Speisesaal, um etwas für Mister Albritton zu besorgen. Was da passiert ist, hab ich nicht mitbekommen.«

Rönnberg ließ nicht locker. »Der Steward Ehlers ist ein Freund von meinem großen Bruder. Und der erzählt, der Junge vom Jugendehrendienst hätte sogar den Doktor geholt.«

»Natürlich. Weil mich einer geschickt hat. Ihr wisst doch, wie das ist. Wir sind die Laufburschen hier im Dorf.«

»Ich dachte, du wärst gar nicht mehr da gewesen, als das passiert ist ... Hast du mir gestern doch erzählt.«

»Quatsch mit Sauce! Hab ich dir nicht erzählt. Hab gesagt, dass ich nüscht gesehen habe, det is allet.«

»Aber das mit dem Arzt, warum haste das dann nicht erzählt?«, fragte Schröder. »Ist doch spannend.« Von den anderen war beipflichtendes Gemurmel zu hören. Einige nickten. »Du tust so, als wäre gar nix passiert«, fuhr Schröder fort, »und das finde ich schon irgendwie merkwürdig.«

»Wenn ihr das so spannend findet: Ich bin zum Arzt und hab Bescheid gesagt. Dann hab ich Mister Albritton sein Essen und seine Cola gebracht. Das war's. Zufrieden?«

Fritze spürte, dass er ein bisschen zu zickig reagiert hatte. Er fühlte sich einfach nicht wohl in seiner Haut. Mittlerweile hatten die anderen Jungen ihn umringt wie ein Wolfsrudel seine Beute, ein in die Enge getriebenes Reh. Alle starrten ihn an, schienen etwas von ihm zu erwarten, das er ihnen nicht geben konnte. Selbst Maxe konnte seine Neugier nicht verbergen.

»Verdammt«, sagte Fritze. »Ich weiß einfach nicht mehr. Vielleicht sollten wir alle mal mit Rönnberg zu diesem Ehlers gehen und fragen, was der so mitbekommen hat.«

Noch während er das sagte, wurde ihm klar, dass er natürlich niemals bei diesem Treffen dabei sein dürfte. Er hatte keine Ahnung, wer dieser Ehlers war und ob der ihn gesehen oder sogar mit ihm gesprochen hatte, doch stand zu befürchten, dass der Steward eine ganz andere Geschichte erzählen würde, als Fritze Thormann sie bislang erzählt hatte.

Aber fürs Erste wirkten seine Worte, die anderen ließen endlich von ihm ab. Ein Rest von Misstrauen allerdings war in ihren Blicken zurückgeblieben. In den Blicken aller, die um ihn herumstanden und sich nun langsam, einer nach dem anderen abwandten, um auf ihre Stuben zu gehen. Manche drehten sich sogar in der Tür noch einmal um und schauten zu ihm zurück. Es war kein gutes Gefühl. Mit einem Mal fühlte Fritze sich im Kreise der Jungen, die doch eigentlich seine Kameraden sein sollten, die sie doch alle dieselbe weiße Uniform trugen, wie jemand, der nicht dazugehörte. Er kannte dieses Gefühl und er hasste es. Mehr noch: Es jagte ihm eine Höllenangst ein.

10

Der Mann war ein wenig älter geworden, doch hatte er sich kaum verändert. Denn alt war Manfred Oppenberg schon gewesen, als Charly ihn vor fünf Jahren kennengelernt hatte, vielleicht war er damals noch ein wenig fülliger gewesen. Ein Filmmogul, der sich gerne mit jungen Frauen umgab. Ein Mann voller Lebensfreude, Unternehmungslust und Kreativität, nicht immer auf der richtigen Seite des Gesetzes, gleichwohl loyal zu seinem Land und seiner Stadt, ein Mann, der geradezu perfekt in das brodelnde Berlin der Republikjahre gepasst hatte.

Jetzt saß da ein Mann mit grauem Gesicht, in das sich ein paar Sorgenfalten zuviel gegraben hatten. Ein Mann, der sein bisheriges Leben hatte aufgeben müssen und noch kein neues gefunden hatte. Nicht dass die deutsche Filmwirtschaft nicht florierte – im Gegenteil, die brummte unter der Förderung von Goebbels mehr denn je –, sondern ganz einfach, weil er Jude war.

»Das Problem ist«, sagte er gerade, »dass man mich nicht ausreisen lässt. Es geht nicht darum, wieviel Geld ich im Gepäck habe. Neulich wollte ich in die Schweiz, alte Freunde besuchen, an Devisen hatte ich vielleicht zwanzig Mark dabei, mehr nicht. Und dennoch haben die deutschen Grenzer mich zurückgeschickt. Natürlich nicht, ohne ein paar Bemerkungen über die angeblich so artfremde jüdische Rasse zu machen. Dabei konnten diese dämlichen Schwaben nicht mal richtig Hochdeutsch.«

Sie saßen im Detektivbüro von Wilhelm Böhm, doch war es schon lange nach Ende der Geschäftszeiten. Was sie zu bereden hatten, hatte auch nichts mit den offiziellen Geschäften der Detektei zu tun. Manfred Oppenberg hatte erst vor wenigen Tagen die Fühler nach ihnen ausgestreckt. Ein Geschäftsfreund, dem die Ausreise nach Frankreich geglückt war, hatte den Kontakt hergestellt.

Böhm räusperte sich. »Wenn ich Sie richtig verstehe, Herr Oppenberg, geht es Ihnen gar nicht darum auszuwandern, Sie wollen …«

»Richtig«, unterbrach ihn Oppenberg. »Ich bin Berliner, ich bin hier zuhause, was soll ich denn woanders? Es geht mir darum, dass man mich ungestört außer Landes lässt und auch wieder hinein.«

»Aber Sie dürfen doch in Deutschland nicht mehr arbeiten«, wandte Charly ein.

»Na und? Filme kann ich auch in Paris produzieren oder in Prag, aber dafür muss ich reisen können, und das lässt man mich nicht mehr.«

»Wenn ich Sie richtig verstehe, wollen Sie einen falschen Pass.«

»Richtig.«

»Aber nicht, um außer Landes zu gelangen und sich in Sicherheit zu bringen, sondern um damit regelmäßig aus- und wieder einzureisen.«

»Genau. Ich möchte an der Grenze behandelt werden wie ein normaler Mensch und nicht wie ein Aussätziger.«

»Ist Ihnen klar, wie riskant das ist? Normalerweise helfen wir den Menschen, möglichst viel von ihrem Vermögen ins Ausland zu transferieren und unbehelligt über die Grenze zu kommen. Zu diesem Zweck haben wir auch schon falsche Papiere anfertigen lassen, aber nur für den einmaligen Gebrauch. Wenn die Leute außer Landes waren, haben sie die nicht mehr gebraucht. Das wäre ja auch viel zu riskant. Ich kann Ihnen nur raten, machen Sie dasselbe: Gehen Sie ins Ausland und lassen sich dort neue Papiere ausstellen. Wenn Ihr Geld doch ohnehin schon dort ist.«

»So schnell geht das leider nicht, französischer oder tschechoslowakischer Staatsbürger zu werden. Außerdem bin ich verdammt noch mal Deutscher. Wer sagt denn, dass die Zeiten nicht wieder anders werden? An den Parkbänken auf dem Savignyplatz hingen neulich noch Schilder *Für Juden verboten*, nun sind sie wieder verschwunden. Ebenso der Stürmer-Schaukasten. Nirgendwo muss ich mehr lesen: *Die Juden sind unser Unglück.*«

»Ich will ja nicht schwarzmalen, Herr Oppenberg«, sagte Charly. »Aber Sie sollten nicht auf die Propaganda unserer Regierung hereinfallen. Schlimm genug, dass das Ausland es tut. Für ein paar Wochen während der Olympischen Spiele gibt sich Berlin wieder weltoffen, aber ich sage Ihnen: Sobald das olympische Feuer erloschen ist, wird es weitergehen wie zuvor, wenn nicht schlimmer.«

Oppenberg zuckte die Achseln.

»Ich weiß nicht. Und wenn schon. Ich will Hitler diese Genugtuung nicht gönnen, mich aus dem Land geekelt zu haben. Das ist *mein* Vaterland und nicht das dieses dahergelaufenen Österreichers. Der soll dahin zurückgehen, wo er hergekommen ist. Man hätte den Kerl vor Jahren schon aus dem Land jagen müssen, dann hätte er seine Reden in Wien oder Linz schwingen können.«

»Ich verstehe Ihren Unmut, Herr Oppenberg«, sagte Böhm, »aber ich kann Ihnen von Ihrem Vorhaben nur abraten. Es ist zu riskant. Einen Passfälscher, der Papiere dieser Qualität herstellen kann, haben wir leider nicht an der Hand. Und das Risiko, dass Sie mit einem falschen Pass, den Sie wieder und wieder an der Grenze vorzeigen, auffliegen werden, das ist immens.«

»Dieses Risiko einzugehen bin ich bereit. Sonst wäre ich ja gar nicht erst zu Ihnen gekommen.«

»Aber Sie gefährden damit womöglich unser gesamtes Unternehmen. Was meinen Sie, was passiert, wenn Sie erst einmal in die Fänge der Gestapo geraten?«

»Keine Angst, ich denunziere Sie nicht.«

»Das haben schon ganz andere gedacht. Bis sie im Columbiahaus gelandet sind. Und dann haben sie doch geredet.«

»Soll das heißen, wir werden nicht handelseinig?«

»Das soll heißen, dass wir uns die Sache noch einmal durch den Kopf gehen lassen.« Böhm stand auf. »Sie hören von uns, Herr Oppenberg.«

Er führte den Filmproduzenten zur Tür und verabschiedete ihn mit Handschlag.

»Und?«, fragte Charly, nachdem Böhm sich wieder gesetzt hatte und ein nachdenkliches Gesicht machte. »Was meinen Sie?«

Böhm brummte irgendetwas Unverständliches vor sich hin und schüttelte unwillig den Kopf.

»Das ist doch Wahnsinn«, sagte er schließlich. »Der Mann will nicht emigrieren, der will mit falschen Papieren ein- und ausreisen, wie es ihm gefällt.«

»Ich bin mir nicht sicher, ob das Wahnsinn ist«, entgegnete Charly, »der Mann möchte einfach das tun, was jeder Mensch können sollte: sich frei bewegen. Wahnsinn ist, dass er das in unserem vielgepriesenen neuen Deutschland nicht mehr darf.«

»Natürlich«, brummte Böhm. »Das weiß ich auch. Aber so sind die Zeiten nun mal, und wir tun, was wir können, um dagegen anzugehen. Aber mit einem derartigen Ansinnen ...«, er schüttelte noch einmal den Kopf, »... da ist es doch nur eine Frage der Zeit, dass er auffliegt. Und damit wir alle.«

»Das hört sich an, als sei Ihre Entscheidung schon gefallen.«

»Im Grunde genommen ist sie das. Aber natürlich würde ich auch Ihre Meinung dazu gerne hören.«

»Ich weiß nicht«, sagte Charly. »Einerseits haben Sie natürlich recht. Andererseits aber kann ich den Mann verstehen. Er will einfach nur frei reisen wie jedermann. Wenn er schon gezwungen ist, seine Filme im Ausland zu drehen, möchte er wenigstens seiner Heimatstadt nicht den Rücken kehren.«

»Aber wir leben nun einmal in Zeiten, in denen so etwas für jemanden wie Manfred Oppenberg unmöglich ist.«

Charly musste daran denken, wie deplaziert sie selbst sich in diesem Land fühlte. Und dass sie dennoch niemals auf den Gedanken käme auszureisen. Weil sie sich Berlin, weil sie sich Preußen, weil sie sich Deutschland viel zu verbunden fühlte. Das war ihre Heimat, und sie weigerte sich, die Hoffnung aufzugeben, dass es damit auch mal wieder in eine andere Richtung gehen könne. Wie sie Greta beneidete, die in der ganzen Welt zuhause war und es sich aussuchen konnte, ob sie in Stockholm oder Berlin wohnte. Und welchen Pass sie vorzeigte.

»Und was sollen wir Ihrer Meinung nach tun?«, fragte sie. »Jemanden wie Manfred Oppenberg im Stich lassen, nur weil er sein Land liebt?«

»Ich werde niemanden im Stich lassen. Ich werde den Mann aber auch nicht in sein Unglück laufen lassen. Ich denke, man sollte ihn überreden, sich für eine der Städte, in denen er dreht, zu entscheiden und dorthin überzusiedeln. Dann besorge ich ihm auch gerne einen Reisepass. Für einmaligen Gebrauch.«

»Hm, wahrscheinlich ist das wirklich die beste Lösung. Ich fürchte nur, es wird nicht so einfach sein, einen Mann wie Oppenberg davon zu überzeugen.«

»Da haben Sie recht, Charly«, sagte Böhm und schaute sie an. »Deswegen denke ich auch, es ist das Beste, wenn *Sie* diese Aufgabe übernehmen.«

11

Gräf wartete schon auf ihn. Nicht im Dreieck, wo sie sich für den Vorabend verabredet hatten, sondern bei Aschinger in der Leipziger Straße, wo er vor einer dampfenden Tasse Kaffee und einem halben Leberwurstbrötchen saß, das mit einer halbierten sauren Gurke garniert war. Gräf wirkte wie ein Oberlehrer in der großen Pause, jedenfalls nicht wie ein SS-Untersturmführer. Rath hatte ihn noch nie in Uniform gesehen, bei ihren informellen Treffen im Dreieck sowieso nicht, aber genausowenig bei seinen seltenen Besuchen im Prinz-Albrecht-Palais, und er konnte es sich auch kaum vorstellen. Reinhold Gräf sah einfach nicht aus wie ein SS-Mann.

Er wusste nicht, wieviele Kriminalbeamte inzwischen bei der SS waren, jedenfalls wurden es immer mehr. Sie trugen keine Uniform, doch führten sie neben ihrem Polizeidienstgrad nun auch ein SS-Rangabzeichen. Obwohl Rath dem SD und damit der SS zuarbeitete, hatte er sich bislang geweigert, diesen Schritt zu gehen, er war kein Parteimitglied und auch kein Mitglied in irgendeiner NS-Organisation, nicht in der SS, nicht in der SA, nicht einmal im NS-Kraftfahrerbund, er war ein Kriminalbeamter vom alten Schlage. Und das wollte er auch bleiben, ganz gleich, was die Kollegen machten.

»Bist du schwanger?«, fragte er, als er an Gräfs Tisch trat, und zeigte auf das Gurkenbrötchen. Rath freute sich über das zitronensaure Grinsen, das er damit auslöste, hängte Hut und Mantel auf und bestellte beim Kellner, der gerade vorübereilte, ein Kännchen Kaffee.

»Lass die Witze, Gereon«, sagte Gräf. »In einer halben Stunde muss ich in der Wilhelmstraße sein, ein Treffen gestern Abend im Dreieck wie geplant wäre sinnvoller gewesen, dann hätten wir jetzt nicht diese Hektik.«

»Was sollte ich machen? Konnte ja nicht ahnen, dass ich zum Nachtdienst eingeteilt war.« Rath setzte sich zu Gräf an den Tisch. »Hättet ihr auch mal etwas besser vorbereiten können. Außerdem sind die Kollegen stinksauer, dass meinetwegen einer von ihnen wieder aus dem Olympischen Dorf gekegelt wurde.«

»War schwierig genug, dich einzuschleusen, ohne Verdacht zu erregen. Musste ja alles sehr schnell gehen. Hauptsache, du bist drin.« Gräf trank einen Schluck Kaffee. »Und? Was hast du für mich?«

Rath holte den Dienstplan und die Listen aus seiner Aktentasche.

»Hier. Die Namen würde ich an eurer Stelle mal durchleuchten. Alle, die am Samstag zur Mittagszeit Dienst hatten. Sollte ein potentieller Saboteur dabei sein, werdet ihr den bestimmt raussieben können. Man hört ja Erstaunliches über den SD.«

Gräf nahm die Liste entgegen und biss in sein Brötchen. »Und sonst?«

»Die Zentralküche hat netterweise alle Lebensmittel aufgelistet, die Samstagmittag in Küche zwölf verarbeitet wurden, inklusive der jeweiligen Lieferanten.«

»Und?«

»Mir ist nichts Ungewöhnliches aufgefallen. Aber vielleicht überprüft ihr auch mal die Lieferanten. Nicht dass sich hinter irgendeiner Konservenfabrik ein kommunistisches Widerstandsnest verbirgt. Wenn, dann werdet ihr das bestimmt herausfinden.«

»Gut«, sagte Gräf, packte die Papiere in seine eigene Aktentasche, schlang das Brötchen mit einem letzten Schluck Kaffee hinunter und verabschiedete sich. Ohne Deutschen Gruß. Schließlich sollten sie wie zwei Zivilisten wirken, die sich zufällig zum Frühstück trafen.

Erst als Gräf schon draußen auf der Leipziger Straße stand, kam der Kellner mit Raths Kaffee.

»Der Kollege schon weg?«, fragte er.

Rath nickte.

»Dann übernehmen Sie die Rechnung?«

»Sieht wohl so aus.«

Rath trank einen großen Schluck Kaffee. Richtig wach machte der auch nicht. Musste er auch nicht. Er freute sich schon auf das Nickerchen in der Carmerstraße, erst heute abend musste er wieder ins Olympische Dorf. Zum nächsten Nachtdienst. Viel geschlafen hatte er nicht in seiner ersten Nacht, obwohl nichts von Belang passiert war. Kein Athlet, der den mitternächtlichen Diebstahl seiner Armbanduhr gemeldet hätte, keine Beschwerden über ruhestörenden Lärm, kein Streit unter Sportlern verfeindeter Nationen, nichts. Das Telefon hatte nicht ein einziges Mal geklingelt.

Eine Weile hatte Rath die Papiere studiert, die der fleißige Herr Ruge in der Zentralküche aufgesetzt hatte, doch keinen einzigen Anhaltspunkt finden können. Als ihm immer wieder die Augen zufielen, hatte er kurzerhand zwei Stühle zusammengeschoben und eine Art Bett gebastelt.

Oberkommissar Franke hatte ihn schließlich heute morgen erlöst. Ihn aber erst nach einem detaillierten Bericht, den Rath auch noch schriftlich niederlegen musste, gehen lassen. So war

Rath also auch zur Frühstücksverabredung mit Gräf zu spät gekommen. Gegen Franke war Oberkommissar Böhm, sein alter Vorgesetzter in der Burg, ein liebender Vater gewesen.

Rath parkte in der Carmerstraße und stieg aus. Er nickte Bergner, dem Portier, kurz zu und ging die Treppe hinauf, holte bereits im Treppenhaus die Wohnungsschlüssel aus der Tasche und schloss auf. Es war ein seltsames Gefühl, morgens früh todmüde in die leere Wohnung zu kommen. Er hängte Hut und Mantel an die Garderobe, zog die Schuhe aus und ging ins Wohnzimmer. Er brauchte nicht einmal einen Cognac. Noch im Anzug ließ er sich aufs Sofa fallen und schlief sofort ein.

Er wusste nicht, wie lange er geschlafen hatte, als die Türklingel ihn aus seinen Träumen riss. Er war etwas verwirrt, gerade noch hatte er sich auf einem labyrinthischen Passagierdampfer voller blendend weiß Uniformierter befunden, die ihm, sobald er sie ansprechen wollte, aus dem Weg gingen oder sich sogar in Luft auflösten. Je mehr er versucht hatte, dem Labyrinth zu entkommen, desto tiefer war er in die Innereien des Schiffes gelangt, bis er sich schließlich im Maschinenraum wiedergefunden hatte, in dem es unerträglich heiß war.

Die Sonne blendete ihn, als er die Augen öffnete. Sie stand hoch am Himmel und schien ihm mitten ins Gesicht. Rath schaute auf die Uhr. Halb eins. Wieder klingelte es, und er setzte sich auf. Wer konnte das sein? Außer Gräf wusste kein Mensch, dass er überhaupt zuhause war. Normalerweise arbeitete er um diese Zeit. Hatte der Untersturmführer noch etwas vergessen? Gab es erste Ergebnisse? Oder brachte er neue Instruktionen vom SD?

Rath strich mit den Händen über den zerknitterten Anzug, ging kurz mit den Fingern durch die Frisur und öffnete die Wohnungstür. Vor ihm stand ein leicht untersetzter Mann im taubenblauen Anzug, einen kreisrunden Strohhut auf dem Kopf und ein unerschütterlich wirkendes Lächeln im Gesicht. Neben ihm stand ein kleiner Koffer.

Im ersten Augenblick dachte Rath an einen Versicherungsvertreter und wollte die Tür schon wieder schließen, bis der Mann seine Kreissäge lüftete und den Mund aufmachte.

»Mister Rath?«, fragte er. »Nice to meet you in person. Frank Miller, Pittsburgh, Pennsylvania.«

Verdammt, der Olympia-Ami! Den hatte er komplett vergessen. Hatte noch nicht einmal das Bett in Fritzes Zimmer frisch bezogen.

»Oh, yes, of course!« Rath streckte die Hand aus. »Welcome to Berlin!«

Der Ami ergriff Raths Rechte erfreut und schüttelte sie mit beiden Händen. »May you show me our rooms, than I will catch up with the rest of us.«

»I beg your pardon?«

»Well, my family. They are waiting downstairs.«

»Your family?«, fragte Rath. »Da muss ein Versehen vorliegen.«

»Pardon?«

»Oh, I expected only one person«, sagte Rath.

»But I wrote to the Wörkörs- and Quartiersämt, we are two adults and one child.« Zur Unterstreichung des Gesagten wedelte Frank Miller mit einem Papier, das er aus der Westentasche zog und das den Stempel und den Briefkopf des Verkehrs- und Quartiersamtes trug.

»Well, Mister Miller«, sagte Rath. »I didn't expect you so early. Your room isn't ready yet.«

»Oh, no problem. We're going to take a look around your beautiful city. But I thought we might leave our luggage already here.«

»Of course.« Rath nahm den kleinen braunen Koffer. »Take all the time you need. Your room will be fixed at two o'clock.«

Er wollte die Tür schließen, doch der Fuß von Frank Miller hinderte ihn daran. Schien wirklich Vertreter zu sein, der Mann.

»I'm sorry«, sagte der Ami. »But most of the luggage is downstairs. We may help the cab driver and I introduce you to my family.«

Rath seufzte und folgte dem Mann nach unten. Als sie Bergner, den Portier, passierten, zeigte der Rath ein kurzes, mitleidendes Achselzucken.

Draußen auf dem Treppenabsatz standen Berge von Gepäckstücken. Aus dem Kofferraum einer Großtarifkraftdroschke, die am Fuß der Außentreppe parkte, holte ein sichtlich gereizter Taxifahrer gerade den letzten Koffer und die letzte Hutschachtel.

Neben dem Gepäckgebirge warteten eine vielleicht vierzigjährige blonde Frau mit rosiger Gesichtsfarbe und ein schlecht gelaunt dreinblickender Junge, vielleicht fünfzehn oder sechzehn Jahre alt.

»This is my wife Dolores«, sagte Frank Miller. Die Frau warf Rath einen verschämten Blick zu und deutete einen Knicks an. »And this«, fuhr Miller fort, »is my son. Frank Miller junior.«

Mit unverhohlenem Stolz zeigte Frank Miller auf den Jungen, der überhaupt nicht daran dachte, die Hand auszustrecken oder sonst etwas zu tun, das einer Begrüßung nahekam. Stattdessen kaute er beständig auf irgendetwas herum, ohne es jemals herunterzuschlucken. Chewing Gum, vermutete Rath. Das kannte er noch aus Hoboken, New Jersey, wo er vor Jahren, eine Ewigkeit war das her, einmal seinen Bruder besucht hatte.

Der Taxifahrer war mit den letzten beiden Gepäckstücken am Treppenabsatz angelangt.

»Das muss noch rauf in den dritten Stock«, sagte Rath. »Aber zum Glück hat dieses Haus einen Aufzug.«

Der Aufzug, den Rath ohnehin eher selten benutzte, erwies sich allerdings als zu klein, um auch noch Personen zu befördern, nachdem das komplette Gepäck der Millers in ihm verstaut war. Rath drückte den Knopf, und sie gingen zu Fuß. Als alle Koffer und Taschen glücklich in der Wohnung gelandet waren, steckte er dem Taxifahrer einen Fünfmarkschein zu, ohne dass Frank Miller das mitbekam. »Zeigen Sie der Familie mal Berlin«, sagte er. »Und sorgen Sie dafür, dass sie nicht vor vier hier wieder auf der Matte steht.«

Der Taxifahrer hielt die Hand so lange ausgestreckt, bis Rath einen zweiten Fünfer hineinlegte, dann nickte er, stieg zu Mister Miller in den Aufzug und fuhr wieder hinab. Rath blieb oben und setzte sich auf den größten Koffer, der im Flur stand. Dann zündete er sich erst einmal eine Zigarette an und betrachtete das Koffergebirge.

Fritzes altes Zimmer, so viel stand fest, war zu klein für die Familie Miller. Er würde ihnen das Schlafzimmer überlassen müssen und für den Junior das Feldbett aufstellen, in dem sonst immer seine Schwiegermutter nächtigte. Und er selbst würde in Fritzes Zimmer ziehen.

Und dann? Wie sollte er das alles ohne Charly bewältigen? Einen einzigen Mann zu beherbergen, das hätte er sich ja noch zugetraut, aber eine ganze Familie? Wie er es auch drehte und wendete, ihm blieb keine andere Wahl. Bevor er sich daran machte, die Betten neu zu beziehen und das Feldbett aus der Kammer zu holen, griff er zum Telefon und ließ sich mit Fleischermeister Konrad in Schwiebus verbinden.

12

Er hatte den ganzen Tag nach ihm Ausschau gehalten, ihn aber nirgends gesehen. Die Kriminalbeamten im Dorf fielen immer gleich auf, weil sie die einzigen Zivilisten waren. In seiner Ungeduld hatte er sogar mit dem Gedanken gespielt, kurz in der Kriminalwache vorbeizuschauen, um zu sehen, wer dort am Schreibtisch saß, doch war ihm kein passender Vorwand für solch einen Besuch eingefallen. Außer dass er Dave Albritton die Armbanduhr hätte stehlen können, um den Verlust der Uhr dann in der Kriminalwache zu melden. Er hatte sogar eine Weile mit der Uhr in seinen Händen gespielt, sie aber dann wieder zurück an ihren Platz neben Albrittons Liegestuhl gelegt.

Je mehr Stunden vergangen waren, desto weniger hatte Fritze noch daran geglaubt: dass es wirklich Gereon Rath war, den er gestern im Olympischen Dorf gesehen hatte. Den Schröder zur Kriminalwache gebracht hatte. Nun ging es schon auf den Abend zu, nach dem Fahnenappell würden sie das Dorf verlassen, und er hatte den ganzen Tag keinen Kriminalbeamten gesehen. Was nicht weiter verwunderlich war, denn die traten eher selten in Erscheinung, sondern hockten den lieben langen Tag in ihrem Büro. Vielleicht sollte er Schröder mal vorsichtig ausfragen, wie der Beamte denn ausgesehen hatte.

»Hier steckst du, Thormann! Wir suchen dich schon!«

Fritze drehte sich um. Schröder. Natürlich. Wenn man an den Teufel dachte.

»Was ist denn los?«, fragte er.

»Was los ist? Rönnberg will uns mit zu Ehlers nehmen.«

»Ehlers?«

»Na, der Steward, der bei dem Toten dabei war. War doch deine Idee. Schon vergessen?«

Natürlich nicht. Das war ein Grund, warum er sich heute von den anderen, so gut es ging, ferngehalten hatte. Jetzt war es zu spät, jetzt konnte er sich nicht mehr drücken, das wäre aufgefallen.

»Wo denn?«, fragte er mau und tat gelangweilt.

»Haus Berlin, hinter den Küchen. Da machen die immer Pause und rauchen.«

»Weiß nicht«, sagte Fritze, »ist das denn erlaubt? Dürfen wir da überhaupt hin?«

»Du bist ja vielleicht eener!« Schröder schüttelte den Kopf. »Immer den Schwanz einziehen, der Thormann, wenn's mal ein bisschen spannend wird, wa?«

»Einmal Strafarbeit hat mir gereicht. Nicht dass die mich nachher aus dem Ehrendienst werfen!«

»Doch nicht, weil wir uns mit einem von den Stewards treffen.«

»Aber vielleicht, wenn die denken, dass wir mit denen geraucht haben.«

»Quatsch! Der Ehlers ist in Ordnung, der verpfeift keinen von uns.«

»Ihr wollt da *auch* rauchen?«

»Und wenn schon.«

»Das ist verboten, Mensch.«

»Na und? Rönnberg ist ooch dabei, dein Freund Maxe ist dabei, alle sind dabei. Und du willst dir drücken?«

Fritze gingen die Argumente aus. »Ne«, sagte er. »Natürlich nicht.«

Er steckte die Hände in die Taschen und trottete hinter Schröder her. Der redete den ganzen Weg zum Speisehaus ohne Unterlass, Fritze hörte gar nicht richtig zu. Sie gingen um die Vorderfront des Gebäudes herum; an der Toreinfahrt zum Wirtschaftsflügel, durch die immer die Lieferwagen rollten, trafen sie auf die anderen, sechs Kameraden, die sich um Rönnberg scharten. Der machte auf wichtig. Alle wussten, dass er heimlich rauchte, weil er sich schon für einen Erwachsenen hielt. Die meisten von ihnen wollten auch erwachsen sein. Fritze nicht. Jedenfalls glaubte er nicht, dass man durch Rauchen erwachsener wurde. Erwachsen wurde man mit einundzwanzig, so stand es im Gesetz. Erst dann brauchte ein Mensch keine Pflegeeltern mehr, keinen Vormund und auch kein Waisenhaus. Mit einundzwanzig war man ein vollwertiger Mensch, der gehen konnte, wohin er wollte.

»Na endlich. Schröder, Thormann, ihr seid die letzten.« Rönnberg wandte sich an die Runde. »Ist euch hoffentlich klar, dass ihr alle die Klappe halten müsst.«

Alle nickten, keiner wagte etwas zu sagen.

»Na, dann kommt«, sagte Rönnberg und führte sie durch das Tor in den Wirtschaftshof von Haus Berlin. Linker Hand stand eine Birke, unter der sie sich sammelten.

Kurz darauf erschien ein Mann, der ebenso schneeweiß gekleidet war wie sie selbst, nur viel eindrucksvoller. Seine Uniform sah nicht nach gebleichter Hitlerjugend aus, sondern nach hoher See.

»Ihr seid also die Freunde von Rönnberg«, sagte er mit unverkennbar norddeutschem Akzent. Wahrscheinlich Hamburg, dachte Fritze, da kam auch Rönnberg her. Jedenfalls aus der Nähe, Altona oder so.

Er erkannte den Steward, der direkt neben ihm gestanden hatte, als sich der Zwischenfall im Speisesaal ereignete. Der, dem er zu dem sterbenden Mann gefolgt war. Schlimmer konnte es nicht kommen. Allerdings hatte er nicht den Eindruck, dass Ehlers ihn erkannte.

Der sprach auch gar nicht über die Leiche von Sonnabend.

»Ich bin der Herbert«, sagte er nur und holte ein großes Zigarettenetui aus seiner Tasche, das er aufklappte. »Na, Jungs, wie schaut's aus? Wer will noch mal, wer hat noch nich?«

Ehlers hielt das Etui reihum allen entgegen, und flinke Jungenhände griffen zu, nur Fritze zögerte, als die Zigaretten bei ihm angelangt waren.

»Na, was is?«, sagte Ehlers. »Willste erst um Erlaubnis fragen? So viel Zeit ham wer nich. In ner halben Stunde geht hier der Betrieb los, dann muss ich wieder wech.«

Die anderen Jungen lachten, und Fritze griff zu. Was sollte er tun? Konnte sich doch nicht ausschließen. Die anderen würden ihn für feige halten, vor allem aber für einen, der sie womöglich verpfeift. In seinem HJ-Stamm war Rauchen verpönt, jedenfalls offiziell. Dennoch trafen sich einige Kameraden immer wieder heimlich nach dem Heimabend oder manchmal auch während eines Zeltlagers und qualmten, was das Zeug hielt. Fritze hatte sich da bislang immer herausgehalten, weil er Stammführer Rademann nicht enttäuschen wollte. Nun aber griff er zu. Ließ sich Feuer geben. Zog an der Zigarette und inhalierte. Es war ein komischer, aber gar nicht mal so unangenehmer Schmerz in der Lunge, dann hatte er das Gefühl, dass in seinem Kopf eine Rakete gezündet wurde, so schnell konnte er auf einmal denken.

Und das war auch gut so, denn irgendwer hatte das Gespräch auf den Toten im Speisesaal gebracht, Schröder oder Rönnberg, so genau hatte er das nicht mitbekommen, weil der erste Zug an einer Zigarette ihn so in Anspruch genommen hatte.

»War schon 'ne irre Geschichte«, sagte Ehlers, der sich in seiner Rolle als Märchenonkel sichtlich gefiel. »Fällt da einfach so einer um, mitten im Saal.«

»Wir haben gehört, die Kripo soll ermitteln«, sagte Rönnberg. »War das denn Mord?«

»Ne, ich würde sagen Herzinfarkt. Das hat Dokter Schmidt ja auch gesagt. Aber dass so'n Kriminaler unterwegs is, das stimmt. War gestern inner Küche und hat rumgefragt.«

»Dann war's vielleicht doch Mord!«

Schröder, natürlich. Fritze verdrehte die Augen. Er musste an die Worte von Doktor Schmidt denken. Kein Wort an niemanden. Damit genau solche Gerüchte nicht in die Welt gesetzt wurden. Und nun stand Fritze mitten in einer Runde abenteuerlustiger Jungen, die förmlich darauf brannten, Gerüchte in die Welt zu setzen. Zum Glück schürte Ehlers die nicht weiter.

»Ne, das war kein Mord. Die ermitteln nur, damit die Greuelpropaganda im Ausland nicht behaupten kann, dass es Mord war, versteht ihr? Kann man ja schnell behaupten: Der ist vergiftet worden. Im Olympischen Dorf vergiften sie unsere Leute. Dann isses aber ganz schnell vorbei mit Olympia. Dann isses vorbei, bevor es überhaupt angefangen hat.«

Die Jungen nickten. Sie rauchten, und sie hatten das Gefühl, in die Geheimnisse der Erwachsenen eingeweiht worden zu sein, in Geheimnisse, die nicht einmal jeder Erwachsene kannte, und das fühlte sich ungemein gut an.

»Und wenn doch einer sagt: Da werden Leute vergiftet?«

Wieder Schröder. Der konnte einfach nicht seinen Mund halten. Aber, zugegeben, die Frage war gut.

»Dann hat unsere Kripo die Beweise, dass es kein Mord war.« Ehlers senkte seine Stimme. »Aber euch ist ja wohl klar, dass niemand erfahren darf, was genau hier passiert ist, oder? Dass da einer über seinem Mittagessen tot zusammengebrochen ist?«

Die Jungen nickten andächtig, Fritze ebenso. Doktor Schmidt schien auch mit Ehlers gesprochen zu haben, nur dass der Steward eine andere Vorstellung davon hatte, wie man Geheimnisse bewahrte.

»Über seinem Mittagessen?«, fragte Maxe.

Ehlers nickte. »Hab ich Rönnberg doch schon erzählt. Ich wollte gerade das Gemüse servieren, da steht da einer von seinem Platz auf, läuft blau an und kotzt über den Tisch. Dann kippt er um wie ein Baum und fällt auf den Tisch, fällt ins Essen und in die eigene Kotze.«

Einige Jungen kicherten albern ob Ehlers drastischer Schilderung, Maxe blieb ernst. »Und dann?«, fragte er.

»Na, was wohl? Ich hab mein Tablett schleunigst abgestellt und bin rüber zu dem Mann, um zu gucken, was los ist. Da hatte aber schon einer der Amis mit Wiederbelebung angefangen.«

»Von uns war ja auch einer dabei«, sagte Schröder. »Der Thormann. Aber der hat nix gesehen, sagt er.«

Alle schauten jetzt Fritze an, auch Ehlers. »Ach du bist das«, sagte der Steward. »Haben wir nicht nebeneinander gestanden? Und du bist dann hinter mir her?«

»Ne, nicht richtig«, sagte Fritze und überlegte fieberhaft. Die Wirkung des Nikotins half ihm dabei. »Ich bin doch los, Doktor Schmidt holen. Weil einer gerufen hat: *We need a fucking doctor!*«

»Wat sollen dette heeßen?«, fragte Braun. Der sprach Französisch und ein bisschen Spanisch, aber kaum Englisch.

»Det selbe wie im Deutschen. Dokter ebend«, erklärte Schröder.

»Du Flitzpiepe! Det weeß ick ooch. Facking meen ick. Wat heeßt denn det? Fackingdokter? Is det ’n Spezialist oder wat?«

Fritze zuckte die Achseln, Schröder auch, sogar Rönnberg, der sonst immer so oberschlau tat. Keiner von ihnen wusste, was das hieß.

Nur Ehlers, der Steward, der schon die ganze Welt umfahren hatte, schien das Wort zu kennen. Er brach in schallendes Gelächter aus. »Wie habt ihr denn die Englischprüfung bestanden, Jungs? Ihr müsst wirklich noch viel lernen. Zur See fahren könnt ihr so nicht, das steht man fest.«

Doch verraten, was dieses Wort bedeutete, das wollte er auch nicht.

Die Jungen schauten sich ratlos an. Fritze aber war vor allem darüber erleichtert, dass nun niemand mehr wissen wollte, was er gesehen hatte und was nicht.

Ehlers trat seine Zigarette aus. »So, Jungs, ich muss dann mal zum Dienst. Man sieht sich.«

»Danke für die Zigarette«, sagte Maxe. Fritze wusste nicht so recht, ob er dafür dankbar sein sollte. Das wilde Gefühl, das eben noch sein Gehirn durchzuckt hatte, war mittlerweile in seinem Magen angelangt, und da fühlte es sich weniger gut an.

»Ist doch Ehrensache.« Ehlers zwinkerte ihnen zu und tippte an den Schirm seiner Seeoffiziersmütze. »Wir hier im Dorf müssen zusammenhalten, nicht wahr? Wir verpfeifen uns nicht und wir helfen uns.«

»Ehrensache«, sagte Rönnberg.

Sie verließen den Innenhof des Zentralen Speisehauses, als gerade ein Lieferwagen durch die Toreinfahrt kam. *OBST, GEMÜSE, MARMELADE* stand auf der Hecktür, *Gemüse- und Obstkonserven Stendal.*

Fritze wusste nicht, ob es die Aufschrift war, die ihn irgendwie an Leipziger Allerlei denken ließ, das in einen Eimer Erdbeermarmelade gefallen war, oder ob es die Auspuffgase des Lieferwagens waren, jedenfalls spürte er, wie das Essen in seinem Magen begann, sich gegen das Verdautwerden zu sträuben, und wieder hinauswollte. Als dann noch Rönnberg kam und ihm ein Pfefferminzbonbon reichte, »damit der Alte nichts riecht!«, war es vorbei. Er schüttelte den Kopf und lehnte das angebotene Bonbon mit einer entschlossenen Handbewegung ab. Dann löste er sich von den anderen in der Truppe und lief zum Wäldchen hinüber. Hinter einer Birke blieb er stehen, hielt sich mit der Rechten an dem dünnen Stamm fest und erbrach sich mit einem großen Schwall in die Büsche.

Er hörte Gelächter aus der Truppe. Prima. Hatte er sich ja schön vor allen blamiert.

Es ging ihm wieder besser, doch aus irgendeinem Grund musste er an den dicken Amerikaner denken, wie er da hilflos im Speisesaal stand, sich über den ganzen Tisch erbrach und schließlich umkippte. Immer wieder sah er dieses Bild, wie einen Film, der sich ständig wiederholte. Es wollte ihm nicht aus dem Kopf gehen, auch nicht, als Maxe bei ihm war und ihn fragte, ob es wieder gehe.

Fritze nickte. Er nahm das Pfefferminzbonbon, das Maxe ihm reichte, und steckte es in den Mund. Diesmal löste es keinen Brechreiz aus.

13

Rath erschien eine Viertelstunde nach Dienstbeginn und hatte innerlich schon die Fäuste hochgenommen, um sein Zuspätkommen zu verteidigen, doch Oberkommissar Franke begrüßte ihn mit einem unerwartet freundlich klingenden »Heil Hitler«. Rath war irritiert. Er brummte sein »Hei'tler, Kollegen«, hängte Hut und Mantel auf und setzte sich an seinen Platz.

»Na, wie war der erste Nachtdienst«, erkundigte sich Kommissar Krause, der dicke Kugelstoßer.

»Ereignisarm«, sagte Rath. »Steht doch alles im Protokoll.«

»Tja, so sind sie, die Nachtdienste. Aber gegen die Langeweile hab ich was. Agatha Christie.« Krause schob ein Buch über den Schreibtisch. »Spannender als unsere Arbeit hier. Obwohl es nur in einem eingeschneiten Zug spielt.«

Die Frau im Kimono las Rath auf dem Titel. Er zog das Buch zu sich herüber und schlug es auf, obwohl er nicht vorhatte, es zu lesen. Er hasste Kriminalromane. Die Geste des guten Willens jedoch, die der Kollege zeigte, wollte er nicht enttäuschen.

»Wenn Sie wollen«, sagte Krause, »kann ich Ihnen morgen auch ein anderes Buch mitbringen. *Volk im Feuer* von Otto Paust. Muss man gelesen haben. Aber das kennen Sie ja bestimmt schon.«

Rath wunderte sich über den devoten Übereifer des dicken Kommissars. Warum empfahl der ihm einen Nazischinken? Hielt der ihn für einen Linientreuen? Er konnte sich nicht erinnern, dazu irgendeinen Anlass gegeben zu haben.

»Ne, kenne ich noch nicht«, sagte er. »Aber bemühen Sie sich nicht. Erst einmal habe ich ja genug zu lesen, das sollte für die nächsten Nächte reichen.«

»Wenn Sie wollen, können Sie sich auch um das hier kümmern.« Oberkommissar Franke wedelte mit einer dünnen Akte. »Eine Diebstahlsanzeige. Die meisten Athleten gehen erst gegen zehn, elf Uhr zu Bett und treiben sich nach dem Abendessen meist auf dem Gelände herum, da könnten Sie sich noch ein bisschen umhören.«

Franke stand auf und legte die Mappe auf den Schreibtisch. Rath zündete sich eine Zigarette an und überflog das Anzeigenprotokoll. Es ging um eine verschwundene Geldbörse, die ein ägyptischer Athlet um 15:46 Uhr (bei der Uhrzeit waren Polizeiprotokolle immer sehr genau) als gestohlen gemeldet hatte.

Wenigstens etwas zu tun. Und ein Vorwand, sich ein wenig auf dem Gelände des Olympischen Dorfes umzuschauen. Obwohl er nicht genau wusste, nach was er da schauen sollte. Kommunistische Verschwörer, die sich im Schatten der Schwimmhalle trafen?

»Ach, noch etwas«, sagte Franke. »Der Kollege Lohmann hat einen Anruf entgegengenommen, der für Sie gedacht war.«

»Ach! LKA?«

»Nein.« Kriminalsekretär Lohmann hüstelte und legte Rath einen Zettel mit einem Namen und einer Telefonnummer auf den Schreibtisch. »Dienststelle römisch zwo eins Ge«, sagte er. »Kriminalsekretär Böber.«

Name und Dienststelle sagten Rath nichts.

»Prinz-Albrecht-Straße.« Lohmann sprach die Adresse voller Ehrfurcht aus. »Entschuldigen Sie, dass ich an Ihren Apparat gegangen bin, Oberkommissar, aber es hat einfach nicht aufgehört zu klingeln.«

»Ja, im Gestapa können sie ziemlich hartnäckig sein«, meinte Rath.

Er wusste nicht, was es war, ob die Kollegen ihn für einen Gestapo-Beamten hielten oder nur für einen LKA-Beamten mit guten Kontakten zur Prinz-Albrecht-Straße, jedenfalls kannte er nun den Grund ihrer unerwarteten Freundlichkeit. Sie vermuteten in ihm einen Spitzel, den die Geheime Staatspolizei inmitten ihrer beschaulichen Kriminalwache plaziert hatte. Und er sah keinen Anlass, sie an diesem Glauben zweifeln zu lassen.

Franke war inzwischen bereits im Mantel, die anderen beiden Kollegen nahmen das als Zeichen zum Aufbruch. Bevor der Oberkommissar zur Tür ging, kam er noch einmal an Raths Schreibtisch.

»Hätte ich fast vergessen«, sagte er und legte einen Umschlag in den Posteingangskorb. »Kleiner Ausgleich für die Nachtdienste diese Woche.« Er zuckte die Achseln. »War eigentlich für den Kollegen Löhr gedacht, aber der ist ja nun wieder in Cottbus.«

»Danke«, sagte Rath, ohne den Umschlag zu öffnen.

»Wir gehen dann mal. Sollte irgendetwas sein …« Franke legte die Visitenkarte eines Hotels auf den Schreibtisch. »Hier können Sie mich jederzeit erreichen.«

»Alles klar.«

»Also dann: Heil Hitler!«

Und wieder klang der Deutsche Gruß so freundlich, als habe Franke gerade ein *Adieu* geflötet.

Rath ließ seinen Arm unten und nickte nur. Erst als die Kollegen verschwunden waren und er wieder allein war, schaute er sich die Anrufnotiz an, die Kriminalsekretär Lohmann ihm auf den Schreibtisch gelegt hatte. Es war schon spät, dennoch wählte er die Nummer. Er wollte wissen, welcher Idiot auf die Idee gekommen war, ihn in der Kriminalwache anzurufen. Und dann noch zu einer Uhrzeit, zu der er gar nicht im Dienst war.

Es ging tatsächlich jemand ran. »Geheimes Staatspolizeiamt, Erkennungsdienst«, meldete sich eine Stimme am anderen Ende der Leitung.

»Rath hier. Kriminalsekretär Böber bitte.«

»Am Apparat.«

»Sie haben mich angerufen.«

»Wie war noch mal der werte Name?«

»Rath, Oberkommissar. Derzeit stationiert in der Kriminalwache Elstal.«

»Ah, natürlich. Von Ihnen stammt die Personenliste, die ich

überprüfen sollte, nicht wahr? Ihre Nummer ist hier unten notiert …«

Rath erinnerte sich daran, dass er seine Durchwahl auf den Dienstplan der Zentralküche gekritzelt hatte. Für Gräf, nicht für den Erkennungsdienst der Gestapo.

»Und?«, fragte er nur.

»Ich muss mich schon wundern. Erst sagen Sie einem, dass es eilig ist, und dann sind Sie nicht erreichbar.«

»Ich habe nicht mit Ihnen gesprochen, das müsste Untersturmführer Gräf gewesen sein.«

»Wie auch immer. Ich wollte Ihnen auch nur mitteilen: Wir haben einen Treffer.«

»Ach?«

»Ein Subjekt mit politisch zweifelhafter Vergangenheit.«

»Sind denn die Mitarbeiter des Olympischen Dorfs nicht alle durchleuchtet worden?«

»Das lag in der Zuständigkeit des Referats römisch zwei E.«

Das klang so, als sei Kriminalsekretär Böber wenig überzeugt von den Fähigkeiten der Kollegen im Referat IIE.

»Soso.«

»Es handelt sich um einen Mitarbeiter des Norddeutschen Lloyd«, fuhr Böber fort. »Ehlers, Herbert, geboren am fünften siebten nullfünf in Altona.«

Rath klemmte den Hörer mit der Schulter ein und schrieb mit.

»Ehlers ist zwar schon seit dreiunddreißig SA-Mitglied, war aber von sechsundzwanzig bis neunundzwanzig im Rotfrontkämpferbund.«

»Und dieser Ehlers hatte am Samstag Dienst im Speisehaus?«

»Ich weiß nichts von einem Speisehaus, ich weiß nur, dass der Mann auf der Liste steht, die wir abgleichen sollten.«

»Noch weitere Treffer?«

»Nein. Jedenfalls keine von Belang. Aber die Details entnehmen Sie bitte der schriftlichen Auswertung. Die habe ich dem SD bereits zukommen lassen.«

»Vielen Dank«, sagte Rath und legte auf. Was für ein blasierter, eingebildeter Idiot! Er war sich ziemlich sicher, dass Kriminalsekretär Böber keine allzugroße Karriere bei der Geheimen Staatspolizei machen würde.

Rath schaute sich den Namen an, den er notiert hatte. Herbert Ehlers aus Altona. Es gab also tatsächlich einen – wenn auch ehemaligen – Kommunisten unter den Mitarbeitern, die am Samstag in Speisesaal 12 Dienst geschoben hatten. Das hätte er nicht gedacht. Ob Tornow mit seiner These am Ende doch recht hatte?

Rath nahm Hut und Mantel und ging nach draußen. Die Abendstimmung im Dorf hatte etwas Idyllisches. Die Sonne stand tief und warf lange, warme Schatten, auf den Wegen waren junge Männer aller Hautfarben unterwegs, die sich unterhielten oder einfach nur über die Dorfaue schlenderten. Es waren kaum Uniformen zu sehen, dafür umso mehr Sportkleidung. Trainingsanzüge, an deren Aufschrift man gleich erkennen konnte, mit welcher Nationalität man es zu tun hatte.

Unten an der Baumgruppe saß eine Gruppe Südamerikaner, Peruaner und Argentinier, im Halbkreis auf der Wiese und lauschte einem Gitarristen. Weiter oben gab es ein steinernes Rondell mit einer Bar, an der sich eine Menge Leute versammelt hatten. Ein bunt gemischtes Völkchen, mindestens sechs, sieben unterschiedliche Nationalitäten. Es gab zwar keine alkoholischen Getränke, dennoch war die Stimmung angeregt und entspannt zugleich, wie es sich für eine gute Bar gehörte. An einigen Plätzen wurde sogar geraucht. Meist sprach man Englisch.

Rath ging hinüber und orderte einen Orangensaft. Genau hier hatte der bestohlene Ägypter seine Geldbörse angeblich zum letzten Mal aus der Tasche geholt, um seine Rechnung zu begleichen. Laut seiner Aussage gegen halb drei, gleich nach dem Mittagessen. Um halb vier habe er sie dann vermisst und unverzüglich in der Kriminalwache Anzeige erstattet.

Rath zeigte seinen Dienstausweis und stellte sich vor. Er fragte den Barmann und die Gäste um ihn herum, soweit sie denn Englisch sprachen, ob ihnen am frühen Nachmittag gegen halb drei etwas Besonderes aufgefallen sei. Fehlanzeige. Auch die Geldbörse, von der eine genaue Beschreibung vorlag – grünes Krokodilleder, bronzener Schnappverschluss –, wollte niemand gesehen haben. Ein Australier konnte sich immerhin daran erinnern, den Ägypter bezahlen gesehen zu haben. »Green like grass«, beschrieb er die Geldbörse.

Als Rath genügend Notizen in seinen Block geschrieben hatte und seinen Saft bezahlen wollte, winkte der Barmann ab. »Geht aufs Haus.«

Das war streng genommen der einzige Erfolg seiner Befragungen, aber Erfolg spielte auch keine Rolle. Hauptsache, er hatte etwas, das er in sein Protokoll schreiben konnte. Auch wenn die Kollegen nun mutmaßten, dass er kein normaler Kriminalbeamter war, mussten sie noch lange nicht wissen, was genau er im Olympischen Dorf zu tun hatte.

»Sie sind doch auch vom Norddeutschen Lloyd, oder?«, fragte er den Barmann.

»Sicher.«

»Dann kennen Sie vielleicht einen Ehlers, Herbert Ehlers.«

»Müsste ich nachdenken, allein vom Lloyd sind hier über dreihundert Männer im Einsatz. Was soll er denn sein, dieser Ehlers?«

»Steward.« Rath zeigte über seine Schulter. »Drüben in Haus Berlin.«

Der Barmann schüttelte den Kopf. »Ne, sagt mir nichts. Was hat er denn ausgefressen?«

»Geht ja nicht immer gleich um Verbrechen, wenn wir wen suchen«, sagte Rath. »Ich habe nur ein paar Fragen an Herrn Ehlers, das ist alles.«

»Dann schauen Sie am besten mal nach, ob er noch drüben im Speisehaus ist. Und ansonsten in unseren Unterkünften.«

»Wo finde ich denn die?«

»Nebenan.« Der Barmann wies mit dem Kopf in Richtung untergehende Sonne. »'ne Kaserne, aber gemütlicher als man glauben sollte.« Er beugte sich zu Rath hinüber, als verrate er ein Geheimnis. »Das Dorf hier soll ja auch mal 'ne Kaserne werden. Das ganze Gebiet ist fest in den Händen der Wehrmacht.«

Rath trank seinen Orangensaft aus und ging zum Speisehaus hinüber, in dem bereits die elektrischen Lichter brannten, was das Gebäude umso mehr wie einen gestrandeten Ozeandampfer aussehen ließ. Im Speisesaal 12 war nicht mehr viel los, nur eine Handvoll weißgekleideter Männer war mit den letzten Arbeiten des Tages beschäftigt. In der Küche rauschte nur noch die Spülmaschine, während die Tische im Saal bereits für das Frühstück eingedeckt wurden.

Rath hatte Glück. »Da drüben, der mit dem Besteck«, sagte der Steward, den Rath nach Ehlers gefragt hatte, und zeigte auf einen hochgewachsenen blonden Mann.

»Haben Sie einen Moment Zeit?«, fragte Rath, nachdem er sich vorgestellt hatte. Ohne Marke, um kein Aufsehen zu erregen.

»Wenn Sie drei Minuten Geduld haben, dann bin ich hier durch, dann können wir, was immer Sie auf dem Herzen haben, bei einer Zigarette auf der Terrasse besprechen.«

»Hört sich nach einem guten Plan an«, sagte Rath. »Ich spendiere auch die Zigaretten.«

Er stellte sich auf die Terrasse vor dem Speisesaal und ließ seinen Blick über das Dorf schweifen. Links säumten die Wohnhäuser der Amerikaner den Weg, gekrönt vom Sternenbanner, das im Abendwind knatterte, direkt vor ihm senkte sich das Gelände zur Dorfaue. Von hier aus sah das Treiben da unten aus wie ein Ferienlager. Die Südamerikaner mit dem Gitarristen hatten inzwischen ein kleines Lagerfeuer entfacht. Da bekam man richtiggehend Lust, Urlaub zu machen.

»So, Kommissar, da bin ich.«

»Oberkommissar«, verbesserte Rath und zückte sein Zigarettenetui. Ehlers griff beherzt zu.

»Das trifft sich gut«, sagte er, »ich hab nech mehr viele.«

»Anstrengenden Tag gehabt?«, fragte Rath und gab ihm Feuer.

»Das nech, aber viele Mitraucher.« Er lachte. »Die Jungen vom Jugendehrendienst dürfen nech rauchen, wollen aber gerne. Da hilft man gerne mal aus. Außerdem isses nech verkehrt, wenn man bei denen noch was guthat. Die kommen auch öfter mal nach Berlin, anders als unsereiner, der drüben kaserniert ist.«

Er zeigte rechts über die Barackendächer hinweg in die Dunkelheit.

Rath kam gleich zur Sache. »Sie hatten am Samstagmittag Dienst«, sagte er. »Im Speiseraum zwölf.«

»Als der Amerikaner tot umfiel, meinen Sie? Ja, das habe ich gesehen. Mit meinen eigenen Augen.« Er schaute Rath an. »Wurde schon erzählt, dass die Kripo in der Sache ermittelt.«

Natürlich. Verpflegungsoffizier Pütz hatte seinen Mund wohl doch nicht halten können. Rath betete die übliche Litanei hinunter.

»Wegen der delikaten Situation, dass ein Ausländer im Olympischen Dorf gestorben ist, müssen wir natürlich sämtliche Eventualitäten ausschließen. Auch, um der ausländischen Propaganda mit Fakten entgegentreten zu können.«

»Hat es denn Schlagzeilen gegeben?«

Die Frage überraschte Rath. Zumal er darauf keine Antwort hatte. »Meines Wissens nicht. Aber so weit sollte es auch gar nicht erst kommen. Dass wir auch dieses Gespräch hier diskret behandeln, muss ich Ihnen wohl nicht erklären.«

»Kein Wort nach draußen. Aber hier im Dorf is die Sache schon rum, nech?«

»Welche Sache?«

»Na, dass Sie ermitteln.« Ehlers schaute Rath an. »In Zivil fällt man hier eben auf. Alle anderen tragen Uniform, nur Sie und Ihre Kollegen nech.«

Rath zückte seinen Notizblock. »Wie haben Sie die Situation denn erlebt?«, fragte er.

»Ja nu, es war noch ziemlich zu Anfang des Mittagessens, die Vorspeise war gerade abgeräumt worden …«

»Philadelphia Pepper Pot.«

»Richtig. Das wissen Sie schon?« Ehlers schaute irritiert. »Jedenfalls wollte ich gerade die Gemüseplatte auftun, als es passierte.«

»Was passierte?«

»Nu, dass der dicke Ami …«

»Mister Morgan.«

»Wenn er denn so hieß. Jedenfalls stand der plötzlich da, lief blau an und ko… hat sich … übergeben und ist zusammengebrochen.«

»Wo waren Sie, als das geschah?«

»Noch an der Essensausgabe. Da stand auch einer vom Jugendehrendienst, den sollten Sie vielleicht mal fragen. Der hat auch den Arzt geholt.«

»Haben Sie den Namen?«

»Ne. Ist aber ein Freund von Rönnberg, der kennt den.«

»Rönnberg?«

»Ein alter Nachbar von mir. Auch Jugendehrendienstler.«

Rath machte eine Notiz. »Und was haben Sie getan?«, fragte er dann.

»Ich bin hin, um zu helfen, aber da war schon einer der Sportler, der Erste Hilfe machte. Und dann kam auch schon unser Arzt, den hatte der Pimpf geholt, also der Ehrendienstler.«

»Und Ihre Gemüseplatte?«

»Die habe ich natürlich stehenlassen. An der Essensausgabe.«

Wieder schrieb Rath eine Notiz in seinen Block. Weil er wusste, dass das die Leute nervös machte.

»Waren Sie«, fragte er dann, »auch beim Servieren der Vorspeise beteiligt?«

»Natürlich. Man ist ja nicht nur für einen Gang zuständig.«

»Und an welchen Tisch haben Sie die gebracht?«

Ehlers stutzte. »Worauf wollen Sie denn hinaus?«

»Ich möchte nur wissen, wo Sie serviert haben.«

»Na gut, der Tisch von Mister Morgan war auch dabei, glaube ich.«

»Sie wissen nicht mehr, für welche Tische Sie zuständig sind?«

»Das ist ja jeden Tag anders. Aber Sie haben recht, den Schwimmern habe ich ebenfalls so einen Eintopf gebracht.«

»Den Schwimmern?«

»Der Mister Morgan saß mit ein paar amerikanischen Schwimmern beim Essen. Ist wohl früher selber mal geschwommen.«

Rath notierte auch das.

»Sie waren von neunzehnhundertsechsundzwanzig bis -neunundzwanzig Mitglied des Rotfrontkämpferbundes.«

»Was soll denn das heißen?«

»Waren Sie das oder waren Sie das nicht?«

»Aber Herr Kommissar, das sind doch Jugendsünden. Seit der nationalen Revolution bin ich der Bewegung verpflichtet.« Er zückte einen SA-Ausweis. »Hier: Seit Februar dreiunddreißig in der Sturmabteilung. Brigade zwölf. Alle Beiträge immer pünktlich bezahlt.«

Rath machte Notizen, obwohl er auch das schon wusste, und sagte nichts.

»Wollen Sie mir da etwa was anhängen? Ist der Mann vergiftet worden?« Ehlers schüttelte den Kopf. »Aber das kann doch nicht sein! Wie soll denn das gehen? Dann hätten wir ja noch viel mehr Opfer haben müssen und nicht nur eins. Die haben doch alle von dem Pepper Pot gegessen. An dem Tisch, an allen Tischen.«

»Mir geht es nur um die Rekonstruktion der Ereignisse, Herr Ehlers. Und darum, eine Vergiftung mit hundertprozentiger Sicherheit ausschließen zu können.«

»Das können Sie, das können Sie bestimmt, glauben Sie mir.«

Rath steckte seinen Notizblock ein. »Sie haben mir sehr geholfen, vielen Dank.«

»Und was heißt das jetzt? Werde ich noch vorgeladen? Muss ich zum Alex?«

»Ich denke, das wird nicht nötig sein. Sie haben sich ja nichts vorzuwerfen und können ruhig schlafen gehen.«

»Natürlich habe ich mir nichts vorzuwerfen, ich mache hier nur meine Arbeit. Für Führer, Volk und Vaterland.«

»Na, bleiben Sie mal auf dem Teppich, Sie servieren Suppe im Olympischen Dorf, Sie ziehen nicht in den Krieg.«

»Natürlich. Entschuldigung.«

»Einen Gefallen könnten Sie mir allerdings noch tun«, sagte Rath. »Es würde mir sehr helfen, wenn Sie eine Liste aller Kollegen erstellen könnten, die Augenzeugen des Vorfalls waren.«

»Aber natürlich, Kommissar.«

»Oberkommissar.«

»Natürlich, Oberkommissar. Bringe ich Ihnen gleich morgen früh auf die Kriminalwache.«

»Aber bitte vor acht, danach habe ich frei.«

»Kriegen Sie. Halb acht spätestens, versprochen.«

»Gut, dann wünsche ich Ihnen eine gute Nacht. Bis morgen.«

»Ebenso. Gute Nacht.«

Herbert Ehlers, der ziemlich bleich geworden war, stolperte eher in die Nacht, als dass er ging. Rath wunderte sich immer wieder, wie sehr es selbst einen SA-Mann einschüchterte, wenn er einem Beamten von Heydrichs Sicherheitspolizei gegenüberstand. Kein Wunder. Seit dem Sommer 34 wusste die SA, zu welchen Taten ein Mann wie Reinhard Heydrich fähig war.

14

Das Dorf wirkte wie ausgestorben. Fritze kam aus dem Empfangsgebäude, wo er Briefe auf die Post gegeben hatte, und wunderte sich über die Leere auf den Wegen und Wiesen. Als er das Postamt vor ungefähr zwanzig Minuten betreten hatte, um sich in die Schlange einzureihen, waren überall noch Menschen unterwegs gewesen, nun konnte er außer einem Gärtner, der den Rasen der Dorfaue mähte, und zwei, drei Flaneuren keine Menschenseele erblicken.

Er fragte sich, wo alle sein mochten. Zehn Uhr morgens, das Frühstück war beendet, das Mittagessen noch in weiter Ferne. Normalerweise herrschte um diese Uhrzeit, gerade jetzt, wo alle Mannschaften im Dorf angekommen waren, jede Menge Leben auf den Plätzen und Wegen. Er ging den Weg rechts hinunter, der am kleinen Waldsee entlangführte. Selbst auf dem Steg der Finnischen Sauna saß heute niemand, obwohl angenehme Temperaturen herrschten, so um die zwanzig Grad, ein laues Lüftchen.

Dann sah er, dass sich am Sportplatz eine große Menschenmenge versammelt hatte. Er ging hinüber. Uniformen und Trainingsanzüge in allen Farben, das ganze Dorf schien versammelt zu sein und verharrte in andächtiger Stille, starrte auf irgendetwas auf dem Platz. Was zum Teufel war da los?

Im ersten Augenblick, er wusste auch nicht, warum, befürchtete Fritze, da läge eine Leiche auf der Aschenbahn. Wieder ein Toter im Olympischen Dorf. Doch dann brandete Applaus auf, die Menschen jubelten. Fritze entdeckte ein paar weiße Uniformen in der Menge und ging hinüber zu den Kameraden. Maxe und Schröder waren auch dabei.

»Was ist denn hier los?«, fragte er Max.

»Jesse Owens übt Starts. Unglaublich, wie schnell der ist.«

»Naja«, meinte Schröder, »Borchmeyer ist auch nicht langsamer. Und vor allem kommt der schneller aus den Startlöchern.«

»Träum weiter«, sagte Maxe. »Jesse Owens ist der schnellste Mann der Welt.«

»Ja, mit Rückenwind vielleicht.«

Fritze drängte sich etwas nach vorne und konnte über zwei japanische Athleten hinweg einen Blick auf die Aschenbahn werfen. Da stand tatsächlich Jesse Owens, die Hände in die Seite gestützt, den Kopf nach unten gerichtet, und hörte einem weißhaarigen Mann mit Baskenmütze zu, der sich auf einen Stock stützte und auf Owens einredete.

»Wer is'n dette? Der alte Mann bei Owens?«, fragte er.

»Lawson Robertson, der Haupttrainer der Amis«, sagte Maxe. Sein Freund war wie immer bestens informiert.

»Einer muss den Negern ja erklären, wann sie loslaufen müssen und wohin.«

»Schröder, halt doch einfach mal deinen Mund«, fauchte Maxe. »Ist für alle besser.«

Owens schlenderte mit einer unglaublich lässigen Eleganz zu den Startlöchern, die er in die Asche gegraben hatte, und ging in Startposition. Robertson hob die Startpistole und gab die Kommandos.

»Off die Pledse ... fördig ... loss!«

Dann knallte die Pistole, und Owens schoss nach oben, kam aber erst richtig in Schwung, als er sich aufgerichtet hatte. Die Menge jubelte erneut. Auch Fritze applaudierte.

»Der Trainer redet ja Deutsch«, wunderte er sich.

»Logisch«, sagte Max, »im Wettkampf werden die Startbefehle ja auch auf Deutsch gegeben.«

»Nicht dass die Urwaldaffen hernach gar nicht wissen, wann sie loszulaufen haben.«

»Schröder, was muss man eigentlich tun, damit du mal dein dummes Maul hältst«, sagte Fritze.

»Ist doch wahr! Eigentlich sollten die gar nicht mitmachen dürfen.«

Fritze musste an die Worte seines Pflegevaters denken. Mit dem hätte sich Schröder prima verstanden.

Er wollte noch etwas sagen, doch da erschien Rönnberg auf dem Plan, völlig außer Atem und so bleich, als habe er ein Gespenst gesehen.

»Du siehst aber gar nicht gut aus«, sagte Maxe. »Was ist denn los? Zuviel Zigaretten geraucht?«

»Sie haben Ehlers abgeholt«, sagte Rönnberg und schnappte nach Luft.

»Was?«
»Ehlers. Unsern Nachbarn aus Altona. Den Steward. Ich kann es noch gar nicht fassen.«
»Nun mal langsam, Satz für Satz: Wer hat deinen Freund abgeholt?«
»Na, die Gestapo, was weiß ich. Ist doch auch egal. Und mein Freund ist der bestimmt nicht, die rote Sau.« Rönnberg machte eine Pause, um wieder zu Atem zu kommen. »Ehlers ist Kommunist, könnt ihr euch das vorstellen?«
»Wer sagt denn das?«, meinte Fritze. »Auf mich hat er einen ganz normalen Eindruck gemacht. Die Wehrmacht würde doch auch keinen Roten hier im Dorf arbeiten lassen. Niemals.«
»Wenn alles normal wäre, hätten sie ihn wohl nicht abgeholt, oder?« Rönnberg schüttelte den Kopf, immer noch fassungslos. »Und neben so einem haben meine Eltern gewohnt. Mit so einem hab ich geraucht!«
»Na, nun mach mal halblang«, sagte Fritze. »Immerhin hat er dir und uns allen von seinen Zigaretten abgegeben. Darüber sollte man sich ja nun wirklich nicht beschweren, oder?«
»Was sollen dette heeßen?«, fuhr ihn Schröder an. »Bist am Ende auch 'n Roter, Thormann, wa? Steckst mit dem Ehlers unter einer Decke!«
Jetzt reichte es. Fritze stemmte beide Hände in die Seiten und baute sich vor dem Kontrahenten auf.
»Was willsten du, Schröder? 'n paar uff die Neese? Dann bettel mal schön weiter! Kannste sofort haben.«
Ohne dass es dazu eines Kommandos bedurft hätte, hatte sich ein Kreis um die beiden Streithähne gebildet. Hinter Schröder, der sich gerade die weißen Uniformärmel hochschob, standen mehr Jungen als hinter Fritze.
»Lass den doch«, flüsterte Maxe, der direkt neben ihm stand, »der isses nich wert, dass du Ärger kriegst.«
»Ich lass mich doch nicht beleidigen«, zischte Fritze und machte Anstalten, seine Jacke auszuziehen. »Der kriegt seine Abreibung. Ist schon lange überfällig.«
Eine tiefe Stimme ließ sie alle herumfahren.
»Hey boys!«
Da stand Dave Albritton. Der Hochspringer schaffte es, zu lä-

cheln und dabei gleichzeitig so ernst auszusehen, dass unmissverständlich klar war, dass er nicht zu Späßen aufgelegt war.

»Sorry to interrupt you, boys, but I need this guy here.« Er zeigte auf Fritze. »We have an appointment, remember?«

Fritze konnte sich nicht erinnern, doch er schlüpfte zurück in die Ärmel seiner Uniform und nahm Haltung an. »Of course, Sir!«

Er hatte keine Ahnung, was Albritton meinte, aber er verstand, dass der Ami ihn gerade vor einer Dummheit bewahrte. Um Schröder konnte er sich auch später noch kümmern. Ohne dass das Ärger nach sich zog.

Er ging zu Albritton hinüber und folgte ihm in Richtung Schwimmhalle, hinter der die Unterkünfte der Amerikaner lagen.

»Das will'n deutscher Junge sein?«, hörte er Schröder zu den anderen sagen. »Und katzbuckelt vor so'nem Neger.«

Diesem Idioten würde er noch das Maul stopfen. Ohne sich dafür eine Strafarbeit einzuhandeln oder gar einen Verweis. Fritze beschleunigte seine Schritte, um zu Albritton aufzuschließen. Er war dem Hochspringer dankbar, dass der die Prügelei verhindert hatte.

Eigentlich gingen ihm ohnehin andere Sachen durch den Kopf. Die Neuigkeiten, die Rönnberg angeschleppt hatte. Sie hatten Ehlers mitgenommen. Angeblich weil er Kommunist war. Doch aus seiner Zeit mit Gereon wusste Fritze noch, dass es viele Gründe gab, warum die Polizei jemanden mitnahm, das musste nicht unbedingt eine Verhaftung sein. Vielleicht hatten sie ihn nur zu einer Vernehmung geholt. Dann würde er bald wieder hier herumlaufen und Zigaretten an die Jungs verteilen.

Und wenn nicht? Fritze konnte jedenfalls nicht glauben, dass Ehlers Kommunist war. Er konnte nicht glauben, dass er deswegen abgeholt worden war. Vielleicht hatte das ja gar nichts mit Politik zu tun, vielleicht hing es allein damit zusammen, dass Ehlers Zeuge eines Todesfalls gewesen war, über den er hätte schweigen sollen. Und über den er nicht geschwiegen hatte.

Von nun an, das beschloss Fritze, würde er kein Wort mehr über den Tod im Speisesaal verlieren, ganz gleich wer im Dorf ihn danach fragen würde, und wenn es Hauptmann Fürstner persönlich wäre.

15

Auf der Terrasse des Invalidenheims hoch über dem See wehte ein angenehmer, lauer Wind. Robert Kieling saß wie immer ein bisschen abseits der anderen. Weil er das Gefühl hatte, nicht so richtig dazuzugehören. Zu den richtigen Soldaten, zu denen, die im Krieg gewesen waren. Sie erzählten vom Stahlgewitter und den Schützengräben, von ihrem heldenhaften Kampf gegen Deutschlands Feinde, dem allein wegen des Verrats der Heimat der Sieg verwehrt geblieben war. Kieling hatte den Krieg nur vom Schulhof aus miterlebt, obwohl er so gerne mitgekämpft hätte, doch er war zu jung gewesen. Seine Verletzung rührte nicht vom heldenhaften Kampf gegen Deutschlands Feinde, nein, die hatte er sich, und das hatte er noch niemandem hier im Heim erzählt, in einer Schießerei mit Verbrechern zugezogen. Einen hatten sie erwischt, der andere war entkommen. Acht gegen zwei, und dennoch hatte der eine Gangster zwei von ihnen erschießen können, ehe ihn die Kugeln aus ihren Karabinern endlich getötet hatten; weitere drei hatte er verletzt, und nur drei waren gänzlich unversehrt geblieben.

Aber was hieß schon verletzt? Verletzt war nicht gleich verletzt, da gab es große Unterschiede. Hüttner und Deilmann hatten ihren Dienst längst wieder angetreten, doch ihn hatte es schlimmer erwischt. Den Lungensteckschuss hatten die Ärzte glücklich operieren können, eine zweite Kugel des Gangsters jedoch hatte seine Wirbelsäule erwischt. Seither war Robert Kieling an den Rollstuhl gefesselt. Dienstuntauglich. Ruhestand mit neunundzwanzig Jahren.

Was sollte er da den anderen auf der Terrasse erzählen, die alle fast zwanzig Jahre älter waren? Die richtige Abenteuer erlebt hatten. Die für eine gute Sache gekämpft hatten. Und nicht in Überzahl bei einer Schießerei mit Gangstern beinahe den Kürzeren gezogen hätten. Oder in seinem Fall: auch gezogen hatten.

»Major Kieling?«

Die warme Stimme von Schwester Else. Ohne die hätte er sich längst das Leben genommen. Er hatte sogar schon geträumt, dass sie sich liebten. Was er im richtigen Leben nicht mehr konnte.

Wie er so vieles nicht mehr konnte. Ihm blieben nur noch die Träume und die Erinnerung.

»Major Kieling, da ist Besuch für Sie.«

Er war überrascht. Margot, seine Verlobte, hatte die Verbindung gelöst, hatte ihm vor drei Monaten eröffnet, sie habe einen anderen. Und seine Eltern? Die hatten schon nicht verstanden, dass er sich der Bewegung angeschlossen hatte. Und mit seiner Berufslaufbahn waren sie dann noch weniger einverstanden. Normalerweise bekam er keinen Besuch. Höchstens von seinem Bruder, wenn der in Stendal war und ein bisschen Zeit hatte. Aber Arno meldete sich immer vorher an.

Sein fragender Blick reichte, und Schwester Else wusste, was er wissen wollte. Sie war wirklich der Lichtblick in seinem Leben hier. Der einzige.

»Jemand vom Reichsluftfahrtministerium«, sagte sie. »Ein Herr Kaufmann.«

Ach, das Luftfahrtministerium, die hatte er ganz vergessen. Die schickten ab und zu auch mal einen vorbei mit einem Strauß Blumen, mit dem er nichts anfangen konnte. Aber der Chef selbst war noch nie gekommen, seit man Major Robert Kieling in dieses Heim in Stendal geschickt hatte, obwohl der es war, für den er seine Gesundheit ruiniert hatte.

Kaufmann, der Name sagte ihm nichts, und das Gesicht sagte ihm auch nichts. Der Mann hatte nicht einmal einen Blumenstrauß dabei, und Kieling merkte, wie ihm das einen Stich versetzte. Er hatte mit den Blumen aus dem Ministerium nie viel anfangen können, aber keine zu bekommen, das war noch schlimmer.

Der Mann hatte zwar keine Blumen, dafür klang seine Stimme ausgesprochen warmherzig und höflich. Ein kleiner Akzent, der ihn an seinen alten Kameraden Utsch aus dem Siegerland erinnerte.

»Major Kieling, Kaufmann mein Name. Wir kennen uns noch nicht. Ich komme im Auftrag des Reichsministers.«

Major, ja. Sie hatten ihn sogar befördert. Bevor sie ihn in den Ruhestand und in dieses Invalidenheim geschickt hatten. Es war eines der besseren Heime, keine Frage, die Parkanlagen, die sich sanft zum Seeufer hin absenkten, waren wunderschön. Dennoch kam es ihm vor, als habe er sein Leben bereits gelebt und warte nur noch auf den Tod.

»Wollen wir nicht einen kleinen Spaziergang machen?«

Ohne eine Antwort abzuwarten, nahm der Mann, der sich als Kaufmann vorgestellt hatte, den Rollstuhl und schob ihn weg von den anderen, die auf der Terrasse saßen und die Sonne und den Ausblick genossen. Der Kies knirschte, als die Gummireifen ihn erreichten.

»Was wollen Sie?«, fragte Kieling, als er die Sprache endlich wiedergefunden hatte. »Wer schickt Sie?«

»Reichsminister Göring persönlich.«

Eine persönliche Botschaft hatte der Dicke nicht mehr überbringen lassen, seit er seine verletzten Soldaten im Militärkrankenhaus besucht hatte, kurz nach dem Zwischenfall, als Presse zugegen war. Seither hatte er nichts mehr von ihm gehört. Trotz seiner Verbitterung konnte Kieling nichts dagegen machen: Er fühlte sich geehrt.

»Was liegt denn so Wichtiges an?«

»Der Reichsminister ist sehr an Ihrem Wohlbefinden interessiert, Major.«

»Ach, tatsächlich.«

»Wie lange leben Sie jetzt schon in diesem Heim?«

»Seit meiner Entlassung aus dem Krankenhaus. Seit November fünfunddreißig.«

»Bereits neun Monate also.«

»So ist es.«

»Ein tragischer Vorfall damals. Der Reichsminister spielt mit dem Gedanken, Sie ins Ministerium zu holen, was halten Sie davon?«

»Mich? Einen Krüppel?«

»Es ist eine Schande, dass ein junger Mann wie Sie in diesem Invalidenheim festsitzt und sich nicht mehr für Deutschland nützlich machen kann. Wir haben ein Büro für Sie und einen Adjutanten, der auch für Ihre Beweglichkeit sorgen kann. Mögen Sie auch keinen aktiven Militärdienst mehr ausüben können, so werden Sie doch Ihren Dienst am Vaterland fortsetzen können.«

Robert Kieling fühlte sich geehrt. Er hatte den Minister falsch eingeschätzt. Sie hatten eigens eine Stelle für ihn geschaffen. Nein, er fühlte sich nicht nur geehrt, er war geradewegs gerührt. Er musste sogar gegen die Tränen kämpfen, etwas, das er zum Glück gut beherrschte. Ein deutscher Soldat weint nicht!

»Ich …«, begann er und stockte, musste erst den Kloß in seinem Hals hinunterwürgen. »Ich meine: Richten Sie dem Reichsminister meinen allerherzlichsten Dank aus.«

»Aber gerne.«

Der Mann vom Ministerium schob ihn mit dem Rollstuhl in den Park hinein, immer weiter weg vom Haupthaus, vor dem die Kriegsinvaliden in der Sonne saßen. Sie tauchten in den Schatten der Bäume. Uralte Eichen und Buchen, zwischen denen das Wasser des Sees hindurchschimmerte.

»Da ist noch etwas, das ich mit Ihnen besprechen muss«, sagte Kaufmann. »Etwas, das nur für unser beider Ohren bestimmt ist. Sind wir hier sicher?«

»Natürlich.« Kieling schaute sich um. Die Bäume hatten sie inzwischen verschluckt, das Haupthaus mit den alten Knackern lag in weiter Ferne. »Wir sind nicht nur außer Hör-, wir sind auch außer Sichtweite«, sagte er. »Sie könnten mir hier sogar unbemerkt Geheimpapiere übergeben, sollte das nötig sein.«

»So weit sind wir noch nicht.« Kaufmann schob ihn vom Kiesweg weg zum See hinunter, der dem Weg an dieser Stelle am nächsten kam. Nur ein paar Meter, leicht abschüssig. »Zunächst einmal wollte ich Sie fragen, ob Sie sich erinnern?«

Sie standen nun direkt am Seeufer, das Wasser plätscherte zu seinen Füßen und umspielte die Gummireifen des Rollstuhls.

»Woran soll ich mich erinnern?«

»An den elften Oktober fünfunddreißig.«

»Wie könnte ich den Tag vergessen? Zwei Kameraden sind gestorben, ich bin seitdem gelähmt.«

»Dann ist es ja gut«, sagte Kaufmann. »Dann wissen Sie ja, warum das geschieht, was jetzt geschehen wird.«

»Was meinen Sie?«

»Das.«

Noch während Kaufmann dieses Wort aussprach, spürte Kieling einen gewaltigen Stoß. Der Stuhl rollte in den Uferschlamm, dann blieb er stecken. Kieling saß schon bis zu den Knien im

Wasser, das er überhaupt nicht spürte, und dennoch schien die Kälte seinen Körper hinaufzukriechen.

»Was soll denn das?«, fragte er, doch statt einer Antwort folgte ein weiterer Stoß, und der Stuhl kippte nach vorne. Kieling stürzte kopfüber ins Seewasser.

Die Kälte nahm ihm den Atem, bis er merkte, dass da noch etwas anderes war, das ihm den Atem nahm: das Wasser. Er versuchte, sich mit den Händen aufzurichten, der See war hier jedoch schon zu tief, er hätte sich hinstellen müssen, um mit seinem Kopf an die Oberfläche zu gelangen, doch seine vermaledeiten Beine konnten nicht mehr stehen. *Er* konnte nicht mehr stehen. Seit dem elften Oktober fünfunddreißig.

Dann wissen Sie ja, warum das geschieht, was jetzt geschehen wird.

Er wusste es nicht, er hatte nicht den Hauch einer Ahnung, warum das hier gerade geschah, er wusste nur eines: dass der Mann, der sich Kaufmann genannt hatte, nie im Leben Kaufmann hieß.

Er meinte, dessen Silhouette noch durchs Wasser am Seeufer sehen zu können, doch waren seine Sinne zunehmend mit anderen Dingen beschäftigt. Mit dem schlammigen Seeboden, in dem seine Hände keinen Halt fanden, um wieder ans Ufer zu kriechen. Mit dem Wasser, das nun, da er den Atem nicht länger anhalten konnte, in die Luftröhre drang. Mit seinen schmerzenden Lungen, die ihm den letzten Rest klaren Verstandes raubten und ihn nur noch sinnlos herumzappeln ließen. Bis seine Lungen schließlich dermaßen schmerzten, dass sie zu platzen schienen, und seine Gier nach Atemluft so unermesslich groß wurde, dass er das Gefühl hatte, aller Sauerstoff der Welt werde nicht ausreichen, diesen Hunger je zu stillen.

16

Von außen sah das Columbiahaus aus wie ein typischer preußischer Militärbau, ein Klinkerbau, wie es sie zu Hunderten zwischen Aachen und Tilsit gab. In seinem Inneren aber spielten sich Dinge ab, von denen man sich nur hinter vorgehaltener Hand erzählte; es gab keinen Ort in der Stadt, der mit mehr Schauergeschichten verbunden war, und niemand wusste, ob diese Geschichten übertrieben waren oder ob sie den wirklichen Schrecken auch nur annähernd beschrieben. Das ehemalige Militärgefängnis am Tempelhofer Feld, seit drei Jahren in den Händen der SS, war ein Gebäude, von dem jeder Berliner insgeheim hoffte, dass er es nie würde betreten müssen.

Rath musste. Die Anordnung von Sebastian Tornow war eindeutig gewesen: zwei Uhr, KL Columbia. Nun war es kurz vor zwei und regnete in Strömen. Durch die Wassermassen auf der Windschutzscheibe, gegen die die Scheibenwischer kaum ankamen, suchte er nach einem Parkplatz. Alles kam ihm kalt und grau und widerwärtig vor, was aber auch daran liegen konnte, dass er nicht ausgeschlafen war.

Dabei hatte der Tag ganz freundlich begonnen. Nach einem weitestgehend ruhig verlaufenen Nachtdienst, bei dem er sogar noch ein kleines Nickerchen hatte einlegen können, war Rath in sein Auto gestiegen und der aufgehenden Sonne entgegengefahren, hatte den Millers in der Carmerstraße ein schnelles Frühstück bereitet, bestehend aus Bohnenkaffee, Rührei und frischen Schrippen, hatte mit ihnen gefrühstückt, über die schlechten Manieren und die noch schlechtere Laune von Frank Miller junior hinweggesehen und der Familie ein paar Vorschläge gemacht, wie man den Tag in Berlin verbringen könne, bevor er schließlich und endlich todmüde ins Bett gefallen war. In Fritzes Bett, das ihm eigentlich zu klein war. Trotzdem hatte er geschlafen wie ein Stein.

Alles gut also. Bis das Telefon ihn aus dem Tiefschlaf gerissen hatte. Ein penetrantes Klingeln, das überhaupt nicht aufhören wollte. Die Nachricht hatte ihn mit einem Schlag hellwach gemacht, mehr noch als die Stimme, die sie überbrachte.

Sie hatten Herbert Ehlers festgenommen.

Keine zwei Stunden, nachdem Rath den Mann zuletzt gesehen hatte, nachdem er brav, vielleicht ein wenig zu katzbuckelnd, aber so war das eben in Deutschland, die versprochene Zeugenliste in der Kriminalwache vorbeigebracht hatte, war der Steward mit der kommunistischen Vergangenheit von der Gestapo verhaftet worden. Im Auftrag des SD.

Und nun bestellte Tornow ihn ins Columbiahaus, um der Vernehmung beizuwohnen. Raths Beteuerungen, dass er mit Ehlers bereits gesprochen habe und keine Anhaltspunkte sähe, ihn für einen kommunistischen Saboteur und Giftmischer zu halten, dass Ehlers sogar bereitwillig und vollumfänglich kooperiert habe, ließ Tornow nicht gelten. »Das ist doch alles Augenwischerei, für so was haben wir keine Zeit. Die Witwe Morgan wird bald in Berlin erwartet, bis dahin brauchen wir Ergebnisse. Um zwei beginnen wir mit der Vernehmung.«

Rath parkte direkt vor der ehemaligen Garde-Kürassier-Kaserne an der Columbiastraße, in der seit dem Ende des Weltkriegs Schutzpolizei kaserniert war. Oder Ordnungspolizei, wie es neuerdings hieß. Das Konzentrationslager, ursprünglich als Militärgefängnis für die Kasernen gegenüber errichtet, lag auf der anderen Straßenseite. Rath stieg aus dem Wagen. Der kurze Weg über den Fahrdamm reichte aus, um ihm das Wasser von der Hutkrempe laufen zu lassen, als er das Gebäude betrat und dem wachhabenden SS-Mann an der Pforte seinen Dienstausweis zeigte.

Er machte sich keine Illusionen, was ihn hinter diesen Mauern erwartete. Vor Jahren hatte er einmal einer polizeilichen Vernehmung im Geheimen Staatspolizeiamt beigewohnt, die sein ehemaliger Kollege Reinhold Gräf geführt hatte. Vernehmungen dritten Grades hatten sie so etwas zu Republikzeiten genannt, wenn man die Fäuste zur Wahrheitsfindung einsetzte, und natürlich war so etwas damals nicht nur verpönt, sondern verboten. So verboten, dass es einen die Stelle kosten konnte. Im neuen Deutschland war das anders, ganz im Gegenteil: Da waren die Methoden der Gewaltanwendung bei polizeilichen und sonstigen Vernehmungen Jahr für Jahr verfeinert worden. Vor allem auch an dieser Adresse.

Ein uniformierter SS-Mann ging voran. Rath fühlte sich unbehaglich. Als sei er ein Gefangener auf dem Weg in seine Zelle und kein Polizeibeamter auf dem Weg zu einer Vernehmung. Viele Türen wurden auf- und wieder abgeschlossen, es ging mal rechts, mal links durch ein Labyrinth von Gängen, dann ein paar Treppen hinab und dann weiter durch düstere Kellergewölbe, und immer wieder waren von irgendwoher Schreie zu hören, hinter irgendeiner Tür ein Wimmern, hinter einer anderen ein lautes Schluchzen, doch seinen SS-Begleiter ließ das alles kalt. Schließlich blieb der Mann in der schwarzen Uniform stehen, wies auf eine eisenbeschlagene Kellertür und sagte ausgesucht freundlich: »Hier ist es, Oberkommissar. Soll ich Sie melden?«

»Nicht nötig. Obersturmbannführer Tornow und ich sind alte Bekannte.«

Der SS-Mann schlug die Hacken zusammen und erbot den Deutschen Gruß, bevor er kehrtmachte. Rath wartete noch einen Moment, dann klopfte er und trat ein.

Eine funzelige 40-Watt-Glühbirne beleuchtete einen Raum, der Rath wie eine bizarre Mischung aus Gefängniszelle, Vernehmungsraum und Folterkeller erschien. Hinter einem Schreibtisch saß Sebastian Tornow im vollen SS-Ornat eines Obersturmbannführers, am kleineren Tisch daneben der Adjutant, den Rath schon aus Tornows Büro kannte, vor einer Schreibmaschine, in die bereits ein Blatt Papier gespannt war. Und vor ihnen auf einem Stuhl, die Handflächen unter dem Gesäß und flankiert von einem weiteren SS-Mann, saß Herbert Ehlers, immer noch in der schneeweißen, aber mittlerweile fleckigen Uniform des Norddeutschen Lloyd. Der Steward blickte Rath voller Hoffnung entgegen, als er den Raum betrat.

»Da ist er ja, der Oberkommissar, von dem ich Ihnen erzählt habe. Fragen Sie ihn, dann wird sich alles aufklären. Dem habe ich auch die Liste gegeben. Ich will doch helfen!«

Tornow beachtete Ehlers überhaupt nicht, sondern begrüßte Rath. »Da bist du ja, Gereon. Setz dich.«

Rath setzte sich auf den einzig freien Stuhl direkt neben Tornow.

»Den Genossen Ehlers hier kennst du ja schon.«

»Ich bin doch kein Genosse! Das ist doch lange her und aus und vorbei. Bin seit dreiunddreißig SA-Mann. Sagen Sie denen das doch, Oberkommissar. Ich weiß gar nicht, was ich hier soll, ich bin ein guter Deutscher.«

»Wir werden Sie jetzt, da Oberkommissar Rath eingetroffen ist, einer Vernehmung unterziehen, Herr Ehlers.«

Rath erschrak, weil die Schreibmaschine mit einem Mal losgerattert war, kaum hatte Tornow das Wort an Herbert Ehlers gerichtet.

»Wir wollen Licht in das Dunkel rund um den Tod des amerikanischen Staatsbürgers Walter Morgan bringen«, sagte Tornow, begleitet vom Rattern der Schreibmaschine. »Ich darf Ihnen empfehlen, die Wahrheit zu sagen, denn falsche oder unbefriedigende Antworten werden umgehend sanktioniert.« Er zeigte auf den SS-Mann neben dem Stuhl. »Dafür ist Scharführer Pechmann zuständig.«

»Was soll das heißen? Natürlich sage ich die Wahrheit, da müssen Sie nicht …«

Der Handrücken von Scharführer Pechmann unterbrach den Redeschwall von Herbert Ehlers. Blut schoss aus seiner Nase.

»Ach, ich vergaß«, sagte Tornow. »Sie antworten nur auf unsere Fragen, Zuwiderhandlungen werden ebenfalls sanktioniert.«

Ehlers blutete und schwieg.

»Muss das hier wirklich sein?«, flüsterte Rath in Richtung Tornow.

Der Obersturmbannführer ignorierte Rath.

»Herbert Ehlers«, sagte er, und die Schreibmaschine ratterte wieder los, »Sie sind seit März dreiunddreißig Mitarbeiter des Norddeutschen Lloyd.«

»Jawohl.« Ehlers schien erleichtert, dass es um so einfache Fragen ging, die so eindeutig zu beantworten waren.

»Und seit April sechsundzwanzig Mitglied der Kommunistischen Partei.«

»Aber das ist doch lange her. Sagen Sie's den Herren doch, Oberkommissar, ich bin SA-Mitglied.«

»Sie sind nie aus der Kommunistischen Partei ausgetreten, ist das richtig?«

»Aber ich bin doch kein Kommunist. Habe seit zig Jahren keine Beiträge mehr bezahlt. Seit der Rotfrontkämpferbund aufgelöst wurde, bin ich nicht mehr dabei. Seit neunundzwanzig.«

»Aber Sie sind nie aus der Kommunistischen Partei ausgetreten.«

»Dann wohl nicht, aber da werden Sie mir doch keinen Strick draus drehen.«

»Ist es richtig, dass der kommunistische Untergrund Sie in das Olympische Dorf eingeschleust hat, um die Olympischen Spiele zu sabotieren?«

»Wie? Was soll denn dieser Unfug?«

Tornow gab Pechmann einen kaum wahrnehmbaren Wink, und der Scharführer trat in Aktion. Er nahm die Hände des Delinquenten und schnallte sie nacheinander an den Armlehnen des Stuhles fest. Das ging so behutsam und selbstverständlich, dass Ehlers gar nicht begriff, wie ihm geschah. Wahrscheinlich war er überrascht, dass man ihm nicht weh getan hatte, kein Schlag, kein Tritt, nichts, nur die Fixierung. Gegen die er sich nun, da es zu spät war, aufbäumte.

»Ich frage Sie noch einmal: Hat der kommunistische Untergrund Sie in das Olympische Dorf eingeschleust, um die Olympischen Spiele zu sabotieren?«

»Natürlich nicht! Der Norddeutsche Lloyd hat mich dorthin geschickt, damit ich den Olympioniken Essen serviere.«

Der Scharführer trat an Ehlers' Stuhl und setzte einen langen dünnen Bohrer auf den Nagel des an der Holzlehne fixierten rechten kleinen Fingers.

»Ah, was machen Sie da? Hören Sie doch auf! Nein! Ah!«

Ehlers schrie auf, als der SS-Mann langsam zu drehen begann und der Bohrer den Fingernagel durchstieß. Er schrie und riss an seinen Fesseln, doch der Stuhl stand fest, und Pechmann, der Folterknecht, der das offensichtlich nicht zum ersten Mal machte, ließ sich nicht aus der Ruhe bringen.

Tornow hielt seine Augen unbarmherzig auf den schreienden Menschen gerichtet, ebenso Scharführer Pechmann, der eine Miene machte, als sei er ein Chirurg, der gerade eine wichtige Operation durchführe. Nur dass man die Narkose vergessen hatte.

Rath konnte nicht länger hinsehen, er wandte den Blick ab. Am liebsten hätte er sich auch die Ohren zugehalten. Am liebsten wäre er gar nicht hier gewesen. Was machte er hier, in einem Folterkeller der SS? In dem ein Mann gequält wurde, den Gereon Rath ans Messer geliefert hatte. Oder vielleicht auch die erkennungsdienstliche Kartei der Gestapo. Aber was spielte das für eine Rolle? Da saß ein Mann, der gefoltert wurde, und er saß daneben und konnte nichts tun.

Außer aufstehen und gehen. Wie er es damals bei Gräf getan hatte.

»Wo willst du hin, Gereon?«

Tornows Stimme vor dem Hintergrund des vor Schmerz nach Luft japsenden Ehlers klang so sanft, als spiele er in einem Passionsspiel den heiligen Jesus. Obwohl seine Rolle die des römischen Folterknechts war.

»Das führt doch alles zu nichts«, sagte Rath. »Das muss ich mir nicht mit ansehen. Der Mann da hat kooperiert, warum quält ihr ihn? Er hat sogar eine Namensliste erstellt, heute morgen noch.«

»Ja, eine Liste mit unschuldigen Kollegen. Diese Namen interessieren mich nicht. Alles Nebelkerzen. Ich möchte wissen, wer an der kommunistischen Verschwörung gegen die Olympischen Spiele beteiligt ist.«

»Aber es gibt keine Verschwörung, das habe ich Ihrem Kollegen doch auch schon gesagt.« Ehlers Stimme hörte sich verzweifelt und gehetzt an.

»Nennen Sie mir einfach ein paar Namen, und Sie können zurück in Ihre Zelle.«

»Wie soll ich denn Namen nennen, wenn es keine Verschwörung gibt?«

Tornow nickte, und wieder setzte Scharführer Pechmann den kleinen Bohrer an. Und wieder schrie Ehlers zum Gotterbarmen.

Rath reichte es, er öffnete die Tür.

»Gereon, das ist nicht die Zusammenarbeit, die ich von dir erwarte.«

»Das ist mir scheißegal. Für alles gibt es Grenzen, und hier ist eine. Wir können uns gerne über den Fall unterhalten, wenn ihr mit dieser ... Vernehmung ... hier fertig seid.«

Tornow und seine unausgesprochenen Drohungen konnten ihn mal, er musste hier raus. Rath wusste nicht, wie lange er durch die Gänge irrte, aber sein Polizeiausweis half ihm, an allen Hindernissen vorbeizukommen, und schließlich fand er sich auf der Columbiastraße wieder. Es regnete immer noch, aber selten zuvor hatte er sich so gefreut, draußen im Freien zu stehen. Er fühlte sich wie ein Sträfling, dem soeben der Ausbruch aus dem Gefängnis geglückt war. Nur dass ihn niemand jagte. Sebastian Tornow hatte niemanden hinter ihm hergeschickt. Rath ging hinüber zu seinem Auto und fuhr davon.

17

Die alte Frau zuckte kurz zurück, als sie Charly auf dem Treppenabsatz erblickte, doch es war zu spät, sie stand in der geöffneten Tür und war entdeckt, konnte sich nicht mehr in ihre Höhle zurückziehen, aus der sie alles im Blick hatte, selbst aber so gut wie nie gesehen wurde. Also trat sie gänzlich ins Treppenhaus und schloss sorgfältig ab, Charly, die ihrerseits gerade den Wohnungsschlüssel aus der Handtasche kramte, geflissentlich ignorierend.

»Guten Tag, Frau Brettschneider!«

»Heil Hitler, Fräulein Ritter.«

»Rath. *Frau* Rath«, verbesserte Charly. »Das habe ich Ihnen doch schon gesagt. Ich bin jetzt verheiratet.«

Gretas Nachbarin grummelte irgendetwas vor sich hin und stiefelte die Treppen hinunter. Fand es wahrscheinlich umso verwerflicher, dass eine verheiratete Frau wieder bei ihrer alten Freundin wohnte. Charly schloss die Wohnungstür auf, und der vertraute Geruch empfing sie. Es war fast wie früher. Innerhalb weniger Tage hatte sie sich in der Spenerstraße wieder eingelebt. Hier drinnen war auch alles wie immer, selbst die alte Nachbarin, Frau Brettschneider, wohnte noch im Haus, argwöhnisch wie eh und je.

Nur dass sie jetzt schnippisch mit *Heil Hitler* grüßte statt mit *Guten Tag*.

Weil sich eben doch einiges geändert hatte.

Sosehr Charly auch versuchte, das auszublenden und nicht immerfort daran zu denken, sie konnte es nicht. Und sie merkte, dass mit jedem Jahr, jedem Monat, jeder Woche, jedem Tag, den die Nazis die Regierung innehatten, ihre Hoffnung schwand, die

Dinge würden sich irgendwann wieder ändern. Vielleicht blieb einem wirklich nichts anderes übrig, als sich mit den Verhältnissen zu arrangieren und, so gut es einem möglich war, darin weiterzuleben. Und denen zu helfen, die wirklich unter den neuen Verhältnissen litten.

Sie musste an Manfred Oppenberg denken und dessen Ansinnen. Auch der wollte sich arrangieren. Wollte ein normales Leben führen, obwohl die Nazis ihm genau dies verwehrten. Wollte das zur Not eben mit kriminellen Mitteln tun.

Und auch sie handelte ja, wenn sie ehrlich zu sich war, gegen die bestehenden Gesetze, wenn sie nach Büroschluss in Böhms Detektei ausreisewilligen Menschen half, deren Vermögen und Familien aus dem Land zu schleusen. Während sie nach außen hin die angepasste Privatdetektivin gab, die sich allein schon von Berufs wegen streng an Recht und Gesetz hielt, um die mühsam erworbene Lizenz nicht zu verlieren.

Greta war die einzige, die von ihrem Doppelleben wusste. Nicht einmal Gereon hatte sie davon erzählt. Erstens, weil er es ihr verbieten würde, zweitens, weil sie ihn nicht mit hineinziehen wollte, sollten die Dinge schieflaufen. Bei Greta hatte sie da weniger Angst, die hatte einen schwedischen Pass, die hatte eine berühmte Mutter, an die würden sich die deutschen Behörden so schnell nicht herantrauen.

Und einen Menschen brauchte man doch, mit dem man über alles reden konnte.

»Huhu, bin zuhause«, rief sie in die Wohnung. Um Greta Gelegenheit zu geben, irgendwelche möglicherweise anwesenden nackten Männer rechtzeitig zu verstecken oder wenigstens mit ein paar Kleidungsstücken zu bedecken.

Doch die Freundin war allein. Saß bei einer Tasse Kaffee am Fenster und las. Charly fragte sich, die wievielte Tasse das sein mochte. Sie kannte keinen Menschen, der mehr Kaffee trank als Greta Overbeck. Das sei ihre schwedische Seite, sagte Greta immer, das habe sie von ihrer Mutter.

»Was liest du denn da?«

Greta zeigte ihr den Buchrücken. Tucholsky. *Schloß Gripsholm.*

»Das ist so traurig«, sagte sie.

»Aber doch auch schön.«

»Ich meine nicht das Buch, ich meine, dass er tot ist.«

Greta hatte recht. Tucholskys Tod vor einem halben Jahr hatte sie alle erschüttert. Obwohl der Mann in seinem schwedischen Exil schon seit Jahren verstummt war. Was sollte er auch machen? Alles, wovor er gewarnt hatte, war eingetreten. Und das noch schlimmer, als es sich die meisten je hatten vorstellen können.

»Wieder einer, der die Hoffnung aufgegeben hat«, sagte Charly.

»Wieso *wieder*? Wer denn noch? Wir geben die Hoffnung noch lange nicht auf. Wäre ja noch schöner! Willste dich etwa von diesen Idioten unterkriegen lassen?«

»Diese Idioten regieren unser Land.«

»Eben. Deswegen. Irgendwer muss ja dagegenhalten.«

»Dagegenhalten. Man muss ja schon dagegenhalten, wenn man ein ganz normales Leben führen will.«

»Wie meinst du das?«

»Ich weiß nicht, ob du das verstehst, du mit deinem schwedischen Pass, du hast diese Probleme nicht.«

»Willst du mir jetzt meinen Pass vorwerfen?«

»Nein. Natürlich nicht. Entschuldige.«

Sie ging zu Greta hinüber und nahm sie in den Arm. Unten auf der Straße stand Frau Brettschneider und schaute hinauf. Und sah sich wahrscheinlich gerade in all ihren Vorurteilen bestätigt. Charly zog die Gardine zu.

»Es tut mir leid«, sagte sie und setzte sich zu ihrer Freundin an den Tisch. »Aber manchmal denke ich, ich kann nicht mehr.«

Sie erzählte Greta die Geschichte von Manfred Oppenberg.

»Böhm sagt, ich soll ihn überreden auszuwandern, aber ich weiß gar nicht, ob ich das will. Ich komme mir vor, als würde ich das Geschäft der Nazis betreiben und Juden aus dem Land ekeln.«

»Na, ich weiß nicht, ob du das Geschäft der Nazis betreibst. Die wollen bestimmt nicht, dass Oppenberg sein Vermögen mitnimmt.«

»Das hat er sowieso größtenteils schon im Ausland, das steckt in irgendwelchen Filmfirmen in Prag und Paris.«

»Warum hat er denn so große Probleme mit dem Ausreisen?«

»Er hat keine Probleme mit dem Ausreisen. Er hat Probleme damit, nicht aus- und einreisen zu können wie jeder normale Mensch. Wie du zum Beispiel.«

»Dann bräuchte er einen ausländischen Pass. Das ist besser als ein gefälschter deutscher.«

»Ein echter Pass ist immer besser als ein gefälschter. Aber bis die Franzosen einem Deutschen die Staatsbürgerschaft erteilen, da vergehen Jahre. In Prag oder London oder wo auch immer du hinschaust, ist das nicht anders. Da brauchst du schon verwandtschaftliche Bande, dann ist das einfacher.«

»Und die hat Oppenberg nicht?«

»Der ist Berliner durch und durch. Meines Wissens hat er Verwandtschaft in Breslau und Frankfurt, das war es dann auch.«

»Und ich dachte, jeder Jude hat mindestens einen Onkel oder Cousin in Amerika.«

»Greta Overbeck, du bist eine alte Antisemitin, weißt du das? Glaubst am Ende auch an das Weltjudentum, was?«

»Ich glaube an das Weltbürgertum, das ist alles.«

»Aber das ist leider nicht jedem vergönnt.« Charly zuckte die Achseln. »Ich werde versuchen, Oppenberg die gefährlichen Pläne auszureden. Aber ich weiß nicht, ob ich ihn davon überzeugen kann auszuwandern, wenn ich selbst nicht davon überzeugt bin.«

»Du machst das schon. Du bist gut im Reden. Und vielleicht fällt dir ja noch eine andere Lösung ein.«

»Vielleicht.«

Das Telefon klingelte, und Greta ging hinaus in den Flur, wo der Apparat stand. Nach wenigen Sekunden kehrte sie wieder zurück. »Dein Göttergatte«, sagte sie.

Aus irgendeinem Grund war Charly gerührt. Dass Gereon an sie dachte. Anrief. Sie freute sich darauf, seine Stimme zu hören.

»Hallo«, meldete sie sich. »Hätte gar nicht gedacht, dass du so lange ohne mich klarkommst.«

»Ich bin eben selbständiger, als du denkst.«

Das sollte wohl locker klingen, doch Gereon klang nicht locker. Irgendetwas bedrückte ihn, das konnte sie durchs Telefon spüren. Sowenig ihr Mann auch mit ihr sprach, sie wusste meist genau, wie es um ihn bestellt war, da konnte er ihr nichts vormachen.

»Wie geht's dir?«, fragte sie, obwohl sie jetzt schon wusste, dass die Antwort nichts wert war.

»Gut«, sagte er. »Und dir?«

»Alles bestens«, log sie. Was er konnte, das konnte sie auch.

»Was hältst du davon, wenn wir uns am Samstag sehen?«
»Musst du dich denn nicht um deinen Olympiagast kümmern?«
»Dafür ist gesorgt, das ist alles geregelt.«
»Dann hast du Zeit für deine Ehefrau?«
»Nicht nur Zeit, ich hab auch Karten für uns beide.«
»Oh!« Nun war sie wirklich überrascht. Dass er sich so ins Zeug legte, kam nicht mehr allzu häufig vor. Vielleicht war es das schlechte Gewissen.
»Wohin soll's denn gehen?«, fragte sie.

18

Ihm war danach, den Hörer mit voller Wucht auf die Gabel zu knallen oder gleich das ganze Telefon an die Wand zu werfen, doch er war nicht allein in der Wohnung. Die Millers hatten ihre Ausflüge zu den Berliner Sehenswürdigkeiten abgebrochen, was ja auch kein Wunder war bei diesem Sauwetter, und nun saß Dolores Miller in Raths Lieblingssessel und strickte, während Frank Miller senior seinen Sohn mit den Besonderheiten des deutschen Radioprogramms vertraut machte und an den Knöpfen des Telefunken-Musikschranks herumfummelte.

Rath legte den Hörer also behutsam auf die Gabel zurück. Er atmete heftig. Charly und ihre Sturheit. Hätte er sich ja denken können. An ihrem Entschluss, die Olympiade unter allen Umständen zu boykottieren, konnten nicht einmal Eintrittskarten für die Eröffnungsfeier etwas ändern.

Die Eröffnungsfeier, verdammt noch mal! Fünfzig Nationen, die zu Sportwettkämpfen friedlich zusammenkommen und unter dem Jubel der Berliner ins Stadion einmarschieren, was konnte sie dagegen haben? So etwas konnten doch nicht einmal die Nazis kaputtmachen.

»Stures Weib«, fluchte er.
»Pardon?«
»Oh, nothing.«
Der ewig lächelnde Frank Miller war verdammt neugierig. Mil-

ler war stolz darauf, dass sein Großvater vor über sechzig Jahren mit seinen Eltern aus der Pfalz nach Pennsylvania ausgewandert war. Ständig musste Rath ihm deutsche Wörter beibringen, die er dann aussprach, als wolle er sie zu Teig kneten.

»Beer means beer«, sagte Miller und zeigte Rath den Daumen nach oben. »And mashed potatoes means Kratoffelpireh.«

Rath machte keine Anstalten, den Mann zu verbessern.

»Right«, sagte er und zeigte ebenfalls einen erhobenen Daumen.

Dolores Miller lächelte über ihrem Strickzeug, ohne ein Wort verstanden zu haben, und Frank junior zeigte ohnedies an gar nichts Interesse außer an Raths Schallplatten.

Rath zog sich in Fritzes Kammer zurück, den einzigen Raum in der Wohnung, in dem er noch seine Ruhe hatte. Die Millers hatten es geschafft, ihm schon nach den ersten beiden Tagen so auf den Wecker zu gehen, dass er mit dem Gedanken spielte, ins Hotel zu ziehen. Was natürlich illusorisch war, weil es in ganz Berlin keine Zimmer mehr gab. Eine Nacht in der Spenerstraße wäre da schon ganz schön gewesen. Eine Nacht mit Charly. Er vermisste sie mehr, als er sich das eingestehen wollte.

Allein ihre Nähe hätte ihm geholfen. Ein bisschen Ruhe zu finden. Vorhin, bei seiner Rückkehr aus Tempelhof, war die Wohnung noch leer gewesen, und er hatte versucht, in Fritzes Kammer ein wenig Schlaf zu finden. Das war ihm nicht gelungen.

Jedesmal, wenn er die Augen schloss, hatte er Herbert Ehlers vor sich gesehen. Dessen Schreie gehört. Dessen vorwurfsvolle Blicke gespürt. Ja vor allem die Blicke. Die Blicke eines Menschen, den er zutiefst enttäuscht hatte. Den er verraten und ins Unglück gestürzt hatte.

Warum hatte Tornow ihn überhaupt ins Columbiahaus beordert? Doch nicht, weil Oberkommissar Gereon Rath vom preußischen Landeskriminalpolizeiamt bei einer derartigen Vernehmung irgendwie von Wert hätte sein können. Nein, Tornow hatte gewusst, dass er Rath mit seinen Foltermethoden ebenso quälen konnte wie den armen Ehlers.

Damals, bei Gräfs Gestapo-Vernehmung, hatte Rath noch das Gefühl gehabt, dem einstigen Mordermittler sei es schwergefallen, einen Verdächtigen so brutal behandeln zu müssen, Gräf habe es aber als unumgänglich angesehen und sich zusammengerissen.

Auch Tornow war einmal Polizist gewesen, aber bei dem war das anders, dem bereitete es offensichtlich Freude, andere Menschen zu quälen. Rath fragte sich, wie und warum Sebastian Tornow so geworden war. Er hatte ihn anders kennengelernt, als sie vor fünf Jahren zunächst Kollegen, dann sogar Freunde und schließlich erbitterte Feinde geworden waren. Vielleicht hatte er auch nur geglaubt, ihn anders kennengelernt zu haben. Dass Tornow eiskalt war, wenn es darum ging, an Kriminellen, die der Justiz durchs Netz gegangen waren, Selbstjustiz zu üben und diese umzubringen, hätte er, als sie sich kennenlernten, auch nie für möglich gehalten.

Rache hatte Tornow damals getrieben, Rache für seine Schwester, die von freigesprochenen Verbrechern, die sich an ihr vergangen hatten, in den Selbstmord getrieben worden war. Und so etwas wie Rache war es wohl auch, was ihn nun Rath erpressen ließ. Rache für den Verlust seines Armes, Rache dafür, dass Rath die Weiße Hand gesprengt hatte, Rache dafür, dass Sebastian Tornow aus der Untersuchungshaft hatte fliehen und untertauchen müssen.

Das wiederum ließ hoffen, dass Tornow die belastenden Tonbänder, mit denen er ihn erpresste, niemals aus der Hand geben würde. Weil er Rath dann nicht mehr in der Hand hätte, und allein darum ging es ihm, um absolute Kontrolle. Rath war sich nicht einmal sicher, ob Tornow selbst an seine Theorie von der kommunistischen Verschwörung glaubte oder ob er auch das nur durchzog, um seinen Todfeind Gereon Rath zu quälen.

Er legte sich aufs Bett und schloss die Augen. Und wieder kreisten seine Gedanken um Herbert Ehlers. Um den Sinn seiner Arbeit. Den Sinn seines ganzen verkorksten Lebens. Eigentlich sollte er mit Charly zwei, drei Kinder haben und irgendwo in einem netten Häuschen mit Garten leben wie seine Eltern. Obwohl er nie so hatte werden wollen wie seine Eltern. Aber so wie jetzt hatte er auch nie werden wollen.

Eine Zeitlang hatte er geglaubt, Charly mache den Unterschied. Er brauche nur die richtige Frau, dann werde das schon was mit ihm, die würde ihn auf die richtige Spur bringen. Aber das stimmte natürlich nicht. Charly war die richtige Frau, daran hegte er nach wie vor keinen Zweifel, aber auf die richtige Spur bringen, das musste er sich schon selbst.

Wenn das nur so einfach wäre. Er wusste ja nicht einmal, welche Spur das war.

Er hatte ihr nicht erzählen können, nicht erzählen dürfen, in welche Situation Sebastian Tornow ihn gebracht hatte. In welcher Gefahr sie schwebten, alle beide. Ein schlimmeres Geheimnis hatte er noch nie gehütet, nicht vor Charly, vor niemandem. Seine SD-Verstrickung war eine Sache, die er nicht einmal im Beichtstuhl erwähnte. Er konnte es einfach nicht. Vielleicht weil er die Konsequenzen fürchtete. Vielleicht, weil er immer noch hoffte, Sebastian Tornow werde eines Tages vom Schlag getroffen und der Spuk wäre vorüber. Was er natürlich nicht wäre. Die belastenden Tonbandaufnahmen existierten, und es war besser, Tornow nutzte sie, um ihn damit zu erpressen, als dass sie in die Hände der SS oder des Staatsapparates fielen. Dann fänden Charly und er sich unweigerlich im Konzentrationslager wieder, und dass er das nicht wollte, dass er das vor allem für sie nicht wollte, das war ihm nicht erst seit seinem Besuch im Columbiahaus klar. Die Konzentrationslager waren Einrichtungen, in denen sich die ganze dunkle Wahrheit offenbarte, die sich hinter der pompösen Fassade des neuen Deutschlands verbarg.

Rath merkte, wie sich seine Gedanken im Kreis drehten, und setzte sich wieder auf. Die innere Unruhe, die ihn seit Tagen gepackt hatte, ließ ihn nicht los. Er musste irgendetwas tun, irgendetwas, das ihn vom Nachdenken abhielt.

Bevor er darüber nachdenken konnte, was das sein könnte, klopfte es an die Tür.

»Mister Rath? Sorry to bother you. But your phone is ringing.«

Rath öffnete die Tür und sah in das wie immer fröhlich lächelnde Gesicht von Frank Miller.

»Thank you«, nuschelte er und ging zum Telefon hinüber, das tatsächlich heiser schepperte.

»Hello?«, meldete er sich.

»Hello«, hörte er die Stimme aus der Leitung. »Sagt man das jetzt so?«

»Schwiegermama! Bist du schon da?«

»Gerade angekommen am Schlesischen Bahnhof. Steige gleich in die S-Bahn und müsste in einer halben Stunde am Bahnhof Zoo sein.«

»Wunderbar, ich hole dich ab. Unter der Normaluhr, wie immer.«

Wenigstens ein Lichtblick. Rath konnte mit seiner Schwiegermutter zwar nicht viel anfangen, aber Luise Ritter war genau die Frau, die er jetzt brauchte: jemanden, der den Millers pünktlich das Essen auf den Tisch stellte und sich um den Haushalt kümmerte.

Er ging ins Bad und machte sich frisch. Musste ohnehin in einer Stunde wieder zum Nachtdienst.

Zehn Minuten später parkte er am Bahnhof Zoo. Luise Ritter stand wie verabredet mit ihrem Koffer unter der großen Uhr an der Hardenbergstraße. Es war nicht weit bis zur Wohnung der Raths in der Carmerstraße, doch sie erwartete selbstverständlich, von ihrem Schwiegersohn abgeholt zu werden.

»Wo ist denn Lotte?«, fragte sie, nachdem Rath das Gepäck verstaut hatte.

»Hab ich das nicht erzählt? Die ist im Moment gar nicht zuhause.«

»Ach was? Habt ihr Streit?«

»So kann man das nicht nennen.«

»Also, entweder man hat Streit oder man hat keinen.«

»Wir haben keinen Streit. Es ist ihr einfach zu eng mit den Millers unter einem Dach.«

»Die Millers?«

»Die amerikanische Familie. Hab ich doch erzählt. Vater, Mutter, Sohn. Schauen sich die Spiele an. Ich bin Olympia-Gastgeber. Deswegen brauche ich doch deine Hilfe.«

»Drei Personen? Das ist aber wirklich viel. Und wo schlafe ich?«

»Fritzes alte Kammer. Die Millers haben das Schlafzimmer.«

»Und du?«

»Ich habe Nachtdienst, ich schlafe tagsüber.«

Und dann waren sie auch schon da. Rath nahm den Koffer und die Hutschachtel, Luise Ritter ihre Handtasche. Mit der ihr eigenen unerschütterlichen Zuversicht betrat sie die Wohnung, kaum hatte Rath aufgeschlossen, und marschierte direkt durch bis ins Wohnzimmer. Rath stellte das Gepäck ab und folgte seiner Schwiegermutter.

»Oh, hello«, hörte er Frank Miller sagen, noch bevor er den Raum betreten hatte, »the mother in law I assume?«

»Heil Hitler, die Herrschaften«, sagte Luise Ritter fröhlich. »Ich bin die Schwiegermutter von Herrn Rath.«

»How do you say hello?«, fragte Frank Miller.

Luise Ritter lächelte ihn an, hatte aber offensichtlich kein Wort verstanden. Frank Miller lächelte zurück.

»Mister Millers Vorfahren stammen aus der Pfalz«, erklärte Rath. »Er ist bemüht, ein wenig Deutsch zu lernen.«

»Ach, das ist ja rührend. Hat der Ärmste alles verlernt?«

»Er hat es nie gesprochen. Nur sein Großvater. Und jetzt würde er gerne wissen, was *Hello* auf Deutsch heißt, also wie man sich begrüßt.«

»Oh, das ist wery simpel: Hierzulande sagen wir: Heil«, erklärte Luise Ritter und strahlte Frank Miller an. »Heil Hitler.«

»Ah: Heilitlör.« Der Mann aus Pittsburgh, Pennsylvania, zeigte sein breitestes Lächeln und sprach sein breitestes Amerikanisch. »Heilitlör!«

Rath war sich sicher, dass Miller nicht einmal ahnte, dass sich keiner seiner Vorfahren jemals so begrüßt hatte.

»Ich bin dann mal weg«, sagte er. »Duty calls. Die Pflicht ruft. Du kennst dich ja aus, Schwiegermutter.«

»Ofkors«, sagte sie, sichtlich stolz über die paar Brocken Englisch, die Rath ihr einmal beizubringen versucht hatte. Offenbar nicht ganz vergeblich.

Kurz darauf saß er im Auto und war froh, wieder unterwegs zu sein. Er wusste nicht, ob er überhaupt noch ins Olympische Dorf fahren sollte, nachdem er mit Tornow derart zusammengerasselt war. Aber solange er keine anderslautenden Instruktionen vom SD oder vom LKA oder von wem auch immer erhielt, würde er hinfahren und stur seinen Dienst versehen. Und weiterhin der Frage nachgehen, wer Walter Morgan vergiftet hatte. Das war er dem armen Herbert Ehlers schuldig.

19

Abraham Goldstein stieg aus dem Zug und schaute sich um. Der Bahnhof war kleiner als erwartet, direkt an den Hang gebaut. Er sah in müde Gesichter, Menschen auf dem Heimweg von ihrer täglichen Arbeit. Außer der schwarzen Reisetasche trug er keinerlei Gepäck; dass er eine lange Zugfahrt hinter sich hatte, war ihm nicht anzusehen. Er steckte sich eine *Camel* an und ging zum Taxistand hinüber. Wenn alles glatt liefe, würde er in drei Stunden wieder auf dem Bahnsteig stehen und den Nachtzug zurück nach Berlin nehmen.

Er nannte dem Taxifahrer die Adresse und ließ sich in die Polster sinken. Er hatte nicht lange mit Marion reden müssen, es verstand sich von selbst, dass sie ihn auf dieser Reise nicht begleiten konnte. Und auch nicht wollte. Ein Ausflug in eine Industriestadt tief im Westen des Deutschen Reichs, da bot Berlin mehr Abwechslung. In ihrer Heimatstadt wusste er sie gut versorgt. Nicht so gut wie erhofft zwar, sie hatte anfangs gewaltig mit der Stadt gefremdelt, inzwischen jedoch, nach ein paar Tagen Nachtleben, hatte sich das gelegt. In dieser Hinsicht hatte Berlin immer noch einiges zu bieten. Es gab sogar Lokale, in denen man keinem einzigen Uniformierten, geschweige denn einem Hakenkreuzträger über den Weg lief, und das war in einem Land, in dem es vor Uniformen und Hakenkreuzen nur so wimmelte, schon einiges wert.

Auch in dieser Stadt hingen Hakenkreuzfahnen an den Fassaden, allerdings keine olympischen Ringe. Die Fahrt ging zunächst durchs Tal und dann einen Hügel hinauf, auf dem sich ein prachtvolles Haus neben dem anderen reihte. Sah alles nach Geld aus hier oben. Das Taxi hielt vor einer Villa, die einen leicht vernachlässigten Eindruck machte, anders als die Nachbarhäuser. Goldstein bezahlte den Fahrer und stieg aus. Unten im engen Tal, zu beiden Seiten des kleinen Flüsschens, lag die riesige Chemiefabrik und streckte ihre Schornsteine, die kaum höher waren als die sie umgebenden Hügel, in den grauen Himmel. Und mitten hindurch rumpelte eine an Schienen hängende Bahn den sich durchs Tal schlängelnden Flusslauf entlang. So eine seltsame

Stadt hatte Abraham Goldstein noch nie gesehen. Hier war es also erfunden worden, das Mittel, um das sich alle Welt riss, seit die Produktion vor fünf Jahren eingestellt worden war. Das in den Staaten nicht mehr vertrieben werden durfte. Und in dem genau deshalb die Zukunft lag, nachdem mit Alkohol kein Geld mehr zu verdienen war.

Er schaute noch einmal auf den Zettel, auf dem er sich in Brooklyn die Adresse notiert hatte. Kein Zweifel, das musste es sein. Das Haus sah aus, als habe es schon einmal bessere Zeiten erlebt. Als müsse man eine ganze Menge Geld hineinstecken, damit es wieder an die alte Größe anknüpfen könne. Es besaß eine dieser altmodischen Türglocken, an denen man ziehen musste, und die funktionierte tatsächlich noch. Drinnen war ein tiefes Läuten zu hören, das mehr an ein Kirchengeläut als an eine Türglocke erinnerte. Kurz darauf öffnete sich die Tür, und Goldstein stand einem grauhaarigen Mann gegenüber. Kein Diener in Livree oder Frack, wie man ihn in solch einem Anwesen erwartet hätte, sondern ein hagerer Mann in einem weißen Laborkittel, der die sechzig schon lange überschritten haben durfte.

»Goldstein mein Name. Wenn ich mich nicht irre, haben wir eine Verabredung.«

»Haben wir. Kommen Sie doch bitte herein, Mister Goldstein.« Der Alte machte eine einladende Handbewegung. »Sie sprechen erstaunlich gut Deutsch.«

»Was will man machen?«

Goldstein trat ein und schaute sich um. Im Haus war der Eindruck, dass hier dringend etwas getan werden musste, noch stärker als draußen. Nicht mal zwingend Handwerker, eine Putzfrau hätte fürs erste gereicht.

Der Alte führte ihn in einen Salon. Nicht nur der Boden, sämtliche Möbel waren mit einer Staubschicht bedeckt. Als sei der Raum schon seit Monaten nicht mehr bewohnt. Abgedeckt war dennoch nichts, auch nicht der schwarze Flügel. Sie nahmen in zwei Sesseln Platz. Goldstein zündete sich eine Zigarette an und bot dem Alten eine an. Der lehnte ab.

»Sie haben einen weiten Weg gemacht, Mister Goldstein, vom East River an die Wupper, das ehrt einen alten Mann wie mich.«

»Ich bin wegen der Olympischen Spiele ohnehin im Land, wenn

Sie so wollen, bin ich also nur von der Spree bis an die Wupper gereist, das passt ganz gut, Herr ... Sie haben sich noch gar nicht vorgestellt.«

»Mein Name tut auch nichts zur Sache. Sie haben diese Adresse, das reicht.«

»Steht Ihr Name nicht am Türschild?«

»Haben Sie irgendwo einen gesehen?«

»Nur den Namen Ibach auf dem Klavier.« Goldstein lächelte. »Aber so heißen Sie wahrscheinlich nicht.«

»Nein.«

»Aber ich weiß, dass Sie ein Mitarbeiter von Felix Hoffmann sind.«

»War. Doktor Hoffmann ist im Ruhestand und vor acht Jahren in die Schweiz gegangen. Und Elberfeld hat er schon vor über zehn Jahren verlassen. Seither hüte ich dieses Haus.«

»Sie kannten ihn gut?«

»Der Mann ist ein Genie. Alles haben die Farbenfabriken ihm zu verdanken, ohne ihn wäre der Konzern nichts. Aspirin, Heroin, die wichtigsten Erfindungen hat Doktor Hoffmann gemacht.«

»Aber ich bin nicht hier, um mit Ihnen über Aspirin zu reden.«

»Nein.« Der Alte klang nun wieder ruhiger. »Wissen Sie, es ist eine Schande, dass Doktor Hoffmanns Erfindung in Ihrem Land verboten ist. Ohne die Ächtung in den USA hätten wir die Produktion niemals einstellen müssen.«

»Nun, es heißt, dass Heroin süchtig macht.«

»Doch nur bei unsachgemäßer Anwendung. Genau wie Morphium. Nur weil zu viele es missbrauchen, gerade in Ihrem Land, kann man doch nicht das ganze Mittel verteufeln.«

»Das sehe ich ganz genauso. Das ist im Grunde ja auch der Anlass meines Besuchs.«

»Haben Sie das Geld?«

Goldstein hob die Reisetasche. »Haben *Sie* das Heroin?«

Der Alte lächelte. »Sie glauben gar nicht, wieviele Restbestände es noch gibt. Alles unten im Keller gelagert. Originalverpackt.«

»Das werde ich mir gleich noch anschauen.«

»Selbstverständlich. Sie können alles haben. Bis auf eine kleine Menge, die ich mir erlaube für meinen eigenen Bedarf zurückzubehalten.«

»Natürlich.«

»Wie wollen Sie es transportieren?«

Goldstein holte einen braunen Umschlag aus der Tasche. »Hier sind Frachtpapiere. Eine ganz normale Medizinlieferung an die Firma Epstein & Berkovicz, Brooklyn, New York.«

Der Alte überflog die Papiere. »Das ist ein guter Witz«, sagte er und kicherte. »Aspirin!«

»Warum soll die eine Erfindung Doktor Hoffmanns nicht von der anderen profitieren?« Goldstein lächelte und schob die Geldtasche zu dem Alten hinüber. »Das ist nur die Anzahlung. Der Restbetrag erfolgt per Bankanweisung, wenn die Lieferung in den Staaten durch den Zoll ist. Verpacken Sie es also gut. Ich denke, es dürfte kein Problem für Sie sein, an Aspirin-Packungen zu kommen.«

»Per Bankanweisung?«

»Der exakte Betrag für die in Bälde gelieferte Menge Aspirin. Steht alles auf dem Auftragschein. Als Absender können Sie die Firma eintragen, die hier aufgeführt ist.«

»Medizinalhandel Elberfeld? Nie gehört.«

»Die Firma gibt es auch noch nicht lange. Und wenn die Lieferung abgewickelt ist, wird sie auch wieder von Gottes Erdboden verschwinden; es wird sein, als habe sie niemals existiert. Die Rechnungssumme wird Ihnen vorher natürlich in bar ausgezahlt.«

Der Alte nickte. »Schön. Und woher weiß ich, dass ich Ihnen vertrauen kann?«

»Weil ich Ihnen eine Viertelmillion gute amerikanische Dollars hierlasse, ohne bislang eine Gegenleistung bekommen zu haben.«

»Richtig.« Der Alte kicherte. »Und woher wissen Sie, dass Sie mir vertrauen können?«

»Nun, das ist ganz einfach: Auch wenn Sie aus Ihrem Namen so ein Geheimnis machen, glauben Sie ja nicht, dass wir Sie nicht finden, sollten Sie jemals versuchen, uns übers Ohr zu hauen.«

Goldstein sprach diese Worte sanft und freundlich.

»Warum sollte ich Sie übers Ohr hauen? Ich bin ein alter Mann.«

»Ein alter Mann mit viel Erfahrung. Sie waren doch Labormitarbeiter von Herrn Hoffmann, oder?«

Der Alte nickte. »Über dreißig Jahre.«

»Der Aufkauf Ihrer Restbestände ist nicht der einzige Grund meiner Reise, da ist noch etwas in Ihrem Besitz, an dem ich interessiert bin.«

»Ja?«

»Ich würde Ihnen«, sagte Goldstein und drückte die Zigarette aus, »noch einmal dieselbe Summe zahlen, wenn Sie mir die Rezeptur verraten.«

»Die Rezeptur?«

»Wie man aus Rohopium Heroin gewinnt.«

»Das ist kein Kochrezept. Dazu braucht es schon gewisse Kenntnisse. Und Fertigkeiten.«

»Eben. Und darum würde ich Sie bitten, mir diese Kenntnisse zusammen mit einem fähigen und vertrauenswürdigen Chemiker, den Sie selbst auswählen dürfen, in die Staaten zu schicken.«

Der Alte überlegte eine Weile. »Ich nehme an«, sagte er dann, »dass Sie nichts dagegen hätten, wenn dieser Chemiker jemand wäre, der Deutschland ohnehin verlassen muss.«

»Natürlich nicht. Wir helfen gern.«

Goldstein streckte seine Hand aus, und der alte Mann schlug ein.

20

Die Kollegen waren bester Laune, als Rath ein wenig übermüdet seinen Nachtdienst antrat, sie hatten den Diebstahl der ägyptischen Geldbörse aufgeklärt. Der eigentlich gar kein Diebstahl gewesen war. Kriminalsekretär Lohmann hatte die Börse im Gras gefunden, ganz in der Nähe der Bastion, wo der Mann sie zuletzt beim Bezahlen an der Bar benutzt hatte.

»Sie haben den Rasen abgesucht?«, fragte Rath.

»Die Idee ist uns dank der von Ihnen gesammelten Zeugenaussagen gekommen.« Oberkommissar Franke nahm das Protokoll zur Hand, das Rath gestern aufgesetzt hatte, und las: »*Green like grass.* Grün wie Gras. Da ist uns ein Licht aufgegangen.«

»Bedanken Sie sich bei dem Zeugen. Und bei Ihrer Intuition.«

»Na, spielen Sie nicht den Bescheidenen, Oberkommissar Rath. Ohne Ihre Arbeit wären wir nicht so bald auf den Gedanken gekommen, die Umgebung der Bar abzusuchen.«

Schlimm genug, dachte Rath, behielt das aber für sich.

Einen Moment hatte er befürchtet, die Kollegen würden ihn mit der Nachricht empfangen, dass er abgelöst sei. Dass das LKA angerufen und ihn zurückbeordert habe. Dass der SD ihn einbestellt habe. Doch offensichtlich hatte Tornow keinen derartigen Schritt unternommen. So schnell konnten sie ihn wahrscheinlich auch nicht aus dem Olympischen Dorf abziehen, ohne Verdacht zu erregen. Wo seinetwegen doch eigens der Kollege Löhr in die Provinz zurückgeschickt worden war. Und solange sie das nicht taten, würde er weiter in Sachen Walter Morgan ermitteln. Gerade jetzt, wo die Kollegen ihn doch so ungemein freundlich behandelten. So freundlich, dass es beinahe schon unheimlich war.

Krause erkundigte sich, wie ihm der Krimi gefalle, Lohmann bot ihm einen Apfel an, den er »nicht geschafft« habe. Und Franke verbeugte sich nach dem obligatorischen Hitlergruß beim Hinausgehen sogar in der Tür; im Katzbuckeln war der Mann mindestens genauso gut wie im Männchenmachen. Dann waren die Kollegen endlich weg und Rath allein.

Er betrachtete Lohmanns Apfel auf dem Schreibtisch. Sein Magen knurrte tatsächlich, er hatte sich ohne Abendessen aus Charlottenburg verabschiedet und fragte sich, was Luise Ritter der Familie Miller wohl auftischen würde. Bestimmt mehr als nur einen Apfel.

Obwohl er es wegen der gesalzenen Preise eigentlich meiden wollte, saß Rath kurz darauf wieder im Besucherrestaurant des Olympischen Dorfes. Es war eine Menge los, und auch jetzt befanden sich eine ganze Menge Männer in Trainingsanzügen im Saal, obwohl es doch vor kurzem im Haus Berlin noch Abendessen gegeben hatte. Rath ahnte den Grund: Im Dorf galt Alkoholverbot, im Besucherrestaurant jedoch wurde fröhlich ausgeschenkt. Zum Beispiel ein Getränk namens *Rheinisches Himmelreich,* bestehend aus einer halben Flasche Schaumwein und einer Karaffe Traubensaft. Hörte sich ekelhaft an.

Rath bestellte das billigste Essen auf der Karte, eine Gulaschsuppe, und dazu ein Bier. Dann steckte er sich eine *Overstolz* an und schaute sich die Liste an, die Ehlers angefertigt hatte, kurz bevor Tornow den Mann hatte festnehmen lassen.

Hüppe, Georg, hat am Tisch bedient

Weichert, Eckhard, hat am Tisch bedient

Krömer, Wilhelm, Dienst an der Essensausgabe

Sogar der Arzt war aufgeführt. Das musste der Mann sein, den Rath in den Katakomben des Krankenhauses Westend kennengelernt hatte.

Doktor Schmidt, Hilmar. Hat Herztod festgestellt

Und dann, ganz am Ende, aber von Ehlers unterstrichen, ein Unbekannter:

Jugendehrendienstler. NN. Hat alles beobachtet. Hat den Arzt geholt und mit ihm gesprochen. JED Rönnberg, Hinnerk nach dem Namen fragen

Die Suppe kam schnell, und Rath aß noch schneller. Er hatte keine Ahnung, wen von den Mitarbeitern, die hier aufgeführt waren, er noch im Speisehaus antreffen würde, aber je früher er damit anfing, desto größer war seine Chance.

Doch er schien zu lange gewartet zu haben, die Fenster waren bereits dunkel, als er sich näherte. Er ging um das Gebäude herum, im Hof brannte noch Licht. Und er hörte Stimmen. Gleich hinter der Toreinfahrt standen ein paar weißgekleidete Männer hinter einem Busch und rauchten.

»'n Abend zusammen«, sagte Rath. »Dienst schon beendet?«

»Ist ja auch spät genug, oder? Und Sie? Darf man fragen, wer *Sie* sind?«

Er zeigte seine Dienstmarke, und der Mann, der gerade noch so forsch geantwortet hatte, schaute erschrocken. Rath fragte sich, wie genau die Männer hier über das Schicksal ihres Kollegen Ehlers informiert waren.

»Keine Angst«, sagte er, »ich bin nur von der hiesigen Kriminalwache, Sie haben nichts zu befürchten.«

Er zündete sich eine *Overstolz* an und stellte sich zu den rauchenden Männern. Gemeinsam rauchen war immer gut, um Misstrauen abzubauen.

»Sie treffen sich öfter hier?«, fragte er.

»Im Dorf ist Rauchen verboten. Und in den Küchen natürlich auch. Also bleibt nur draußen auf der Galerie oder hier unten im Hof.«

»Die Kollegen Weichert, Hüppe oder Krömer – ist einer von denen heute hier?«

Allgemeines Kopfschütteln. Die Männer zogen an ihren Zigaretten und blickten zu Boden. Nein, so schnell würden die ihm nicht vertrauen. Mit der Verhaftung von Ehlers hatte Tornow eine Menge Porzellan zerschlagen. In so etwas war die SS unerreicht gut.

»Na, ist auch nicht eilig. Wann treten Sie denn morgen früh Ihren Dienst an?«

»Um sechs.«

»Und dann sind die drei Kollegen dabei?«

Allgemeines Achselzucken.

Mehr kam nicht. Die machten alle dicht. Trauten ihm nicht über den Weg. Warum sollten sie auch? Er hatte mit Ehlers gesprochen, und wenig später war der im Columbiahaus gelandet.

»Ich bin dann mal weg«, sagte einer der Männer in Weiß und trat seine Zigarette aus. Ein schlaksiger Kerl, dessen Arme und Beine zu lang geraten schienen. Erst jetzt bemerkte Rath, dass sich seine Uniform von der der anderen unterschied. Er trug kurze Hosen und ein Schiffchen auf dem Kopf. Und er sah auch deutlich jünger aus als die anderen, höchstens achtzehn, neunzehn Jahre alt.

»Hey, Junge«, sagte Rath, »warte mal!«

Der Schlaks blieb stehen und guckte wie ertappt.

»Du bist vom Jugendehrendienst, oder?«

»Jawohl, Oberkommissar«, klang es schuldbewusst.

»Müsstest du nicht eigentlich längst im Bett sein?«

Der Junge druckste herum und sagte nichts.

»Das ist unsere Schuld, Oberkommissar«, sagte der Steward, der auch vorhin schon das Wort geführt hatte. »Wir haben den armen Rönnberg genötigt, noch etwas zu bleiben. Er kannte halt den Ehlers ziemlich gut. Dachten, vielleicht kann er uns erzählen, warum man den abgeholt hat.«

»Und?«, fragte Rath den Jungen. »Konntest du?«

»Ich wusste doch auch nicht, dass der ein Roter ist. Wir waren nur Nachbarn, der Ehlers und meine Eltern, mehr war da nicht. Und mit meinem Bruder war der nur zusammen auf der Schule, das war alles.«

»Mit deinem Bruder?«

»Ganz ehrlich, Oberkommissar, das war dem Ehlers wirklich nicht anzumerken, dass der Kommunist ist. Aber so ist es ja wohl. Man schaut den Menschen nicht hinter die Stirn.«

Die übrigen Männer nickten beipflichtend. Und jetzt verstand Rath: Die nahmen das der Gestapo gar nicht übel, dass die Ehlers verhaftet hatte, die suchten die Schuld bei ihrem Kollegen, von dem sie sich gleichzeitig weitestmöglich distanzierten. Nach dem Motto: Wer verhaftet wird, der muss auch etwas ausgefressen haben.

»Du heißt, Rönnberg, Junge?«, fragte er den Schlaks.

»Ja.«

»Hinnerk Rönnberg?«

»Ja.«

Das zweite Ja klang überrascht und gleichzeitig ängstlich. Als befürchte Rönnberg, die Polizei habe schon eine Akte über ihn angelegt.

»Das trifft sich gut, ich muss mit dir reden.«

»Aber ... ich muss zurück. Zu unseren Unterkünften.«

»Kein Problem, ich begleite dich. Reden wir auf dem Weg.«

Rönnberg nickte, was blieb ihm auch anderes übrig. Die Stewards warfen dem Jungen taxierende bis misstrauische Blicke zu, als fragten sie sich, was denn der Jugendehrendienstler auf dem Kerbholz haben könnte und ob es vielleicht ansteckend war, einen Kommunisten als Nachbarn zu haben.

»Ich wusste wirklich nicht, dass Ehlers Kommunist ist, Oberkommissar«, beeilte sich Rönnberg anzumerken, kaum hatten sie den Wirtschaftshof verlassen. »Gut, dass Ihre Kollegen das erkannt haben.«

»Na, darum geht's jetzt nicht«, sagte Rath. »Du kannst mir in einer anderen Sache helfen.«

»Natürlich.«

Rönnberg schien es eilig zu haben. Mit großen Schritten stiefelte er an der Schwimmhalle vorbei und dem Sportplatz entgegen. Rath konnte kaum mithalten.

»Einer von euch«, sagte er, »war am Samstag in Speisesaal zwölf, als dieser Amerikaner dort einem Herzinfarkt erlegen ist, stimmt das?«

»Warum wollen Sie das wissen?«, fragte Rönnberg und marschierte weiter.

»Ist ein wichtiger Zeuge. Du kennst ihn also?«

»Klar.« Bei Rönnberg klang diese eine Silbe wie ein erleichterter Seufzer. »Klar kenn ich Thormann, ist doch einer aus meiner Stube.«

»Thormann?«

»Ja. Thormann, Friedrich. Hier aus Berlin. Ich bin sein Stubenältester.«

Sie hatten die Turnhalle am anderen Ende des Sportplatzes erreicht und waren am stacheldrahtgekrönten Maschendrahtzaun angelangt, der das ganze Olympische Dorf umgab. Ein Tor führte hinaus auf die Straße, hinter den dunstigen Lichtkegeln der Straßenlaternen war schemenhaft eine Reihe von Gebäuden zu erkennen.

»Da wären wir, Oberkommissar. Haben Sie noch irgendwelche Fragen?«

Rath schüttelte den Kopf. Er hatte vorerst keine Fragen mehr an Hinnerk Rönnberg, jedenfalls keine, die er auch hätte stellen können, ihm gingen ganz andere Dinge durch den Kopf. Gedankenverloren schaute er zu, wie der Ehrendienstler sich mit einem strammen Hitlergruß verabschiedete, wie er dem Wachmann, der ihn offenbar kannte, seinen Olympiaausweis zeigte und durch das geöffnete Tor in der Nacht verschwand.

21

Fritze hatte das Gefühl, dass der amerikanische Hochspringer genau wusste, welchen Gefallen er dem deutschen Jungen tat. Dave Albritton schickte ihn in die Stadt. Mit einem Auftrag, bei dem man sich alle Zeit der Welt lassen konnte. Souvenirs besorgen, genauer war Dave, wie er ihn jetzt nennen durfte, nicht geworden. »Take your time, boy«, hatte er gesagt, ihm zehn Dollar in die Hand gedrückt und verschwörerisch gezwinkert. Wahrscheinlich glaubte Dave, Fritze habe ein Mädchen in der Stadt, das er unbedingt besuchen wolle, und Fritze ließ ihn in dem Glauben. So ganz falsch war es ja auch nicht.

Er durfte sogar die Telefonkabine in Daves Unterkunft nutzen. Obwohl er die Tür geschlossen hatte, war Fritze nicht sicher, ob ihn wirklich niemand hören konnte; er war nicht allein in Haus Bautzen, außer Albritton waren noch andere Sportler in ihren Zimmern, vor allem aber hatte der Steward seine Stube gleich nebenan, und der verstand Deutsch. Fritze fasste sich also kurz.

»Klappt heute«, sagte er grußlos. »Ein Uhr.«

Er wartete noch ihre Antwort ab, dann legte er wieder auf. Niemand war im Gang, als er aus der Kabine trat, dennoch fühlte Fritze sich irgendwie beobachtet. Das war wohl sein schlechtes Gewissen. Weil er wusste, dass er heute etwas Verbotenes tun würde.

Er steckte das Dollarbündel in die Tasche seiner Uniform und zählte sein eigenes Geld, das er für den Bus brauchte. Alle halbe Stunde fuhr einer vom Olympischen Dorf zum Bahnhof Zoo, der nächste in gut zehn Minuten. Wenn er sich ein bisschen beeilte, konnte er das schaffen.

Er hatte gerade die Schwimmhalle passiert, da hielt ihn eine laute Stimme zurück.

»Jugendehrendienstjunge Thormann, warte doch bitte mal einen Moment!«

Er blieb stehen und drehte sich um. Da stand der Mann im hellbraunen Sommermantel. Fritze war weniger überrascht, als er streng genommen hätte sein müssen. Hatte er sich also doch nicht getäuscht.

»Gereon«, sagte er. »Was machst du denn hier?«

Er wusste nicht so recht, was er tun sollte, das Jugendamt Charlottenburg hatte ihm jeden Umgang mit seinen ehemaligen Pflegeeltern untersagt. Und nun stand sein ehemaliger Pflegevater direkt vor ihm.

»Bin beruflich hier, Großer«, sagte Gereon. »Gehöre zur Kriminalwache Elstal.«

Großer. Wie lange hatte er das nicht mehr gehört? Er wusste nicht, was er sagen, er wusste nicht, was er machen sollte, also blieb er stehen und schwieg.

»Und du bist beim Jugendehrendienst, wie ich sehe. Alle Achtung! Meinen Respekt!«

Fritze zögerte immer noch, Gereon entgegenzugehen.

»Ich hab zu tun«, sagte er und zuckte die Achseln, als habe er sich dafür zu entschuldigen. Er musste weiter. Weg von Gereon. Raus aus dem Dorf und zur Bushaltestelle. Nach Berlin.

»Moment, Moment, ich muss mit dir reden.«

»Wir dürfen nicht reden. Wir dürfen uns nicht einmal sehen.«

»Doch dürfen wir.« Gereon fummelte seine Kripomarke aus der Westentasche. »Ich sag doch, ich bin beruflich hier. Und da ich dich beruflich sprechen muss, bin ich mir ziemlich sicher, dass das erlaubt ist. Das Kontaktverbot gilt nur für den Privatfall. Kannst also ruhig rüberkommen zu mir.«

Fritze wusste nicht, was er von der Sache halten sollte, aber er ging hinüber. Gereon lächelte, doch er schien unschlüssig, ob er seinen ehemaligen Pflegesohn umarmen sollte. Auch Fritze stand unschlüssig da, war doch ein Dienstgespräch, oder? Schließlich gaben sie einander einfach die Hand. Fühlte sich komisch an.

»Ist also rein beruflich?«, fragte Fritze.

Gereon nickte.

Im selben Moment, da er ihm die Hand schüttelte, meldete sich bei Fritze das schlechte Gewissen. Weil er wusste, dass er Gereon in den nächsten Minuten belügen würde. Dass er schon dabei war. Seit Monaten schon dabei war. Allerdings hatte er Gereon in all den Monaten nicht mehr gesehen und auch nicht damit gerechnet, ihn überhaupt je wiederzusehen. Also hatte es sich gar nicht wie Lügen angefühlt.

Aber nun stand er ihm gegenüber. Rein beruflich.

»Duzen darf ich dich trotzdem, Oberkommissar, oder?«

»Natürlich.«

Und noch bevor Gereon mit der Sprache rausrückte, wusste Fritze, worum es ging. Natürlich um den verdammten Toten in Speisesaal zwölf. Er wollte daran nicht mehr erinnert werden, und noch weniger wollte er darüber reden. Sie sollten ihn doch alle in Ruhe lassen. Auch Gereon. Gerade Gereon.

Wie oft schon hatte er seinen Entschluss verflucht, am Sonnabend in Haus Bautzen nach Jesse Owens zu suchen? Hätte er das nicht getan, wäre er niemals in diese Sache verwickelt worden. Hätte andererseits auch Dave Albritton niemals kennengelernt, dem er so etwas wie ein persönlicher Diener geworden war.

Ein Autogramm von Owens allerdings, das hatte er immer noch nicht.

»Hast du einen Augenblick Zeit?«, begann Gereon. »Wie wär's, ich lade dich zu einer Sinalco ein, drüben in der Gaststätte?«

»Geht leider nicht.« Fritze hob bedauernd die Schultern. »In zehn Minuten fährt mein Bus. Ich muss wirklich weiter.«

»Wo willst du denn hin?«

»Berlin. Besorgungen machen. Für einen Sportler.«

»Ach, das gehört zu euren Aufgaben?«

Fritze nickte.

Gereon überlegte kurz. »Was hältst du davon, wenn ich dich fahre? Bin sowieso auf dem Heimweg.«

»Jetzt schon? So früh?«

»Hatte Nachtdienst.«

»Geht denn das? Ich meine, wenn uns einer zusammen im Auto sieht und das dem Jugendamt meldet?«

»Dann sagen wir dem, dass es dienstlich ist. Dass ich einen wichtigen Zeugen befrage. Was ich auch vorhabe.«

Fritze schwieg.

»Einer deiner Kameraden sagt, du hast den Todesfall am Samstag im Speisesaal der Amerikaner mitbekommen.«

Fritze nickte.

»Ist das ein Ja?«

»Wie?«

»Dein Nicken. Du hast was gesehen?«

»Nicht viel.«

»Nicht viel ist mehr als nichts«, behauptete Gereon. »Dann bist du mein Zeuge, Friedrich Thormann! Lass uns fahren.«

Zehn Minuten später saß Fritze auf dem Beifahrersitz von Gereons altem Buick. Wie in alten Zeiten. Allerdings fühlte er sich nicht ganz wohl in seiner Haut. Nicht nur wegen des Jugendamtes. Auch von seinen Kameraden wollte er nicht unbedingt zusammen mit einem Kriminalbeamten gesehen werden.

Gereon steuerte den Wagen durch den Tunnel, den man für das Olympische Dorf unter die Hamburger Chaussee gegraben hatte, und konnte sich, ohne die Fahrbahn kreuzen zu müssen, in den Verkehr nach Berlin einfädeln. Sie schwiegen eine Weile vor sich hin, bis Gereon die erste Frage stellte.

»Wie geht es dir denn so?«

Fritze fühlte sich überrumpelt. Er hatte mit einer Frage zu den Ereignissen im Speisesaal gerechnet, mit einer dienstlichen. Nicht mit so etwas privatem.

»Gut«, sagte er. Weil er gar nicht so genau wusste, wie es ihm ging. Er war stolz, ein Teil des Jugendehrendienstes zu sein. Ihm graute vor dem Tag, an dem er wieder zu den Rademanns zurückmusste. Er hatte unglaubliche Angst davor, irgendwann wieder im Heim zu landen. Noch so viele Jahre, bis er endlich großjährig wäre. Das alles ging ihm durch den Kopf. Und noch viel mehr. Dinge, die niemanden etwas angingen.

»Wie ist es denn so bei den Rademanns? Fühlst du dich wohl?«

»Schon.«

»Ist schön, dich zu sehen. Schmucke Uniform. Kann man ja richtig stolz sein. Im Jugendehrendienst nehmen sie auch nicht jeden.«

Endlich hatte Gereon das Thema gewechselt. Fritze war erleichtert.

»Ich hab sogar meinen eigenen Neger«, erzählte er.

»Wie?«

»Um den ich mich kümmere, meine ich. Ein Ami. Dave Albritton.«

»Nie gehört.«

»Kolossal guter Hochspringer. Und der beste Freund von Jesse Owens.«

Gereon nickte, doch Fritze glaubte nicht, dass er wusste, wer Jesse Owens war. Gereon hätte ohne ihn oder Charly nicht einmal gewusst, wer Hanne Sobek ist, so wenig interessierte der sich für Sport. Max Schmeling war wahrscheinlich der einzige, den er kannte, aber da musste man ja auch schon hinter dem Mond leben, um den nicht zu kennen.

»Was machst du denn im Olympischen Dorf?«, fragte Fritze, um das unangenehme Schweigen zu brechen, das sich wieder ausbreiten wollte.

»Alles mögliche. Aber dich muss ich wegen des Todesfalls sprechen.«

»Was willst du denn wissen?«

»Alles, was du mir über die Ereignisse Samstagmittag in Speisesaal zwölf erzählen kannst, als Mister Morgan dort tot zusammengebrochen ist. Was hast du da beobachtet?«

»Hab ich doch schon gesagt: nicht viel.«

Gereon schaute ihn an. »Aber du warst im Saal?«

»Musste da was besorgen. Für Mister Albritton.«

»Wo hast du denn gestanden? Und wo war Mister Morgan, als er zusammengebrochen ist? Konntest du ihn sehen?«

Was für Fragen! Fritze wusste nicht, wer da am Steuer saß: ein Bulle, der ihn ausquetschen wollte, oder sein ehemaliger Pflegevater, dem er doch eigentlich vertraute?

»Ick stand eben an der Essensausgabe«, sagte er. »Und der saß ja am Tisch.«

»Und da ist er dann einfach über seinem Teller zusammengesackt?«

»Nee.«

»Also hast du doch ein bisschen was mitbekommen?«

Verdammt!

»Ein bisschen.«

»Mensch, Großer, du musst keine Angst haben, dass ich dich mit zum Alex nehme und verhöre. Niemand erfährt, dass wir miteinander gesprochen haben. Ich will einfach nur wissen, was am Samstag in diesem Speisesaal passiert ist. Kannst du mir da nicht helfen?«

Fritze nickte.

»Dann erzähl einfach, was du gesehen hast.«

»Also«, begann Fritze. »Er ist vorher aufgestanden, der Ami. Bevor er umgefallen ist, meine ich. Hat sich an die Brust gefasst und über den ganzen Tisch gekotzt.«

Als er einmal angefangen hatte, war es, als habe jemand einen Damm gebrochen. Fritze erzählte. Er erzählte alles, was er gesehen hatte. Es tat gut, endlich nicht mehr herumdrucksen zu müssen und nichts auszulassen. Selbst die Worte von Doktor Schmidt, niemandem von der Sache zu erzählen, gab er Wort für Wort an Gereon weiter. Der hörte interessiert zu. Und Fritze hörte gar nicht mehr auf. Je mehr er über den toten Ami redete, desto leichter fiel es ihm, von der anderen Sache zu schweigen. Von der großen Lüge.

Als er geendet hatte, waren sie schon auf der Heerstraße, ganz nah beim Olympiastadion. Gereon hatte die ganze Zeit zugehört und nur ganz selten mit einer Zwischenfrage unterbrochen, wenn er etwas genauer hatte wissen wollen. Nun schwieg er wieder.

»Geht es denn um Mord?«, fragte Fritze.

»Das darf ich dir nicht sagen.«

»Warum habt ihr Ehlers dann festgenommen?«

»Du kennst ihn?«

»Ein bisschen. Ich glaub aber nicht, dass der ein Mörder ist.«

»Ich auch nicht.«

»Und warum ist er dann verhaftet worden?«

Gereon räusperte sich. Dann schaute er ihn ernst an. »Über solche Dinge darf ich eigentlich nicht sprechen«, sagte er. »Wenn ich es doch tue, musst du mir hoch und heilig versprechen, mit niemandem darüber zu reden. Mit wirklich niemandem. Das ist gefährlich.«

Jetzt hörte sich Gereon genauso an wie Doktor Schmidt. Die Erwachsenen und ihre Geheimniskrämerei. Fritze hob die Schwurhand.

»Großes Indianerehrenwort!«

»Herbert Ehlers«, sagte Gereon, »war mal Kommunist, und deswegen denkt die Gestapo, er könne diesen Morgan vergiftet haben. Um die Olympischen Spiele zu stören. Vielleicht sogar zu verhindern.«

Fritze sagte nichts.

»Ich glaube das aber nicht«, fuhr Gereon fort. »Ich glaube, der arme Ehlers ist unschuldig. Außer, dass er mal Kommunist war, hat der nichts Böses getan.«

»Und das willst du beweisen.«

Gereon nickte. »So einfach ist das aber leider nicht. Sollte Morgan wirklich an Gift gestorben sein ...«

»Kann man so was denn nicht feststellen?«

»Nicht immer.« Gereon wirkte mit einem Mal ziemlich ungehalten. »Lass mich bitte ausreden«, sagte er unwirsch. »Also: Sollte das Gift gewesen sein, kann Ehlers es aber unmöglich gewesen sein. Der hat Eintopf serviert, der kam in einem Topf. Hätte er das Gift da reingetan, hätte er den ganzen Tisch vergiftet. Es traf aber nur diesen Mister Morgan.«

Fritze nickte nachdenklich.

»Ich erzähle dir das«, sagte Gereon, »weil du mir vielleicht helfen kannst. Du hast Morgans Tod mitbekommen, du bist im Olympischen Dorf, vielleicht fällt dir etwas auf, was die Unschuld von Herbert Ehlers beweisen kann.«

»Aber Kommunist isser, oder?«

»Er war mal einer. Aber das ist noch lange kein Grund, einem Menschen einen Mord anzuhängen.«

Fritze schwieg. Er versuchte sich zu erinnern, wie das war, als der dicke Mister Morgan umkippte. Wie er rot anlief, über den Tisch kotzte und dann umfiel. Die nutzlose Wiederbelebung. Die Kellner, die das vollgekotzte Geschirr einsammelten. Die Schüsseln, Teller, Gläser, Flaschen, die ...

»Verdammt«, rief er. »Verdammt, da war noch was, was ich dir nicht erzählt habe.«

Gereon schaute ihn an. Fritze wunderte sich, dass ihm das erst jetzt wieder einfiel. Aber die vergangenen Tage war er ja auch allein darauf bedacht gewesen, möglichst wenig zu erzählen. Die Sache zu vergessen.

»Da war noch was Komisches, auf dem Tisch. Was da irgendwie nicht hingehörte.«

Gereon horchte auf und zog die Augenbrauen hoch.

»Ein Gefäß. Wie'n kleines Marmeladenglas.«

»Beim Mittagessen?«

»War ja kein Marmeladenglas, sah nur so aus. Vielleicht auch ein Gurkenglas, mit so'nem Blechdeckel zum Schrauben.«

»Ein Gurkenglas ...«

»Waren auch keine Gurken drin.«

»Was denn?«

Fritze versuchte sich zu erinnern, doch alles, was er vor seinem geistigen Auge sah, war das Erbrochene, das überall hingespritzt war.

»Ich weiß nicht, vielleicht Senf oder so was.«

»Also ein Senfglas.«

»Ne. Keine Ahnung. War jedenfalls ein besonderes Glas. War auch nicht aus dem Olympischen Dorf.«

Gereon zog die Augenbrauen hoch.

»Nicht aus dem Dorf! Bist du dir sicher?«

»Hatte jedenfalls keine olympischen Ringe wie die ganzen anderen Sachen im Speisehaus. Da stand irgendein Name drauf oder so.« Er schaute Gereon hoffnungsfroh an. »Könnte das helfen? Ich meine, die Unschuld von Ehlers zu beweisen?«

»Vielleicht. Ein Name, meinst du?«

»So'n Schriftzug eben.«

»Kannst du dich erinnern, was da stand?«

»Nur ganz wenige Buchstaben.« Fritze zuckte die Achseln. »Ich weiß doch auch nicht. Irgendeine Werbung, würde ich sagen. So schnörkelige Buchstaben. Jedenfalls war das komisch. So'n Glas stand an keinem anderen Tisch.«

»Hm«, machte Gereon nur.

»Wenn man wüsste, wer das da hingestellt hat, hätte man auch den Mörder, oder? Da könnte das Gift doch dringewesen sein!«

Fritze war geradezu elektrisiert von dieser Erkenntnis, doch Gereon guckte streng. »Nun mal langsam mit den jungen Pferden«, sagte er. »Ob hier jemand ermordet worden ist oder nicht, das steht noch überhaupt nicht fest. Hüte dich, irgendwelche derartigen Gerüchte in die Welt zu setzen, das ist gefährlich! Das leuchtet dir doch hoffentlich ein, oder?«

»Ja, ich dachte ja nur. Wir beide sind doch alleine im Auto. Hört doch keiner mit.«

»Du musst mit so etwas sehr vorsichtig sein, das meine ich ernst.«

Fritze nickte. Er musste wieder an Doktor Schmidt denken und dessen Worte. Seine Laune war im Keller.

Sie schwiegen wieder eine ganze Weile.

»Wo musst du eigentlich hin?«, fragte Gereon, als sie sich der Hardenbergstraße näherten.

»Kannst mich am Bahnhof Zoo rauslassen. Da hätte der Bus auch gehalten.«

»Kann dich auch hinbringen.«

»Ne, Zoo reicht schon. Is dann nich mehr weit.«

»Was für Besorgungen machst du denn?«

»Och, dies und das. Andenken eben.«

»Triffst dich mit Atze, was?«

»Ne.«

»Mit wem denn?«

»Kennste nich.«

»Hast du Angst, dass man uns zusammen im Auto sieht?«

Fritze antwortete nicht.

»Musst du ja auch keinem erzählen. Aber wie gesagt, war rein dienstlich, du bist ein wichtiger Zeuge, Friedrich Thormann.«

Sie hatten die Bahnunterführung erreicht, und Gereon fuhr rechts ran. Er hielt genau vor der Tür, wo es zum neuen S-Bahnhof raufging.

»Dann mach's gut, Großer«, sagte er. »War schön, dich zu sehen. Bin wirklich stolz auf dich.«

Fritze nickte und öffnete die Beifahrertür.

»Danke fürs Mitnehmen«, sagte er und machte Anstalten auszusteigen, doch Gereon hielt ihn zurück.

»Moment«, sagte er, »soll ich denn Charly gar nicht von dir grüßen?«

Fritze merkte, dass er rot wurde, und wandte sich ab. »Selbstredend«, sagte er und stieg aus. »Grüß sie mal schön von mir.«

Erst als er die Beifahrertür zuschlug, verschwand die Farbe aus seinem Gesicht. Warum musste er auch so schnell rot werden? Sosehr er sich gefreut hatte, Gereon wiederzusehen, so erleichtert war er auch, diesem Auto wieder entkommen zu sein. Er schaute dem Buick noch nach, bis er gewendet hatte und zurück zum Steinplatz fuhr, dann ging er zur Haltestelle der Elektrischen hinüber. Die große Uhr zeigte erst halb zehn, er hatte noch reichlich Zeit.

22

Das Café lag fernab. Fernab von Charlottenburg, von Moabit, vom Alex, fernab von allen, die sie kannten. Und hier trafen sich so viele Menschen, dass sie auch nicht weiter auffielen: eine Frau und ein Junge, die bei Kaffee, Kakao und Kuchen beisammensaßen und sich unterhielten. Wer hätte da auf die Idee kommen können, dass sie etwas Verbotenes taten?

Heute aber fielen sie auf. Als Fritze durch die Tür trat, zog er alle Blicke auf sich. Sie wusste, dass er die Aufnahme in den Jugendehrendienst geschafft hatte, aber heute sah sie ihn zum ersten Mal in Uniform. Wenigstens kein Hakenkreuz am Ärmel, nur die olympischen Ringe auf der Brust, besser als die HJ-Uniform. Auffällig genug war es gleichwohl, schneeweiß und leuchtend. Ein Angehöriger des Jugendehrendienstes mitten im Wedding. Hier war man eher andere Uniformen gewohnt.

Er hatte sie gleich entdeckt und kam an ihren Tisch. Unterm Arm trug er zwei Einkaufstüten.

Sie drückte ihn nur kurz, weil sie wusste, dass er das nicht mehr so mochte.

»Was glotzen die denn alle so?«, flüsterte er, als er sich zu ihr setzte.

»Bist eben ein Paradiesvogel hier. Müsst ihr die Uniformen nicht ausziehen, wenn ihr das Olympische Dorf verlasst?«

»Nicht, wenn wir dienstlich unterwegs sind.« Der Junge zeigte auf die Einkaufstüten. »Hab ein paar Besorgungen gemacht. Für Dave, um den kümmer ich mich. Ein Ami. Der beste Freund von Jesse Owens.«

Charly nickte anerkennend. »Alle Achtung.«

Und das dachte sie wirklich. Sosehr sie die Olympiade ablehnte, mit der sich die Regierung Hitler einen Anstrich von Weltoffenheit geben wollte, die sie nicht hatte, so sehr hoffte sie auf die Athleten aus aller Welt, die nicht dem Rasseideal der Nazis entsprachen und dennoch Medaillenchancen hatten. Und Jesse Owens, der mehrfache Weltrekordhalter, war jemand, auf den sie in dieser Hinsicht große Hoffnungen setzte, es denjenigen unter ihren Landsleuten, die sich für die Krone der Schöpfung hielten, einmal so richtig zu zeigen.

»Einen Kakao für den Jungen«, sagte sie der Kellnerin. »Mit tüchtig Schlagsahne.«

»Und Apfelkuchen«, schob Fritze hinterher.

»Zwei Stücke bitte«, ergänzte Charly.

Sie musste lächeln. Er schien sehr stolz zu sein auf seine Uniform und trug sie mit einer gewissen Würde. Sie hatte sich fest vorgenommen, nichts dagegen zu sagen. Half ja eh nichts, die HJ-Uniform hatte sie ihm auch nicht madig machen können. Und wo sie ihn jetzt so sah, spürte sie auch keinerlei Veranlassung dazu, im Gegenteil, sie verspürte sogar so etwas wie Stolz. Weil er es so weit gebracht hatte, Fritz Thormann, der ehemalige Straßenjunge. Er konnte ja auch nichts dafür, dass die Zeiten so waren, wie sie waren.

Seit Dezember traf sie sich mit dem Jungen, obwohl sie es nicht durfte. Weil er ja nun in einer neuen Pflegefamilie war. Weil sie und Gereon politisch unzuverlässig waren, wie das heute hieß, und die Rademanns nicht. Nur dass der Wechsel den Jungen nicht glücklich gemacht hatte.

»Wer ist denn dieser Dave?«, fragte sie.

»Albritton. Ein Hochspringer.«

»Ach, der Weltrekordler! Gratuliere. Hast du schon ein Autogramm?«

»Na, selbstredend.«

»Auch von Owens?«

»Nee, noch nicht. Aber das wird schon. Die Spiele haben ja noch nicht mal angefangen.«

Fritzes Kakao kam und zwei Kuchenteller, und sie machten sich über das Essen her. Sie ließ ihm noch die Hälfte von ihrem Stück und freute sich über seinen gesunden Appetit.

»Dann geht's dir also gut im Olympischen Dorf?«, fragte sie.

Fritze kaute noch und nickte nur.

»Und die Rademanns?«

»Na, da muss ick irgendwann wohl ooch wieder hin. Aber das hat noch Zeit. Genau wie die Schule.«

Er tat ganz locker, wie immer, aber irgendetwas bedrückte ihn.

»Was ist denn los?«, fragte sie.

»Wat soll los sein? Allet knorke.«

»Ist was Doofes passiert? Mir kannstet doch erzählen.«

Er schaute sich vorsichtig um und senkte seine Stimme.

»Sie haben einen verhaftet. Im Dorf. Ein Steward, netter Kerl eigentlich.«

»Verhaftet? Wer?«

Fritzes Stimme wurde noch leiser. »Gestapo«, flüsterte er.

»Was?«

Er zuckte die Achseln. »Sollen Roter sein. Der Ehlers, mein ich. Den se mitgenommen haben.«

»Ein Freund von dir?«

»Ein Freund von 'nem Freund. Und die wollen dem den Tod von diesem Ami anhängen, der mitten im Speisesaal tot umgekippt ist.«

»Ein Mord? Verdammt, was ist denn da los bei euch im Dorf?«

»Nee, eben kein Mord. Gereon sagt ...«

»Du triffst dich mit Gereon?«

Der Junge stutzte.

»Nee«, maulte er, »natürlich nicht.«

»Du weißt doch, dass das gefährlich ist. Wenn Herr Rademann das mitbekommt, gibt's Ärger.«

»Hab mich ja auch nicht getroffen. Hab den im Dorf gesehen, der ermittelt da.«

»In dieser Mordsache ...«

»Nee, ist eben kein Mord, ist ein Unfall. Aber ermitteln muss man ja wohl trotzdem.«

»Und das macht Gereon.«

»Sach ick doch.«

»Und du hast mit ihm gesprochen?«

Fritze verdrehte die Augen. »Na und?«

»Mensch Fritze, du darfst nicht mit Gereon reden, das hat das Jugendamt verboten!«

»Ach nee? Und mich mit dir zu treffen, det is nich verboten, oder wat? Keene Sorge, ick besuch euch schon nich zuhause, wird nich passieren!«

»Ist ja schon gut, so meinte ich das nicht. Ihr müsst nur vorsichtig sein, wenn ihr euch seht. So wie wir hier. Dass ihr euch nicht erwischen lasst. Dein Pflegevater Rademann wartet doch nur auf eine Gelegenheit, uns eins auszuwischen.«

»Mach dir man keene Sorgen. Der, der am meisten uffpassen muss, bin ja wohl icke. Mich schicken se zurück ins Heim, nich dich.«

»Ich mach mir ja auch Sorgen um *dich*, verdammt. Du musst vorsichtig sein.«

»Bin ick ja ooch. War'n rein dienstliches Gespräch. Wo ick doch Zeuge bin. Außerdem saßen wer im Auto, hat keen Mensch mitbekommen. Hat mich heute morgen in die Stadt gefahren, det war allet.«

»Moment, mal langsam zum Mitschreiben: Gereon ermittelt

wegen eines toten Amerikaners, und du bist Zeuge. Hast du etwa gesehen, wie er gestorben ist?«

»Jetzt red doch nich so laut! Warum müsst ihr mir immer alle mit dem Mist löchern.«

»Aber ich will dich doch gar nicht löchern.«

»Ach nee? Det is aber lieb von dir. Und warum tustet dann?«

»Ist doch schon gut, Fritze.«

»Nix is gut. Ich will einfach mal meine Ruhe haben, verdammt! Warum versteht ihr das denn nich?«

»Natürlich, aber …«

Sie brach mitten im Satz ab, denn Fritze hörte schon nicht mehr zu. Er war aufgestanden mit seinen Einkaufstüten, obwohl noch ein halbes Stück Kuchen auf dem Teller wartete, und ging zur Tür. Beim Hinausgehen starrten ihn die Leute nicht weniger an, als sie es beim Hineinkommen getan hatten. Die Türklingel bimmelte laut. Charly überlegte einen Moment, ob sie ihm hinterherlaufen sollte, ließ es aber dann bleiben. Sie hatten ohnehin schon genug Aufsehen erregt, außerdem wusste sie, dass das zwecklos war, dafür war der Junge zu stur. Er brauchte immer ein paar Stunden, um seine Wut loszuwerden. Um wieder ansprechbar zu sein. Um sich nach einem Streit wieder mit ihr versöhnen zu können. Dumm nur, dass sie sich, anders als in früheren Zeiten, nicht in ein paar Stunden wiedersehen würden.

23

Das Parken vor dem Olympischen Dorf war im Laufe der Woche immer schwieriger geworden. Je mehr Nationen eintrafen, desto größer wurde der Andrang der Neugierigen, der Besucher und der Autogrammjäger. Gestern hatte Franke ihm eine mit den olympischen Ringen versehene Plakette gegeben, die es ihm erlaubte, auf einem der reservierten Plätze direkt vor dem Empfangsgebäude zu parken.

Rath pappte die Plakette hinter die Windschutzscheibe und stieg aus. Er schaute auf die Uhr. Noch eine Stunde bis zum Beginn seines Nachtdienstes, genügend Zeit für das, was er vorhatte. Er ging erst gar nicht ins Büro, sondern direkt auf das Gelände. Das Abendessen war beendet, auf den Wegen und in der Unteren Dorfaue rund um den Birkenring war viel los. Rath hatte das Gefühl, dass heute, am Vorabend der Eröffnungsfeier, alle einen Hauch nervöser wirkten als sonst, ganz gleich ob Bewohner oder Angestellte.

In Speisesaal 12 war es nicht anders, hier herrschte rege Betriebsamkeit, so unmittelbar nach dem Abendessen. Aber genau deswegen war Rath ja auch hier. Zigarettenpause machte noch niemand. Im Saal waren die Kellner dabei, fürs Frühstück einzudecken, aber auch in der Küche dahinter war noch Hochbetrieb. An einem Tisch saßen vier schwarze amerikanische Sportler beisammen, die sich bei ihrer Tasse Kaffee nach dem Abendessen offensichtlich nicht stören lassen wollten.

Ehlers' Kollegen Weichert und Hüppe waren im Dienst. Rath fand sie in trauter Eintracht, wie sie Untertassen und Kaffeetassen akkurat auf den Tischen verteilten und ein wenig missmutig zu den vier Amerikanern hinüberschauten, die den letzten Tisch blockierten.

Inzwischen musste Rath sich nicht mehr vorstellen, die beiden wussten sofort, wer er war, noch bevor er seine Dienstmarke gezückt hatte. Das war bestimmt nicht das, was Tornow ursprünglich im Sinn gehabt hatte, als er ihn zu geheimen Ermittlungen ins Olympische Dorf geschickt hatte, aber das war Rath inzwischen herzlich egal.

»Was wollen Sie denn noch?«, fragte Hüppe, der schlankere der beiden.

»Einer Beobachtung nachgehen.«

»Ach. Was hat der Ehlers Ihnen denn so erzählt? Müssen Sie nicht alles glauben.«

Rath klärte den Irrtum nicht auf. Ging keinen etwas an, dass er seine Information von einem Jugendehrendienstler hatte.

»Sie haben mit Herbert Ehlers am Samstag den Tisch von Mister Morgan bedient.«

»Die amerikanischen Schwimmer? Ja. Na und?«

»Ist Ihnen da etwas aufgefallen?«

»Was meinen Sie? Dass da einer tot umgefallen ist?«

Weichert lachte, doch Hüppe versetzte seinem Kollegen einen Stoß in die Rippen.

»Etwas, was auf dem Tisch stand.«

»Das war alles vollgekotzt, das kann ich Ihnen sagen. Und Ecki und ich, wir mussten den Mist in die Spülküche bringen. Gibt angenehmere Arbeiten, kann ich Ihnen sagen.«

»Was haben Sie denn alles in die Spülküche gebracht?«

»Na, hab ich doch gesagt: Was auf dem Tisch stand, Teller, Gläser, Schüsseln, Besteck. Was da eben so steht.«

»Nichts Auffälliges darunter?«

»Hören Sie, ich weiß nicht, worauf Sie hinauswollen. Weißt du das, Ecki?«

Der Dicke schüttelte den Kopf.

»Ihnen ist also nichts aufgefallen.«

»Außer dass es eklig war? Ne.«

»Gut. Aber alles, was auf dem fraglichen Tisch stand, haben Sie in die Spülküche gebracht.«

»Mensch, wie oft sollen wir das noch wiederholen? Ja, haben wir.«

»Wer hatte denn Spüldienst an diesem Tag?«

»Am Sonnabend?« Hüppe schaute den dicken Weichert an. »Na, derselbe wie heute, oder, Ecki?«

Der Dicke nickte. »Willi«, sagte er. »Also: Wilhelm Krömer.«

»Und wo finde ich den?«

»Na, wo wohl? An der Spülmaschine.«

Und so war es dann auch. Wilhelm Krömer war genau der Mann, der Rath vor vier Tagen als erster in der Küche über den Weg gelaufen war. Der mit der durchnässten Schürze.

Auch jetzt machte er wenig Anstalten, behilflich zu sein.

»Was wollen denn Sie schon wieder?«

Rath erklärte sein Anliegen.

»Ein Einweckglas, sagen Sie?«

Rath nickte. »Vielleicht auch eine Art Konfitüreglas. Mit Aufdruck. Muss Ihnen am Samstag zum Spülen gebracht worden sein.«

»Sie haben recht«, sagte Krömer. »Ich musste ja den ganzen vollgekotzten Mist wegspülen. Und als ich den Spülkorb ausräume, finde ich da so ein Glas, wo ich nicht weiß, wo das her ist. War keines aus der Küche.«

»Genau das suche ich. Was war denn drin, bevor Sie's gespült haben?«

»Was weiß ich, da achtet man nicht drauf. Hab einfach alles weggekippt, was noch in den Schüsseln und so war. Schade um das ganze Essen, aber das vollgekotzte Zeug war ja nicht mal mehr was für den Schweineeimer.«

»Und was haben Sie dann mit dem Glas gemacht?«

»Na, was wohl? Ich hab's behalten. Kann man ja immer gebrauchen, so'n kleines Glas. Ist praktisch. Mit Schraubverschluss.«

»Sie benutzen es hier in der Küche?«

»Ne. Ich hab's mitgenommen. Gehört ja nicht dem Norddeutschen Lloyd.«

»Mitgenommen? Wohin?«

»Ist in meinem Spind. Muss ich holen, soll ich?«

»Ich bitte darum.«

Krömer ging nach hinten, wo die Spinde des Küchenpersonals standen, und kehrte kurz darauf mit einem kleinen, verschließbaren Glas zurück, das vielleicht 300 Milliliter fassen mochte. Rath nahm das Glas in die Hand, es war schlicht, aber formschön. Krömer hatte es, aus welchem Grund auch immer, mit Glasmurmeln gefüllt.

Fritze hatte recht gehabt. Auf dem schwarzen Blechdeckel war ein verschnörkelter Schriftzug gedruckt.

ESPLANADE.

Rath musste sich den Namen nicht notieren, das *Esplanade* war eines der bekanntesten Hotels der Stadt. Berlin W9, Bellevuestraße 17–18 a. Die Adresse, an der Walter Morgan abgestiegen war.

24

Das Wetter entzog sich dem Gestaltungswillen des Olympischen Organisationskomitees und ließ sich auch von der Macht und Herrlichkeit der nationalsozialistischen Regierung und ihres Führers Adolf Hitler nicht beeindrucken: Der Himmel über Berlin zeigte sich trotz allem trüb und grau. Als Rath aus dem Auto stieg, nachdem er endlich einen Parkplatz gefunden hatte, spürte er sogar leichten Regen auf der Haut. Er spannte den Regenschirm auf und ging um den Wagen herum. Charly hatte die Beifahrertür bereits geöffnet, und er hielt ihr den Schirm hin.

Er konnte es immer noch nicht fassen: Sie war mitgekommen. Obwohl sie ihm zunächst eine Abfuhr erteilt hatte, war sie am Ende dann doch mitgekommen. Es hatte ihn mehr als überrascht, als sie sich gestern bei ihm gemeldet hatte.

»Ich würde dich morgen gerne sehen, Gereon«, hatte sie gesagt. »Und wenn du Karten für die Eröffnungsfeier hast, dann gehen wir eben zur Eröffnungsfeier.«

So war er also nach dem Mittagessen in den Buick gestiegen und hatte sie in Moabit abgeholt. Charly hatte S-Bahn fahren wollen, aber wozu hatte man ein Auto? Er war allerdings nicht der einzige, der so dachte, und so standen sie im Stau vor dem Reichssportfeld, während die Massen, die vom S-Bahnhof kamen, bereits in Richtung Stadion strömten. Und einen Parkplatz hatten sie auch noch suchen müssen. Jotwede, weil der Südtorparkplatz am Coubertinplatz, auf dem Rath eigentlich hatte parken wollen, hoffnungslos überfüllt war.

»Wo müssen wir denn hin?«, fragte Charly, als sie sich unter dem Schirm bei ihm eingehakt hatte, und Rath schaute auf die Eintrittskarten.

»Südeingang«, las er. »Oberring Block vierzehn, Reihe achtzehn.«

»Südeingang? Hättest du da nicht besser woanders geparkt?«

»Hätte, hätte. Nun stehen wir eben hier. Ich steige jetzt bestimmt nicht wieder ins Auto.«

»Nee, da wären wir ja selbst jetzt mit der Bahn schneller.«

Sie waren keine Stunde zusammen und stritten sich bereits wieder wie ein altes Ehepaar. Rath nahm das als gutes Zeichen, denn aus ihrer Laune wurde er nicht richtig schlau. Sie hatte kaum ein Wort gesprochen, seit sie in den Wagen gestiegen war, und das war bestimmt vierzig Minuten her. Irgendetwas schien sie zu beschäftigen.

Eine ungeheure Menschenmenge strömte in ein und dieselbe Richtung, und sie reihten sich ein. Das Olympiastadion sah aus wie eine niedrigere und unzerstörte Version des Kolosseums in Rom. Das passte ja. Brot und Spiele.

Trotz der Menschenmassen waren sie schneller am Südtor als gedacht. Freundliche Herren in weißen Hosen und blauen Uniformjacken kontrollierten ihre Karten und wiesen ihnen den Weg zum richtigen Eingang und zum richtigen Aufgang. Überhaupt waren alle so zuvorkommend und höflich, dass es einem nicht geheuer sein wollte. Das war nicht das Berlin, das Rath kannte. Wahrscheinlich hatten sie all die freundlichen Kartenabreißer und Platzanweiser aus anderen Städten herangekarrt.

Schließlich standen sie in ihrem Block, ganz oben im Stadionrund. Südwestkurve. Es war ein beeindruckendes Bild, das sich ihnen bot, als trete man ins Offene. Von innen wirkte das Stadion viel größer als von außen. Wieviele Menschen es fasste. Rath konnte sehen, dass auch Charly beeindruckt war. Ihr Block lag nahezu perfekt genau zwischen dem Marathontor zu ihrer Linken und der Ehrentribüne zu ihrer Rechten.

Nun mussten sie nur noch ihre Sitzreihe finden. Bis halb vier solle man seine Plätze eingenommen haben, hieß es auf den Karten, da hatten sie noch reichlich Zeit.

»Soll ich uns was zu trinken holen?«, fragte er sie.

»Lass uns doch erst mal die Plätze finden.«

Hauptsache widersprechen. So war Charly, wenn sie nicht die allerbeste Laune hatte. Rath beschloss, es zu erdulden. Wahrscheinlich haderte sie mit sich, dass sie sich hatte überreden lassen. Vielleicht ärgerte sie sich auch nur darüber, dass das Spektakel hier sie mehr beeindruckte, als sie sich eingestehen wollte, er wusste es nicht.

Das Stadion war vielleicht zu zwei Dritteln gefüllt, und es herrschte bereits ein unglaublicher Geräuschpegel. Die Stimmen von zigtausend Menschen, die durcheinanderredeten und ihre Plätze suchten. Doch mit einem Mal schob sich ein tieferer Ton unter dieses Gesumme und Gesause, ein tiefes monotones Brummen, als nähere sich eine riesige Hornisse einem Bienenstock. Und je lauter dieses Brummen wurde, desto leiser wurde das Getuschel und Gerede, bis es irgendwann ganz erstarb.

Die Menschen um sie herum schwiegen und schauten sich irritiert um. Bis schließlich alle Blicke nach oben gezogen wurden, auch die von Rath und Charly. Eine gigantische silbrig glitzernde Zigarre schob sich über den Dachrand des Stadions in den graublauen Himmel.

Und das ehrfürchtige Schweigen der Masse wandelte sich in Sekundenbruchteilen in einen unglaublichen Jubel.

Die *Hindenburg* überquerte das Olympiastadion. Langsam und majestätisch. Ein beeindruckendes Bild, die Menschen standen und staunten. Auch jetzt hatte Rath wieder den Eindruck, dass Charly mindestens ebenso fasziniert war wie er selbst und dass sie sich genau darüber ärgerte. Sie konnte manchmal ganz schön kompliziert sein und sich das Leben selber schwer machen.

»Nun komm schon«, hörte er sie gegen den Jubel der Menschen rufen, »wir müssen hier runter! Da unten ist Reihe achtzehn.«

Er verdrehte die Augen, was sie zum Glück nicht sehen konnte, und folgte ihr die Treppe hinab.

»Ist doch ganz beeindruckend, oder?«, fragte er, als sie endlich ihre Plätze auf der langen Sitzbank gefunden hatten. »Die *Hindenburg*, meine ich. Und das Stadion.«

»Natürlich«, sagte sie. »Massenspektakel, das können sie.«

Er zuckte die Achseln. »Ich hol uns mal was zu trinken.«

Rath ging die Treppen wieder hinauf und war froh, eine Weile allein zu sein. Würde sich das mit ihrer Laune heute noch bessern? Wenn sie so gegen das alles war, warum war sie dann überhaupt mitgekommen? Da hätte er doch besser ihre Mutter gefragt, die hätte das zu schätzen gewusst.

Als er endlich zwei eisgekühlte Flaschen erstanden hatte, zeigte die Uhr am Marathontor bereits halb vier, und ein Kontrolleur mahnte ihn zur Eile. Inzwischen hatte das Orchester zu spielen begonnen. Als er zu ihren Plätzen zurückkehrte, saß da ein kräftiger Mann in der Reihe, vier Plätze neben Charly. Kriminalkommissar Krause aus dem Olympischen Dorf. Hätte er sich auch denken können, hier auf Kollegen zu treffen.

Er reichte Charly eine Flasche.

»Was haste denn da geholt?«

»Voilà! Den Beweis für die Internationalität unserer Spiele: Coca-Cola. Das Original aus Amerika.«

»Sicher?« Sie machte ein skeptisches Gesicht und schaute auf die Flasche. »Abgefüllt in Lichterfelde«, las sie.

»Ihr Juristen müsst auch immer aufs Kleingedruckte gucken.«

Zum ersten Mal, seit er sie abgeholt hatte, zeigte Charly ein Lächeln. Er konnte sogar ihr Grübchen sehen. Na also!

»Mensch Rath, so eine Freude!«, schallte es plötzlich herüber und wurde sogleich mit einem Zischen der benachbarten Sitzreihen bekämpft.

Krause hatte ihn entdeckt und winkte. Rath winkte zurück.

»Wer ist denn das?«, flüsterte Charly, »dein Fleischermeister?«

»Kollege Krause. Seines Zeichens Kriminalkommissar und Kugelstoßer.«

»Aus dem LKA.«

»Ne. Hab ich dir doch erzählt am Telefon. Kriminalwache Elstal. Ich arbeite derzeit im Olympischen Dorf. Und Krause hat heute frei, wie ich.«

»Deine Kollegen in Elstal sind also nicht vom LKA? Seltsam.«

Die Frage hörte sich gefährlich an. Bei Charly musste man immer auf der Hut sein.

»Was weiß ich, wie die ihre Leute zusammenstellen«, sagte er. »Mein Überstellungsbefehl ist jedenfalls von Nebe unterschrieben.«

Fehlte noch, dass sie dahinterkam, dass er im Auftrag des SD unterwegs war.

Zum Glück tat sich etwas, und Charly hakte nicht weiter nach. Auf den Türmen, die das Marathontor flankierten, hatten Musiker Aufstellung genommen, die mit pompösen Fanfarenstößen die Aufmerksamkeit auf sich zogen.

»Gleich kommt der Führer«, tuschelte eine nervöse Dame neben Rath, die ihn an seine Schwiegermutter erinnerte. Auch Luise Ritter war immer ganz aufgeregt, wenn es um Hitler ging.

Und tatsächlich, da kamen sie, der ganze Tross an wichtigen und offiziellen Leuten. Adolf Hitler ging voran, in Uniform, flankiert von zwei Herren in Frack und Zylinder, die sehr wichtig aussahen. Ein ungeheurer Jubel brandete auf, der die Fanfarenklänge übertönte und nicht den Zylindermännern galt. Alle im Stadion standen auf, die meisten riefen »Heil« oder »Sieg Heil«, auch in Block achtzehn. Rath widerstand. Charly sowieso. Doch er konnte ihr ansehen, wie unbehaglich sie sich fühlte. Wie sauer sie war, dass er sie in diese Situation gebracht hatte. Oder sie sich selbst.

Der Tross der Offiziellen schritt gemächlich über die Aschenbahn zur Treppe hinüber, die hinauf zur Ehrentribüne führte. Oben angekommen, nahmen die Herrschaften, es mochten insgesamt rund zwei Dutzend sein, auf bequemen Stühlen Platz. Hitler saß ganz vorne, ihm zu Ehren wurde eine Hakenkreuzstandarte in der Loge gehisst.

Die Kapelle spielte das Deutschlandlied, und alle, die noch nicht standen, standen nun auf, sogar Charly, Rath war erleichtert. Patriotin war sie ja. Doch dann spielten sie gleich im Anschluss an die Nationalhymne, wie es inzwischen üblich war, das Horst-Wessel-Lied, und Charly setzte sich hin. Die Leute schauten, auch Kollege Krause. Alle anderen im Stadion standen, ganz gleich, ob Deutsche oder Touristen. Rath setzte sich neben seine Frau und legte ihr den Arm um die Schulter. So sah es vielleicht ein wenig danach aus, als sei ihr blümerant zumute und er kümmere sich um sie.

»Tut mir leid«, flüsterte er ihr ins Ohr, »ich hatte keine Ahnung, dass die so eine Nazi-Scheiße spielen.«

»Was hast du erwartet?«, sagte sie. »Das sind Nazi-Spiele. Natürlich spielen die ihre Lieder.«

Er musste daran denken, wie er vor einem Jahr in Nürnberg im Stadion der Hitlerjugend gewesen war, da war ihm vor lauter Sieg-Heil-Gebrülle tatsächlich schlecht geworden, und er hatte sich verdünnisiert, um nicht mitmachen zu müssen. Seitdem hatte er sich geschworen, an keinem politischen Massenspektakel der Nazis mehr teilzunehmen. Er hätte nicht gedacht, dass sie auch aus der Eröffnungsfeier der Olympiade solch ein Spektakel machen würden.

Aber dann war das Nazi-Lied vorbei, und die Olympiaglocke begann zu läuten, auf dem Dach des Stadions wanderten in perfekter Choreographie die Flaggen aller Teilnehmerländer die Fahnenmasten hinauf. Und unten im Stadionrund marschierte ein Trupp in lustigen Trachten aus dem Osttor auf die Aschenbahn, angeführt von einem Fahnenträger. *GRIECHENLAND* stand in Großbuchstaben auf dem Schild, das ihnen vorangetragen wurde. Der Einmarsch der Nationen hatte begonnen.

Der Lärm im Stadion war inzwischen so laut, dass eine Unterhaltung unmöglich war. Bei jeder einlaufenden Mannschaft brandete der Jubel aufs Neue auf, besonders lebhaft bei den Franzosen, die Hitler tatsächlich den Deutschen Gruß entboten, und bei den Italienern und Österreichern, die dies ebenfalls taten. Die Militärkapelle spielte unablässig Marschmusik. Rath konnte den Königgrätzer Marsch erkennen und den Alexandermarsch, glaubte er wenigstens. Ganz so firm, wie man das von einem richtigen Deutschen erwartete, war er in diesen Dingen nicht.

Die Mannschaften sammelten sich in Reih und Glied auf dem Fußballfeld. Als Letztes, gleich nach den USA, bei deren Einmarsch vereinzelt Buhrufe zu vernehmen waren, vielleicht weil sie sich so knapp und erst in letzter Sekunde gegen einen Boykott der Spiele entschieden hatten, kamen die Gastgeber. Die deutschen Sportler waren ganz in Weiß gekleidet und winkten fröhlich ins Rund. Auch sie zeigten ihrem Führer natürlich den Hitlergruß. Und bekamen den größten und lautesten Applaus.

Rath beobachtete Charly, die das Treiben mit steinerner Miene verfolgte. Wenigstens wurden keine Nazi-Lieder mehr gespielt, und auch die Heil-Rufe ebbten endlich ab.

Es kratzte in den Lautsprechern, als ein befrackter alter Mann ans Mikrofon trat und eine kurze Rede auf Französisch hielt. Dann noch ein Frackmann, der Deutsch sprach, OK-Chef Theodor Lewald, wenn Rath das richtig verstanden hatte, und schließlich ein Mann, den niemand vorstellen musste: Adolf Hitler höchstpersönlich.

»Ich verkünde die Spiele von Berlin zur Feier der elften Olympiade neuer Zeitrechnung als eröffnet«, schnarrte die wohlbekannte Stimme über die Lautsprecher, gefolgt vom Jubel der Hunderttausend.

Mehr sagte Hitler nicht, wahrscheinlich war das die kürzeste Rede, die der Mann jemals gehalten hatte, und Rath war erleichtert. Adolf Hitler zuhören zu müssen war für Charly die schlimmste aller denkbaren Zumutungen.

Obwohl der Führer sich ungewohnt kurz fasste, hatte sie genug. Sie stellte ihre Colaflasche neben sich auf die Bank und stand auf.

»Lass uns gehen, bitte«, sagte sie.

Rath nickte. Sie hatte recht. Hätte er gewusst, dass die hier ein solches Gewese rund um Hitler machen würden, er hätte die Karten verschenkt und Charly niemals in dieses Stadion und in diese

Situation gebracht. Er nahm ihren Arm und führte sie durch die Bankreihe zur Treppe. Die Leute machten Platz. Und guckten verwundert. Wahrscheinlich auch Kollege Krause, aber Rath war es scheißegal, was der dachte oder auch nicht dachte. Sie hatten lang genug im Stadion ausgeharrt, jetzt reichte es.

»Wollens ned bleiben? Das olympische Feuer wird jetzt entzündet«, sagte eine Frau, die sich offenbar auskannte. »Der Fackelläufer kommt jeden Augenblick.«

»Sehen Sie denn nicht, dass meiner Frau unwohl ist, Sie dusslige Kuh?«, raunzte Rath die Olympiatouristin an, und die wandte sich beleidigt ab.

Zehn Minuten später waren sie draußen und liefen zum Parkplatz. Aus dem Stadion tönte der ganze Pomp von Händels Halleluja zu ihnen hinüber. Das Musikprogramm des heutigen Abends war wirklich breit gefächert. Vom Horst-Wessel-Lied über Militärmusik zu Händel, auf die Idee musste man erst einmal kommen.

Der Zeppelin zog immer noch seine Runden über dem Reichssportfeld, doch hatte das Schauspiel für Rath jeden Reiz verloren. Er schloss den Buick auf und ließ Charly einsteigen.

25

Endlich saßen sie wieder im Auto. Sie hätte es auch keine Sekunde länger ausgehalten in diesem Stadion, inmitten dieses pompösen Brimboriums, inmitten dieser Menschenmassen, die ihrem Führer so kritiklos, bedingungslos und aus voller Überzeugung zujubelten. Das war nicht ihr Deutschland.

Es tröpfelte wieder, auf der Windschutzscheibe bildeten feine Regentropfen ein Sprenkelmuster, das die Scheibenwischer, die Gereon einschaltete, rücksichtslos wegwischten. Charly schaute gedankenverloren aus dem Fenster in den grauen Tag. Der Zeppelin kreiste immer noch über dem Stadion. Sie konnte sich gut daran erinnern, wie die *Graf Zeppelin* bei jedem ihrer Überflüge in den Republikjahren ganz Berlin in Atem gehalten hatte, das Luftschiff, mit dem Hugo Eckener in aller Welt für ein friedfertiges Deutschland geworben hatte. Die *Hindenburg* war um einiges größer und nicht weniger elegant, eine riesige Schönheit der Lüfte, majestätischer als jedes Flugzeug. Wenn da nicht die Hakenkreuze an den Steuerrudern gewesen wären, die der vorgeblichen Friedensmission des Luftschiffes etwas Unglaubwürdiges gaben. Daran konnte auch die riesige Olympiafahne nichts ändern, die die *Hindenburg* durch den bewölkten Berliner Himmel schleppte. Beide wurden sie missbraucht, die Fahne genauso wie das Luftschiff. Alles an dieser Olympiade war verlogen. Selbst Berlin war zu einer verlogenen Stadt geworden, es täuschte eine Weltoffenheit vor, die ihm in den letzten Jahren abhandengekommen war.

Bis auf wenige Ausnahmen, die es zum Glück immer noch gab, dachte Charly. Berlin war zu groß, um sich von den Nazis restlos vereinnahmen zu lassen.

»Lass uns ins Delphi fahren«, sagte sie.

Gereon nickte und steuerte aus der Parklücke. Seit sie ihre Plätze im Stadion verlassen hatten, war er schweigsam. Vielleicht machte er sich Vorwürfe, sie zu dieser Eröffnungsfeier geschleppt zu haben, aber es war ja ihre eigene Entscheidung gewesen. Hatte er tatsächlich nicht geahnt, was sie im Stadion erwartete? Naja, sie hatte sich ja auch eingeredet, es werde nur halb so schlimm.

Der Regen hatte schon wieder aufgehört, obwohl der Himmel immer noch voller Wolken hing. Schade. Gegen einen heftigen Regenguss, so stark, dass er das olympische Feuer löschte und die ganze Mischpoke auf der Ehrentribüne bis auf die Haut durchnässte, hätte sie nichts einzuwenden gehabt. Aber letzten Endes hatten die Nazis auch mit dem Regen Glück, obwohl heute alles andere als Kaiserwetter herrschte. Oder Führerwetter, wie man neuerdings sagte.

»Ich erkläre die Spiele *als* eröffnet. *Als!*« Charly schüttelte den Kopf. »Der Mann kann noch nicht mal Deutsch und will Deutschland regieren.«

»Ist eben ein Österreicher.«

»Dann hätte er da auch bleiben sollen.«

»Wem sagst du das …«

Sie hatten die Heerstraße erreicht, und Gereon setzte den Winker nach links.

»Du hast dich gar nicht von deinem Kollegen verabschiedet«, sagte Charly.

»So gut kennen wir uns nun auch wieder nicht.«

»Kugelstoßer, sagst du?«

»Mhm.«

»Und die anderen? Du hast noch gar nichts von denen erzählt.«

»Wie?«

»Sind die anderen Kollegen in der Kriminalwache auch alle Sportler?«

»Sieht so aus. Einer ist Sprinter, der andere läuft Mittelstrecke.«

»Und du bist der einzige Unsportliche?«

»Na, so unsportlich bin ich nun auch wieder nicht.«

Dazu sagte Charly lieber nichts.

»Wie ist denn die Arbeit so mit denen?«, fragte sie stattdessen.

»Mensch, du fragst einen aber auch Löcher in den Bauch. Da gibt's nicht viel zu erzählen. Öde und langweilig. Der Höhepunkt bislang war eine Diebstahlsanzeige, die sich letztendlich als falscher Alarm herausstellte.«

»Ach!«

»Ich sag ja: öde und langweilig. Ein Ägypter hatte sein Portemonnaie verloren. Krokoleder. Willst du noch mehr wissen?«

»Wieso nicht?« Sie zuckte beiläufig die Achseln. »Zum Beispiel, was es mit dieser Mordsache auf sich hat ...«

Gereon brauchte einen Moment, bis er sich wieder gefasst hatte.

»Wie bitte?«, fragte er.

»Der Mord im Olympischen Dorf. Deswegen hat das LKA dich doch dort hingeschickt, oder?«

»Wer erzählt denn so was? Es gibt keinen Mord, nur einen ungeklärten Todesfall. Und da ermitteln wir. Diskret natürlich.«

»Fritze sagt, die Gestapo verdächtigt einen Kellner mit kommunistischer Vergangenheit.«

Er drehte den Kopf und schaute sie an, sie konnte nicht sagen, ob entsetzt, überrascht oder wütend.

»Du hast mit Fritze gesprochen?«

»Hab ihn zufällig auf der Straße getroffen«, log sie und wunderte sich, wie gut sie darin inzwischen war. »Hat in der Stadt Besorgungen gemacht für einen Sportler.«

»Du weißt, dass das gefährlich ist. Egal ob zufällig oder nicht, wir haben Kontaktverbot. Wenn das einer mitbekommt, kriegen wir mächtig Ärger.«

»Musst du gerade sagen. Du hast ihn doch sogar in die Stadt gefahren.«

Er starrte eine Weile stur auf den Verkehr.

»Das war dienstlich«, sagte er schließlich. »Ich habe den Jungen als Zeugen befragt. Er hat etwas beobachtet.«

»Vor allem hat er beobachtet, dass deine Kollegen einen unschuldigen Kellner mitgenommen haben, nur weil der früher mal Kommunist war.«

»Das sind nicht meine Kollegen, das war Gestapo. Außerdem sind das Stewards, keine Kellner.«

»Dann stimmt es also?«

»Verdammt, Charly, darüber darf ich eigentlich gar nicht mit dir reden.«

»Aber dem Jungen erzählst du solche Dinge?«

»Ich hab ihm das doch nicht erzählt, das wusste er alles schon. Das Olympische Dorf ist ein Dorf, wie der Name schon sagt, da bleibt nichts lange geheim.«

»Ich mache mir Sorgen, Gereon.«

Er schwieg.

»Ich mache mir Sorgen um den Jungen. Er war ein Zeuge des Vorfalls, genau wie dieser Ehlers. Und der ist nun in den Händen der Gestapo. Was ist, wenn sie Fritze auch verhaften?«

»Charly, du siehst zu schwarz!«

»Tue ich das? Vielleicht, weil ich nicht ganz verstehe, was da los ist im Olympischen Dorf. Vielleicht kannst du mir mal erklären, was du da, verdammt nochmal, überhaupt machst! Und was unser Junge damit zu tun hat.«

26

Rath suchte die Kantstraße nach einem Parkplatz ab. Es kam höchst selten vor, dass er hier parken musste, normalerweise gingen sie zu Fuß ins *Delphi*. Weil sie normalerweise auch gleich um die Ecke wohnten. In einer gemeinsamen Wohnung und nicht drei Kilometer voneinander entfernt, sie bei ihrer Freundin und er mit drei Amis und seiner Schwiegermutter in trauter Fünfsamkeit.

Seit Sonntag erst war sie weg, doch er hatte Charly mehr vermisst, als er zuzugeben bereit war.

Sogar ihr Kopfschütteln.

»Das LKA ermittelt, aber die Gestapo nimmt die Verhaftungen vor?«, sagte sie. »Da siehst du mal, was in Deutschland heutzutage alles falsch läuft. Die Politische Polizei hat überall ihre Finger drin. Nutzt jeden Vorwand, um Kommunisten zu jagen. Oder erfolgte die Verhaftung auf deine Veranlassung?«

Das hatte er nun von seiner kleinen Beichte.

»Charly, was denkst du? Natürlich nicht!«

»Und wo ist dieser Steward jetzt?«

»Was weiß ich?«

Er konnte ihr doch nicht erzählen, dass Herbert Ehlers im Columbiahaus einsaß. Dass der arme Kerl gefoltert worden war und er das hatte mitansehen müssen. Dass Oberkommissar Gereon Rath auf Geheiß des SS-Obersturmbannführers Sebastian Tornow im Olympischen Dorf ermittelte und nicht für das preußische Landeskriminalamt. Sie wusste ja nicht einmal, dass Tornow überhaupt wieder im Lande war, geschweige denn ein hohes Tier beim SD.

Ansonsten aber hatte er ihr alles verraten. Verraten müssen. Wo sie doch eh schon viel zu viel wusste. Dass es um eine Todesfallermittlung ging, eine, die nicht an die große Glocke gehängt werden durfte. Dass Walter Morgan vergiftet worden war. Dass Fritze dessen Tod gesehen hatte. Dass der Junge deswegen ein wichtiger Zeuge war.

»Das war dieser Ehlers auch, oder?«

»Charly, du glaubst doch nicht allen Ernstes, dass die Gestapo Fritze festnimmt?«

»Wieso sollten sie nicht? Denen ist alles zuzutrauen.«

»Einen Fünfzehnjährigen? Einen Jugendehrendienstler und strammen Hitlerjungen? Du machst Witze!«

»Ehlers ist SA-Mann, sagst du. Und trotzdem haben sie ihn mitgenommen.«

»Ja, weil er früher Kommunist war.«

»Fritze hat früher auf der Straße gelebt. Das reicht womöglich auch aus, um ihn einzusperren.«

Darauf sagte Rath nichts mehr. Inzwischen hatten sie den Savignyplatz erreicht, und er musste sich konzentrieren, um eine Parklücke zu finden. Vor dem *Delphi* und dem Theater des Westens war es zwecklos. Er wendete und fuhr die Kantstraße zurück bis zur Ecke Uhlandstraße. Dann legte er den rechten Arm auf die Lehne des Beifahrersitzes, um rückwärts einzuparken.

»Charly, du musst dir keine Sorgen machen«, sagte er, als er den Motor ausmachte und die Handbremse anzog.

»Ich weiß nicht. Jedenfalls ... Es wäre mir lieb, wenn du ... wo du doch sowieso im Olympischen Dorf arbeitest ... wenn du ein Auge auf ihn haben könntest.«

»Das habe ich doch. Was meinst denn du?«

»Und die Spur zum Hotel Esplanade? Hast du nicht gesagt, das war seine Entdeckung?«

»Aber das weiß doch niemand.«

Natürlich nahm er Fritze in Schutz, wo es nur ging. Dessen Name war nirgends aufgetaucht, nicht einmal auf Ehlers' Liste, und dennoch hatte er die Liste weggeworfen. Der einzige, der wusste, dass er Fritze hatte sprechen wollen, war dieser Rönnberg. Der Name Thormann, Friedrich würde nirgends in den Akten auftauchen, dafür würde Rath schon sorgen. Und trotzdem weiter ermitteln. Wie er allerdings herausfinden sollte, was in dem Glas gewesen war, das auf Walter Morgans Tisch im Olympischen Dorf gestanden hatte, und vor allem: wer es befüllt und dort stehengelassen hatte, das wusste er noch nicht. Denn natürlich hatte Fritze recht gehabt: Das Digitalis musste in diesem Glas gewesen sein. Die einzige Erklärung, warum allein Walter Morgan vergiftet worden war und niemand anderes. Aber darüber wollte er sich jetzt keine Gedanken machen. Sie waren am *Delphi* angekommen.

Die Tische im großen Vorgarten glänzten regennass und verwaist, umso mehr war drinnen los, die Olympiade machte sich auch in der Kantstraße bemerkbar. Sie hatten Glück, dass sie noch vor dem großen Ansturm eintrafen; Theo, der Pförtner, konnte ihnen einen guten Tisch zuweisen. Sie gaben ihre Mäntel ab, gingen hinauf in den Ballsaal und folgten dem Kellner. Über ihnen leuchteten die Glühbirnen des künstlichen Sternenhimmels.

Es war wie der Eintritt in eine andere Welt, im *Delphi*-Palast fühlte man sich tatsächlich in alte Zeiten versetzt. Die Band spielte amerikanischen Jazz, und im Saal saß kein einziger Gast mit Hakenkreuzarmbinde oder überhaupt irgendein Uniformierter, der Laden war durch und durch zivil. Eine Oase in dieser Stadt und in diesen Zeiten. Einer der wenigen Orte, an denen er mit Charly noch tanzen gehen konnte.

Er musste daran denken, wie ihn sein erster Fall in Berlin vor Jahren ins *Delphi* geführt hatte. Damals war das hier eine Baustelle gewesen, eine Baustelle, in deren Keller sich die Gräfin Sorokina vor Stalins Schergen versteckt gehalten hatte, doch mittlerweile war es eines der mondänsten Tanzlokale in Berlin. Seit einigen Wochen hatte die Direktion die Band von Teddy Stauffer engagiert und die spielte unverfälschten amerikanischen Swing, wie Rath ihn bislang nur von Severins Platten kannte. Kein Wunder, dass es viele Olympia-Touristen ins *Delphi* zog. Und die Berliner, die das jazzbefreite Nazi-Gedudel im Radio satt hatten, sowieso.

Sie hatten gerade Platz genommen und ihre Bestellung aufgegeben, da spielte die Band den Hit der Saison. *Goody Goody.* Amerikanischer ging es kaum. Rath sah, wie die Musik ein Lächeln in Charlys Gesicht zauberte, er musste sie gar nicht erst auffordern, sie zog ihn geradezu auf die Tanzfläche.

Es tat gut, mal wieder tanzen zu gehen. Den ganzen Mist zu vergessen, der ihr Leben sonst bestimmte. Einfach mal wieder mit ihr allein zu sein und dieses Gefühl zu genießen. Bei ihr zu sein. Wurde Zeit, dass sie wieder in die Carmerstraße zog. Es fragte sich allerdings, wo da überhaupt Platz für sie wäre. Rath hatte gestern für zwölf neunzig ein zweites Zustellbett bei Hertie gekauft, um selbst irgendwo schlafen zu können, jetzt, da die Nachtdienste vorbei waren. Vielleicht sollte er auch vorübergehend in die Spenerstraße ziehen und die Millers seiner Schwiegermutter überlassen.

Ein von blonden Haaren gerahmtes Gesicht huschte vorbei, und er stutzte. Konnte das sein? Die Blondine im grünen Kleid? Es waren zu viele Paare auf der Tanzfläche, er hatte sie aus den Augen verloren. Du hast dich geirrt, dachte er, das bildest du dir ein. Sie ist doch in den Staaten. Wer kommt schon in diesen Zeiten freiwillig zurück nach Deutschland?

Das Lied war zu Ende, und sie gingen wieder zu ihrem Tisch, auf dem inzwischen zwei Gläser und eine Flasche Weißwein standen. Rath ließ seinen Blick unauffällig im Saal umherschweifen, bis er das grüne Kleid wiederentdeckte. Er hatte sich nicht geirrt, da saß sie tatsächlich. Ein dunkelgrün funkelndes Abendkleid, blondes, nach neuester Mode onduliertes Haar. Hinten, am anderen Ende des Saales, saß sie, an einem Vierertisch, im angeregten Gespräch mit ihren Tischnachbarn, zwei jüngeren Damen und einem älteren Herrn.

Er hatte sie fünf Jahre nicht gesehen, und sie trug auch keinen Bubikopf mehr, aber sie war es, ohne jede Frage. Offensichtlich allein, jedenfalls nicht in der Begleitung, die er kannte. Aber sie war wieder in Berlin: Marion Bosetzky, Ex-Nackttänzerin, Ex-Zimmermädchen und, wie es aussah, auch Ex-Gangsterbraut.

27

Kriminalsekretär Lohmann hatte nicht die allerbeste Laune. Er durfte Dienst schieben, zusammen mit Oberkommissar Franke, während Krause und der Neue sich im Stadion vergnügten. Eigentlich wäre das die Karte von Manni Löhr gewesen, aber den hatte Franke ja abserviert, kaum hatte er spitzgekriegt, dass der Neue ihnen, auch wenn dessen LKA-Ausweis anderes erzählte, von der Gestapo ins Nest gesetzt worden war. Oberkommissar Rath. Was für ein Lackaffe. Schlimmer als Franke, und das hieß schon etwas.

Gestapo. Für ihn, Lohmann, war das kein Grund, plötzlich zu

katzbuckeln, für Franke offensichtlich schon. Schenkte der einfach die Karten her. Und nicht nur die von Manni, auch die, die eigentlich für Erich Lohmann gedacht gewesen war. Aber mit Kriminalsekretären kann man es ja machen.

»Wir müssen uns gutstellen mit dem Neuen«, hatte Franke gesagt, als er die Freikarte von Lohmann einforderte. »Das ist kein normaler Polizist.« Und dann hatte er vielsagend gezwinkert und »Prinz-Albrecht-Straße« gesagt.

Als ob Lohmann das nicht wüsste, schließlich war er es, der den Anruf der Gestapo angenommen hatte. Er hatte seine Karte rausgerückt, was sollte er anderes machen? Hatte zähneknirschend mit angesehen, wie Franke sie diesem Rath in die Hand drückte. Der es nicht einmal für nötig hielt, den Umschlag zu öffnen.

Arroganter Fatzke. Was bildete der sich ein, nur weil er von der Geheimpolizei kam? Mochte Franke vor so einem zu Kreuze kriechen, Lohmann würde das nicht tun. Wer ein reines Gewissen hatte, der brauchte vor der Gestapo auch keine Angst zu haben. Franke hatte offensichtlich kein reines Gewissen, anders konnte Lohmann sich dessen Beschwichtigungsgeschenke nicht erklären.

Und nun hockten sie alle beide hier im Büro und hörten Radio. Die Übertragung vom Reichssportfeld war eher langweilig. Die meiste Zeit hörte man Musik und die Beschreibungen des Reporters, wie grandios das doch alles aussähe. Tja, im Stadion hätte man sitzen müssen. Zusehen hätte man können müssen. Ein Festspiel, eigens kreiert für die Olympischen Spiele. Mit Tänzerinnen. Kriminalsekretär Lohmann liebte Tänzerinnen. Aber was hatte man von Tänzerinnen im Radio? Tänzerinnen, die man nicht sehen konnte?

Die sah jetzt dieser Drecksack von Oberkommissar Rath. Zusammen mit dem dämlichen Krause. Warum Krause Kommissar war und er selbst nur Kriminalsekretär, das hatte Lohmann auch nie verstanden. Wahrscheinlich weil Krause mal zusammen mit Hans Woellke trainiert hatte, der es bis ins Olympia-Aufgebot geschafft hatte.

Vorhin, um vier, hatte Lohmann das Büro für eine Weile verlassen, angeblich, um eine Runde durchs Dorf zu drehen und nach dem Rechten zu schauen. In Wirklichkeit aber war er zum Hindenburghaus hinüber, das nicht weit entfernt lag von der Kriminalwache und das eine Fernsehstube besaß. Doch obwohl alle Athleten ja auf dem Reichssportfeld weilten, herrschte in der Stube ein solches Gedränge an Wehrmachtsoldaten, Ehrendienstlern und sonstigen Angestellten, dass Lohmann den kleinen Bildschirm, auf den alle starrten, gar nicht richtig sehen konnte und nur ab und an, wenn die Vorderleute mal günstig standen, einen kurzen Blick erhaschte. Da bewegte sich dann wirklich etwas auf dem Fernsehschirm, aber was, das war kaum zu erkennen.

Da hatte er sich tatsächlich mehr versprochen. Fernsehen, so viel stand für ihn fest, war eine Erfindung ohne Zukunft. Er hatte sich noch das Horst-Wessel-Lied angehört und die Ausführungen des Moderators, der mit sich überschlagender Stimme von der Größe dieses Tages sprach, dann hatte er genug. Da konnte er genausogut Radio hören.

Und das hatten sie seither getan. Erst das Ende der Eröffnungsfeier, nun also das Festspiel. Ein schrilles Klingeln unterbrach den Radioreporter, der gerade versuchte, die Anmut der Tänzerinnen mit Worten zu beschreiben. Das Telefon. Klingelte selten genug, aber ausgerechnet jetzt musste es stören.

Franke seufzte und ging ran.

Lohmann hörte seinen Chef mehrmals »Aha« und »Ja« sagen, bevor der Oberkommissar mit einem strammen »Heil Hitler« auflegte.

»Gehen Sie mal in die Halle, Lohmann«, sagte er. »Da brauchen sie unsere Hilfe. Am Schalter von Britisch-Indien.«

»Was ist denn passiert?«

»Da fehlt irgendeiner. Schau'n Sie sich die Sache doch einfach mal an.« Franke machte eine Handbewegung, als wolle er den Kriminalsekretär aus dem Raum scheuchen.

Fauler Sack, dachte Lohmann, stand aber ohne Murren auf und ging hinaus. Die Halle war zum Glück nicht weit; die Halle der Nationen, wie die Wehrmacht den Empfang nannte. An den holzgetäfelten Schaltern beidseits des sanft geschwungenen Raumes herrschte normalerweise Hochbetrieb, jetzt jedoch war kaum etwas los. Die meisten Athleten waren noch nicht zurückgekehrt, die Ehrendienstoffiziere an den Schaltern mit Schreibarbeiten oder Telefonieren beschäftigt.

Der Schalter von Britisch-Indien war verwaist, davor jedoch

stand ein Mann mit Turban neben zwei Männern in Feldgrau, einem Unteroffizier und einem Oberleutnant.

Lohmann zeigte seine Marke und stellte sich vor.

»Sie haben angerufen«, sagte er. »Was ist denn los?«, fragte er.

»Wir haben ein Problem«, sagte der Oberleutnant.

»Und das wäre?«

»Na, das sehen Sie doch! Der Schalter ist nicht besetzt; Leutnant Dräger ist nicht an seinem Platz.«

»Und was hat die Kriminalpolizei damit zu tun?«, fragte Lohmann. »Ich denke, die Wehrmacht kümmert sich um ihre Angelegenheiten selbst.«

So hatte Dorfkommandant von Gilsa es den Kriminalbeamten bei ihrem Dienstantritt eingebleut, und Lohmann hatte das nicht vergessen.

»Hören Sie auf mit Ihren Spitzfindigkeiten und machen Sie sich lieber nützlich! Wer war denn hier auf der Polizeischule, Sie oder ich? Sie sollten wissen, was man in einem Vermisstenfall unternimmt, nicht ich.«

Wenn er diesem Kommisskopp verraten würde, was die Polizei in einem Vermisstenfall als erstes unternahm, dachte Lohmann, nämlich Personalien aufnehmen, den letzten bekannten Aufenthaltsort notieren und dann erst einmal abwarten, ob der angeblich Vermisste nicht bald wieder auftauchte – der Oberleutnant würde ihn wahrscheinlich standrechtlich erschießen lassen.

Also zückte er seinen Notizblock. »Dann sagen Sie mir doch mal, wann und wo Sie Ihren Kameraden zuletzt gesehen haben.«

»Na, heute morgen, in der Kaserne. Aber was sollen diese Fragen? Wollen Sie denn keine Fahndung ausschreiben oder so etwas?«

»Und alle verrückt machen? Ganz bestimmt nicht.«

»Hören Sie, Leutnant Dräger war bis vor zwei Stunden noch an seinem Platz. Aber dann ist er offenbar von seiner Pause nicht zurückgekehrt. Das ist aufgefallen, weil dieser Gentleman hier ...«

Er zeigte auf den Turbanmann, und der verbeugte sich, als er merkte, dass es um ihn ging, und sagte: »Rajesh Chattopadhyay.«

»... weil der Herr Tschattopaddi ein Anliegen hat und niemanden vorgefunden hat.«

»Haben Sie denn schon in der Kaserne angerufen?«

»Selbstverständlich. Dort ist Leutnant Dräger nicht.«

»Dann sollten wir es mal im Pausenraum versuchen oder im Restaurant.«

»Wollen Sie mich auf den Arm nehmen? Auch dort haben wir natürlich nachgeschaut.«

»Und in der Toilette?«

»Wie bitte?« Der Oberleutnant schaute, als habe die Kripo ihm gerade nahegelegt, die Kasernenlatrine zu putzen.

»Nun, wäre nicht das erste Mal, dass jemand auf einer Toilette eingeschlafen ist.«

»Erlauben Sie mal! Sie sprechen von einem Offizier der deutschen Wehrmacht.«

»Ich spreche von einem Menschen. Und auf die Toilette geht Ihrereiner ja wohl auch. Oder haben Soldaten kein menschliches Bedürfnis?«

Die Augen des Oberleutnants blitzten, doch er gab auf und trat den geordneten Rückzug an.

»Also gut«, sagte er. »Wenn Sie darauf bestehen.«

Man musste Lohmann den Weg nicht zeigen. Er kannte die Toilettenräume im Empfangsgebäude. Es waren dieselben, die auch die Kriminalpolizei nutzte. Der Oberleutnant folgte ihm, während der andere Soldat in der Halle blieb. Der Unteroffizier hatte offensichtlich Order, den vermissten Leutnant zu vertreten, wirkte im Gespräch mit dem gestikulierenden Inder jedoch ein wenig überfordert. Ein glückliches Gesicht machte er jedenfalls nicht.

Der Oberleutnant ebensowenig. Er blieb mit pikiertem Gesicht bei den Urinalen stehen, während Lohmann in jede freie Kabine schaute und an die Türen der übrigen klopfte.

»Leutnant Dräger? Sind Sie hier? Leutnant Dräger?«

Lohmann hatte das Gefühl, dass der Oberleutnant bei jedem Mal, da er den Namen aussprach, zusammenzuckte. Also sprach er ihn öfter aus als nötig.

Doch sie scheuchten nur einen Besucher auf, der gerade sein Geschäft verrichtete und offensichtlich kein Wort Deutsch verstand. Jedenfalls verließ er die Waschräume hektisch mit herunterhängenden Hosenträgern, eingeschüchtert von der Uniform des Offiziers und dem Rufen des Zivilisten.

»Na, sehen Sie«, meinte der Oberleutnant. »Habe ja gleich gesagt, das ist eine Schnapsidee.«

Lohmann zuckte die Achseln. »Man kann nie wissen. Jetzt lassen Sie uns noch die Waschräume des Besucherrestaurants überprüfen, damit wir ganz sicher sind und keine Möglichkeit ausgelassen haben.«

»Wenn es denn sein muss.«

Der Oberleutnant schien nicht begeistert, aber er folgte.

Auch im Restaurant war heute deutlich weniger los als sonst, es herrschte eine beinahe gespenstische Leere. Lohmann ging, den Leutnant im Schlepptau, direkt zu den Toiletten durch. Auch hier war nur eine einzige Kabine besetzt. Doch wer immer auch darin sitzen mochte, er antwortete nicht. Und er kam auch nicht heraus.

»Leutnant Dräger, sind Sie da drin? So antworten Sie doch.«

Lohmann klopfte und rief, doch nichts tat sich.

Er hockte sich auf den Boden und schaute unter der Tür hindurch. Auf der Toilette saß jemand, er konnte Stiefel erkennen. Militärstiefel.

Zweimal noch rief Lohmann den Namen des Leutnants, und als immer noch keine Reaktion erfolgte, warf er sich mehrmals mit der Schulter gegen die hölzerne Tür, bis diese nachgab.

In der Kabine saß ein Wehrmachtsoffizier, den Kopf auf die rechte Schulter gesackt. Er saß auf der Toilette, allerdings mit hochgezogenen Hosen. Der linke Uniformärmel war bis zum Ellenbogen hochgeschoben, in der nackten Armbeuge steckte eine Injektionsspritze.

Lohmann drehte sich zu dem Oberleutnant um, der kreidebleich geworden war. Jetzt war Leutnant Dräger ohne jeden Zweifel ein Fall für die Kriminalpolizei. Fragte sich nur, für welches Dezernat.

28

Sie pochte mit der flachen Hand auf das Tageblatt, dessen Sonntagsausgabe sie gerade las.

»Es war kein Hitlergruß, hier steht's.«

»Wie?«

Gereon blinzelte über den Rand seiner Kaffeetasse. Er sah noch etwas verschlafen aus, hatte gerade erst ein oder zwei Schlucke getrunken.

»Die Franzosen. Oder die Bermudas«, sagte Charly. »Oder wer sonst alles den Arm gehoben hat. Das war der olympische Gruß. Nur haben das hunderttausend Menschen im Stadion missverstanden.«

»Aber bei unseren Sportlern war es bestimmt der Deutsche Gruß. Und bei den Italienern auch.«

»Die nennen das ›saluto romano‹.«

»Wenn du meinst.«

»Schade, dass die Spanier noch abgesagt haben. Die hätten womöglich den sozialistischen Gruß gezeigt.«

»Ich dachte, du hättest auf nichts sehnlicher gehofft als auf einen Olympiaboykott.«

»Die Spanier haben nicht boykottiert, die haben abgesagt, weil in ihrem Land Bürgerkrieg herrscht. Weil ein faschistischer General die gewählte sozialistische Regierung bekämpft.«

»Die Sozialisten sind aber auch nicht ganz ohne. Was man da alles in den Zeitungen liest.«

»Ja, in unseren Zeitungen. Meinst du etwa, die sind neutral? Wenn die gegen Sozialisten hetzen können, dann tun sie das.«

Darauf sagte er nichts mehr. Er zuckte die Achseln und trank einen weiteren Schluck Kaffee. Sie saßen am Küchentisch in der Spenerstraße, nur sie beide. Greta war die ganze Nacht nicht nach Hause gekommen, übernachtete wohl bei ihrem Klaus. War auch besser so. Charly hatte weder Lust auf eine Begegnung mit Gretas Nazi noch auf ein Zusammentreffen von Greta und Gereon. Das ging meist nicht gut. Und so war es fast, als säßen sie in der Carmerstraße beim Frühstück. Nur dass die Wohnung in Moabit etwas bescheidener ausfiel als die in Charlottenburg.

Der Abend gestern, so lausig er begonnen hatte mit all dem Nazi-Firlefanz im Stadion, hatte doch noch ein schönes Ende genommen. Bis drei Uhr hatten sie im *Delphi* getanzt und dann eine Kraftdroschke nach Moabit genommen. Und sich schon im Taxi geküsst. Es hatte sich fast wie früher angefühlt, als sie noch nicht verheiratet gewesen waren. Als es noch prickelte. Als der Alltagstrott sie noch nicht eingeholt hatte. Als die Nazis sich noch nicht in ihr Leben gemogelt hatten.

Und er hatte ihr endlich erzählt, woran er arbeitete. Ein mysteriöser Todesfall im Olympischen Dorf. Ein Todesfall, dessen Zeuge der Junge geworden war. Sie musste daran denken, wie Fritze aus dem Café gestürmt war. Der Ärmste hatte schon so viel Mist erlebt, er schien Tod und Unglück geradezu magisch anzuziehen. Sie hätte ihm so gern geholfen, aber sie wusste nicht wie. Wenigstens konnte Gereon im Olympischen Dorf ein bisschen auf ihn aufpassen.

»Du, sag mal«, fragte sie. »Die Spur in deinem Fall, die führt doch ins Esplanade …«

»Hm.«

»Und wie willst du die weiterverfolgen?«

Er zuckte die Achseln. »Was weiß ich? Nach Feierabend. Offiziell während meiner Dienstzeit geht das jedenfalls nicht. Mein Einsatzort ist das Olympische Dorf. Ich soll verhindern, dass dort weitere Morde geschehen.«

»Und wenn du mit Nebe redest?«

Er wirkte ungehalten. »Ich hab's dir doch schon erklärt: Die Gestapo hat da ihre Finger drin. Die glauben an eine kommunistische Verschwörung. Die wollen mich im Olympischen Dorf. Ich kann nicht einfach machen, was ich will.«

»Dann rede doch mit Reinhold, der ist bei der Gestapo.«

»Ach, Charly, so einfach ist das nicht.«

»Du willst also wieder auf eigene Faust ermitteln? Vorbei an der offiziellen Ermittlungslinie deiner Behörde?«

»Was soll ich denn tun? Offiziell lassen die mich nicht, das kann ich dir jetzt schon sagen.«

»Dann lass die Sache doch einfach ruhen.«

»Charly, das geht nicht. Die haben einen Unschuldigen verhaftet und … und wer weiß, was sie noch mit dem anstellen. Ich muss einfach herausfinden, woher das Gift gekommen ist, ohne weiter oben ...« Er zeigte an die Zimmerdecke, als säßen da irgendwo seine Vorgesetzten. »... irgendwelche Pferde scheu zu machen. Vielleicht war ja alles ein dummer Zufall. Zwei Dinge stehen jedenfalls fest: Walter Morgan wurde vergiftet. Und Herbert Ehlers war's nicht. Deswegen muss ich weitermachen.«

Charly trank einen Schluck Kaffee. Sie hatte gehofft, dass er so etwas ähnliches sagen würde.

»Was meinst du«, fragte sie vorsichtig, »wäre es dann nicht sinnvoll, wenn *ich* die Spuren weiterverfolge, die aus dem Olympischen Dorf hinausführen, und du kümmerst dich um die innerhalb des Dorfes? Und um die offiziellen Ermittlungen?«

Er zog seine Augenbrauen nach oben und schaute sie an.

»Charly«, sagte er, »wie willst du das denn machen?«

»Ich war mal angehende Kriminalbeamtin, schon vergessen? Und habe eine Lizenz als Privatdetektivin.«

»Ich will dich da nicht mit hineinziehen. Und deinen Chef Böhm erst recht nicht.«

»Das ist doch kein Hineinziehen, das mache ich freiwillig. Schließlich geht es ja auch darum, den Jungen zu schützen.«

»Wie meinst du das?«

»Na, er ist doch in Gefahr. Hernach nimmt die Gestapo alle fest, die zur fraglichen Zeit im Speisesaal waren.«

»Ich glaube, davor müssen wir keine Angst haben.«

»Ich würde mich jedenfalls deutlich wohler fühlen, wenn der Giftmord aufgeklärt wäre. Und du in Fritzes Nähe bist.«

»Das bin ich ja.«

»Also: Was sagst du? Wir könnten uns täglich treffen und unsere Erkenntnisse austauschen und dann schauen, was dabei herauskommt. Wenn wir die Unschuld von Ehlers nachweisen, wenn wir den Giftmörder finden, helfen wir auch dem Jungen.«

»Wenn du wieder nach Hause kämest, könnten wir uns auch täglich austauschen.«

»Auf einem klapprigen Feldbett?«

Er musste lachen. »Nein, du hast recht, die Carmerstraße ist gerade überfüllt. Eine amerikanische Kleinfamilie *und* deine Mutter ...« Er wedelte mit der Hand, als habe er sich verbrannt. »Aber vielleicht sollte *ich* öfter in der Spenerstraße übernachten.«

»Und meine Mutter mit deinen Touristen allein lassen?«

»Luise blüht geradezu auf in ihrer neuen Tätigkeit.«

»Mag sein. Aber du hast die Amis eingeladen, du bekommst Geld dafür, dann kümmere dich auch.«

»Tu ich doch. Hab vorgestern erst Frühstück gemacht.«

»Jedenfalls sollten wir zusammenarbeiten, um diesen Steward wieder freizubekommen, was meinst du? Es geht doch nicht an, dass ein Unschuldiger hinter Gittern sitzt.«

Gereon saß da und antwortete nicht, er schien an etwas ganz anderes zu denken.

»Also?«, fragte sie.

»Hm?«

»Was hältst du von meinem Vorschlag?«

Er zuckte die Achseln. »Das einzig Gute daran sind die täglichen Treffen.«

»Jetzt mal ernsthaft.«

»Nein, wirklich: So schnell kriegt niemand einen Gestapo-Häftling frei, wenn die Gestapo das nicht will.«

»So darf man doch nicht denken. Mensch, Gereon, sträub dich doch nicht so! Was hast du denn dagegen, mit mir zusammenzuarbeiten?«

»Eigentlich nichts, aber ...«

»Aber?«

»Ich will nicht, dass du in Gefahr gerätst.«

»Ich schaue mich im Esplanade ein bisschen um und im Umfeld von Mister Morgan. Was ist da schon dabei?«

Er seufzte.

»Wenn du unbedingt willst«, sagte er. »Aber lass bloß nirgendwo den Verdacht aufkommen, Mister Morgan könne vergiftet worden sein, das bringt uns in Teufels Küche. Es war und bleibt ein Herzanfall. Nichts anderes werden die auch der Witwe erzählen.«

»Die?«

»Die Polizei. Die Regierung. Das Olympische Komitee, was weiß ich. In den nächsten Tagen müsste Misses Morgan eintreffen; irgendein Empfangskomitee wird's da schon geben.«

Er hatte von der Polizei gesprochen und nicht *wir* gesagt. Eine Formulierung, die Charly beruhigte. Gereons Weltbild war ins Wanken gekommen. Hatte ja auch lange genug gedauert. Sie fragte sich nur, wie lange es dauern würde, bis er die Konsequenzen ziehen und diesen Polizeiapparat, der nicht mehr der seine war, auch verlassen würde.

Das Telefon klingelte, und Charly ging ran.

»Rath bei Overbeck.«

»Lotte?«

Sie kannte nur einen Menschen, der am Telefon nie seinen Namen nannte. Charly verdrehte die Augen.

»Mutter. Das ist aber eine Überraschung.«

»Ist es das? Dein Mann hat mir diese Nummer hiergelassen, er meinte, dort könne ich ihn erreichen, falls er nicht zuhause ... Ich wusste nicht, dass er ... dass du ...«

»Ich auch nicht.«

Sie konnte es kaum fassen! Gereon Rath! Sie schaute durch die offene Tür zum Küchentisch, an dem er saß und mit Unschuldsmiene seinen Morgenkaffee trank. Er hatte es von Anfang an darauf angelegt, bei ihr zu übernachten!

»Lotte, warum bist du denn nicht zuhause, Kind? Ihr habt doch Gäste. Da muss dein armer Mann seine Schwiegermutter anrufen, um ...«

»Mutter, ich habe dich nicht gebeten, nach Berlin zu kommen, ich habe Gereon nicht gebeten, uns das Haus voller Gäste zu packen. Und ich will über dieses Thema nicht reden.«

»Aber Kind, das sind doch Olympiagäste und ich ...«

»Wenn du noch einmal davon anfängst, lege ich auf!«

Die Stille am anderen Ende der Leitung zeigte ihr, dass Luise Ritter nachdachte.

»Ist ja schon gut, Lotte, ihr seid erwachsene Leute, ihr müsst wissen, was ihr da macht. Aber was die dann auf der Arbeit denken, wenn die hier anrufen und anrufen, und er ist nicht zuhause, dafür kann ich auch nichts.«

»Mutter!«

»Jaja. Also: Die haben angerufen. Gereon soll sich dringend bei denen melden, da ist wohl etwas passiert.«

»Bei denen?«

»Bei der Polizei eben.«

»Hast du denn nichts aufgeschrieben?«

»Gereon wird doch wohl wissen, wen er da anrufen muss.«

»Was ist denn überhaupt passiert?«

»Was weiß ich? Du stellst aber auch Fragen, Kind!«

Charly gab auf. Sie hielt die Hand vor die Sprechmuschel und rief in die Küche.

»Gereon, für dich.«

29

Im Besucherrestaurant herrschte eher wenig Betrieb. Sonntagmorgen, genau zwischen Frühstücks- und Mittagszeit. Rath hielt sich nicht lange auf, an erwartungsvoll dreinblickenden Kellnern ging er gleich durch bis zu den Toiletten. An der Tür zu den Herren hing unter dem großen H aus Messing ein Pappschild: AUSSER BETRIEB. WIR BITTEN SIE, DIE WASCHRÄUME IN DER HALLE DER NATIONEN ZU NUTZEN.

Und vor der Tür stand ein Wehrmachtsoffizier, der freundlich lächelnd allen Männern, die das stille Örtchen aufsuchen wollten, den rechten Weg wies. Das hätte sich der stramme Leutnant bestimmt auch nicht träumen lassen, dachte Rath: dass er jemals vor einer Herrentoilette Wache schieben würde. Das Lächeln verschwand, als der Offizier die Dienstmarke erkannte, und machte einem ernsten, eher peinlich berührten Gesicht Platz.

»Ihre Kollegen sind schon da.«

»Kannten Sie den Toten?«

»Kaum. Wie man einen Kameraden eben kennt.«

Der Soldat kniff die Lippen zusammen und machte einen Eindruck, als sei es ihm eher unangenehm, dass man ihn auf den toten Kameraden ansprach.

»Gleichwohl«, sagte Rath, »mein Beileid.«

»Nicht nötig, aber danke.«

Rath ging hinein. Viel hatte Klingenstein, Tornows Adjutant, am Telefon nicht erzählt, nur dass es einen Todesfall im Olympischen Dorf gegeben habe. Auf der Herrentoilette des Besucherrestaurants. Und dass es sich um einen Angehörigen der Wehrmacht handelte. Dem Wachhabenden vor der Toilettentür schienen die Todesumstände seines Kameraden peinlich zu sein. Als Heldentod dürfte ein Ableben auf der Herrentoilette eher nicht durchgehen.

Im Waschraum herrschte Hochbetrieb, allerdings nutzte niemand die sanitären Einrichtungen. Ein halbes Dutzend Männer war dort versammelt, und alle konzentrierten sich auf eine einzige Toilettenkabine. Ein paar Zivilbeamte hockten auf dem Boden und sicherten Spuren. Aus der Burg kannte er keinen von denen, Rath tippte auf Gestapo. Bei einem der Spurensicherer entdeckte er dann doch ein bekanntes Gesicht. Kein Kriminalbeamter und auch kein Staatspolizist, obwohl er beides mal gewesen war, sondern ein SS-Untersturmführer. Reinhold Gräf. Jetzt kam der SD also schon selbst ins Olympische Dorf. Wenn auch unauffällig und in Zivil.

Gräf ließ sich gerade etwas erklären und hörte interessiert zu. Rath stellte sich zu den beiden Männern. Der Spurensicherer unterbrach sich kurz, sprach aber weiter, als Gräf kurz nickte.

»... an der Wand haben wir also Kletterspuren gefunden, den verschmierten Abdruck einer Schuhsohle.«

»Sie wollen damit sagen, es könnte möglich sein, dass sich ein zweiter Mann in der Kabine befunden hat? Bei dem Morphinisten?«

Der Spurensicherer nickte.

»Danke, Böber«, sagte Gräf. »Wir sollten dem keine allzugroße Bedeutung beimessen, dennoch sollten Sie auch diese Spur konservieren. Und natürlich überall Fingerabdrücke nehmen. Die übliche Routine, muss ich Ihnen ja nicht erklären.«

»Meine Leute sind schon dabei, Untersturmführer.«

Gräf nickte, und der Erkennungsdienstler entfernte sich mit einem respektvoll in die Luft gereckten rechten Arm.

»Das ist aber eine Überraschung«, sagte Rath. »Ich dachte, du bist mein Führungsoffizier, ermittelst du jetzt auch wieder in Todesfällen?«

»Nun, nachdem der Kriminalbeamte, den der SD ins Olympische Dorf gesandt hat, nicht anwesend war, blieb uns ja nichts anderes übrig.«

»Hatte meinen freien Tag.«

»Es steht mir nicht zu, mit dir darüber zu reden, Gereon, aber mach dich darauf gefasst, dass Obersturmbannführer Tornow noch ein ernstes Wort mit dir wechseln wird.«

»Heißt das, du löst mich jetzt hier in der Kriminalwache ab?«

»Wie soll das gehen? Ich bin kein Kriminalbeamter. Nein, so einfach kommst du nicht davon, du bleibst bis auf Weiteres hier. Aber mit deinen Eigenmächtigkeiten ist jetzt Schluss.« Gräf schaute sich um, als befürchte er, irgendwer könne mithören. Doch sie standen weit genug entfernt von den anderen. »Du wirst mir künftig täglich direkt berichten«, fuhr er fort. »Obersturmbannführer Tornow hat entschieden, dass wir diese Mordserie ab sofort zusammen bearbeiten.«

»Mordserie? Das heißt, ihr seht einen Zusammenhang zwischen dem Todesfall Morgan und diesem hier?«

»Natürlich.«

Rath sagte nichts dazu. Er wusste selbst nicht, was er davon halten sollte. Die ganze Autofahrt, von der Kantstraße, wo er seinen Buick erst hatte abholen müssen, bis nach Döberitz, hatte er sich darüber Gedanken gemacht. »Wir haben eine zweite Leiche«, das war alles, was Klingenstein am Telefon gesagt hatte, »einen toten deutschen Offizier.« Mit dieser knappen Information hatte Tornows Adjutant ihn ins Olympische Dorf geschickt, ohne ihn zum Herrn Obersturmbannführer durchzustellen.

»Es ist mehr als ärgerlich, dass der zweite Mord nicht verhindert werden konnte«, fuhr Gräf fort. »Wenigstens wird er kein Aufsehen erregen. Wir können froh sein, dass dein Kollege Lohmann so geistesgegenwärtig war und die Brisanz der Lage erkannt hat.«

»Ach?«

»Der Kriminalsekretär hat umgehend das Geheime Staatspolizeiamt verständigt, statt am Alex anzurufen. Nicht auszudenken, was hier los wäre, wenn Gennats Leute mit dem Mordauto angerückt wären. Das ganze Olympische Dorf stünde Kopf.«

»Keine Mordinspektion, das heißt, offiziell gehen wir nicht von Fremdeinwirkung aus?«

»Natürlich nicht. Lassen unseren Erkennungsdienst aber trotzdem entsprechende Spuren sammeln. Offiziell jedoch handelt es sich bei Leutnant Dräger um einen Morphinisten, der sich eine letale Dosis Diacetylmorphin verabreicht hat.«

»Was?«

»Heroin. Das Bayer-Medikament. Wird gern als Rauschmittel missbraucht. Und kann bei unsachgemäßer Anwendung schnell tödlich wirken.«

»Weiß ich doch«, sagte Rath. Warum ärgerte er sich nur immer so über die oberlehrerhafte Art seines früheren Kollegen? Mittlerweile kannte er die doch zur Genüge.

»In der Armbeuge des Leutnants«, sagte Gräf, »steckte noch die Injektionsnadel. Der Gerichtsmediziner konnte anhand des Restes in der Spritze schon sagen, dass er von Heroin ausgeht. Die Obduktion dürfte seine Einschätzung bestätigen, denke ich. Eine Überdosis, willentlich verabreicht. Von einem Dritten.«

»Und wer?«

»Reichsfeinde, wer sonst? Was könnte Deutschlands Ruf in der Welt mehr schaden als ein Wehrmachtsoffizier, der auf einer Herrentoilette im Olympischen Dorf den Drogentod stirbt?«

»Also gehst du weiterhin von einer kommunistischen Verschwörung aus.«

»Von was denn sonst? Eine jüdische ist doch eher unwahrscheinlich, wenn man an das erste Opfer denkt. Walter Morgan war ja selber Jude.«

Wie sehr Gräf sich auf den politischen Feind fixierte. Damals in der Mordinspektion hatte er noch nicht so gedacht.

»Herbert Ehlers kann es aber diesmal nicht gewesen sein«, sagte Rath, »der sitzt im Columbiahaus.«

»Das heißt doch nichts. Vielleicht war es einer seiner Genossen. Oder du hast uns einen falschen Tatverdächtigen geliefert.«

»Ich habe niemanden geliefert, ich habe dir eine Namensliste gegeben. Und ich habe von Anfang an gesagt, Ehlers ist unschuldig.«

»Das muss sich erst noch zeigen.« Gräf schaute sich wieder um. »Wir sollten hier nicht über diese Dinge sprechen. Jedenfalls«, sagte er und sprach nun so leise durch zusammengepresste Zähne, dass Rath ihn kaum verstehen konnte, »ist die offizielle Version eine, an deren Verbreitung auch die Wehrmacht kein Interesse hat, das kommt uns sehr entgegen. Ein drogensüchtiger Offizier im Olympischen Dorf. Einer von denen, die sich um Sportler aus aller Welt kümmern und Deutschland von seiner besten Seite präsentieren sollen. Wir müssen uns keine Sorgen machen, dass das irgendwer hier an die große Glocke hängen wird.«

»Und die Kriminalwache? Die Kollegen dürften sich wundern, dass ihr mich informiert habt.«

»Im Gegenteil. Oberwachtmeister Franke hat sogar nach dir gefragt. Hat sich wohl gewundert, dass du nicht mit den anderen von der Prinz-Albrecht-Straße gekommen bist. Die scheinen dich hier für einen Kollegen der Staatspolizei zu halten.«

»Nicht meine Schuld. Dein Gestapo-Spurensicherer, Kriminalsekretär Böber dort drüben, hat in der Kriminalwache angerufen und die Kollegen aufgeschreckt. Die glauben nun, dass sie und ihre politische Zuverlässigkeit unter Beobachtung stehen, und am besten lassen wir sie in diesem Glauben.«

»Auch das ist eine Sache, die du am besten direkt mit Obersturmbannführer Tornow besprichst.«

»Wenn Tornow so dringend mit mir sprechen will«, sagte Rath, »warum ist er dann nicht hier?«

»Weil ich«, meinte Gräf, »den Auftrag habe, dich zu ihm zu bringen.«

Tornow erwartete ihn im Allerheiligsten. Wilhelmstraße 102. Das Prinz-Albrecht-Palais, Sitz des Sicherheitsdienstes des Reichsführers SS. Die Umbauarbeiten im ehemaligen Stadtpalais des Prinzen Albrecht waren abgeschlossen; die SS hatte durch das Einziehen von Zwischendecken die Bürofläche für ihren Sicherheitsdienst nahezu verdoppelt. Und dennoch schien die Behörde schneller zu wachsen als das Gebäude. In der Eingangshalle und auf den Gängen herrschte ein unglaublicher Betrieb. Rath und Gräf gehörten zu den wenigen Zivilisten, die hier unterwegs waren; schwarze Uniformen dominierten.

Er wusste nicht, wie viele Mitarbeiter der SD inzwischen hatte, doch schien Heydrichs Rekrutierungshunger unermesslich zu sein. Im Prinz-Albrecht-Palais arbeiteten mehr Männer als bei der Gestapo nebenan. Auch die wurde von Reinhard Heydrich geleitet, und der hatte von Anfang an keinen großen Unterschied zwischen den beiden Behörden gemacht, der staatlichen und der parteieigenen. Und mit der Ernennung von Heydrichs Mentor, SS-Chef Heinrich Himmler, zum Chef der deutschen Polizei waren der Verschmelzung von Polizei und SS nun überhaupt keine Grenzen mehr gesetzt.

Reichsführer SS und Chef der Deutschen Polizei, so lautete Himmlers vollständiger Titel. Für den internen Schriftverkehr gab es dafür eine Abkürzung: *RFSSuChdDtPol.* Dreizehn Buchstaben. Eine Abkürzung mit dreizehn Buchstaben. Rath hatte das zunächst für einen Witz gehalten, doch die Nazis meinten das ernst.

Sebastian Tornow residierte immer noch in dem Büro, in dem es im Oktober zu ihrem überraschenden Wiedersehen gekommen war. Und genau wie damals saß er hinter seinem Schreibtisch.

Gräf machte Meldung: »Oberkommissar Rath, Obersturmbannführer!«

»Danke, Untersturmführer, Sie können gehen.«

Tornow scheuchte Gräf mit einer Handbewegung hinaus, und der verließ das Büro. Die Tür schloss sich, und Rath war mit Tornow allein. Eine unangenehme Stille breitete sich aus.

Rath räusperte sich, doch Tornow reagierte nicht, wies seinem Besuch nicht einmal einen Platz zu. Er blätterte in irgendwelchen Unterlagen, machte hier und dort Notizen, schaute überall hin, nur nicht auf den Oberkommissar, den er zum Rapport bestellt hatte.

Wenn es dir Spaß macht, dachte Rath. Solche Situationen kannte er zu Genüge, das konnte ihn nicht beeindrucken. Trotzdem fühlte er sich unbehaglich. Am liebsten hätte er eine Zigarette geraucht, aber sich einfach so eine anzustecken, das wagte er nicht. Er harrte also aus, stand vor Tornows Schreibtisch und bemühte sich, das Gewicht immer mal wieder von einem auf das andere Bein zu verlagern, damit das Stehen nicht zu anstrengend wurde. Das hatte er bei den Preußen gelernt, in der Grundausbildung, mit ewigem Strammstehen konnte man ihn nicht groß beeindrucken. Sollte Tornow sein Spielchen doch genießen. Irgendwann würde er schon damit aufhören.

Und das tat er auch. Nachdem er eine ganze Weile noch seine Akten bearbeitet hatte und es ihm womöglich selbst langweilig wurde, schraubte Tornow seinen Füllfederhalter zu und legte ihn beiseite.

»Kannst du mir vielleicht in wenigen Worten erklären, was da im Olympischen Dorf passiert ist?«

Rath richtete sich auf. »Leutnant Friedrich Dräger, derzeit als

Empfangsoffizier ins Olympische Dorf abkommandiert, ist vergangene Nacht auf der Herrentoilette des Besucherrestaurants an einer Überdosis Heroin gestorben.«

»So ist es.« Tornow klappte die Aktenmappe zu, die vor ihm auf dem Schreibtisch lag. »Und warum warst du nicht da, Gereon?«

»Ich …«

»Was meinst du, warum haben wir dich im Olympischen Dorf stationiert?« Tornows Stimme wurde schärfer. »Damit du genau solche Taten verhinderst. Und wenn das schon nicht klappt, dass du wenigstens derjenige bist, der als Erster am Tatort erscheint und dafür sorgt, dass umgehend der SD verständigt wird und sonst niemand.«

»Um nicht aufzufallen, muss ich mich schon an den Dienstplan halten.«

»Zum Glück war dein Kollege Lohmann so geistesgegenwärtig und hat statt der Mordinspektion die Geheime Staatspolizei informiert. Und die Kollegen wiederum haben uns verständigt.«

»Na, dann ist doch alles bestens.«

Rath konnte sich nicht helfen, der Satz war ihm so rausgerutscht. Er brachte es aber auch nicht fertig, vor Tornow zu Kreuze zu kriechen, da konnte der Obersturmbannführer noch so viel gegen ihn in der Hand haben.

»Du solltest aufpassen, was du sagst, Gereon, du bewegst dich auf sehr dünnem Eis. Du sitzt nur deswegen nicht im KL, weil ich einen fähigen Kriminalisten brauche. Einen *fähigen.* Solltest du dich als unfähig herausstellen, kann sich das ganz schnell ändern.«

»Immerhin wissen wir jetzt, dass Ehlers, der Steward, es nicht gewesen sein kann.«

»Wieso?«

»Na, weil er in … Haft sitzt. Da kann er ja schlecht im Olympischen Dorf weiter morden.«

»Hast du es immer noch nicht verstanden? Wir reden hier nicht von einem Einzeltäter, wir reden von einer Verschwörung. Ehlers hat nach jetzigem Ermittlungsstand den Tod von Mister Morgan zu verantworten … Und irgendeiner seiner Genossen den von Leutnant Dräger.«

Da war sie wieder, die kommunistische Verschwörung. Die fixe

Idee eines jeden Gestapobeamten und SS-Mannes, die hinter jedem Verbrechen Politik witterten.

»Ein amerikanischer Sportfunktionär und ein deutscher Offizier – mit Verlaub: In der Wahl ihrer Opfer scheinen mir die Kommunisten dann aber ziemlich wahllos zu sein.«

»Solange es Tote im Zusammenhang mit den Olympischen Spielen gibt, ist das alles andere als wahllos. Jeder dieser beiden Mordfälle wäre für sich allein schon geeignet, die Spiele zu diskreditieren, sollte etwas davon an die Öffentlichkeit gelangen.«

Einen Moment überlegte Rath, von der *Esplanade*-Spur zu erzählen, um den armen Ehlers zu entlasten, aber das konnte er nicht. Nicht bevor er wusste, was dahintersteckte. Bevor hernach das halbe Hotelpersonal im Columbiahaus landete.

»Wenn du das sagst.«

Tornow zog die Augenbrauen hoch und stand auf. Dann schimpfte er so unvermittelt und lautstark los, dass Rath zusammenzuckte.

»Was fällt dir eigentlich ein? Was fällt dir, verdammt noch mal, ein, Gereon Rath? Wann habe ich dir erlaubt, mich zu duzen? Noch eine solche Vertraulichkeit, und du landest im KL.«

Rath stand stramm. So stramm wie noch nie in seinem Leben, nicht einmal während der Grundausbildung anno achtzehn.

»Bitte um Verzeihung, Obersturmbannführer«, sagte er. »Ich dachte …«

»Du sollst nicht denken, du sollst Befehle ausführen, verdammt nochmal. Wenn ich dich das nächste Mal zu einer Vernehmung hole, dann bleibst du, bis ich dich wieder gehen lasse. Du kannst von Glück reden, dass ich dich noch im Olympischen Dorf brauche, sonst hättest du gleich im Columbiahaus bleiben können. In der Zelle neben Ehlers.«

»Jawohl, Obersturmbannführer.«

»Ich kann dir nur raten, deinen verdammten Auftrag ernst zu nehmen. Du hast klare Anweisungen, und ich erwarte, dass du sie befolgst. Es gilt, eine Verschwörung gegen die Olympischen Spiele aufzudecken, eine Verschwörung gegen das nationalsozialistische Deutschland, das solltest du gefälligst ernst nehmen.«

»Gewiss, Obersturmbannführer.«

»Mit dem Schlendrian ist jetzt Schluss«, sagte Tornow. »Es wird keine freien Tage mehr geben, keine Stadionbesuche, keine Tanzabende, nichts, was nicht durch deine Ermittlungen gerechtfertigt ist. Wir müssen wissen, wer hinter den Morden im Olympischen Dorf steckt, und wir müssen es schnell wissen. Bevor noch mehr passiert.«

Rath schwieg und übte sich in Demut. Auch wenn es ihm zuwider war, sich vor Sebastian Tornow so zu benehmen, wie er sich schon vor Generationen von Polizeipräsidenten benommen hatte.

»Hast du mich verstanden?«

»Jawohl, Obersturmbannführer.«

»Na, was stehst du dann noch hier? Scher dich an deine verdammte Arbeit.«

»Jawohl, Obersturmbannführer.«

»Und das nächste Mal, wenn du hier stehst, wage es nicht, mir ohne Ergebnisse unter die Augen zu treten.«

Das war alles, mehr hatte Tornow ihm nicht zu sagen. Um Rath endgültig hinauszukomplimentieren, reichte eine wedelnde Handbewegung. Wenigstens sparte er sich den Deutschen Gruß. Rath nickte kurz, die Hände an der Hosennaht, und ging.

30

Das Wetter war genauso trübe wie gestern. Dennoch hatte er schon lange nicht mehr derart gute Laune gehabt: der erste Wettkampftag im Olympiastadion, und Fritz Thormann mittendrin. Dave Albritton hatte darauf bestanden, dass sein *Ärrendienstboy* ihn begleitet. Er war nicht der einzige Ehrendienstler im Stadion, ihr Stubenältester Rönnberg war dabei und leider auch der unvermeidliche Schröder, das waren dann aber auch schon alle aus ihrer Stube. Anders als gestern, wo der ganze Jugendehrendienst im Stadion paradiert und für den Fackelläufer Spalier gestanden hatte, als der vom Osttor ins Stadion hinuntergelaufen war. Teil der Eröffnungsfeier zu sein, das hatte sich schon erhebend angefühlt, doch war das überhaupt kein Vergleich mit dem heutigen Tag: Heute ging es um Sport. Heute fiel die Entscheidung im Hochsprung.

Um halb elf war es mit den Vorkämpfen losgegangen, und die Favoriten, die amerikanischen Weltrekordler Dave Albritton und Cornelius Johnson, hatten jede geforderte Höhe mit Leichtigkeit übersprungen und ihre jeweiligen Gruppen dominiert. Die Hochsprunganlage lag direkt am Fuß der Marathontreppe, über der das olympische Feuer brannte. Fritze hatte Albrittons Tasche tragen dürfen, und von Anfang an hatte eine unglaubliche Spannung in der Luft gelegen, ein nervöses Summen und Brummen wie von einem aufgeregten Bienenschwarm, das ihnen von den Zuschauertribünen entgegenschlug. Fritze hatte sich staunend umgeschaut und sich im Tross mit all diesen großen Sportlern fast wie ein Gladiator gefühlt, der mit den anderen die Arena betritt.

Als Hitler auf der Ehrentribüne erschienen war, den dicken Göring im Schlepptau, hatten die Lautsprecher das verkündet, und alle Zuschauer waren aufgestanden, hatten den Führer mit dem Deutschen Gruß willkommen geheißen und gejubelt, mitten in den Wettkämpfen. Dave Albritton, der gerade vor dem nächsten Sprung stand, hatte das mit einem Kopfschütteln kommentiert und dann Anlauf genommen. Kurz darauf waren die Vorentscheidungen beendet und die Springer machten Mittagspause.

Adolf Hitler mochte den besten Platz im Stadion haben, vor dessen Nase trugen die Sprinter ihre Vorläufe aus, und auch auf die Speerwerferinnen und die Kugelstoßer hatte der Führer den besten Blick, doch hätte Fritze für kein Geld in der Welt mit ihm tauschen wollen. Nicht nur, weil er beim Hochsprung hautnah dabei war, viel näher als jeder Zuschauer, sondern weil er nun im ganzen Stadion umherlaufen und sich alles anschauen konnte, während der Führer in seiner Loge festsaß und sich von allen anglotzen lassen musste.

Er ging zu den Sprintern hinüber, doch die machten gerade Pause. Hier war Daves Freund Jesse der große Favorit, von dem war jedoch nichts zu sehen, die Läufer hatten sich in alle Winde zerstreut. Obwohl es nur Vorläufe waren und es morgen erst ins Finale ging, hatte der Stadionsprecher vorhin schon vermeldet, dass Jesse Owens den olympischen Rekord eingestellt habe. Und Fritze hatte immer noch kein Autogramm von ihm.

Auf einem verwaisten Klappstuhl lag eine Startpistole, und Fritze war versucht, die einmal in die Hand zu nehmen, ließ es dann aber. Er zog weiter zu den Speerwerferinnen ans andere Ende des Fußballfeldes, weit entfernt von den Hochspringern. Wie die werfen konnten. Und wie die Kampfrichter immer lossprinteten mit ihren Maßbändern. Fritze schlenderte über den Rasen, um etwas näher dran zu sein, die Speere immer respektvoll im Blick.

»Ne, Leni, so geht das nicht, der Pimpf da looft mir mitten vor die Linse! Wat sollen det?«

Fritze hatte gar nicht gemerkt, dass er gemeint war, bis eine scharfe Stimme ertönte.

»Hey Junge, pass doch auf, bitte!«

Er drehte sich um. Eine Frau war es, die ihn angefaucht hatte. Sie sah sportlich aus, war aber nicht wie eine Sportlerin gekleidet. Hosen trug sie trotzdem. Und kam ihm irgendwie bekannt vor. Neben ihr stand ein Mann hinter einer Filmkamera, die Hände in die Hüften gestemmt.

»Wir filmen hier«, giftete die Frau. »Und du latschst mitten durchs Bild. Weißt du, was ein Meter Film kostet? Sieh mal zu, dass du Land gewinnst!«

Was für eine Furie. Fritze wagte nicht, etwas zu erwidern, und trollte sich.

Ein paar Ehrendienstler hatten sich in der Kampfrichterzone am Rand der Aschenbahn niedergelassen und machten dort Pause. Fritze gesellte sich zu ihnen. Schröder war auch dabei. Die Jungen grinsten ihn an.

»Na«, sagte Schröder, »ooch mit der Riefenstahl zusammengerasselt? Bei der musste uffpassen, die versteht keenen Spaß. Und hat 'nen guten Draht zum Führer. Wenn die dem erzählt, dass du den Olympiafilm versaut hast, stecken sie dich glatt ins Arbeitslager.«

Die anderen Jungen lachten, Fritze zeigte ein schiefes Grinsen. Er fand es nicht witzig, mit Konzentrationslagern zu scherzen. Er musste an Herbert Ehlers denken, der gerade in solch einem Lager saß.

»Wie fühlt man sich denn so als Taschenträger für 'nen Neger, Thormann?«, fragte Schröder.

»Was soll'n det heißen? Wenn ich mich nicht verguckt habe, trägst auch du 'nem amerikanischen Hochspringer die Tasche hinterher.«

»Mister Thurber is aber'n Weißer.«

»Und Mister Albritton hält den Weltrekord.«

Das ließ Schröder wenigstens für eine Weile schweigen. Aber nicht lange.

»Gleich ist Halbfinale, da trennt sich die Spreu vom Weizen«, sagte er, nachdem er ein paarmal in seinen Apfel gebissen hatte. »Und wem drückst du da die Daumen? Gehmert? Oder Weinkötz?«

»Mister Albritton, wem denn sonst? Drückst du deinem Ami nicht die Daumen?«

»Mister Thurber ist zwar'n Weißer, aber kein Deutscher. Warum soll ich denn für den halten?«

»Vielleicht, weil er dich mit ins Stadion genommen hat und ein netter Kerl ist?«

»Vielleicht.« Schröder zuckte die Achseln. »Verstehe jedenfalls nicht, wie ein deutscher Junge zu einem Neger halten kann.«

»Musst du auch nicht verstehen. Gibt viele, die sagen, dass Albritton heute Gold holen kann. Biste am Ende vielleicht neidisch?«

»Warum sollte ich? Du immer mit deinem *Mister Albritton ist ja so nett. Mister Albritton springt ja so hoch! Mister Albritton kennt Jesse Owens!*«

Er äffte eine quäkende Kleinkindstimme nach. Fritze merkte, dass er sich zusammenreißen musste. Aber er konnte keinen Streit anfangen, nicht hier im Stadion, nicht vor aller Augen, nicht vor den Augen des Führers.

Zum Glück mischte sich ein anderer Junge ein, einer, den Fritze noch nicht kannte. Kein Wunder, sie waren über zweihundert im Jugendehrendienst.

»Dein Ami kennt Jesse Owens?«, fragte er und rückte näher. Schien wirklich interessiert zu sein. Zum Glück hielt Schröder jetzt den Mund.

Fritze nickte. »Dave und Jesse gehen beide auf dieselbe Uni und teilen sich im Olympischen Dorf ein Zimmer.«

»Kolossal! Meinst du, du kriegst es hin, dass wir ein Foto von uns machen lassen können? Wir zusammen mit Owens und seinem Freund.«

»Mal sehen«, sagte Fritze und zuckte die Achseln. »Sollte drin sein. Ich hab nur keinen Fotoapparat.«

»Aber icke«, sagte der andere. »Kleinbildkamera, immer dabei.«

Fritze streckte die Hand aus. »Thormann«, stellte er sich vor. »Rottenführer.«

»Fürstner«, sagte der Junge und schlug ein. »Kein Führer.«

»Wie? Nicht in der HJ?«

»Ne, keine Zeit.«

»Ich dachte, wir sind hier alle in der HJ.«

»Nicht alle. Nur die meisten.«

Fritze wunderte sich, er kannte kaum einen Jungen, der nicht in der HJ war. Und dann hatte Fürstner es sogar in den Jugendehrendienst geschafft.

»Bist du mit Hauptmann Fürstner verwandt?«, fragte er.

»Leider. Ist mein Oller. Aber glaub nicht, dass ich mir mehr erlauben kann als ihr. Eher weniger.« Fürstner schaute auf seine Armbanduhr. »Kurz vor drei. Müsst ihr nicht zurück zu euren Hochspringern?«

Schröder und Fritze sprangen auf. Gleich begann das Halbfinale. Als sie am Marathontor ankamen, lag Dave Albritton auf einer großen Decke, die er auf dem Rasen ausgebreitet hatte, und grinste Fritze entgegen. Seine Vorrundengruppe hatte er dominiert, und das mit einem ungewöhnlichen Sprungstil, bei dem er bäuchlings und mit gespreizten Beinen über die Latte rollte. Er stand auf und zog sich den Trainingsanzug aus. »Wish me luck, Ärrendienstboy«, sagte er und ging zu den anderen hinüber, die bereits am Anlauf standen und sich warm machten. Zweiundzwanzig Springer waren noch im Rennen.

Fritze suchte sich einen guten Platz und schaute zu. Dave Albritton machte einen ungewohnt nervösen Eindruck. In der Vorrunde hatte er keinen einzigen ungültigen Versuch gehabt, nun aber riss er gleich seinen ersten Sprung über ein Meter achtzig, und ein Raunen ging durch die Menge. Er fing sich zwar wieder, jede weitere geforderte Höhe schaffte er beim ersten Versuch, doch Fritze merkte, dass es langsam ernst wurde. Während Daves Konkurrent Corny Johnson auch das Halbfinale noch ganz lässig im Trainingsanzug absolvierte, als ginge es um nichts. Neun Athleten hatten sich am Ende für das Finale qualifiziert.

Fritze brachte Albritton ein Handtuch und eine Flasche Wasser, und der bedankte sich. »Okay, Ärrendienstboy, have a break. But final's coming, make sure to be back in time. You'll be my mascot.«

Fritze nickte und zog los. Er war keine fünf Meter gegangen, da holte ihn Schröder ein. War wie eine Klette, der Typ.

»Warte doch, Thormann«, sagte er. »Gut gelaufen für deinen Neger, was? Obwohl der so komisch springt.«

»Ist eben eine spezielle Technik«, sagte Fritze.

»Nennt sich Straddle.«

Die beiden Jungen drehten sich um. Fürstner war hinter ihnen und schloss auf.

»Ich finde, das sieht eleganter aus als der klassische Roller, oder?«

Fritze und Schröder schauten sich an. Respekt. Der Junge schien sich auszukennen.

»Schon mit Albritton gesprochen?«, fragte Fürstner. »Wegen des Fotos, meine ich?«

Fritze schüttelte den Kopf. »Will ihn mit so was nicht während des Wettkampfs behelligen, lenkt ihn nur ab.«

»Verstehe«, sagte Fürstner. »Lasst uns zur Ehrentribüne rübergehen, da gibt's gleich die erste Siegerehrung.«

Kaum hatte er das gesagt, verkündete der Stadionsprecher die Sieger im Speerwerfen der Damen, und es gab großen Applaus. Die erste Goldmedaille der Olympischen Spiele von Berlin ging an eine Deutsche, Tilly Fleischer, Silber ebenfalls an eine Deutsche, Bronze an eine Polin. Fritze spürte einen gewissen Stolz, als er seine Nationalhymne hörte. Die beiden Deutschen in ihren weißen Trainingsanzügen standen still und andächtig und hoben ihre Rechte zum Deutschen Gruß gen Führerloge, während ihre Fahnen gehisst wurden. Kurz darauf tauchten alle drei Medaillengewinnerinnen, auch die Polin, in der Ehrenloge auf, wo der Führer ihnen gratulierte. Fürstner hob seine Kamera und versuchte zu fotografieren.

»Mist«, fluchte er, »ich bräuchte ein größeres Objektiv.«

»Machst du viele Fotos?«, fragte Fritze ihn, als sie wenig später weiterschlenderten.

»Ich will mal Reporter werden«, sagte Fürstner.
»Alle Achtung!« Schröder pfiff durch die Zähne. »Sportreporter?«
»Vielleicht.«
Schröder schien beeindruckt. Er hielt tatsächlich den Mund. Die drei gesellten sich zu den anderen Ehrendienstjungen, die gerade Pause machten. Diesmal saß auch Rönnberg dabei. Der Stubenälteste ging zu Schröder und Fritze hinüber, als er sie entdeckte.
»Muss mal ein paar Worte mit dir reden, Thormann«, sagte er.
»Ja?«
Die Stimme des Stubenältesten hörte sich streng an, doch Fritze war sich keiner Schuld bewusst.
»Die Polente hat mich nach dir gefragt. Kriminalpolizei.«
»Und?«
»Na, was wollte der Kriminaler denn von dir?«
»Och nüscht. Nur wegen dem toten Ami.«
»Geht's auch ein bisschen genauer?«
»Na, weeßte doch. Ob ich was gesehen hab. Aber hab ich ja nich.«
»Wollten die nicht wissen, ob du mit dem Ehlers unter einer Decke steckst?«
»Wie?«
»Na, du tust immer so komisch und eierst rum, wenn du über den Toten redest. Als hättest du ein schlechtes Gewissen. Und die Kripo befragt ja keinen ohne Grund.«
»Was soll denn das heißen?«
»Was meinste wohl?«
»Die befragen Zeugen, du Idiot! Wenn du nicht so dämlich wärest, würdest du das verstehen.«
»Du hast mich dämlich genannt? Ich bin dein Stubenältester.«
»Na, Alter schützt vor Dämlichkeit nicht!«
»Melde dich morgen schon mal zum Müllaufsammeln, Thormann!«
»Herzlich gerne, Rönnberg. Wenn ich dich Flitzpiepe dann nicht mehr sehen muss.«
Sie waren laut geworden. Zu laut. Alle schauten ihn und Rönnberg an. Schröder mit einer gewissen Genugtuung im Blick.
Fürstner mischte sich ein. Ruhig und bedächtig. Der war be-

stimmt auch irgendwo Stubenältester. Bestimmt ein besserer als Rönnberg.

»Na, kriegt euch mal nicht in die Haare«, sagte er. »Der Jugendehrendienst hat einen Ruf zu verlieren. Wir sind hier in der Öffentlichkeit. Unter den Augen des Führers.«

Rönnberg schaute, als wolle er Fritze am liebsten auf der Stelle zu einem Strafdienst verknacken. Er atmete heftig, aber dann sagte er in unerwartet ruhigem Tonfall: »Der Kamerad hat recht. Das regeln wir heute Abend. Erst einmal müssen wir unsere Aufgaben hier im Stadion erfüllen. Das erwartet man von uns.«

Auch Fritze lenkte ein. »Jawohl«, sagte er.

»Gut«, meinte Fürstner. »Und nun reicht euch die Hand. Wir sind Kameraden.«

Fritze streckte seine Hand aus, und Rönnberg ergriff sie nach einigem Zögern.

»Na also«, sagte Fürstner und stand auf. »Geht doch. Kann ja nicht den ganzen Tag auf euch aufpassen, ich muss zu meinen Leuten.«

»Was sind denn deine Leute?«

»Die Finnen. Die laufen heute über zehntausend Meter.«

»Ach«, sagte Schröder, »Langstrecke. Da ist für uns doch Gebhardt am Start, oder?«

Fürstner nickte.

»Und, drückst du dem die Daumen?«

»Nee.«

»Wem denn dann?«

»Na, meinen Finnen.«

»Und welchem?«

»Egal. Ich wette, einer von denen gewinnt.« Fürstner lachte den verdutzten Schröder an und verschwand.

»Und so einer will Reporter werden«, sagte der, als Fürstner außer Hörweite war.

»Aber es war gut, dass er unseren Heißsporn hier ein bisschen gezügelt hat«, meinte Rönnberg. »Der Jugendehrendienst wird den heutigen Wettkampftag so pflichtbewusst zu Ende bringen, wie man es von ihm erwarten kann.« Er schaute Fritze an. »Aber für dich, Thormann, wird es auch der letzte Tag im Stadion sein, das ist dir hoffentlich klar. Ich muss dein Verhalten melden.«

Fritze schluckte. Er schaute in die Gesichter der übrigen Kameraden. In keinem konnte er Mitleid entdecken, in vielen Misstrauen. Er stand auf. Er wünschte sich, Maxe wäre im Stadion, von dem wusste er, dass er zu ihm hielt. Doch Max war im Dorf geblieben.

Er ging zurück zur Hochsprunganlage. Überall hatten die Sportler ihre Taschen abgestellt und Decken auf die Wiese gelegt. Einige lagen dort und ruhten sich aus, die meisten allerdings waren unterwegs, auch von Albritton war nichts zu sehen. Fritze fühlte sich in diesem riesigen Stadion, obwohl es voller Menschen war, plötzlich unendlich allein. Ihm war zum Heulen zumute, aber Heulen ging natürlich nicht. Ein deutscher Junge weint nicht.

Er ging weiter, hielt sich von allen Jugendehrendienstlern fern und von den Kameraleuten der Riefenstahl, und hing seinen Gedanken nach. Was war nur los mit ihm? Manchmal fühlte er sich, als sei er der einsamste Mensch der Welt. Als gehöre er nicht zu den anderen. Als sei das Kameradschaftsgefühl, nach dem er sich so sehnte und das er manchmal auch zu erfahren glaubte, eine Lüge. Als sei Freundschaft eine Lüge, als sei das ganze Leben eine Lüge; als sei jeder Mensch, der vorgab, ihn zu mögen, ein Lügner. Die Rademanns, die Raths. Warum gab es denn niemanden, der ihn wirklich gernhatte? Fritze hatte mal geglaubt, dass Charly so ein Mensch war, aber viel zu oft verstand sie ihn nicht, und das tat ihm mehr weh als alles andere, weil er sie so mochte. Und dann war da noch ein Mensch. Ein Mensch, mit dem er die glücklichsten Tage seines Lebens verbracht hatte, obwohl sie ziemlich hart gewesen waren. Hannah. Manchmal verspürte er eine unerklärliche Sehnsucht nach ihr. Er wusste nicht genau, wo sie war, niemand wusste das so genau. Aber er wusste, wie sie sich jetzt nannte. Sie hielt ihn für einen kleinen Jungen, aber das war er nicht mehr. Das musste er ihr zeigen. Dann musste er sie finden, und alles wäre gut. Mit diesem Gedanken tröstete er sich schon seit Jahren. Immer dann, wenn er sich so fühlte wie jetzt.

31

Er war im Dienst und auch wieder nicht im Dienst. Es war Raths freies Wochenende, und er trieb sich im Olympischen Dorf herum. Er nahm keine Rücksicht mehr darauf, was die Kollegen denken mochten. Dass er nicht hier stationiert worden war, um Dienst nach Vorschrift zu schieben, war nunmehr ein offenes Geheimnis, und niemand gab sich noch Mühe, dies in irgendeiner Weise zu verbergen. Franke und Lohmann, die den Sonntagsdienst bestritten, leuchtete ein, dass in einem derart delikaten Fall wie dem Drogentod eines Wehrmachtsoffiziers selbstverständlich die Geheime Staatspolizei und das Landeskriminalamt ermittelten. Und natürlich ihren Mann vor Ort, Gereon Rath, diese Ermittlungen durchführen ließen. Genauso leuchtete ihnen ein, dass Geheimhaltung hier oberste Priorität hatte. Und sie besser keine Fragen stellten.

Rath hatte die beiden gleich ins Gebet genommen, nachdem er vom Sicherheitshauptamt ins Olympische Dorf zurückgekehrt war. Allein. Ohne Gräf. Oberkommissar Franke und Kriminalsekretär Lohmann waren nicht wirklich überrascht, Rath in der Kriminalwache auftauchen zu sehen. Das erleichterte den ganzen Rest, die Erklärungen, die Ermahnungen zur Geheimhaltungspflicht und die Bitte um Unterstützung.

»Selbstverständlich«, sagte Franke und machte eine staatstragende Miene, »sind Sie von allen herkömmlichen Dienstpflichten der Kriminalwache Elstal befreit, Oberkommissar Rath, solang Ihre Sonderermittlungen andauern.«

»Noch einmal, Kollege Franke, weil es Ihnen noch nicht ganz klar zu sein scheint: Es gibt keine Sonderermittlungen. Ich bin eigentlich gar nicht hier, verstehen Sie?«

»Selbstverständlich!«, sagte Franke.

Kriminalsekretär Lohmann nickte nur. Der war weniger devot als sein Vorgesetzter, schien aber eine bessere Auffassungsgabe zu haben. Lohmann war auch der erste Zeuge, den Rath in dieser Sache vernahm.

Oberkommissar Franke schickte er hinaus, er wollte Lohmann unter vier Augen sprechen.

»Unternehmen Sie doch eine kleine Fußstreife durchs Dorf«, schlug Rath vor. »Irgendwas passiert ja immer, wo unsereins gebraucht wird.«

Franke schmeckte es nicht, seinen Hintern vom Schreibtisch fortzubewegen, das war ihm anzusehen, doch blieb ihm nichts anderes übrig. Er setzte seinen Hut auf und verschwand.

»Dann erzählen Sie doch mal«, sagte Rath zu Lohmann. »Was ist gestern Abend passiert?«

»Steht ja alles im Protokoll. Gegen einundzwanzig Uhr siebenundfünfzig bat die Wehrmacht um Hilfe, weil ein Ehrendienstoffizier in der Halle der Nationen weder an seinem Platz noch sonst irgendwo aufzufinden war.«

»Und Sie sind der Sache nachgegangen?«

»Korrekt. Zunächst habe ich mir einen kurzen Überblick verschafft und mich bei Oberleutnant Wilms nach den bisher ergriffenen Maßnahmen erkundigt. Und natürlich gefragt, wo und wann der vermisste Leutnant zuletzt gesehen worden sei.«

»Vorbildlich«, sagte Rath.

Lohmann ignorierte das Lob. »Zuletzt gesehen«, fuhr er fort, »wurde Leutnant Dräger gegen acht. Wobei die Zeugen sich da nicht ganz sicher sind.«

»Welche Zeugen?«

»Die Ehrendienstoffiziere, die zur fraglichen Zeit Dienst hatten. Sonst war nicht viel los. Die meisten Athleten waren noch im Stadion oder in der Stadt.«

»Und wann fiel auf, dass Dräger fehlte?«

»Da haben wir eine ganz präzise Angabe: Genau um zwanzig nach acht hatte ein indischer Gentleman mit einem unaussprechbaren Namen ein Anliegen und fand niemanden am zuständigen Schalter von Britisch-Indien vor. Er erkundigte sich an den benachbarten Schaltern, und schließlich wurde Oberleutnant Wilms gerufen, der wiederum nach ersten erfolglosen Eigenmaßnahmen die Kriminalwache alarmierte.«

»Wie haben Sie den Vermissten dann gefunden?«

»Es war meine Idee«, sagte Lohmann und räusperte sich. »In den Toiletten nachzuschauen, meine ich.«

»Und wie kamen Sie darauf?«

»Nun, ich habe nicht damit gerechnet, eine Leiche zu finden.

Bin eher davon ausgegangen, dass der Leutnant auf der Toilette eingeschlafen sein könnte.«

»War er aber nicht.«

»Nein. Er war tot. Ich habe dann umgehend das Geheime Staatspolizeiamt angerufen und die Herrentoilette sperren lassen.«

»Wirklich vorbildlich«, sagte Rath. »Danke für Ihren Einsatz.«

»Ist doch selbstverständlich.«

Rath wedelte mit dem Protokoll, das der Kriminalsekretär ihm gegeben hatte. »Und das steht auch alles hier drin?«

Lohmann nickte.

»Gut, dann nehme ich das jetzt an mich und werde mich zurückziehen. Wie gesagt: Ich bin eigentlich gar nicht da.«

Rath ging mit der Akte ins Besucherrestaurant. Er bestellte einen Kaffee und überflog Lohmanns Protokoll, das dessen mündliche Aussage im Wesentlichen bestätigte, allerdings noch präzisierte. Schien ein kleiner Streber zu sein, der Kriminalsekretär. Rath wunderte sich, dass Lohmann bei seinem Fleiß keinen höheren Dienstrang bekleidete. Aber bei denen da oben wusste man ja nie, wen sie beförderten und wen nicht. Und schon gar nicht, warum sie das taten.

Er holte das vorläufige Tatortprotokoll, das Gräf ihm mitgegeben hatte, aus der Tasche, und die Tatortfotos rutschten ihm versehentlich aus der Mappe auf den Tisch. Ein Mann in Luftwaffenuniform, der in einer Toilettenkabine hockt und dem eine Injektionsnadel im Arm steckt. Nichts, was man der Öffentlichkeit zeigen sollte. Schnell schob Rath die Bilder wieder zusammen und stopfte sie zurück in seine Tasche. Er war sich nicht sicher, ob der Kellner, der gerade mit dem Kaffee kam, einen Blick darauf erhascht hatte. Sollte dem so gewesen sein, ließ sich der Mann jedenfalls nichts anmerken.

»Ein Kaffee, der Herr«, sagte er nur und goss die erste Tasse aus dem Kännchen ein. »Darf es sonst noch etwas sein? Wir haben frischen Obstkuchen.«

Das war ja fast wie bei Gennat. »Nein danke«, sagte Rath, und der Kellner zog mit einer angedeuteten Verbeugung von dannen.

Rath überflog das Protokoll und schaute sich die Fotos an, den Pappdeckel der Aktenmappe als Sichtschutz nutzend. Die Kabine, in der man Leutnant Dräger gefunden hatte, war verschlossen gewesen. Sollte ihm die tödliche Injektion wirklich jemand Drittes verabreicht haben, stellte sich die Frage, warum derjenige die Kabine nicht einfach durch die Tür verlassen hatte. Warum macht sich jemand die Mühe und klettert stattdessen über die Kabinenwand? Doch nur, wenn er möchte, dass es nach einem Drogentod aussieht.

Wäre es für jemanden, der die Spiele mit einer Mordserie sabotieren will, aber nicht viel sinnvoller, das Ganze auch wie einen Mord aussehen zu lassen? Wäre da die Wahrscheinlichkeit, dass so ein Tod große öffentliche Wellen schlägt – und nur darum kann es einem solchen Verschwörer doch gehen –, dann nicht viel größer? Andererseits: ein drogensüchtiger Wehrmachtsoffizier als Betreuer im Olympischen Dorf – diese Schlagzeile wäre auch nicht ohne.

Wie er es auch drehte, das Ganze war ihm ein Rätsel. Ebenso wie der Tod des armen Walter Morgan. Er wusste nur, dass er sich sputen musste, um Licht ins Dunkel zu bringen. Sebastian Tornow hatte ihm unmissverständlich gedroht. Rath durfte alles sein, nur eines nicht: überflüssig.

Nachdem er auch die zweite Tasse Kaffee getrunken hatte (die natürlich bereits kalt war, als er sie einschenkte), ging er hinüber in die Halle. Schon bei seinem Eintreffen vor einer Woche hatte der Empfang mit seinen endlosen Schalterreihen und den vielen Fahnen Eindruck auf ihn gemacht. Die rote Flagge von Britisch-Indien mit dem Union Jack und dem Sonnensymbol hing ziemlich genau in der Mitte der Schalterreihe auf der dem Dorf zugewandten Seite. Auf dem hölzernen Tresen darunter standen ein Blumentopf und ein Aschenbecher. Und hinter dem Tresen ein Offizier mit Halbglatze, der Rath freundlich anlächelte.

»May I help you, Sir?«

»Aber sicher.« Rath zeigte seine Marke. »Es geht um Ihren verstorbenen Kameraden, Leutnant Dräger.«

Das Lächeln im Gesicht des Ehrendienstoffiziers fror ein.

»Sind Sie die Vertretung von Herrn Dräger?«

»So kann man das nicht sagen.« Der Offizier räusperte sich. »Jeder Ehrendienstoffizier betreut mehrere Mannschaften, und da Leutnant Dräger … äh … ausgefallen ist, habe ich die Order erhalten, auch Britisch-Indien zu übernehmen.«

»Mein Beileid jedenfalls zum Tod Ihres Kameraden.«

»Danke, aber Kameraden waren wir nicht direkt. Leutnant Dräger gehörte der Luftwaffe an, ich wiederum bin Gebirgsjäger.«

»Luftwaffe …«

»Ja, und ich gehöre zum Heer. Wir hatten eigentlich nichts miteinander zu tun.«

»Verstehe.«

Rath nickte. Er verstand nur zu gut: Über Nacht war Leutnant Dräger zum Paria geworden; niemand in der Wehrmacht wollte etwas mit einem Drogentoten zu tun haben. Das Gerücht war in der Welt, und es war fraglich, ob es innerhalb des Olympischen Dorfes bleiben würde.

»Können Sie mir denn jemanden nennen«, fragte er, »der Leutnant Dräger näher kannte?«

»Da gab es keinen. Also: Nicht hier im Ehrendienst, wollte ich sagen, wir kommen ja aus allen Ecken des Reichs.«

»Aber vielleicht können Sie mir sagen, wer gestern um die fragliche Zeit hier in der Halle Dienst tat.«

»Warum?«

»Hören Sie, Leutnant …«

»Oberleutnant. Oberleutnant Wilms.«

»Hören Sie, Oberleutnant: Ich stelle hier die Fragen, ich bin der Kriminalbeamte. Also: Uns interessiert, wann und wo Leutnant Dräger zuletzt gesehen worden ist.«

»Aber der Leutnant wurde doch gefunden, warum fragen Sie da noch?«

Rath sagte nichts. Sein Blick reichte, und der Oberleutnant verstand.

»Ich habe ihn gestern nachmittag noch gesehen«, sagte er. »Dräger hatte doch Dienst hier am Schalter.«

»Und Sie?«

Wilms wies auf einen Schalter schräg gegenüber. »Ich war bei den Ägyptern.«

»Ist Ihnen irgendetwas aufgefallen?«

Der Oberleutnant dachte einen Moment nach. »Nun, da war so ein Gentleman, dem hat er geholfen. Aber das ist ja nichts Besonderes, das ist unsere Aufgabe hier.«

»Ein Gentleman? Was meinen Sie damit?«

»Na, ein Inglischmän halt. Jedenfalls jemand, der Englisch sprach. Ist ja auch nichts Besonderes hier.«

»Und wie hat Dräger diesem Gentleman geholfen?«

»Er ist mit ihm zur Tür und ...«

»Moment, erzählen Sie mir gerade, Leutnant Dräger habe seinen Arbeitsplatz verlassen?«

»Ja. Warum?«

»Weil ich mich frage, warum Sie das dann nicht schon längst den Kollegen erzählt haben.«

»War doch nicht mehr nötig, wir haben ihn doch gefunden, da auf ...« Er hielt inne. »Moment, könnte es sein, dass dieser Mann derjenige ist, der Dräger das Rauschgift verkauft hat?«

Rath guckte streng, und der Oberleutnant hielt den Mund. »Die Todesumstände von Leutnant Dräger«, sagte er, »liegen im Unklaren, deswegen ermitteln wir. Daher darf ich Sie bitten, jedwede Vermutungen, vor allem aber jene solch ehrabschneidender Art, wie Sie sie gerade andeuteten, zu Ihrem eigenen Besten zu unterlassen. Sie wollen doch wohl nicht den Ruf der deutschen Wehrmacht untergraben? Den Ruf Ihrer eigenen Truppe? Das grenzt ja an Hochverrat, Mann!«

Der Oberleutnant war bleich geworden. »Ni... nichts liegt ... äh ... läge mir ferner.«

»Gut.« Rath senkte seine Stimme. Er kam sich vor wie ein strenger Dorfrichter, der Gnade vor Recht ergehen lässt. »Welche Rolle dieser Mann also gespielt haben könnte, diese Einschätzung überlassen Sie bitte der Sicherheitspolizei. Er könnte für die Ermittlungen jedenfalls von großer Wichtigkeit sein, daher möchte ich Sie um eine möglichst genaue Beschreibung bitten. Versuchen Sie sich bitte an jede Beobachtung zu erinnern, die Sie im Zusammenhang mit diesem Engländer gemacht haben. Wann ist er in der Halle erschienen? Hat er sich gleich an Leutnant Dräger gewandt oder erst an jemand anderen? Haben Sie ihn später noch einmal gesehen? Undsoweiterundsoweiter. Haben Sie mich verstanden?«

»Natürlich, Herr Kommissar.«

»Oberkommissar.«

»Gewiss, Oberkommissar.«

Rath zückte seinen Bleistift.

»Dann legen Sie mal los, Oberleutnant.«

Wenig später hatte er eine Personenbeschreibung im Block, mit der sich recht wenig anfangen ließ: Groß, dunkelhaarig, sportlich. Sportlich waren hier so gut wie alle, selbst die Ehrendienstoffiziere und (bis auf eine Ausnahme) die Polizisten. Besondere Kennzeichen, einen Bart, ein Muttermal, eine Narbe, konnte Wilms nicht nennen. Der Mann hatte nicht einmal eine Brille oder irgendein auffälliges Kleidungsstück getragen.

»Grauer Anzug«, endete der Oberleutnant. »Dunkler Fedorahut, Budapester Schuhe.«

»Und Leutnant Dräger hat den Unbekannten hinausbegleitet …«

Wilms nickte. »Sie sind hinaus ins Dorf. Ich habe gedacht, der Leutnant führt den Besucher irgendwohin. Normalerweise haben wir ja den Jugendehrendienst für sowas, aber der war gestern geschlossen bei der Eröffnungsfeier.«

Rath nickte.

»Ist es denn üblich, dass Besucher das Außengelände betreten?«

»Normalerweise natürlich nicht. Dazu brauchen sie schon einen Ausweis.«

»Und Sie glauben, der Besucher hatte so einen?«

»Wird er wohl. Sonst hätte er ja nicht aufs Gelände gedurft. Denke, das war ein Funktionär. Irgendeiner vom indischen Verband, oder so.«

»Aber er sah nicht indisch aus?«

»Nein. Ein Weißer. Nordisch, würde ich sagen, auch ohne den Ariernachweis zu kennen.«

Rath notierte auch das.

»Ist er denn irgendwann zurückgekommen?«

»Der Inder?« Der Oberleutnant schaute ratlos. »Wird er wohl. Aber da muss er ja nicht wieder durch die Halle, da kann er vorne gleich zum Tor raus, ohne dass einer von uns das mitbekommt. Vielleicht fragen Sie mal die Wache am Torhaus.«

Rath nickte. »Und Dräger«, sagte er, »haben Sie danach auch nicht mehr gesehen.«

»Nein. Irgendwann kam dann jemand mit einem Begehren an seinen Schalter, und er war immer noch nicht zurück. Wir haben überall nach ihm suchen lassen, auch in der Kaserne, und haben schließlich Ihre Kollegen verständigt.« Der Oberleutnant schüttelte den Kopf. »Konnte ja keiner ahnen, dass Dräger ein Morphinist ist. Aber, wenn man weiß, wo er herkommt …«

»Was soll denn das heißen?«

»Vielleicht, Oberkommissar«, raunte der Oberleutnant und klang wie ein Verschwörer, »sollten Sie sich die Einheit mal genauer anschauen, die den Leutnant zu uns gesandt hat. So lange gehören die noch nicht zur Wehrmacht.«

32

Er hatte überhaupt nicht mehr auf die Zeit geachtet: Als er wieder bei den Hochspringern ankam, hatte das Finale bereits begonnen. Die ersten Sprünge waren absolviert, die Latte lag bei einem Meter siebenundneunzig. Gerade nahm Dave Albritton Anlauf. Und riss seinen ersten Versuch.

Als er aus der Sandgrube kam, entdeckte er Fritze.

»I told you boy, you're my mascot«, sagte er. »Where have you been? Now stay!«

Fritze nickte. Er suchte sich einen Platz direkt neben der Sandgrube, damit Albritton ihn beim Anlauf sehen konnte. Der nächste Versuch über ein Meter siebenundneunzig klappte. Logisch, das waren zehn Zentimeter weniger als Daves Weltrekord. Sechs Konkurrenten waren noch im Spiel, als die Latte auf zwei Meter gelegt wurde.

Während die Hochspringer sich auf die entscheidenden Sprünge vorbereiteten, fand vor der Führerloge die nächste Siegerehrung statt. Wieder erklang die deutsche Nationalhymne, diesmal für den Kugelstoßer Hans Woellke. Zwei Deutsche und ein Finne standen auf dem Treppchen. Wenig später sah man alle drei in der Ehrenloge, wo der Führer ihnen die Hand schüttelte.

Dann ging es auf der Hochsprunganlage weiter. Cornelius Johnson übersprang die zwei Meter gleich beim ersten Versuch. Schröders Ami, ein kalifornischer Sunnyboy namens Thurber, brauchte zwei Versuche. Albritton riss die Latte auch beim zweiten Versuch, ebenso der Finne Kotkas.

»Na, Thormann?« Schröder hatte sich neben ihn gestellt. »Meinste immer noch, dein Neger holt Gold?«

»Weinkötz jedenfalls nicht.«

»Aber vielleicht Thurber.«

»Abwarten.«

Albritton nahm Anlauf, und Fritze konnte dessen Nervosität förmlich spüren. Er drückte seine Daumen, so fest er konnte, und schloss die Augen, öffnete sie erst in dem Moment, als er den letzten Schritt hörte, mit dem der Anlauf in den Absprung überging. Albritton stieg hoch und schraubte seinen Körper so eng um die Latte, dass es so aussah, als habe er sie berührt. Doch sie hielt, und Fritze riss seine Arme hoch.

Vier Athleten kämpften jetzt um Gold. Doch bevor die Entscheidung um die Medaillen fiel, gab es die nächste Siegerehrung. Fritze musste grinsen, als er sah, dass tatsächlich drei Finnen auf dem Treppchen standen. Wie Fürstner es prophezeit hatte. Auch die Finnen sah man gleich nach der Siegerehrung in der Führerloge auftauchen.

Wenige Minuten noch, dann würde sich auch entscheiden, welchen drei Hochspringern der Führer die Hand schütteln würde. Es galt, zwei Meter drei zu überspringen, doch Albritton schien nervöser als jemals zuvor. Alles Daumendrücken nützte nichts: Corny Johnson war der einzige, der die Höhe überwand, die anderen drei scheiterten. Albritton gratulierte seinem Mannschaftskollegen zum Olympiasieg, bevor es ins Stechen ging. Und nun, da sein ärgster Konkurrent nicht mehr mitsprang, war es, als sei alle Nervosität von ihm abgefallen. Souverän entschied der zweite Weltrekordhalter das Stechen für sich, vor seinem Landsmann Thurber.

Drei Amerikaner auf dem Treppchen, was für ein Erfolg. Fritze hatte das Gefühl, David Albritton könne es verschmerzen, nicht Erster geworden zu sein. Johnson war einfach zu gut. Und Silber war ja nun auch nicht schlecht. Auch Thurber schien sich über Bronze zu freuen. Nur Schröder machte ein griesgrämiges Gesicht.

Es war spät geworden, das Stechen hatte seine Zeit gebraucht. Als die drei Athleten in der Kampfrichterzone auf ihre Siegerehrung warteten, wanderte Fritzes Blick zur Führerloge. Doch die war leer, die Führerstandarte bereits eingeholt. Adolf Hitler, der den ganzen Nachmittag zugeschaut und allen olympischen Siegern die Hand geschüttelt hatte, war nicht mehr im Stadion. Weil er dringend wegmusste zum Regieren? Oder weil er einem Neger nicht die Hand schütteln wollte? Fritze hatte keine Ahnung. Jedenfalls hatte der Führer noch vor wenigen Minuten neben dem dicken Göring auf seinem Stuhl gesessen, und nun waren beide weg.

Die drei amerikanischen Sportler betraten das Siegertreppchen, Johnson in der Mitte, Thurber links und Albritton rechts. Auch sie hatten gesehen, wie Hitler das Stadion verlassen hatte. Sie verbeugten sich und nahmen ihre Medaillen entgegen und den obligatorischen Eichenlaubkranz. Dann spielte die Militärkapelle die amerikanische Hymne, über der Anzeigentafel mit den Namen der drei Sieger stiegen drei Sternenbanner in den Abendhimmel, und die drei Hochspringer nahmen Haltung an. Dann hoben sie den rechten Arm in Richtung der führerlosen Ehrentribüne, als wollten sie dem verbliebenen kläglichen Rest in der Loge den Deutschen Gruß zeigen, doch war es nicht der Deutsche Gruß, die Daumen waren eingeknickt und die Hände nicht waagerecht, es sah irgendwie anders aus, fast wie eine Parodie. Aber das war es nicht, dazu passten die ernsten Gesichter der drei Sportler nicht.

Die ganze Heimfahrt, bei der Schröder und er die einzigen Ehrendienstjungen waren, die noch mit im Bus saßen, dem letzten, der vom Stadion zurück nach Döberitz fuhr, grübelte Fritze darüber nach, während Schröder wieder allen möglichen Schwachsinn erzählte, doch erst viel später traute er sich zu fragen, als sie längst im Dorf waren und er Albrittons Tasche zum Haus Bautzen trug, vor dem Jesse Owens in der Abendsonne saß. Der Sprinter sprang auf, als er die Silbermedaille auf Albrittons Brust entdeckte.

»Congratulations, Dave«, sagte er.

»Hope you do better tomorrow.« Albritton zeigte auf Fritze. »Please, Jesse, this is Fritzee, my Ärrendienstboy and my mascot. Would you be so kind and give him an autograph. He's a big fan of yours.«

Owens lächelte und zückte einen Stift. Offensichtlich trug er immer einen bei sich. War wohl auch nötig, bei all den Autogrammen, die er geben musste. Fritze holte das Foto aus seiner Jacke, und Owens unterschrieb.

»Maybe you should be my mascot tomorrow«, sagte Owens, und Fritze wurde rot.

»I'm afraid this is not possible, Sir«, sagte er. »I'm not allowed to go to the stadium anymore.«

»Oh what a pity.«

Fritze steckte das Autogramm ein. Vor wenigen Tagen noch hatte er sich ausgemalt, wie es wäre, wenn er es den Kameraden voller Stolz präsentierte. Aber jetzt würde er es höchstens Maxe zeigen, sonst niemandem. Vielleicht noch Fürstner. Aber irgendwie kam es ihm vor, als ginge das niemanden etwas an, als seien die Autogramme der beiden schwarzen Athleten nur etwas für ihn.

Bevor er sich von Albritton verabschiedete, fragte er ihn nach dem seltsamen Gruß.

»I have a question, Sir – that salute you showed in the stadium … what was that?«

»Oh, you did notice? I hope everyone did. It's called the Bellamy salute. It's only for our flag and not for anyone else. For no Führer and shit.«

»But wasn't that kind of an insult?«

»Maybe it was. And I hope someone tells him.«

Albritton zuckte die Achseln.

»You know, it's very simple, Ärrendienstboy«, sagte er nach einer Weile. »Your Führer insulted us, so we insulted him.«

»Das ist nicht mein Führer«, protestierte Fritze und erschrak über die eigenen Worte.

Zum Glück hatten die Amis ihn nicht verstanden. Und außer Albritton und Owens war niemand in der Nähe.

33

Wie war das noch gleich? Das Messer ansetzen, die Augen schließen, und dann los. Die Klinge machte ein krachendes Geräusch, als sie die Haut und die darunter liegenden härteren Teile durchtrennte. Charly seufzte. Irgendwie schien es ein ungeschriebenes Gesetz in der Berliner Gastronomie zu sein, dass man die Neuen erst einmal zum Zwiebelschneiden schickte. Schon bei ihrem kurzen Gastspiel in der Küche von *Haus Vaterland* vor vier Jahren hatte man sie Zwiebeln schälen und kleinhacken lassen, und auch jetzt war es die erste Arbeit, die man ihr anvertraute. Wenigstens war der für sie zuständige Hilfskoch niemand, der sie mit lüsternen Blicken verfolgte, ganz im Gegenteil, er hatte die Aufgaben verteilt und sich seitdem nicht mehr blicken lassen. Charly war froh, dass sie seit ihrer Zeit im *Haus Vaterland* den Bogen raus hatte, Zwiebeln zu schneiden, ohne dass es einem die Tränen in die Augen trieb: einfach im richtigen Moment, also wenn das Messer griff und der Zwiebelsaft spritzte, die Augen schließen. Und sich dabei am besten nicht die Finger abschneiden.

Ein alter Bekannter aus dem *Haus Vaterland* hatte ihr die Stelle in der Hotelküche besorgt: Bayume Mohamed Husen, ihr langjähriger Mandant, der sein Geld inzwischen beim Film verdiente, aber immer noch kellnerte und im riesigen Reich der Berliner Gastronomie Gott und die Welt kannte. Wegen des Olympiarummels hatten die großen Häuser der Stadt zwar ständig Bedarf an Arbeitskräften, aber ohne Husens Empfehlung hätte sie die Stelle im *Esplanade* wohl nicht so schnell bekommen. Gestern Mittag hatte sie ihn angerufen, noch am Abend hatte er ihr Bescheid gegeben, sie solle sich Montagmorgen um sechs in der Hotelküche des *Esplanade* melden. Seit Ewigkeiten schon war Charly nicht mehr so früh aufgestanden.

Gereon wusste noch nichts davon, ihn hatte sie seit dem Frühstück gestern morgen nicht mehr gesehen. Ein Zwischenfall im Olympischen Dorf, mehr hatte er nicht gesagt, als er sich von ihr verabschiedete. Aber es hatte sie in ihrer Absicht bestärkt, etwas zu unternehmen. Wenn es ihr gelänge nachzuweisen, dass die tödliche Giftmischung, die Walter Morgan den Herztod sterben ließ, in der Hotelküche des *Esplanade* zusammengebraut worden war und nicht in Elstal, stünde kein einziger Mitarbeiter des Olympischen Dorfes mehr unter Verdacht, weder der Steward Herbert Ehlers noch irgendjemand anders, und schon gar nicht der Ehrendienstjunge Fritz Thormann.

Umso mehr jedoch die Mitarbeiter des Hotels *Esplanade*.

Charly hielt im Zwiebelhacken inne und schaute sich um. Die Hotelküche war kaum kleiner als die im *Haus Vaterland*, verteilte sich aber auf mehr Räume. Während nebenan in der Hauptküche die Gasherde glühten, an denen die Köche standen, waren die Küchenhilfen hier mit einfachen vorbereitenden Arbeiten beschäftigt. Und machten allesamt nicht den Eindruck von Giftmischern.

Vielleicht gab es ja auch gar keinen Giftmischer, vielleicht gab es eine ganz andere Erklärung, vielleicht war die tödliche Dosis Digitalis versehentlich in jenes Glas geraten, das aus dem *Esplanade* ins Olympische Dorf auf den Tisch von Walter Morgan gelangt war.

Unabhängig davon galt es, erst einmal herauszufinden, was überhaupt darin abgefüllt worden war, wer es ins Speisehaus des Olympischen Dorfes gebracht hatte und warum. Am wahrscheinlichsten erschien ihr die Erklärung, dass es Morgan selbst gewesen war, der das Glas mitgenommen hatte, schließlich hatte er im *Esplanade* gewohnt, hatte dort auch seine ersten beiden Mahlzeiten auf Berliner Boden, das Abendessen und das Frühstück, eingenommen. Um am Mittagessen im Olympischen Dorf schließlich zu sterben.

Nach einer knappen Stunde hatte Charly eine erste große Blechschüssel mit gehackten Zwiebeln gefüllt. Sie legte das Messer beiseite, wusch sich die Hände und nahm die Schüssel, um sie in die Hauptküche zu bringen. Ein Blick auf die Uhr sagte ihr, dass es noch nicht einmal halb acht war, und da lag immer noch ein ganzer Berg Zwiebeln.

Während in der Hauptküche nur Männer an den Herden wirbelten, waren hier, direkt neben den Vorratskammern und Kühlräumen, nur Frauen beschäftigt. Eine rührte mit einem Schneebesen Rührei an, eine andere war dabei, Petersilie kleinzuhacken, eine dritte schälte Kartoffeln. Mehr als auf ihre Kolleginnen achtete Charly auf die Schränke und Regale, an denen sie vorüberkam. Unmengen von Tellern, Schüsseln, Tassen und sonstigem Geschirr. Aber keine Gläser der Art, wie Gereon sie beschrieben hatte.

Sie lieferte ihre Zwiebeln bei dem Hilfskoch ab, der sie auch eingewiesen hatte. Der nahm die Schüssel mit griesgrämiger Miene und abschätzigem Blick entgegen. »Mehr nicht? Det muss aber 'n bisken schneller gehen, Mädchen! Wir brauchen Nachschub.«

Charly sagte nichts und machte kehrt. Machte sich wieder an die Arbeit. Dann eben ein bisschen schneller. Sie hatte gar nicht gefragt, wie das hier mit den Pausen geregelt war, aber sie ahnte schon, dass sie nicht früher in den Pausenraum würde gehen können, als bis der Zwiebelberg links neben ihr abgearbeitet war.

»Anschiss von Geinitz?«

Charly drehte sich um. Neben ihr stand das Mädchen, das vorhin Petersilie gehackt hatte. Sie wusste zwar nicht, wie der Hilfskoch hieß, der sie zur Schnecke gemacht hatte, aber sie nickte.

»Mach mal'n bisschen Platz«, sagte das Mädchen. »Ick helf dir. Sonst kriegste heut jar keene Pause mehr.«

Charly streckte ihre Hand aus. »Lotte«, sagte sie. Jeder andere Name erschien ihr hier irgendwie unpassend.

»Marie«, sagte das Mädchen und schlug ein.

Auch zu zweit dauerte es bis kurz nach neun, ehe alle Zwiebeln fertig waren.

»Warum nicht gleich so«, sagte Hilfskoch Geinitz, als Charly die letzte Schüssel abgeliefert hatte. »Mach mal Pause, Mädchen. Danach meldeste dich bei mir. Da sind noch ein paar Karotten fürs Mittagessen, die müssen geputzt werden.«

So prachtvoll das *Esplanade* sich seinen Gästen zeigte, so schäbig war der Pausenraum, den das Hotel seinem Küchenpersonal gönnte. Sie mussten über den Hof. Drei wacklige Tische, ein knappes Dutzend Stühle, daneben ging es zu den Umkleideräumen, einen für die Männer, einen für die Frauen. Charly ließ sich auf einen der Stühle fallen und holte ihre *Juno* heraus.

»Auch eine?«, fragte sie ihre Helferin und hielt ihr die Schachtel hin.

Das Mädchen, das Marie hieß, nickte und griff zu.

Sie rauchten eine Weile.

»Danke nochmal für die Hilfe«, sagte Charly.

»Nüscht für ungut. Die arbeitende Bevölkerung muss doch zusammenhalten.«

Charly nickte.

»Schon lange hier angestellt?«, fragte sie dann.

»Zu lange.« Marie lachte und winkte ab. »Ach was, gibt Schlimmeres. Die sind hier gar nicht so streng, wie sie tun.«

Als sie zuende geraucht hatte, holte Marie eine blecherne Brotdose aus ihrem Spind im Umkleideraum nebenan und öffnete sie.

Charly blieb sitzen.

»Willste denn nüscht essen?«, fragte das Mädchen.

»Hab nix dabei.« Charly zuckte die Achseln. »Ging heute morgen alles so schnell.«

»Wenn du willst, kannste eene von meinen Stullen haben.«

»Aber dann hast du doch …«

»Keine Widerrede.« Marie gab ihr ein Käsebrot. »Bringste morgen welche mit und gibst mir eine von deinen.«

»Versprochen!«

Charly lächelte und nahm das Brot. Ein bisschen sehr dick geschnitten vielleicht, aber es schmeckte.

Kaum hatte Marie ihre Stulle vertilgt, in einem beeindruckenden Tempo, stand sie auch schon wieder auf. »Wir müssen. Sonst gibt's Ärger mit ollen Geinitz, und wir können uns die nächste Pause in die Haare schmieren.«

Charly steckte sich den Rest ihres Käsebrotes in den Mund und kaute noch im Gehen. Auf dem Weg zu ihrem Arbeitsplatz, an dem inzwischen ein großer Korb Mohrrüben stand, der ihr schon von Weitem entgegenleuchtete, kamen sie an einem Hängeschrank vorbei, der vorhin noch geschlossen gewesen war, dessen Tür nun aber offenstand.

Charly schaute hinein. In dem Schrank standen Gläser. Gläser mit schwarzen blechernen Schraubverschlüssen in drei verschiedenen Größen, ordentlich sortiert, alle mit dem verschnörkelt verschlungenen Aufdruck *ESPLANADE*. Sie blieb stehen.

»Was haste denn?«, fragte Marie, die beinahe mit Charly zusammengestoßen wäre.

Charly zeigte auf die Gläser. »Wofür sind denn die gut?«

»Wie?«

Marie schaute irritiert. Kein Wunder, dachte Charly, ich benehme mich wie eine Vollidiotin.

»Na, die Gläser da …«, sagte sie. »Wofür wird denn so was gebraucht?«

»Warum willste das denn wissen?«

Charly zuckte die Achseln. »Einfach so. Ist mein erster Tag heute. Man will doch lernen.«

Marie zuckte die Achseln. »Sind eben Gläser. Wo man wat rinfüllt. Konfitüre, Senf, wat weeß denn ick?«

»Auch für außer Haus?«

Marie schaute sie mit schief gelegtem Kopf an.

»Du stellst aber ooch Fragen«, sagte sie. »Wie meinsten det?«

»Ich dachte ja nur. Wenn einer was mitnehmen will?«

»Komm bloß nich auf die Idee, hier irgendwas einzupacken, da versteht ollen Geinitz überhaupt keenen Spaß. Der lässt dich nicht mal in so'ne Mohrrübe beißen, und wenn de tausend von denen schälst.«

So hatte Charly das zwar nicht gemeint, aber sie nickte und hakte nicht weiter nach. Den Leuten besser keine Löcher in den Bauch fragen, bloß nicht auffallen.

Sie ging zu ihrem Arbeitsplatz und nahm die ersten Mohrrüben aus dem Korb. Sie waren viel schmutziger, als es von Weitem den Anschein gehabt hatte.

34

Rath war müde, und das war nicht die beste Verfassung für einen Besuch im Sicherheitshauptamt. Aber es ließ sich nicht ändern, er hatte die halbe Nacht kein Auge zugetan. Obwohl er schon ziemlich müde war, als er sich ins Bett hatte fallen lassen. Er wusste nicht, ob es Frank Miller junior oder senior war oder vielleicht sogar die aparte Dolores, einer aus der Familie Miller jedenfalls schnarchte in einer Lautstärke, dass es über den Flur bis ins Wohnzimmer schallte, wo Rath sein Klappbett aufgestellt hatte. Also war er mitsamt Bett und Bettzeug in die Küche umgezogen, doch klang das Schnarchen dort eher noch lauter. Am liebsten hätte er sein Bett draußen im Treppenhaus aufgebaut, aber das ging natürlich nicht, stattdessen hatte er sich das Kissen über beide Ohren gezogen. Ein bisschen half das sogar. So lange, bis ein lauter Schnarcher ihn wieder hatte hochschrecken lassen.

Entsprechend gerädert fühlte er sich nun, als er seinen Wagen abschloss und die Wilhelmstraße überquerte. Er wunderte sich, dass Gräf ihn wieder in sein Büro bestellte und nicht ins Nasse Dreieck. Der SD schien keinen großen Wert mehr darauf zu legen, die Tatsache zu verheimlichen, dass der LKA-Mann Gereon Rath ihm zuarbeitete. Hieß das, dass die Zeit, da er als SS-Spitzel seine Kollegen im Landeskriminalpolizeiamt aushorchen musste, nun endlich ihrem Ende entgegenging?

Er zeigte dem schwarzuniformierten Wachmann seinen Dienstausweis und wurde durchgewinkt. Vor einem Jahr war das noch schwieriger und erst nach misstrauischen Blicken möglich gewesen, aber mittlerweile gehörte die Kripo für die SS offensichtlich zur Familie und wurde nicht mehr als Rivale oder gar als Gegner empfunden.

Gräf empfing ihn in seinem kleinen Büro, das Rath ein wenig an sein eigenes altes Büro in der Mordinspektion erinnerte, nur dass die Möbel hier neuer waren. Bei der Gestapo zwei Häuser weiter hatte Gräf eindrucksvoller residiert, aber der SD gönnte ihm immerhin einen eigenen Adjutanten. So hießen die Vorzimmerdamen bei der SS. Beim Gestapa hatte Gräf noch eine richtige Vorzimmerdame gehabt, die er sich aber mit anderen Beamten hatte teilen müssen.

Der Adjutant, ein junger Bursche namens Sielaff, nötigte Rath zu einem Hitlergruß.

»Untersturmführer Gräf erwartet Sie bereits«, sagte er und öffnete die Tür.

Zum ersten Mal sah Rath seinen früheren Partner in der Uniform der SS. Er erschrak ein wenig. Auch wenn Gräf darin ähnlich deplaziert wirkte wie sein Reichsführer, der schmächtige Himmler, so heischte die Uniform doch Respekt. Vielleicht hatte Gräf sie auch nur aus diesem Grunde angezogen. Wahrscheinlich zogen die meisten SS-Männer sie nur aus diesem Grunde an.

Der Untersturmführer telefonierte noch und wies Rath mit fuchtelnden Handbewegungen einen Besucherstuhl zu.

»Also, was hast du für mich?«, fragte er, nachdem er aufgelegt hatte.

»Nicht viel«, begann Rath. »Vor allem eine Zeugenaussage, die uns vielleicht weiterhelfen könnte. Ein Oberleutnant hat einen Mann beobachtet. Wahrscheinlich die letzte Person, in deren Gegenwart Leutnant Dräger noch lebend gesehen wurde.«

Er schilderte Gräf die Einzelheiten.

»Könnte das Drägers Mörder sein?«, fragte der, als Rath geendet hatte.

»Der Mann hat Englisch gesprochen, das passt irgendwie nicht zu einer kommunistischen Verschwörung, oder? Hört sich eher an wie ein ganz normaler Besucher.«

»Wir sollten keine allzu voreiligen Schlussfolgerungen ziehen. Auch im englischsprachigen Ausland gibt es Kommunisten. Wenn ein Verschwörerkreis innerhalb des Olympischen Dorfes auch um einiges naheliegender erscheint, sollten wir dieser Spur natürlich gleichwohl nachgehen. Wenn der Unbekannte nicht der Täter ist, so könnte er doch ein wichtiger Zeuge sein.«

»Das habe ich mir auch gedacht. Die Namenslisten an der Pforte habe ich schon eingesehen und notiert, welche Besucher das Dorf zur fraglichen Zeit betreten haben. Mit einem Polizeizeichner könnten wir nach der Beschreibung von Oberleutnant Wilms ein Porträt anfertigen. Und mit diesem Bild könnte ich dann die Adressen abklappern. Es sind maximal neun Männer, die in Frage kommen.« Rath zog einen Zettel aus der Tasche. »Vielleicht könnt ihr die auch schon mal durchleuchten. Bevor ich dort vorbeischaue. Vielleicht fällt euch irgendwas auf.«

Gräf nahm den Zettel entgegen und faltete ihn auseinander. »Hättest du das nicht mit Maschine schreiben können?«, fragte er. »Ist ja kaum zu lesen.«

»Kannst du deine Sekretärin draußen ja abtippen lassen.«

Gräf guckte böse. »Unterscharführer Sielaff ist eigentlich für andere Aufgaben zuständig.«

»Ich auch.«

Während Gräf die Namensliste überflog, zündete Rath sich eine Zigarette an.

»Was ist eigentlich mit diesem Ehlers?«, fragte er nach dem ersten Zug, und es klang nicht ganz so beiläufig wie beabsichtigt.

»Na, was wohl?« Gräf zuckte die Achseln, als verstehe er den Sinn der Frage nicht. »Der Mann wird bis auf Weiteres der üblichen Vernehmungsroutine unterzogen.«

»Bis auf Weiteres?«

»Wir warten immer noch auf ein umfassendes Geständnis. Der Bursche ist renitenter als gedacht.«

»Vielleicht ist er gar nicht renitent, vielleicht gibt es einfach nichts, was er gestehen könnte.«

»Der Mann ist kein Unschuldslamm. Er ist immerhin Kommunist, vergiss das nicht. Ein paar Namen hat er uns schon genannt.« Gräf schüttelte den Kopf. »Kaum zu glauben, dass uns so einer durchgegangen ist. Alle Mitarbeiter des Olympischen Dorfs sind vor ihrer Einstellung vom Gestapa überprüft worden, auch die des Norddeutschen Lloyd. Irgendwer hat da geschlampt und übersehen, dass Ehlers Kommunist ist.«

»Er *war* Kommunist, das ist ein Unterschied.«

»Und genau wegen solcher Spitzfindigkeiten ist er wahrscheinlich durchs Raster gerutscht. Wir überprüfen jetzt noch einmal sämtliche Mitarbeiter, ob wir da auf einen ähnlichen Fall stoßen.«

»Schon irgendwas gefunden?«

»Sollte das der Fall sein, wirst du umgehend informiert. Wir werden das Olympische Dorf von allen Kommunisten säubern, die sich dort eingenistet haben.«

Rath ahnte, was diese Worte bedeuteten: noch mehr Kunden für das Columbiahaus.

»Was, wenn Drägers Tod doch ein Drogentod war? Es gibt keinerlei Kampfspuren.«

»Die muss es auch nicht geben. Wenn der Mörder ihn mit vorgehaltener Waffe gezwungen hat. Wahrscheinlich wusste Dräger ja nicht einmal, dass diese Spritze seinen Tod bedeutete.«

Gräf reichte Rath eine Mappe.

»Leutnant Dräger war kein Morphinist«, sagte er. »Vor kurzem erst ist er noch militärärztlich untersucht worden, auf Herz und Nieren, da wäre das aufgefallen.« Gräf pochte auf den Pappumschlag. »Er war nicht einmal dem Alkohol zugeneigt, so steht es in seiner Akte. Gehörte einer Eliteeinheit an.«

»Aha, und welcher?«

Gräf schüttelte unwirsch den Kopf. »Steht alles in der Akte. Lesen musst du die schon selber. Ich habe auch noch andere Dinge zu tun.«

Gräf musste einen Knopf an seinem Schreibtisch gedrückt haben oder er verfügte über telepathische Kräfte, jedenfalls öffnete sich die Tür, und der Adjutant stand mit erwartungsvollem Blick im Raum.

»Untersturmführer?«

»Sielaff, geleiten Sie den Oberkommissar doch bitte hinaus.«

Rath drückte die Zigarette aus, nahm die Mappe an sich und folgte dem Mann. Als er vom Vorzimmer durch die geöffnete Zwischentür zurückschaute, sah er, wie Gräf das Fenster hinter seinem Schreibtisch öffnete und den Zigarettenrauch hinauswedelte.

Auf dem Weg zum Olympischen Dorf machte er noch einen Abstecher nach Moabit, doch in der Spenerstraße öffnete niemand. Er hatte auch nicht damit gerechnet, aber er hatte es wenigstens versuchen wollen. Seit ihrem überstürzten Abschied gestern morgen hatte er Charly nicht mehr gesprochen. Er riss eine Seite aus seinem Notizblock. *Heute abend 20 Uhr im Reinhardt?*, schrieb er darauf und wollte den Zettel gerade durch den Briefschlitz schieben, als sich die Tür doch noch öffnete. Rath schaute nach oben und erblickte einen Mann in schwarzer Uniform. Der Schreck fuhr ihm in alle Knochen. Was suchte die SS in dieser Wohnung? Hatte Tornow seine Drohung wahrgemacht? Hatten sie Charly schon abgeholt?

Er versuchte, Haltung zu bewahren, und richtete sich auf.

»Sie wünschen?«, fragte der SS-Mann. Er wirkte ungewöhnlich freundlich. Lächelte sogar.

»Das hier ist doch die Wohnung Overbeck, oder?«, fragte Rath.

»Fräulein Overbeck ist leider gerade im Bad. Kann ich Ihnen helfen?«

Bevor Rath etwas sagen konnte, streckte der Fremde die Hand aus.

»Entschuldigen Sie, ich habe mich noch gar nicht vorgestellt. Von Rekowski. Ein … guter Bekannter von Fräulein Overbeck. Und mit wem habe ich das Vergnügen?«

»Rath«, sagte Rath und schüttelte die Hand.

»Ach, Sie sind der Glückliche!«

»Wie?«

»Der Mann von Charlotte.«

Rath wusste nicht, warum, aber er verspürte trotz aller Erleichterung darüber, dass sich die SS offenbar nicht dienstlich in der Spenerstraße aufhielt, den immer größer werdenden Drang, diesem Schönling eine reinzusemmeln.

»Genau der«, sagte er. »Ist meine Frau vielleicht da?«

»Nee. Die hab ich heute noch nicht gesehen, ist wohl schon weg. Kann ich ihr etwas ausrichten?«

»Nicht nötig.«

»Geben Sie mir doch einfach die Notiz, die Sie geschrieben haben, und ich lege sie ihr hin.« Von Rekowski deutete auf den gefalteten Zettel in Raths Hand.

»Ich sagte doch: nicht nötig.« Rath tippte an seine Hutkrempe. »Grüßen Sie Fräulein Overbeck von mir.«

Und mit diesen Worten drehte er um und ging die Treppe hinunter. Er wusste nicht, warum, aber er wollte nicht, dass ein SS-Mann seine Nachricht an Charly las, auch wenn es nur um eine banale Verabredung ging.

Draußen auf der Straße zündete er sich erst einmal eine Zigarette an. Er konnte es noch immer nicht so ganz fassen: ein SS-Mann als Liebhaber von Greta Overbeck? Ausgerechnet Charlys freiheitsliebende, modern denkende Freundin, die dem Dritten Reich ansonsten nicht allzuviel Positives abgewinnen konnte?

Und dann kam ihm ein Verdacht: Was, wenn der schöne SS-Mann sich absichtlich an Charlys beste Freundin rangemacht hatte? Um Charly auszuspionieren. Und nun war sie sogar wieder bei Greta eingezogen. Wenn auch nur vorübergehend.

Andererseits: Würde ein SD-Mann, der jemanden ausspionieren will, in Uniform herumlaufen?

Wahrscheinlich sah er bereits Gespenster. Die SS drang einfach immer mehr in seine Welt ein, ins Berufsleben sowieso und nun auch noch in sein Privatleben. Er stieg in den Buick und fuhr Richtung Westen.

In der Kriminalwache angekommen, hängte er nur seinen Mantel an die Garderobe, damit die Kollegen Bescheid wussten, dann ging er hinaus aufs Dorfgelände und setzte sich ans Ufer des kleinen Sees. Er rauchte eine *Overstolz* und blätterte durch das recht dünne Dossier, das der SD angefertigt hatte.

Friedrich Dräger, Jahrgang 1909, war noch gar nicht so lange Soldat. Seine Karriere hatte der Leutnant 1930 als Schutzpolizist in Wilmersdorf begonnen, war dann aber im Juli 1933, inzwischen schon Hauptwachtmeister, in die *Landespolizeigruppe Wecke z. b. V.* berufen worden, eine Elitetruppe, die Hermann Göring kurz nach dem Reichstagsbrand hatte aufstellen lassen. Und zwar durch den Polizeimajor Walther Wecke, einen strammen Nazi. Die Truppe war stetig gewachsen und hatte mehrfach den Namen gewechselt, war mit Görings Ernennung zum Reichsluftfahrtminister als *Regiment General Göring* und einer Stärke von fast zweitausend Mann schließlich geschlossen in die Luftwaffe überführt worden. Seitdem war Dräger also Angehöriger der Wehrmacht und als solcher wegen seiner Sprachbegabung (Englisch, Spanisch und Französisch fließend) und seiner Sportbegeisterung (seit 1930 Mitglied im Polizei SV Berlin) als Ehrendienstoffizier für die Dauer der Spiele ins Olympische Dorf abkommandiert worden.

Einer von Görings Prätorianern also. Rath musste an die Worte von Oberleutnant Wilms denken. *So lange gehören die noch nicht zur Luftwaffe.* Und nun wusste er auch, worauf Wilms mit seinem verschwörerischen Geraune abzielte: Dass Göring dem Morphium zuneigte, war ein offenes Geheimnis, und für jemanden wie Wilms war es augenscheinlich naheliegend, dass diese Sucht folglich auch in Görings Leibregiment zu finden sein musste. Als sei Morphinsucht eine ansteckende Krankheit.

Der medizinische Befund der letzten Untersuchung jedoch, die Leutnant Dräger erst im April vor Dienstantritt im Olympischen Dorf hatte vornehmen lassen, sagte etwas anderes. Gräf hatte recht: Dräger hatte so gesund gelebt wie ein Chorknabe vor dem Stimmbruch, in seinem Blut hatte der Militärarzt keinerlei Spuren von Alkohol oder irgendwelchen Rauschgiften gefunden.

Rath klappte das Dossier zu und schaute über den See. Im Schilf rauschte der Wind. Drüben an der finnischen Sauna saßen ein paar Männer, die sich weiße Handtücher umgebunden hatten. Wenigstens keine Nackten diesmal, dass man sich vorkam wie ein Spanner. Er schnippte seine Zigarette in den See und schaute zu, wie sie im blassgrünen Wasser versank. Wäre Dräger besser mal bei seinen Leisten geblieben, dachte er, der Abstecher ins Olympische Dorf war dem Leutnant nicht gut bekommen.

Und noch ein anderer Gedanke ging ihm durch den Kopf, einer, den er nicht genau fassen konnte. Nur dass dieser Gedanke etwas mit Göring und Morphium zu tun hatte.

35

Erst die Zugfahrt von Chicago nach New York, dann die Überfahrt, sieben Tage auf schaukelnder See – man hätte meinen sollen, der letzte Teil ihrer Reise (läppische zweihundert Meilen von Hamburg nach Berlin) sei nicht mehr der Rede wert. Doch es war gerade der letzte Reiseabschnitt, der ihre Laune immer weiter in den Keller hatte sacken lassen, bis sie, pünktlich mit der Ankunft des Zuges am Lehrter Bahnhof, ihren Tiefpunkt erreicht hatte.

Und kaum stand sie auf dem Bahnsteig, kam schon wieder ein Uniformierter. Überall in diesem Land wollte man ihre Papiere sehen, ob am Zoll in Hamburg, im Hotel oder im Zug. Jetzt also auch am Bahnhof. Siobhan, ihr Mädchen, die gute irische Seele an ihrer Seite, ihre Begleiterin seit mittlerweile über zwanzig Jahren und natürlich auch auf dieser Reise, verstand leider kein Wort Deutsch. Henry, Walters junger Sekretär, ebensowenig, der sprach neben Englisch nur Französisch und Spanisch, also musste sie sich wieder einmal selbst kümmern.

Der Uniformierte war inzwischen bei ihnen angekommen, als seien sie die einzigen Fahrgäste, für die er sich interessierte, alle anderen ließ er in Ruhe, auch die, die eindeutig als Amerikaner zu erkennen waren.

Sie nahm Henry die drei Reisepässe aus der Hand und hielt sie dem Uniformierten auf dem Bahnsteig entgegen.

Der Mann schaute die Pässe irritiert an und gab sie ihr zurück, ohne einen einzigen Blick hineinzuwerfen.

»Oh, I think that won't be necessary.« Er lächelte sie an. »Welcome to Berlin, Misses Morgan.«

Sie gab die Pässe an Henry zurück, der sie wieder einsteckte.

»I am very sorry for your loss«, fuhr der Uniformierte fort. »I wish we would have met in more pleasant circumstances.«

»Dankeschejn. Sie sind so very kind.«

»Oh, wie schön, Sie sprechen Deutsch. Hatten Sie denn eine gute Reise?«

»Dankeschejn. Alles gudd. Särr gudd Raise.«

»I beg your pardon?«

»Wonderful«, sagte sie.

Sie wusste, dass sie mit einem starken Akzent sprach, aber diese fucking Germans sollten doch froh sein, dass überhaupt irgendein Ausländer ihre verdammte Sprache beherrschte. Dass überhaupt noch einer in diesem dämlichen Land lebte, dass nicht alle ausgewandert waren, weil sie es hier nicht mehr aushielten, so wie ihr Großvater Ludwig Bossert anno sechsundsiebzig. Ihre Mutter hatte noch fließend Deutsch gesprochen und das auch an ihre Tochter weitergegeben, doch das lag schon lange zurück, mittlerweile war ihr Deutsch ziemlich eingerostet. Am Griechisch ihres Vaters hatte sie sich gar nicht erst versucht. Auf der Straße und in der Schule hatten sie nur eine Sprache gesprochen, Englisch, und das hatte sie schnell gelernt. Die Sprachen ihrer Vorfahren beherrschte sie nur bruchstückweise oder gar nicht, aber das war ihr egal, sie war nicht nostalgisch. Sie schaute nach vorn, niemals zurück. Das hatte sie sich auch gesagt, als sie die Nachricht vom Tod ihres Mannes erreicht hatte: nach vorne schauen, niemals zurück.

»I am here to escort you to your hotel, Misses Morgan.« Der Mann verbeugte sich und reichte ihr die Hand. »Tornow. Sebastian Tornow.«

Sie war ein wenig überrascht, weil er ihr die Linke reichte. Dann aber sah sie, dass ihm der rechte Arm fehlte. Sie nahm ebenfalls ihre Linke, und sie schüttelten sich die Hände.

»Angenähm.«

»Wir kümmern uns um Ihr Gepäck. Und um Ihr Personal. Wenn Sie mir bitte folgen wollen.«

Sie war überrascht, auch wenn es ihr ein wenig unangenehm war. Mit so einem Empfang hatte sie nicht gerechnet. Sie war hier, um die Leiche ihres verstorbenen Mannes abzuholen, und nun wurde sie hofiert wie ein Staatsgast. Andererseits: warum auch nicht? Stand ihr weniger zu als Walter, Gott hab ihn selig?

Der Uniformierte, der sich Tornow genannt hatte, führte sie zu einer schwarzen Limousine, die vor dem Bahnhof parkte, und öffnete die Fondtür. Er selbst nahm auf dem Beifahrersitz Platz und gab dem Fahrer ein Zeichen. Und schon ging die Fahrt los. Henry war zusammen mit Siobhan und dem Gepäck in eine zweite Limousine gesteckt worden. Beim nächsten Mal würde ihr das nicht passieren, da würde sie dafür sorgen, dass der Sekretär neben ihr im Wagenfond Platz fände.

Tornow, der Mann in der schwarzen Uniform, hatte sie überrumpelt. Der Mann war kein Nichtschwimmer, auch wenn er nur einen Arm hatte, den durfte sie nicht unterschätzen.

Nach einer kurzen Fahrt über den Fluss, vorbei an einem riesigen ausgebrannten Gebäude und einem Park, hielten sie vor einem palastähnlichen Gebäude. *HOTEL ESPLANADE* stand in großen Buchstaben unter dem Giebel. Darüber flatterte eine Hakenkreuzfahne.

Eine Pracht, auf der schon ein wenig Patina lag. Kein Wunder, dass Walter so oft unterwegs gewesen war. Ihr Haus in Kenwood war auch nicht übel, aber die Würde und Selbstverständlichkeit, die dieses Hotel ausstrahlte, fehlte ihm gänzlich. In solchen Hotels hatte ihr Mann sich also herumgetrieben. Mit all den anderen Sportfunktionären, die sich ebenso wichtig vorkamen wie er. Und ebenso nutzlos waren. Nichtschwimmer eben.

Immer schon hatte sie die Welt in Schwimmer und Nichtschwimmer eingeteilt, und das Paradoxe war, dass auch ihr Walter, den sie doch über den Schwimmsport kennengelernt und der in St. Louis um ein Haar eine olympische Medaille gewonnen hätte, einer von den Nichtschwimmern gewesen war.

36

Der Mohrrübenberg wurde nicht kleiner. Wenigstens musste sie bei dieser Arbeit nicht aufpassen, dass ihr die Augen tränten. Dafür hatte sich ihre Schürze, am frühen Morgen beim Umbinden noch blütenweiß, inzwischen schmutzig orange verfärbt.

Immer wieder schaute Charly zu ihrer Kollegin hinüber und versuchte zu ergründen, was die wohl dachte. Auch Marie, die ganz profan Kartoffeln schälte, warf der neuen Kollegin immer mal wieder einen kurzen Blick zu, aber was in diesem Blick lag, ob es Misstrauen war oder Neugierde, vermochte Charly nicht zu sagen. Jedenfalls musste sie es geschickter anstellen, in der nächsten Pause vielleicht eines der anderen Mädchen fragen. Oder noch besser: einen der Köche. Sie war schließlich die Neue, sie durfte Fragen stellen. Sie würde schon noch herausbekommen, wie eines dieser hübschen *Esplanade*-Gläser ins Olympische Dorf gelangt war.

Allerdings nicht, solange sie Möhren schälte. Die Ungewissheit, wann *Souschef* Geinitz, wie sich der Hilfskoch in der offiziellen Hotelhierarchie nannte, ihr die nächste Pause gönnen würde, war schlimmer als die eintönige Arbeit. Und Marie machte keinerlei Anstalten, der neuen Kollegin noch einmal zu helfen.

Plötzlich ging ein Raunen durch die Küche und pflanzte sich fort wie eine Flüsterpost, bis es auch bei Charly angekommen war: »Die Georgi, die Georgi!«

»Wer is'n dette?«, fragte Charly.

»Die Erste Hausdame«, zischte Marie. »Keine Ahnung, was die hier will.«

Das Geraune verstummte, denn Geinitz kam herein und klatschte in die Hände.

»Meine Damen, bitte Aufstellung nehmen. Madame Georgi braucht ersatzweise ein Zimmermädchen.«

Hinter dem stellvertretenden Küchenchef erschien eine streng dreinblickende Dame, die ihre Hände hinter dem Rücken verschränkt hatte und die Küche inspizierte wie ein General den Kasernenhof.

Offenbar kam so etwas öfter vor, die Mädchen legten ihre Arbeit beiseite, wischten sich die Hände an ihren Schürzen ab, richteten sich das Haar und stellten sich vor der Spülmaschine in einer Reihe auf, als ginge es um einen Schönheitswettbewerb.

Die Erste Hausdame ließ ihren Blick die Reihe der versammelten Küchenhilfen entlangwandern, einmal hin und wieder zurück, noch einmal hin und wieder zurück, bis er bei Charly stehenblieb. Es fühlte sich an, als sei eine Roulettekugel eingerastet.

»Du«, sagte die Georgi nur. »Mitkommen. Umziehen.«

Unter den neidvollen Blicken der anderen folgte Charly der Hausdame. Sie konnte sich überhaupt nicht erklären, warum die Wahl auf sie gefallen war, und hatte im ersten Moment erwogen, gegen die Entscheidung zu protestieren. Doch hätte ihr das niemand abgenommen, oder schlimmer noch: Sie hätte sich verdächtig gemacht. Bettenmachen war besser als Möhren schrubben und in der Hierarchie des Grandhotels ein deutlicher Aufstieg, so etwas konnte man nicht ablehnen. Überdies hätte eine Ablehnung wohl mit ziemlicher Sicherheit auch die sofortige Kündigung des Küchenmädchens Charlotte Rath zur Folge gehabt.

Sie dackelte der Georgi also brav hinterher, wie es von ihr erwartet wurde, über den Hof ins Personalgebäude. Die Erste Hausdame sprach keinen Ton und führte Charly zunächst zu den Waschräumen.

»Gründlich waschen, damit du den Küchengeruch loswirst«, sagte sie. »Dann das hier anziehen. In zehn Minuten bei mir im Büro melden. Husch husch!«

Mit diesen Worten reichte sie Charly einen kleinen, sorgsam gefalteten schwarz-weißen Kleidungsstapel und verschwand.

Charly wusch sich den Zwiebelgeruch und die orangene Farbe aus den Händen, mit Hilfe einer Wurzelbürste und viel Seife, dann zog sie die Sachen an, die Madame Georgi ihr zugewiesen hatte. Die Uniform aller *Esplanade*-Zimmermädchen: schwarzes Kleid, weiße Schürze, weiße Haube. Sie drehte sich ein wenig vor dem Spiegel im großen Umkleideraum. Stand ihr gar nicht mal schlecht. Charly zwinkerte ihrem Spiegelbild zu und machte sich auf den Weg.

Die Erste Hausdame saß an ihrem Schreibtisch und pochte mit den Fingerknöcheln auf die Taschenuhr.

»Das waren zwölfeinhalb Minuten. Ich muss dir wohl nicht sagen, dass Pünktlichkeit in unserer Branche die wichtigste Tugend ist.«

»Jawohl, Frau Georgi.«

»Nenn mich bitte Madame.«

»Entschuldigen Sie, Madame Georgi.«

»Schon mal als Zimmermädchen gearbeitet?«

»Ich fürchte nein.« In Charly glimmte eine gelinde Hoffnung auf, vielleicht doch in die Küche zurückgeschickt zu werden.

»Das macht nichts, Bettenmachen kann jeder. Aber das da draußen ist eine andere Welt als die Küche, das ist die richtige Welt. Du bist in der Öffentlichkeit unterwegs, Mädchen, bewegst dich unter den Hotelgästen, da ist eine gepflegte Erscheinung und gutes Benehmen allererste Pflicht, da kann ich keinen von den Bauerntrampeln aus der Küche gebrauchen. Aber du machst einen ganz aparten Eindruck auf mich.«

»Danke, Madame Georgi.«

»Wie heißt du?«

»Rath. Charlotte Rath.«

Die Georgi schrieb den Namen in ein kleines Notizbuch.

»Gut, Rath. Wie du bestimmt weißt, sind wir zu hundert Prozent ausgebucht. Wegen der Olympiade. Entsprechend viele Zimmer müssen täglich hergerichtet werden: Bettenmachen, Bad reinigen, Handtücher wechseln, aufräumen. Keine Hexerei, aber es muss schnell gehen. Begegnungen mit Hotelgästen sind möglichst zu vermeiden, sollte es dennoch dazu kommen, erwarte ich tadelloses Benehmen. Im dritten Stock wartet man schon auf dich. Melde dich bei der Hausdame auf der Etage.«

Charly nickte, aber das war offenbar nicht die Reaktion, die man von ihr erwartet hatte.

»Na, was stehst du noch hier?«, fragte die Georgi. »Husch husch! Ab nach oben. An die Arbeit!«

Ohne es eigentlich gewollt zu haben machte Charly einen Knicks und verließ das Büro.

Die Georgi hatte ihre Pläne durchkreuzt. Nun ging es also nach draußen, hinaus aus den Eingeweiden des Grandhotels, hinein in die Salons und auf die Etagen. Für die Küchenmädchen mochte dies ein Aufstieg sein, aber Charly hätte lieber noch den Rest des

Tages Zwiebeln gehackt und Möhren geschält. Was sollte sie hier? Ihr Platz war in der Küche. Nur dort konnte sie die Frage klären, wie ein *Esplanade*-Glas ins Olympische Dorf gelangen und Digitalis dort hineingeraten konnte.

Draußen, in der richtigen Welt. Was die Georgi damit gemeint hatte, verstand Charly, als sie in die Hotelhalle kam. Heute morgen hatte sie das *Esplanade* durch den Dienstboteneingang betreten und nur die Katakomben kennengelernt, die Küche und das Personalgebäude mit den Aufenthaltsräumen und den Waschräumen, alles sehr spartanisch. In der Hotelhalle hingegen empfing sie ein pompöser Prunk, der ein wenig aus der Zeit gefallen schien, nachgemachtes Rokoko, Teppiche, Spiegel, Kronleuchter. Kaiser Wilhelm hatte sich hier wohlgefühlt, erzählte man.

Sie hatte keine Mittagspause gehabt, ihr Magen knurrte trotz des Käsebrotes. Morgen würde sie sich besser vorbereiten und ein paar Stullen einpacken. Ein paar mehr als nötig, um sich bei Marie revanchieren zu können. Wenn sie die überhaupt jemals wiedersah. Aber irgendwie würde sie es schon schaffen, die Recherche in der Hotelküche wieder aufzunehmen. Auch Zimmermädchen machten schließlich Pausen.

Sie suchte nach den Treppen und Aufzügen. Ob sie als Zimmermädchen überhaupt mit dem Lift fahren durfte? Davon hatte die Georgi nichts gesagt.

Gerade trat eine Gruppe Menschen durch die große Tür, die die Welt des Grandhotels von der Welt auf der Bellevuestraße trennte. Vorneweg ein Hoteldiener mit einem überladenen Gepäckwagen, bei dem man jeden Augenblick damit rechnete, einer der Koffer und Taschen könne sich lösen und damit das ganze Gepäckgebirge zum Einsturz bringen. Dem Hoteldiener folgte ein uniformierter SS-Mann, der dem Livrierten knappe Anweisungen erteilte und mit der Linken zu den Aufzügen wies, vor denen Charly gerade angekommen war. Dann wandte er sich der Dame zu, die mit ihm eingetroffen war, und geleitete sie zum Empfangstresen, mit einer galanten Handbewegung, die zeigte, dass er geschliffene Manieren besaß. Er regelte alles, sprach abwechselnd mit dem Empfangschef und der Dame, die ein schwarzes Chiffonkleid und einen ebenso schwarzen, aber auffallend modischen Hut trug und sich in das Empfangsbuch einschrieb.

Erst jetzt erkannte Charly, warum der SS-Mann für alles, was er tat, den linken Arm benutzte: Der rechte fehlte.

Ihr Verstand weigerte sich zu verstehen, weil es eigentlich gar nicht sein konnte. Doch dann verstand sie, und mit dem Erkennen kam die Panik, genauso unerwartet wie damals, als sie in diesem Mann mit den geschliffenen Manieren und den gebügelten Uniformen, der seinerzeit noch beide Arme besaß, einen Polizistenmörder erkannt hatte.

Eigentlich war es ein Ding der Unmöglichkeit, und doch gab es keinerlei Zweifel: Der Mann in der SS-Uniform, der sich auf dem Parkett des Grandhotels so überaus weltmännisch bewegte, war Sebastian Tornow.

Der Polizist, den sie vor Jahren beim Mord an einem Kollegen beobachtet hatte, der Mann, der sie entführt hatte, der sich mit Hilfe von Komplizen aus der Untersuchungshaft hatte befreien und ins Ausland absetzen können. Den sie auch immer noch dort wähnte. Doch er war wieder in Berlin. Steckte wieder in einer Uniform. In der schwarzen Uniform der SS.

Sie stand eine ganze Weile reglos da, mit offenem Mund und außerstande, irgendetwas zu tun. Der Gepäckwagen näherte sich den Aufzügen, und einmal schaute Tornow in dessen Richtung. Charly wusste nicht, ob sein Blick den ihren gekreuzt hatte, ob er sie überhaupt bemerkte, aber endlich konnte sie reagieren. Mit einem beherzten Satz sprang sie in den wartenden Aufzug, kurz bevor der Hoteldiener den Kofferwagen dort hineinschob. Der riesige Wagen machte es ihr unmöglich, wieder auszusteigen. Der Liftboy warf ihr einen verwunderten Blick zu, wahrscheinlich gehörte es sich nicht, als Dienstmädchen den Lift zu nutzen, doch schließlich schloss er die Tür und betätigte einen Hebel, der Fahrstuhl setzte sich in Bewegung. Endlich ging es nach oben.

Charly las die Adressanhänger an den Koffern, es war immer dieselbe Adresse.

O. MORGAN, S WOODLAWN AVE, CHICAGO, IL

Zweiter Teil
Altius

Montag, 3. August, bis Dienstag, 11. August 1936

Die vollziehende Strafgewalt liegt in den Händen des Lager-kommandanten, welcher für die Durchführung der erlassenen Lagervorschriften dem Politischen Polizeikommandeur persönlich verantwortlich ist. Toleranz bedeutet Schwäche.
Aus dieser Erkenntnis heraus wird dort rücksichtslos zugegriffen werden, wo es im Interesse des Vaterlandes notwendig erscheint.
Der anständige, verhetzte Volksgenosse wird mit diesen Straf-bestimmungen nicht in Berührung kommen. Den politisierenden Hetzern und intellektuellen Wühlern – gleich welcher Richtung – aber sei gesagt, hütet euch, daß man euch nicht erwischt, man wird euch sonst nach den Hälsen greifen und nach eurem eignen Rezept zum Schweigen bringen.

THEODOR EICKE, DISZIPLINAR- UND STRAFORDNUNG FÜR KONZENTRATIONSLAGER

37

Seine Hände schmerzten, die Füße ebenso. Aber die Wunden hatten sich nicht entzündet, darauf hatten sie geachtet. Sie hatten seine Gesundheit nicht ruinieren wollen, es war allein darum gegangen, ihm höllische Schmerzen zuzufügen. Und darin waren sie gut.

Irgendwann war er eingeknickt, hatte ihnen die Namen einer Handvoll ehemaliger Genossen genannt, mit denen er seit Jahren nichts mehr zu tun hatte. Um die es ohnehin nicht schade war. Obwohl er selbst einmal einer von ihnen gewesen war, brachte er kein Verständnis für Menschen auf, die nach all den Jahren immer noch nichts gelernt hatten und Kommunisten geblieben waren. Diese Namen hatten ihnen jedoch nicht gereicht; die Männer seien längst in Haft oder verstorben, keiner von denen könne Teil der Olympia-Verschwörung sein, hatte der Obersturmbannführer gesagt.

Immer wieder hatte er dem einarmigen Mann in der schwarzen Uniform gegenübergesessen, ohne zu wissen, ob es Tag war oder Nacht, denn weder zu ihm in die Zelle noch in den Vernehmungsraum drang auch nur ein Fetzen Tageslicht.

Er hatte alle Namen genannt, die er wusste, doch es reichte ihnen nicht, und andere hatte er nicht. Also quälten sie ihn weiter, bis er kurz davor war, seine eigene Mutter als kommunistische Verschwörerin zu denunzieren, den Norddeutschen Lloyd als kommunistischen Geheimbund und das Olympische Dorf als dessen Hauptquartier. Aber dann hatte der Einarmige mit einem Mal abgewinkt.

»Lassen Sie gut sein, Pechmann, das hat ja keinen Zweck mit diesem Kerl.«

Für einen Moment hatte Ehlers befürchtet, vielleicht sogar gehofft, so genau wusste er das nicht mehr, dass ihm der maulfaule

Kerl, der ihn seit Tagen quälte, nun einen Genickschuss verpassen würde oder so was, mit demselben unerschütterlichen Gleichmut, mit dem er ihm Finger- und Zehennägel durchbohrt hatte. Aber stattdessen wurde Ehlers losgebunden und in seine Zelle geführt, wo ein Sanitäter die Wunden desinfizierte und verband. Das tat höllisch weh, aber an Schmerzen hatte er sich gewöhnt in den letzten Tagen. Wichtiger war, dass sich nichts entzündete. Und das hatte es nicht.

Er wusste nicht, wie lange sie ihn hatten liegenlassen, ob Tage vergangen waren oder Stunden. Eine gefühlte Ewigkeit hatten sie ihm schon keine Mahlzeiten mehr in die Zelle geschoben und auch nichts zu trinken, er war allein geblieben mit dem Gestank und der Dunkelheit und den Schreien, die immer wieder aus den Tiefen des Gebäudes zu ihm drangen. Und er fragte sich, wann es so weit sei, dass er in diesen Chor wieder einstimmen würde.

Das Warten war schlimmer als alles andere, aber schließlich hörte er es, das vertraute Geräusch. Sie holten ihn. Am Schlüsselklirren konnte er genau erkennen, ob die Schritte, die durch die Dunkelheit hallten, ihm galten oder jemand anderem.

»Mitkommen, Ehlers«, sagte der SS-Wachmann, der die Zellentür öffnete. »Wir verreisen.«

Herbert Ehlers stand auf und merkte, dass es ihm schwerfiel, sich auf den schmerzenden Füßen zu halten. Er musste sich an der Tür festhalten.

Der Wachmann gab ihm einen Tritt. »Jetzt mal vorwärts! Zackig! Haben nicht den ganzen Tag Zeit.«

Während der SS-Mann ihn durch die Gänge trieb, ihm immer mal wieder einen Hieb versetzte, versuchte Ehlers, seine wilden, fiebrigen Gedanken zu beruhigen. Es ging nicht zurück zur Vernehmung, das war klar, der Wachmann hatte irgendetwas von Verreisen gesagt. Ob sie seine Hinrichtung nun doch angeordnet hatten? Er spürte, wie er zu zittern begann. Inmitten der Folter hatte er den Tod herbeigesehnt, hunderte Male, aber nun, wo er sich gerade halbwegs erholt und an die stetig nachlassenden Schmerzen gewöhnt hatte, machte ihm der Gedanke, womöglich bald sterben zu müssen, irrsinnige Angst. Dann doch lieber zurück in die Vernehmungszelle.

Aber dahin brachte ihn sein Bewacher nicht, es ging hinaus

auf den Hof. Dort stand ein kleiner Lastwagen, auf dessen Pritsche er klettern musste. Im Wagen saßen ein paar abgerissene Gestalten mit leeren Gesichtern. Ehlers hatte seit Tagen nicht mehr in einen Spiegel schauen können, aber er ahnte, dass er selbst einen ähnlichen Eindruck machen musste wie diese armen Kreaturen. Ein SS-Mann legte ihm Handschellen an, und Ehlers setzte sich neben seine Leidensgenossen. Keiner sagte etwas, alle starrten stumm vor sich hin. Dann wurde die Plane geschlossen, und er hörte einen Dieselmotor anspringen.

Sie fuhren durch halb Berlin, das konnte man durch die Planenschlitze sehen, Häuser über Häuser, an einigen hingen Fahnen, an anderen nicht. Hakenkreuze und olympische Ringe.

Die Spiele dürften längst begonnen haben, das Ziel, auf das er seit Monaten hingearbeitet hatte. Worauf er so stolz war: ein Teil dieses nationalen Großereignisses zu sein. Und statt den Athleten aus aller Welt ihr Essen zu servieren, saß er nun hier in einem Gefangenentransport, dessen Ziel niemand kannte.

Nach einer Weile hörten die endlosen Reihen der Fassaden auf, und es ging ins Grüne. Kein einziges Haus mehr, das an ihnen vorbeirauschte, nur Bäume, Sträucher, Telegrafenmasten. Irgendwann hielt der Laster, so abrupt, dass zwei von ihnen von der Bank rutschten. Die Stiefeltritte der SS-Wachen, die mit ihnen im Wagen saßen, ließen die beiden schnell wieder aufstehen.

Draußen waren Stimmen zu hören. Jemand zog die Plane beiseite, es wurde blendend hell.

»Alles absitzen«, bellte eine Stimme.

Als sich seine Augen an das Tageslicht gewöhnt hatten, erkannte Ehlers einen Kiefernwald, und vor dem Wald standen mit Karabinern bewaffnete SS-Männer, blutjunge Milchgesichter, die ihnen grimmig entgegenblickten. Als machten sie die Gefangenen dafür verantwortlich, dass es gerade zu regnen begonnen hatte.

Das war es jetzt also, dachte Ehlers. Hier werden sie euch alle erschießen und dann verscharren. Wenn ihr Glück habt, haben sie wenigstens die Grube schon ausgehoben, und ihr müsst es nicht selber machen in diesem Scheißwetter. Merkwürdigerweise hatte sein Zittern aufgehört. Er sprang von der Pritsche und stellte sich neben die anderen Gefangenen. Aufrecht standen sie da in Reih und Glied mit ihren ausgemergelten Gesichtern, blutverkrusteten Körpern und zerlumpten Kleidern und warteten auf das, was als nächstes geschehen sollte.

Jeder von ihnen hatte in den vergangenen Tagen genug Leid erlebt, diese Milchbubis konnten sie nicht mehr schrecken, trotz ihrer Gewehre. So dachten sie jedenfalls.

38

Die ganze Stadt war übervoll in diesen Tagen; es schien, als habe sich Berlins Einwohnerzahl verdoppelt. Mindestens. Sie hatten keinen Platz mehr gefunden, weder im Café Reinhardt noch in sonst einem Lokal in der Nähe. Also hatten sie sich bei Aschinger in der Joachimsthaler Straße mit Buletten und Würstchen eingedeckt und spazierten über den abendlichen Kurfürstendamm.

»Irgendwie komme ich mir heimatlos vor«, sagte Rath. »Wir haben zwei Wohnungen in Berlin, in denen wir uns unterhalten könnten, und dennoch landen wir auf der Straße.«

»Ja, weil in der einen Wohnung amerikanische Touristen lauern, ganz zu schweigen von meiner Mutter ...«

»Und in der anderen ein SS-Mann ...«

Sie blieb stehen und schaute ihn an.

»Du weißt von Gretas Neuem?«

»Hat mir heute Morgen die Tür aufgemacht, als ich dir einen Zettel durch den Briefschlitz stecken wollte.«

»Warum hast du mir denn nichts erzählt, vorhin am Telefon?«

»Weil man heutzutage nie weiß, ob Telefone abgehört werden.«

»Nun übertreib mal nicht. Warum sollte unser Telefon abgehört werden?«

»Greta ist Ausländerin. Eine halbe jedenfalls. Vielleicht hat sich dieser von Rekowski nicht ohne Grund an sie rangemacht.«

»Naja. Greta ist eine attraktive Frau. Das ist Grund genug für die meisten Männer, sich an sie ranzumachen.«

»Und sie lässt sich mit einem Nazi ein? Hätte ich nicht von ihr gedacht.«

»Ich auch nicht. Aber mittlerweile ist es schwierig, in Berlin attraktive Männer zu finden, die keine Nazis sind.«

»Einer steht vor dir.«

Rath breitete die Arme aus, in einer Hand die Aschingertüte, in der anderen die angebissene Bulette.

»Aber der fängt hoffentlich nichts mit Greta Overbeck an.«

»Ich stehe allein dir zur Verfügung. Damit am Ende nicht auch du noch in Gefahr gerätst, dich an einen Nazi wegzuwerfen.«

»Keine Angst.«

Früher hätte Charly über solch harmlose Witze gelacht, wenigstens kurz gegrinst über seinen misslungenen Versuch, lustig zu sein, jetzt schaute sie bierernst, völlig ungerührt. Das vermisste er am meisten: ihr Lachen, das so selten geworden war. Selbst wenn sie herumalberten. Wenn *er* herumalberte. Denn auch das Herumalbern schien sie verlernt zu haben.

»Spaß beiseite«, sagte sie, »lass uns mal zum Thema kommen. Dein Einsatz im Olympischen Dorf. Was war denn da los? Offensichtlich keine gestohlene Brieftasche.«

»Nein. Noch ein Toter.«

Er erzählte ihr die Geschichte von Leutnant Dräger so knapp wie möglich.

»Warum sagst du denn nichts? Dann ist die Unschuld von Herbert Ehlers doch bewiesen. Wie soll der morden, wenn er im Polizeigewahrsam sitzt?«

Polizeigewahrsam. Wenn sie wüsste, dass Ehlers im Columbiahaus saß.

»Nicht er, aber seine Genossen sollen gemordet haben. Zu einer Verschwörung gehören ja noch andere. Man geht davon aus, dass es mehreren Kommunisten gelungen ist, sich ins Olympische Dorf einzuschleusen, um dort auf heimtückischste Weise die Spiele zu sabotieren.«

»Wer denkt das?«

»Reinhold Gräf.«

»Du arbeitest wieder mit Reinhold zusammen?«

Rath nickte. Charly wusste nicht, dass Gräf inzwischen beim SD gelandet war, sie hielt ihn immer noch für einen Gestapo-Beamten. Was schlimm genug war.

»Was soll man machen? Wenn die Politischen sich einmischen,

dann mischen sie sich ein.« Er winkte ab. »Egal. Du warst im Esplanade, hast du erzählt. Schon was rausgefunden?«

Sie schüttelte den Kopf. »Nicht viel. Nur dass die solche Gläser in der Küche stehen haben, wie du sie beschrieben hast. Aber dann wurde ich dummerweise zu den Zimmermädchen abkommandiert …«

»Moment, was?«

»Naja, morgens habe ich in der Küche angefangen, aber dann brauchten sie jemanden für die Etage …«

»Verstehe ich das richtig? Du *arbeitest* im Esplanade? Ich dachte, du wolltest da ermitteln. Ein paar Fragen stellen. Als Privatdetektivin. Nicht als Zimmermädchen.«

»Wie soll ich denn sonst unauffällig an Informationen kommen? Ist ja nur für ein paar Tage. Außerdem gibt's Geld dafür.«

»Und was sagt Böhm dazu?«

»Der braucht mich im Moment nicht so oft. Und dann gibt es ja noch die Abende.« Sie schaute auf die Uhr. »In ner guten halben Stunde muss ich weiter.«

»Das heißt, wir treffen uns wirklich nur zum …« Er schaute auf die mickrige Bulette in seiner Hand. »… Abendessen?«

»Und zum Informationsaustausch.«

»Ich hatte gedacht, wir könnten gleich vielleicht noch …«

»Gereon, ist ja süß, dass du so anhänglich bist. Aber wie du schon sagst: Wir sind beide im Moment irgendwie heimatlos. Nach der Olympiade brechen auch wieder andere Zeiten an.«

Er steckte sich den Rest der Bulette in den Mund und wischte die Hände an seinem Taschentuch ab.

»Na schön«, sagte er. »Dann lass uns weiter Informationen austauschen.«

»Nun sei nicht gleich beleidigt.«

»Wer sagt denn, dass ich beleidigt bin? Aber allzuviel Informationen zum Austauschen hast du nicht, oder?«

»Ich werde schon noch nachweisen, dass das Gift, das Mister Morgan umgebracht hat, aus der Hotelküche gekommen ist. Darum geht es doch.«

»Dann wünsche ich dir viel Glück dabei. Aber beim Bettenmachen wirst du das nicht herausfinden.«

»Das weiß ich selbst.«

»Hättest vielleicht besser einfach gefragt. Wie Privatdetektive das eben so machen.«

»Wie ich das mache, das lass verdammt noch mal meine Sorge sein!«

Ihre Augen blitzten, und Rath wusste, dass es besser war, nicht weiter auf dem Thema herumzureiten.

»Natürlich«, sagte er also.

»Da ist noch etwas, das ich dir erzählen muss.« Sie klang schon wieder ruhiger. »Etwas, das auch dich angeht. Was ich im Übrigen nicht herausgefunden hätte, wenn ich nicht im Esplanade arbeiten würde.«

»Und was wäre das?«

»Ich habe Sebastian Tornow gesehen«, sagte sie. »Im Esplanade. Er ist wieder in Berlin.«

Rath war im ersten Moment sprachlos. Er musste keine Überraschung heucheln, das zum Glück nicht: Dass sie Tornow begegnet war, entsetzte ihn, das hätte niemals passieren dürfen.

»Bist du sicher?«, fragte er, weil er glaubte, dass das die Frage war, die von ihm erwartet wurde.

»Todsicher. Das Gesicht vergesse ich nicht. Ich habe ein bisschen gebraucht, ihn zu erkennen, weil er eine Uniform trug. Aber er war es, eindeutig. Oder Sebastian Tornow hat einen Zwillingsbruder bei der SS, dem ebenfalls der rechte Arm fehlt.«

Rath wusste nicht, was er sagen sollte.

»Hat er dich auch gesehen?«, fragte er schließlich, das war das einzige, was ihm einfiel.

»Gesehen vielleicht. Aber erkannt sicher nicht. Er stand an der Rezeption, ich hinten bei den Aufzügen.« Sie zuckte die Achseln, als sei sie sich doch nicht ganz sicher. »Aber da war noch etwas. Tornow hat jemanden ins Hotel begleitet.«

Rath horchte auf.

»Eine Dame«, fuhr sie fort. »Die Witwe von Walter Morgan.«

Hatte der SD es also selbst übernommen, die trauernde Witwe zu betreuen. Tornow war dafür bestimmt nicht der Schlechteste; Rath kannte kaum einen Menschen, der so charmant sein konnte wie Sebastian Tornow.

»Gereon?«

»Hm?«

»Was ist? Du sagst gar nichts?«

»Seltsam«, nuschelte er nur.

Er wusste nicht, ob es Glück oder Unglück war, jedenfalls wurden sie unterbrochen. Irgendjemand rief hinter ihnen her.

»Ah, Mister Rath!«

Er drehte sich um. Frank Miller. Mit der ganzen Familie.

»Heilitlör«, grüßte Mister Miller und lächelte dabei. »Nice to see you. And this young lady is?«

»Misses Rath«, sagte Rath und machte alle miteinander bekannt. »Mister and Misses Miller. Frank Miller junior.«

Sie gaben einander die Hand, der Sohnemann allerdings nur widerwillig. Wieder kaute Miller junior auf irgendwas herum und schaute niemandem in die Augen.

»I like German Kratoffelpireh very much«, sagte Miller senior und strahlte Charly an.

Eine unangenehme Pause entstand, und bevor Rath in die Verlegenheit kam, erklären zu müssen, warum Misses Rath nicht an der Seite ihres Mannes in der Carmerstraße lebte und dort Kartoffelpüree zubereitete, löste Charly die Situation auf.

»It was a pleasure to meet you«, sagte sie und lächelte ihr freundlichstes Lächeln, »but I'm afraid I have to leave. Bye darling.«

Sie drückte Rath noch einen Kuss auf die Wange und entfernte sich dann Richtung Kantstraße.

»Heilitlör, Misses Rath«, rief Mister Miller und winkte Charly fröhlich hinterher.

Sie drehte sich nicht mehr um.

39

Es war ein kleines Ladenlokal, in das vielleicht ein Friseursalon gepasst hätte, aber statt Trockenhauben und Frisierstühlen standen dort geschmackvolle moderne Möbel, eine schwarzlederne Sitzgruppe und ein großer Schreibtisch, hinter dem eine Tür in weitere Räume führte. Es sah aus wie eine Mischung aus Konferenzraum und Vorzimmer, doch saß keine Vorzimmerdame hinter dem Schreibtisch; Manfred Oppenberg öffnete persönlich.

»Sehr freundlich, dass Sie sich herbemüht haben, Frau Rath«, sagte der Filmproduzent und half ihr aus dem Mantel.

»Ich war sowieso gerade in der Nähe.«

»Ach, kommen Sie aus dem Büro?«

Böhms Detektei lag nur einen Häuserblock weiter.

»Nein. Böhm weiß gar nicht, dass ich hier bin.«

»Ach.« Oppenberg zog die Augenbrauen hoch und hängte Charlys Mantel an den Garderobenständer.

Sie schaute sich um. An den Wänden hingen Plakate, die von der großen Vergangenheit der *Montana Film* erzählten. *Verrucht,* der letzte Film von Vivian Franck, bevor sie dem Kinomörder zum Opfer gefallen war. Und *Vom Blitz getroffen,* der Film, den die Franck eigentlich hätte drehen sollen, der dann aber schließlich mit Eva Kröger, einer Schauspielerin aus der Konkursmasse von Oppenbergs größtem Konkurrenten Bellmann, realisiert worden war. Im Januar 1933 hatte die *Montana* ihren letzten Film in die Kinos gebracht, seither waren jüdische Produzenten im deutschen Filmgeschäft nicht mehr erwünscht.

Es wirkte irgendwie gespenstisch, wären da nicht auch aktuellere Plakate der tschechischen *Hora Film* gewesen. Auch sie mit deutschen Titeln, aber produziert und gedreht in Prag. Einen davon, *Zeit der Liebe,* ebenfalls mit Eva Kröger in der Hauptrolle, hatte Charly sogar im Kino gesehen. Ein harmloser Unterhaltungsfilm, der die deutsche Zensur passiert hatte, dennoch aber Sehnsucht nach den alten, demokratischen Zeiten weckte. Ein Film ohne fanatisch in die Kamera blickende Nazis, wie sie inzwischen in fast jedem deutschen Spielfilm, und sei er vordergründig noch so unpolitisch, zu finden waren.

»Tja, da hängt mein ganzes Leben«, sagte Oppenberg und wies ihr einen Sessel in der Sitzgruppe zu. »Aber nehmen Sie doch Platz.«

Auf dem Tisch standen ein Weinkühler und zwei Gläser. Charly setzte sich. Es fiel ihr schwer, wieder umzuschalten, das Gespräch mit Gereon hallte noch nach. Ein weiterer Toter im Olympischen Dorf. Reinhold Gräf hatte sich in die Ermittlungen eingeschaltet, weil die Gestapo eine kommunistische Verschwörung befürchtete.

Sie wusste nicht, ob das für Fritze eine gute oder eine schlechte Nachricht war. Es beruhigte sie, dass es Reinhold war, den die Gestapo geschickt hatte, und nicht jemand anderen. Mit dem würde man doch reden können.

Sie strich ihren Rock glatt und schaute Oppenberg an. »Mir war gar nicht bewusst, dass Sie in Berlin noch ein Büro unterhalten.«

»Das ist offiziell auch nicht mein Büro. Es gehört dem Berlin-Verleih, einer ganz und gar arischen Firma, die mein alter Prokurist leitet.«

»Aber Sie drehen in Prag.«

Oppenberg nickte. »In Prag läuft es sehr gut, ich kann nicht klagen. Und in Paris versuche ich gerade, eine zweite Firma aufzubauen, der französische Markt ist nicht zu verachten.«

»Paris, Prag, beides sehr schöne Städte …«

»Ja, schön. Schön schön. Aber hässlich schön gefällt mir besser. Ich habe mein ganzes Leben in Berlin verbracht, ich brauche die Monstrosität und Hässlichkeit dieser Stadt. Die hat ihre eigene Schönheit.«

»Ich weiß, was Sie meinen.«

Oppenberg griff zu der Weinflasche. Ein Sancerre. Es hatte seine Vorteile, wenn man Kontakte nach Frankreich pflegte.

»Ich darf doch?«, fragte er und hielt die Flasche über Charlys Glas.

»Gerne.«

Der Filmproduzent schenkte ein.

»Ich bin Preuße«, sagte er, »was soll ich in Prag, was soll ich in Paris? Ich gehöre nach Berlin. Nur wird Berlin gerade von Leuten regiert, die das genaue Gegenteil von alldem sind, für das Preußen steht.«

»Leider gibt es Leute, die unter Preußen etwas anderes verstehen als wir.«

»Na dann: Auf *unser* Preußen«, sagte er und hob sein Glas.

Sie tranken. Es war der beste Weißwein, den Charly seit langem getrunken hatte. Der Geschmack erinnerte sie an ihre Zeit in Paris und weckte eine verbotene Sehnsucht.

»Also«, sagte Oppenberg, »Sie wollten mich sehen. Haben Sie in meiner Angelegenheit etwas erreichen können?«

»Wie man's nimmt.« Charly stellte ihr Glas ab. »Wilhelm Böhm ist es zu gefährlich. Er möchte keinen Pass für Sie fälschen lassen, weil er nicht möchte, dass Sie damit hin- und herreisen und womöglich irgendwann auffliegen.«

»Das ist ja nichts Neues, das hätten Sie mir auch am Telefon sagen können.«

»Böhm möchte gar nichts mehr für Sie tun, weil er Ihnen nicht traut. Er glaubt, dass Sie, wenn er alles für Ihre einmalige Ausreise arrangiert, dennoch wieder nach Berlin zurückkehren.«

Oppenberg schaute enttäuscht.

»Ich aber«, sagte Charly, »wäre dazu bereit. Ich würde Ihnen einen Reisepass besorgen, den Sie nutzen können, bis sich die Bedingungen für Juden in diesem Land wieder bessern.«

»In dieser Hinsicht tut sich ja schon einiges.«

»Herr Oppenberg, machen Sie sich nichts vor: Nach der Olympiade wird es schlimmer werden als jemals zuvor. Die Nazis werden nicht eher ruhen, bis sie den letzten Juden aus dem Land geekelt haben.«

»So eklig können die gar nicht werden, dass sie mich vertreiben.«

»Täuschen Sie sich da mal nicht. Ihresgleichen ist mittlerweile rechtlos in diesem Land, in dem Recht und Gesetz ohnehin nicht mehr viel gelten. Wenn man Sie erst ins Columbiahaus steckt, werden Sie den Tag verfluchen, an dem Sie sich entschieden haben zu bleiben.«

»Ich bin doch kein Kommunist, warum sollte man mich in ein KL stecken?«

»Weil jemand wie Sie in den Augen der Nazis die heile Welt der Volksgemeinschaft genauso stört wie der politische Gegner. Sie wären nicht der erste Jude, der im Konzentrationslager landet.«

Oppenberg schaute richtiggehend trotzig. Wie jemand, der einfach nicht wahrhaben wollte, dass die Welt um ihn herum sich verändert hatte. Obwohl er es eigentlich längst wusste. Es war nicht allein der Tod von Vivian Franck, der den Mann in den letzten Jahren so stark hatte altern lassen.

Es klingelte, und auf dem Schreibtisch leuchtete eine rote Lampe auf.

Oppenberg schaute überrascht. »Wer mag das sein?«

»Ein Freund«, sagte Charly. »Ich habe ihn hergebeten.«

Sie erhob sich und öffnete die Tür. Dort stand ein Mann mit einer dünnen Drahtbrille und Lachfalten in den Augenwinkeln und lüftete seinen Hut.

»Entschuldige die Verspätung«, sagte er und trat ein.

»Kein Problem, ich war noch gar nicht so weit, dein Kommen anzukündigen.« Sie drehte sich zu Oppenberg um. »Darf ich vorstellen: Berthold Weinert. Journalist aus Prag.«

Oppenberg stand auf. »Wir kennen uns«, sagte er. »Sie haben früher für das Berliner Tageblatt gearbeitet.«

»Lang, lang ist's her.« Weinert hängte seinen Hut an den Garderobenständer. »Seit drei Jahren arbeite ich für das Prager Tagblatt.«

Er schüttelte Oppenberg die Hand und setzte sich zu ihnen an den Tisch. Der Filmproduzent holte ein drittes Weinglas aus dem Schrank und schenkte ein.

»Dann sind Sie also Teil der ausländischen Lügenpresse, die ihre Greuelpropaganda über unser schönes, neues Deutschland verbreitet«, sagte er.

»Wenn Sie so wollen.«

»Und dann lässt man Sie wieder einreisen?«

»Die Tschechoslowakei nimmt mit einer großen Mannschaft an den Olympischen Spielen teil, natürlich lässt man da auch die Pressevertreter einreisen.«

»Aber Sie sind kein Tscheche.«

»Das nicht. Aber ich bin Staatsbürger der tschechoslowakischen Republik.«

Oppenberg hob sein Glas. »Auf die tschechoslowakische Republik. Leider gar nicht so einfach, sich als Deutscher dort einbürgern zu lassen.«

Weinert trank einen Schluck und nickte anerkennend. »Kommt drauf an. Ich hatte das Glück, in Komotau im schönen Böhmerland geboren worden zu sein, als Untertan Seiner Majestät Franz Joseph I.« Er fasste sich mit der Rechten an die Brust und sang, leicht brummend, zu Haydns bekannter Melodie: »Gott erhalte, Gott beschütze, unsern Kaiser, unser Land!«

»Sie sind Sudetendeutscher?«

»Richtig. Deutschböhme. Ich war nie reichsdeutscher Staatsbürger.«

Oppenberg nickte. »Verstehe«, sagte er. »Sie haben's gut.«

»Damit sind wir eigentlich auch schon beim Thema und beim Grund, warum ich Herrn Weinert zu unserem heutigen Treffen gebeten habe«, sagte Charly.

»Und der wäre?«

Manfred Oppenberg saß nun ganz aufrecht.

»Was ich Ihnen vorschlagen wollte, Herr Oppenberg ... Wie wäre es, wenn Sie Ihre Pläne als Staatsangehöriger der Tschechoslowakei verwirklichen? Sie reisen unbehelligt hin und her, und keine Behörde in Deutschland wird es wagen, Ihnen hier Schwierigkeiten zu machen.«

»Naja. Wenn die meinen Namen im Pass lesen, werden die mich gar nicht erst einreisen lassen. Das sind Schwierigkeiten genug.«

»Nicht«, sagte Charly und zündete sich eine *Juno* an, »wenn Sie einen unverdächtigen Namen tragen.«

40

Der D-Zug nach Hamburg, der da unten im Morgendunst durch die brandenburgische Landschaft sauste wie ein silberner Blitz, wirkte von hier oben wie eine Modelleisenbahn. Spur H0. Gut hundert Meter, schätzte er. Die ungefähre Flughöhe konnte er mittlerweile ganz gut beurteilen, ohne auf den Höhenmesser zu schauen. Nicht mehr lange und sie hätten die vorgesehene Absprunghöhe erreicht. Er liebte das Geräusch der drei Motoren, dieses intensive Brummen der Tante Ju, das ihn gleichermaßen beruhigte, wie es auch die Anspannung mit jedem Meter steigerte, den sie an Höhe gewannen. Anspannung war wichtig, Spannung, Konzentration, Wachheit, all das; Schlafmützen konnten sie in ihrer Einheit nicht gebrauchen.

Wenn er in die ernsten Gesichter der Kameraden schaute, war er schon ein wenig stolz dazuzugehören. Das Regiment General Göring rekrutierte nur die Besten der Besten, und von diesen knapp zweitausend Mann waren er, Leutnant Philipp Ohnsorg, und ein paar Handverlesene noch einmal auserkoren. Auserkoren, eine Eliteeinheit der deutschen Wehrmacht zu bilden, das I. Jägerbataillon General Göring.

Fallschirmjäger. Eine völlig neue Waffengattung.

Sie trugen spezielle Helme und spezielle Springerstiefel, zudem Knie- und Ellbogenschutz, und über der Uniform den *Knochensack*, einen leichten Blouson, der, wie auch der Rest der Ausrüstung, verhüten sollte, dass sich die Leinen ihrer Fallschirme beim Absprung irgendwo verfangen und damit das Öffnen des Schirms verhindern konnten.

Zigmal hatten sie das Landen und Abrollen am Sprungturm geübt, zigmal das Falten ihrer RZ1: Fallschirmkappe, Fangleinen, Verpackungssack, Packhülle. Das konnten sie inzwischen im Schlaf. Jeder war für seinen eigenen Fallschirm verantwortlich, daher waren sie auch alle namentlich gekennzeichnet. Sein RZ1 war ihm so vertraut wie ein Teil seines Körpers, und genau so vertraute er ihm auch.

Vor einem Jahr hatte Ohnsorg noch zur Wachmannschaft des Reichsluftfahrtministeriums gehört, und nun hatte er sich im wahrsten Sinne des Wortes in die Lüfte erhoben. Heute früh um sieben war ihre Ju 52 auf dem Militärflugplatz Döberitz gestartet und über dem Olympischen Dorf gen Norden abgebogen.

Ihre Fliegerschule in Döberitz. Hier hatte der Rote Baron seinerzeit das Fliegen erlernt. Der Truppenübungsplatz war ein traditionsreicher Militärstandort, schon vom kaiserlichen Heer genutzt. Von ihrer Kaserne waren seinerzeit die Soldaten der Marinebrigade Ehrhardt gen Berlin marschiert, hatten die verjudete Reichsregierung in die Flucht geschlagen, hätten damals schon, vor sechzehn Jahren, ein neues Deutschland errichtet, wenn nicht ihre Führer Kapp und Lüttwitz so kläglich versagt hätten. Damals hatten sich deutsche Soldaten zum ersten Mal Hakenkreuze auf ihre Stahlhelme gemalt, ein Zeichen, das heute, unter einem fähigen Führer, unter Adolf Hitler, zum Stolz Deutschlands und zur Furcht der Welt geworden war.

Am Sonntag hatte auf dem weiten Geläuf des Truppenübungsplatzes ihrer Kaserne der olympische Reitwettbewerb im Modernen Fünfkampf stattgefunden: Fünftausend Meter Geländeritt, bis zu drei Meter hohe Hindernisse. Tausende Zivilisten hatten sich auf dem Militärgelände getummelt, alle, die eine Eintrittskarte hatten ergattern können. Und auch sie, deren Zuhause die Kaserne war, hatten dem Spektakel beiwohnen dürfen, hatten am Rande für Ordnung gesorgt. Aber natürlich in erster Linie den Wettkampf verfolgt. Hatten Hauptmann Handrick angefeuert, einen Kameraden und Teufelskerl, der sein Pferd über die Hindernisse getrieben hatte, dass es nur so eine Freude war. Ein Tausendsassa, der Mann. Ein Flieger der deutschen Luftwaffe, der sich ebensogut aufs Reiten, Fechten, Laufen, Schwimmen und Schießen verstand. Ohnsorg war stolz, so einer Truppe anzugehören.

Sie hatten ihre Absprunghöhe erreicht und näherten sich dem Zielgebiet. Das lag nicht allzuweit weg vom Flugplatz, die Truppentransporter, die sie wieder zurückbringen sollten, standen schon unten am Waldrand. Major Bräuer, ihr Ausbilder, öffnete die Tür, und plötzlich wurde es brüllend laut in der Maschine, der Wind riss an den Knochensäcken. Es war ihr dritter Reihensprung, reine Routine, dennoch war den Männern die Anspannung anzumerken. Kein Wunder, es war einfach gegen die Natur des Menschen, aus hundertfünfzig Metern Höhe ins Nichts zu springen. Doch wenn man seiner Ausrüstung und seinen Fähigkeiten vertraute, dann ging es. Mit dem rechten Mut und Willen war einem deutschen Soldaten alles möglich.

In diesem Bewusstsein trat Leutnant Philipp Ohnsorg an die geöffnete Flugzeugtür. Erst Weber, dann Lindner, dann Decker, dann er, das war die Reihenfolge. Die drei Kameraden sprangen in perfekten Abständen, die treuen Fallschirme öffneten sich automatisch. Ohnsorg wartete ab, bis sich auch Deckers Schirm geöffnet hatte, dann stieß er sich vorschriftsgemäß ab. Er spürte, wie der Mechanismus die Packhülle öffnete und den Verpackungssack löste, der wiederum Schirm und Fangleinen freigab. Alles wie gewohnt. Er wartete auf den Ruck, der nun folgen sollte, doch der blieb aus. Anstatt wie sonst ein paar Meter über dem Schirm von Decker zu Boden zu schweben und kurz nach dem Kameraden aufzusetzen und in Gefechtsbereitschaft zu gehen, raste Leutnant Ohnsorg in die Tiefe, vorbei an Decker, vorbei an Lindner und vorbei an Weber. Er sah die Wiese mit den Militärfahrzeugen in einer Geschwindigkeit näherkommen, die viel zu schnell war, als dass er in der Lage gewesen wäre, einen klaren Gedanken zu fassen, der ihm seine Situation hätte erklären können. Statt zu denken, schaute er nach oben, sah, dass ein Großteil seiner Fangleinen ohne Halt in irrwitzigem Tanz in der Luft herumwirbelten, dass der Schirm nur noch an drei, vier Leinen hing, sich also aus gutem Grund nicht geöffnet hatte, stattdessen hinter ihm herflatterte wie ein nutzloser Fetzen Stoff. Und mehr war der Schirm in diesem Augenblick auch nicht. Das war es also, dachte Ohnsorg, als er wieder denken konnte. Und damit, mit diesem letzten kurzen Gedanken seines Lebens, sollte er recht behalten.

41

Der junge Mann in der feldgrauen Uniform wirkte nervös. Dabei warf man ihm gar nichts vor. Wehrmachtsoldaten waren es allerdings nicht gewohnt, von der Polizei befragt zu werden, und hinter Rath stand zudem die Autorität der Gestapo, das konnte auch einen Unterfeldwebel nervös machen.

Rath sagte zunächst einmal nichts, sondern zündete sich eine Zigarette an. Er hatte den Raum der Kriminalwache für sich requiriert und die Kollegen auf Streife geschickt. Auch wenn Oberkommissar Franke auf dem Papier nach wie vor das Sagen hatte, wurde in der Praxis das getan, was der Sonderermittler verlangte.

Während der Unterfeldwebel auf seinem Stuhl herumrutschte, blätterte Rath in der Akte. Gute Arbeit, auf Reinhold Gräf war in dieser Hinsicht schon immer Verlass gewesen. Der SD hatte sämtliche Personen überprüft, die sich am Abend des 1. August in die Liste am Eingang des Olympischen Dorfes eingetragen hatten, das waren zum Glück nicht viele. Acht von neun Männern hatten sie lokalisieren können, die meisten residierten im *Adlon*, zwei im *Esplanade*, die übrigen drei waren auf verschiedene Hotels in der Stadt verteilt. Nur einen einzigen Mann hatte der SD nicht bestimmen können.

Und deswegen saß Rath nun dem verantwortlichen Wachmann gegenüber, demselben Soldaten, der auch ihn schon ein paarmal hatte passieren lassen.

Auf dem Weg ins Olympische Dorf hatte Rath, direkt nach seiner Unterredung mit Gräf, dem *Esplanade* noch einen kurzen Besuch abgestattet. Die beiden Funktionäre, die hier abgestiegen waren, der Südafrikaner Gibson und der Mexikaner García, passten nicht auf die Beschreibung von Oberleutnant Wilms, der einen bartlosen, dunkelhaarigen Mann als letzten Besucher am Schalter von Leutnant Dräger gesehen hatte. García trug einen altmodischen Ziegenbart, und Gibson, der immerhin Englisch sprach, war bereits in Ehren ergraut. Gleichwohl gaben beide Herren Rath einen willkommenen Vorwand, dem Hotel einen kurzen Besuch abzustatten. Dass weder Gibson noch García im Haus waren, störte ihn daher wenig, es war ihm sogar recht.

Hier an der Rezeption hatte Charly also Sebastian Tornow stehen sehen. Rath nutzte die Gelegenheit, um Tornows mögliche Blickwinkel einzunehmen. So weit waren die Aufzüge nicht entfernt, durchaus möglich, dass er Charly erkannt hatte. Kein Wunder, dass diese Begegnung sie zutiefst verunsichert hatte.

Bevor er ging, schaute er sich noch ein wenig in der Halle um. Man fühlte sich in Kaisers Zeiten zurückversetzt; in den Sesseln saßen Herren in altmodischen Anzügen, einige noch mit Stehkragen, und rauchten Zigarren, Damen waren kaum zu finden. Umso mehr fiel ihm eine schlanke dunkelhaarige Frau unbestimmbaren Alters auf, ganz in Schwarz gekleidet, die einem beflissenen jungen Mann, offensichtlich ihrem Sekretär, etwas in den Block diktierte und daran nichts Ungewöhnliches zu finden schien.

War das Olympia Morgan?

Mit deren Abreise hätte man den Fall Walter Morgan eigentlich zu den Akten stellen können, der Tod von Leutnant Dräger jedoch hatte die Angst des SD vor einer kommunistischen Verschwörung im Olympischen Dorf wieder befeuert.

Rath mochte daran noch immer nicht so recht glauben, doch dass die Begleitumstände von Drägers Tod ungewöhnlich waren, stand fest. Es war schon seltsam, wenn nicht verdächtig, dass es da einen Mann unter den samstagabendlichen Besuchern des Olympischen Dorfes gab, den der SD nicht hatte bestimmen können, von dem es kein Foto gab und auch sonst keinen Beweis seiner Existenz. In der Besucherliste hatte er sich als *H. Kaufmann* eingetragen, wohnhaft im Hotel *Excelsior*. Die Überprüfung durch den

SD hatte allerdings ergeben, dass niemand dieses Namens im *Excelsior* gemeldet war, kein Heinrich, kein Hans, kein Hugo, überhaupt kein Gast namens Kaufmann.

Da hatte jemand die Wachen im Olympischen Dorf gründlich an der Nase herumgeführt.

Und so saß Rath nun einem jungen Unterfeldwebel gegenüber, der seine Uniformmütze nervös zwischen den Fingern knetete.

Rath schloss die SD-Akte.

»Dann wollen wir mal«, sagte er und schaute den Wachsoldaten an. Der Mann richtete sich auf.

»In der Besucherliste vom Samstagabend«, fuhr Rath fort, »finde ich den Eintrag *H. Kaufmann.*«

»Ja?«

»Können Sie sich an den Mann erinnern?«

»Der Name sagt mir erst mal nichts. Kommen ja doch einige Besucher ins Olympische Dorf.«

»Aber am Abend des ersten August waren es nicht ganz so viele …«

»Nein. Da lief ja schon die Eröffnungsfeier. Und das olympische Festspiel. Das haben sich viele angeguckt.« Er schaute Rath an. »Der größte Teil der Dorfbewohner ist erst so gegen zehn, elf Uhr zurückgekehrt. In der Halle war es die ganze Zeit ziemlich ruhig.«

»Und trotzdem können Sie sich an Kaufmann nicht erinnern?«

»Müsste ihn mal sehen. Haben Sie kein Foto?«

»Nein.« Rath schob die Polizeizeichnung über den Tisch. »Nur das hier.«

Der Unterfeldwebel schaute sich die Bleistiftzeichnung in Ruhe an.

»Ziemliches Allerweltsgesicht«, sagte er schließlich.

Und da hatte er recht. Die Zeichnung ähnelte so ziemlich jedem glattrasierten dunkelhaarigen Mann mittleren Alters mit nach hinten gekämmten Haaren. Markante Gesichtszüge suchte man vergeblich.

»Könnte Kaufmann gewesen sein«, meinte der Soldat schließlich. »So'n großgewachsener Sportlicher.«

»Haben Sie den Mann später noch einmal gesehen?«

»Wie meinen Sie das?«

»Na, er muss ja noch einmal an Ihnen vorbeigekommen sein. Als er das Dorf wieder verlassen hat.«

»Die Leute, die rausgehen, überprüfen wir nicht. Und rausgehen können Sie ja auch drüben.« Er zeigte in Richtung Besucherrestaurant.

Das stimmte, sämtliche Außentüren an dieser Seite des Empfangsgebäudes, auch der Zugang zur Kriminalwache, hatten innen eine Türklinke und außen nur einen festsitzenden Knauf, ließen sich also von innen jederzeit öffnen und von außen nur mit Schlüssel.

Rath nickte. »Vielen Dank«, sagte er.

»War's das?«

»Eine Frage habe ich noch. Der Mann hat Ihnen offensichtlich einen falschen Namen oder eine falsche Adresse genannt. Oder beides. Es gibt im Excelsior keinen Hotelgast namens Kaufmann.«

»Ach?«

»Lassen Sie sich denn von den Besuchern denn keine Ausweispapiere vorlegen?«

»Natürlich.« Der Unterfeldwebel klang erbost. »Was denken Sie denn? Wir lassen uns von jedem Besucher den Olympiaausweis zeigen. Und von den ausländischen zusätzlich den Reisepass.«

»Und was hatte dieser Kaufmann dabei?«

»Ein Deutscher war es jedenfalls nicht, auch wenn der Name so klingt, wir hatten an dem Abend nur Ausländer, da bin ich sicher.«

»Auch einen Inder?«

»Nein.« Der Soldat dachte kurz nach und zählte dann auf: »Mexikaner, Italiener, Bulgaren, Südafrikaner, Schweizer ...«

Rath notierte die Nationalitäten. Dann entließ er den Unterfeldwebel, der sich sichtlich erleichtert mit einem strammen »Heil Hitler« verabschiedete.

Rath schlug noch einmal die Mappe auf, die Gräf ihm mitgegeben hatte. Mexiko, Bulgarien, Südafrika, Italien, Portugal, Schweden, Ungarn, Afghanistan, alles vertreten. Nur ein Schweizer war nicht unter den vom SD überprüften Männern.

42

Husch husch. Es sah so aus, als würde sie sich daran gewöhnen müssen. Nicht nur die Georgi, auch ihre Vorgesetzten auf der Etage pflegten sämtliche Anordnungen mit diesen beiden Worten und einer wedelnden Handbewegung zu beenden. Charly trug es mit Fassung. Inzwischen hatte sie schon einige Übung und wusste, wie sie ein Hotelzimmer mit möglichst geringem Aufwand säuberte, ohne dass die Georgi, die regelmäßig kontrollierte, etwas zu meckern hatte.

Und je schneller sie war, desto früher konnte sie Pause machen. Noch eine Suite und zwei Doppelzimmer standen auf ihrer Liste, das war's, danach könnte sie in den Pausenraum. Vorausgesetzt, sie lief der Georgi nicht über den Weg, die immer irgendeine Arbeit zu verteilen hatte.

Charly klopfte, doch in Suite 3011 antwortete niemand. Sie seufzte, als sie die Tür öffnete, für die großen Luxussuiten brauchte man deutlich länger als für die einfachen Doppelzimmer. Sie rollte den Wagen mit dem Putzzeug und der sauberen Wäsche hinein und stutzte. Die Koffer, die in einer Ecke der Garderobe abgestellt waren, kamen ihr bekannt vor.

Charly schloss die Zimmertür und las den Namen auf den Koffern.

Kein Zweifel, sie war im Zimmer der Witwe von Walter Morgan. Der Frau, die von Sebastian Tornow ins Hotel begleitet worden war. Sebastian Tornow, der ehemalige Polizeibeamte, der flüchtige Mörder, der SS-Mann. Gereon hatte seltsam reagiert, als sie ihm ihre Beobachtung geschildert hatte. Schon irgendwie verwirrt, aber nicht unbedingt verwundert. Jedenfalls war das ihr Eindruck. Und ganz sicher wusste sie, dass er ihr nicht alles gesagt hatte, was er wusste, so gut kannte sie ihn.

Mit Abstauben fing sie an, das machte sie immer zuerst. Den Staubwedel in der Hand, ertappte sie sich dabei, wie sie die Suite von Mrs Morgan nach irgendetwas absuchte, das ihr einen Hinweis auf ein mögliches Mordmotiv an Walter Morgan geben konnte, aber da war nichts Auffälliges. Wenn man von der Größe der Gepäckstücke absah; zwei große Koffer, in die allein man schon Charlys gesamtes Hab und Gut hätte packen können, dazu ein Schrankkoffer und mehrere Reisetaschen und Hutschachteln. Es wirkte beinah, als sei die Witwe hier eingezogen, wenigstens nicht wie ein vorübergehender Hotelaufenthalt, allein aus dem traurigen Anlass angetreten, die Leiche ihres verstorbenen Mannes nach Hause zu holen. Im Kleiderschrank hingen bestimmt zwanzig Kleider, längst nicht nur schwarze, im Ankleidezimmer standen mindestens ebenso viele Schuhpaare im Regal.

Auf dem Mahagonischreibtisch im Salon lagen diverse Briefe; Geschäftsbriefe, wie Charly bei näherem Hinschauen feststellte, adressiert an die *Morgan Canning Company, Chicago, Illinois.* Und auf dem Beistelltisch daneben stand eine Schreibmaschine, in die ein Bogen mit dem Briefkopf eben jener Firma eingespannt war. Die Witwe schien sich selbst um die Geschäfte ihres verstorbenen Mannes zu kümmern, sogar auf Reisen. Mrs O. Morgan musste schon eine ungewöhnliche Frau sein. Für einen kurzen Moment durchzuckte Charly der Gedanke, ob sie vielleicht einen Liebhaber in Berlin haben mochte, der ihren Mann aus dem Weg geräumt hatte?

Blödsinn, du liest zu viele Kriminalromane, dachte sie. Nur weil es danach aussah, als wolle Mrs Morgan ein paar Tage länger in Berlin bleiben, musste man nicht gleich auf solche Gedanken kommen. Vielleicht gab es auch einen antisemitischen Hintergrund, wie Gereon schon gemutmaßt hatte, denn Walter Morgan war Jude. Oder es war doch ein Unfall. Was immer es auch sein mochte, seinen Ursprung musste der Vergiftungstod von Walter Morgan im Hotel *Esplanade* haben.

Das mit dem Glas konnte sie sich auch nicht genau erklären. Ein Glas mit der Werbeaufschrift des Hotels, so etwas hätte der Mörder doch niemals zurückgelassen. Außer, und das war Charlys Erklärung, es war tatsächlich das Mordopfer selbst, Walter Morgan, der das *Esplanade*-Glas ins Olympische Dorf gebracht hatte.

Sie schaute auf die Uhr und erschrak, sie hatte viel zu viel Zeit vertrödelt. Charly legte den Staubwedel beiseite und machte sich daran, das Badezimmer zu reinigen. Sie war gerade mit dem Bettenmachen fertig, da klopfte es an der Tür, die sich auch gleich darauf öffnete. Ein junger Mann in goldbetresster Jacke stand dort, das Haar streng nach hinten pomadiert, eine weiße Fliege um den Hals und ein Tablett in der Hand. Er schaute sie verdutzt an.

»Was machst du denn noch hier? Husch husch! Die gnädige Frau wird in wenigen Minuten hier sein.«

Husch husch. Das sagten hier wirklich alle.

»Misses Morgan?«, fragte Charly.

Der Mann zog die Augenbrauen hoch. »Woher kennst du den Namen des Gastes? Hast doch nicht etwa geschnüffelt?«

»Nein, aber ich kann lesen.«

Sie zeigte auf den Schrankkoffer, der in der Ecke stand und auf dem der Name O. MORGAN in großen Buchstaben prangte.

Der Kellner streifte den Koffer mit einem kurzen Blick und stellte das Tablett auf den Tisch direkt vor den Balkon.

»Wer bist denn du überhaupt?«, fragte er.

»Lotte. Hab gestern angefangen. Und Sie?«

Es schien ihr angebrachter, den Etagenkellner zu siezen, auch wenn der höchstens zwei, drei Jahre älter war. Wenn überhaupt. Aber in der Hierarchie des Hotels stand er unzählige Stufen über ihr.

»Knoop, Felix. Zu Diensten.« Er grinste. »Nun sollten wir aber sehen, dass wir hier verschwinden. Die Morgan ist nicht besser als ihr Mann. Die will allein speisen. Hat mich gestern schon deswegen angepflaumt. Die Amis mit ihren Marotten.«

Charly nahm den Wagen mit den Putzgerätschaften und rollte ihn hinaus auf den mit roten Läufern ausgelegten Gang. Sie hatte die nächste Zimmertür noch nicht erreicht, da war der Etagenkellner schon neben ihr.

»Musst mir nicht wegloofen«, sagte er.

»Hab zu tun.«

»Ja, die halten einen hier ganz schön auf Trab, wa? Wenn man sich keene Pausen nimmt, dann kriegt man ooch keene.« Er zog eine Zigarettenschachtel aus seiner betressten Jacke. »Rauchst du?«

Sie nickte.

Keine Minute später standen sie in einer Ecke des labyrinthischen Hotels, die Charly alleine niemals entdeckt hätte. Der Etagenkellner streifte seine weißen Glacéhandschuhe ab, bot ihr eine Zigarette an und gab ihr Feuer.

»Sie sind Berliner?«, fragte Charly.

Der Kellner nickte. »Lichtenberg«, sagte er. »Und selber?«

»Moabit.«

»Na, wenn det so is …« Er streckte die Hand aus. »Für dich bin ick Felix. Wir Berliner müssen zusammenhalten. Sind hier in der Unterzahl.«

»Lotte«, sagte Charly.

»Weeß ick doch schon.« Er lächelte. »Hast zu ner blöden Zeit hier angefangen. Ick kann dir sagen, ick bin froh, wenn der Olympiawahn vorbei ist. Jede Menge zu tun. Und Trinkgelder? Fehlanzeige. Haben ein paar Japaner auf der Etage, die geben nüscht. Und machen dazu noch Überschwemmung im Bad.«

»Aber die Morgan ist doch Amerikanerin.«

»Is sie. Heeßt aber nüscht. Die brauchte nur einen Abend, um alle hier in den Wahnsinn zu treiben. Genau wie ihr Mann.« Der Kellner zog an seiner Zigarette. »Weißt du eigentlich, dass du gerade das Zimmer eines Toten gereinigt hast?«

»Wie?«

»Na, die Morgan ist Witwe. Die ist nur hier, um die Leiche ihres Mannes abzuholen.« Felix, der Etagenkellner, senkte seine Stimme, als verrate er ein Geheimnis. »Ihr Mann, für den die Suite gebucht wurde, ist schon über eine Woche tot. Trotzdem wurde dreißigelf nicht weitervermietet. Ist ja auch alles für drei Wochen bezahlt. Und jetzt ist seine Frau da eingezogen. Und hält die ganze Etage auf Trab, genau wie er.«

»Was war denn mit dem?«

»Der Morgan? Arroganter Pinsel. Hat gerade mal eine Nacht hier verbracht, dann ist er gestorben. Zum Glück nicht hier im Hotel. Irgendwo draußen, erzählen sie, und keiner weiß wo. War keiner hier wirklich traurig. Mit seinen Marotten hat der Mann uns alle in der kurzen Zeit schon in den Wahnsinn getrieben. War eigentlich ganz schön, dass bei all dem Olympia-Wahnsinn wenigstens eine Suite mal eine Zeitlang leer geblieben ist. Aber damit isses jetzt vorbei.« Er grinste. »Apropos Olympia-Wahnsinn … weeßte eigentlich, wie die liebe Misses Morgan mit Vornamen heißt?«

»Irgendwas mit O, oder? Olga?«

»Nee. Olympia.«

»Nicht dein Ernst.«
»Doch. Ihre Eltern sind wohl Griechen.«
»Interessant.«
»Und dann heiratet sie einen Juden. Komisch, oder?«
»Naja, gibt ja auch griechische Juden.«
»Haste ooch wieder recht.« Er zuckte die Achseln. »Weißt du, dass er eine Sauce nach seiner Frau benannt hat?«
»Wie?«
»Dem Mister Morgan gehörten zig Konservenfabriken in Amerika. Sein neuestes Produkt war diese Würzsauce, die er angeblich selbst kreiert hat. Ziemlich süß und ziemlich scharf, sagen sie in der Küche. Und die hat er Olympia genannt.«
»Die Sauce?«
»Richtig. Hab auch erst gedacht, das macht er wegen der Olympiade. So wie sie den neuen Opel Olympia genannt haben. Aber war wohl wegen seiner Frau.« Er lachte. »Und genauso muss er seine Scheißsauce geliebt haben, hat das Zeug tatsächlich über jedes Essen gekippt, das man ihm servierte. Unser Chefkoch ist darüber fast wahnsinnig geworden, erzählen sie in der Küche.«
»Aber Morgan war doch nur eine Nacht hier, sagst du.«
»Aber das hat vollauf gereicht. Jeden Gang des Willkommens-Diners hat er mit seiner Sauce versaut. Und ...« Wieder sprach er leiser, als gehöre es sich nicht, so über einen Gast, zumal einen verstorbenen zu reden. »... er hat die *Olympia Special Sauce* sogar über sein Frühstück gekippt.«
Charly machte als Zeichen ihrer Zustimmung ein angewidertes Gesicht, und der Kellner redete weiter.
»Das Mittagessen hat er ja zum Glück nicht mehr bei uns eingenommen, sondern auswärts, aber seine Sauce, die musste er dabeihaben, die hat er sich in unserer Küche eigens abfüllen lassen. Würde mich nicht wundern, wenn sie ihm unten beim Abfüllen in die Flasche gespuckt haben.«
Charly versuchte zu lächeln, schließlich hatte Felix gerade witzig sein wollen. Aber eigentlich spielten die Gedanken in ihrem Kopf miteinander Nachlaufen.
»Und weißt du was?«, sagte er, »Morgan soll vom Hotel tatsächlich Geld dafür verlangt haben, dass er unserer Küche einen Eimer seiner scheiß Olympia-Sauce überlassen hat, kannst du dir

das vorstellen? Obwohl er der einzige war, der nach dem Zeug verlangt hat. Tüchtiger Geschäftsmann, was? Typisch Jude.«

Charly nickte. Oder hätte sie besser den Kopf schütteln sollen? Sie konnte gar nicht mehr richtig zuhören. Eilig drückte sie die Zigarette aus.

»Vielen Dank«, sagte sie. »Werde mich bei Gelegenheit mal revanchieren.«

»Wieso nicht schon heute«, meinte Felix. »Hab heute meinen freien Abend. Wir könnten irgendwo tanzen gehen.«

»Na, mal nicht so stürmisch mit den jungen Pferden«, sagte Charly. »Ich bin verheiratet.«

»Was für eine Schande!«

Felix Knoop schien wirklich enttäuscht zu sein, verpackte seine Enttäuschung aber in ein charmantes Grinsen.

Nach Feierabend ging Charly nicht gleich zur U-Bahn, sondern wartete auf der Bellevuestraße unter einem Baum. Der Dienstboteneingang des *Esplanade* lag genau gegenüber. Die Straßenfassade des Hotels erstreckte sich über zweieinhalb Hausnummern, doch sagte das nichts über die wirkliche Größe. Seine eigentliche Ausdehnung entwickelte der Komplex in der Tiefe, er umfasste einen Palmensaal, einen Wintergarten, mehrere Höfe und Restaurantterrassen, zudem im Hinterhof noch das Personalgebäude mit den Aufenthaltsräumen und den Unterkünften für die Angestellten, die keine eigene Wohnung in Berlin besaßen.

Zu denen gehörte Marie Niemann nicht.

Die Küchenhilfe kam mit einem ganzen Schwung Hotelangestellter aus dem Personaleingang und blieb dennoch allein, während alle anderen sich in kleinen Grüppchen Richtung Feierabend bewegten. Schien eine Einzelgängerin zu sein. Charly wartete, bis sie sah, in welche Richtung sich das Mädchen wandte. Potsdamer Platz, hatte sie sich schon gedacht, da fuhren U-Bahn, Busse und Elektrische, auf dem Kemperplatz hielt nur der Bus. Charly löste sich aus dem Schatten, überquerte die Straße und hatte Marie bald eingeholt.

»Hallo, auch Feierabend?«, fragte sie.

Das Küchenmädchen schaute sie von der Seite an. Misstrauisch. War es wohl nicht gewohnt, von jemandem begleitet zu werden.

»Ich schulde dir noch was«, sagte Charly. »Lust auf eine Tasse Kaffee?«

Marie zögerte. »Tee wäre mir lieber«, sagte sie schließlich.

Wenig später saßen sie im überfüllten Café Josty und schauten auf den Potsdamer Platz. Auf der Terrasse war alles voller Olympiatouristen, aber drinnen hatten sie noch einen Tisch am Fenster ergattern können. Der Kellner brachte die Getränke, und Charly bot dem Mädchen eine *Juno* an.

»Danke«, sagte Marie und griff zu.

»Ist doch selbstverständlich.« Charly riss ein Streichholz an. »Du hast mir gestern mit deiner Stulle das Leben gerettet.«

»Gern geschehen. Wie ist es denn so als Zimmermädchen?«

»Ich hoffe, die anderen sind nicht allzu neidisch. So viel besser als in der Küche ist es nämlich nicht. Die Georgi ist gnadenlos.« Charly klatschte in die Hände. »Husch husch!«

Marie lachte. »Ja, da ist der Geinitz entspannter.«

»Da oben laufen aber auch nette Leute rum. Felix, der Etagenkellner, kennst du den?«

Marie zuckte mit den Achseln.

»Der hat mir jedenfalls eine irre Geschichte erzählt …«, fuhr Charly fort. »Von einem Gast, einem amerikanischen Fabrikanten, der der Küche seine eigene Sauce verkauft hat, weil er darauf bestanden hat, dass man ihm genau die serviert.«

»Ach ja?«

Das Mädchen schaute unsicher.

»Ja. Hat die Köche in den Wahnsinn getrieben, weil er die Sauce über jedes Essen gekippt hat. Sogar außer Haus. Felix sagt, der Ami habe sich ein Glas abfüllen lassen, und es würde ihn nicht wundern, wenn in der Küche beim Abfüllen jemand hineingespuckt habe.«

Marie lächelte, doch es wirkte eher so, als habe sie sich dieses Lächeln ins Gesicht gezwungen. Die Geschichte war ihr unangenehm.

»Aber das war doch wohl nicht so, oder? So was macht ihr nicht …«

»Was du immer fragst!«

»Weißt du denn, wer bei euch für so was zuständig ist? Sachen für Gäste außer Haus abfüllen, meine ich.«

»Da gibt es doch keine eigene Stelle für, das macht der, der gerade Zeit hat. Ist doch pillepalle. Was interessiert dich das?«

»Ich meine ja nur. Ist doch lustig. Könnte man sich jedenfalls vorstellen, dass da jemand reinspuckt und dann Deckel drauf.«

»So was ist nicht lustig, wenn so was rauskommt, dann fliegst du! Und das auch zu Recht!«

Marie stand auf.

»Was ist denn?«, fragte Charly. »Ist das wirklich passiert? Hast du so was gesehen?«

»Ne, das ist nicht passiert. Weil ich …« Sie winkte ab. »Ach, ist doch auch egal. Das geht dich nichts an! Du arbeitest gerade mal zwei Tage bei uns, und dann fragst du solche Sachen. Pass lieber auf, dass du selber alles richtig machst!«

Und mit diesen Worten drängte sie sich durch die Tischreihen und verließ das Café. Charly schaute ihr nach; das Mädchen wandte sich nach rechts zum *Haus Vaterland*, wo der Eingang zur U-Bahn lag. Der Zug Richtung Pankow, da würde sie jede Wette eingehen. So jemand wie Marie Niemann wohnte nicht in Charlottenburg.

43

Über eine Woche hatten sie die Leiche kühl halten müssen, gemessen an diesen Umständen sah Walter Morgan noch recht frisch aus, bei Grieneisen hatten sie sich alle Mühe gegeben. Dennoch machte seine trauernde Witwe einen leicht angewiderten Eindruck, nachdem der Bestatter den Blick auf den eisgekühlten Leichnam freigegeben hatte, nicht jeder konnte den Anblick eines Toten ertragen. Sebastian Tornow nahm das mit einer gewissen Genugtuung zur Kenntnis. Mrs Morgan hatte sich bei ihm nicht gerade beliebt gemacht, seit er sie gestern am Lehrter Bahnhof abgeholt hatte, wo sie mit dem Fliegenden Hamburger angekommen war. Von Anfang an hatte die Frau nichts als Schwierigkeiten gemacht.

Er hatte sich gewundert, die Witwe hatte nicht nur ihr eigenes

Dienstmädchen mit über den Atlantik gebracht, sondern auch ihren eigenen Sekretär. Einen jungen, schlaksigen Amerikaner namens Henry, der sich nicht entblödete, für eine Frau zu arbeiten.

Nicht einmal der Chef der Morgan Canning Company, der nun tot vor ihnen auf seinem Eisbett lag, hatte es für nötig befunden, für die Dauer seines geplant dreiwöchigen Aufenthaltes in der Reichshauptstadt Dienstpersonal oder gar einen Mitarbeiter seiner Firma mitzubringen. Seine Witwe hingegen schien gewillt, die Geschäfte ihres toten Mannes ohne Verzögerung fortzuführen. Schon im Hotelfoyer, als sie darauf warteten, dass ihr Mädchen oben die Koffer auspackte, hatte sie dem darob überhaupt nicht verwunderten Henry die ersten Briefe diktiert. Allesamt Geschäftsbriefe, wenn Tornow seinen nicht allzu ausgeprägten Englischkenntnissen trauen konnte.

Zum Glück sprach Olympia Morgan auch ein wenig Deutsch, wenn auch ein sehr holpriges, das sie ihm und ihren deutschen Gesprächspartnern gegenüber verwendete. Als sie jedoch die Leiche sah, fiel sie wieder ins Englische zurück.

»Oh my god! My poor Walter«, sagte sie. »God bless his soul.«

Sie bedeckte ihr Gesicht mit den Händen und wandte sich ab. Als habe sie erst jetzt den Tod ihres Mannes wirklich begriffen.

Tornow gab dem Mann in Schwarz einen unauffälligen Wink, und der verhüllte das tote Gesicht von Walter Morgan wieder mit dem Leinentuch.

»My deepest condolences, Misses Morgan.« Tornow hatte die Beileidsformel eigens nachgeschlagen. »Wir haben bereits alles in die Wege geleitet. Übermorgen können Sie mit dem Sarg Ihres Mannes an Bord der Bremen gehen.«

»Ubermorgen? No, no! Impossible!« Sie winkte ab und sah sehr entschlossen aus, trotz des Tränenglanzes in ihren Augen. »Impossible! Ick bleibe in Berlin! I want to attend the swimming competitions as my husband would have.«

»Aber Misses Morgan, das geht nicht! Die Leiche Ihres Mannes muss so schnell wie möglich transportiert werden.«

»There has to be no transport. I want him cremated. Ick werde seine Asche mit nach Hause nehmen. Nach den Olympics. Am selben Tag, an dem er wäre abgereist, wenn er noch wäre am Leben!«

Tornow verbeugte sich. »Natürlich. Wie Sie wünschen.« Er bot ihr seinen Arm an. »Darf ich Sie nun zurück ins Hotel begleiten?«

»Not necessary, ick möchte noch bleiben bei mein Mann. I will find the way by myself. Wenn Sie uns nun bitte allein lassen?«

»Selbstverständlich.«

Tornow verabschiedete sich mit einer zweiten Verbeugung. Den Deutschen Gruß unterließ er bei ausländischen Gästen, er wusste, dass der nicht sehr beliebt war, dafür war er selbst lange genug im Ausland gewesen.

»Verdammt«, fluchte er durch zusammengebissene Zähne, als er draußen vor dem Bestattungsinstitut wieder auf der Straße stand. Klingenstein sprang aus dem Wagen und öffnete die Fondtür.

»Zurück in die Wilhelmstraße«, knurrte Tornow und ließ sich auf den Rücksitz fallen. »Soll dieses amerikanische Weibsbild doch der Teufel holen.«

Die trauernde Witwe, er hätte sie prügeln können. Die Schwimmwettkämpfe begannen erst am Sonnabend und zogen sich über die gesamte zweite Woche der Spiele. Er hatte gehofft, die Witwe werde unverzüglich wieder abreisen, nachdem alle Formalien erledigt waren, um den Sarg ihres Mannes nach Hause zu begleiten. Hatte gehofft, sie so schnell wie möglich wieder loszuwerden, sie und die vermaledeite Leiche. Und damit alle möglicherweise aufkommenden Fragen, ob es sich beim Ableben von Walter Morgan wirklich um einen natürlichen Tod gehandelt habe. Nun aber wollte sie bleiben. Bis zum Ende der Spiele. Zeit genug für Zweifel und Fragen. Der einzige Lichtblick war, dass sie die Leiche ihres Mannes einäschern lassen wollte. Obwohl eine Kremation nach griechisch-orthodoxem Ritus streng verboten war, aber mit der Religion schien Misses Morgan es nicht so genau zu nehmen. Und der Mann war ja sowieso Jude.

Während das fahnengeschmückte Berlin an den Autofenstern vorbeiflog, zündete er sich eine Zigarette an. Diese dämliche Olympiade, wurde Zeit, dass die endlich vorüberging. »Ach, Klingenstein«, sagte er. »Wenn Sie wieder im Büro sind, sprechen Sie doch umgehend mit Grieneisen. Wir brauchen einen Termin. Für eine Einäscherung. Und zwar so schnell wie möglich.«

44

Mittlerweile ging er beim Sicherheitsdienst ein und aus, als gehöre er dazu. Die Wachen an der Pforte ließen ihn passieren, ohne dass sie Raths Dienstausweise einer gründlichen Prüfung unterziehen mussten, ein flüchtiger Blick auf das Papier reichte. Er wurde auch nicht mehr im Foyer abgeholt und zu Gräfs Büro geleitet, er durfte sich eigenständig auf den Weg durch das weitläufige Palais machen.

Das Büro von Sebastian Tornow lag auf derselben Etage wie das von Gräf, doch der Obersturmbannführer hatte sich seit seiner Gardinenpredigt nicht mehr bei Rath gemeldet. Vielleicht reichte es ihm, den Oberkommissar unter der Kontrolle Gräfs zu wissen. Vielleicht hatte er auch genug mit der Witwe Morgan zu tun. Rath fragte sich nach wie vor, ob Tornow bei seinem Besuch im *Esplanade* in dem Zimmermädchen bei den Aufzügen Charly erkannt haben mochte. Aber hätte er ihn dann nicht längst zu sich zitiert? Das Schweigen Tornows war im Moment jedenfalls schwerer zu ertragen als dessen Drohungen.

Er war an Gräfs Büro angelangt und klopfte.

»Herein«, hörte er die helle Stimme des Adjutanten.

Unterscharführer Sielaff saß an seinem Schreibtisch und schaute nur kurz auf, eine gewisse Verachtung im Blick.

»Heil Hitler, Oberkommissar. Untersturmführer Gräf erwartet Sie bereits. Gehen Sie doch einfach durch.«

Gräf telefonierte diesmal nicht, er schaute gleich auf, als Rath das Büro betrat, und bot ihm den Besucherstuhl an. Der Untersturmführer wirkte aufgekratzt, irgendwie zufrieden, obwohl sie in ihrem Fall noch keinen Schritt weitergekommen waren. Rath hatte das Gefühl, dass er es insgeheim genoss, seinen früheren Vorgesetzten jeden Morgen auf diese Art und Weise antanzen zu lassen.

Gräf hörte sich den Bericht in aller Ruhe an und machte sich hin und wieder Notizen.

»Eines ist klar, ganz gleich, ob es sich bei dem Mann um einen Mörder handelt oder nicht«, schloss Rath: »Der vorgebliche Herr Kaufmann, der zuletzt mit Leutnant Dräger gesehen wurde, kommt nicht aus dem Olympischen Dorf. Und die Tatsache, dass er das Dorf sozusagen durch die Hintertür wieder verlassen hat, macht ihn wiederum höchst verdächtig, am Ableben Drägers Schuld zu tragen, zumindest aber dessen Zeuge gewesen zu sein.«

»Ein Schweizer, sagst du?«

»Vermutlich. Wobei der Pass möglicherweise gefälscht ist. Kann also jede Nationalität sein.«

»Naja. Auch wenn die Zeichnung keine hohe Aussagekraft hat, ein Arier scheint der Mann jedenfalls zu sein. Und wir wissen, dass er Englisch spricht, in dieser Sprache hat er sich jedenfalls mit Leutnant Dräger unterhalten.«

Rath räusperte sich. Da war noch etwas, das er loswerden musste.

»Wenn Drägers Tod ein Mord war und der Mörder von außerhalb kommt, dann ist es doch auch denkbar, dass die Vergiftung Walter Morgans außerhalb des Olympischen Dorfes eingedeichselt wurde.«

Gräf nickte nachdenklich. »Nach den jüngsten Erkenntnissen ist das sogar wahrscheinlich. Gleichwohl müssen die Verschwörer einen oder mehrere Kontaktleute auch im Dorf haben, sonst wäre das alles nicht möglich. Und die müssen wir finden.«

»Wie stellst du dir das vor? Soll ich jeden Dorfbewohner oder -mitarbeiter fragen, ob er zufällig Kommunist ist?«

»Die neuerliche Überprüfung der Mitarbeiter läuft, ganz dezent im Hintergrund. Wir werden erst tätig, wenn wir da Ergebnisse haben.«

»Tätig werden? Wie bei dem armen Herbert Ehlers? Wäre es nicht sinnvoller, sich mit dem Gedanken anzufreunden, dass es gar keine kommunistische Verschwörung gibt?«

»Die gibt es, unabhängig von den aktuellen Ereignissen: Kommunisten in aller Welt boykottieren unsere Spiele. In Barcelona war sogar eine Gegenolympiade geplant. Heinrich Mann und andere Salonbolschewisten im Ausland haben dafür fleißig die Werbetrommel gerührt.«

»Aber diese kommunistische Verschwörung, wenn es sie denn gibt, muss doch nicht zwingend für die beiden Todesfälle im Olympischen Dorf verantwortlich sein. Ich verstehe nicht, warum wir nicht auch andere Motive und Möglichkeiten untersuchen. Das sollte ein Kriminalist immer tun.«

»Gereon, du hast bis heute nicht den Vorrang des Politischen verstanden, der auch in der Polizeiarbeit von höchster Wichtigkeit ist. Natürlich dürfen wir andere Motive und Hintergründe nicht außer Acht lassen, doch müssen wir erst einmal ein politisches Motiv ausschließen, bevor wir uns um mögliche andere kümmern. Und außerdem: Völlig unabhängig davon, wer aus welchem Grund die Morde im Olympischen Dorf begangen hat: Sollten sie öffentlich werden, dann *sind* sie politisch, ganz gleich, was dahintersteckt.«

»Natürlich.«

»Dann ist dir also klar, warum die Aufklärung dieser Todesfälle nach wie vor die allerhöchste Dringlichkeit hat.«

»Sicher.« Rath zündete sich eine Zigarette an. »Die Witwe Morgan ist in der Stadt?«, fragte er.

Gräf machte ein missmutiges Gesicht. Gegen das Rauchen in seinem Büro zu protestieren, wagte der Untersturmführer nicht. Wollte wohl nicht unmännlich erscheinen.

»Woher weißt du denn das?«, fragte er.

»Erzählt man sich im Olympischen Dorf.«

»Was da so alles erzählt wird!«

»Ist eben ein Dorf.« Rath nahm einen tiefen Zug. »Stimmt's denn?«

Gräf nickte. »Ist gestern angekommen. Der SD kümmert sich um sie, Obersturmbannführer Tornow persönlich.«

»Und? Glaubt sie die Geschichte vom Herzinfarkt?«

»Bislang hat sie jedenfalls keine Zweifel geäußert, soviel ich weiß.«

»Na, dann ist doch alles bestens. Niemand hat im plötzlichen Ableben von Walter Morgan ein Gewaltverbrechen gesehen, dann wird das wohl auch nicht mehr passieren. Und dass Leutnant Dräger ein Morphinist war, das scheint im Dorf schon rum zu sein. Wusstest du, dass Dräger einer aus Görings Regiment ist? Hat eine Zeitlang sogar dessen Dienstvilla bewacht.«

»Was willst du denn damit sagen?«

»Ich? Selbstverständlich gar nichts. Ich will dich nur darauf hinweisen, dass es in der Wehrmacht einige Stimmen gibt, die Reichsminister Göring für einen Morphinisten halten und glauben, dass dies auch für Mitglieder seines Wachtrupps gelten könnte.«

»Wenn dem so ist, sollten diese Soldaten aufpassen, dass sie ihre Gedanken nicht allzu laut äußern.«

»Ich denke, das wissen sie.« Rath aschte ab. »Mir gegenüber jedenfalls hat man es bei Andeutungen belassen.«

Gräf schüttelte unwillig den Kopf.

»Göring«, sagte er, und es klang wenig respektvoll. »Ich bin froh, dass unsere Polizei jetzt unter dem Kommando von Heinrich Himmler steht.«

Rath sagte nichts dazu. Was sollte man auch groß sagen, wenn jemand die Pest der Cholera vorzog?

Der Untersturmführer machte sich hinter seinem Schreibtisch kerzengerade. »Was also soll unser nächster Schritt sein?«, fragte er.

Typisch Reinhold Gräf: Er sprach von *uns*, wollte aber von Rath hören, was zu tun sei. Würde sich im Falle des Erfolges mit den Lorbeeren schmücken und im Falle des Misserfolges jede Schuld von sich weisen.

»Nun, eine Fahndung nach dem Unbekannten können wir wohl kaum ausschreiben. Jedenfalls nicht, ohne schlafende Hunde zu wecken.«

»Und? Was schlägst du stattdessen vor?«

»Abwarten«, sagte Rath. »Einfach nur abwarten. Bislang hat es noch keinen Skandal gegeben. Sollte das wirklich die Absicht hinter den Morden gewesen sein, dann ist es gründlich schiefgegangen und die Verantwortlichen dürften ganz schön enttäuscht aus der Wäsche gucken. Ich glaube nicht, dass sie in diesem Fall weitermorden.«

»Wer weiß, vielleicht suchen sie sich nur andere Ziele. Ein Opfer, das mehr Aufmerksamkeit erregt.«

»Na, Max Schmeling hat seinen Besuch im Olympischen Dorf ja schon hinter sich, und Charles Lindbergh ist wieder in den Staaten.« Rath schüttelte den Kopf. »Nein, nein, ich glaube nicht, dass da noch viel passieren wird, ihr könnt mich eigentlich wieder zum LKA zurückschicken.«

»Über solche Dinge entscheide nicht ich, das entscheidet Obersturmbannführer Tornow.«

»Natürlich.«

»Jedenfalls dürfte es für deine Rückversetzung hilfreich sein, wenn wir die beiden Todesfälle aufklären. Und da frage ich mich, ob einfaches Abwarten das richtige Mittel ist.«

Rath zuckte die Achseln. »In der Wachmannschaft des Olympischen Dorfes dürfte die Auffassung vorherrschen, ohne dass jemand laut darüber spricht, dass es sich bei unserem mysteriösen Herrn Kaufmann um den Heroinlieferanten von Leutnant Dräger handelt. Sollte Kaufmann sich noch einmal im Dorf blicken lassen und erkannt werden, wird man ihn mit Sicherheit festsetzen und uns informieren.«

»*Falls* er sich noch einmal dort blicken lässt. Wäre ja schön blöd, das zu tun, sollte er Dräger wirklich auf dem Gewissen haben. Und da ist es dann auch egal, ob er ihn mit Absicht getötet oder ihm nur eine tödliche Dosis Heroin verkauft hat.«

»Es gibt auch die Theorie, dass ein Mörder immer an den Tatort zurückkehrt.«

»Dann wollen wir mal hoffen, dass unser Mörder diese Theorie kennt.« Gräf schaute Rath an. »Unsere Zusammenarbeit wird jedenfalls erst dann enden, wenn wir den Mann überführt haben, das kann ich dir sagen, ohne Obersturmbannführer Tornow vorgreifen zu müssen. Und bis dahin, Gereon, erwarte ich dich jeden Morgen hier zum Rapport.«

»Zu Befehl, Untersturmführer.«

Rath legte seine qualmende Zigarette in den Aschenbecher und verließ Gräfs Büro ohne ein weiteres Wort.

45

Sie hatte richtig gelegen mit ihrer Vermutung: Marie Niemann wohnte in einer Mietskaserne kurz hinter dem S-Bahn-Ring in der Stolpischen Straße, nicht weit entfernt vom Arnimplatz. Von der Hochbahn in der Schönhauser Allee brauchte man keine fünf Minuten.

Sie hatte tatsächlich kurz darüber nachgedacht, Böhm um den

Gefallen zu bitten, aber den konnte sie in ihre privaten Ermittlungen nicht einschalten. Sie hatte die Georgi angerufen und etwas von einer kranken Mutter erzählt, um die sie sich kümmern müsse, und – natürlich gegen entsprechenden Lohnabzug – einen halben Tag frei bekommen.

Wie es sich für eine Privatdetektivin gehörte, verfügte Charly, mehr sogar als ihr Chef Wilhelm Böhm, immer noch über vertrauliche Kontakte ins Polizeipräsidium. Andreas Lange, ein früherer Kollege aus Gennats Mordinspektion, hatte ihr den Gefallen getan und für sie die Meldeadresse von Marie Niemann ermittelt. Da sich ihr Name im Melderegister fand, war auch davon auszugehen, dass Marie allein lebte.

Das Haus war eine ganz normale Mietskaserne. Selbst hier, im Arbeiterviertel Prenzlauer Berg, hingen Hakenkreuz- und Olympiafahnen an den Fassaden. Weil viele Arbeiter inzwischen Nazis waren. Vielleicht auch, weil die meisten Häuser inzwischen einen Blockwart hatten, der auf solche Dinge achtete.

Was Charly aber mehr auffiel als der Fahnenschmuck, war das Ladenlokal im Erdgeschoss. Eine Apotheke. *Immanuel*-Apotheke sagte die Leuchtreklame. Am Glas der Eingangstür, gleich über dem *Geöffnet*-Schild, hing ein Plakat: *Apothekenhelferin gesucht.* Ein Glöckchen klingelte hell, als sie den Laden betrat. Hier drinnen war alles dunkel und holzgetäfelt. Bis zur Decke reichende Regale voller Braunglasflaschen, in der Luft Mentholgeruch. Aus einer Tür inmitten der Regalwand kam ein Herr mit grauem Schnurrbart und weißem Kittel, der sie missbilligend anschaute.

»Heil Hitler, die Dame.« Er schaute auf die Uhr. »Sie sind vier Minuten zu früh. Auch das ist Unpünktlichkeit. Wenn Sie bitte in vier Minuten wiederkommen wollen. Ihr Zeugnis können Sie mir meinetwegen schon hierlassen.«

»Wie?«

»Sie sind ... Verzeihung. Haben wir vorhin nicht telefoniert? Wegen der Stellenanzeige?«

»Oh, nein, das ist ein Missverständnis. Ich habe lediglich eine Frage. Zu einem ... äh ... Wirkstoff.«

Der Apotheker räusperte sich. »Aber natürlich. Wie kann ich Ihnen helfen?«

»Es geht um Digitalis ... Bekomme ich so etwas bei Ihnen?«

»Wir führen Digitalispräparate.« Der Apotheker legte seinen Kopf schief. »Ich kann Ihnen aber nur etwas geben, wenn es Ihnen auch verschrieben worden ist. Haben Sie ein Rezept?«

»Nein. Ich brauche auch kein Digitalis. Mir geht es nur um die Frage, in welcher Form der Wirkstoff zu bekommen ist. Welche … Präparate gibt es da?«

»Nun, da würde ich Ihnen an erster Stelle Verodigen empfehlen, das hat sich bei Herzproblemen sehr bewährt. Haben wir auch immer vorrätig.«

»Können Sie mir mal eine Packung zeigen?«

Der Apotheker schaute misstrauisch, ging dann aber nach hinten und kam nach einer kurzen Weile mit einem Tablettenröhrchen zurück, das er vor Charly auf den Tresen legte. Sie nahm es in die Hand und betrachtete es von allen Seiten. Weiße Tabletten in einem mit Korken verschlossenen Glasröhrchen. *25 Tabletten*, stand auf dem Etikett, *eine Tablette entspricht etwa 0,1 g Folia D.*

»Folia D.?«

»Folia digitalis. Die Blätter des Fingerhutes.«

»Ahja. Sind die nicht giftig?«

»Ob etwas Gift ist oder Medizin, das ist so gut wie immer eine Frage der rechten Dosierung. Um eine letale Wirkung zu erzielen, müssten Sie schon ein ganzes Röhrchen auf einmal schlucken. Natürlich hängt es auch von Ihrer körperlichen Verfassung ab. Aber richtig dosiert hilft dieses Mittel vielen Herzpatienten.«

»Na, und wer schluckt schon aus Versehen zig Tabletten?«

»Eben. Aber Sie verstehen nun, warum dieses Medikament rezeptpflichtig ist. Und wir es nur in geringen Mengen abgeben.«

Charly nickte und legte das Röhrchen zurück auf den Tresen. Der Apotheker nahm es sofort wieder an sich.

»Sie interessieren sich für Medizin?«, fragte er.

Charly zuckte die Achseln. »Hin und wieder.«

»Aber Apothekenhelferin sind Sie nicht zufällig …«

»Leider nein. Sie meinen wegen der Anzeige?«

Der Apotheker nickte. »Wir suchen dringend eine neue Apothekenhelferin.«

»Na, da wird sich doch gleich jemand vorstellen.«

»Hoffen wir, dass die was taugt. Sie finden ja heute so schnell nichts Anständiges. Seit unsere alte Helferin gekündigt hat, hatten wir schon vier Mädchen hier, die wir alle in der Probezeit leider wieder entlassen mussten.«

»Tja, was will man machen?«

»Sie sagen es. Ich frage mich bis heute, warum die Niemann gekündigt hat. Wir hatten schon mal Streit, wenn es um Politik ging, das mag sein, aber ich habe sie immer gut behandelt. Und gut bezahlt, wenn ich das sagen darf.«

»Die Niemann«, echote Charly.

Bevor sie noch etwas fragen konnte, bimmelte die Türglocke, und sie waren nicht mehr allein. Ein junges Mädchen betrat den Laden, das der vermeintlichen Konkurrentin vor dem Tresen einen misstrauischen Seitenblick zuwarf.

»Na dann, vielen Dank für Ihre Auskunft«, sagte Charly zu dem Apotheker und drehte sich zur Tür. »Auf Wiedersehen.«

»Auf Wiedersehen«, sagte der Apotheker und wandte sich dem Mädchen zu. »Heil Hitler, junge Frau. Sie wünschen?«

»Lemke mein Name, wir ham telefoniert. Ick komm wejen der Stelle.«

Charly schaute auf die Uhr. Sieben nach zehn. Sie hatte das Gefühl, dass diese Bewerberin es nicht mal bis zur Probezeit schaffen würde.

In der schattigen Toreinfahrt neben der Apotheke hing ein stiller Portier, der besagte, dass eine Person namens M. Niemann im ersten Hinterhaus in der vierten Etage wohne. Charly traf keinen Hauswart und auch sonst niemanden, der sie belästigte oder Fragen stellte. Sie überquerte den Hof und ging die knarzende Treppe hinauf. Die Wohnungstür mit dem Namensschild *Niemann* war eine von den beiden ganz oben. Es gab sogar eine elektrische Türklingel. Charly schellte und wartete, schellte und wartete, schellte und wartete. Als sich auch nach dem dritten Mal in der Wohnung nichts rührte, schaute sie sich um, ob sie noch allein war, und holte dann die Sperrhaken aus der Tasche. Gereon hatte sie in die Kunstfertigkeit eingeführt, mit einem Dietrich umzugehen, aber sie war nicht sonderlich gut darin. Vielleicht, weil sie darin gar nicht gut sein wollte. Aber es gab in ihrem Arbeitsalltag hin und wieder mal Situationen, in denen es hilfreich war, verschlossene Türen überwinden zu können. Ohne sie gleich eintreten zu müssen.

Die Tür dieser Dachgeschosswohnung war allerdings überhaupt kein Problem für sie, schneller hatte sie noch nie ein Schloss geknackt. Die Türangeln machten einen Höllenlärm, als Charly die Klinke drückte und langsam nach innen schob. Sie schlüpfte in die Wohnung und schloss die Tür, so schnell es ging.

Marie Niemann wohnte klein und bescheiden, aber äußerst sauber. Es gab eine Wohnküche mit fließend Wasser und ein Schlafzimmer, in dem neben Waschtisch, Bett und Kleiderschrank auch ein kleiner Schreibtisch stand. An der Wand hingen ein Spiegel und ein kleines Bücherregal. Neben ein paar Romanen auch zwei Bände mit pharmazeutischer Fachliteratur.

Es gab kein Badezimmer, wahrscheinlich musste Marie Niemann das Klo auf halber Treppe nutzen. Aber sie wohnte allein, und Charly fragte sich, wie eine einfache Küchenhilfe sich solch eine Wohnung leisten konnte. Vielleicht, wenn sie vorher als Apothekenhelferin gearbeitet und deutlich mehr verdient hatte. Aber warum kündigt man dann solch eine Stelle? Doch sicher nicht allein aus politischen Gründen. Andererseits konnte Charly sich auch nicht vorstellen, bei einem Chef zu arbeiten, der einem dauernd den Hitlergruß abverlangte.

Sie schaute sich um. Selbst wenn sie kein Digitalis fände, in welcher Form auch immer, war sie sich sicher, auf der richtigen Fährte zu sein. Sie öffnete erst einmal die Wandschränke in der Küche. Porzellandosen mit Mehl, Zucker, Kaffee, ein paar Gemüsekonserven, Marmeladengläser. Ganz normale Einweckgläser, nichts aus dem Bestand des Hotels. In den anderen Schränken fand Charly Teller, Töpfe und Pfannen, die übliche Ausstattung einer eher einfachen Küche.

Der Waschtisch im Schlafzimmer, auf dem eine Waschschüssel und ein Krug aus Porzellan standen, verbarg in seiner Schublade nur eine Tube Chlorodont und eine Flasche Odol. Keine Medikamente außer einem halbgefüllten Röhrchen Aspirin.

Der Kleiderschrank war das größte Möbelstück in der Wohnung, größer noch als das Bett. Hier hingen nicht nur eine Handvoll Kleider, darunter auch zwei hübsche Tanzkleider, in diesem Schrank war alles Mögliche untergebracht, ein kleiner Koffer, ein Nähkasten und jede Menge Krempel, wahrscheinlich sämtliche Habseligkeiten, die Marie Niemann besaß.

Charly räumte den gesamten Schrank aus, bis sie ganz unten, verdeckt von allem möglichen Kram, ein Holzkästchen entdeckte. Das perfekte Versteck für mindestens ein halbes Dutzend Tablettenröhrchen, wenn nicht mehr.

Das Kästchen war verschlossen und Charlys Sperrhaken viel zu groß, um das kleine Schloss zu öffnen. Sie suchte in der Schreibtischschublade und fand schließlich eine Büroklammer, die sie aufbog. Der Draht passte in das winzige Schlüsselloch, doch es war wie verhext; sie bekam zwar die Zuhaltung zu fassen, aber der Riegel schien zu klemmen. Sie versuchte es mit aller Kraft, und ewig passierte nichts, bis es einen Ruck gab und sich der Deckel ebenso plötzlich wie unerwartet öffnete. Charly war derart erschrocken, dass ihr das Kästchen aus der Hand glitt und mit lautem Poltern zu Boden fiel. Ein ganzer Stapel Briefe flatterte ihr entgegen und segelte auf die Dielen.

Charly hockte sich hin und schaute in den Kasten. Fehlanzeige. Von irgendwelchen Tablettenröhrchen keine Spur. Stattdessen lag am Boden des Holzkastens ein Bündel Banknoten. Charly zählte durch, das waren mehrere hundert Mark, wahrscheinlich sämtliche Ersparnisse, die Marie Niemann im Laufe der vergangenen Jahre beiseitegelegt hatte. Dazu zehn Ein-Dollar-Scheine. War das Mädchen einem amerikanischen Olympia-Touristen zu Diensten gewesen? Etwa Walter Morgan? Trinkgelder konnten es kaum sein, die bekam ein Küchenmädchen nicht.

Sie betrachtete die Flut von Briefen, die sich rings um sie auf dem Dielenboden verteilt hatten. Was für ein Durcheinander. Hoffentlich würde sie die alle wieder so in den Kasten zurücklegen können, dass niemand etwas bemerkte.

Obwohl sie als Privatdetektivin arbeitete, war es Charly nach wie vor unangenehm, die Post fremder Menschen zu lesen. Sie versuchte also, gegen ihre Neugier anzugehen, als sie die Briefe zurück in das Kästchen legte, und nur auf das Datum zu schauen. Bis die Briefmarken sie stutzig machten. Und der Absender. Chicago, Illinois.

Sie faltete den Brief, den sie gerade in der Hand hielt, auseinander. Er war in feiner Handschrift auf dünnem Papier geschrieben.

Chikago im Dezember 1935

Geliebte Marie!

Das Jahr, das schlimme Jahr, neigt sich dem Ende zu, und meine Gedanken sind mehr bei Dir als daß sie hier sind. Wenn Du doch nur bald das Geld für die Passage zusammenhättest! Sobald ich etwas gespart habe, werde ich es Dir schicken.

Du kannst Dir sicherlich denken, daß es gar nicht so leicht ist, sich ein neues Leben aufzubauen, doch es geht hier gut voran. Ich habe Arbeit gefunden, in einer Konservenfabrik. Du kannst Dir gar nicht vorstellen, was die hier alles konservieren, Obst, Gemüse, Marmelade, Wurst und Fleisch. Und das in riesigen Mengen; im Lager stehen ganze Gebirge von Konservendosen. Aber glaube ja nicht, daß unsereiner von all diesen Schätzen auch nur eine Dose mit nach Hause nehmen kann. Gleich hinter der Stempeluhr wird streng kontrolliert, von mürrischen, vierschrötigen Gestalten, die mehr Verbrechern ähneln als Kollegen. Werkschutz nennen die das hier. Ein Paradies für Arbeiter jedenfalls ist auch Amerika nicht.

Ich habe bereits mit den ersten Kollegen gesprochen, die Bereitschaft, eine Gewerkschaft zu gründen und für die Rechte der Arbeiter zu kämpfen, ist groß. Es gibt so vieles zu tun! Ach, wärest Du nur hier! Wie sehne ich den Tag herbei, an dem wir wieder gemeinsam für die Sache des Proletariats streiten.

Dein Dich liebender Karl

Charly schaute nach dem Absender aus dem Briefumschlag und fand dort den vollständigen Namen: *Karl Landers.* Es hörte sich an, als seien er und Marie bereits verlobt gewesen, als er Deutschland verlassen hatte. Verlassen musste? Wegen seiner sozialistischen Ideen? Aber warum war er dann in die USA emigriert und nicht in die Sowjetunion?

Alles Fragen, die sie nicht beantworten konnte, aber eines wusste Charly, ohne es gelesen zu haben: Die Konservenfabrik, in der Karl Landers Arbeit gefunden hatte, musste der Morgan Canning Company gehören. Marie Niemann, die ehemalige Apothekenhelferin und jetzige Küchenhilfe, hatte mit Walter Morgan mehr zu tun, als es den Anschein hatte und sie zuzugeben bereit war.

Es klingelte an der Tür. Charly machte sich stocksteif und hielt die Luft an.

»Marie?«, hörte sie eine weibliche Stimme durch die geschlossene Tür rufen. »Marie, bist du da?«

Verdammt! Sie hatte zuviel Lärm gemacht. Dieses vermaledeite Kästchen! Charly schloss die Augen und hoffte, die Nachbarin möge Ruhe geben. Doch dann klingelte es ein zweites Mal.

46

Die Baumstämme waren schwer, und trotzdem musste alles im Laufschritt erledigt werden. Große Kiefernstämme, fünf, sechs Meter lang, die nach dem Fällen kreuz und quer in der Lichtung lagen und von ihnen zu den Holzstapeln am Rand des Waldwegs geschleppt wurden. Anderswo hatte man Pferde für diese Arbeit, hier mussten Menschen sie erledigen. Ausgemergelte Menschen.

Acht bis zehn Mann hatten einen Stamm zu schultern, und dann ging es los, im Laufschritt Richtung Waldweg, die Baumkronen schleiften über die Erde und durch den Matsch. Seine Fingerkuppen schmerzten, wenn er zupacken musste und sie losliefen mit schmerzverzerrten Gesichtern, beobachtet von den SS-Wachen, die allesamt bester Laune schienen. Keiner guckte grimmig, manchmal hörte man sogar jemanden lachen, wenn einer seiner Kameraden einen Witz gemacht hatte.

Leider gingen diese Witze immer auf Kosten der Gefangenen.

Die SS-Männer fanden es zum Beispiel unglaublich komisch, wenn einer von ihnen, mit Vorliebe ein besonders kräftiger, ohne Vorwarnung auf die Baumkrone sprang und die Häftlinge dadurch aus dem Tritt brachte. Das zog in den Schultern und stauchte einem das Kreuz zusammen, als ob man nicht sowieso schon vor lauter Rückenschmerzen kaum noch aufrecht gehen konnte. Und dann das feixende Lachen der Uniformierten, als habe ihr Kamerad gerade einen kolossalen Witz gemacht. Und wenn jemand als Folge eines solchen Scherzes zu Boden ging und in den Schlamm stürzte, konnte das Lachen schlagartig aufhören, und die SS demonstrierte ihnen, was es hieß, hier eine Schwäche zu zeigen. Dann wurde man gnadenlos vor den Augen der anderen fertiggemacht. Vielleicht überlebte der Mann, den sie dazwischenhatten, diese Prozedur, seine Selbstachtung jedoch überlebte es nicht, die starb jedesmal und jedesmal für immer. Ehlers war bislang nichts dergleichen passiert, doch die Angst zu stürzen, die lief immer mit ihm und den anderen über die Lichtung.

Nein, sie hatten ihn nicht erschossen, wie er befürchtet hatte, nachdem sie ihn und ein Dutzend Leidensgenossen vom Columbiahaus in diesen Wald gekarrt hatten. Ob man das allerdings Glück nennen konnte, daran hegte Herbert Ehlers mittlerweile so seine Zweifel.

Sein Leben hier kam ihm vor wie ein langsames Sterben, wie ein Vorgeschmack der Hölle. In Dreck und Matsch ließen sie ihn und die anderen schuften, ohne Pause, ohne die Möglichkeit, sich nach der Arbeit auch nur einigermaßen zu säubern. Das wenige Wasser, das sie bekamen und das in Fässern von Oranienburg herangeschafft wurde, brauchten sie zum Trinken; zum Waschen war es zu schade. Nur eine Frage der Zeit, wann sich seine kaum verheilten Wunden doch noch entzünden würden.

Wer sich darüber beschwerte, war der Willkür der SS ausgesetzt, wurde, wenn er Glück hatte, nur zusammengeschlagen, wenn er Pech hatte, aber mit den Händen hinter dem Rücken an einen Kiefernstamm gehängt. Die Schreie waren kaum zu ertragen, verebbten aber nach etwa einer halben Stunde, wenn die armen Teufel das Bewusstsein verloren. Für die allermeisten bedeutete das Baumhängen das Todesurteil. Selbst wenn sie einen wieder abhängten, bevor der Tod nach drei, vier Stunden eingetreten wäre, waren die Schultern derart schmerzhaft verrenkt, manchmal sogar ausgekugelt, dass ein Weiterarbeiten nicht möglich war. Was aber dennoch verlangt wurde. Es war unglaublich, wie viele Sadisten die schwarze Uniform trugen, eine Uniform, der Herbert Ehlers vor wenigen Wochen noch Hochachtung entgegengebracht hatte. Die er für Deutschlands Zukunft gehalten hatte. Und vielleicht war sie das ja auch, aber anders, als er sich das vorgestellt hatte.

Angesichts der Umstände im Lager versuchte er, sich möglichst unauffällig zu verhalten. Immerhin hatten sie ihm eine Häftlingsuniform gegönnt, doch die war nach wenigen Tagen im Rodungsgelände schon derart durchnässt, verschmutzt und zerschlissen, dass sie aussah, als trage er sie bereits seit Jahren und habe sie nie gewaschen. Er hatte keine Ahnung, was aus der schmucken Uniform des Norddeutschen Lloyd geworden war, die er getragen hatte, als sie ihn aus dem Olympischen Dorf geholt hatten.

Es war zum Verzweifeln. Die Spiele hatten begonnen, das Ziel, auf das er hingearbeitet hatte, und Herbert Ehlers rackerte sich in einem beschissenen Kiefernwald östlich von Oranienburg beim Bäumefällen ab.

Sie hatten nicht viel Gelegenheit zur Unterhaltung während der Arbeit, die SS-Wachen machten zwar Witze, sie passten aber auch auf wie die Schießhunde. Dennoch hatte Ehlers erfahren, dass der größte Teil seiner Mithäftlinge nicht aus dem KL Columbia kam, sondern aus dem Emsland.

»Was machen wir hier eigentlich?«, hatte er irgendwann einen Leidensgenossen gefragt, als die Wachen gerade nicht hinschauten.

»Na, dreimal darfste raten: Wir dürfen uns unser eigenes KL bauen, das schönste, das die Welt je gesehen hat.«

Der Häftling deutete auf die halbgerodete Lichtung, ein wildes Durcheinander aus Baumstämmen, Schlamm und Geäst.

»Willkommen in Sachsenhausen«, sagte er.

Noch waren sie in einer stinkenden Behelfsbaracke untergebracht, die sie sich selbst am Waldrand hatten zusammenzimmern dürfen, doch schon bald sollte hier, genau hier, wo sie jetzt den Wald rodeten, das modernste Konzentrationslager des Reichs entstehen. Eine achtzehn Hektar große dreieckige Anlage, gesichert von einer drei Meter hohen Mauer, einem elektrisch geladenen Stacheldrahtzaun und neun Wachtürmen.

So hatte es ihm sein neuer Freund erklärt, der aus irgendwelchen Gründen Bescheid wusste über die Pläne der SS. Der überhaupt über sehr viel Bescheid wusste.

»Wenn die Olympiade erst mal vorbei ist«, sagte er, »dann werden die KL in Deutschland nur so aus dem Boden schießen. Dann legt die SS erst richtig los.«

Ehlers hatte schnell herausgefunden, dass die meisten Häftlinge, vor allem die aus dem Emsland, stramme Kommunisten waren, immer noch, trotz zum Teil schon seit Jahren anhaltender Umerziehung. Und Herbert Ehlers, der den Kommunisten vor Jahren schon abgeschworen hatte, weil er das Gefühl hatte, der nationale Sozialismus tue mehr für einen Arbeiter, der handele vor allem und rede nicht nur, merkte, dass die politische Umerziehung, die er hier angeblich, begleitet von harter körperlicher Arbeit, erfahren sollte, nicht funktionierte. Sollte dies tatsächlich das Ziel der SS sein, aus ihnen stramme Nazis zu machen, dann ging das gründlich daneben. Noch nie in den letzten sieben Jahren hatte er sich den kommunistischen Genossen von einst so nah gefühlt wie in diesen Tagen. Und das Gefühl, dass man, koste es, was es wolle, zusammenhalten müsse gegen die schwarzen Wächter, wuchs mit jedem Kiefernstamm, den sie durch den Matsch schleppten.

47

Charly hatte eine Konditorei an der Schönhauser Allee gefunden, die mit feisten Torten und kleinen Fähnchen im Schaufenster warb. Nur olympische Ringe, keine Hakenkreuze, nicht einmal als Nationalfahne, das hatte ihr die Entscheidung hineinzugehen erleichtert. Die Cafés waren überall in der Stadt wegen der Olympiade voller als gewöhnlich, ganz gleich ob am Ku'damm, am Potsdamer Platz oder in der Friedrichstraße, sogar in einem Arbeiterviertel wie Prenzlauer Berg. Hier waren zwar weniger Touristen unterwegs als in der City, hier gab es aber auch weniger Cafés. Dennoch hatte sie einen Tisch für sich allein ergattert, ganz hinten in der Ecke, wo außer der Kellnerin niemand vorbeischaute.

Charly bestellte eine Tasse Kaffee und holte die Zigaretten aus der Handtasche. Sie wartete, bis die Kellnerin den Kaffee gebracht hatte, bevor sie noch einmal in die Handtasche griff und einen Stapel sorgfältig gefalteten dünnen Papiers vor sich auf dem Tisch ausbreitete. Sie zündete sich eine *Juno* an und begutachtete ihre Ausbeute.

Sie hatte die Briefe einfach mitgenommen. Was hätte sie sonst auch tun sollen? Nachdem es an der Tür geklingelt hatte, konnte sie keine Minute länger als nötig in der fremden Wohnung bleiben. Sie hatte stocksteif gestanden und keinen Laut gemacht. Sich nicht gerührt und gewartet, bis sich die Schritte von der Wohnungstür wieder entfernt hatten. Dann die Briefe in ihre Handtasche gesteckt, das leere Kästchen verschlossen und zurück an seinen Platz gestellt, ebenso die restlichen Sachen aus dem Kleiderschrank, noch einen Moment an der Tür gelauscht und durch den Briefschlitz ins Treppenhaus geschaut, und erst, als sie völlig sicher war, dass niemand draußen stand, die Wohnung von Marie Niemann so leise wie möglich verlassen. Die Suche nach dem Verodigen hatte sie abgebrochen. Darauf kam es jetzt auch nicht mehr an.

Die Briefe waren allesamt in derselben feinen Handschrift abgefasst, bestimmt zwei Dutzend Blätter. Karl Landers schilderte seiner Verlobten – denn das war Marie Niemann tatsächlich seit eineinhalb Jahren – vor allem den Alltag in seiner neuen Heimat und die politische Arbeit in der Konservenfabrik. Der private und gefühlige Gehalt seiner Briefe wurde immer geringer, immer mehr stand die Hoffnung im Vordergrund, mit den Arbeitern der Morgan Canning Company in Chicago trotz des Widerstandes von Generaldirektor Morgan eine Gewerkschaft gründen zu können.

Chikago im April 1936

Meine Liebste!

Es ist so viel passiert! Wir sind kurz davor, den entscheidenden Sieg zu erringen! Die Einschüchterungsversuche der Geschäftsleitung haben nichts genutzt, es sind über hundert Genossen, die mittun wollen in der neuen Gewerkschaft, und das allein in unserem Betrieb. Und die Canning Company hat noch vier weitere im Raum Chikago. Wenn ich von Einschüchterungsversuchen spreche, dann spreche ich nicht nur von Worten. Mister Morgan, unser Generaldirektor, schreckt nicht davor zurück, auch den Werkschutz, den sie hier security nennen, gegen die eigenen Mitarbeiter einzusetzen. Und wenn das nicht reicht, holen sie die Schläger von der Straße, lassen Gangsterbanden auf ehrliche Arbeiter einprügeln.

Bei unserem Streik letzte Woche haben sie den Streikbrechern den Weg frei geprügelt, und Streikbrecher finden sich immer, es gibt hier so viele Arbeitslose, wie ich es nur aus Deutschlands schlimmsten Jahren kenne, und es gibt kaum proletarisches Klassenbewußtsein. Jeder ist sich selbst der Nächste, jeder glaubt an den amerikanischen Traum, aus dem Arbeiterelend auszubrechen und reich zu werden, und sei es auf Kosten der anderen. Dieser Traum, der ist in diesem Lande das Opium fürs Volk, mehr noch als die Religion.

Ich kann Dir sagen, es ist gar nicht so einfach, in Menschen, die so denken, den Sinn für Solidarität zu wecken. Aber ich habe es geschafft, und es werden immer mehr, die ich mit meinen Ideen erreiche. Dies hier ist ein Land, das den Sozialismus nötiger braucht als die meisten anderen. Politik und Wirtschaft gerade in Chikago sind durchseucht vom Verbrechen.

Ach Marie, wenn Du doch nur das Geld für die Ausreise bald beisammen hättest! Ich habe Dir ein paar Dollars beigelegt, vielleicht hilft das. Um unser Leben hier mußt Du Dir keine Sorgen machen, Du wirst schnell Arbeit finden. Bei mir im Block ist eine pharmacy, wie sie das hier nennen, und Mister Feingold, der Betreiber, könnte eine tüchtige Apothekenhelferin wohl gebrauchen, wie er sagt. Du siehst, wir erwarten Dich mit offenen Armen.

Dieser Brief war der letzte einer langen Reihe, die Karl Landers an seine Verlobte geschickt hatte. Die beiden, die Marie Niemann danach noch aus Chicago erreicht hatten, trugen andere Absender und sahen auch völlig anders aus, waren mit der Maschine und nicht von Hand geschrieben. Einmal ein in Englisch abgefasstes Anschreiben mit dem Siegel des *Chicago Police Department*, das über einen tragischen Zwischenfall in der Konservenfabrik aufklärte. Charlys Englisch war nicht das beste, aber so weit sie verstand, war es am 27. April zu einem Arbeitsunfall gekommen, als der *machine operator* K. Landers zur Reparatur eines defekten *meat grinder* in die Maschine gestiegen sei, die sich aber aus letztlich nicht zu klärenden Gründen wieder in Bewegung gesetzt und den Arbeiter auf der Stelle getötet habe. Als Unfallursache gab die Polizei technisches Versagen und ein Missachten der Sicherheitsvorschriften an. *Disregard of safety regulations.*

Das war alles. Auf diese nüchterne, pietätlose Art und Weise hatte Marie Niemann vom Tode ihres Verlobten erfahren. Kein Kondolenzschreiben, nichts. Die Morgan Canning Company hatte kein Wort des Bedauerns oder gar des Mitleids ausgesprochen.

Das letzte Schreiben in Marie Niemanns Briefstapel war das interessanteste. Ein formloses Maschinenschreiben ohne Datum, Briefkopf, Absender und Unterschrift. Ein anonymer Brief, abgefasst in ziemlich schlechtem Deutsch. Da hatte sich jemand Mühe gegeben, der die Sprache schon lange nicht mehr gesprochen hatte. Charly tippte auf einen von Landers' deutschstämmigen Genossen in der Konservenfabrik, der aber schon länger in den Staaten weilte, dort vielleicht sogar geboren war und die Sprache nur noch aus dem Elternhaus kannte.

Sehr geehrtes Fraeulein Niemann,

Sie wundern sich bestimmt, dass ich Ihnen schreibe, denn Sie kennen mich nicht.

Ich bin ein Freund und Genosse Ihres Verlobten Karl Landers und fand Ihre Adresse und Ihr Foto in seinem Nachlass, was ich Ihnen auch mit diesem Schreiben zukommen lasse. Ihr Name indes war mir schon bekannt durch die reichlichen Erzaehlungen, die Karl von Ihnen getan hat.

Ich schreibe Ihnen aus wichtigem Grund: Glauben Sie nicht an die Luegen, die man Ihnen erzaehlt: Karls Tod war kein Unfall aus Unachtsamkeit, es war ein herbeigefuehrter Unfall. Dem juedischen Kapitalisten Walter Morgan (der eigentlich Morgenthau heisst, was Sie wissen sollten!) war die politische Arbeit Ihres Verlobten ein Dorn im Auge, und er hat Spitzbuben angeheuert, diesen zu beseitigen.

Es ist ein Mord, der nie bewiesen werden kann, also warum schreibe ich Ihnen dieses? Weil der Moerder in Ihr Land kommen wird: Der juedische Kapitalist Walter Morgenthau reist nach Berlin zu den Olympischen Spielen.

Ein Mord, der nicht bewiesen werden kann, kann niemals bestraft werden, aber er kann geraecht werden.

Walter Morgan wird vom 29. Juli bis zum 17. August im Hotel Esplanade naechtigen. Uns Genossen hier sind die Haende gebunden, aber wir vertrauen auf Sie: Raechen Sie den Tod Ihres

Verlobten, helfen Sie den Genossen Ihres verstorbenen Verlobten im Kampf der Arbeiterklasse, helfen Sie der Welt und tilgen Sie die Existenz des juedischen Kapitalisten Walter Morgenthau von diesem Planeten.

Er wird drei Wochen in Ihrer Stadt verbringen, und viele Menschen hier hoffen, dass er nie wieder nach Chicago zurueckkehrt. Ohne ihn ist die Welt ein besserer Platz. Informieren Sie die Genossen in Ihrer Stadt, diese werden wissen, was zu tun ist.

Hochachtungsvoll

Ein Freund

Briefen, die mit *ein Freund* unterschrieben waren, sollte man nicht trauen, dachte Charly. Für sie war die Sache klar: Amerikanische Sozialisten (durchaus antisemitisch denkende amerikanische Sozialisten) hatten ihre deutschen Genossen für einen politischen Mord gewinnen und dafür Marie Niemann einspannen wollen. Für einen Mord, der nur ihnen nützte, weil sie so einen lästigen Gegenspieler loswurden, der aber auf dieser Seite des Atlantiks niemandem einen Vorteil brachte, weder Marie Niemann noch irgendwelchen deutschen Genossen und schon gar nicht dem Kampf der Arbeiterklasse.

Und das Schlimme war: Marie war darauf reingefallen und hatte den politischen Racheakt – offensichtlich mangels Kontakten zu irgendwelchen kommunistischen Untergrundkämpfern – selbst ausgeführt.

48

Eigentlich hatte es ihr Abschiedsessen sein sollen. Das letzte Abendessen in Berlin für Olympia Morgan, bevor es mit dem Dampfer wieder zurück in die Heimat ging. Entsprechend hatte er sich nicht lumpen lassen und einen Tisch im Horcher reserviert, dem besten Lokal der Stadt, Deutschland wollte sich auch gegenüber der Witwe eines auf tragische Weise ums Leben gekommenen Sportfunktionärs von seiner besten Seite zeigen.

Aber dank der Entscheidung der Witwe, die selbst einmal aktiv Schwimmsport betrieben hatte, den olympischen Schwimmwettkämpfen beizuwohnen, würde Sebastian Tornow wohl noch öfter in den Genuss kommen, Misses Morgan zu solchen und ähnlichen Gelegenheiten zu begleiten. Und selbstverständlich hatte sie auch schon darum gebeten, die Abschlussfeier zu besuchen, auf dem Ehrenplatz zu sitzen, der eigentlich ihrem Mann zugedacht war. Hätte Tornow das gewusst, er hätte womöglich jemand anderen zur Betreuung der Witwe beordert. Andererseits war es eine Aufgabe von höchster Wichtigkeit, eventuelle Zweifel am natürlichen Tod Walter Morgans schon im Keim zu ersticken.

Und so gesehen hatte er gut daran getan, diese Aufgabe selber zu übernehmen. Denn die Witwe hatte Zweifel.

»Wissen Sie, als der Anruf aus Germany kam, habe ick zuerst gedacht, Walter had been killed«, sagte sie in aufgeräumter Stimmung, als sie beim Dessertwein saßen. »Es hat mick fast beruhigt, als Sie sagten mir, he had had a heart attack.«

Tornow ließ sich die Beunruhigung nicht anmerken, die ihre Worte bei ihm auslösten.

»Getötet? Wie konnten Sie denn überhaupt auf so eine Idee kommen?«, fragte er und gab sich den Anschein, er führe lediglich gepflegte Konversation, ohne Belang und Relevanz.

»Nun, es hätte mick nicht überrascht ...« Sie schaute ihn prüfend an. »Mein Mann hatte ville Feinde in die US.«

»Das ehrt ihn«, meinte Tornow. »Jeder bedeutende Mann hat Feinde. Aber die ermorden einen nicht gleich. Reden Sie von konkurrierenden Unternehmern?«

»No, no, god forbid!«, sagte sie. »I'm talking about communists! Sie wissen schon. Auch in Chicago gibt es die. Macken hard working employers das Leben schwer.«

Sie wechselte immer noch oft ins Englische, doch ihr Deutsch wurde von Tag zu Tag besser. Ihre Mutter sei Deutsche gewesen, hatte sie erzählt, als er ihr daraufhin ein Kompliment gemacht hatte, ihr Vater hingegen Grieche. Doch der sei nicht viel zuhause gewesen. »Ick sprecke nur English und German, and less than a few words Greek.«

Tornow war froh über jede englische Vokabel, die sie ihm ersparte.

»Tja, Kommunisten, eine regelrechte Seuche. Ich dachte, bei Ihnen in den Staaten sei das weniger ein Problem.«

»As if!« Sie winkte ab. »Aber in Deutschland habben Sie mit diese Pack ja aufgeräumt.«

»Kommunisten waren tatsächlich ein Problem in Deutschland, gerade auch in Berlin. Aber unser Führer und die nationalsozialistische Bewegung haben es binnen eines Jahres gelöst. Sie finden heute keinen Kommunisten mehr in Deutschland, der es wagen würde, sein Maul aufzureißen.«

»Really?«, sagte sie, und es klang bewundernd.

»Darauf können Sie sich verlassen.«

»Mein Mann hat, wie sagt man? Morddrohungen bekommen.«

»Tatsächlich? Von Kommunisten?«

»I think so. Anonymous, doch von wem sonst? Walter wollte eine communist union in unseren Konservenfabriken nicht erlauben, da haben sie gedroht. Da hat es gegebben viel Gewalt. Zum Glück haben wir security, eine Werkschutz.«

Tornow nickte.

»Es ist so traurig, ick habe ihn sehr geliebt.« Sie schaute nachdenklich in die Ferne. »Wissen Sie, dass er hat benannt eine Sauce nach mir?«

»Ach?«

»Olympia. Nickt wegen die Spiele, sondern wegen meine Name. Unsere neue product.«

Tornow lächelte verständnisvoll. Endlich hatte sie das Thema gewechselt. Ihre Gläser waren leer und er winkte dem Kellner nach der Rechnung. Doch Olympia Morgan war sehr gut darin, ihre Gesprächspartner zu überrumpeln.

»Sie haben Walter«, fragte sie, »wie sagt man? Obduzieren lassen?«

Diese verdammte Witwe! Was hatte sie gestern bei Grieneisen gemacht? An der Leiche ihres Mannes nach Verletzungen gesucht und dabei die frisch vernähten Obduktionsnarben gefunden?

Er ließ sich nichts anmerken.

»Natürlich«, sagte er, »das ist in so einem Fall doch selbstverständlich. Um jeden Zweifel auszuschließen.«

»So you didn't find anything?«

»Natürlich nicht. Keinerlei Hinweise auf Fremdeinwirkung.«

»Haben Sie gemacht eine criminal investigation?«

»Ein Polizeibeamter hat die Todesumstände Ihres Mannes untersucht, richtig. Das ist in solchen Fällen üblich.«

»I would like to talk to this detective.«

»Natürlich. Aber unsere Polizeibeamten sind gerade sehr beschäftigt, wie Sie sich denken können. Mal sehen, wann sich das einrichten lässt. Ich kümmere mich persönlich darum.«

Tornow lächelte. Aber insgeheim verfluchte er den Tag, an dem Olympia Morgan deutschen Boden betreten hatte.

49

Sie sagte keinen Ton, während er las, sie saß nur da, nippte an ihrem Wein und zog an ihrer Zigarette. Rath legte die Briefe beiseite.

»Gratuliere«, sagte er. »Damit ist das gute Fräulein Niemann überführt. Unabhängig davon, ob man noch Verodigen bei ihr findet oder nicht. Möchte wetten, dass der Apotheker auf einige Unregelmäßigkeiten stößt, wenn er die Vorräte in seinem Lager mal genauer unter die Lupe nimmt.«

Charly nickte, doch sie schien gar nicht richtig zugehört zu haben. Sie saßen am Küchentisch in der Spenerstraße und hatten eine Flasche Weißwein aufgemacht. Greta Overbeck war unterwegs, sie hatten die ganze Wohnung für sich, und es fühlte sich fast an wie ein gemeinsamer Abend, doch machte sich Rath nach ihrem letzten Treffen keine großen Hoffnungen, dass es für Charly mehr war als ein Informationsaustausch.

Aber wenigstens hatten sie zu trinken.

Er hob sein Glas. »Auf den Ermittlungserfolg der Privatdetektivin Charlotte Rath. Die Detektei Böhm ist zu beneiden.«

Sie prostete zurück und trank, doch zufrieden oder gar glücklich wirkte sie nicht.

»Und?«, fragte sie und zündete sich die nächste *Juno* an, dabei hatte sie die letzte gerade erst ausgedrückt. »Was machen wir nun damit? Mit diesem *Erfolg*?«

Sie sprach das Wort aus, als handele es sich dabei um etwas Unanständiges.

»Nun, *du* kannst dich natürlich nicht exponieren in dieser Sache, das verstehe ich. *Ich* nehme die Beweismittel an mich.«

»Und dann?«

Sie zog an ihrer Zigarette und schaute ihn an. Ihr Blick hatte etwas Herausforderndes. So schaute Charly normalerweise, wenn sie Streit wollte.

»Und dann werde ich Marie Niemann besuchen und sie damit konfrontieren.«

Charly nickte. Als habe sie sich schon gedacht, dass er so etwas sagen würde.

»Und wenn sie nichts sagt?«, fragte sie. »Reichst du sie dann zum Foltern an die Gestapo weiter?«

»Charly!«

»Ich frage ja nur. Du willst das Mädchen also allen Ernstes ans Messer liefern?«

»Was heißt: ans Messer liefern? Sie hat einen Menschen auf dem Gewissen, das kann man ihr doch nicht einfach durchgehen lassen. Außerdem: Wollten wir nicht den wirklichen Mörder von Walter Morgan ermitteln, um die Unschuld von Herbert Ehlers zu beweisen und den Verdacht weg vom Olympischen Dorf und von unserem Jungen zu lenken?«

»Ja, das wollten wir. Aber du hast vorhin selbst gesagt, dass Ehlers überhaupt nicht mehr tatverdächtig ist.«

»Nein. Aber trotzdem kann man eine mutmaßliche Mörderin doch nicht einfach so davonkommen lassen. Charly! So etwas hättest du früher niemals zugelassen.«

»Früher hatten wir auch noch einen Rechtsstaat.«

»Aber was willst du denn tun? Wir können ja schlecht Selbstjustiz üben.«

»Ich weiß auch nicht. Ich weiß nur, wenn wir unsere Erkenntnisse an die Behörden weiterleiten, dann begehen wir einen Mord, dann nämlich ist Marie Niemann so gut wie tot.« Sie zog an ihrer Zigarette, als werde sie dafür bezahlt. »Und das werde ich nicht zulassen! Wenn wir sie der Gestapo überlassen, machen wir uns zu Mördern, willst du das wirklich?«

»Wie sich das bei dir anhört.«

»Ich nenne die Dinge nur beim Namen. Wir werden von Verbrechern regiert, ist dir das immer noch nicht klar?«

Wie recht du nur hast, dachte er. Wie verdammt recht du nur hast. Aber das sagte er nicht.

»Schön. Dann waren also alle Mühen für die Katz.« Er klang beleidigter als beabsichtigt, er sah es an ihrem Blick. »Ich stehe auch unter Druck, Charly. Ich muss Ergebnisse liefern, sonst machen die da oben mir Probleme.«

»Das LKA?«

»Nicht nur die. Alle.«

Sie nickte vielsagend. Aber wenigstens hakte sie nicht nach. Sie trank einen Schluck Wein und zog an ihrer Zigarette und schien irgendwo weit in die Ferne zu schauen.

»Was ist eigentlich mit Tornow?«, fragte sie dann, völlig unvermittelt. Eine Frage aus dem Nichts. Rath fühlte sich überrumpelt.

»Wie meinst du das?«, fragte er.

»Er ist jetzt SS-Offizier und hat als solcher Olympia Morgan vom Bahnhof abgeholt und zu ihrem Hotel geleitet.«

»Stimmt, das hast du ja erzählt.«

»Ja, habe ich. Aber wir haben noch gar nicht darüber geredet. Was hat Sebastian Tornow mit deinem Fall zu tun?«

»Wie?«

»Eine ganz einfache Frage: Was hat Tornow mit deinem Fall zu tun?«

»Nichts, er ist doch kein Polizeibeamter, er ist SS-Mann.«

»Eben. Verdammt, Gereon, verkauf mich nicht für blöd!«

Rath griff zu seinen Zigaretten. Es war vorbei, er konnte Charly nichts mehr vormachen, er musste Farbe bekennen. Obwohl Tornow ihm genau das verboten hatte. Er zündete sich eine *Overstolz* an, schaute eine Weile den Rauchkringeln hinterher und holte tief Luft.

»Charly«, begann er, »ich muss dir etwas erzählen. Etwas, was ich dir eigentlich nicht erzählen darf. Weil das alles streng geheime Dinge sind.«

»Aha.«

Sie legte ihre Stirn in Falten.

»Sebastian Tornow ist nicht erst seit der Olympiade wieder in Berlin.«

»Woher weißt du das?«
»Ich arbeite für ihn.«
»Wie bitte? Für einen SS-Mann?«
Sie schaute ihn mit großen Augen an. Mit erschrockenen Augen. Als trage er eine schwarze Uniform und eine rote Armbinde. Als sei er der zweite Nazi, der in der Spenerstraße ein und aus gehe.
»Nicht, weil ich will, Charly. Weil ich muss.«
»Niemand muss für die Nazis arbeiten.«
»Ich arbeite auch nicht für die Nazis, ich arbeite für Tornow. Um uns zu schützen.«
»Ach, wie edel!«
»Verdammt, Charly, hör mir doch einfach mal zu!«
»Gerne. Wenn du mir verdammt noch mal endlich erzählst, was da los ist.«
Sie sah wütend aus, wütend und ungläubig. Aber das war jetzt auch egal, sie hatte recht: er musste erzählen, und das tat er.
Er erzählte ihr alles, erzählte ihr von den Mikrofonen, mit denen ihre Wohnung abgehört worden war. Erzählte von Tornows Erpressung, und dass der SS-Obersturmbannführer Sebastian Tornow den Kriminalbeamten Gereon Rath für den SD als Spitzel missbraucht und in den letzten Wochen als Sonderermittler mit Geheimauftrag eingesetzt hatte. Erzählte ihr all das und wunderte sich, dass es dafür nicht mehr brauchte als eine Zigarettenlänge.
Als er geendet hatte, schwieg sie erst einmal und griff ihrerseits zu den Zigaretten. Mit einer solchen Geschichte hatte sie nicht gerechnet, das konnte er sehen. Wie auch? Wie hätte sie solche Monstrositäten auch nur ahnen können?
Er gab ihr Feuer.
»Und die Mikrofone?«, war das erste, was sie sagte, als sie den ersten Zug genommen hatte und den Rauch über den Tisch blies.
»Wie?«
»Die Mikrofone. Sind die immer noch in unserer Wohnung?«
»Nein«, sagte er. »Der SD hat sie wieder abmontiert.«
»Sicher?«
»Jemanden abzuhören, der davon weiß, ist nicht sinnvoll.«
Das waren ungefähr die Worte, die auch Sebastian Tornow benutzt hatte. In einem Wutanfall hatte Rath damals sämtliche Mi-

krofone, die er finden konnte, zerstört, hatte sie von ihren Kabeln gerupft, auf den Boden geworfen und darauf herumgetrampelt, die Trümmer dann im Hof in den Ascheimer geworfen. Dennoch hatte er zwei übersehen. Wie ihm Tornow ein paar Tage später verriet, als er ihn wieder zu sich zitiert hatte. Und ihm die zerstörten Mikrofone in Rechnung stellte. »Wir hätten die sowieso abmontiert, Gereon, was denkst denn du? Hältst du dich für so wichtig?«

Charly stieß den Rauch ihrer Zigarette aus wie ein wütender Drache seinen Feuerstrahl. »Verdammt, Gereon«, sagte sie, »warum hast du mir das denn nicht längst erzählt?«

»Weil Tornow mir untersagt hat, mit irgendwem darüber zu reden, insbesondere mit dir. Und weil ich dachte, ich könnte dich schützen, wenn du nichts davon weißt.« Er zuckte die Achseln. »Es tut mir leid, Charly. Aber ich weiß einfach nicht, wie wir aus diesem Schlamassel wieder herausfinden sollen.«

»Jedenfalls nicht, indem wir einfach abwarten, bis es Herrn Tornow irgendwann beliebt, einen von uns oder uns alle beide zugleich in ein KL zu stecken.«

»Aber was können wir denn tun? Er hat uns in der Hand. Willst du ihn umbringen?«

»Wenn es sein muss, auch das.« Charly sah sehr entschlossen aus, als sie das sagte. »Aber ich bin sicher, da gibt es einen anderen Weg.«

Sie drückte ihre Zigarette aus, und Rath fragte sich, ob ihre Entschlossenheit ihm Mut machen oder ihn eher ängstigen sollte. Wusste sie wirklich, mit welchem Gegner sie es da zu tun hatte?

50

Manchmal fragte sich Ludwig Kramp, warum er diese Ausbildung genossen hatte, wenn er dann doch nur zum Wacheschieben eingesetzt wurde. Immer wieder war ihnen eingetrichtert worden, welche Ehre es sei, diesem Regiment anzugehören, dass sie die Besten der Besten seien, nicht einmal die SS lege so einen hohen Maßstab bei der Rekrutierung ihrer Männer an.

Seit zwei Jahren war Kramp nun dabei, hatte es vom Polizisten zum Elitesoldaten gebracht, war in all den Jahren aber fast immer, obwohl inzwischen zum Oberfeldwebel befördert, nur zum Wachdienst abkommandiert worden. Immerhin, er hatte auch schon die Reichskanzlei bewacht, aber meist lief es doch darauf hinaus, sich mitten in der Schorfheide vor der Adjutantur von Carinhall die Beine in den Bauch zu stehen oder vor dem Reichsluftfahrtministerium und der Villa Göring. Einen Zwischenfall hatte es bei all diesen Einsätzen nur ein einziges Mal gegeben, noch auf der Baustelle des Ministeriums, kurz vor dessen Einweihung. Sie hatten sich einen Schusswechsel mit zwei Verbrechern geliefert, die liquidiert werden sollten. Hatten nur einen der Kerle erwischt, zwei Kameraden jedoch, Lieske, ihr Kommandant, und Nowitzki, hatten das mit dem Leben bezahlt, drei weitere waren seither dienstuntauglich.

In den Zeitungen war der missglückte Einsatz wie eine Heldentat geschildert worden, doch wie einen Helden hatte man ihn hernach nicht behandelt. Von den Kameraden, die damals dabei waren, hatte er keinen je wiedergesehen, sie waren in alle Winde zerstreut worden. Deilmann, Hüttner und Kieling waren aufgrund ihrer Verletzungen ohnehin dienstunfähig, soweit er wusste, aber auch die drei Kameraden, ihn eingeschlossen, die den Einsatz unverletzt überstanden hatten, waren, Zufall oder nicht, auseinandergerissen worden. Dabei hatte er sich mit Ohnsorg immer prächtig verstanden. Doch Oberstleutnant Jakoby hatte es beliebt, Kramp in die neue Kaserne des Regiments General Göring in Reinickendorf zu schicken, Ohnsorg hingegen zur Fallschirmjägerausbildung nach Döberitz. Da wäre Kramp auch gerne hingegangen, doch da wollten alle hin, und sie nahmen nur wenige. So war das eben beim Kommiss: Man konnte es sich nicht aussuchen. Befehl war Befehl.

Und so stand Ludwig Kramp also wieder einmal in einem der Wachhäuschen, die die Zufahrt zur Kaserne Reinickendorf flankierten. Oder eher: zur Baustelle der Hermann-Göring-Kaserne. Denn neben der alten kaiserlichen Kaserne wuchsen hier gerade inmitten einer grünen Landschaft zig Gebäude in die Höhe, alles für ihr Regiment, die modernste Kaserne Deutschlands.

Überall Sandhaufen, Bretterstapel, Betonmischer, Steinberge, Gerüste; manchmal wusste Kramp selbst nicht, ob sie hier eine

Kaserne bewachten oder eine Baustelle. Denn die meisten Fahrzeuge, die sie passieren ließen, waren keine Militärfahrzeuge, sondern Lastwagen mit Baumaterialien oder Lieferwagen mit Handwerkern. Die Bauarbeiter wohnten in einer kleinen Barackenstadt auf dem ummauerten Kasernengelände.

Der Kamerad auf dem anderen Posten, Fähnrich Drechsler, war ein Grünschnabel, seit wenigen Wochen erst dabei. Stand da stolz wie Oskar in seinem schwarz-weiß-roten Schilderhäuschen. Na, der würde auch noch merken, dass man sich nicht allzuviel darauf einbilden durfte, sich hier die Beine in den Bauch zu stehen.

So standen sie da, die Gewehre geschultert, den Blick geradeaus, und wie immer passierte nicht viel. Ein Elektriker und ein Fliesenleger, die die nötigen Passierscheine besaßen, waren die einzigen, die bislang Einlass begehrt hatten. Mein Gott, war das spannend! Als er so alt gewesen war wie Drechsler jetzt, hatte Kramp noch einen gewissen Ehrgeiz besessen, die Wache so ehrenvoll wie möglich abzuleisten, mit unbewegtem Gesicht und dennoch angespannt bis in die Haarspitzen, und aufmerksam jede kleinste Veränderung in der Umgebung beobachtend. Das war längst vorbei. Er wartete einfach nur ab, bis die Schicht vorbei war, und versuchte währenddessen an möglichst angenehme Dinge zu denken. Passierte sowieso nichts. Der Zwischenfall im letzten Jahr war ja nicht aus dem normalen Wachdienst heraus erwachsen, sondern aus einer ganz anderen Situation. Sie hatten Order gehabt, zwei Volksfeinde, die sich ...

Er stutzte.

Was war denn da los? Er hörte Autoreifen quietschen. Vom Spandauer Weg näherte sich ein Lieferwagen, der ein wenig zu rasant in die Kurve ging. Beinahe wäre der Wagen ausgebrochen, doch er fing sich wieder und näherte sich der Kasernenzufahrt mit großer Geschwindigkeit.

Mit zu großer Geschwindigkeit.

Kramp wechselte einen kurzen Blick mit Drechsler, dessen starres Gesicht für einen kurzen Moment von einem Ausdruck der Unsicherheit aufgeweicht wurde, bis es wieder einfror, festgehalten vom Sturmriemen des Stahlhelms unter dem Kinn. Drechsler schien Kramps Blick als Aufforderung verstanden zu haben; er verließ sein Schilderhäuschen und trat hinaus in den Regen, stellte sich vor die Schranke und hob die Hand wie ein Verkehrspolizist.

Der Grünschnabel schien darauf zu vertrauen, dass der Fahrer schon rechtzeitig bremsen würde, wie es bislang noch alle Handwerker gemacht hatten. Doch dieser hier verringerte sein Tempo nicht, im Gegenteil. Kramp fragte sich, was in den Mann am Steuer gefahren sein mochte? War der zu spät dran und versuchte die Verspätung aufzuholen?

Keine Zeit für solche Fragen, er lud den Karabiner durch und legte an. Drechsler vor der Schranke tat das Gleiche und rief vorschriftsmäßig: »Halt! Stehenbleiben!«

Der Mann am Steuer konnte ihn unmöglich hören. Aber sehen musste er ihn doch. Ihn und die Gewehre, die beide Wachsoldaten auf den Wagen gerichtet hatten.

Jetzt erst, während er den Wagen über Kimme und Korn ins Visier nahm, merkte Kramp, dass der gar nicht auf die Schranke zuraste, sondern auf ihn.

Verdammt, der würde doch nicht so verrückt sein und frontal gegen das Schilderhäuschen und die Kasernenmauer rasen, die unmittelbar dahinter stand, massiv und unnachgiebig.

Kramp war so irritiert ob der ungewöhnlichen Situation, auf die niemand ihn während der Ausbildung und des Kasernenhofdrills vorbereitet hatte und für die es keine Routine gab, dass er instinktiv handelte: Er schoss auf das ihm entgegenrasende Automobil, dessen Windschutzscheibe splitterte, schoss und lud nach und schoss noch einmal, und nach dem zweiten Schuss brach der Fahrer über dem Lenkrad zusammen. Das führerlose Automobil jedoch änderte seine Richtung nicht und noch weniger seine Geschwindigkeit, es raste weiter heran und war von ein paar Projektilen nicht zu beeindrucken.

Keine Dienstvorschrift, sondern blinder Reflex ließ Ludwig Kramp im letzten Moment zur Seite springen, doch das Holz des Schilderhäuschens hinderte seinen Sprung und hielt ihn schmerzhaft an der Schulter zurück. Und bevor er sich wieder aufrappeln und einen zweiten Versuch unternehmen konnte, wurde er bereits von knapp fünf Tonnen Blech und Stahl mitsamt seinem Schilderhäuschen, dessen Bretter in alle Richtungen splitterten, an die Kasernenwand gedrückt.

51

Er hatte das Gefühl, gerade erst eingeschlafen zu sein, als der Wecker neben seinem Feldbett rasselte. Rath brachte das heisere Blech zum Schweigen und setzte sich auf. Er fühlte sich wie gerädert, hatte die halbe Nacht wach gelegen und dem Schnarchen von Frank Miller gelauscht. Der Mann würde ihn noch in den Wahnsinn treiben.

Er rieb sich die Augen und blinzelte in die Morgensonne. In der Küche klapperte Luise Ritter bereits mit den Töpfen, und er glaubte, auch schon den Duft von frisch aufgebrühtem Kaffee zu erahnen.

Er klappte das Feldbett zusammen und stellte es in die Wohnzimmerecke, zog sich den Morgenmantel über und ging in die Küche. Er hatte richtig kombiniert, der Kaffee war bereits in Arbeit und tröpfelte in die Kanne.

»Guten Morgen, Schwiegermutter«, sagte Rath und goss sich, ihre Proteste ignorierend, eine Tasse ein.

Das Koffein half. Jetzt musste er nur noch schnell ins Bad, bevor das in den nächsten Stunden von der Familie Miller besetzt sein würde. Er verzichtete auf die Brause, rasierte sich nur schnell und wusch sich Gesicht und Oberkörper über dem Waschbecken, brachte die Haare mit einem nassen Kamm und etwas Brillantine in Form und zog sich an.

Als er zurückkam, war der Frühstückstisch schon gedeckt, und Frank Miller hatte sich am Radio zu schaffen gemacht. Der Senior versuchte anhand des Radioprogramms seine Deutschkenntnisse zu verbessern. Bislang ergebnislos. Gerade liefen Nachrichten, und Miller lauschte angestrengt. Und schließlich fiel ein Wort, das er verstand.

»Ah, Jesse Owens«, rief er aus. »They are talking about Jesse!« Er strahlte Luise Ritter, die gerade die Frühstückseier in die Eierbecher stellte, freudestrahlend an und reckte drei Finger in die Höhe. »Three Gold medals for the US!«

Luise Ritter wirkte nicht weniger stolz, den Amerikaner verstanden zu haben.

»Yes, ßrie Medalls«, sagte sie. »Great, your American Negers.«

»Heilitlör«, sagte Frank Miller, der nun auch den Hausherrn entdeckt hatte.

»Morgen«, brummte Rath.

Was für ein Irrenhaus! Er fühlte sich fremd in der eigenen Wohnung. Wünschte sich in eine fremde Wohnung, in der er sich derzeit viel mehr zuhause fühlte. Doch Charly ließ ihn partout nicht mehr in Moabit übernachten. Er solle sich gefälligst um seine Gäste kümmern, lautete ihr Argument. Und wahrscheinlich hatte sie recht. Er hatte sich das eingebrockt, also durfte er es auch auslöffeln.

Ein bisschen mehr Rückgrat, und er hätte sich diesen Mist ersparen können. Hätte er nur einmal den Mumm gehabt und Nein zu Nebe gesagt, dann könnte er jetzt hier mit Charly sitzen, sie würden zu zweit frühstücken ohne Schwiegermutter und ohne Amerikaner.

Das Telefon klingelte, und er ging hinaus in den Flur, wo der Apparat stand, froh, dem Familienleben im Wohnzimmer für einen Moment zu entrinnen. Es war Gräf.

»Ist die Sehnsucht so groß?«, sagte Rath und schaute auf die Uhr. »Bin so gut wie auf dem Sprung und in einer halben Stunde bei dir im Büro.«

»Wir treffen uns heute nicht in der Wilhelmstraße, deswegen rufe ich an. Du musst rauskommen. Wir haben eine weitere Leiche.«

»Nicht dein Ernst.«

»Doch. Leider. Wieder ein Soldat.«

»Naja, dann kann ich heute ja wenigstens mal ohne Umweg ins Olympische Dorf fahren.«

»Nicht in Döberitz. In Reinickendorf.«

Rath wunderte sich, als Gräf die Adresse durchgab, doch weitere Einzelheiten erfuhr er nicht.

Er ging zurück ins Wohnzimmer und verabschiedete sich von seiner Gastfamilie und seiner Schwiegermutter. Ohne Frühstück. Einen Schluck Kaffee gönnte er sich noch, dann verließ er das Haus und stieg in den Buick, der gleich um die Ecke geparkt war.

Er brauchte nicht lange, eine gute Viertelstunde. Die Adresse lag in der Nähe der Friedrich-Ebert-Siedlung, die seit kurzem Eintracht-Siedlung hieß – der erste Reichspräsident war bei den Nazis nicht sehr beliebt, ganz im Gegensatz zu seinem Nachfolger. Spandauer Weg 42. Eine Kaserne. Eine Kaserne, die eher einer Gartenstadt glich und derzeit noch Großbaustelle war.

Zum ersten Mal seit langer Zeit sah Rath bei einem Todesfalleinsatz wieder Schutzpolizisten, die den Tatort absicherten. Er wurde fast nostalgisch beim Anblick der Tschakos. Ansonsten dominierten, das konnte er schon sehen, wieder einmal Beamte der Geheimen Staatspolizei das Geschehen. Und Reinhold Gräf, der Mann vom SD, war derjenige, der ihnen Anweisungen gab.

Irgendwie behagte Rath das nicht: dieses Durcheinander der Zuständigkeiten, dieses Gemenge aus SS, Staatspolizei und (wenigstens in seiner Person) Kriminalpolizei. Er fragte sich, ob er sich damit auch hätte herumschlagen müssen, wenn er bei Gennat geblieben wäre. Hätte, hätte, wäre, wäre. Es war, wie es war, und damit musste er klarkommen.

Er stieg aus dem Wagen, warf seinen Zigarettenstummel auf den sandigen Asphalt und zeigte dem ersten Schupo, dem er begegnete, seine Dienstmarke. Dann ging er zu Gräf hinüber, der mit einem anderen Mann, den Rath zu kennen glaubte, an der Zufahrt zum Kasernengelände stand. Die war flankiert von zwei Schilderhäuschen, einem intakten und einem, das völlig zerborsten war und dessen Bretter schwarz, weiß und rot überall verstreut herumlagen. Ein Lieferwagen war frontal gegen das hölzerne Häuschen gefahren und hatte es gegen die Kasernenmauer gedrückt. *TISCHLEREI BRINKMANN* stand in großen rotgoldenen Buchstaben auf der Seitenwand. Auf den ersten Blick sah es so aus, als habe der Fahrer einfach schlecht gezielt und die Einfahrt verpasst. Das Bild erinnerte Rath fatal an den letzten Fall, den er für Ernst Gennats Mordinspektion ermittelt hatte. Ein Auto, das frontal gegen eine Mauer gerast war. Er stellte sich zu Gräf und grüßte mit einem flüchtigen Tippen an die Hutkrempe.

»Ah, Gereon, da bist du ja.« Gräf zeigte auf den Mann neben ihm. »Das ist Kommissar Steinke von der Geheimen Staatspolizei. Ihr kennt euch noch vom Alex, oder?«

Rath und Steinke nickten brav.

»SD, Gestapo und Kripo«, fuhr Gräf fort, »werden in diesem Fall eng zusammenarbeiten.«

Raths Begeisterung hielt sich in Grenzen. Eigentlich hatte er gehofft, nie wieder mit Michael Steinke zu tun zu haben. Er hatte mit dem Mann, den er als Kommissaranwärter kennengelernt hatte, nicht viel anfangen können. Einer der unfähigsten Kriminalisten, mit denen er je zusammengearbeitet hatte, einer, den niemand hatte haben wollen und der nur wegen seiner mehr als linientreuen Gesinnung in einem zweiten Anlauf von der Geheimen Staatspolizei eingestellt worden war. Nachdem Ernst Gennat ihn in der Kripo kaltgestellt hatte. Rath hegte den Verdacht, dass Gräf sich ganz bewusst Steinke herausgepickt hatte. Weil er eigentlich nur den Apparat der Gestapo brauchte, aber keinen Beamten, der womöglich eigene Ideen und Ambitionen in die Ermittlungen einbrachte. Oder Fragen stellte.

So einfach würde *er* es Gräf bestimmt nicht machen. Ein Gereon Rath hatte immer eigene Ideen und Ambitionen. Und stellte Fragen.

»Kripo, das bin in diesem Fall ich? Und sonst niemand?«

»So ist es. Du wirst eng mit mir zusammenarbeiten, während die Staatspolizei untergeordnete Aufgaben übernimmt.«

»Was ist denn überhaupt passiert?«

Rath zeigte auf den Lieferwagen, der mit zusammengestauchter Kühlerhaube vor der Kasernenmauer stand.

»Den genauen Hergang kennen wir noch nicht. Aber es hat zwei Tote gegeben. Den Wachsoldaten, der im Schilderhäuschen stand, und den Fahrer des Lieferwagens. Sei froh, dass die Leichen schon abtransportiert sind. War kein schöner Anblick.«

»Wollte der Fahrer die Wache durchbrechen und in das Kasernengelände eindringen?«

»So sieht es aus. Aber wir sollten erst einmal den Zeugen befragen.«

»Es gibt einen Zeugen?«

»Den zweiten Wachmann. Den von der anderen Seite.« Gräf zeigte auf das unversehrte Schilderhäuschen. »Fähnrich Drechsler. Der wartet bereits drüben in der Kaserne darauf, dass wir ihn vernehmen. Kollege Steinke wird inzwischen die Spurensicherung überwachen, nicht wahr, Kommissar Steinke?«

»Zu Befehl, Untersturmführer.«

Michael Steinke schlug die Hacken zusammen und ging zu zwei Beamten hinüber, die das Autowrack untersuchten. Am

Fuß der Mauer hatte sich unter der verbogenen Vorderachse eine Blutlache gebildet, die sich mit dem ausgelaufenen Motoröl vermischte.

»Wo sind wir hier eigentlich?«, fragte Rath.

»Die Hermann-Göring-Kaserne. War mal eine ganz normale preußische Kaserne, aber wenn die Umbauten hier fertig sind, wird das eher eine Soldatenstadt sein, die größte Kaserne in ganz Berlin.«

»Aha.«

»Das Regiment General Göring soll hier untergebracht werden«, fuhr Gräf fort, »bislang ist nur die Wachmannschaft hier, aber schon bald sollen alle zweitausend Mann Platz finden.«

In Raths Kopf schrillten ein paar Alarmglocken gleichzeitig. Der Name Hermann Göring in Verbindung mit solch einem seltsamen Unfall, das kam ihm erschreckend bekannt vor.

Er folgte Gräf in ein bereits fertiggestelltes Gebäude innerhalb der Kasernenmauer, das allerdings noch eingerüstet war. In einer kleinen Stube, in der nur zwei Tische und ein paar Stühle standen, warteten zwei Soldaten auf sie, der eine, den Schulterklappen nach zu urteilen, ein Oberstleutnant, der andere, dessen Gesicht ziemlich bleich wirkte, ein einfacher Fähnrich.

»Da sind Sie ja endlich«, sagte der Oberstleutnant.

»Ja, da sind wir endlich«, entgegnete Gräf. »Wenn Sie uns nun bitte mit Fähnrich Drechsler allein lassen würden, Oberstleutnant, damit wir die Befragung beginnen können.«

Dem Oberstleutnant war anzusehen, dass ihn diese Bitte überrumpelte, er öffnete kurz den Mund, wagte aber dann angesichts Gräfs schwarzer Uniform doch nicht, etwas zu entgegnen.

»Wenn Sie meinen, Untersturmführer«, sagte er nur, warf noch einen misstrauischen, vielleicht auch verächtlichen Blick auf Rath, den einzigen Nichtuniformierten im Raum, und verschwand dann durch die Tür nach draußen.

Drechsler fühlte sich nach dem Verschwinden seines Vorgesetzten nicht unbedingt wohler. Seine Augen huschten zwischen Rath und Gräf hin und her und blieben schließlich bei Rath stehen.

Rath und Gräf setzten sich an einen der beiden Tische, Gräf wies auch Drechsler einen Platz zu. »Bitte setzen Sie sich doch, Fähnrich«, meinte er.

Der junge Soldat schien irritiert ob der Freundlichkeit des SS-Mannes, er warf Rath einen unsicheren Seitenblick zu, dann setzte er sich.

»So, dann schildern Sie uns doch bitte die Ereignisse von heute morgen.«

»Nun, da gibt es nicht viel zu erzählen. Der Wagen kam vom Spandauer Weg ...«

»Wieviel Uhr?«

»Wie?«

»Wie spät war es?«

»Ungefähr sieben, schätze ich. Der Wagen kam also von der Scharnhorststraße her angefahren, und kurz vor der Kaserne bog er ab und fuhr direkt auf das Kasernentor zu.«

»Und wie haben Sie reagiert?«

»Wie immer, wenn sich jemand nähert: Einer von uns tritt vor die Schranke und gebietet dem Fahrzeug Einhalt.«

»Und der andere bleibt auf dem Posten?«

»Richtig.« Der Soldat räusperte sich. »Der Fahrer des in Rede stehenden Lieferwagens reagierte jedoch nicht, er näherte sich der Schranke mit überhöhter Geschwindigkeit, so dass Oberfeldwebel Kramp sich veranlasst sah zu schießen. Ich habe dann auch gefeuert.«

»Haben Sie getroffen?«

»Wir haben den Fahrer erwischt, da bin ich sicher, sauberer Kopfschuss. Doch es hat nichts genützt, der Wagen raste einfach weiter.« Drechsler machte eine Pause. Er musste schlucken, bevor er fortfuhr. »Es ... es war schrecklich. Es gab einen riesigen Knall, ein Krachen und Splittern, ich konnte nichts tun.«

»Hat der Wagen seine Fahrtrichtung geändert?«

Der Fähnrich schaute überrascht auf. »Wie meinen Sie?«

»Hat der Wagen seine Richtung geändert, nachdem der Fahrer getroffen worden war?«

»Nein, der ist stur weitergerast.«

»Das heißt also, der Fahrer hat von Anfang an nicht die Schranke angesteuert, sondern das Schilderhäuschen von Oberfeldwebel Kramp.«

Drechsler schaute irritiert von einem zum anderen, als wittere er eine Fangfrage. »Ich verstehe nicht. Worauf wollen Sie hinaus?«

»Dass Sie meine Frage beantworten. Der Fahrer hat die Fahrtrichtung nach den Schüssen nicht mehr geändert?«

»Nein, das habe ich doch schon gesagt. Ich weiß auch nicht, wir haben beide geschossen, wir mussten doch irgendwie verhindern, dass der Verrückte aufs Kasernengelände gelangt, das war unsere Aufgabe.«

»Und das ist Ihnen ja auch gelungen.« Gräf schaute zu Rath, als wolle er dessen Gedanken lesen, dann wieder zu dem Soldaten. »Kannten Sie Oberfeldwebel Kramp persönlich?«

»Wie man Kameraden halt so kennt. Beste Freunde waren wir nicht. Aber wir hatten öfter zusammen Wachdienst in der letzten Zeit.«

»Hat er mal irgendetwas erzählt? Dass er sich bedroht fühlt? Oder von irgendwelchen Feinden?«

Drechsler schüttelte den Kopf. »Nicht dass ich wüsste.«

»Gut.« Gräf klappte sein Notizbuch zu. »Hast du noch Fragen, Gereon?«

Rath schüttelte den Kopf.

»Haben Sie einstweilen vielen Dank, Fähnrich. Wenn wir Sie noch einmal brauchen, wissen wir ja, wo wir Sie finden.«

Drechsler schien nicht allzu begeistert von dieser Aussicht. »Dann kann ich jetzt gehen?«, fragte er.

»Bitte.« Gräf wies zur Tür. Mit einem Hackenschlagen und einem zackigen »Heil Hitler« verabschiedete sich der Wachsoldat.

»Nun«, fragte Gräf, kaum waren sie allein, »was meinst du?«

Rath zuckte die Achseln. »Wie meinst du das?«

»Na, was du davon hältst? War es ein Unfall? Eine Amokfahrt? Ein geplanter Mord?«

»Mord?« Rath wusste, worauf Gräf hinauswollte, doch er hatte keine Lust, über diese Dinge zu reden.

»Dann lass mich anders fragen: Meinst du, wir finden bei der Obduktion des Fahrers neben dem Projektil auch einen Tumor in dessen Gehirn? Oder Spuren irgendeiner anderen todbringenden Krankheit?«

»Du meinst wie im Fall Lehmann?«

»Genau.«

»Hinter diesen Mordaufträgen steckte Johann Marlow, nach dem wird reichsweit gefahndet; ich glaube nicht, dass der noch im Land ist. Und Doktor Wrede, der ihm Todeskandidaten wie Otto Lehmann zugeschanzt hat, ist tot. Höchstwahrscheinlich von Marlow ermordet, um einen lästigen Mitwisser loszuwerden.«

»Das stimmt alles, und ich verdächtige ja auch nicht Marlow. Aber auf so einen Gedanken kann auch jemand anders kommen: Nachahmer gibt es doch immer wieder, gerade im Bereich des Verbrechens. Die Parallelen sind jedenfalls unübersehbar, finde ich. Das Ganze hier sieht mir nicht nach einem Unfall aus, das war vorsätzlicher Mord.«

»Dann hast du mich als Experten für seltsame Mordmethoden hinzugezogen, oder was? Da muss ich dich enttäuschen, da kann ich dir nicht groß helfen.«

»Ich gebe zu, ich hatte gehofft, du wärest eine größere Hilfe«, sagte Gräf. »Aber das ist nicht der einzige Grund, warum ich dich in meiner Ermittlungsgruppe haben möchte. Der Todesfall hier und noch zwei weitere hängen mit dem Fall im Olympischen Dorf zusammen.«

»Wieso Singular? Im Dorf gab es zwei Todesfälle.«

»Der Fall Morgan passt nicht ins Muster, der Fall Dräger schon.« Gräf machte eine bedeutungsschwangere Pause. »In den vergangenen acht Tagen gab es vier Todesfälle in Berlin und im Reich, die alle eines gemeinsam haben: Jeder Todesfall könnte auch ein Unfall oder zumindest Selbstmord sein, und bei den Opfern handelt es sich jedesmal um Angehörige des Regiments General Göring.«

»Noch eine kommunistische Verschwörung?«

Gräf zuckte die Achseln. »Das genau müssen wir herausfinden, Gereon.«

52

Es gab sogar Kuchen. Ein wenig fühlte Charly sich in die Zeiten zurückversetzt, als Wilhelm Böhm und sie noch in Ernst Gennats Mordinspektion gearbeitet hatten: Kriminaldirektor Gennat hatte zu dienstlichen Besprechungen gerne einmal Gebäck auffahren lassen. Doch diesmal hatte Böhm den Kuchen besorgt. Vielleicht hegte er ähnliche Gedanken wie Charly, jedenfalls räusperte er sich verlegen, bevor er seinen Gästen ein Stück anbot. Niemand sagte nein, und so wanderten Schwarzwälder Kirsch, Stachelbeertorte und Käse-Sahne auf die Teller. Sogar Kaffee hatte Böhm aufgesetzt, man hätte meinen können, er habe zu einem Kaffeeklatsch geladen und nicht zu einer konspirativen Zusammenkunft.

Der Telefonhörer lag ausgehängt neben der Gabel, die Bürotür war abgeschlossen, ein kleines gerahmtes Schild draußen klärte unangemeldete Besucher darüber auf, dass das Detektivbüro Böhm gerade nicht besetzt war.

Normalerweise fanden solche Treffen außerhalb der Geschäftszeiten statt, vorzugsweise abends, doch heute hatten sie sich ausnahmsweise schon am frühen Nachmittag zusammengesetzt. Im Besuchersessel saß ja auch kein Klient, der auszuwandern gedachte, sondern Berthold Weinert.

Es war kein Zufall, dass Charly den Journalisten schon mehrfach getroffen und für ihre Zwecke eingespannt hatte. Sie und Gereons einstiger Zimmernachbar und Journalistenfreund standen, ohne dass Gereon davon wusste, in unregelmäßigem Kontakt, seit Weinert das Deutsche Reich vor drei Jahren Richtung Prag verlassen hatte. Bis auf Weiteres, wie er immer wieder betonte. Auch Weinert hatte allerdings, wie so viele, nicht damit gerechnet, dass dieses *bis auf Weiteres* sich über so viele Jahre hinziehen würde.

Seither war er Charlys Draht zur freien Welt. Weinert arbeitete für das *Prager Tagblatt* und konnte sie mit den Informationen versorgen, die die deutschen Zeitungen ihr vorenthielten. Und er hatte schon mehrfach geholfen, Flüchtlingen, denen Böhm und Charly die Ausreise in die Tschechoslowakei ermöglicht hatten, beim Neubeginn in Prag unter die Arme zu greifen. Dass er sich allerdings an ihrer Fluchthelfertätigkeit aktiv beteiligte, war das erste Mal. Vielleicht hatte Böhm sich deshalb genötigt gefühlt, Kaffee und Kuchen aufzufahren. Vielleicht lag es aber auch nur an der Tageszeit.

»Er ist also einverstanden«, begann Böhm, nachdem er einen Schluck Kaffee getrunken hatte. Sein Stück Torte rührte er nicht an.

»Ja«, sagte Charly. »Manfred Oppenberg wird tschechoslowakischer Staatsbürger.«

»Haben Sie denn alles Nötige, Herr Weinert?«

Berthold Weinert, der gerade an einem Stück Stachelbeertorte kaute, nickte und schob einen braunen Briefumschlag über den Tisch, den er aus seinem Jackett geholt hatte. Böhm schaute hinein.

»Das sind echte tschechoslowakische Reisepässe?«

Weinert nickte. »Ich habe diese Pässe für Personen beantragt, die ihr nordböhmisches Dörfchen nie im Leben verlassen werden. Für die ist die Fahrt in die nächste Kleinstadt schon eine Weltreise, die brauchen und wollen keinen Pass. Ein bisschen Bargeld war denen lieber.«

Während Böhm sich die Pässe in Ruhe anschaute, schob Weinert schnell noch ein Stück Kuchen nach.

»Sie müssen nur die Passbilder austauschen und die Stempel nachmachen«, sagte er, als er fertig gekaut hatte, »und Ihre Leute sollten die Unterschrift üben, damit es bei Visaanträgen und ähnlichen Situationen keine Irritationen gibt, ansonsten müssten sie damit ungehindert über jede Grenze kommen. Unser Land genießt große Sympathien in der Welt.«

»Soso«, sagte Böhm, mehr in Gedanken als bewusst.

»Bernhard Weiß, Ihr ehemaliger Polizeivizepräsident, und seine Familie konnten mit tschechoslowakischen Pässen nach London auswandern.«

»Aber mit echten«, sagte Böhm.

»Natürlich. Aber diese Pässe sind so gut wie echte. Niemand hat sie als gestohlen oder verloren gemeldet, kein Zollbeamter wird an der Grenze Verdacht schöpfen. Sie sollten nur darauf achten, dass Geschlecht und Alter einigermaßen übereinstimmen. – Also: Das Alter einigermaßen, meine ich natürlich, das Geschlecht hingegen hundertprozentig.«

»Das sind ja gut ein Dutzend Pässe«, meinte Böhm.

»Sechzehn«, präzisierte Weinert.

»Was wollen Sie denn dafür haben? Wir haben hier eigentlich keine Kriegskasse, wir haben nur das Geld, das die Fluchtwilligen gerade auftreiben, und außer Herrn Oppenberg haben wir da gerade niemanden sonst.«

»Ich brauche kein Geld, ich verdiene wieder gut«, sagte Weinert. »Mir reicht es, wenn Sie an mich denken, sollte ich einmal in Not sein.« Er zeigte auf einen der Reisepässe: »Diesen hier würde ich Ihnen übrigens für Herrn Oppenberg empfehlen. Da fehlt nicht viel, und Sie müssten nicht einmal das Foto austauschen.«

Böhm betrachtete den Pass. »Franz-Josef Mosch. Hm, hoffentlich kann Oppenberg sich an den Namen gewöhnen.«

»Ist ja nicht für immer. Irgendwann wird der Spuk hier in Deutschland auch mal vorbei sein, dann kommen wir alle zurück.«

»Ihr Wort in Gottes Ohr.«

Weinert stand auf. »Wenn Sie mich jetzt entschuldigen wollen – ich muss zurück ins Stadion. Karel Kněnický startet gleich im Zwischenlauf über vierhundert Meter, die Heimat wartet auf Berichte.«

»Natürlich.«

»Herr Böhm ... Charly ...« Weinert lüftete seinen Hut. »Ich hoffe, wir sehen uns noch. Und, Charly: Grüß bei Gelegenheit den alten Gereon von mir.«

Charly lächelte und nickte, obwohl sie wusste, dass sie die Grüße nicht ausrichten würde. Nicht bevor sie ihrem Mann erzählt hatte, worüber sie seit einigen Tagen nachdachte und was nun Konturen annahm.

Sie hatte noch nie mit ihm darüber gesprochen, jetzt aber musste sie es, denn ihr Entschluss, das Land zu verlassen – ein Gedanke, den sie lange beiseite geschoben hatte, weil sie doch Berlin so liebte, weil sie ihr Land nicht im Stich lassen wollte, weil sie demokratische Preußin war durch und durch –, dieser Entschluss war jetzt gefasst. Und sie hoffte, auch Gereon mit auf die Reise nehmen zu können. Welche Zukunft hatte er denn, verdammt noch mal? In der Hand von Sebastian Tornow? Das konnte er doch auch nicht wollen. Jetzt musste doch ein Punkt erreicht sein, an dem auch ein Mann wie Gereon Rath über Konsequenzen nicht nur nachdachte, sondern auch bereit war, sie zu ziehen.

Aber bevor sie mit Gereon sprach, musste sie erst einmal mit Böhm sprechen. Der hatte die Tür hinter Weinert wieder verriegelt und schon damit begonnen, die Kuchentafel abzuräumen.

»Diese Pässe da«, sagte sie und zeigte auf den Stapel, »ist da auch etwas dabei, das auf eine knapp dreißigjährige Frau und einen Mann Mitte dreißig passt?«

Böhm hielt mitten in der Bewegung inne, in der einen Hand Weinerts Kaffeetasse, in der anderen den Zuckertopf. Er schaute sie ahnungsvoll an und hob die Augenbrauen.

»Ist das Ihr Ernst, Charly? Das können Sie mir doch nicht antun!«

53

In dem kleinen Wäldchen hinter dem Kommandantenhaus war es einsam. So einsam jedenfalls, wie es im Olympischen Dorf eben möglich war. Die Athleten mieden diese Seite des Sees, sie tummelten sich lieber auf der Dorfaue, rund um den Birkenring oder in der höher gelegenen Bastion, wo es sogar eine Bar gab. Und da, wo die Athleten waren, trieben sich auch die dienstbaren Geister des Dorfes herum, ganz gleich ob sie die Uniform des Jugendehrendienstes, des Norddeutschen Lloyd oder der Deutschen Wehrmacht trugen.

Fritze hielt sich lieber abseits, er mochte die Einsamkeit des Wäldchens, es war eine freundliche Einsamkeit. Anders als die, die er spürte, wenn er bei den Kameraden war, die Einsamkeit mit den anderen war eine kalte, eine, die ihn frieren ließ.

Rönnberg hatte seine Drohung wahrgemacht.

Kein Stadioneinsatz mehr für Friedrich Thormann.

Fritze wäre so gerne noch einmal im Stadion gewesen, um wenigstens Jesse Owens, von dem er nun endlich ein Autogramm besaß, laufen zu sehen, doch stattdessen durfte er Strafdienste im Olympischen Dorf ableisten. Aber dennoch, und dagegen konnte auch Rönnberg nichts tun, hatte Dave Albritton seinen *Ärrendienstboy* auch nach dem Tag des eigenen Triumphes immer wieder zu sich gerufen, wenn sein Freund Jesse etwas zu feiern hatte. Und das hatte er: Mister Owens war an jedem der letzten drei Abende mit einer Goldmedaille aus dem Stadion heimgekehrt: eine über hundert Meter, eine im Weitsprung, wo er sogar Luz

Long besiegt hatte, und gestern schließlich auch noch über zweihundert Meter. Jedesmal hatten sie das gefeiert, und viele andere Sportler mit ihnen. Jesse Owens war der ungekrönte König des Olympischen Dorfes.

»Ein Negerkönig«, hatte Schröder verächtlich gesagt, der den schwarzen Sportlern ihren Erfolg nicht gönnte. Der Fritze und Maxe als »Negerfreunde« bezeichnete, weil sie mit Albritton und Owens zusammen feierten. Worte, aus denen der pure Neid sprach, und dennoch hatten sie Fritz und Max in den Augen der Jungen um Rönnberg und Schröder noch mehr zu Außenseitern gemacht, als sie es ohnehin schon waren.

Wenigstens Maxe hielt noch zu ihm. Er war der einzige, der überhaupt noch *mit* Fritze sprach, die anderen sprachen nur noch *über* ihn.

Und wenn Maxe nicht da war, weil er irgendwo zu tun hatte, war Fritze allein. Und so schlenderte er auch jetzt über den schattigen Pfad, der den Hang hinunter in den Wald führte, und hing seinen Gedanken nach. Dachte an den Sonntag an der Seite von Dave Albritton, den Höhepunkt seines Jugendehrendienstes. Besser würde es nicht mehr werden. Zumal der Tag bei aller Freude über die Medaille auch einen schalen Geschmack hinterlassen hatte. Deutschlands Führer, sein Führer, verachtete die schwarzen Sportler, und dafür verachteten die schwarzen Sportler den Führer.

Das schmerzte Fritze, weil zwei Dinge, für die er sich begeistern konnte, das neue Deutschland und Sportler wie Dave Albritton und Jesse Owens, nicht miteinander zu vereinbaren waren. Aber das war wohl nicht der einzige Grund für seine miserable Laune.

Eigentlich gab es auch gar keinen Grund. Ihm war im wahrsten Sinne des Wortes zum Heulen zumute, und er wusste nicht einmal warum. Er wusste nur: Ein deutscher Junge weint nicht. Und deswegen weinte Friedrich Thormann nicht. Aber in ihm schrie und heulte und wimmerte es und riss und zerrte an seiner Seele.

Warum nur, warum? Manchmal verstand Fritze sich selbst nicht. Vor einem Jahr, beim Reichsparteitag, an dem er mit der HJ hatte teilnehmen dürfen, war es ähnlich gewesen: Auf Tage großer Begeisterung war eine plötzliche, fast schmerzhafte Ernüchterung gefolgt, ein große graue, immer dunkler werdende Wolke, die sich über all sein Empfinden gelegt und eine völlig unerklärliche

Traurigkeit ausgelöst hatte. Eine tiefdunkle Schwärze, die er tief im Kern seiner Seele gespürt hatte, eisig und ohne Hoffnung, als würde man von innen erfrieren.

Hinter dem Kommandantenhaus fühlte er sich sicher. Vor den Blicken und Worten der anderen. Er mochte den kleinen Wald, links zum Zaun hin wuchs undurchdringliches Gebüsch zwischen den Bäumen, rechts den See entlang ein freundlicher Mischwald aus Kiefern, Buchen, Eichen, Birken und Ahorn. Hierhin verirrte sich niemand. Die Menschen, die zur finnischen Sauna wollten, kamen von der anderen Seite des kleinen Sees, den man durch das Laub der Bäume glitzern sah. Der Pfad, den Fritze ging, endete in der Wildnis kurz vor dem Zaun, der das Olympische Dorf von der Außenwelt abschnitt; man hatte nur die Wahl, sich nach rechts in den Wald zu schlagen oder umzudrehen.

Fritze wollte sich wie immer nach rechts wenden, zum See hinunter, doch etwas versperrte ihm den Weg. Er blieb stehen und verstand zunächst gar nicht, was da vor seiner Nase baumelte. Zwei Hosenbeine, der Saum eines weißen Kittels. Fritzes Blick wanderte nach oben, und er erstarrte. Da hing ein Mensch, das Gesicht blaurot angelaufen, die Zunge quoll aus dem halbgeöffneten Mund. Ein Gesicht, zur Fratze entstellt, und dennoch erkannte er, wer es war. Doktor Schmidt, jener Arzt, der ihm so dringlich eingeschärft hatte, über die Todesumstände von Walter Morgan zu schweigen.

Der Doktor war nicht tot, er röchelte leise.

Fritze reagierte instinktiv, er fasste den Mann bei den Beinen und stemmte ihn nach oben, um den Druck von der Schlinge zu nehmen. Das Röcheln wurde für einen kleinen Moment lauter, es klang schrecklich, doch Fritze stemmte sich weiter gegen die unerbittliche Schwerkraft, versuchte, des Doktors Füße auf seine Schultern zu stellen. Verdammt, war der Mann schwer! Und wie sollte er ihn abschneiden, wo er ihn doch halten musste?

»Hilfe«, rief er, obwohl er kaum Luft übrig hatte, »zu Hilfe, verdammt! Hier hängt jemand!«

Durch das Geäst des kleinen Waldes sah er ein paar weiße Uniformen leuchten, da am Seeufer mussten Kameraden sein, doch die reagierten nicht. Wenn sie ihn überhaupt gehört hatten, schienen sie nicht zu wissen, woher die Rufe kamen.

Da hörte er einen Ast knacken, da war ein Mann im Wald, der seinen Schritt beschleunigte und nun aus dem Gebüsch trat. Ein Mann in Wehrmachtsuniform, den Fritze noch nie zuvor im Olympischen Dorf gesehen hatte.

»Was ist denn hier passiert?«, fragte der Soldat. »Selbstmord?«

»Weiß nicht. Er lebt noch, aber ich kann ihn nicht mehr lange halten.«

Der Soldat, der noch ziemlich jung war, aber groß und sehr kräftig, nahm die Knie des Doktors und legte sie auf seine Schultern. Wieder röchelte Doktor Schmidt bei jeder Bewegung.

Fritze hoffte sehr, dass das ein gutes Zeichen war.

»Ich halte ihn, Junge. Sieh du zu, dass du ihn abschneidest. Hast du ein Messer?«

Fritze verneinte. Den HJ-Dolch durften sie im Jugendehrendienst nicht tragen.

»Dann lauf schnell und hol eins. Aber beeil dich. Lange halte ich den Mann nicht mehr!«

Fritze rannte los. So schnell wie noch nie in seinem Leben. Ein Messer, ein Messer, wo zum Teufel kam er schnell an ein Messer? Er klingelte am Kommandantenhaus, doch dort öffnete niemand, also rannte er weiter, rannte am Schwimmbad vorbei zum Speisehaus der Nationen. Im Saal der Amerikaner war nicht viel los. Diesmal saßen ausschließlich schwarze Athleten an den Tischen. Fritze schob einen Steward beiseite und wandte sich an den erstbesten Mann hinter der Essensausgabe.

»Ich brauche ein Messer, schnell!«

»Was sind denn das hier für Sitten?«, fragte der Steward, an dem er sich vorbeigedrängt hatte. War keiner von denen, die Fritze kannte, überhaupt sah er heute nur fremde Gesichter. Auch den Mann an der Essensausgabe kannte er nicht. Der glotzte nur verständnislos.

»Ein Messer, verdammt, ich brauche ein Messer! Ein scharfes, da hat sich jemand aufgehängt, unten im Wald, den müssen wir losschneiden, der lebt noch! Und holen Sie einen Arzt!«

»Sag mal Junge, willst du mich vergackeiern?«

»Seh ich so aus?«

»Du meinst das wirklich ernst?«

»Ja, verdammt!«

Der Mann griff in eine Schublade und holte ein scharfes Küchenmesser heraus. »Hier, dann flitz los. Wir kümmern uns um den Doktor. Wo muss er denn hin?«

»Der Wald hinter dem Kommandantenhaus.«

Fritze nahm das Messer, ein riesiges Messer, das größer war als sein HJ-Dolch, und rannte los. Vorbei an den amerikanischen Athletenhäusern, vorbei am Hallenbad, vorbei am Kommandantenhaus, hinunter in den Wald. Völlig außer Atem kam er an der Stelle an, an der er den Mann mit dem halbtoten Doktor Schmidt auf den Schultern zurückgelassen hatte, und erstarrte.

Der Soldat war weg.

Und der Doktor, das sah Fritze auf den ersten Blick, war tot. Die Augen stierten aus ihren Höhlen ins Leere, der leblose Körper schwankte leise im Wind.

Fritze schaute auf das Messer in seinen Händen und auf den Doktor, der tot im Seil hing, obwohl er doch eben noch geatmet hatte. Er spürte, wie alle Kraft aus seinem Körper wich, das Messer glitt ihm aus den Fingern, er konnte nicht anders, er sank auf die Knie und fing im selben Moment bitterlich an zu weinen.

54

Vor zwei Jahren war Rath gezwungen gewesen, mit Reinhold Gräf und der Gestapo zusammenzuarbeiten, mit einem Reinhold Gräf, der sich wie selbstverständlich zum Chef der Ermittlungsgruppe aufgeschwungen hatte, und damals hatte er beschlossen, so etwas nie wieder mitzumachen.

Wie man sich täuschen konnte.

Tag für Tag saß er in schöner Regelmäßigkeit in Gräfs Büro und ließ sich von seinem einstigen Untergebenen herumkommandieren. Nun sogar als offizieller Teil einer Ermittlungsgruppe.

Gräf, der SD-Offizier, war zwar nicht mehr bei der Geheimen Staatspolizei, er war ein Mann des Sicherheitsdienstes, er nutzte nur deren Apparat, dennoch fühlte sich das Ganze an wie eine Gestapo-Ermittlung. So genau schien Reinhard Heydrich, der

Mann, der beide Institutionen leitete, die Trennung auch nicht zu nehmen. Warum sollte er auch, ob SD oder Gestapo, es waren alles seine Leute. Wobei das Primat der SS vor allen anderen Behörden und Einrichtungen des Deutschen Reiches die unausgesprochene Prämisse war.

Und streng genommen hatte Rath noch Glück; Gräf behandelte ihn im Großen und Ganzen durchaus als gleichwertigen Kollegen; derjenige, der herumgeschubst wurde, war Steinke. Ohne dass sie darüber geredet hatten, herrschte in dieser Frage Einmütigkeit: dass man den inzwischen zum Kommissar beförderten politisch überkorrekten, aber kriminalistisch unfähigen Kommissar Steinke besser mit subalternen Aufgaben betraute, als ihn in den Kern der Ermittlungen einzuweihen. Der Gestapo-Kommissar diente Gräf als Laufbursche und Kontaktmann zum großen Apparat der Staatspolizei.

Inzwischen hatte der Untersturmführer sich sogar damit abgefunden, dass Rath rauchen musste, um besser nachdenken zu können. Der einst jungfräuliche Aschenbecher auf Gräfs Schreibtisch wurde mehr und mehr seiner Bestimmung gerecht. Und wieder drückte Rath eine kleingerauchte *Overstolz* auf das Porzellan. Die Glut erlosch mit einem leisen Zischen, eine letzte Rauchwolke kräuselte sich nach oben.

»Ein politischer Anschlag gegen das Regiment General Göring, meinst du also?«

»Das ist das Naheliegendste, findest du nicht?« Gräf schob eine Mappe über den Schreibtisch. »Hier, es gibt noch mehr Tote aus dem Regiment, nicht nur Leutnant Dräger und Oberfeldwebel Kramp, ich habe das nachprüfen lassen. Alle in den letzten Tagen zu Tode gekommen.«

Rath zündete sich die nächste Zigarette an und blätterte die Mappe auf. Ganz oben lag die Personalakte eines Fallschirmjägers, der am Dienstagmorgen tödlich verunglückt war, darunter die Akten Dräger und Kramp und ganz unten die Akte eines dienstuntauglichen Majors, der vergangene Woche in einem Invalidenheim in Stendal ums Leben gekommen war, als er mitsamt seinem Rollstuhl in einen See gerollt und dort ertrunken war.

»Alles Unfälle«, sagte Rath.

»Ja. So sieht es aus. Doch der letzte vermeintliche Unfall hat mich skeptisch gemacht. Du weißt, warum.«

»Weil du denkst, dass da jemand den armen Herrn Brinkmann zum Mordinstrument gemacht hat.«

»Genau.«

»Aber das wissen wir erst nach der Obduktion.«

»Stimmt. Unabhängig davon ist und bleibt es ein äußerst seltsamer Unfall. Aber das sind die anderen Unfälle in diesem Zusammenhang auch, in allen Fällen ist Fremdeinwirkung denkbar. Und du musst zugeben: Vier Todesfälle in so kurzer Zeit, das wäre schon sehr ungewöhnlich, wenn sich das als Zufall herausstellen würde.«

»Aber wenn es politisch motivierte Morde wären, sagen wir durch Kommunisten, warum sollten die das als Unfall tarnen? Für die sind die Schlagzeilen wichtig, und wenn sie die nicht kriegen, dann wollen sie wenigstens Angst und Schrecken verbreiten, da gilt doch die Devise: je auffälliger, desto besser.«

»Jedenfalls richten sich die Anschläge gegen das Regiment.«

»Na, wenn jemand das ganze Regiment Göring auf diese Weise vernichten will, hat er aber noch zu tun, das sind fast zweitausend Mann. Außerdem: Der Tote in Stendal war Invalide, oder? Der gehörte doch gar nicht mehr dazu.«

Gräf nickte. »Du hast recht, es gibt noch eine ganze Menge Ungereimtheiten. Aber irgendwo verbirgt sich ein Zusammenhang, den wir nicht sehen, da bin ich sicher.« Er nahm die Akten vom Schreibtisch und drückte sie Rath in die Hand. »Nimm die mal mit und überprüf die vier Opfer. Vielleicht fällt dir irgendetwas auf.«

Rath schaute auf den Aktenstapel in seinen Händen. »Und wo soll ich hin damit? Mein offizielles Büro derzeit ist die Kriminalwache im Olympischen Dorf.«

»Genau.«

»Kannst du mir nicht hier irgendwo ein Büro freischaufeln?«

»Tut mir leid, hier ist alles belegt. Und mein Büro steht nur für Besprechungen zur Verfügung, nicht für Aktenarbeit.«

»Na dann werde ich mal sehen, wohin ich mich zur *Aktenarbeit* zurückziehen kann«, sagte Rath und stand auf, die brennende Zigarette in der Hand. Am liebsten hätte er sie Gräf über den Schreibtisch hinweg in den Schoß geschnipst.

In der Tür wäre er beinahe mit Kommissar Steinke zusammengestoßen. Der Staatspolizist trug eine Mappe unterm linken Arm und hatte einen missgünstigen Blick für Rath übrig. Er stiefelte an ihm vorbei ins Büro, postierte sich vor Gräf und machte Männchen.

»Heil Hitler, Untersturmführer, der Obduktionsbericht!«

»Danke, Steinke. Legen Sie die Akte bitte auf meinen Schreibtisch. Und geben Sie mir und Oberkommissar Rath doch schon einmal eine kurze mündliche Zusammenfassung. Was sagt Doktor Karthaus denn?«

Steinke schielte zu Rath hinüber, der wieder an den Schreibtisch getreten war, um abaschen zu können.

»Nun, es ist eindeutig«, sagte er dann. »Oberfeldwebel Kramp kam ohne jeden Zweifel durch die zahlreichen Verletzungen zu Tode, die ihm beim Zusammenprall mit dem Lieferwagen zugefügt ...«

»Nicht das Opfer«, unterbrach Gräf ihn barsch. »Was sagt Karthaus zu dem Fahrer?«

Steinke schaute irritiert. Dann räusperte er sich und wagte einen Neuanfang.

»Nun, der Fahrer heißt ... hieß Ferdinand Brinkmann und war Inhaber der gleichnamigen Tischlerei, deren Wagen er auch fuhr.«

»Nicht die Lebensgeschichte, den Obduktionsbericht. Wie ist der Befund.«

»Ähm, Doktor Karthaus sagt, dass sowohl das Projektil, das er in Brinkmanns Kopf gefunden hat, wie auch die zahlreichen inneren Verletzungen, die der Unfall kurz darauf hervorgerufen hat, letal gewesen sein können.« Er unterbrach sich. »Aber ist das von Belang?«

»Sie sollen keine Fragen stellen, Sie sollen berichten. Keine sonstigen Auffälligkeiten?«

»Oh, doch. Natürlich.«

Es schien Steinke äußerst unangenehm zu sein, ausgerechnet vor Raths Augen von Gräf so vorgeführt zu werden. Immer wieder huschten kleine Seitenblicke zu Rath hinüber.

»Also«, fuhr er fort, »der Handwerker schien an einer tödlichen Krankheit zu leiden, er stand unter dem Einfluss starker Schmerzmittel ...«

»Konnte der Doktor sagen, welche Mittel?«

»Ein Opiat. Heroin, eigentlich nicht mehr auf dem Markt, weil es süchtig macht, aber manche Ärzte verschreiben das wohl noch. Sucht wäre bei Herrn Brinkmann ohnehin nicht das Problem gewesen. Karthaus sprach von einem großen Karzinom, das er in Brinkmanns Magen gefunden hat und das dem Mann große Schmerzen bereitet haben muss. Daran wäre er, sagt Karthaus, in weniger als sechs Wochen wahrscheinlich gestorben.«

»Na, das ist doch mal was«, sagte Gräf, der sich bei den letzten Sätzen Notizen gemacht hatte.

Steinke richtete sich auf. »Ich habe darüber hinaus auch schon ein wenig über die privaten Lebensumstände des Unfallfahrers herausgefunden«, sagte er, offensichtlich in der Hoffnung, bei Gräf doch noch ein paar Pluspunkte zu sammeln.

»Lassen Sie mich raten«, sagte Rath, bevor Steinke fortfahren konnte: »Die Tischlerei Brinkmann hatte keinerlei Aufträge auf der Großbaustelle Hermann-Göring-Kaserne. Ohnehin stand das Geschäft kurz vor der Pleite, und Herr Brinkmann war auch privat in großen finanziellen Nöten.«

Michael Steinke bekam den Mund gar nicht mehr zu. Rath ließ die brennende Zigarette im Aschenbecher liegen und verließ Gräfs Büro ohne ein weiteres Wort.

55

Sie musste nicht lange warten. Kaum hatte sie geklingelt, hörte sie Schritte, und dann öffnete sich die Wohnungstür mit dem Knarren, das Charly schon kannte. Marie Niemann wirkte überrascht, ihre ehemalige Kollegin auf der Matte stehen zu sehen. Bevor die Küchenhilfe und ehemalige Apothekerhelferin die Tür wieder zuschlagen konnte, stellte Charly ihren Fuß in den Spalt.

»Guten Abend, Marie«, sagte sie, »darf ich reinkommen?«

»Ich wüsste nicht, was wir uns noch zu erzählen hätten.«

»Aber ich. Lass mich erst mal reinkommen.«

Das Mädchen zögerte einen Moment, dann ließ der Druck auf die Tür nach, und Charly konnte eintreten.

»Was willst du?«, fragte Marie.

»Wir sollten uns hinsetzen. Was ich dir zu sagen habe, geht nicht mal so eben zwischen Tür und Angel.«

»Wenn du meinst.«

Marie zuckte die Achseln und ging voran. Als Charly die Küche betrat, saß sie bereits am Tisch. Charly setzte sich dazu.

Marie schaute sie misstrauisch an. »Du bist rausgeflogen, erzählen sie.«

»Ja, ich werde nicht mehr ins Esplanade kommen.«

»An einem Tag noch der Liebling der Georgi, am nächsten auf der Straße. Was hast du gemacht? Geklaut? Glaub nicht, dass ich deine Freundin bin. Ich kann dir da nicht helfen.«

»Deswegen bin ich nicht hier.«

»Weswegen dann?«

Marie Niemann klang äußerst krawallig und kampfeslustig. Zwei Worte aber reichten, um sie völlig aus der Fassung zu bringen.

»Karl Landers«, sagte Charly.

Marie brauchte einen Moment, ehe sie etwas sagen konnte.

»Was ... was weißt du über Karl?«

»Dass er dein Verlobter ist. Dass er in den Staaten auf dich gewartet hat. Und dass er gestorben ist. Im Betrieb von Walter Morgan.«

Die Augen von Marie Niemann waren bei jedem Satz größer geworden. Sie stand auf und ging nach nebenan ins Schlafzimmer. Ohne es sehen zu können, wusste Charly genau, was sie dort tat. Sie räumte den Kleiderschrank frei, um an ein kleines hölzernes Kästchen zu gelangen. Und würde dort nur ihr Geld finden und keine Briefe.

Marie kehrte zurück und blieb im Türrahmen stehen, eine ungeheure Wut blitzte in ihren Augen.

»Du ... du hast in meinen Sachen gewühlt! Du warst in meiner Wohnung! Du hast mich bestohlen! Hat die Georgi dich deswegen entlassen? Weil du eine Diebin bist?«

»Ich bin keine Diebin«, sagte Charly, »ich bin Privatdetektivin.«

Diese Information überraschte Marie, das war ihr anzusehen.

»Na und? Trotzdem bist du bei mir eingebrochen. Das war nicht recht, was du getan hast.«

»Ich weiß, das war nicht recht. Aber das, was du getan hast, war auch nicht recht. Du hast einen Menschen umgebracht.«

»Wer sagt das?«

»Willst du wirklich leugnen, dass du den Arbeitgeber deines Verlobten vergiftet hast? Soll ich Apotheker Lorenz bitten, einmal seine Verodigenvorräte zu überprüfen?«

Marie sagte nichts. Sie war bleich geworden und setzte sich wieder an den Tisch, schien keine Kraft zum Stehen mehr zu haben.

»Was willst du von mir?«, fragte sie. »Wer ist dein Auftraggeber?«

»Ich habe keinen Auftraggeber. Ich möchte nur einem Unschuldigen helfen, der wegen des Mordes an Walter Morgan im Konzentrationslager sitzt.«

»Und stattdessen möchtest du *mich* ins KL bringen …«

Das klang nicht aufmüpfig, das klang deprimiert. Charly tat die junge Frau, wie sie da an ihrem Küchentisch saß wie ein Häufchen Elend, so leid, dass sie am liebsten den Arm um sie gelegt hätte.

Das tat sie allerdings nicht, sie blieb distanziert.

»Nein«, sagte sie. »Ich werde dich nicht ausliefern. Das wird dem Unschuldigen auch nichts mehr nützen.«

»Ich wollte doch niemanden ins Lager bringen. Alles, was ich wollte, war, einen feigen Mörder zu bestrafen, der sonst seiner gerechten Strafe entgangen wäre.«

Charly sagte nichts. Sie holte ihre *Juno* aus dem Mantel und bot Marie eine an. Schweigend rauchten die beiden Frauen.

»Du hast dich zum Werkzeug machen lassen«, sagte Charly nach einer Weile. »Zum Werkzeug irgendwelcher amerikanischer Sozialisten, die zu feige waren, ihren Namen zu nennen, geschweige denn, ihr Problem selbst zu lösen. Eine Anzeige wegen Mordes wäre der richtige Weg gewesen. Nur so bekommt jemand seine gerechte Strafe.«

»Aber nicht in einer Stadt, wo Gangster, Politiker und Unternehmer unter einer Decke stecken.«

Marie Niemann sprach von Chicago. Doch für Charly hörte es sich an, als spräche sie von Berlin.

»Vielleicht hast du recht«, sagte sie.

»Vielleicht. Trotzdem fühlt es sich nicht gut an. Und Karl macht es auch nicht wieder lebendig.« Marie schüttelte den Kopf, als wolle sie die Erinnerungen damit aus dem Kopf schütteln, wie ein Hund sein nasses Fell trockenschüttelt. »Ich meine: Der Mann hatte den Tod bestimmt verdient. Aber ich ... ich hab ihn jetzt auch verdient. Und das ... das hätte Karl bestimmt nicht gewollt.«

Marie Niemann, die sich bislang aufrecht am Tisch gehalten hatte, sackte mit einem Mal in sich zusammen wie ein Fahrradschlauch, aus dem man die Luft gelassen hatte. Sie vergrub ihr Gesicht in den Händen.

Charly hörte ein leises Schluchzen und sah, wie der zarte Körper zu zittern begann und immer wieder durchgeschüttelt wurde. Sie wartete einen Moment, weil man mit dem Trösten nicht zu früh beginnen darf. Diesen Satz hatte Fritze ihr einmal aus einem Kästnerbuch vorgelesen, und der war wahrer und klüger als viele andere, die sie gelesen hatte. Dann nahm sie ihren Stuhl, setzte sich neben Marie und nahm das Mädchen in den Arm.

»Schon gut«, sagte sie, »ist ja schon gut. Ich bin deine Freundin, egal was du denkst. Du musst keine Angst haben. Ich werde dich niemandem ausliefern. Im Gegenteil. Ich werde dir helfen.«

Es dauerte eine Weile, aber irgendwann hörte das Zittern auf, und Marie schaute sie an.

»Ich kann das Geschehene nicht ungeschehen machen«, sagte Charly, »aber ich kann dir helfen. Doch nun erzähl mir erst mal von deinem Karl und was alles passiert ist, damit ich das besser verstehe. Du wirst sehen, danach fühlst du dich besser.«

Diesen Satz hatte Charly von Ernst Gennat.

Marie Niemann nickte. Und dann erzählte sie.

Karl Landers war ein Schlosser aus Pankow, den sie vor fünf Jahren kennengelernt hatte. Er war kein Kommunist, niemals gewesen, darauf legte sie wert, er sei Gewerkschafter gewesen und Sozialist, ein Mitglied der SAPD, und habe sich schon im Juli 1932, ein halbes Jahr vor dem Reichstagsbrand, dem Roten Stoßtrupp, einer Widerstandsgruppe, angeschlossen, deren illegale Zeitung er in Berlin verteilen half. Vor anderthalb Jahren wurde Landers dann von der Gestapo verhaftet, aber bald darauf wieder entlassen. Er habe im Lande bleiben und weitermachen wollen, doch Marie habe ihn bedrängt auszuwandern, zumal ein Onkel von Landers in Blue Island bei Chicago lebte. Sie selbst, so hatten sie es vereinbart, wollte nachkommen, sobald sie das Geld für die Überfahrt beisammen hatte. Kurz vor Landers' Ausreise hatten sich Karl und Marie verlobt.

Den Rest kannte Charly aus den Briefen. Landers' Versuch, in der Konservenfabrik eine Gewerkschaft aufzubauen, der Widerstand von Walter Morgan, der auch nicht davor zurückschreckte, Schlägertrupps einzusetzen, und schließlich Karls Unfalltod. Wenige Wochen später dann das anonyme Schreiben jenes ominösen *Freundes* (wobei Charly vermutete, dass es von mehreren der alten Genossen Landers' aufgesetzt worden war), das die arme Marie Niemann zum Mord anstiftete.

Sie hatte ihre Stelle in der Apotheke von Herrn Lorenz gekündigt und im *Esplanade* angeheuert. Das Verodigen hatte sie in ihren letzten Arbeitstagen bei Herrn Lorenz abgezweigt. »Aus jedem Röhrchen ein, zwei Tabletten, damit es nicht so schnell auffällt.« Schon an ihrem ersten Arbeitstag in der Hotelküche hatte sie eine kleine Dose dabei, die sie immer am Leib trug und in der sie die zu Pulver zerkleinerten Digitalis-Tabletten aufbewahrte. Sie habe auf ihre Chance gewartet, und die habe sich unerwartet schon am ersten Tag nach Morgans Ankunft ergeben, als es hieß, dass ein Glas für außer Haus mit dessen Olympia-Sauce abgefüllt werden solle.

Eine Aufgabe, die Marie Niemann übernommen hatte.

»Mein Gott, wer da alles hätte vergiftet werden können!«, entfuhr es Charly. »Wenn er irgendeinem Sportler seine Sauce kredenzt hätte.«

»Ich weiß.« Marie machte sich ganz klein und leise. Als wäre sie am liebsten gar nicht auf der Welt. »Aber ich war so voller Hass. Und ... ich dachte doch, er ist der einzige, der ... stirbt ...«

Sie verbarg ihr Gesicht wieder in den Händen.

»Das war er dann ja auch. Aber das ändert nichts an der Tatsache, dass du einen Menschen getötet hast. Und es ist nur eine Frage der Zeit, bis Herr Lorenz das Fehlen der Verodigen-Tabletten bemerkt. Das muss er melden, und dann dauert es nicht lange, bis die Polizei auf dich kommt.«

»Und dann?«

»Werden sie dich befragen.«

»Mein Gott, ich bin so ein dummes Huhn!« Marie Niemann schaute Charly derart verzweifelt an, dass es fast schmerzte. »Was soll ich denn bloß machen?«

»In diesem Land kannst du nicht bleiben«, sagte Charly. »Da werden sie dir früher oder später auf die Spur kommen.«

Marie verbarg ihr Gesicht in den Händen. Sie fing wieder an zu schluchzen.

»Aber«, fuhr Charly fort, »ich kann dir einen Vorschlag machen.«

56

Auch in der sonst so ruhigen Pension am Steinplatz machte sich der Ansturm der Olympiatouristen bemerkbar. Auf der Terrasse herrschte ziemliches Gedränge; ein Geschnatter, das sich aus allen möglichen Sprachen der Welt zusammensetzte, empfing ihn, als er dem Kellner zu einem gerade frei gewordenen Tisch folgte, von dem noch das schmutzige Geschirr abgeräumt werden musste. Rath setzte sich und wartete, bis die Tischplatte sauber war, dann packte er seine Zigaretten aus und holte die Akten aus der Ledertasche. Der Kellner schaute enttäuscht, als er die Speisekarte wieder zurückgab und lediglich ein Bier bestellte.

Seine Wohnung lag gleich um die Ecke, und dennoch konnte er noch nicht dorthin. Wie sollte er dort Akten studieren, wenn die Bude mit drei amerikanischen Touristen und seiner Schwiegermutter bevölkert war? Dass Gräf ihn in seine Ermittlungsgruppe holte, ihm aber ein eigenes Büro verweigerte, darüber ärgerte er sich immer noch.

Natürlich war er nicht ins Olympische Dorf gefahren. Was sollte er dort? Nur zur Aktenarbeit dreißig Kilometer quer durch die Stadt fahren?

Von seinem Platz sah Rath auf das Eckhaus am Steinplatz, in dessen dritter Etage vor dreieinhalb Jahren noch Bernhard Weiß gewohnt hatte, der Berliner Vizepolizeipräsident, der beste, unter dem Rath je gearbeitet hatte. Bis er vor den Nazis hatte fliehen müssen, im letzten Moment hatte fliehen können, weil die Nazis ihn sonst umgebracht hätten. Wie sie so viele andere schon umgebracht hatten. Ungesühnt.

Wenn er daran dachte und dann die vielen Touristen aus aller Herren Länder sah, die um ihn herumsaßen und unbeschwert miteinander plauderten und die sportlichen Ereignisse des Tages beredeten, als gebe es nichts Wichtigeres auf der Welt, dann kam ihm das Land, in dem er lebte, ungeheuer falsch und verlogen vor.

Alles Fassade, und er war einer von denen, die dafür sorgten, dass diese Fassade aufrechterhalten wurde. Dass niemand von einer Mordserie erfuhr, die die heile Welt der Spiele stören könnte, zumal der Verdacht bestand, dass sie von Kommunisten ausging, deren Widerstand doch angeblich gebrochen war.

Der Kellner kam mit dem Bier. Rath nahm einen Schluck, zündete sich eine Zigarette an und schlug die erste Mappe auf. Vier Biographien, vier Schicksale, die neben ihrem frühen Ableben eines verband: Sie alle hatten, wie Rath es aus der Akte von Friedrich Dräger bereits kannte, einmal als Polizisten angefangen und waren dann mitsamt ihrem Regiment, das immer Hermann Göring unterstanden hatte, von der Polizei zur Luftwaffe gewechselt. Kieling, der Invalide, und Dräger waren die Ältesten in dem Quartett, Ohnsorg, der Fallschirmjäger, und Kramp, der Wachsoldat, fast zwei Jahre jünger. Gleichwohl hatte keiner von ihnen das dreißigste Lebensjahr erreicht.

Rath blätterte in der Akte Kieling zurück, bis er an dem Tag angelangt war, an dem Robert Kieling, damals noch Oberleutnant, sich seine Querschnittslähmung und damit die Dienstuntauglichkeit zugezogen hatte.

Freitag, 11. Oktober 1935.

Ein Datum, das ihn elektrisierte.

Und er ahnte den Einsatzort, an dem Kieling sich die schwere Verletzung eingehandelt hatte, noch bevor er es schwarz auf weiß las. Wilhelmstraße. Die Baustelle des Reichsluftfahrtministeriums. Ein nächtlicher Schusswechsel.

Rath klappte die Akte zu, er musste nicht weiterlesen, er wollte nicht weiterlesen. Er wusste genau, was an jenem Abend geschehen war. Denn er selbst war dafür verantwortlich, dass es geschehen war.

Er musste sich eine Zigarette anstecken, bevor er weitermachen konnte. Fieberhaft blätterte er durch die Akten der drei anderen Soldaten, ging deren Stationierungen durch. Alle vier hatten durchaus unterschiedliche Laufbahnen hinter sich, doch an einer Stelle bündelten sich diese: Von März bis Oktober 1935 hatten sie alle, der Invalide Kieling, der olympische Ehrendienstoffizier Dräger, der Fallschirmjäger Ohnsorg und der Wachsoldat Kramp, zur Wachmannschaft von Hermann Görings Dienstvilla hinter dem Leipziger Platz gehört. In deren Nachbarschaft damals das Reichsluftfahrtministerium, Görings neuer monumentaler Dienstsitz, in den Himmel wuchs. Auf dessen Baustelle es dann am 11. Oktober, einen Tag vor dem Richtfest, zu jenem folgenschweren Zwischenfall gekommen war, bei dem zwei Soldaten und ein Gangster starben. Angeblich hatten die Wachen damals einen Bombenanschlag auf Reichsminister Göring vereitelt, hieß es in den Zeitungen, aber Rath wusste, dass das eine Lüge war.

Und die beteiligten Soldaten wussten es auch. Keiner von ihnen war nach dem Zwischenfall im Wachdienst von Görings Dienstvilla verblieben, sie alle waren anderswohin oder in den Ruhestand versetzt worden.

Und nun waren sie tot.

Hatte da jemand Angst bekommen und machte gefährliche Mitwisser im wahrsten Sinne des Wortes mundtot? Wäre nicht das erste Mal, dass unliebsame Zeugen verschwänden, weil sie jemandem gefährlich werden könnten. Das war zwar eine Vorgehensweise, die eher in Gangsterkreisen üblich war, aber wenn Rath in den vergangenen Jahren eines gelernt hatte, dann dies: dass die Nazis, allen voran Hermann Göring, nicht davor zurückschreckten, zu Gangstermethoden zu greifen, wenn es ihrem Machterhalt diente.

Jedenfalls hatte er ein ungutes Gefühl, als er die Mappe schloss und den Kellner um die Rechnung bat. Wie es aussah, war er wieder dabei – und diesmal gezwungermaßen, auf Geheiß des SD –, in einem Wespennest herumzustochern. Es war nicht ratsam, jemandem wie Hermann Göring in die Quere zu kommen, das hatten schon viele in den vergangenen Jahren erfahren.

Was ihn aber immer noch, ebenso wie Gräf, irritierte, war die Art und Weise, wie Oberfeldwebel Kramp zu Tode gekommen war. Einen Todkranken als Mordwerkzeug zu missbrauchen, diese Methode hatte Johann Marlow perfektioniert. Der allerdings im Deutschen Reich seit jenem 11. Oktober eine persona non grata war. Nach Johann Marlow alias Magnus Larsen wurde reichsweit gefahndet, und Rath war sich sicher, dass der Gangster sich längst ins sichere Ausland abgesetzt hatte.

Vielleicht hatte Göring auch einfach die Methode Marlow übernommen. Korrupte Ärzte wie jener Doktor Wrede, den Marlow benutzt hatte, um an seine Selbstmordkandidaten zu kommen, gab es schließlich, davon war Rath überzeugt, mehr als genug in einer Viermillionenstadt.

Er war gespannt, was Reinhold Gräf dazu sagen würde. Der Machtkampf zwischen Himmler und Göring war zwar entschieden, der Dicke hatte sich mit der Luftwaffe und dem Amt des preußischen Ministerpräsidenten zufriedengegeben und die deutsche Polizei dem SS-Chef überlassen, doch waren Heinrich Himmler und noch mehr dessen Adlatus Reinhard Heydrich immer daran interessiert, schmutzige Einzelheiten aus dem Leben ihrer Konkurrenten zu erfahren, und ein heimlich angeordnetes Massaker unter den eigenen Soldaten war mehr als nur eine schmutzige Einzelheit. Gelänge solch eine Geschichte an die Öffentlichkeit, würde nie wieder jemand seine Hand für Hermann Göring ins Feuer legen, selbst die zweitausend Mann des Regiments General Göring würden dem Dicken ohne Zögern von der Fahne gehen – wenn sie ihn nicht zuvor eigenhändig massakrierten.

57

Das vielfache Klappern von Besteck auf Porzellan übertönte alle anderen Geräusche, ab und an kratzte ein Stuhlbein über den Boden, aber geredet wurde, wenn überhaupt, dann nur gedämpft und im Flüsterton. Niemand sprach laut darüber, aber alle wussten, was heute im Olympischen Dorf, im Wäldchen hinter dem Kommandantenhaus, geschehen war. Fritze und Maxe saßen zwar immer noch zusammen mit den anderen aus ihrer

Stube am Tisch, und dennoch war es, als säßen sie allein. Sie saßen einander gegenüber, am äußersten Ende des Tischs, weit weg von Rönnberg, dem Stubenältesten, und Schröder, dem Großmaul. Er konnte es den Gesichtern der Kameraden ansehen, dass sie neugierig waren. Dass sie wissen wollten, was Fritz Thormann heute erlebt hatte.

Dass er eine Leiche gefunden hatte, das hatte sich schnell rumgesprochen; aber die Einzelheiten waren wie immer das Interessanteste, doch traute sich niemand, Fritze deswegen anzusprechen. Aus Angst, sich anzustecken und auch zum Außenseiter zu werden, denn so war es allen gegangen, die zu Fritze gehalten hatten, Maxe vor allem, aber auch Fürstner, dem Jungen, den er im Stadion kennengelernt hatte. Doch Fürstner gehörte nicht zu ihrer Stube, dem konnte das egal sein. Außerdem war er ja der Sohn des stellvertretenden Dorfkommandanten. Hauptmann Fürstner hatte den Jugendehrendienst sozusagen erfunden.

Schröder schickte immer mal wieder einen lauernden Blick hinüber, während er seine Erbsensuppe löffelte, aber er hielt den Mund. Fritze war es recht, dass sie ihn in Ruhe ließen, alle, auch Maxe. Er wollte nicht darüber reden. Die letzten Stunden waren schrecklich gewesen.

Er hatte den Doktor nicht retten können, er hatte ihn nicht einmal abschneiden und ihm wenigstens diesen letzten Dienst erweisen können. Er hatte es tun wollen, doch nachdem er seinen beschissenen Heulkrampf endlich überwunden hatte und mit dem Messer im Gürtel den Baum erklettern wollte, an dem Doktor Schmidt hing, waren die Erwachsenen gekommen; der Kellner, der ihn an der Essensausgabe noch angeraunzt hatte, mit zwei Kollegen und Doktor Heinen. Einer der Kellner hatte die Leiche hochgestemmt, ein anderer Fritze das Messer abgenommen, hatte sich bei einem Kollegen auf die Schulter gesetzt und den Strick kurz über der Leiche abgeschnitten. Behutsam hatten sie den toten Doktor Schmidt auf den Waldboden gelegt und die Schlinge gelockert, so dass die schlimmen Striemen darunter sichtbar wurden, mit denen sich das Seil in die Haut gegraben hatte. Doktor Heinen hatte noch ein paar eher halbherzige Wiederbelebungsversuche an seinem leblosen Kollegen unternommen, es dann aber aufgegeben und den Kopf geschüttelt.

Fritze hatte dem Arzt erzählt, was passiert war, er wollte wissen, ob Doktor Schmidt noch leben könne, wenn der Soldat ihn länger gehalten hätte. Oder ob der Doktor vielleicht schon währenddessen gestorben sei und der Mann deshalb das Weite gesucht habe.

Doktor Heinen hatte ihn nur mitleidig angeschaut. Und dann war die Polizei gekommen, ein Mann von der Kriminalwache Elstal, Kriminalsekretär Lohmann. Der hatte mit allen Anwesenden gesprochen, dann aber nur Fritze mit auf die Wache genommen.

»Hast du geweint, Junge?«

Die schlimmste Frage von allen hatte der Kriminalsekretär noch auf dem Weg die Dorfaue hinunter gestellt. Fritze hatte sie energisch verneint. Ein deutscher Junge weint nicht. Insgeheim hatte er gehofft, Gereon werde ihn befragen, doch als sie in der Kriminalwache ankamen, war da niemand außer Kriminalsekretär Lohmann, und der zeigte wenig Interesse an Fritzes Beobachtungen, als er mit der Befragung begann. Es war irgendwie, als wolle Lohmann ganz andere Dinge wissen, als Fritze zu erzählen hatte, ja auch andere Dinge als die, nach denen er überhaupt fragte.

Und das Schlimmste: Lohmann glaubte ihm einfach nicht.

»Ein Soldat? Der dann einfach verschwindet und einen Menschen im Stich lässt? Junge! Überleg doch mal, das kann nicht sein, so ist die Wehrmacht nicht ausgebildet, das macht kein deutscher Soldat.«

»Ich kann den Mann beschreiben, der war wirklich da. Groß und kräftig, dunkelblondes Haar, glattrasiert, große Nase, markantes Kinn, eher dünne Lippen. Warum schreiben Sie denn nicht mit? Der hat mir den schweren Körper abgenommen, damit ich ein Messer holen konnte.«

»Das hast du dir gewünscht, Junge. Doktor Heinen hat mir das erklärt. Deine Seele wollte, dass es so ist, weil sie sich nicht mit Schuld beladen wollte. Du musstest ihn halten und gleichzeitig ein Messer besorgen, das ist ein grausames Dilemma.«

Das hatte Lohmann gesagt und dabei mitleidig geguckt, dass es zum Verzweifeln war. Sie nahmen ihn einfach nicht ernst. Behaupteten, er sehe Gespenster. Wenn Gereon nur da gewesen wäre! Noch nie hatte Fritze ihn so sehr vermisst wie in diesem Augenblick, als er da allein mit Kriminalsekretär Lohmann in der

Kriminalwache saß. Bei jedem Blick, bei jedem Satz, den dieser Kriminalsekretär für ihn übrighatte, überkam Fritze das Gefühl, der Mann traue ihm nicht, glaube ihm nicht, möge ihn nicht. *»Du musstest ihn halten und gleichzeitig ein Messer besorgen, das ist ein grausames Dilemma«* – dieser Satz hörte sich bei Lohmann nicht wie ein Trost an, sondern wie ein Vorwurf. Als habe er falsch gehandelt, als habe man es doch besser machen können, und Fritze hatte das Gefühl, sich verteidigen zu müssen.

»Ich hab auch um Hilfe gerufen«, sagte er, »aber keiner hat mich gehört.«

»Keiner hat dich gehört? Das ist interessant.« Lohmann schaute vielsagend. »Wenn dich keiner gehört hat, dann ist ja auch keiner gekommen und keiner hat geholfen.«

Gegen diese Logik war einfach kein Ankommen, und Fritze hatte es irgendwann aufgegeben.

»Wenn Sie meinen«, hatte er gesagt und schlussendlich ein Protokoll unterschrieben, in dem Sätze standen, die er so nie gesagt hatte, in einem Deutsch, das er so niemals gebraucht hätte. Aber er wollte einfach, dass sie ihn endlich in Ruhe ließen. *Sie*, ja, so hatte es sich angefühlt. Als säße da nicht einer, der ihn bedränge und ausquetsche, sondern viele, eine ganze Polizeiwache, eine ganze Stadt, die ganze Welt.

Und er war froh, der Enge dieser Polizeiwache zu entkommen. Kurz darauf hatte der Jugendehrendienst zum Sammeln unter der Fahne am Sportplatz gerufen und war geschlossen zum Essenfassen ins Unteroffizierskasino marschiert. Fritze hatte den Gesichtern der Kameraden angesehen, dass die Neuigkeit schon die Runde gemacht hatte. Alle außer Maxe taxierten ihn mit misstrauischen Blicken und hielten Abstand, als habe er eine ansteckende Krankheit.

Und so war es auch noch beim Essen. Der einzige, der ihm Trost spendete, war Maxe. Er hatte ihm den Arm auf die Schultern gelegt und gesagt: »Harte Knäcke das mit Doktor Schmidt. Musste mir mal in Ruhe erzählen. Aber nur wenn de willst.«

Nun saßen sie sich schweigend gegenüber und löffelten ihre Erbsensuppe. Fritze wusste nicht, ob er Max die Geschichte je erzählen würde. Vor allem wusste er schon gar nicht mehr, was für eine Geschichte das überhaupt war, was genau da im kleinen

Wäldchen geschehen war, so kirre hatten ihn die Stunden in der Kriminalwache und die Fragen von Kriminalsekretär Lohmann gemacht.

»Körner, Klose, ihr passt besser auf, wo ihr euch hinsetzt.«

Schröder konnte einfach nicht den Mund halten. Körner war Fritzes Freund Max, Klose der Junge, der direkt neben Fritze saß.

»Ihr lebt gefährlich«, fuhr Schröder fort, »da, wo Thormann sich aufhält, sterben immer welche.«

Die anderen Jungen lachten nervös, doch ihrem Lachen war anzuhören, dass sie es nicht für gänzlich unmöglich hielten, Schröders Worte könnten sich als wahr erweisen. Denn mit Fritze am Tisch saßen sie ja alle, und im selben Zimmer schliefen sie sowieso.

»Der Einzige, der hier Angst haben muss, das bist du, Schröder. Dass dir deine große Klappe irgendwann mal gestopft wird.«

Schröder stand auf. »Ach ja? Dann komm doch, wenn du dich traust!«

Fritze wollte ebenfalls aufstehen, doch Maxes eindringlicher Blick ließ ihn innehalten. Unmerklich schüttelte Max den Kopf. *Nicht*, sagte sein Blick, *nicht, der Kerl ist es nicht wert.* Fritze nickte ebenso unmerklich und ließ sich auf den Stuhl zurückfallen.

»Hab ich's mir doch gedacht«, meinte Schröder und setzte sich wieder. »Ohne seine Negerfreunde traut der Thormann sich nix.«

Es sah so aus, als wolle er noch etwas sagen, doch er verstummte. Auch im übrigen Speisesaal war es plötzlich still geworden, kein Besteckklappern mehr zu hören und kein Stimmengemurmel. Fritze drehte den Kopf, um zu sehen, was los war. Zwei Erwachsene hatten den Saal betreten, zwei Uniformierte. Ein Wehrmachtsoffizier und ein Mann in der Uniform der Hitlerjugend. Fritze erstarrte. Das war Stammführer Rademann. Sein Pflegevater.

Der Wehrmachtsoffizier zeigte genau auf ihren Tisch, und Rademann machte sich auf den Weg.

Fritze stand auf.

»Wilhelm«, sagte er, als Rademann bei ihm angekommen war. »Guten Abend.«

»'n Abend, Junge«, meinte der. »Wollte euch nicht beim Essen stören.«

»Bin sowieso fertig.«

»Prima.«

»Schön, dass du mich besuchst«, log Fritze.

Rademann guckte verlegen. »Nun«, begann er und räusperte sich, »das ist kein Besuch. Ich bin gekommen, um dich abzuholen.«

»Wie?«

»Die HJ braucht dich, Junge. Ich bring dich wieder nach Hause.«

»Aber ... ich bin morgen doch zum Frühdienst eingeteilt.«

»Ist alles schon geregelt. Musst nur noch deine Sachen holen, dann können wir los. Arthur und Jürgen, Monika und ich, wir freuen uns schon, dich wieder im Kreise unserer Familie zu haben.«

Fritze war dieses salbungsvolle Gesülze über Familie und so vor den anderen Jungen unglaublich peinlich. Darüber vergaß er sogar seine Wut auf Schröder. Was sollte das? Hatte Rönnberg ihn weiter oben angeschwärzt, dass er den Jugendehrendienst vorzeitig verlassen musste? Der Stubenälteste saß am Tisch und beobachtete die Szene mit einer gewissen boshaften Neugier, wie auch die meisten anderen außer Maxe, in dessen Blick eher Bestürzung lag. Fritze wollte noch etwas sagen, seinem Protest Worte geben, doch die richtigen Worte wollten ihm einfach nicht einfallen, außerdem spürte er einen Kloß in seinem Hals wachsen und fürchtete, gar nicht mehr sprechen zu können oder wie eine Heulsuse zu klingen, und so fügte er sich. Was blieb ihm auch anderes übrig? Herr Rademann war nicht nur sein Pflegevater und sein HJ-Führer, er war auch ein hohes Tier in der Reichsjugendführung.

Er stand auf und verabschiedete sich noch von Maxe. Faust an Faust, das war ihr geheimer Gruß, den sie schon seit Nürnberg pflegten.

Dann folgte er Herrn Rademann zum Ausgang, froh, Schröders und Rönnbergs Visagen nicht mehr sehen zu müssen. Der Abschied vom Olympischen Dorf, so unerwartet er kam, hatte auch sein Gutes. Schröders Stimme jedoch, die musste er ein letztes Mal ertragen.

»Oh, mut der tleine Fritze nachhause? Turück tu Mama? Aber nein, die will ihn ja nich, die is ja eine tleine Nutte!«

Fritze drehte sich um und wollte sich auf Schröder stürzen, den Scheißkerl windelweich prügeln, doch Herr Rademann hielt ihn mit beiden Händen zurück. Sein Pflegevater schaute ihm in die Augen, und der strenge Blick nagelte Fritze geradezu fest. Er blieb stehen, wo er war, auch als Herr Rademann losließ. Sein Pflegevater und HJ-Führer aber ging zu Schröder hinüber, stellte sich vor dem Angeber auf, der ebenfalls aufgestanden war und ihn frech anschaute, als erwarte er eine Strafpredigt, die ihn nicht juckte, doch Rademann sagte kein Wort. Stattdessen verpasste er dem Großmaul ohne Vorwarnung eine derart gepfefferte Ohrfeige, dass Schröder rücklings über seinen Stuhl stolperte und sich auf den Hosenboden setzte.

»Ich weiß nicht, wo du herkommst, Junge«, sagte Rademann zu dem verdutzten Jungen, der neben dem umgekippten Stuhl saß und sich die schmerzende Wange hielt. »Aber in unserer HJ in Berlin werden solche Reden nicht geschwungen. Du kannst von Glück reden, dass ich dein für einen Hitlerjungen absolut unwürdiges Verhalten nicht deinem HJ-Führer melde.«

Und damit drehte er um, kehrte zu Fritze zurück, nahm ihn bei der Schulter und führte ihn zum Ausgang. Schon lange hatte Fritze seinen Pflegevater nicht mehr so verehrt wie in diesem Moment. Ohne sich noch einmal umzudrehen, verließen sie das Kasino. Draußen fing es bereits an, dunkel zu werden. Der BMW von Herrn Rademann stand am Straßenrand. Hinter dem Maschendrahtzaun konnte Fritze das Gelände des Olympischen Dorfs sehen, die Turnhalle, den Sportplatz, die Schwimmhalle und das Speisehaus. Dahinter lagen die Wohnhäuser der Amerikaner. Er würde nicht einmal Dave Albritton auf Wiedersehen sagen können, das schmerzte ihn am meisten.

58

Sie trafen sich nicht in Gräfs Büro, sie trafen sich nicht im Nassen Dreieck, sie trafen sich auf einer Parkbank auf dem Askanischen Platz. Rath hatte darum gebeten, und so war die morgendliche Besprechung im Prinz-Albrecht-Palais heute morgen ausgefallen.

»Ich hoffe, du hast einen guten Grund für dieses konspirative Treffen«, hatte Gräf am Telefon gesagt.

Rath hatte.

Das sah wohl auch Reinhold Gräf so, nachdem Rath ihm seine Erkenntnisse und Vermutungen kurz skizziert hatte, während um sie herum die Olympiatouristen aus dem Anhalter Bahnhof zu den Kraftdroschken strömten. Er schüttelte den Kopf.

»Göring, meinst du?«

»Ich meine gar nichts. Ich erwäge nur die Möglichkeit. Jedenfalls scheint ein Zusammenhang mit dem Schusswechsel vom elften Oktober fünfunddreißig evident, alle vier waren daran beteiligt, und daher sollten wir schleunigst die übrigen Soldaten ausfindig machen, die damals dabei waren. Wenn sie denn noch leben.«

Rath hatte Gräf alles erzählt, was er wusste und vermutete. Nur seine eigene Verquickung in jene Schießerei hatte er ausgelassen. Dass er Hermann Göring mithilfe frisierter geheimer Unterlagen gegen dessen damaligen Geschäftspartner und Morphiumlieferanten Johann Marlow überhaupt erst aufgewiegelt hatte.

Den Rest aber hatte er erzählt. Dass der zu schnellen brutalen Lösungen neigende Göring sich Marlows hatte entledigen wollen und den Gangster sowie dessen Leibwächter Liang in eine Falle gelockt hatte und das entsetzlich schiefgegangen war. Dass es einen Schusswechsel gegeben habe, bei dem Liang und drei Wachsoldaten das Leben verloren, Marlow aber entkommen konnte.

»Woher weißt du das? In den Zeitungen stand damals, die Wachmänner des Regiments Göring hätten einen Bombenanschlag auf das Richtfest des Luftfahrtministeriums verhindert und zig Menschen das Leben gerettet.«

»Das stand in den Zeitungen, aber das stimmt nicht.«

Rath zündete sich eine Zigarette an.

»Du kennst Johann Marlow doch auch, Reinhold«, sagte er. »Er mochte es mit dem Gesetz nicht so genau nehmen, doch er war ein Geschäftsmann. Nie im Leben wäre Marlow auf die Idee gekommen, ein politisches Bombenattentat zu verüben. Welchen Nutzen hätte er davon gehabt?«

»Du hast recht, das passt nicht.«

Gräf zog die Stirn in Falten und schaute hinauf zum Europahaus und dessen riesiger Allianz-Reklame, doch sein Blick ging daran vorbei ins Nirgendwo. Eine Weile schaute er so. Um sich dann umso abrupter zu Rath umzudrehen.

»Das sind keine Vermutungen«, sagte er, »du weißt das.«

»Wie?«

»Du weißt das von Marlow, von Marlow persönlich. Du hattest doch immer ein besonderes Verhältnis zu ihm. Steht ihr noch in Kontakt?«

»Wo denkst du hin?« Rath tat ehrlich empört, und das war er ja in gewissem Sinne auch. »Mit Marlow habe ich schon seit Jahren nichts mehr zu tun. Ich weiß genausowenig wie du, wo er sich aufhält und ob er überhaupt noch lebt.«

Gräfs Blick war immer noch skeptisch.

»Ich hoffe für dich, dass du die Wahrheit sagst.«

»Natürlich.«

Gräf schüttelte den Kopf. Unwillig, als wolle er den Gedanken nicht akzeptieren. »So eine Geschichte hat uns gerade noch gefehlt, da kann man sich ja nur in die Nesseln setzen.«

»Noch ist es nicht mehr als eine Vermutung. Aber eine, die man im Hinterkopf behalten sollte.«

»Du hast recht.« Gräf nickte. »Also, was meinst du? Was sollen wir tun?«

Rath nahm einen tiefen Zug, bevor er antwortete.

»Wie wär's, wenn du mir zunächst mal ein anständiges Büro zur Verfügung stellst. Dann müssen wir uns nicht auf Parkbänken treffen.«

»Du hast ja recht, aber das steht nicht in meiner Macht. Obersturmbannführer Tornow hat zugestimmt, dass du in meine Ermittlungsgruppe kommst, aber er besteht darauf, dass du deinen Posten im Olympischen Dorf beibehältst.«

»Dass ich kein normaler Beamter bin, das ist den Kollegen da sowieso schon aufgefallen. Da kann ich auch mal fehlen.«

»Es ist zwecklos, Gereon. Wenn du daran etwas ändern willst, rede mit Tornow. Der ist hier der Chef.«

»Wenn du meinst.«

Rath lenkte ein. Obwohl er nicht vorhatte, heute noch ins Olympische Dorf zu fahren. Seine Abwesenheit dort gestern war niemandem aufgefallen und sie würde auch heute niemandem auffallen.

»Also, wie gesagt: Lass Steinke mal überprüfen, wer außer den vier Toten in jener Nacht noch Dienst geschoben hat. Wer alles an dem Zwischenfall beteiligt war, dürfte in der Polizeiakte stehen. Dann soll er herausfinden, wo diese Soldaten jetzt stationiert sind.«

Gräf nickte, doch er schaute nicht glücklich.

»Gute Idee«, sagte er. »Und dann? Was sollen wir denen sagen, wenn wir sie gefunden haben? Wir können ja schlecht mit deiner gewagten Theorie rausrücken: Euer Oberbefehlshaber, Reichsminister Göring, will euch alle umbringen, weil ihr zuviel wisst. Dann landen wir schneller im Lager, als uns lieb ist.«

»Nein, aber wir könnten sie beobachten. Ich denke, sie sind in Gefahr. Und vielleicht macht der Mörder einen Fehler.«

»Besser wäre es zu wissen, wer dieser Mörder ist. Und ob er wirklich von Göring beauftragt wurde.«

»Zu diesem Zweck müsste man jemand anderen beobachten«, meinte Rath.

»Und wen?«

»Die Witwe Brinkmann.«

Ferdinand Brinkmann, so stand es in der Akte, hinterließ eine Frau und drei Kinder.

»Wir müssten«, fuhr Rath fort, »nur darauf achten, ob und über welche Wege die Familie Brinkmann in nächster Zukunft mit Geldmitteln versorgt wird. Die Spur des Geldes führt uns zum Auftraggeber des Mordes an Oberfeldwebel Kramp. Und damit aller Wahrscheinlichkeit nach auch zum Auftraggeber der übrigen Morde. Oder sogar zum Mörder selbst.«

Rath schnippte seinen Zigarettenstummel in die Grünanlagen. Dann stand er auf und schlenderte zu seinem Auto hinüber.

59

Das Poststadion war rappelvoll, das hatte sie erwartet. Was sie nicht erwartet hatte, war, dass die Ehrentribüne mit Hakenkreuzfahnen geschmückt war. Adolf Hitler weilte heute nicht im Olympiastadion, er hatte es vorgezogen, dem Länderspiel Deutschland gegen Norwegen beizuwohnen, dem Viertelfinale des Olympischen Fußballturniers.

Jubel brandete auf, als Hitler sich mit Goebbels und Frick auf der Ehrentribüne blicken ließ, die erhobene Rechte in alle Himmelsrichtungen anwinkelnd. Das waren Deutschlands Fußballfreunde nicht gewohnt, Adolf Hitler besuchte für gewöhnlich keine Fußballspiele, er konnte mit dem Proletensport nicht viel anfangen.

Anders als Charly. Die Leidenschaft für Fußball (und Hertha BSC) hatte sie von ihrem Vater geerbt, der sie schon früh mit in die Plumpe oder ins Poststadion genommen hatte. Reichstrainer Otto Nerz hatte zwar keinen einzigen Herthaspieler, ja nicht einmal einen Berliner, in seinem Olympiakader, dennoch freute sich Charly auf das Spiel.

Allerdings herrschte im Poststadion eine andere Atmosphäre als sonst. Adolf Hitler war nicht der einzige Stadionbesucher, der sich zum ersten Mal ein Fußballspiel anschaute. Die meisten hier wollten einfach nur Deutschland gewinnen sehen, ganz gleich in welcher Sportart. Und nach dem grandiosen 9:0 gegen Luxemburg im Achtelfinale sah auch alles danach aus.

Charly wollte vor allem guten Fußball sehen, aber mit diesem Ansinnen, so stand es zu befürchten, gehörte sie zu einer Minderheit. Was schon daran zu merken war, dass die Begeisterungsstürme für Hitler deutlich lauter ausfielen als für die deutsche Nationalelf, als die, angeführt von ihrem Kapitän, dem Frankfurter Mittelfelddirigenten Rudi Gramlich, den Rasen betrat.

Gereon drehte sich achselzuckend zu ihr um, als müsse er sich für Hitlers Anwesenheit entschuldigen. Sie antwortete mit einem Lächeln, wusste sie doch, dass er ihr eine Freude hatte machen wollen, nach dem Reinfall mit der Eröffnungsfeier. Wenn es eine Sportart gab, mit der man sie auch während der Olympiade ins Stadion locken konnte, dann war es Fußball.

Eine Militärkapelle spielte die Nationalhymnen. Nach der deutschen auch wieder das unsägliche Horst-Wessel-Lied. Und alle sangen mit. Charly und Gereon nicht, sie bewegten nicht einmal den Mund. Keiner der Umstehenden, die alle mitgrölten, sagte etwas. Wahrscheinlich hielt man sie für Norweger.

Sie hatte das Thema schon angesprochen, gleich nachdem er sie abgeholt hatte, doch sie hatte noch keine Antwort bekommen. Gleichwohl konnte sie sehen, dass es in ihm arbeitete. Sie hatte Gedanken angestoßen, die Gereon bislang nicht zu denken gewagt hatte.

Das Land verlassen. Auf Dauer ins Ausland gehen. Ohne Erspartes und in eine ungewisse Zukunft.

Auch die norwegische Nationalhymne war verklungen, die Spieler machten sich zum Anstoß bereit. Die meisten hatte Charly noch nie gesehen. Ala Urban, der junge Stürmer von Schalke, war ihr ein Begriff, aber so berühmt wie Fritz Szepan war der nicht, und den hatte Otto Nerz heute leider nicht aufgestellt.

Die Norweger durften anstoßen, und schon mit ihrem ersten Angriff gelangten sie bis vors deutsche Tor. Den Torschuss des halblinken Norwegers konnte Torwart Jakob jedoch zur Ecke abwehren. Ein Raunen ging durch die Menge. Damit hatten die deutschen Schlachtenbummler offensichtlich nicht gerechnet. Sie wollten ein überlegenes Spiel der deutschen Mannschaft von der ersten Minute an wie gegen Luxemburg. Dass Fußball so nicht funktionierte, hatte ihnen wohl keiner gesagt.

Aber auch die deutschen Spieler auf dem Rasen hatte der forsche Beginn der Norweger überrumpelt, sie agierten zusehends nervös, einfachste Bälle gingen verloren, sie hatten dem Ansturm der Norweger wenig entgegenzusetzen. Und so dauerte es auch nicht lange, und es stand 1:0. Die nervöse deutsche Abwehr, die wie ein aufgescheuchter Hühnerhaufen vor ihrem Strafraum herumirrte, hatte einen schweren Deckungsfehler begangen, der Ball kam über drei Stationen zu dem Halblinken, der schon den ersten Torschuss abgegeben hatte, und der ließ Jakob diesmal keine Chance. Isaksen, so hieß der Torschütze, der sich von den mitgereisten norwegischen Schlachtenbummlern bejubeln ließ. Die deutschen Anhänger schwiegen wie erstarrt.

Charly konnte sich nicht helfen, die Spieler auf dem Rasen taten ihr zwar leid, den Zuschauern auf den Rängen aber, insbesondere denen in der Ehrentribüne, die sich sonst überhaupt nichts aus Fußball machten, gönnte sie diesen Dämpfer. Und so ertappte sie sich dabei, wie sie insgeheim den Norwegern die Daumen drückte, deren Spiel auch das flüssigere, durchdachtere war. In der Abwehr ließen sie keinen einzigen deutschen Angriff zu; das einzige, was die Elf von Otto Nerz sammelte, waren Eckbälle. Einmal kam August Lenz, der junge Dortmunder Torjäger, zum Kopfball, doch der ging knapp drüber. Die deutschen Spieler schienen von der übergroßen Erwartung auf den Rängen, die sie zu enttäuschen drohten, schlichtweg erdrückt zu werden und liefen dem unerwarteten Rückstand mit vielen hektischen, fruchtlosen Aktionen hinterher.

Und dann war die erste Halbzeit auch schon vorbei. Überall um sie herum enttäuschte Gesichter. Die meisten Deutschen, dachte Charly, jedenfalls die, die sich für die richtigen Deutschen hielten, waren schlechte Verlierer.

Gereon besorgte eine Bratwurst mit Senf und zwei Flaschen Bier, und sie stellten sich etwas abseits der Masse, um die in Ruhe zu verzehren.

»Enttäuscht?«, fragte Gereon. »Alle Veranstaltungen, für die ich Karten besorgen kann, scheinen irgendwie nach hinten loszugehen.«

»Schon gut«, antwortete Charly. »Ist ja nicht Hertha. Möge der Bessere gewinnen.«

Sie ließen ihre Bierflaschen aneinanderklirren. Ein Herr mit Parteiabzeichen am Revers, der vorüberkam, bedachte die biertrinkende Frau mit einem demonstrativen Kopfschütteln.

Charly wartete, bis er nah genug war, dann rülpste sie laut und wenig damenhaft. Die Empörung im Gesicht des Nazis war mit Worten nicht zu beschreiben. Schnell suchte er das Weite.

Gereon war sichtlich beeindruckt. So hatte er sie noch nicht erlebt. Er grinste breit.

»Wo hast du denn das gelernt?«, fragte er.

»Jedenfalls nicht auf dem Lyzeum.«

»Das hoffe ich doch sehr, meine Dame.«

»Solche Dinge gehören zu den Geheimnissen einer Frau«, sagte sie und trank noch einen Schluck Bier.

»Ich hatte keine Ahnung, dass Hitler heute ins Stadion kommt«, sagte er. »Tut mir leid.«

»Schon gut. Konnte ja wirklich keiner ahnen.«

»Tja, er will wohl dem großen Sieg seiner Fußballer beiwohnen, aber wenn Deutschland so weitermacht, wird es verlieren.«

»Das gilt nicht nur für dieses Fußballspiel, das gilt, fürchte ich, auch für das ganze Land. Die Nazis werden es ins Unglück stürzen, und wir können nichts dagegen tun.«

»Außer Biertrinken.«

»Außer Biertrinken. Aber das ist keine Lösung.«

Er nickte. »Macht aber Spaß.«

»Und?«, fragte sie. »Hast du drüber nachgedacht?«

»Du willst es wirklich wissen, was?«

»Es ist an der Zeit, endlich Konsequenzen zu ziehen.«

»Aber was sollen wir in Prag?«

»Was sollen wir *hier*?«

»Hier ist unsere Heimat.«

»Ja, eine Heimat, die uns nicht nur fremd, die uns zum Feind geworden ist. Nach dem, was du mir neulich erzählt hast, ist es doch nur noch eine Frage der Zeit, bis einer von uns im KL landet.«

Er schwieg. Keine seiner üblichen Beschwichtigungen.

»Vielleicht hast du ja recht«, sagte er schließlich. »Aber wie sollen wir jemals über die Grenze kommen, kein Grenzbeamter wird uns durchlassen. Und wie sollen wir bei den ganzen Devisenbeschränkungen genügend Geld mitnehmen? Wir können doch nicht mit Nichts anfangen.« Er seufzte. »Ich habe keine Ahnung, Charly, wie wir das jemals schaffen sollen.«

»Das macht nichts«, sagte sie. »Aber ich.«

Er schaute sie erstaunt an.

»Wie wär's«, sagte sie, »wenn ich dir die Einzelheiten heute nacht erkläre. In der Spenerstraße.«

60

Er wusste auch nicht, warum er sich hier so unwohl fühlte. Die Wohnung in der Lothringer Straße war viel größer als die in Charlottenburg, und heller war sie auch. Wahrscheinlich lag es an Atze. Seit Fritze bei den Rademanns eingezogen war, benahm sich sein einstmals bester Freund wie verwandelt. Obwohl sie beinahe gleich alt waren, unternahmen sie kaum noch etwas miteinander, außer Herr Rademann oder die HJ zwangen sie dazu.

Atze las auch nicht. Kein einziges Buch. Manchmal fragte sich Fritz, wie sie überhaupt je hatten befreundet sein können. Eine Zeitlang hatte er Atze sogar in Verdacht gehabt, ein paar von seinen Büchern aus dem Regal genommen zu haben, ausgerechnet die, die er am meisten mochte, Kästners *Emil* und *Das fliegende Klassenzimmer.* Jedenfalls waren sie seit dem Umzug nicht mehr da.

»Die sind verboten, sagt mein Vater«, hatte Atze gesagt, als Fritze ihn einmal danach gefragt hatte.

Seitdem wusste Fritze, dass Herr Rademann ihm die Bücher weggenommen hatte. Und den traute er sich deswegen nicht anzusprechen. Zumal sein Pflegevater ihm zu Weihnachten und zum Geburtstag einen ganzen Schwung neuer Bücher geschenkt hatte, *Horst Wessel* von Fritz Daum, *Im Zauberbann des Kilimandscharo* von Arthur Berger und natürlich *H. J. marschiert* von Wilhelm Fanderl. Ein paar Karl May, die Fritze noch nicht kannte, obendrein. Obwohl er also gut mit Lesestoff versorgt war, hatte er manchmal Sehnsucht nach seinen alten Kästnerbüchern, auch wenn das Kinderbücher waren und er sich eigentlich viel zu erwachsen dafür fühlte. Aber darin geschmökert (natürlich nur, wenn niemand zusah), das hätte er schon gerne.

Er hatte nicht gut geschlafen, obwohl sein Bett in ihrem Jungenzimmer in der Lothringer Straße viel größer war als das Etagenbett im Olympischen Dorf. Atze hatte kaum mit ihm gesprochen am Abend und sich keine große Mühe gegeben zu verbergen, dass er über Fritzes Rückkehr nicht allzu glücklich war.

Sie mussten nicht in die Schule, noch waren Große Ferien, also hatte er den ganzen Tag draußen verbracht. Nur gab es da niemanden, mit dem er sich hätte treffen können. Max war immer noch im Olympischen Dorf, und Atze wollte weder mit ihm, noch wollte er mit Atze spielen oder zu dessen Freunden gehen. Sie gingen sich lieber aus dem Weg.

Also hatte Fritze sich auf der Straße herumgetrieben und sich dabei ertappt, wie er nach Milchflaschen Ausschau hielt, die noch nicht in die Wohnung geholt worden waren, und die Umgebung nach geeigneten Übernachtungsmöglichkeiten absuchte. Die alten Instinkte der Straße. Das war ihm nicht mehr passiert, seit Charly und Gereon ihn vor dreieinhalb Jahren zu sich geholt hatten.

Nun saß er in seinem Zimmer, Atze war zum Glück nicht da, und las. Karl May, das war noch das brauchbarste, was Herr Rademann ihm geschenkt hatte. Fritze hätte lieber Kästner gelesen, gerne auch dessen Erwachsenenroman, von dem Charly ihm erzählt hatte, er war doch jetzt alt genug, doch der war wirklich verboten, der war nirgends aufzutreiben. Und er hätte nicht wissen wollen, was für ein Gesicht Wilhelm Rademann gemacht hätte, wenn er seinen Pflegesohn mit so einem Buch ertappt hätte.

Charly hatte all die verbotenen Bücher noch, vielleicht sollte er sie mal besuchen und sich eines ausleihen. Aber Charlottenburg und die Carmerstraße waren weit weg, er lebte nun im Bezirk Mitte.

Fritze legte das Buch beiseite und schaute auf die Autogramme von Albritton und Owens, die er sich übers Bett gepinnt hatte. Sonst hatte er keine Souvenirs zurückbehalten, die Jugendehrendienstuniform hatte er im Olympischen Dorf zurücklassen müssen. Mochten sie ihn auch vorzeitig rausgenommen haben aus dem Ehrendienst, die Erinnerungen daran konnten sie ihm nicht nehmen!

Rönnberg stecke nicht hinter seinem Rauswurf, hatte ihm Herr Rademann gestern noch während der Autofahrt erzählt, und es sei auch gar kein Rauswurf. Vielmehr habe man ihn informiert, dass sein Pflegesohn nun schon das zweite Mal Zeuge eines tragischen Todesfalles im Olympischen Dorf geworden und es besser sei, ihn zurück in die Familie zu holen.

»Ick bin doch keene Mimose, wer denkt denn det?«

»Das denkt niemand, Friedrich«, hatte Herr Rademann gesagt und ihm die Hand aufs Knie gelegt, »aber manchmal ist es besser, man hat die vertrauten Menschen um sich herum. Du hast zwei Menschen sterben sehen, unterschätze das nicht, vielleicht stehst du sogar unter Schock.«

»Wer sagt denn so was?«

»Man hat mir erzählt, du bildest dir Dinge ein, die gar nicht passiert sind.«

»Ich bild mir nüscht ein, da war eener! Ein Soldat! Der hätte ihn retten können, den Doktor Schmidt, wenn er ihn nur länger gehalten hätte. Wo ich doch so schnell ein Messer besorgt habe.«

»Ist ja gut«, hatte Herr Rademann gesagt und ihm weiter das Knie getätschelt, »du hast getan, was du konntest. Aber damit musst du dich jetzt auch nicht mehr belasten, du kommst zurück zu deiner Familie und deinem HJ-Bann, da gehörst du jetzt hin. Das haben die im Dorf auch gleich eingesehen.«

In diesem Augenblick war Fritze klar geworden, dass Herr Rademann dahintersteckte. Der wollte ihn zurückhaben. Damals, als sie Fritze ausgesucht hatten, hatte er das zwar, auch vor den anderen Hitlerjungen, als große Ehre für ihren Bann bezeichnet, doch insgeheim war es Rademann, das hatte Fritze damals schon gemerkt, zuwider, seinen Pflegesohn und HJ-Vorzeigepimpf für so viele Wochen herzugeben. Und nun hatte er offenbar die Gunst der Stunde genutzt.

Jedenfalls hatte Herr Rademann gestern Abend und auch heute morgen beim Frühstück alles getan, damit Fritze sich wieder zuhause fühlte. Nur funktionierte das nicht, und das lag nicht nur an der neuen Wohnung. Fritze war es meist unangenehm, von seinem Pflegevater vor allen anderen gelobt zu werden. Und von ihm berührt zu werden sowieso.

Es klopfte an der Zimmertür, und dann stand Frau Rademann im Zimmer und reichte ihm einen Einkaufszettel.

»Magst du noch ein paar Dinge unten im Kolonialwarenladen besorgen, Friedrich?«

So fragte sie immer, und er fand jedesmal, dass das doch falsches Deutsch war. Er *mochte* ja nicht einkaufen, er *sollte*. Gleichwohl ging er gerne, er hatte das Gefühl, den Rademanns für Kost und Logis auch etwas zurückgeben zu müssen. Er half Frau Rademann sogar beim Abtrocknen, wovor Atze und Jürgen sich immer drückten.

Der Laden war gleich unten um die Ecke. Fritze reichte den Einkaufszettel über den Tresen, und der Kaufmann holte die gewünschten Waren aus den Regalen oder füllte sie ab. Kaffee, Zucker, eine Packung Bahlsenkekse und sogar eine Tafel Schokolade wanderten in Fritzes Einkaufsnetz.

Als er das Wechselgeld entgegennahm, fragte er sich, ob es Frau Rademann wohl auffiele, wenn er ab und zu mal ein paar Pfennige einsteckte. Das würde sich lohnen, weil er fast jeden Tag zum Einholen geschickt wurde.

Er verscheuchte die Gedanken und kam sich richtig schlecht vor, überhaupt so gedacht zu haben. Als er in die Wohnung zurückkam, das Einkaufsnetz unterm Arm, saß da Besuch im Wohnzimmer, ein blonder, perfekt gescheitelter Mann im grauen Anzug, der sich mit Herrn Rademann angeregt unterhielt. Vor den Männern standen zwei leere Kaffeetassen.

»Heil Hitler«, sagte Fritze, wie man es von einem höflichen deutschen Jungen erwartete.

»Ah, Friedrich, da bist du ja!« Frau Rademann nahm ihm das Einkaufsnetz ab. »Dann werde ich mal Kaffee kochen für die Herren.«

Und schon war sie in der Küche verschwunden und Fritze mit den beiden Männern allein. Atze und Jürgen schienen sich immer noch draußen rumzutreiben.

»Sebastian«, sagte Herr Rademann zu seinem Besuch, »das ist Friedrich, von dem ich dir gerade erzählt habe.« Er klopfte auf den freien Sessel neben sich. »Willst du dich nicht zu uns setzen, Junge?«

Fritze wäre eigentlich lieber zurück ins Jungenzimmer und zu seinem Buch gegangen, zumal Jürgen und Atze nicht da waren und er dort seine Ruhe hätte, aber er nickte. Die Erwachsenen ließen einem ja keine andere Wahl. Taten immer so, als könne man selbst entscheiden, dabei waren das alles unmissverständliche Befehle.

Der Besuch lächelte freundlich, als Fritze sich hinsetzte, und hielt ihm die linke Hand entgegen.

»Freut mich«, sagte er.

Fritze starrte einen Moment irritiert auf die Linke, dann ergriff er sie mit seiner Rechten und schüttelte sie unbeholfen.

»Gleichfalls.«

Erst jetzt erkannte Fritze, dass der rechte Anzugärmel leer und sorgsam gefaltet an das Jackett geklammert war.

»Das ist Herr Tornow, ein guter Freund«, sagte Herr Rademann. »Wir sprachen gerade über die Olympischen Spiele und in welch großer Zeit wir doch leben.«

Herr Tornow nickte. »Und du hast dazu beigetragen, wie ich höre. Dein Pflegevater ist sehr stolz auf dich. Du warst im Jugendehrendienst?«

Fritze nickte. Er fragte sich, was Herr Tornow für einer war. Ein guter Freund? Bei den Rademanns hatte er den noch nie gesehen. Vielleicht ein Kollege von der Reichsjugendführung, vielleicht sogar ein Vorgesetzter; die Karriere war Herrn Rademann ja immer sehr wichtig.

»Und da hast du gestern etwas Schlimmes gesehen?«

Fritze schaute unsicher zu Herrn Rademann. War Herr Tornow ein Seelendoktor oder so was? Hatten sie ihn deswegen geholt? Aber er konnte doch nicht alles ausplaudern, musste doch nicht jeder wissen, was im Dorf passiert war.

Er zuckte mit den Achseln.

»Du musst wissen«, fuhr der Besuch fort, »ich kannte Doktor Schmidt. Das ist sehr, sehr traurig, dass er nun diesen Weg gewählt hat.«

»Sie kannten ihn? Woher?«

Fritze ärgerte sich über sein loses Mundwerk und hätte sich auf die Zunge beißen können.

Herr Tornow schien für die Winzigkeit eines Augenblicks irritiert. Dann aber lächelte er wieder.

»Nun, das ist eine lange Geschichte. Und du? Du kanntest ihn auch?«

Das klang weniger wie eine Frage, sondern mehr wie eine Behauptung. Fritze fragte sich, wie der Mann darauf kam.

Er zuckte die Achseln. »Er war halt einer der Ärzte im Dorf und ich beim Jugendehrendienst.«

»Und du hast ihn gleich erkannt, als du ihn entdeckt hast?«

Fritze nickte.

»Er lebte noch, das ist ja das Schlimme. Wir hätten ihn vielleicht retten können.«

»Wer ist wir?«

Herr Tornow lächelte und sah aus wie der nette Onkel von nebenan, doch der fehlende Arm, mehr noch der akkurat gebügelte und gefaltete flache Ärmel ließen den Mann im grauen Anzug irgendwie unheimlich wirken.

»Na, der Mann. Wenn der ihn gehalten hätte, würde der Doktor vielleicht noch leben.«

Herr Tornow und Herr Rademann schauten sich vielsagend an. Sie glaubten ihm nicht, sie glaubten ihm alle beide nicht. Hatte keinen Zweck, die Geschichte immer und immer wieder zu erzählen, ihm würde sowieso kein Mensch glauben.

»Wie kam es denn, dass du den Doktor gefunden hast? Warst du ganz alleine, sonst niemand bei dir?«

»War eben spazieren, hatte nüscht zu tun.«

»Und dann suchst du allein so eine einsame Ecke des Olympischen Dorfes auf? Da, wo nur Wald und dichtes Gebüsch ist?«

Fritze zuckte die Achseln. Was sollte er darauf antworten?

»Hast du denn irgendwas gesehen?«

»Wie?«

»Na, bevor du den Doktor gefunden hast. Ist dir da irgendetwas aufgefallen?«

Das hatte ihn der Polizist gestern auch gefragt. Was wollten die denn alle von ihm? Glaubten die, er habe Doktor Schmidt dabei zugesehen, wie der sich den Strick um den Hals legt, und nichts getan? Fritze merkte, wie er wütend wurde, er konnte nichts dagegen tun.

Er sprang auf.

»Wer sind denn Sie überhaupt?«, fuhr er Herrn Tornow an. »Was wollen Sie denn von mir? Lassen Sie mich doch in Ruhe!«

Und damit verließ er die Sitzecke und ging, vorbei an der verdutzten Frau Rademann, die gerade mit dem Kaffeetablett hereingekommen war, zu seinem Zimmer, knallte die Tür hinter sich zu und trat gegen den Kleiderschrank, was seine Wut nicht milderte. Er atmete heftig. Jeden Augenblick erwartete er, dass Herr Rademann hineinstürzen und ihn zur Rede stellen würde, und er wusste nicht, wie er darauf reagieren würde. Doch da kam niemand. Fritz Thormann blieb mit sich und seiner Wut allein.

61

Diesmal waren sie zu spät dran. Obwohl sie Theo, den Pförtner, ganz gut kannten, wurden sie vor dem *Delphi,* auf dessen Terrasse sich schon die Menschenmassen drängten, mit einem bedauernden Schulterzucken und dem alles entschuldigenden Wort »Olympia« ebenso freundlich wie bestimmt abgewiesen. Sie zogen weiter. Zum Glück gab es in der Gegend mehr gute Bars als in jeder anderen Ecke der Stadt. In der Augsburger Straße hatten sie mehr Glück. Auch im *Kakadu* wimmelte es vor Olympiatouristen, aber man fand wenigstens noch Einlass. Und einen Platz an der langgestreckten hinteren Bar, angeblich die längste der Stadt.

Rath hatte viele Abende allein hier verbracht, in jenem Jahr, als Charly in Paris weilte, aber auch noch danach. Dass er in Begleitung hier auftauchte, war höchst selten.

Joe, der Barmann, unterließ es denn auch, allzugroße Wiedersehensfreude zu zeigen. War ja auch schon ewig her, seit Rath das letzte Mal hier gesessen hatte. Meist wegen der Musik. Ein wenig auch wegen der Drinks. Selten wegen der Frauen.

Die Band spielte eleganten, großstädtischen Jazz. Hier war Berlin noch Weltstadt, ähnlich wie im *Delphi,* wenngleich im *Kakadu* mehr Herren mit Parteiabzeichen herumliefen. Aber Uniformierte sah man auch hier so gut wie keine.

Abende wie der heutige waren teuer (und Rath konnte sich längst nicht mehr so viel leisten wie noch vor ein, zwei Jahren), aber sie waren auch seltener geworden, und gerade in Zeiten wie diesen, wo er Charly kaum sah, ließ er sich das gerne etwas kosten.

Wenigstens mussten sie nichts mehr essen, die Bratwurst im Stadion hielt noch vor. Es war ein enttäuschendes Spiel gewesen, Deutschland hatte es nicht geschafft, die Partie gegen Norwegen noch zu drehen, ewig war die Elf gegen die stabile Abwehr der Norweger dem Rückstand hinterhergelaufen, bis dann, vielleicht zehn Minuten vor Abpfiff, Norwegen nach einem abgefangenen deutschen Angriff auch noch das 2:0 machte. Noch während des norwegischen Torjubels war Hitler in seiner Loge aufgestanden und hatte das Stadion mit seinen Begleitern verlassen.

Darüber hatte Charly sich mehr aufgeregt als über das Ausscheiden der Nationalelf aus dem Turnier, für das sie nur ein Achselzucken übrighatte.

»Wie kann er denn jetzt gehen?«, hatte sie gefragt. »So etwas macht man nicht. Alle kriegen das mit. Damit nimmt er der Mannschaft auch noch das letzte Fünkchen Hoffnung. Und so einer schimpft sich Führer!«

Zum Glück hatte keiner der Umstehenden ihre Worte verstanden, es hatte eher so ausgesehen, als schimpfe Charly über das Gegentor.

Joe kam mit ihren Getränken. Einen Cognac für Rath, einen Wodka Martini für Charly. Sie stießen an, und als er in ihre Augen sah, wusste er, dass sie dasselbe dachten. Dass es solche Abende so bald nicht mehr geben würde, dass sie heute so etwas wie ihren Abschied aus Berlin feierten.

»Gibt es in Prag eigentlich gute Bars?«, fragte er.

Sie lächelte. »Wer es jahrelang in Köln ausgehalten hat, der wird sich auch an der Moldau wohlfühlen.«

»Das sagst du so.«

Er spürte tatsächlich so etwas wie Wehmut. Sogar nach seinen Eltern verspürte er plötzlich eine gewisse Sehnsucht.

Bloß nicht sentimental werden, dachte er. Nichts bleibt, wie es ist, die Dinge ändern sich immer, manchmal auch zum Guten.

Sie trank ihr Glas leer und rutschte von ihrem Barhocker.

»Wenn du mich einen Augenblick entschuldigst. Ich muss mich mal eben ein bisschen frischmachen. Und dann ist Schluss mit Barhocken, dann wird getanzt!«

»Soll das eine Drohung sein?«

»Da kannst du Gift drauf nehmen«, sagte sie und verschwand im Gewimmel der Menschen.

Rath griff zu seinem Cognacglas und schaute sich um. Die Bar füllte sich langsam. Nachtschwärmer aller Couleur, Berliner und Touristen, einige Herren trugen Einstecktücher mit den fünf olympischen Ringen. Olympia machte sich wirklich überall breit. Raths Blick blieb an einem ondulierten Blondschopf hängen.

Tatsächlich, das war sie. Ihr Tanzkleid war diesmal in Blau gehalten, aber mindestens ebenso elegant wie das grüne, das sie im *Delphi* getragen hatte.

Er nahm seinen Cognac von der Theke und ging hinüber.

»Fräulein Bosetzky«, sagte er und stellte sich zu ihr. »Was für eine Überraschung, Sie wieder in Berlin zu sehen. Wie lang haben wir uns nicht gesehen!«

Sie musterte ihn mit einem Blick, der von unten nach oben wanderte, sozusagen von der Sohle bis zum Scheitel, und zündete sich eine Zigarette an.

»Kennen wir uns?«, fragte sie dann und wedelte das Streichholz aus.

Rath war sich sicher, dass sie ihn nicht vergessen hatte, dennoch stellte er sich vor, mit einer dezenten Verbeugung.

»Rath. Gereon Rath.«

»Goldstein. *Misses* Goldstein.«

»Ach? Verheiratet? Und wie geht es dem werten Gatten? Haben Sie den in den Staaten zurückgelassen?«

»Nein, hat sie nicht«, sagte eine Männerstimme mit kaum hörbarem amerikanischem Akzent.

Rath drehte sich um. Hinter ihm stand Abraham Goldstein, der zwei Mäntel überm Arm trug.

»Dass ich unter den vier Millionen Menschen in dieser Stadt ausgerechnet Ihnen über den Weg laufen muss, officer!«

Goldstein gab sich so, wie Rath ihn kannte, locker und respektlos, doch spürte er hinter dieser Fassade eine gewisse Unsicherheit, ein lauerndes Misstrauen.

»Tja, die Welt ist klein. Und ich wohne jetzt hier um die Ecke.«

»Sind Sie aufgestiegen? Deutschland hat sich ja ziemlich verändert in den letzten Jahren.«

»Das kann man wohl sagen. Der Mann, der vor fünf Jahren die antisemitischen Krawalle angeführt hat, denen wir damals knapp entkommen sind, der ist heute Polizeipräsident.«

»Really? Das war hier in der Gegend, nicht wahr? Die Krawalle, meine ich.«

Rath nickte. »Graf von Helldorf heißt der Mann. Vom SA-Führer zum PP. Bei mir hat's leider nur zum Oberkommissar gereicht.«

»Na, immerhin. Congratulations.«

»Und Sie sind hier, um sich die Spiele anzusehen?«

»Wie immer: Mein Aufenthalt in Berlin ist rein touristisch.

Jesse Owens dreimal siegen zu sehen vor all den Nazis im Stadion, das allein war die Reise wert, nicht wahr, *sweetheart?*«

Marion Goldstein, geborene Bosetzky, lächelte ihr Berliner Görenlächeln.

»Und noch schöner«, fuhr ihr Ehemann fort, »wird es am Wochenende, wenn Marty Glickman und Sam Stoller in der Staffel starten. Dann gewinnen sogar Juden Gold in Berlin.« Goldstein half seiner Frau in den Mantel. »Wenn Sie uns nun entschuldigen, officer, wir wollten gerade gehen.«

»Wo geht's denn hin?«

»In die Sherbini Bar, da sind mehr Amerikaner.« Er zog sich selbst den Mantel über und schaute sich um. »Hier tummeln sich für meinen Geschmack zu viele Bullen.«

»Na, wenn Sie nichts zu verbergen haben ...«

»Ich bin einfach lieber an Orten, wo weniger Ihresgleichen herumlaufen. No offense.«

»Ich bin jedenfalls froh, dass ich Sie diesmal nicht überwachen muss.«

Goldstein setzte seinen Hut auf. »Ich bin Geschäftsmann und Tourist. Warum sollte man mich überwachen?«

Und mit diesen Worten lüftete er seinen Hut und geleitete seine Frau durch die Menschenmenge zum Ausgang. Rath schaute ihm nach. Hatte der amerikanische Gangster die Berliner Göre und ehemalige Nackttänzerin tatsächlich geheiratet.

»Wer war denn das?«, fragte Charly, die plötzlich neben ihm stand.

»Bekannte von früher. Kennst du nicht.«

Zum Glück hakte sie nicht nach. Sie nahm ihm das Cognacglas aus der Hand und zog ihn zur Tanzfläche.

62

Es war kurz vor Mitternacht, und er saß immer noch im Büro. Was für ein beschissener Tag. An allen Ecken brannte es, und wer musste die Feuer austreten? Sebastian Tornow. Höchste Zeit, dass diese verdammte Olympiade zuende ging und wieder normalere Zeiten anbrachen. Eine gute Woche hatten sie noch vor sich. Hoffentlich ging alles gut.

Für einen Rapport war es schon reichlich spät, aber darauf konnte ein Obersturmbannführer keine Rücksicht nehmen; er selbst arbeitete ja auch Tag und Nacht für den SD, warum sollte es einem Untersturmführer da besser gehen? Reinhold Gräf sah ziemlich übermüdet aus, als er da in der Tür stand.

»Heil Hitler, Obersturmbannführer! Sie wollten mich sprechen?«

»Richtig. Setzen Sie sich.«

Der Untersturmführer nahm, die Uniformmütze in der Hand, auf dem unbequemen Stuhl Platz.

Tornow mochte es, wie sie alle vor ihm kuschten. Wie alle, die ihn damals, als er als einfacher Schupo zur Kriminalpolizei gewechselt war, noch von oben herab behandelt hatten, ihm nun voller Respekt begegneten. Gereon Rath sowieso, aber noch mehr genoss Sebastian Tornow es bei Reinhold Gräf. Damals, als sie beide für kurze Zeit mit Rath zusammengearbeitet hatten, hatte Gräf den neuen Kollegen aus der Schutzpolizei wohl als Konkurrenten gesehen und entsprechend behandelt. Nun war Sebastian Tornow, der einstige Kommissaranwärter, dem einstigen Kriminalsekretär gleich vier SS-Dienstränge voraus. Dass man sich in so einem Fall nicht mehr duzte, war selbstverständlich.

»Darf ich fragen, worum es geht?«, fragte Gräf nach einer Weile.

»Sie dürfen.«

Tornow blätterte ungerührt in seinen Akten und ließ Gräf schwitzen. Eine durchschaubare Methode, gewiss, aber wirksam. Sollte der Mann da auf dem Stuhl ruhig wissen, dass er gleich ein Donnerwetter zu erwarten hatte. In aller Seelenruhe machte Tornow ein Häkchen unter die Seite, die er gelesen hatte, und blätterte um. Das wiederholte er noch ein paarmal, bis er den Aktendeckel schließlich zuklappte und den Bleistift beiseitelegte.

»Wir hatten noch einen Todesfall im Olympischen Dorf.«

Er ließ seine Worte nachklingen. Gräf wirkte überrascht.

»Ein Selbstmord«, fuhr Tornow fort. »Doktor Schmidt von der medizinischen Abteilung. Die Kriminalwache musste sich darum kümmern, eigentlich ein Fall für Oberkommissar Rath. Aber der war nicht da.«

»Nun, Rath ist ja Teil meiner Ermittlungsgruppe und daher öfter unterwegs. Wann war denn das? Der Todesfall, meine ich.«

»Gestern nachmittag.«

»Davon hat Rath mir gar nicht erzählt.«

»Weil er davon wahrscheinlich auch gar nichts weiß.«

»Wie gesagt, er ist die Tage viel in der Sache Dräger et alii unterwegs. Aber dass er natürlich nach wie vor in der Kriminalwache Elstal stationiert ist, das weiß er, das habe ich ihm auch unmissverständlich klar gemacht.«

»Vielleicht nicht unmissverständlich genug. Ich denke, es dürfte Sie interessieren, dass Gereon Rath sich, wie seine Kollegen einhellig berichten, seit nunmehr drei Tagen, also seit Dienstag, nicht mehr in der Kriminalwache und im Olympischen Dorf hat blicken lassen.«

Gräf wirkte peinlich berührt. Diese Tatsache war ihm offenbar neu. Passierte ihm nicht zum ersten Mal, dass ihm jemand auf der Nase herumtanzte. Griff zu wenig durch, der Mann. So stand es ja auch in seiner Personalakte. Fleißig und gewissenhaft, aber mangelhafte Personalführung und zu wenig Durchsetzungsvermögen.

»Ich werde mir Oberkommissar Rath einmal vorknöpfen, Obersturmbannführer!«

»Das sollten Sie. In der Tat. Nicht dass diese Eigenmächtigkeiten aus dem Ruder laufen. Wie weit ist Rath eigentlich in der Sache Morgan?«

»Wie? Ich ... Entschuldigung, aber ich dachte ...« Gräf räusperte sich. »Wir kümmern uns jetzt vorrangig um den Todesfall Dräger. Da zweifelsfrei feststeht, dass bei dessen Tod Fremdeinwirkung im Spiel war und dieser Fall in Verbindung zu mindestens drei anderen mutmaßlichen Morden steht, es jedoch keinerlei Verbindung zum Todesfall Morgan gibt ...«

»Schön. Das erzählen Sie mal dessen Witwe. Misses Morgan

vermutet nämlich, dass amerikanische Kommunisten hinter dem Tod ihres Mannes stecken könnten.«

»Und das glauben Sie?«

»Es geht nicht darum, was ich glaube, es geht darum, was Gereon Rath in dieser Sache herausgefunden hat.«

»Natürlich, Obersturmbannführer. Ich werde mich darum kümmern. Als Leiter der Ermittlungsgruppe …«

»Was reden Sie da ständig von *Ermittlungsgruppe?* Sie haben keine Ermittlungsgruppe, Sie arbeiten beim SD und nicht bei der Polizei.«

»Aber Sie selbst haben mir doch den Befehl erteilt, die Morde rund um die toten Soldaten aufzuklären.«

»Ja, aber doch nicht als *Ermittlungsgruppe.* Sie sollen ein paar Leute zusammentrommeln und Licht in die Sache bringen, habe ich gesagt. Am Ende kommen Sie mir noch auf die Idee und schalten die Staatsanwaltschaft ein.«

»Natürlich nicht. Wir behandeln alle Erkenntnisse vertraulich. Nicht einmal die Gestapo ist in alle Einzelheiten eingeweiht.«

»Aber Gereon Rath schon, oder wie muss ich das verstehen?«

»Nun, Oberkommissar Rath ist mir, bei aller Unzuverlässigkeit, tatsächlich eine wichtige Hilfe. Es gibt Parallelen zu einem alten Fall, daher hat er Kenntnisse, die sich als äußerst hilfreich erweisen könnten.«

»Was für ein Fall, was für Kenntnisse?«

»Ein hiesiger Krimineller hat vor einem Jahr einen todgeweihten Taxifahrer als Mordwerkzeug eingesetzt, dies war beim Todesfall Kramp offensichtlich ähnlich. Mord durch Selbstmord, wenn Sie so wollen.«

»Dann haben Sie also einen Verdächtigen?«

»Leider nein. Bei dem in Rede stehenden Kriminellen handelt es sich um Johann Marlow alias Magnus Larsen, nach dem reichsweit gefahndet wird und der sich nach unseren Erkenntnissen ins Ausland abgesetzt hat und sich dort auch noch befindet. Wir vermuten einen Nachahmungstäter.«

»Und deswegen ist Rath so wichtig für Sie? Weil er der alte Kumpel von Marlow ist?«

»Ich glaube, diese Zeiten sind vorbei. Aber Rath hat damals in dem Fall ermittelt, er kennt sich aus.«

»Ich denke, ich spreche in dieser Sache noch einmal selber mit dem Oberkommissar. Sagen Sie Rath, ich will ihn morgen sehen. Im Schwimmstadion. Punkt elf.«

»Wo?«

»Im Olympischen Schwimmstadion. Osttribüne, Block C. Er soll sich am Eingang melden.«

»Zu Befehl, Obersturmbannführer.«

»Gut, Untersturmführer, das wäre alles. Sie können gehen.«

Gräf stand auf und entbot den Deutschen Gruß; Tornow antwortete mit einem kurzen, lässigen Heben des linken Arms.

»Und, Untersturmführer ...«

»Obersturmbannführer?«

»... fassen Sie Rath bei aller Freundschaft nicht zu zart an. Zeigen Sie, dass Sie ein SS-Mann sind. Greifen Sie durch!«

»Jawohl!«

Gräf ließ noch einmal den rechten Arm emporschnellen und verschwand.

Tornow lehnte sich zurück in seinen bequemen Schreibtischstuhl und seufzte.

Was zum Teufel war das jetzt wieder?

Entweder erzählte Gräf ihm nicht alles, oder Rath hatte Gräf nicht alles erzählt. Wobei das zweite wahrscheinlicher war. Er musste der Sache auf den Grund gehen.

63

Sie blinzelte ins Licht. Die Sonnenstrahlen schienen durchs Fenster direkt auf ihr Gesicht und kitzelten in der Nase. Das Kissen neben ihr war leer. Sie richtete sich auf, und ihr Kopf schmerzte ein wenig. Dann kam die Erinnerung an den gestrigen Abend, und sie lächelte. Eine letzte rauschhafte Nacht in Berlin, die war jeden Kater wert. So bald würde es für sie keine mehr geben. Ob das auch Gereon bewusst gewesen war? Ein bisschen so hatte es sich angefühlt. Sie hatten das Thema, das in den letzten Tagen immer im Raum stand, ganz gleich worüber sie redeten und wo sie sich trafen, mit keinem Wort angeschnitten. Um sich ein letztes Mal der Illusion hinzugeben, alles sei normal, Berlin eine Stadt wie jede andere, nein: keine Stadt wie andere, sondern die Stadt, die es mal gewesen war. Vor gar nicht allzulanger Zeit.

Sie hörte Geschirr klappern, Kaffeeduft zog in ihre Nase. Kurz darauf kam Gereon mit einem Tablett durch die Tür. Er war in Unterwäsche, hatte lediglich Charlys viel zu kurzen rosafarbenen Morgenmantel übergeworfen.

»Oh, habe ich dich geweckt?«, fragte er.

»Darf ich ein Foto von dir machen?«

Er schaute an sich herab. »Gefällt dir das etwa? Muss ich mir Sorgen machen?«

»Du weißt doch, Gereon, ein Mann wie du kann alles tragen.«

Er stellte das Tablett auf den Nachttisch. Darauf befanden sich eine Kaffeekanne, zwei Tassen, ein Wasserglas und eine einsame Tablette Aspirin.

»Mh«, sagte Charly, »was für ein Frühstück! Du hast wirklich an alles gedacht.«

»Nicht wahr?«

»Kein Aspirin für dich?«

»Hab schon.«

Sie nahm die Tablette und spülte sie mit dem Wasser hinunter.

Er goss einen Kaffee für sie ein, dann bediente er sich selbst, streifte den Morgenmantel ab und setzte sich zu ihr ins Bett. Schweigend tranken sie ihren Kaffee. Sie brauchten beide morgens eine gewisse Zeit zum Wachwerden, er noch mehr als sie.

»Schön war's gestern«, sagte sie schließlich.

»Fußball gucken, Tanzen gehen oder das danach?«

Sie lächelte. »Eigentlich alles. Sollten wir öfter mal machen.«

»Jederzeit.«

»Auch Fußball?«

»Das danach ist mir lieber.«

»Wir haben es gestern ein bisschen übertrieben«, meinte sie.

»Meinst du? Mit was?«

»Nur mit dem Trinken.«

»Mit dem Rest nicht, finde ich.«

»Nein, mit dem Rest nicht.«

»Wir sehen uns zu selten.«

»Das ändert sich ja bald wieder. Die Millers reisen in einer Woche ab. Dann kannst du zurückkommen.«

»Vieles ändert sich bald.«

Er schaute sie verständnislos an. Charly öffnete die Schublade des Nachttischschränkchens und holte einen braunen Umschlag heraus.

»Was ist das?«, fragte er.

»Wir haben gestern gar nicht mehr geredet, Gereon.« Sie griff in den Umschlag. »Hier. Ein Reisepass der tschechoslowakischen Republik, ausgeschrieben auf den Namen Helmut Michalek, Jahrgang neunzehnhunderteins.«

»Und was soll *ich* mit dem Pass von Herrn Michalek?«

»Na, schau doch mal hinein.«

Gereon klappte das Dokument auf. Sein Gesicht war mit Geld nicht zu bezahlen.

»Wo hast du das Passfoto her?«

»Du hast doch letztes Jahr neue machen lassen. Für deinen LKA-Ausweis.«

»Ja. Und?«

»Ich war damals beim Fotografen und habe sie abgeholt.«

»Und den Pass, woher hast du den?«

»Gereon, es ist besser, du weißt nicht alles. Nur so viel: Ich kenne Leute, die uns helfen können.«

»Passfälscher.«

Er sagte das sehr verächtlich. Was sie ein wenig wütend machte, denn wenn es um seine Belange ging, fragte Gereon Rath nicht zwingend nach Recht und Gesetz.

»Der Pass ist echt«, sagte sie. »Das Foto auch. Nur der Stempel ist nachgemacht.«

»Ich kann kein Wort Tschechisch.«

»Das können die meisten Böhmerdeutschen auch nicht. Die waren es gewohnt, dass die Tschechen ihretwegen Deutsch lernten.«

Er schüttelte den Kopf. »Charly, wir kommen in Teufels Küche!«

»Wir kommen in Teufels Küche, wenn wir auch nur eine Woche länger als nötig in Deutschland bleiben.«

Sie zeigte ihm ihren Pass.

»Hier, ich bin dein treues Eheweib. Erika Michalek, wohnhaft in Klein Petersdorf im schönen Mähren, wir werden Ende nächster Woche zusammen mit vielen anderen tschechischen Olympiatouristen in unser Land zurückkehren. Mit dem Ende der Spiele wird an der Grenze ein derartiger Betrieb herrschen, dass die unmöglich alles so genau kontrollieren können.«

»Das klingt, als hättest du schon einen Plan.«

»Darauf kannst du dich verlassen.«

Er musste grinsen, er konnte es nicht unterdrücken. Dann schaute er wieder so ernst, wie es die Situation seiner Meinung nach wohl verlangte.

»Wir fahren von Berlin direkt nach Prag«, fuhr Charly fort. »Ein Freund wird uns bei sich wohnen lassen, bis wir was gefunden haben. Der wird auch das nötige Geld über die Grenze schmuggeln, damit wir nicht bei Null anfangen müssen.«

»Du hast Freunde in Prag?«

»Du auch. Berthold Weinert.«

»Moment: Du hast das mit Weinert eingefädelt?«

Ungläubiges Staunen, so nannte man das wohl, was Gereons Gesicht gerade ausdrückte. Aber da musste er jetzt durch. Da kam ja noch mehr.

»Weinert hat uns schon öfter geholfen, Menschen, denen es in Berlin zu gefährlich wurde, nach Prag zu bringen.«

»Uns? Kannst du mir mal erklären, von was du da gerade redest?«

Es half nichts, sie erzählte ihm, was sie mit Böhm in den vergangenen Monaten auf die Beine gestellt hatte. Eine regelrechte Fluchthelferagentur.

»Mein Gott, Charly, warum hast du mir denn nichts davon erzählt?«

»Das tue ich doch jetzt.« Sie zuckte die Achseln. »Ich weiß nicht, ich dachte einfach, das wäre zu gefährlich. Dass das Dinge sind, von denen du besser nichts weißt.«

»Mensch, Charly, weiß Gott ist das gefährlich. Nicht mir davon zu erzählen, sondern so etwas überhaupt zu tun!«

»Siehst du, das ist ein weiterer Grund, warum ich es dir nicht erzählt habe: Weil du versucht hättest, mich davon abzuhalten.«

»Aus gutem Grund. Meinst du, ich würde zulassen, dass meine

Frau sich so leichtsinnig verhält, dass sie Gefahr läuft, im KL zu landen?«

»Aber du lässt es zu, dass du selbst dich so leichtsinnig verhältst, dass du ein Spielball in der Hand des SD bist. Dass wir beide jederzeit im KL landen könnten, wenn es Herrn Tornow beliebt.«

Treffer und versenkt. Darauf sagte er erst einmal nichts mehr. Doch er war immer noch aufgewühlt, er klaubte eine Zigarette aus dem Etui und zündete sie an.

»Bekomme ich auch einen Zug?«, fragte Charly nach einer Weile, und er reichte ihr die brennende *Overstolz*. Sie nahm ein paar Züge und gab ihm die Zigarette wieder zurück.

Friedenspfeife.

»Du hast ja recht«, sagte er. »Wir haben uns beide leichtsinnig verhalten.«

»Und deswegen müssen wir auch so schnell wie möglich verschwinden.«

»Es ist nur so verdammt schwer, alles einfach aufzugeben und hinter sich zu lassen.«

»Besser, als sich selbst aufzugeben und hinter sich zu lassen.«

Gereon nickte. Er wirkte nachdenklich.

»Weinert also«, sagte er. »Und wie will er das Geld für uns über die Grenze schmuggeln? Banknoten ins Mantelfutter nähen? So viel Bargeld, wie wir brauchen, werden wir in der Kürze der Zeit gar nicht auftreiben können.«

»Wir haben andere Vermögenswerte. Du wirst Weinert dein Auto überlassen. Das war doch sowieso mal seins.«

Noch eine Kröte, die er schlucken musste.

»Keine Angst«, sagte sie, »in Prag gibt es jede Menge Straßenbahnen. Außerdem wird er dir den Wagen bestimmt auch mal leihen.«

Er schüttelte den Kopf. »Dir ist klar, Charly, wenn wir Deutschland auf diese Weise verlassen, können wir nie wieder zurückkehren.«

»In dieses Deutschland möchte ich auch nicht wieder zurück. Und wenn das Land wieder normal geworden ist, wird kein Hahn danach krähen, wie und warum wir weggegangen sind. Dann wird unser Land uns brauchen, und wir werden ihm helfen.«

Er drückte die Zigarette in den Aschenbecher auf dem Nachttisch.

»Hast du dir eigentlich auch schon überlegt, was wir mit Marie Niemann machen?«

Sie nickte. »Habe ich.«

»Und?«

»Ich habe ihr geraten, das Land zu verlassen. Und ihr Hilfe angeboten.«

Er schaute ehrlich entsetzt. »Du willst einer Mörderin zur Flucht verhelfen?«

»Marie Niemann ist keine Mörderin, sie wurde als Werkzeug missbraucht. Von irgendwelchen gewissenlosen Genossen ihres Verlobten, die Maries Trauer und Wut hemmungslos für ihre politischen Zwecke genutzt haben.«

»Und was sage ich Tornow? Dem muss ich doch auch irgendwas liefern.«

»Vertröste ihn noch ein wenig, mit so was kennst du dich doch aus. Und bevor er die Geduld verliert, bist du schon außer Landes.«

»Und die eigentlichen Verantwortlichen für den Tod Walter Morgans sitzen in Chicago und bleiben völlig unbehelligt?«

Charly zuckte die Achseln. »So sieht es aus.«

»Gefällt dir das? Mit Gerechtigkeit hat das nichts zu tun.«

»Nein. Aber vielleicht könnten wir ja doch etwas tun, um dein Gewissen zu beruhigen.«

»Und das wäre?«

»Wir könnten Morgans Witwe einen Hinweis geben. Oder den amerikanischen Behörden. Denen könnte man den Brief zukommen lassen. Immerhin ist das eine unverblümte Anstiftung zum Mord. Vielleicht kriegen die heraus, wer der Absender ist.«

Gereon nickte. Der Gedanke schien ihm zu gefallen.

»Aber *du* wirst nichts dergleichen tun«, sagte Charly, »du wirst nicht einmal daran denken, so etwas zu tun. Nicht bevor Marie Niemann in Sicherheit ist.«

64

Sämtliche Besucher des Schwimmstadions hatten einen Regenschirm dabei, denn das Wetter war immer noch nicht so stabil, wie man es sich für die Spiele erhofft hatte. Noch eine halbe Stunde vor Beginn der olympischen Schwimmwettkämpfe hatte es geregnet. Gleichwohl konnten die Vorläufe über hundert Meter Kraul der Herren pünktlich beginnen, fleißige Helfer hatten die Sitze auf den Tribünen trockengewischt, so dass die Zuschauer Platz nehmen konnten, ohne sich einen nassen Hosenboden zu holen.

Gleichwohl hätte Sebastian Tornow an diesem Sonnabendmorgen lieber ganz woanders gesessen als im Olympischen Schwimmstadion und neben der Witwe Morgan. Er hatte für Sport nicht mehr viel übrig seit jenem Tag, der sein Leben verändert hatte; ja er hasste es regelrecht, gesunden Menschen dabei zuzusehen, wie sie Höchstleistungen erbrachten. Seit er seinen rechten Arm verloren hatte, absolvierte er zwar regelmäßig gymnastische Übungen, weil die übrig gebliebenen Extremitäten und überhaupt alles andere an seinem Körper nun umso wichtiger geworden war, doch tat er das hinter verschlossenen Türen, niemand durfte ihm dabei zuschauen. Umso mehr waren ihm Menschen, die ihre Gesundheit und Kraft vor aller Welt zur Schau stellten, verhasst und zuwider.

Doch Olympia Morgan, das hatte er beschlossen, würde er nicht mehr aus den Augen lassen, auch wenn das heißen mochte, sämtlichen olympischen Schwimmwettkämpfen beizuwohnen. Er würde ihr nicht von der Seite weichen, er würde sie erst wieder sich selbst überlassen, wenn er ihrem Zug auf dem Lehrter Bahnhof hinterherwinken könnte.

Er wurde aus der Witwe nicht so recht schlau. Wann immer es ging, kümmerte sie sich um das Geschäft, das ihr Mann ihr hinterlassen hatte; noch heute morgen im Hotel, als Tornow sie abholte, hatte sie ihrem Sekretär einen Brief diktiert und letzte Instruktionen erteilt. Von der Tatkraft dieser Frau konnte man durchaus beeindruckt sein.

Andererseits hatte sie es überhaupt nicht eilig, nach Hause zu kommen, wollte sich stattdessen die Schwimmwettkämpfe anschauen. Vielleicht war das ihre Art zu trauern, sie hatte ihren Mann über den Schwimmsport kennengelernt; Olympia Morgan war, als sie noch Olympia Dimopoulou hieß, selbst eine erfolgreiche Schwimmerin gewesen, wie sie herausgefunden hatten. Sie kannte auch einige aus der amerikanischen Delegation; vorhin, beim Betreten des Schwimmstadions, hatte sie Eleanor Holm begrüßt wie eine alte Freundin. Amerikas beste Rückenschwimmerin war erst kurz vor der Ankunft in Deutschland aus der amerikanischen Olympiamannschaft geworfen worden, angeblich hatte sie an Bord der *Manhattan* zuviel auf dem Oberdeck gefeiert, und nun konnte sie die Spiele nur noch als Sportreporterin begleiten, woraus sie sich jedoch einen großen Spaß machte. All das hatte Tornow sich anhören müssen, obwohl es ihn nicht interessierte, hatte gelächelt, obwohl ihm überhaupt nicht danach zumute war, und Olympia Morgan schließlich den Weg zu ihrem Platz gewiesen. Allerbeste Lage, nur drei Reihen hinter den Ehrenplätzen, die für den Führer und andere hochrangige Besucher vorgesehen waren.

Nun saß sie auf ihrem Platz und verfolgte die Wettkämpfe. Sogar ein kleines Opernglas hatte sie dabei. »Da«, sagte sie und zeigte auf einen Mann in Badehose, der gerade zu seinem Startblock ging, »das ist Arthur Highland. He's from Chicago, like me!«

Sebastian Tornow lächelte und nickte. Was sollte er sonst tun? Alles bestens. Solange sie sich mit den Schwimmwettkämpfen beschäftigte, kam sie nicht auf dumme Gedanken.

Denn die Leiche ihres Mannes war immer noch nicht verbrannt. Mit Bedauern hatte Grieneisen mitgeteilt, die gegenwärtige Auslastung aller drei Berliner Krematorien erlaube eine Kremation des Verstorbenen erst Mitte nächster Woche, aber immerhin noch rechtzeitig, dass die Witwe die Asche ihres Herrn Gemahl mit nach Amerika nehmen könne. Man habe den Wunsch der Feuerbestattung ja auch erst am Mittwoch vernommen, alles sei für eine Überführung des Leichnams im Sarg vorbereitet worden.

Als ob er das nicht wüsste.

Tornow hatte Himmel und Hölle in Bewegung gesetzt – so viel Himmel und Hölle, wie dies unauffällig möglich war –, und immerhin noch einen Dienstagstermin im Krematorium Wedding organisieren können, aber auch bis dahin waren es noch drei Tage.

Drei Tage, in denen die Witwe Morgan beruhigt und vertröstet werden musste. Ihren Wunsch, einmal mit dem ermittelnden Beamten zu sprechen, hatte er nicht länger auf die lange Bank schieben können. Ebenso hatte sie bereits Interesse bekundet, der zweiten Leichenschau, die bei einer Kremation vorgeschrieben war, persönlich beizuwohnen. Insgeheim fragte sich Tornow, ob die Witwe allein deswegen auf einer Einäscherung bestanden hatte. Vielleicht hatte irgendjemand für sie die Bestimmungen des deutschen Bestattungswesens geprüft, ihr fleißiger Assistent Henry zum Beispiel, der ihr kaum von der Seite wich. Wenigstens blieb er dem Schwimmstadion fern. Musste wohl noch Briefe tippen.

Tornow schaute auf die Uhr. Sie saßen erst eine knappe Stunde hier, und doch kam es ihm vor wie eine halbe Ewigkeit.

Er entschuldigte sich bei der Witwe, »wichtige Dienstgeschäfte, Sie verstehen?«, versprach baldige Rückkehr und drängte sich durch die Sitzreihe zum Ausgang. Just in dem Augenblick fiel der nächste Startschuss, doch niemand, dem er gerade die Sicht nahm, wagte es angesichts seiner SS-Uniform zu murren.

Er verließ das Schwimmstadion und schlenderte über das Reichssportfeld. Das Gelände rund um das Olympiastadion wirkte wie eine riesige Picknickwiese. Überall Menschen in Sommerkleidung, die entweder zu einer der Wettkampfstätten pilgerten, einfach ziellos umherspazierten oder sich irgendwo niedergelassen hatten, um etwas zu verzehren. Stimmen aller Herren Länder redeten durcheinander.

Die Spiele, sosehr er sie auch hasste, waren ein voller Erfolg für das nationalsozialistische Deutschland. Und das sollten sie gefälligst auch bleiben! Sie hatten alles dafür getan, sie hatten die Berliner Zigeuner an den Stadtrand verfrachtet, sie hatten Streichers dämliches Hetzblatt aus den Stürmerkästen genommen, sie hatten die Schilder abgeschraubt, die Juden den Zutritt zu einem Park oder das Benutzen einer Parkbank verboten, sie ließen die Lokale, in denen Negerjazz gespielt wurde, unbehelligt. Da konnte es doch nicht sein, dass ein paar Morde drohten all dies zu zerstören.

Die Unterredung mit Gräf gestern Abend hatte ihn die halbe Nacht nicht schlafen lassen. Ein Todgeweihter als Mordwerkzeug, das kam ihm allzu bekannt vor. Und gleichzeitig fand er keine zufriedenstellende Erklärung dafür.

Aber Gräf hatte nichts von Hermann Göring erzählt. Rath musste ihm verschwiegen haben, wie der Reichsminister in den Fall verwickelt war. Oder Gräf hatte es ihm gestern Abend verschwiegen. Weil er nicht ahnte, was Tornow wusste: Dass Gereon Rath vor einem Jahr die Intrige eingefädelt hatte, in deren Folge der dicke Göring sich derart in die Ecke gedrängt fühlte, dass er seinen ehemaligen Geschäftspartner Marlow hatte beseitigen lassen wollen. Nur war das gründlich schiefgegangen: Marlow war entkommen, allein dessen Chinesenbastard hatten sie erwischt, und der hatte vor seinem Tod noch ein Blutbad anrichten können. Als verhindertes Bombenattentat hatte Göring die Geschichte verkauft. Und nun starben die Zeugen dieser missglückten Aktion, diejenigen, die wussten, dass es ein Mordauftrag war.

Das sah ganz nach der Handschrift des dicken Göring aus, andererseits war sein damaliger Handlanger Johann Marlow inzwischen ein erbitterter Feind. Und im Deutschen Reich vogelfrei. War es wirklich denkbar, dass Göring seine schützende Hand über Marlow hielt, nur damit der lästige Mitwisser unauffällig ausschaltete? Und würde Marlow einem Handel, der ihm die Rückkehr nach Deutschland ermöglichte und gleichzeitig die Rache an denen, die seinen chinesischen Zögling auf dem Gewissen hatten, wirklich zustimmen? Kaum denkbar. Es sei denn, Marlow plante, am Ende der Mordaufträge auch Rache an denjenigen zu nehmen, die die eigentlichen Verantwortlichen waren: Hermann Göring und Gereon Rath.

Sebastian Tornow fragte sich, ob er sein Wissen mit Reinhard Heydrich teilen sollte, dem kompromittierende Informationen über Hermann Göring immer willkommen waren. Aber dazu war es zu früh, dafür hatten sie zu wenig in der Hand. Und solange sich das nicht änderte, musste er seine Mutmaßungen für sich behalten. Noch wusste ja niemand, nicht Heydrich, nicht Göring, nicht einmal Gräf, was Sebastian Tornow wusste. Und dass er es wusste.

Er besorgte sich eine eiskalte Coca-Cola an einem der Erfrischungsstände und spazierte noch eine Weile nachdenklich über das Reichssportfeld. Als die große Uhr auf dem Preußenturm fünf vor elf anzeigte, machte er sich auf den Weg zurück zum Schwimmstadion. Am Osteingang stand bereits der Mann, den er erwartete.

65

Er fragte sich, was das für einen Sinn haben sollte. Ihn auf das Reichssportfeld zu bitten. An einem Samstagmorgen. Diesmal hatten sie in der Spenerstraße angerufen, als wollten sie zeigen: Wir wissen, wo du bist. Reinhold Gräf persönlich. Mit klaren Anweisungen. Rath hatte gerade mal Zeit, sich etwas kaltes Wasser ins Gesicht zu schütten, in die Kleidung vom Vortag zu steigen, die noch über Charlys Schlafzimmerstuhl hing, und sich auf den Weg zu machen.

Tornow wollte ihn sehen. Aus heiterem Himmel.

Das konnte nichts Gutes bedeuten, und Charly hatte ihn zunächst gar nicht fahren lassen wollen, aber er hatte ihr klargemacht, dass ein Nichterscheinen gefährlicher wäre als alles andere. Wenn Sebastian Tornow pfiff, musste Gereon Rath springen. Jedenfalls solange sie noch im Lande waren.

Er war überraschend gut durch den Verkehr gekommen, hatte diesmal sogar einen Parkplatz auf dem Olympischen Platz direkt vor dem Haupteingang bekommen, und so stand er ein paar Minuten zu früh am Schwimmstadion und fragte nach Obersturmbannführer Tornow.

»Sieht det hier aus wie 'ne SS-Kaserne?«, entgegnete der Kartenabreißer, der sich in seiner Uniform offensichtlich sehr wichtig vorkam. »Sitzen bestimmt 'n paar Obersturmbannführer und noch höhere Tiere im Publikum, aber glooben Se nich, det ick die für Sie ausrufe.«

»Das habe ich auch nicht verlangt.« Rath zeigte seinen Dienstausweis und den Olympiapass. »Ich bin Sipo-Beamter, und der Obersturmbannführer wünscht mich zu sprechen. Wenn Sie mich durchlassen, mache ich mich gerne selbst auf die Suche.«

»Seh'n Se nich, wat da steht: *Berechtigt nicht zum Betreten von Ehrentribünen und zum Einnehmen eines Zuschauerplatzes.*«

»Ich will ja auch nicht auf die Ehrentribüne, und hinsetzen will ich mich auch nicht.«

»Tut mir leid, ohne Eintrittskarte kann ich Sie hier nich rinlassen. Da könnte ja jeder kommen.«

»Ich bin aber nicht jeder, ich bin Oberkommissar Rath.«

»Und wenn Sie der Kaiser von Konstantinopel wären, ick kann Sie beim besten Willen nicht rinlassen. Vorschrift ist Vorschrift.«

»Dann müssen Sie am Ende wohl doch so freundlich sein und den Obersturmbannführer für mich rausholen.«

Der Mann warf noch einen Blick auf Raths Papiere und schien abzuwägen.

»Wie war noch der werte Name des Gesuchten?«, fragt er schließlich.

»Tornow. Sitzt in Block C. Der Obersturmbannführer ist auch ohne Uniform gut zu erkennen, ihm fehlt der rechte Arm.«

»Willi, machst du die Kontrolle mal kurz für mich mit«, rief der Kontrolleur einem Kollegen zu und verschwand nach hinten.

Der Mann war gerade losgelaufen, da entdeckte Rath Sebastian Tornow. Nicht im Stadion, sondern auf dem Reichssportfeld. Spazierte seelenruhig über den Rasen, während Rath sich hier redlich mühte, um zu ihm zu gelangen.

»Sagen Sie Ihrem Kollegen, die Sache hat sich erledigt«, nuschelte er und ging dem Obersturmbannführer entgegen.

Tornow begrüßte ihn unerwartet freundlich mit einem schlichten *Guten Morgen*. Vielleicht war das Taktik, Rath wurde nicht schlau aus dem Mann.

»Sie haben mich hergebeten, Obersturmbannführer?«

»Richtig. Wir können uns ein wenig die Beine vertreten und dabei in Ruhe alles besprechen.«

Rath nickte, und so schlenderten sie also, als seien sie alte Freunde, über das Reichssportfeld.

»Du musst gleich ein wichtiges Gespräch führen«, begann Tornow. »Die Witwe Morgan ist in Berlin und möchte den Mann sehen, der den Tod ihres Mannes untersucht hat. Ein Wunsch, den man ihr natürlich nicht abschlagen kann.«

»Natürlich nicht.«

»Misses Morgan wohnt gerade den Schwimmwettkämpfen bei, aber in anderthalb Stunden wird Pause sein, dann werde ich euch miteinander bekanntmachen. Und du wirst ihr sagen, dass weder die Obduktion noch deine Ermittlungen irgendwelche Verdachtsmomente ergeben haben.«

»Glaubt sie denn anderes?«

»Schwer zu sagen, was sie glaubt. Warten wir ab, was sie dich fragt.«

»Wie Sie wünschen, Obersturmbannführer. Wäre das alles?«

»Mitnichten.«

Tornow guckte streng, sagte aber nichts. Er führte Rath weg vom Olympiastadion auf das Maifeld, wo weniger Menschen unterwegs waren. Erst als niemand mehr in der Nähe war, sprach er wieder.

»Was zum Teufel ist da los?«, fragte er.

Tornow hatte seine Stimme nicht erhoben, dennoch war Rath klar, dass nun der ernste Teil ihres Gesprächs begonnen hatte. Reinhold hatte ihn vorgewarnt: Ein weiterer Todesfall im Olympischen Dorf, und Gereon Rath nicht an seinem Platz.

»Es tut mir leid, Obersturmbannführer«, sagte er also, »aber ich kann nicht überall sein. Zusammen mit Untersturmführer Gräf untersuche ich, wie Ihnen bekannt sein dürfte, derzeit eine Reihe von Mordfällen, die es mir unmöglich machen, meinen Posten im Olympischen Dorf täglich …«

»Dieser Selbstmord? Darum geht es doch gar nicht«, unterbrach ihn Tornow unwirsch. »Ich meine eben diese Soldatenmorde. Was ist da los? Ist Johann Marlow wieder zurück?«

Warum fragte ihn alle Welt nach Marlow?

»Woher soll ich das wissen?«

»Na, dir wird ein besonderes Verhältnis zu dem Mann nachgesagt.«

»Dass es damit vorbei ist, wissen Sie doch am besten, Obersturmbannführer. Sie haben mein Geständnis auf Ihrem Magnetband. Das Geständnis, dass ich es war, der die Wut von Reichsminister Göring auf Johann Marlow gelenkt hat. Und Sie wissen genausogut wie ich, dass es Göring misslungen ist, Marlow auszuschalten. Und wahrscheinlich wissen Sie ebenso wie Untersturmführer Gräf, dass Marlow sich ins Ausland abgesetzt hat. Wenn er all seine Sinne beisammenhat, wird er nicht freiwillig in ein Land zurückkehren, das seinen Kopf will. Der Steckbrief von Johann Marlow hängt doch immer noch in jeder Polizeidienststelle.«

»Das mag alles sein. Trotzdem solltest du der Sache nachgehen. Nicht dass der Mann uns zum Narren hält.«

»Jawohl, Obersturmbannführer.«

»Du hast Untersturmführer Gräf nichts von der … geschäftlichen Verbindung Görings zu Marlow erzählt? Und dass du es warst, der Göring gegen seinen alten Geschäftsfreund gehetzt hat?«

»Ich dachte, das sei unser beider Geheimnis.«

»Es ist ein Geheimnis, solange ich möchte, dass es eines ist.«

»Nun, dann werden Sie wohl verstehen, Obersturmbannführer, warum ich dieses Wissen mit niemandem teile, auch nicht mit Untersturmführer Gräf.«

»Du solltest es aber nutzbar machen, wenn es hilft, Licht in diese Anhäufung von Todesfällen zu bringen.«

»Ich habe Untersturmführer Gräf die vage Theorie verkauft, dass Reichsminister Göring ein Motiv haben könnte, unliebsame Zeugen der misslungenen Exekution von damals loszuwerden, und angeregt, alle Beteiligten der damaligen Schießerei zu ermitteln. Weiter kann ich nicht gehen, denke ich, ohne den Untersturmführer einweihen zu müssen.«

Er schaute Tornow an, für den schien das eine neue Information zu sein.

»Gräf hat Sie darüber nicht informiert, Obersturmbannführer? Nun, das wundert mich nicht, wer wagt es schon, Reichsminister Göring hinter einer Mordserie zu vermuten und das auch noch laut auszusprechen? Ich hätte es auch nicht gewagt, wenn ich nicht wüsste, dass Sie mein Leben ohnehin in der Hand haben.«

Tornow dachte nach, bevor er antwortete. Sie waren inzwischen an der Langemarckhalle im Schatten des Glockenturms angelangt.

»Sollte Göring tatsächlich seine Finger im Spiel haben«, sagte er schließlich, »müssen wir sehr vorsichtig vorgehen. Wir dürfen nichts unternehmen, bevor wir nicht hundertprozentig sicher sind.«

»Das sehe ich auch so. Erst einmal versuchen wir herauszufinden, wer Ferdinand Brinkmann auf seine Todesfahrt geschickt hat, dann sehen wir weiter. Marlow selbst scheidet meiner Meinung nach aus, der war es ja schließlich, der letztes Jahr liquidiert werden sollte.«

»Dennoch sollten wir sichergehen, ob Marlow nicht doch in der Stadt ist. Darum wirst du dich kümmern. So diskret wie möglich.«

»Jawohl, Obersturmbannführer.«

»Ich bitte um direkten Bericht. An mich. Gräf lässt du außen vor. Allein ich sage dir, welche Informationen du mit Gräf teilen kannst und welche nicht, verstanden?«

»Natürlich, Obersturmbannführer.«

»Gut. Ich muss jetzt zurück zu Misses Morgan. Besorge schon mal einen Tisch in den Stadionterrassen. Und dann erwarte ich von dir, dass du dein Bestes tust, ihre Zweifel zu zerstreuen. Ganz gleich, wieviel Feinde Walter Morgan hatte, er ist an einem Herzinfarkt gestorben.«

Rath nickte und machte sich auf den Weg.

Eine Viertelstunde später saß er in den *Stadionterrassen*, wie sich das größte Restaurant am Reichssportfeld nannte, kramte sein Zigarettenetui aus der Tasche und harrte der Dinge, die da kamen. Die Witwe Morgan also. Charly hatte ihm erzählt, mit wieviel Gepäck Olympia Morgan angereist war. Und dass sie ihre Suite in ein kleines Büro verwandelt hatte. In die Kommandozentrale der Morgan Canning Company.

Rath bestellte ein Kännchen Kaffee und zündete die erste Zigarette an. Auf der Terrasse war es übervoll, der Kellner hatte ihm zunächst auch keinen Tisch zuweisen wollen, doch Raths Polizeiausweis und eine kurze Erwähnung des SS-Obersturmbannführers, für den er die Reservierung vornahm, hatten geholfen.

Er dachte über sein Gespräch mit Tornow nach. Die neue Mordserie schien den Mann verunsichert zu haben. Vor allem, dass in diesem Zusammenhang der Name Göring gefallen war. Den Machtkampf um die Herrschaft über die deutsche Polizei hatte die SS doch gewonnen; Tornow würde sich fragen, ob es das Risiko wert wäre, dennoch weiter belastendes Material über Hermann Göring zu sammeln. Und Rath konnte sich schon denken, wie der SD diese Frage beantwortete: Solange nicht SD oder Gestapo, sondern ein unbedeutender Kriminalbeamter dieses Material sammelte, gab es kein Risiko für die SS.

Immerhin hatte er nun die offizielle Weisung, Reinhold Gräf zu übergehen.

Er hatte die zweite, wie immer kalte, Tasse aus dem Kännchen gerade getrunken und die vierte Zigarette ausgedrückt, da erschien Sebastian Tornow auf der Terrasse. Rath kannte die Dame, die sich in der linken Armbeuge des Obersturmbannführers eingehakt hatte; es war dieselbe, die er vor ein paar Tagen in der Halle des *Esplanade* gesehen hatte. Schlank, dunkelhaarig, strenges Gesicht, markante Nase.

Das also war Olympia Morgan.

Rath stand auf, wartete, bis die beiden herangekommen waren, und stellte sich mit einer knappen Verbeugung vor, die Hände an der Hosennaht.

»Rath, Oberkommissar Rath.«

»Angenehm.«

Sie sprach Deutsch mit einem deutlichen Akzent.

»Mein Beileid«, sagte Rath. »Ich bin der Polizeibeamte, der die Umstände des tragischen Todes Ihres Gatten untersucht hat.«

Sie nickte, und er rückte ihr den Stuhl zurecht.

Nachdem sie alle drei Platz genommen hatten, hob Tornow den Arm und rief nach dem Ober. Der schwarze Uniformärmel mit der Hakenkreuzbinde wirkte Wunder; trotz des Gedränges auf der Terrasse dauerte es keine fünf Sekunden, bis ein Kellner vor ihnen stand. Tornow orderte dreimal Rumpsteak und eine Flasche Wein, er schien zu wissen, mit was er der Witwe eine Freude machen konnte. Ein Bier wäre Rath lieber gewesen, aber er hielt sich bedeckt. Tornow beäugte ihn wie ein Vater den missratenen Sohn, der mit der Erbtante am Tisch sitzt und sich ja nicht danebenbenehmen darf.

»Schön, dass Sie konnten sich nehmen Zeit«, sagte die Witwe.

»Aber gern.«

»So, was können Sie mir sagen über die Tod meines Mannes?«

Rath räusperte sich. »Nun, Misses Morgan, Ihr Mann ist, wie Sie ja sicherlich wissen, nur einen Tag nach seiner Ankunft in Berlin verstorben. Er hatte sich mit einigen Athleten im Olympischen Dorf zum Mittagessen verabredet ...«

»Welche Athleten?«, unterbrach sie ihn.

»Nun ...«, begann Rath. Um Zeit zu gewinnen, zündete er sich eine Zigarette an. Natürlich hatte er die amerikanischen Sportler, die Zeugen des Vorfalls gewesen waren, nicht befragt, das hätte nur schlafende Hunde geweckt.

Tornow griff ein. »Schwimmer«, sagte er. »Ihr Mann hatte sich mit ein paar Schwimmern seines Verbandes verabredet. Ein Mister Kiefer und ein Mister Highland waren dabei. Und ein Mister Macionis.«

»Ah, I know them. I just showed you Arthur Highland, remember? He started in the second heat!«

Tornow war sichtlich überfordert von dem Schwall Englisch, den die Witwe auf ihn hatte herabprasseln lassen.

»Ja, richtig.« Er räusperte sich. »Mister Kiefer hat noch versucht, Ihren Mann zu reanimieren, aber er konnte nicht mehr helfen.«

Rath war überrascht, was Tornow alles wusste. »Auch der Doktor hat alles versucht«, beeilte er sich hinzuzufügen, um nicht völlig unwissend dazustehen.

»What doctor?«

»Doktor Schmidt, einer der Sanitäter im Olympischen Dorf«, erklärte Rath.

»Doktor Schmidt ist leider verstorben«, ergänzte Tornow und lächelte säuerlich. Er warf Rath einen bösen Blick zu.

»What a pity.« Die Witwe überlegte. »Ist das derselbe Doktor, wer hat untersucht meine Mann?«

»Nein, das geschah im Krankenhaus Westend«, erklärte Rath. »Doktor Grawitz hat die Obduktion vorgenommen.« Und als die Witwe nichts sagte, fügte er hinzu: »Die Untersuchung hat die Einschätzung von Doktor Schmidt bestätigt: Ihr Mann, Misses Morgan, ist an Herzversagen gestorben.«

»Schade, dass wir können diese Doktor Schmidt nicht mehr fragen.« Olympia Morgan schien nachzudenken. »Könnten Sie sich vorstellen, Mister Tornow«, fragte sie dann, »dass diese doctor womöglich eine communist war?«

»Wer? Doktor Schmidt?«

»Yes.«

»Ausgeschlossen!« Tornow klang beinahe empört.

»Warum fragen Sie so etwas?«, wollte Rath wissen.

»Nun, Sie sollten wissen, detective, mein Mann hatte Feinde, daheim in Chicago. Communists, Sie wissen schon. Arbeiter in der canning factory in der Southside. Sie haben ihn bedroht mit Mord.«

»Was wollen Sie damit sagen?«, fragte Tornow. »Amerikanische Kommunisten sind nach Berlin gekommen, um Ihren Mann umzubringen?«

»Well, keine amerikanische communists. Aber maybe sie haben gebeten ihre deutsche Genossen um Hilfe. Diese Spitzbuben gibt es schließlich auch in Ihre Land.«

Spitzbuben. Rath wunderte sich über das antiquierte Deutsch der Amerikanerin, aber amüsieren konnte er sich darüber nicht. Er verstand Tornows Sorgen. Die Witwe Morgan war verdammt hartnäckig. Und vor allem war sie mit ihren Vermutungen näher an der Wahrheit, als sie ahnte.

»Mit Verlaub, Misses Morgan«, sagte Tornow, »ich verstehe Ihre tiefe Trauer, aber finden Sie sich damit ab, dass Ihr Mann tragischerweise eines natürlichen Todes starb. Auf ein Attentat weist nichts, aber auch gar nichts hin.«

»Well, wir werden sehen, was die zweite Leichenschau ergibt.«

Rath sprang Tornow bei, so wie es von ihm erwartet wurde. »Ein kommunistisches Attentat ist ausgeschlossen, Misses Morgan«, sagte er, »das kann ich Ihnen versichern. Es gibt keine deutschen Genossen mehr, die Ihrem Mann hätten gefährlich werden können. Die sind entweder ins Ausland geflohen oder sitzen hinter Schloss und Riegel.«

»Really?« Olympia Morgan wirkte beinahe enttäuscht.

»Wir sind hier in Deutschland«, erklärte Rath, »hier haben wir solche Dinge im Griff.«

Die Witwe nickte, und Rath fuhr fort, sie mit Einzelheiten zum Tode ihres Mannes zu füttern. Selten hatte er sich beim Lügen so geschämt wie in diesem Augenblick.

66

Guten Morgen, Frau Lennartz!«

Die Hauswartsfrau, die gerade die Geranientöpfe auf ihrem Fensterbrett goss, erwiderte Charlys Gruß mit einem irritierten Blick und einem stillen Nicken. Schien zu überlegen, woher sie die Frau kannte, die so zielsicher die Hofeinfahrt ansteuerte. Vielleicht hatte ihr auch die altmodische Grußformel missfallen. Charly kannte Berliner Hauswarte, die waren bei der Missachtung des Deutschen Grußes empfindlicher als die SA. Es fühlte sich komisch an, diesen Hof zu überqueren, diese Treppe hinaufzugehen und an diese Tür zu klopfen. Hier hatte Gereon gewohnt, hier hatte sie ihn unzählige Male besucht. Bis er nach Charlottenburg gezogen war und die Kreuzberger Wohnung seinem Kollegen Reinhold Gräf überlassen hatte. Seinem damaligen Kollegen.

Ihre beruflichen Wege hatten sich getrennt, dennoch hatte die Freundschaft gehalten. Wenn sie auch lange Zeit auf Eis gelegen hatte. Seit einigen Monaten aber traf sich Gereon wieder regelmäßig mit seinem ehemaligen Kriminalsekretär, eine Entwicklung, die Charly freute. Gereon hatte nicht viele Freunde, und Reinhold Gräf war ihr, auch wenn es ihn zur Geheimen Staatspolizei gezogen hatte, damals in der Mordinspektion einer der liebsten Kollegen gewesen.

»Charly!«

Reinhold schaute überrascht, als er die Tür öffnete. Es war lang her, dass sie sich zuletzt gesehen hatten, mehr als zwei Jahre.

»Ich hoffe, ich überfalle dich nicht. Hast du einen Augenblick Zeit?«

»Für dich doch immer.«

Er ließ sie ein. Obwohl die Wohnung möbliert war, machte sie einen ganz anderen Eindruck als zu Gereons Zeiten. Altmodischer, bescheidener, aber auch aufgeräumter.

Was ihr vor allem in der Wohnküche auffiel. Außer einer Blumenvase stand nichts auf dem Tisch, kein schmutziges Geschirr im Spülstein, keine Töpfe auf dem Herd, keine Hosen über dem Stuhl.

»Schön, dich zu sehen«, sagte er. »Trinkst du einen Kaffee?«

Sie nickte und setzte sich, und während er mit Wasserkessel und Kaffeekanne hantierte, überlegte sie, wie sie ihr Anliegen vorbringen sollte.

Eine Schnapsidee, hätte Gereon gesagt. Und hätte mit Sicherheit versucht, sie davon abzuhalten. Deswegen hatte sie ihm ja auch nichts erzählt.

Sie kannte Reinhold Gräf, sie kannte ihn besser, als Gereon ihn kannte; er war kein schlechter Mensch, auch wenn er sich für die Nazis engagierte. Aber selbst das tat er nur, weil er glaubte, die Welt dadurch besser zu machen.

Solche Menschen gab es tatsächlich immer noch. Gutmeinende Idealisten, die alles, was in den vergangenen dreieinhalb Jahren an Grausamkeiten und Schlechtigkeiten in Deutschland passiert war, nicht dem nationalsozialistischen Gedankengut, sondern einigen schwarzen Schafen in der Bewegung zuschrieben, am allerwenigsten jedenfalls Adolf Hitler. »Wenn das der Führer wüsste«, raunten diese Menschen gerne. Natürlich hinter vorgehaltener Hand. Weil auch solch ein Satz einem im neuen Deutschland schnell Probleme bereiten konnte.

So etwas würde Reinhold Gräf nicht sagen, er würde auch keine Verantwortung wegschieben. Charly war sicher, dass er in dem Bereich, für den er verantwortlich war, äußerst gewissenhaft arbeitete. Sie hoffte es jedenfalls. Genauso wie sie hoffte, dass er irgendwann merkte, dass er sich für die falsche Seite entschieden hatte.

Reinhold setzte sich zu ihr an den Tisch und goss Kaffee in die Tassen.

»Immer noch schwarz, oder?«

Sie nickte.

»Was führt dich denn zu mir an einem Sonntagmorgen?«

»Ach, ich wollte nur mal sehen, wie es dem besten Freund meines Mannes so geht. Und einem ehemaligen Kollegen, den ich lange nicht mehr gesehen habe.«

Reinhold lächelte, aber es wirkte etwas gequält.

»Ich habe Gereon gesagt, ihr könnt euch ruhig mal bei uns in der Carmerstraße treffen, dann hätte ich auch was davon, aber er wollte lieber mit dir ins Nasse Dreieck.«

»Tja, verstehe einer die Männer«, sagte Reinhold. »Aber du willst nicht mit mir ins Dreieck, sonntagmorgens um zehn, hoffe ich.«

»Nein.« Sie lächelte. »Ich … Nun, wenn ich ganz ehrlich bin, habe ich ein Anliegen.«

Sie schaute ihn an, aber Reinhold sagte und tat nichts, um ihr die Sache leichter zu machen. Im Gegenteil hatte die Neugier in seinem Blick etwas Lauerndes, Anzeichen von Teilnahme oder ehrlichem Interesse konnte sie nicht erkennen. Wahrscheinlich, weil er ahnte, dass sie seine Stellung ausnutzen wollte. Wahrscheinlich, weil sie nicht die Erste war.

»Am besten komme ich gleich zur Sache«, begann sie. »Ich frage mich, ob du mir helfen kannst, jemandem zu helfen.«

»Kommt drauf an. Erzähl.«

»Also ... Da sitzt dieser Mann ein, Herbert Ehlers.«

Reinhold zog die Stirn in Falten.

»Ich weiß nicht, ob Gereon schon mit dir darüber gesprochen hat, aber ...«

»Ja?«

»... Ehlers ist unschuldig. Kannst du da nichts tun? Ich meine, wenn die Gestapo ...«

»Ich bin nicht mehr bei der Staatspolizei. Ich bin jetzt beim SD.«

»Ach? SS?« Charly war so perplex, sie hätte sich beinah eine Zigarette angesteckt, bis ihr einfiel, dass Reinhold das nicht mochte. Sie griff stattdessen zur Kaffeetasse. »Das wusste ich ja noch gar nicht«, sagte sie.

»Hat Gereon das nicht erzählt?«

»Nein.«

»Aber sonst scheint er dir ziemlich viel erzählt zu haben.«

»Natürlich. Wir sind verheiratet. Und wir haben immer schon über die Arbeit gesprochen. Ich war auch mal Kriminalistin, schon vergessen?«

Reinhold sagte nichts.

»Wie dem auch sei, er hat mir von Ehlers und dessen Schicksal erzählt. Dass der Mann niemanden vergiftet hat. Und trotzdem einsitzt.«

»Vielleicht hat er niemanden vergiftet, aber unschuldig ist er nicht. Er hat als Kommunist gegen Deutschland und die nationalsozialistische Bewegung gearbeitet.«

»Das ist Jahre her, ist das ein Grund, jemanden einzusperren?«

»Ob jemand der politischen Umerziehung bedarf oder nicht, darüber habe ich nicht zu befinden, Charly, da sind andere zuständig.«

»Politische Umerziehung? Sitzt er im Lager?«

»Im Columbiahaus, soweit ich weiß.«

»Aber ... wenn du für die SS arbeitest ... Ich meine, dann hast du doch noch viel mehr Einfluss. Das Columbiahaus ist doch ... Ich meine, es wird doch von euch ... betrieben, oder wie nennt man das?«

Reinhold räusperte sich.

»Das Columbiahaus ist ein Konzentrationslager der Schutzstaffel, richtig.«

Er wirkte seltsam steif, als er das sagte.

»Dann musst du da doch etwas tun können. Ehlers wird einer kommunistischen Verschwörung verdächtigt, aber weder ist er Kommunist noch an einer Verschwörung beteiligt.«

»Woher willst du das wissen?«

»Gereon ist sich da hundertprozentig sicher.«

»Dann sag ihm, wenn ihr schon so offen über alles sprecht, er soll mir entsprechende Beweise für Ehlers' Unschuld vorlegen.«

»Muss neuerdings jedermann seine Unschuld beweisen? Dann hätten die Gerichte aber viel zu tun. Ich dachte, es geht immer noch darum, jemandem eine Schuld nachzuweisen.«

»Charly, es geht hier nicht um juristische Spitzfindigkeiten, es geht um politische Kriminalität, da gelten andere Regeln. Jemanden, der sich in der Vergangenheit als Staatsfeind hervorgetan hat, kann ich nicht so einfach auf freien Fuß setzen. Das hat schon Gereon nicht verstanden. Im neuen Deutschland hat die politische Arbeit Vorrang vor allem anderen.«

Charly gab es auf. Reinhold Gräf war verbohrter, als sie vermutet hätte. Sie stand auf.

»Ich will nicht insistieren«, sagte sie, »aber du kannst ja noch mal darüber nachdenken. Jeder von uns hat in seiner Vergangenheit einmal Dinge gemacht, die er später bereut. Dafür kann man einen doch nicht ewig büßen lassen.«

Und damit verließ sie die Wohnung. Ihre letzten Worte hatten Reinhold getroffen, das hatte sie seinem Gesicht angesehen. Wenigstens die.

67

Zwischen den riesigen Hakenkreuzfahnen waren die mickrigen Linden, die der Straße doch eigentlich ihren Namen gegeben hatten, kaum auszumachen; zarte Neuanpflanzungen als Ersatz für die hochgewachsenen Bäume, die den Bauarbeiten für die unterirdische S-Bahn-Strecke hatten weichen müssen. Rath hatte seinen Buick am Tiergarten stehen lassen und war den Rest des Weges zu Fuß gegangen; nur Busse, Kraftdroschken und Lieferfahrzeuge durften während der Olympiade durchs Brandenburger Tor fahren.

Dennoch herrschte auf der Straße reger Verkehr, und auf dem breiten Gehweg, den eigens für die Olympiade aufgestellte Wappen- und Fahnenmasten deutscher Städte flankierten, drängten sich die Fußgänger, als gebe es irgendwo Freibier. Gab es aber nicht.

Das Hotel *Bristol* wirkte wie ein Relikt aus alten Zeiten, auch wenn die Hakenkreuzfahnen an der Fassade allzu deutlich machten, dass diese Zeiten vorbei waren. Das altehrwürdige Grandhotel lag unmittelbar neben dem ehemaligen preußischen Kultusministerium, das sich nun Reichsministerium für Wissenschaft, Erziehung und Volksbildung nannte. Preußen spielte im neuen Deutschland kaum noch eine Rolle, es ging immer nur ums Reich.

Rath nahm einen letzten Zug von seiner Zigarette, bevor er sie aufs Pflaster warf, und ging hinein, misstrauisch beäugt von dem goldbetressten Portier an der Drehtür. Sein Anzug war bei weitem nicht elegant genug für ein Hotel dieser Kategorie, und sein Dienstausweis konnte den Mann am Empfang auch nicht beruhigen, Raths Frage konnte er allerdings bejahen.

»Zimmer dreihundertsieben. Darf ich den Herrn Oberkommissar telefonisch ankündigen?«

»Nicht nötig, danke.«

Rath steckte seinen Ausweis wieder ein, ging hinüber zu den Aufzügen und ließ sich in den dritten Stock fahren.

Also tatsächlich das Hotel *Bristol.* Das Streichholzbriefchen von Marion Goldstein, geborene Bosetzky, hatte ihn auf die Idee gebracht, und der Empfangschef hatte es bestätigt: Das Ehepaar Goldstein aus New York City war seit dem 24. Juli Gast des Hotels. Die Goldsteins mussten zusammen mit der amerikanischen Olympiamannschaft auf der *Manhattan* angereist sein.

Ob nur als harmlose Olympiatouristen oder auch mit geschäftlichen Hintergedanken, das interessierte Rath nicht. Selbst wenn Goldstein die Reichsbank auszurauben plante, hätte Rath ihn nicht daran gehindert. Ihn interessierte der amerikanische Gangster allein aus einem Grund: Wenn es einen Menschen gab, der ihm etwas zu Johann Marlow erzählen konnte, dann war es Abraham Goldstein. Rath selbst hatte Marlow und Goldstein seinerzeit miteinander bekannt gemacht, den deutschen und den amerikanischen Gangster, seither hatten sie transatlantische Geschäfte miteinander gemacht. Und während Marlows zwischenzeitlichem Exil in den Staaten hatte Goldstein seinem deutschen Geschäftspartner Unterschlupf gewährt.

Von seiner zufälligen Begegnung mit dem amerikanischen Gangster im *Kakadu* hatte Rath niemandem erzählt, nicht Charly, nicht Gräf, nicht Sebastian Tornow, und von seinen Plänen heute ebensowenig. Er wusste selber nicht so genau, warum, vielleicht war es einfach nur seine fatale Neigung, Dinge lieber allein zu erledigen. Und die Erkenntnis, dass es grundsätzlich besser war, mehr zu wissen als andere. Wissen ist Macht, der alte Wahlspruch seines Vaters. Rath hatte ihn mehr verinnerlicht, als er jemals zu denken gewagt hätte. Aber wenn man mit dem SD und Sebastian Tornow zu tun hatte, war das auch kein Fehler.

Dritte Etage, Rath stieg aus. Zimmer 307 lag nah bei den Fahrstühlen, er klopfte an die Tür.

»Come on in«, rief eine Männerstimme, und Rath trat ein.

Der Raum, ein eleganter Salon mit Blick auf die Linden, war leer.

»Stellen Sie es dort hin, ich bin gleich bei Ihnen.«

Die Stimme kam von nebenan aus dem Schlafzimmer. Zimmer 307 war eine geräumige Suite.

»Tut mir sehr leid, Sie enttäuschen zu müssen«, sagte Rath, »aber ich habe nichts hinzustellen, ich will lediglich mit Ihnen reden.«

Abraham Goldstein erschien in der Tür, seine Hände waren gerade damit beschäftigt, die Krawatte zu binden. Rath musste an ihre erste Begegnung vor fünf Jahren denken, ebenfalls in einem Hotelzimmer. In einem anderen Hotel zwar, im *Excelsior*, und unter etwas anderen Umständen, aber die Überraschung in Goldsteins Gesicht war damals nicht größer gewesen als jetzt.

»Ich hoffe doch sehr, Sie wollen mir nicht wieder Fingerabdrücke abnehmen, officer«, sagte er und ging zurück ins Schlafzimmer.

Rath folgte ihm. Das Bett war leer und bereits gemacht, von Marion Goldstein war nichts zu hören und zu sehen, die Gangsterbraut schien ausgeflogen zu sein. Goldstein stellte sich vor den Spiegel, um die Krawatte zuende zu binden.

»Nicht nötig«, sagte Rath, »die haben wir ja noch.«

Goldstein beobachtete ihn im Glas des Spiegels.

»Dann weiß ich nicht, was Sie hier wollen.«

»Wie ich schon sagte: mit Ihnen reden.«

»Wie Sie sehen, ist das ein äußerst unpassender Augenblick.«

»Ich brauche nur eine Minute.«

Goldstein seufzte. »Wenn Sie mir versprechen, dass ich Sie dann loswerde. Und auch nur der alten Zeiten wegen.«

»Ich habe Sie damals fair behandelt, und das werde ich auch heute tun. Ich habe nichts gegen Sie, Mister Goldstein, ich brauche nur ein paar Auskünfte.«

»Dann setzen wir uns doch rüber.«

Goldstein wies in den Salon und bot Rath einen Platz an einem von zwei Sesseln flankierten Tisch an.

»Eine Zigarettenlänge kann ich Ihnen gewähren. In zehn Minuten ist Marion von ihrer Maniküre zurück, bis dahin sollten Sie verschwunden sein.«

Er klappte sein Zigarettenetui auf, und Rath griff zu. Er mochte seine *Overstolz*, aber ab und zu rauchte er gerne auch mal etwas Exotisches. *Camel*, dieselbe amerikanische Marke wie damals. Türkischer Tabak, roch gut. Rath hielt sich die Zigarette unter die Nase, bevor er sie in den Mund steckte. Goldstein gab ihm Feuer. Er benutzte, im Gegensatz zu seiner Ehefrau, kein Streichholz des Hotels, sondern ein Feuerzeug, das eine eindrucksvolle Flamme erzeugte.

»Also: Was kann ich für Sie tun, officer?«

Rath kam direkt zur Sache. »Johann Marlow. Ich würde gerne wissen, wie es ihm geht. Und wo er sich gerade aufhält.«

Goldstein hob die Augenbrauen und zog an seiner Zigarette. »Und Sie glauben, *ich* könnte Ihnen das erzählen?«

»Ich weiß nur, dass Marlow das Land verlassen musste, und ich vermute doch sehr, dass er dorthin gegangen ist, wo er Freunde hat.«

»Und was würden Sie mit dieser Information machen?«

»Sagen wir so: Es würde mich sehr freuen, Marlow in den Staaten zu wissen und zu hören, dass er dort ein glückliches neues Leben angefangen hat und nicht daran denkt, jemals nach Deutschland zurückzukehren.«

»Soso.« Goldstein nickte nachdenklich. »Wer will denn das wissen? Ihre Vorgesetzten? Damit sie in Übersee eine missliebige Person liquidieren lassen können?«

»Meine Vorgesetzten wissen nichts von meinem Besuch, ich bin rein privat hier.«

»Nun, ich werde Ihnen keine Adresse nennen und keine Einzelheiten, ich kann Ihnen nur sagen: Sie haben Grund zur Freude, officer.«

»Schön zu hören.«

»Ich hoffe, das reicht Ihnen, mehr werden Sie nämlich von mir nicht hören.«

»Das reicht mir voll und ganz.« Rath stand auf und ging zur Tür. »Eine Sache noch«, sagte er, als er die Klinke bereits gedrückt hatte.

»Ja?«

»Wenn Sie Herrn Marlow nach Ihrer Rückkehr in die Staaten sehen sollten, richten Sie ihm doch bitte aus, dass es für ihn hier sehr gefährlich ist. Immer noch läuft eine reichsweite Fahndung, man hat ein Kopfgeld auf ihn ausgesetzt, und sollten die deutschen Behörden ihn in die Finger bekommen, kann er froh sein, wenn er nur ins Konzentrationslager kommt.«

»Ich nehme an, dass Herr Marlow solche Dinge weiß, da er immer noch sehr an den Entwicklungen in Deutschland interessiert ist und über gute Kontakte verfügt, aber ich kann es ihm gerne ausrichten.«

Rath trat auf den Gang. Goldstein verabschiedete ihn mit einem Nicken und schloss die Tür.

Gute Kontakte. Rath ging zu den Aufzügen zurück und dachte über den Sinn dieser Worte nach. Wer konnte das sein, wer war Johann Marlow noch geblieben? Ob einer dieser *guten Kontakte* vielleicht nun mit Hermann Göring zusammenarbeitete? Und in dessen Auftrag lästige Mitwisser ausschalten ließ? Unter anderem mit der bewährten Methode von Johann Marlow? Dann musste aber irgendwo in der Kette auch ein Mediziner im Spiel sein, der die geeigneten Kandidaten – todgeweiht und voller Angst, ihre Familien ins Elend stürzen zu lassen – ausfindig machte.

Mit einem Mal blieb er stehen, mitten auf dem Hotelgang; ein Etagenkellner, der ihm gerade mit seinem Tablett entgegenkam, schaute ihn so skeptisch an, wie es sich für einen Etagenkellner gerade noch geziemte. Rath stand auf dem weichen Teppich, die qualmende Zigarette in seiner Hand, und fragte sich, was ihn so irritierte. Die Freundlichkeit von Abraham Goldstein. Plötzlich, ohne genau zu wissen, warum, war Rath sicher, dass Goldstein ihn belogen oder ihm zumindest etwas Wichtiges verschwiegen hatte.

Was, wenn Marlow doch in Deutschland war und Abraham Goldstein, sein alter Kumpan und Geschäftspartner, das genau wusste? Wenn jemand die Frechheit und den Mut besaß, in ein Land zu reisen, in dem ein hohes Kopfgeld auf ihn ausgesetzt war, dann Johann Marlow.

Diese Zweifel begleiteten ihn durch die Drehtür bis hinaus auf die Straße. Rath zog ein letztes Mal an der geschenkten Zigarette, dann warf er sie weg. Er hatte sich einlullen lassen, keine Frage.

68

Dieser *bloody bastard*, was führte er im Schilde? Als habe die Begegnung in der *Kakadu*-Bar nicht gereicht, muss er auch noch im Hotel aufkreuzen. Abraham Goldstein drückte die Zigarette aus und klaubte gleich eine neue aus dem Etui. Verdammt! Sie hätten nicht mehr in der Gegend ausgehen dürfen. Seit Marion ihm erzählt hatte, dass sie *diesen Bullen* im *Delphi* gesehen hatte, hätten sie die Gegend meiden sollen. Aber die besten Lokale Berlins, jedenfalls die mit der besten Musik, lagen nun einmal rund um den Kurfürstendamm, und es war schwer, Marion einen Wunsch abzuschlagen.

Das hatte er nun davon.

Ausgerechnet detective Rath. Ob der etwas ahnte? Waren seine Fragen naiv oder waren sie gerissen? Goldstein konnte es nicht genau sagen, und das ärgerte ihn. Damals vor fünf Jahren, bei ihrer ersten Begegnung, war es anfangs leicht gewesen, Rath ein

Schnippchen zu schlagen, doch dann hatte sich gezeigt, dass der Kerl über eine Hartnäckigkeit verfügte, die man nicht unterschätzen durfte. Und er hatte ihn dummerweise unterschätzt, das würde ihm nicht noch einmal passieren.

Am Ende hatten sie sich damals zwar, nach einer wilden Prügelei, zusammengerauft und zusammengeschlossen, um gegen einen gemeinsamen Gegner zu bestehen, eine Freundschaft aber war nicht daraus geworden. Für eine Freundschaft traute er Gereon Rath zu wenig. Abraham Goldstein traute grundsätzlich nur Cops, die er auch bezahlte.

Er hatte jedenfalls nicht vor, Gereon Rath noch einmal zu begegnen, ohne das auch zu wollen. Das nächste Mal, dass sie sich über den Weg liefen, musste von ihm bestimmt werden, von Abraham Goldstein.

Eine Woche noch, dann würde er in die Staaten zurückreisen, bis dahin musste alles erledigt sein. Bislang war es ja auch bestens gelaufen, doch wenn der detective nun dazwischenfunkte, wäre alles in Gefahr. Die Fragen nach Marlow hatten ihn irritiert. Was wusste Gereon Rath? Was hatte sein Misstrauen erregt? Hatte er Hinweise oder stocherte er im Dunkeln? Was sollte er mit dem Mann tun? Nun, das war eine Frage, die er nicht allein entscheiden konnte. Er würde telefonieren müssen.

Schon wieder klopfte es an der Zimmertür.

Diesmal schaute Goldstein nach. Er wollte es nicht riskieren, Gereon Rath ein zweites Mal einzulassen. Doch draußen stand diesmal wirklich der Etagenkellner.

»Ah, wunderbar«, sagte Goldstein. »Stellen Sie es doch dort auf den Tisch. Um den Rest kümmere ich mich selbst.«

»As you wish, Sir.«

Der Kellner stellte sein Tablett ab. Auf dem Rückweg reichte er Goldstein ein Kuvert.

»Das ist unten am Empfang für Sie abgegeben worden, Sir. Ich habe mir erlaubt, es hochzubringen.«

Goldstein nahm den Brief entgegen und gab dem Mann eine Dollarnote. Dafür waren diese Deutschen immer noch dankbarer als für ihr eigenes Geld. Der Kellner verabschiedete sich mit einem Bückling und verließ die Suite.

Goldstein schaute auf die Uhr, Marion müsste in gut fünf Minuten zurück sein. Er war froh, dass sie den Bullen nicht gesehen hatte, sie hätte sich nur Sorgen gemacht.

Der Umschlag enthielt einen weiteren Umschlag mit der Einladung, die er erhofft hatte. Auf feinstes Büttenpapier gedruckt, man ließ sich nicht lumpen. Lembecks Briefe schienen ihre Wirkung getan zu haben. Es ging eben nichts über einflussreiche Fürsprecher. Der Minister hatte die Lindberghs eingeladen, warum sollte er nicht auch andere ausländische Olympiabesucher einladen, die Interesse am neuen Deutschland zeigten? Es lief alles wie geplant.

Den äußeren Umschlag mit der Aufschrift *Herrn A. Goldstein, Hotel Bristol* zerknüllte er und warf ihn in den Papierkorb. Den inneren, feineren legte er mitsamt der Einladung wie ein kostbares Juwel zu den übrigen Papieren in die Schreibtischschublade und schloss sorgfältig ab. Es gab Dinge in seinem Leben, die durfte Marion nicht sehen.

69

Er hatte fast vergessen, wie sehr er es hasste! Sonntagsspaziergang mit der Familie Rademann. Allwöchentlich stand der sonntagnachmittags an, ganz gleich, ob es stürmte oder schneite oder junge Hunde regnete: Die komplette Familie Rademann, herausgeputzt, wie eine deutsche Vorzeigefamilie auszusehen hatte: Atze und er frisch gescheitelt in ihren HJ-Uniformen, der kleine Jürgen in der des Jungvolks, Herr Rademann in seiner Parteiuniform und frisch gewichsten, in der Sonne glänzenden Stiefeln und schließlich Frau Rademann mit ihrer komischen Flechtzopffrisur und dem ewig demütigen Grinsen der gehorsam glücklichen Ehefrau im Gesicht.

Wie er es hasste!

Wenigstens war das Wetter heute schön. Die Sonne strahlte, als wolle sie ihren Teil zu einem gelungenen, bilderbuchreifen Sonntagsspaziergang der Familie Rademann unbedingt beitragen. Mindestens jeder dritte Passant kannte Herrn Rademann und grüßte mit einem strammen »Heil Hitler!«, sie kamen aus dem Grüßen gar nicht mehr heraus, als sie die Lothringer Straße hinuntergingen.

Am Prenzlauer Tor mussten sie warten, bevor sie die Kreuzung überqueren konnten. Das große Gebäude an der Ecke war der Arbeitsplatz von Herrn Rademann, das Haus der Reichsjugendführung. Vor der Fassade flatterten die Fahnen der Hitlerjugend. Niemand in der Familie wusste, dass Fritze in diesem Gebäude einmal übernachtet hatte. Vor drei, vier Jahren war das, im Winter, er hatte auf der Straße gelebt und einen Platz zum Schlafen gesucht. Das große Eckhaus am Prenzlauer Tor hatte damals noch Schaufenster im Erdgeschoss gehabt, weil es noch nicht die Reichsjugendführung beherbergte, sondern das Kaufhaus Jonass. Fritze hatte sich in einer Truhe versteckt und im Kaufhaus einschließen lassen.

So hatte er Hannah Singer kennengelernt.

Warum dachte er in letzter Zeit nur so oft an sie? Je mehr Zeit vergangen war seit ihrem Abschied, je blasser ihr Bild in seiner Erinnerung wurde, desto größer wurde die Sehnsucht.

Er wusste nicht viel von ihr, nur dass sie jetzt Hannelore Schneider hieß und wahrscheinlich in Breslau lebte. Aber nicht einmal das wusste er genau. Und es sollte ja auch niemand wissen, niemand aus Hannahs altem Leben sollte sie je wiedersehen. Das Dumme war nur: Fritze wollte sie wiedersehen. Obwohl sie jüdisch war. Obwohl sie eine Mörderin war.

Aber ein Mörder war *er* schließlich auch.

»Woran denkst du, Friedrich?«

Die warme Stimme von Herrn Rademann. Sein Pflegevater schaute ihn an mit diesem Blick, der gleichzeitig freundlich und angsteinflößend war.

»Och, ich hab mir nur gedacht, dass es bestimmt toll ist, in so einem Haus ein Büro zu haben. Kann man ja fast über die ganze Stadt gucken.«

»Nun, Friedrich, du hast recht. Aber es kommt im Leben nicht darauf an, ob wir ein schönes Büro haben, es kommt darauf an, dass wir unsere Pflicht erfüllen für Führer und Vaterland, da, wo die Vorsehung uns hinstellt.«

»Natürlich.«

Atze verdrehte heimlich die Augen. Er mochte die Predigten seines Vaters genauso wenig wie Fritze. Wenigstens darin waren sie sich noch einig. Wie schnell ihre Freundschaft den Bach runtergegangen war. Manchmal fragte sich Fritze, ob das immer so war mit Freundschaften. Oder eigentlich mit allem im Leben. Alles ging doch früher oder später den Bach runter. Fragte sich nur wann. Und wie schnell.

Sie überquerten die Kreuzung und spazierten zwischen den Friedhöfen hindurch zum Volkspark Friedrichshain. Die Menschen, die Herrn Rademann kannten und grüßten, wurden zum Glück weniger.

Am Märchenbrunnen war die Hölle los. Halb Berlin schien auf den Beinen, alles, was in der Nähe wohnte und Kinder hatte, war hierhergekommen und machte Lärm.

Die Familie Rademann spazierte weiter in den Park hinein, bis sie zur großen Lichtung kamen. Hier hatten sich auch schon viele Menschen niedergelassen, doch sie fanden noch einen Platz, auf dem Herr Rademann die Decke ausbreiten konnte. Frau Rademann öffnete den Picknickkorb und verteilte Stullen und Äpfel.

Eine Weile kauten sie schweigend. Herr Rademann biss in seinen Apfel und schaute sich um. Er wirkte sehr zufrieden, als sei das alles sein Werk, die Natur, die Familie, das schöne Wetter, alles.

»Erstaunlich, was aus Deutschland geworden ist in so kurzer Zeit«, sagte er. »Vor vier Jahren noch eine verjudete Republik, und heute ...«

Er ließ offen, was Deutschland heute war, aber er schien es gutzuheißen.

Als das mitgebrachte Essen verzehrt war, schickte Herr Rademann seine Frau und die beiden Jungen mit einem Fünfmarkschein zum Eismann, nur Fritze durfte bleiben. Atze warf seinem Pflegebruder einen missmutig neidvollen Blick zu, aber er trollte sich. Jeder in der Familie wusste, dass Herr Rademann, so freundlich er sich auch gab, keine Widerworte duldete.

Er rückte näher an Fritze heran.

»Ich bin froh, Friedrich«, sagte er und legte die Hand auf Fritzes Knie, »dass wir endlich mal wieder ein bisschen Zeit für uns allein haben.«

Fritze nickte, obwohl er das Gegenteil dachte.

»Ich weiß, dass du schlimme Dinge im Olympischen Dorf erlebt hast, und das Beste ist es, diese Dinge so schnell wie möglich zu vergessen. Und das geht am einfachsten, wenn man mit niemandem darüber spricht. Dann denkt man irgendwann auch nicht mehr daran, und es ist, als seien diese Dinge niemals geschehen. Verstehst du, was ich meine?«

Wieder nickte Fritze, obwohl er ganz und gar nicht wusste, was Rademann meinte. Aber Nicken war bei Herrn Rademann immer die beste Antwort, dann ließ er einen in Ruhe.

»Es gibt viele Menschen, die sich um dich Sorgen machen, musst du wissen«, fuhr sein Pflegevater fort, »Herr Tornow zum Beispiel, mit dem du gesprochen hast. Und auch Doktor Heinen. Das können Wahnvorstellungen sein, die du da hast, da muss man sehr vorsichtig sein. Hoffen wir mal sehr, dass die wieder weggehen, dann müssen wir da nichts machen.«

»Was machen?«

»Nun ja, solche Dinge kann man behandeln, die Psychiatrie hat in den vergangenen Jahren große Fortschritte gemacht.«

»Ihr wollt mich in die Irrenanstalt stecken?«

»Natürlich nicht, was redest du da?« Rademann streichelte ihm sanft übers Knie. »Wir wollen dir nur helfen. Aber wie gesagt: Am besten redest du mit niemandem darüber, dann denkst du auch nicht mehr daran und hast die Sache bald vergessen. Dann verschwinden auch die Wahnvorstellungen.«

Fritze nickte. Herr Rademann hatte das alles in einem Tonfall großer Besorgnis gesagt, aber in Fritzes Ohren hörte es sich an wie eine Drohung.

Herr Rademann zog seine Hand von Fritzes Knie weg, denn die anderen kamen mit den Eistüten zurück. Der kleine Jürgen hielt nur sein eigenes Eis, an dem er bereits schleckte, Frau Rademann und Atze trugen jeweils zwei, die in der Sonne schon zu tropfen begannen. Frau Rademann gab eines ihrem Mann, Atze reichte eines seinem Pflegebruder, doch ließ er die Eiswaffel los, ehe Fritze sie zu fassen bekam. Kopfüber purzelte das Eis in den Dreck, die Waffel ragte nach oben wie das Horn eines Einhorns, das man dort vergraben hatte.

»Mensch, pass doch auf!«, schimpfte Atze.

Sofort stand Herr Rademann auf.

»Wie schade, dass *dein* Eis zu Boden gefallen ist, Arthur«, sagte er. »Magst du jetzt bitte Friedrich *sein* Eis geben. Und sei diesmal bitte vorsichtiger!«

Eingeschüchtert schaute Atze seinen Vater an. Er wagte nicht zu widersprechen und tat wie geheißen. Fritze nahm Atzes Eis entgegen, obwohl er am liebsten darauf verzichtet hätte. Doch Herr Rademann ließ ihm keine Wahl, weder ihm noch Atze. Wenn ihre Freundschaft, die einst so groß gewesen war, wie eine Jungenfreundschaft nur sein konnte, überhaupt noch an irgendeinem seidenen Faden gehangen hatte, dann war auch der jetzt gerissen.

70

Äußerlich hatte sich nicht viel verändert, was wohl eher ein schlechtes Zeichen war, denn es hieß, dass der *Venuskeller* seit Jahren nicht renoviert worden war. Die gipsernen Amorfiguren an den Wänden waren vergilbt, hie und da waren eine Hand, ein Fuß oder ein Pfeil abgebrochen, und auf der muschelförmigen Bühne machte die Nackttänzerin ein beleidigtes Gesicht, weil sich niemand für sie zu interessieren schien.

Das Publikum war ein komplett anderes als das, was Rath in Erinnerung hatte. Die Mädchen auch. Ebenso die Musik. Und die Getränke. Selten hatte er einen dermaßen billigen Fusel getrunken wie den, den man ihm im *Venuskeller* als Cognac servierte. Die blondgebleichte Animierdame, die sich ungefragt und ungeniert zu ihm setzte, hatte die besten Jahre bereits hinter sich – wenn sie überhaupt je beste Jahre gehabt hatte. Und was die Kapelle von sich gab, grenzte an akustische Körperverletzung.

Im Publikum saßen erstaunlich viele Uniformierte, Männer, die grölten und Bier tranken statt Wein. Die die leichtbekleideten Frauen in ihrer Nähe immer wieder antatschten, hier ein Klaps auf den Po, dort ein Kniff in den Arm, jedesmal begleitet von einem zotigen Spruch und dem lauten Gelächter der Umstehenden.

Es war einfach widerlich.

Der alte *Venuskeller* mochte seine Gäste mit allerlei verbotenen unzüchtigen Darbietungen angelockt haben, aber er hatte wenigstens Stil gehabt. Alles vom Feinsten, Getränke, Essen, Mädchen, Musik; selbst das Kokain war das beste gewesen, das man in der ganzen Stadt hatte kaufen können.

Und nun? Ein billiger Abklatsch.

Rath fragte sich, was Johann Marlow wohl denken mochte, würde er jemals sehen, was aus seinem Nachtclub geworden war.

Kaum hatte sich die Blondine zu ihm gesetzt, war auch schon der Kellner wieder da und stellte ungefragt eine große Flasche Schaumwein auf den Tisch.

»Das muss ein Irrtum sein, ich habe nichts bestellt.«

»Der Herr nicht, aber die Dame.«

Der Kellner zeigte auf die falsche Blondine, die mit ihrem Stuhl näherrückte und Rath einen Schlafzimmerblick zuwarf.

»Du willst mich doch nicht verdursten lassen, Süßer?«, fragte die Dame.

»So weit muss es ja nicht kommen«, sagte Rath. »Auch wenn der ganze Laden einen etwas heruntergekommenen Eindruck auf mich macht – fließend Wasser wird es doch wohl noch geben. Die Waschräume sind meines Wissens dort drüben, tun Sie sich keinen Zwang an, Gnädigste.«

»Muss ich mir das gefallen lassen, Egon?«, fragte die Blondine.

»Ich glaube kaum«, sagte der Kellner.

»Ich glaube schon«, sagte Rath und zückte seine Polizeimarke. »Ich bin nur hier, um Herrn Sebald zu sprechen, nicht um gefallene Mädchen vor dem Verdursten zu retten.«

Der Kellner schien überfordert, wie er auf diese Situation reagieren sollte, dann aber schickte ein kurzes Zucken seiner Augenbrauen die Blondine an den nächsten Tisch, und er stellte die Sektflasche zurück aufs Tablett.

»Wenn Sie mir bitte folgen wollen«, sagte er.

Rath ließ sein Cognacglas stehen. Der Kellner bahnte sich einen Weg durch das Gedränge, bis sie an der unscheinbaren Tür neben der Tanzfläche angelangt waren, die Rath schon kannte.

Den bulligen Mann, der die Tür öffnete, nachdem der Kellner geklopft hatte, kannte er nicht.

»Da will jemand den Chef sprechen. Ein Kriminaler«, sagte der Kellner und drehte ab. Der Bullige, der nur von der Statur her an

Benno erinnerte, den alten Türsteher des *Venuskeller*, ließ Rath eintreten.

Winfried Sebald hatte sich seit ihrer letzten Begegnung kaum verändert, die Halbglatze war etwas größer geworden, das Haar grauer, aber immer noch trug der Geschäftsführer des *Venuskeller* einen weißen Smoking zur Arbeit. Er saß hinter seinem Schreibtisch und machte große Augen, als er Rath erkannte.

»Herr Kommissar! Lange nicht gesehen. Schön, dass Sie uns mal wieder beehren.«

»Erstens: Oberkommissar. Zweitens: Ich beehre Sie nicht, ich möchte Sie lediglich sprechen.«

»Warum? Ist Ihnen das Kokain ausgegangen?«

Der Mann führte ein ganz schön loses Mundwerk. So konnte nur einer reden, der sich sicher fühlte, geschützt vor dem Zugriff der Staatsmacht. Jedenfalls, wenn die ihm in Person von Gereon Rath entgegentrat. Rath fragte sich, wer Sebald diesen Schutz gewährte, denn Johann Marlow konnte es nach allem, was er wusste, nicht mehr sein.

»Es geht nicht um Kokain«, sagte er, »es geht vielmehr um den Mann, der Sie und den Venuskeller lange Jahre mit diesem Zeug versorgt hat.«

Sebald, der sich bislang in seinen Ledersessel gefläzt hatte wie ein ungezogener Schuljunge, richtete sich auf.

»Ach«, sagte er und zog die Augenbrauen hoch.

»Wie ist Ihr Verhältnis zu Johann Marlow derzeit?«, fragte Rath.

»Ich weiß nicht, wie Sie das meinen, Kommissar, aber da gibt es kein Verhältnis mehr. Ich habe Herrn Marlow dieses Etablissement vor einem Jahr abgekauft. Bin jetzt Eigentümer und Geschäftsführer in einer Person.«

»Schön für Sie. Wann haben Sie denn Herrn Marlow das letzte Mal gesehen?«

»Sie fahnden immer noch nach ihm, nicht wahr?« Sebald grinste, das schien ihn zu freuen. »Ich kann Ihnen den Zeitpunkt unserer letzten Begegnung nicht auf den Tag genau nennen, aber es muss im August oder September fünfunddreißig gewesen sein. Jedenfalls bevor sich herausstellte, dass Marlow ein Attentat auf Reichsminister Göring geplant hat. Das ja Gott sei Dank verhindert werden konnte.«

»Und wo er sich jetzt aufhält, wissen Sie nicht.«

Sebald zuckte die Achseln.

»Wenn ich das wüsste, hätte ich die Polizei selbstverständlich informiert.«

»Gibt es denn noch jemanden in Berlin, der Kontakt zu Marlow haben könnte? Irgendwelche Vertrauenspersonen, die Sie noch aus früheren Zeiten kennen?«

Sebald kratzte sich an seiner Halbglatze. »Da müsste ich nachdenken. Ist ja schon etwas her.«

»Tun Sie das. Nachdenken schadet nie. Aber ich bräuchte die Namen heute noch.«

Sebald zuckte die Achseln. »Auf die Schnelle fällt mir nur Lembeck ein. Der könnte etwas wissen.«

»Lembeck. Und weiter?«

»Gregor. Oder Georg. Keine Ahnung. Hab den Mann nie gesehen. Sie sind doch Polizist, Sie können so was rauskriegen.«

»Ein paar Hinweise mehr bräuchte ich schon. Haben Sie keine Adresse?«

»Tut mir leid. Aber ich glaube, der Mann hat ein Geschäft.«

»Ein Geschäft?«

»Ja, einen Laden. Verkauft irgendwas.«

»Aber was, das wissen Sie nicht.«

»Richtig.«

»Wäre dieser Lembeck jemand, an den Marlow sich wenden würde, wenn er nach Berlin zurückkehrt?«

Sebalds Augenbrauen gingen nach oben. Ob vor Angst oder Überraschung, konnte Rath nicht sagen.

»Sie glauben, er ist zurück? Der Mann ist doch nicht lebensmüde?«

»Nein.« Rath zuckte die Achseln. »Aber man kann ja nie wissen.« Er schrieb seine Privatnummer auf die Zeitung, die vor Sebald auf dem Schreibtisch lag. »Sollten Sie etwas hören, rufen Sie mich an.«

Die Hintertür, die direkt hinaus zur Hoftreppe führte, öffnete sich, und ein Mann trat ein, den Rath hier am allerwenigsten erwartet hätte. Er trug Zivil, und dennoch erkannte er ihn sofort. Umgekehrt war es ebenso.

Sturmbannführer Sowa. Der ehrgeizige junge Mann vom Sicherheitsdienst, der ihm vor einem Jahr im Fall Brunner Schwierigkeiten gemacht hatte.

»Was machen Sie denn hier, Oberkommissar?«

»Ist rein beruflich. Wollte gerade wieder gehen.«

»Herr Rath hat sich nach dem früheren Besitzer erkundigt, Herrn Marlow«, sagte Sebald. Es klang, als würde er petzen, und ein bisschen so war es ja auch.

»Ach?«, meinte Sowa, »sucht die Sipo den immer noch?«

»Sie wissen doch, Marlow ist wegen Hochverrats zur Fahndung ausgeschrieben. Und wenn wir auch nur den leisesten Hinweis haben, dass er in Berlin sein könnte, gehen wir dem nach.«

»Und nun haben Sie einen solchen Hinweis.«

»Einen kleinen. Aber Sie wissen ja, wie das ist.«

»Natürlich.«

»Und Sie? Was machen Sie in solch einem Etablissement?«

»Ich muss ebenfalls dienstlich mit Herrn Sebald sprechen.«

»Ach?«

»Über Dinge, die Sie nichts angehen, Oberkommissar Rath. Und da Sie doch sowieso gerade gehen wollten, darf ich Sie bitten, dies auch zu tun.«

Das klang ziemlich scharf und nicht mehr so gemütlich wie das Wortgeplänkel zu Beginn.

»Theo«, sagte Sebald zu dem bulligen Türsteher. »Geleite den Herrn Oberkommissar doch bitte hinaus.«

Raths Blick wanderte von Sowa zu Sebald und wieder zurück.

»Verstehe. Geheime Reichssache, was?«

Sowa schaute ihn böse an. »Ich denke, es ist besser, Sie gehen jetzt und vergessen am besten, dass Sie mich hier je gesehen haben.«

»Selbstverständlich.«

Rath lüftete den Hut und folgte Theo, dem Kleiderschrank, nach draußen. Durch die Hintertür, sie gingen nicht mehr durchs Lokal. Um das halbvolle Cognacglas, das er auf seinem Tisch zurückgelassen hatte, war es Rath nicht schade. Der Cognac, den er zuhause hatte, schmeckte besser.

71

Dieser Oberkommissar war ihm nicht ganz geheuer. Schon damals nicht und jetzt noch weniger. Obwohl Sebald ihm bestätigt hatte, dass Oberkommissar Rath allein wegen Johann Marlow in den *Venuskeller* gekommen war. Weil er ihn in Berlin vermutete.

So ein Blödsinn.

Das glaubte doch kein Mensch, dass Johann Marlow alias Magnus Larsen es jemals wieder wagen würde, einen Fuß auf deutschen Boden zu setzen. Der war ein für alle Mal verbrannt. War ohnehin nutzlos für die Belange des SD, der Mann.

Franz Sowa konnte sich noch gut an die Feier erinnern, auf der er den einstigen Unterweltkönig und dessen chinesischen Schatten kennengelernt hatte: Marlow war zum SS-Gruppenführer ehrenhalber ernannt worden und hatte aus diesem Anlass in seine Villa in Niederschönhausen eingeladen. Jede Menge SS-Leute, darunter auch Sturmbannführer Franz Sowa. Damals hatte Sowa den Gastgeber zur Mitarbeit mit dem SD bewegen wollen, doch der hatte sich stur gezeigt, den *Venuskeller* für Abhörmaßnahmen zu öffnen. Geschäftsführer Sebald hatte diesen Dingen glücklicherweise offener gegenübergestanden.

Überhaupt: Ein SS-Mann, der sich mit einem Schlitzauge umgab, wo hatte man so etwas schon gesehen? Na, der Chinamann war ja jetzt Vergangenheit, den hatten Görings Truppen erledigt. Leider nicht auch Marlow.

Sowa war sich ziemlich sicher, dass Göring mit der Liquidierung seines einstigen Morphinlieferanten den weit gediehenen Untersuchungen des SD den Wind aus den Segeln nehmen wollte. Sie hatten fast alles beisammen, hätten Heydrich die Akte schon bald vorlegen können, doch die nächtliche Schießerei auf der Baustelle des Reichsluftfahrtministeriums hatte ihnen einen Strich durch die Rechnung gemacht. In dem Augenblick, in dem Göring sich gegen Marlow gewendet hatte, war ihr Material wertlos geworden. Daran hatte auch Marlows Flucht nichts geändert.

Sowa steuerte seinen Wagen in die Einfahrt. Das schmucke Häuschen hier in Niederschönhausen, nicht weit weg von Marlows alter Villa, war ein Glücksfall. Hatte einem Juden gehört, der es ihm zu einem mehr als guten Preis verkauft hatte. Ging ja alles ziemlich schnell vor zwei Jahren, der Umzug von München nach Berlin. Aber er hatte es gut getroffen, die meisten Kollegen wohnten nicht so schön.

Mit Berlin ließ es sich im Großen und Ganzen gut an. Er hatte sich nicht darum gerissen, hierherzuziehen, aber es war nun einmal die Reichshauptstadt, hier wurden Männer wie er gebraucht. Um die nationalsozialistische Revolution vor ihren Feinden zu schützen. Und die gab es außerhalb und innerhalb der Partei.

Vor einem halben Jahr hatten sie deshalb begonnen, die Separees im *Venuskeller* abzuhören. Die Maßnahme, die er verantwortete, hatte leider nicht die erhoffte Ernte eingefahren. Zwar wurde der Nachtclub von vielen Parteigenossen frequentiert, aber die wirklich hohen Tiere verirrten sich kaum dorthin, und es wurden immer weniger. Das Niveau des Clubs war von Monat zu Monat gesunken, und damit hatte es auch mit dem Renommee und der Kundschaft des *Venuskeller* eine ungute Entwicklung genommen.

Männer wie Goebbels, Frick oder Göring würden jedenfalls dort so bald nicht verkehren, das stand fest, das höchste der Gefühle war die mittlere Schiene, SA-Führer aus Berlin und Brandenburg. Ausländische Botschaftsmitarbeiter und Politiker, das wäre nicht schlecht, aber die Versuche, jetzt während der Olympischen Spiele ein paar ausländische Gäste in das Etablissement zu locken, waren leider nicht von Erfolg gekrönt. Dazu war der *Venuskeller* einfach zu heruntergekommen. Sowa fragte sich insgeheim, ob sie die Mikrofone nicht wieder abschrauben und an einem lohnenswerteren Ort installieren sollten, aber vorerst unternahm er noch nichts in dieser Richtung. Das lag an Lina, einer jungen Polin, die Sebald im Winter engagiert hatte. Fast jede seiner Inspektionen im *Venuskeller* beendete Franz Sowa mit einem Besuch bei dem hübschen polnischen Mädchen. Natürlich nutzten sie ein Separee, von dem er wusste, dass es nicht verkabelt war.

Sowa zog die Handbremse an und stieg aus. Tja, Lina. Ihretwegen war es auch heute wieder etwas später geworden. Schon kurz vor Mitternacht, und er musste morgen früh raus. Aber das war ihm die Zeit mit Lina wert.

Er fummelte den Schlüsselbund aus dem Mantel. Die Straße lag im Dunkeln, die Gaslaterne vor dem Nachbarhaus schickte nur spärlich dünnes Licht hinüber. Er beugte sich zum Garagentor und steckte den Schlüssel ins Schloss. Genau in dem Moment hörte er ein Rascheln links auf dem Kiesweg und lauschte. War da jemand im Garten? Das konnte nicht sein, außer Martha, der Köchin, war niemand im Haus, und die ging spätestens um zehn ins Bett.

Er zuckte die Achseln und schloss das Garagentor auf.

Und hielt inne. Da war es wieder. Ein Geräusch. Diesmal eher ein Tapsen.

»Ist da jemand?«, rief er und horchte in die Dunkelheit.

Niemand antwortete. Dummerweise war er heute Abend in Zivil unterwegs, sonst hätte er seine Ordonnanzwaffe gezogen. Doch die hing mit der Uniform drinnen im Garderobenschrank.

»Ist da wer?«

Da huschte ein Schatten über den Weg. Schwarzglänzendes Fell. Morle, die Katze. Martha musste sie ausgesperrt haben. Morle hatte ihn erkannt und strich ihm um die Beine.

Er hockte sich zu ihr und hob sie auf.

»Haben sie dich vergessen, meine Süße«, sagte er und streichelte seinen Liebling. »Jetzt wird alles gut, ich bin ja da.«

Er richtete sich auf, die Katze im Arm, musste darüber lächeln, wie er sich ins Bockshorn hatte jagen lassen von dem unschuldigen Tier, da hörte er wieder ein Geräusch, das nicht seines war, doch diesmal kam es aus der anderen Richtung, aus der dunklen Garage. Er drehte sich um, und bevor er darüber nachdenken konnte, was das zu bedeuten hatte, sah er einen Schatten, der da nicht hingehörte, den Umriss eines Mannes, der einen Spaten oder eine Schaufel hob. Sowa ließ die Katze los und hielt sich reflexartig beide Arme vors Gesicht.

Der erste Schlag traf ihn am linken Unterarm, es schmerzte höllisch, da schien etwas gebrochen zu sein. Dem zweiten hatte er nichts entgegenzusetzen, der traf ihn am Kopf. Doch das spürte er schon nicht mehr; alles, was er noch wahrnahm, war ein heller Blitz, der, bevor andere Sinne wirksam werden konnten, einer allumfassenden Dunkelheit wich.

72

Gräf wirkte angeschlagen, als Rath am Montagmorgen das Büro des Untersturmführers betrat, vielleicht hatte er am Vorabend zu tief ins Glas geschaut, vielleicht einfach nur zuviel gearbeitet, in jedem Fall aber war der Mann schlecht gelaunt.

»Schließ die Tür«, sagte er.

Rath drehte sich um. Die Bürotür war geschlossen, Gräfs Adjutant Sielaff hatte sie wie immer sorgfältig hinter sich zugezogen, nachdem er Rath ins Zimmer seines Chefs geführt hatte.

»Aber die ist doch …«

»Abschließen, meine ich. Dreh den Schlüssel um. Ich möchte nicht, dass Sielaff oder sonstwer uns stört.«

Rath tat wie geheißen.

»Warum so geheimnisvoll?«, fragte er und setzte sich auf den Besucherstuhl.

»Geheimnisvoll? Ist eher ein Fremdwort für dich, was?«

»Tschuldige, aber mir ist nicht nach Rätselspielen zumute. Um was geht's bitte?«

»Interessant, dass du nicht einmal ein schlechtes Gewissen hast.«

Rath stand auf.

»Wenn du nicht gleich mit der Sprache rausrückst, gehe ich wieder.«

»Setz dich, Gereon!«

Rath zuckte zusammen, so scharf hatte Gräf ihn angefahren. Er setzte sich und staunte über seinen eigenen Gehorsam.

»Hast du mit deiner Frau über deine Arbeit hier geredet?«, fragte Gräf. Wieder leiser, aber in einem lauernden Tonfall.

»Natürlich rede ich mit ihr über die Arbeit. Charly war selber einmal Polizistin, das weißt du genauso wie ich, sie interessiert sich für diese Dinge.« Rath zuckte die Achseln. »Ich habe ihr erzählt, dass wir beide wieder zusammenarbeiten. Aber von meiner Geheimtätigkeit für euren Laden weiß sie nichts. Sie weiß nicht einmal, dass du beim SD bist, ich habe sie in dem Glauben gelassen, dass Kripo und Gestapo zusammen ermitteln wie damals im Fall Kaczmarek.«

»Schön, dass du das hast. Und wie kommt es dann, dass Charly mich zuhause besucht und auf das Schicksal von Herbert Ehlers anspricht?«

»Wie bitte?«

»Sie war gestern am Luisenufer. Unangekündigt.«

»Tut mir leid, davon hat sie mir nichts erzählt.«

»Es ist mir einerlei, Gereon, ob du deine Frau im Griff hast oder nicht, aber es ist mir ganz und gar nicht gleichgültig, was du ihr alles erzählst. Bist du dir im Klaren darüber, dass alles, was wir hier tun, strikter Geheimhaltung unterliegt?«

»Natürlich. Aber die Verhaftung von Herbert Ehlers war alles andere als geheim, die hat das halbe Olympische Dorf mitbekommen. Wenn man nicht will, dass sich so was rumspricht, sollte man vielleicht etwas diskreter vorgehen.«

»Das lass mal Sorge der Gestapo sein. Die hat Charly jedenfalls nicht den Floh ins Ohr gesetzt, Ehlers sei unschuldig!«

Rath schwieg. Was hatte Charly denn da geritten? Hielt sie Reinhold Gräf etwa immer noch für einen Freund, den man mit solchen Dingen behelligen konnte?

»Was wollte sie von dir?«, fragte er schließlich. Es war immer gut, den Spieß rumzudrehen und selber die Fragen zu stellen.

»Sie wollte, dass ich ihr helfe. Oder besser: Ehlers helfe. Sie wollte, dass ich veranlasse, den Mann auf freien Fuß zu setzen.«

»Und?«

»Wie: und?«

»Wirst du? Ihn freilassen?«

»Das habe ich doch überhaupt nicht zu entscheiden. Ich denke, wenn man ihm die kommunistischen Flausen aus dem Kopf getrieben hat, wird er schon wieder rauskommen.«

»Vielleicht kannst du das nicht entscheiden. Aber ein gutes Wort für ihn einlegen könntest du schon. Und Tornow noch einmal darauf hinweisen, dass Ehlers mit keinem der Todesfälle im Olympischen Dorf etwas zu tun hatte.«

»Das weiß der Obersturmbannführer doch längst.« Gräf schüttelte unwirsch den Kopf. »Schluss jetzt, Gereon, was soll das? Ich muss mich dir gegenüber nicht rechtfertigen! Du bist derjenige, der eine Fehlleistung zu verantworten hat. Du solltest künftig darauf achten, dass du das Wissen, das du beruflich erwirbst, nicht mit deiner Frau teilst.«

»Natürlich. Sie weiß ja auch nichts. Außer dieser Ehlers-Sache. Und du weißt ja, wie sie ist: Wenn sie glaubt, da wird jemand ungerecht behandelt ... Ich darf dich bitten, ihren Besuch und ihr Ansinnen zu vergessen. Leg das Ganze bitte nicht auf die Goldwaage.«

»Natürlich nicht. Aber du solltest deine Frau besser unter Kontrolle haben. Du weißt, dass ich Charly schätze. Aber wenn sie solche Besuche auch andernorts macht, kann das gefährlich werden.«

Rath nickte.

»Hast du Tornow am Sonnabend getroffen?«, fragte Gräf.

»Wie vereinbart. Am Schwimmstadion.«

Rath hatte das Gefühl, dass Gräf noch mehr hören wollte.

Doch das würde er nicht. Heute morgen noch, unmittelbar bevor er in die Wilhelmstraße gefahren war, hatte Rath mit Tornow telefoniert. Hatte ihm von seinem Besuch in Goldsteins Suite erzählt. Weil er gehofft hatte, der Obersturmbannführer würde endlich Ruhe geben, wenn er Johann Marlow in den Staaten wüsste. Doch Tornow traute Goldstein nicht, und Rath konnte es ihm nicht verdenken. Auch er selbst war ja nicht sicher, ob er den Worten des Gangsters Glauben schenken sollte. Von seiner Suche nach Marlow jedoch durfte Gräf nichts wissen. Von seinen Gesprächen mit Tornow ebensowenig.

»Danke übrigens für die Vorwarnung«, sagte Rath.

»Vorwarnung? Wovon redest du?«

»Dass du mir am Telefon von dem Leichenfund im Olympischen Dorf erzählt und mich bei Tornow nicht ins offene Messer hast laufen lassen.«

Gräf richtete sich hinter seinem Schreibtisch auf und schaute streng.

»Das war keine Vorwarnung, Gereon. Habe ich mich derart missverständlich ausgedrückt? Das war eine Rüge. Du warst nicht auf deinem Posten, wir haben die Situation im Olympischen Dorf weder im Griff noch im Blick.«

»Ich ...«

»Und ganz gleich, was Obersturmbannführer Tornow dir gesagt haben mag, betrachte die Sache damit nicht als erledigt. Ich bin dein direkter Führungsoffizier, und für mich ist gar nichts erledigt. Bei aller Freundschaft, hier werden jetzt andere Saiten aufgezogen. Du wirst nach Döberitz fahren, direkt nach unserer Besprechung, unverzüglich. In einer Stunde werde ich in der Kriminalwache anrufen. Solltest du dort nicht ans Telefon gehen, dann gnade dir Gott.«

»Und was, bitte, kann ich Sinnvolles in Döberitz tun?«

Anstelle einer Antwort schob Gräf eine Aktenmappe über den Tisch.

»Was ist das?«

»Das hat der Kollege Steinke über die finanziellen Verhältnisse und das private Umfeld von Ferdinand Brinkmann zusammengetragen. Geh das mal durch, vielleicht stößt du auf einen Hinweis.«

»In Döberitz.«

»Ja, in Döberitz. Vergiss nicht, dass wir dich da plaziert haben, damit du ein Auge auf das Olympische Dorf hast. Noch einen Toten dort können wir uns nicht erlauben.«

Rath nahm die Akte und stand auf.

»Zu Befehl«, sagte er und knallte die Hacken zusammen.

Dann schloss er die Tür wieder auf und verließ Gräfs Büro ohne ein weiteres Wort. Sielaff im Vorzimmer schaute überrascht, als Rath an ihm vorbei auf den Gang stürmte.

Wenn er zum einfachen Befehlsempfänger degradiert werden sollte – bitte schön. Er sollte ins Olympische Dorf fahren, also würde er ins Olympische Dorf fahren. Wenn es das war, was man von ihm erwartete.

Im Treppenhaus hörte er jemanden seinen Namen rufen und blieb stehen.

»Oberkommissar Rath?«

Rath drehte sich um und sah Andreas Lange, einen Kollegen, den er noch aus der Mordinspektion kannte, die Treppe hinunterkommen.

»Das ist ja eine Überraschung, Oberkommissar«, sagte Lange, »was machen Sie denn hier? Ich dachte, Sie arbeiten jetzt fürs LKA.«

»Nur ein kurzer Besuch bei unserem früheren Kollegen Gräf.«

»Ist der jetzt beim SD?«

»Ja, Gennats Leute werden überall gebraucht. Und Sie?«

»Immer noch Mordermittler.«

»Und was führt Sie in diese Hallen?«

»Die Arbeit. Eine Todesfallermittlung.«

»Ein Mord? Im Prinz-Albrecht-Palais?«

»Das wär's noch! Gott bewahre!« Lange schüttelte sich. »Nein, Niederschönhausen. Vermutlich Raubmord. Gestern Nacht wurde jemand vor der eigenen Garage brutal erschlagen. Brieftasche und Wagen wurden gestohlen.«

»Und was machen Sie dann hier?«

Lange zuckte die Achseln. »Sturmbannführer Sowa arbeitete hier beim Sicherheitsdienst, da müssen wir die natürlich informieren.«

»Sowa?«

»Ja. Franz Sowa. Kennen Sie ihn?«

»Flüchtig. Hatte letztes Jahr mal mit ihm zu tun.«

»Ach?«

Lange schaute ihn neugierig an.

»Aus einem ähnlichen Grund wie Sie jetzt«, sagte Rath. »Einer seiner Männer war bei einem Unfall ums Leben gekommen, Sie erinnern sich? Mein letzter Fall für die Mordinspektion.«

Lange dachte einen Moment nach.

»Moment mal«, sagte er. »War das nicht dieser Fall, den Gennat später aufgegriffen hat? Eine ganze Reihe ungeklärter Todesfälle, die womöglich zusammenhängen? Todkranke, die zu Mordwerkzeugen gemacht wurden.«

»Die Ermittlungen sind meines Wissens im Sande verlaufen«, meinte Rath, »aber da müssen Sie Gennat fragen.«

»Hm, was meinen Sie? Könnte das relevant sein?«

»Ich glaube kaum. Haben Sie denn einen Hinweis, dass es sich nicht um Raubmord handelt?«

»Sie wissen doch: Die Mordinspektion schließt keine Möglichkeit vorschnell aus. Jemand, der beim Sicherheitsdienst arbeitet, macht sich bestimmt Feinde.«

»Aber auch die Feinde sind beim Sicherheitsdienst streng geheim. Alles ist hier geheim. Und einem Kriminalkommissar vom Alex erzählen die hier gar nichts, das kann ich Ihnen sagen. Sturmbannführer Sowa jedenfalls war damals nicht sehr kooperativ.«

»Dann sollten *wir* uns vielleicht mal unterhalten. Wie Sie Sturmbannführer Sowa einschätzen, was meinen Sie, Oberkommissar?«

»Sehr viele Erinnerungen an den Mann habe ich nicht mehr, aber wie Sie meinen. Nur im Moment bin ich leider sehr in Eile.« Rath tippte an seine Hutkrempe. »Sie entschuldigen mich?«

Und mit diesen Worten eilte er die große Treppe im Prinz-Albrecht-Palais schnellen Schrittes hinunter. Bloß weg hier.

73

Charly saß am Küchentisch, trank Kaffee und las Zeitung. Doch so richtig konzentrieren konnte sie sich nicht auf die Buchstaben; Worte oder gar Sätze, die irgendeinen Sinn ergaben, wollten nicht daraus werden. Dazu ärgerte sie sich viel zu sehr. Genauer gesagt ärgerte sie sich maßlos. Und zwar, was das Allerschlimmste war, über sich selbst.

Wie konnte eine einzelne Frau nur so dämlich sein? Was hatte sie sich denn gedacht? Wollte sie einfach nicht klug werden? Wo Reinhold Gräf sie doch schon einmal hatte auflaufen lassen, als sie ihn um Hilfe gebeten hatte. Damals allerdings hatte der Häftling, um den es ging, wirklich gemordet. Und war tatsächlich Kommunist gewesen. Doch einen Unschuldigen so im Stich zu lassen, das hätte sie nicht von ihm gedacht.

In Böhms Detektei hatten sie gestern viel zu tun gehabt, es galt, eine ganze Menge Ausreisen in die Tschechoslowakei vorzubereiten, die am nächsten Wochenende im Windschatten der Olympiarückreisewelle über die Bühne gehen sollten. Eine war sogar noch eiliger, aber auch das hatten sie hinbekommen. All das hatte sie prima abgelenkt, doch schon als sie sich spätabends ins Bett legte, waren die Erinnerungen an ihren peinlichen Besuch bei Reinhold Gräf wieder hochgekommen und hatten sie kaum Schlaf finden lassen.

Wobei sie immer noch nicht genau wusste, wem das Ganze eigentlich peinlicher sein musste: Reinhold, weil er einem Unschuldigen die Hilfe verweigerte, oder ihr, weil sie ihre Freundschaft falsch eingeschätzt hatte. Er traf sich doch wieder regelmäßig mit Gereon, wie konnte er da so verbohrt und schmallippig sein? Oder hatte Gereon ihn vielleicht auch schon um Hilfe gebeten?

Es war zum Verzweifeln. Sie hatten alle Beweise für Ehlers Unschuld, sie hatten den Brief, der zeigte, dass die Anstiftung zum Giftmord an Walter Morgan von amerikanischen Gewerkschaftern ausging und von einer deutschen Apothekenhelferin befolgt worden war. Und doch konnten sie nichts tun, wenn sie nicht Marie Niemann gefährden wollten.

Immer wieder waren ihr im Halbschlaf Bilder von Herbert Ehlers durch den Kopf gegangen, der in einem KL von SS-Wächtern schikaniert wurde. Wobei sie nicht einmal wusste, wie Ehlers aussah, in ihren Vorstellungen war es ein bis auf die Knochen abgemagerter junger Mann in abgerissener Häftlingskleidung.

Greta kam aus ihrem Zimmer. Sie sah ziemlich verschlafen aus.

»Oh, du hier?«, sagte sie.

»Ist gestern spät geworden.«

»Im Delphi?«

»Bei Böhm.« Charly zeigte auf die weiße Porzellankanne auf dem Tisch. »Ist noch Kaffee da. Willst du einen?«

»Blöde Frage. Meine Mutter ist Schwedin.«

Greta holte eine Tasse aus dem Schrank und stellte sie auf den Tisch, Charly goss ein. Greta setzte sich, pustete eine Haarlocke aus der Stirn und nippte vorsichtig am dampfenden Kaffee.

»Und? Was gibt es Neues?«, fragte sie mit Blick auf die Zeitung.

»Die Amis haben mit Jesse Owens auch die Viermal-Hundert-Meter-Staffel gewonnen.« Charly legte das Tageblatt beiseite. »Habe ich dir eigentlich erzählt, dass Fritze Owens persönlich kennengelernt hat?«

»Ungefährt hundertmal.« Greta verdrehte theatralisch die Augen und nahm sich eine von Charlys Zigaretten, die auf dem Tisch lagen. »Lieber wäre mir, du würdest erzählen, dass du *mich* mit Owens persönlich bekannt machen könntest. Ist ein hübscher Junge.«

»Das lass mal bloß nicht deinen Klaus hören. Wenn der wüsste, dass seine nordische Vorzeigegeliebte Greta an Rassenschande auch nur denkt …«

»Was er nicht weiß, macht ihn nicht heiß, oder?«

Greta riss ein Zündholz an und hielt es an die Spitze ihrer Zigarette. Charly klaubte ebenfalls eine *Juno* aus der Schachtel, und die Freundin gab ihr mit demselben Streichholz Feuer.

»Sag mal«, begann Charly vorsichtig, »wie sehr vertraust du ihm eigentlich?«

»Wem? Klaus?«

»Ich rede sicher nicht von Jesse Owens.«

Greta hob langsam ihre Schultern und machte ein skeptisches Gesicht.

»Schwer zu sagen. Warum fragst du?«

»Na, du hast erzählt, vielleicht könnte man ihn irgendwann einmal um einen Gefallen bitten.«

»Braucht ihr Pässe? Stempel? Könnte mir mal überlegen, wie ich ihn dazu bringe. Oder ich besuche ihn in seinem Büro und lass ein paar Sachen mitgehen.«

»Bist du wahnsinnig? Nein, nichts dergleichen. Dein Herr von Rekowski soll mit dem, was Wilhelm Böhm und ich so machen, bitte nichts zu tun haben.«

»Von was für einem Gefallen sprichst du dann?«

»Nun, er ist doch in der SS, oder?«

Greta nickte. »Hauptsturmführer.«

»Hört sich ja gewaltig an. Hat er viel Einfluss?«

»Keine Ahnung. Vielleicht sagst du mir endlich mal, um was es geht.«

»Um einen Häftling. Der unschuldig in Lagerhaft sitzt. Meinst du, er kann dafür sorgen, dass er rauskommt?«

»Wirklich unschuldig?«

»Natürlich. Wenn ich das sage. Meinst du, nur Schuldige sitzen im KL?«

Charly merkte, dass sie ungehalten wurde.

»Gib mir den Namen«, sagte Greta. »Ich werde mal sehen, was ich tun kann.«

Charly notierte Ehlers' Namen auf den Notizblock, auf den sie sonst immer ihre Einkaufslisten schrieben. Greta las den Namen, faltete den Zettel und steckte ihn in die Tasche ihres Morgenmantels.

»Ein Freund von dir?«, fragte sie.

»So ähnlich. Jedenfalls einer, der nichts im KL zu suchen hat.«

Das Telefon klingelte. Greta stand auf und nahm ab.

»Overbeck.«

Sie lauschte eine Weile in den Hörer.

»Kleinen Moment«, sagte sie dann und hielt Charly den Hörer entgegen. »Für dich.«

Charly ging ran. Es war Böhm.

»Fräulein Meier lässt schöne Grüße bestellen«, sagte er nur. Dann legte er auf.

Charly hielt den Hörer noch eine Weile in der Hand, dann hängte auch sie ein. Wenigstens eine gute Nachricht. Marie Niemann war sicher in Prag angekommen. Unter einem Namen, den niemand mit ihr in Verbindung bringen würde.

Sie schaute sich nach Greta um, doch die war schon im Badezimmer verschwunden.

74

Rath wusste nicht, wie oft er die Via Triumphalis in den vergangenen Wochen schon entlanggefahren war. Mittlerweile kam es ihm vor, als habe man den Flaggenschmuck und den ganzen Zinnober nur für ihn aufgehängt, für seine langen Fahrten ins Olympische Dorf.

Er wusste nicht, was er von der Nachricht halten sollte. Sturmbannführer Sowa war tot. Erschlagen nur wenige Stunden, nachdem er den Mann im *Venuskeller* gesehen hatte. Natürlich hatte das nichts zu bedeuten, und wahrscheinlich war ein ganz banaler Raubmord wirklich die naheliegendste Vermutung, doch wollte es ihm nicht aus dem Sinn. Vielleicht sollte es auch nur so aussehen. Genau wie die Tode von vier Wachsoldaten wie Unfälle wirkten oder wie ein Drogentod.

Nur dass Franz Sowa nicht ins Raster passte. Er war kein Wachsoldat und er stand nicht unter dem Kommando Hermann Görings, ganz im Gegenteil: Vor einem Jahr noch hatte er nach Kräften belastendes Material gegen Göring gesammelt. Wobei auch das ja in gewisser Weise eine Verbindung war. Hatte Göring herausgefunden, wer die Mappe zu verantworten hatte, die man ihm vergangenen Oktober zugespielt hatte? Und späte Rache geübt?

Hör auf, du siehst Gespenster, dachte er, denk nicht an Sowa, konzentriere dich auf die toten Soldaten. Auf den toten Handwerker. Fahr in die Kriminalwache Elstal, wie von Gräf gewünscht, und wühle dich durch die Akte. Finde heraus, wer den todkranken Selbstmordkandidaten Ferdinand Brinkmann zum Mörder gemacht hat.

Ob Lange noch mit ihm über Sowa sprechen würde? War ihm zuzutrauen, der Kommissar, einer der letzten guten Leute, die Gennat geblieben waren, arbeitete sehr gewissenhaft. Zu gewissenhaft für Raths Geschmack. Wenn er mit Lange unterwegs war, hatte er immer das Gefühl gehabt, zu faul und zu pflichtvergessen zu sein.

Er hatte sich nicht gut dabei gefühlt, dem Mordermittler seine gestrige Begegnung mit Sowa zu verschweigen, aber was blieb ihm anderes übrig? Nicht einmal Tornow wusste von seinem Besuch im *Venuskeller*, niemand wusste davon.

Rath hatte ganz sichergehen wollen, dass Marlow nicht in der Stadt war, doch hatten seine Besuche bei Abraham Goldstein und Winfried Sebald die Zweifel eher noch genährt. Er konnte nicht genau sagen, warum, aber er konnte sich des Gefühls nicht erwehren, dass Johann Marlow auf irgendeine Weise seine Finger im Spiel hatte. Weil es genau seine Art war, Morde wie Unfälle aussehen zu lassen. Während es Hermann Görings Art war, die Menschen, die er liquidieren ließ, als Verbrecher hinzustellen.

Er konnte sich einfach keinen Reim darauf machen. Warum sollte Marlow das Risiko eingehen, nach Berlin zurückzukehren und Wachsoldaten umzubringen oder umbringen zu lassen? Und warum sollte Göring seine eigenen Männer auf diese Weise ausschalten, wo es doch viel leichter wäre, sie einfach wegen irgendwelcher fingierten Vorwürfe ins Konzentrationslager zu stecken und dort umkommen zu lassen?

Rath überquerte die Havel. Hier auf der Brücke hingen keine Fahnen mehr, hier sah Berlin wieder normal aus.

Die Ungewissheiten ließen ihm keine Ruhe, am liebsten hätte er selbst ein paar Ermittlungen angestellt, doch Gräf hatte mit einem Kontrollanruf gedroht, und der SD saß am längeren Hebel.

Und in diesem Fall würden Eigenmächtigkeiten nicht mit Disziplinarmaßnahmen geahndet, sondern mit Konzentrationslager. Im günstigsten Fall. Also brav in die Kriminalwache setzen und die Akten studieren, die der fleißige Steinke zusammengestellt hatte.

Zehn Minuten später betrat er das Büro und hängte seinen Mantel an den Garderobenständer, als sei nichts gewesen und er die vergangenen Tage immer pünktlich zum Dienst erschienen.

Oberkommissar Franke begrüßte ihn mit einem strammen »Heil Hitler«, und auch die beiden anderen Kollegen rissen brav die Arme hoch. Rath nuschelte sein »Hei'tler«.

»Machen Sie sich keine Sorgen, Oberkommissar«, meldete Franke. »Der Brief wurde rechtzeitig abgefangen, der Neger hat ihn nicht bekommen.«

»Welcher Brief?«

»Der Brief an Jesse Owens. In dem Lügen über das neue Deutschland verbreitet werden. Da ist von zwei Millionen politischen Gefangenen die Rede, von einer Barbarenherrschaft, und Owens solle seine Goldmedaille gefälligst dem – ich zitiere – *Blutmenschen* Adolf Hitler vor die Füße werfen.«

»Soso«, sagte Rath und setzte sich an seinen Schreibtisch.

Franke räusperte sich. »Die Sache ist schon ans Gestapa weitergeleitet worden.«

»Dann ist ja alles in Ordnung«, sagte Rath. Und fragte beiläufig: »Es hat einen weiteren Toten im Dorf gegeben?«

»Jawohl, Oberkommissar«, beeilte sich Franke zu erklären. »Ein bedauernswerter Selbstmord. Kriminalsekretär Lohmann hat sich der Sache angenommen. Wollen Sie die Akte einsehen?«

»Nicht nötig. Ich hoffe, es ist nichts nach draußen gedrungen. Nicht dass die ausländische Lügenpresse die Sache noch aufbauscht.«

»Keine Bange, Oberkommissar«, sagte Lohmann. »Wir haben die Sache so dezent behandelt, dass niemand im Dorf außer den beteiligten Personen etwas mitbekommen hat. Und da waren nur zwei Kellner, Doktor Heinen und der Junge, der ihn gefunden hat, ein Jugendehrendienstler. Auf die Erwachsenen ist Verlass, die plaudern nicht, und den Jungen haben wir vorsichtshalber aus dem Dorf entfernen lassen.«

»Entfernen lassen? Was heißt das?«

Rath musste an Herbert Ehlers denken, den man auch aus dem Dorf *entfernt* hatte und der nun im Konzentrationslager saß.

»Er ist zu seiner Familie zurückgekehrt«, sagte Lohmann. »Keine Sorge, wir haben den Jungen im Griff. Sein Pflegevater kümmert sich darum, dass er nicht plaudert.«

»Pflegevater?«

»Ja. Rademann, Wilhelm. Parteigenosse. Ein leitender Beamter in der Reichsjugendführung. Da müssen wir uns keine Sorgen machen.«

»Natürlich nicht. Danke, Lohmann.«

Rath schlug die Aktenmappe auf, doch er schaffte es nicht, einen zusammenhängenden Satz zu lesen. Fritze hatte eine Leiche gefunden, einen Selbstmörder, und Gereon Rath war nicht vor Ort gewesen. Wo er Charly doch versprochen hatte, auf den Jungen aufzupassen.

»Ach, Lohmann …«

»Oberkommissar?«

»Geben Sie mir bitte die Selbstmordakte, ich würde doch gerne einen Blick dort hineinwerfen.«

»Wenn Sie meinen.«

Rath nahm die Akte entgegen, die der Kriminalsekretär aus seiner Schublade holte, und schlug sie auf, betont teilnahmslos. Ein paar Vernehmungsprotokolle, alle Zeugen hatte Lohmann persönlich befragt. Unter dem längsten stand der Name Thormann, Friedrich. Darüber eine Unterschrift, die Rath kannte. Fritzes sorgfältige Sütterlinschrift.

Er musste schlucken, ließ sich ansonsten nichts anmerken, blätterte noch ein paar Seiten weiter und stand dann auf.

»Entschuldigt mich einen Augenblick, Kollegen, ich brauche einen Kaffee.«

Wie immer, seit man ihn für einen Staatspolizisten hielt, hatte niemand etwas dagegen, Rath erntete zustimmendes Gemurmel. Er nahm beide Akten und verließ die Kriminalwache. Im Besucherrestaurant bestellte er wieder das gewohnte Kännchen. Der Kellner musterte ihn misstrauisch. Wahrscheinlich hatte er inzwischen herausgefunden, dass es sich bei dem seltsamen Gast um einen Kriminalbeamten handelte, und das behagte ihm nicht.

Als bringe Rath durch seine pure Anwesenheit das Verbrechen in ein unschuldiges Restaurant.

Rath wartete, bis der Kaffee auf dem Tisch stand, dann schlug er das Vernehmungsprotokoll auf und zündete sich eine *Overstolz* an. Seltsam gestelztes Deutsch, das waren niemals Fritzes eigene Worte. *Habe ich den dort am Ast einer Hainbuche hängenden Körper des Doktor Schmidt gesehen und mich entschlossen, schnell Hilfe herbeizuholen.*

So redete der Junge nicht. Natürlich war es bei der Polizei Usus, Gesprächsprotokolle so weit zu schönen, dass sie ein sauberes Deutsch ergaben, diese Sätze jedoch hörten sich an wie in den Mund gelegt. Aber der Junge hatte sie unterschrieben, also schien er letztendlich mit allem einverstanden gewesen zu sein.

Akribisch hatte Kriminalsekretär Lohmann auch die Dauer der Vernehmung notiert. *Donnerstag, 6. August, 15:37 Uhr bis 17:29.* Fast zwei Stunden. Zwei Stunden, und als Ergebnis nur anderthalb Schreibmaschinenseiten? Selbst wenn man unterstellte, dass Lohmann Wiederholungen rausgekürzt und auch sonst gestrafft hatte, stand das in keinem Verhältnis.

Rath musste selbst mit Fritze sprechen. Der Junge war keine sechzehn und hatte schon mehr Tote gesehen als die meisten in ihrem ganzen Leben. Zwei Menschen hatte er selbst getötet. Aus Notwehr und aus Nothilfe, aber das machte es nicht besser. Rath wusste nur zu gut, was es mit einem anstellte, wenn man ein Menschenleben auf dem Gewissen hatte.

Er wollte sich gerade die zweite Tasse einschenken, da erkannte er den dicken Kommissar Krause, der sich suchend umblickte und schließlich seinen Tisch ansteuerte.

»Entschuldigen Sie die Störung, Oberkommissar«, sagte er. »Aber da ist ein Telefonat für Sie. Ein Untersturmführer Gräf.«

Verdammt, den hatte er ganz vergessen. Der Kontrollanruf.

Rath drückte die Zigarette aus und stand auf.

»Tut mir leid«, sagte Krause. »Ließ sich nicht abwimmeln. Scheint wichtig zu sein.«

»Ist es«, sagte Rath, legte zwei Mark auf den Tisch und folgte Krause zurück in die Kriminalwache. Zum Glück war es nicht weit.

»Wo haben sie dich denn hergeholt?«, war das erste, was Gräf fragte.

»War nur kurz nebenan.«

»Na, ist ja auch egal. Hauptsache, du bist an deinem Arbeitsplatz. Schon vor einer halben Stunde eingetroffen, sagen die Kollegen.«

»Bin auf direktem Weg hierhin, was denkst du denn? Befehl ist Befehl.«

»Und? Schon was in der Akte gefunden?«

»Hätte ich sicherlich, wenn ich von den letzten zwei Stunden nicht eine im Auto verbracht hätte.«

Gräf ging nicht darauf ein.

»Es gibt Neuigkeiten«, sagte er. »Die Kollegen in Stendal waren noch einmal im Veteranenheim ...«

»In welchem Veteranenheim?«

»Der tote Invalide. Major Kieling, du erinnerst dich?«

»Natürlich.«

»Gut. Folgendes: Kurz bevor man ihn mitsamt seinem Rollstuhl im See gefunden hat, hat Major Kieling noch Besuch empfangen.«

»Und?«

»Ein Herr vom Reichsluftfahrtministerium.«

»Ja?«

»Der Name dürfte dich interessieren. Der Besucher hat sich unter dem Namen Kaufmann an der Pforte vorgestellt.«

75

Eigentlich hatte er Doktor Reincke für diesen Termin haben wollen, aber der befand sich in Urlaub. Stattdessen empfing sie der hagere Doktor Karthaus, den er noch aus seiner Zeit bei der Polizei kannte. Karthaus war nicht weniger zuverlässig als Reincke, aber weniger charmant, und Tornow befürchtete, dass das von Nachteil sein könne. Schließlich galt es, Olympia Morgan um den Finger zu wickeln, und da wäre Reincke mit seinem jugendlichen Charme die bessere Wahl gewesen.

Der Leiche von Walter Morgan, die nun schon über zwei Wochen in der Kühlung hatte verbringen müssen, hatte die Zeit nicht gut getan. Auch im Obduktionssaal der Gerichtsmedizin in der Hannoverschen Straße war es kühl, dennoch konnte man dem Geruch, den der Leichnam verströmte, nicht entkommen.

Olympia Morgan wirkte erstaunlich robust. Zwar hielt sie sich ein Taschentuch vor Mund und Nase, ansonsten aber machte sie einen äußerst gefestigten Eindruck. Selbst Doktor Karthaus schien beeindruckt, vielleicht war er sogar ein wenig irritiert. Jedenfalls wusste er, worum es ging; Tornow hatte ihn entsprechend instruiert.

Rath hatte seine Sache überraschend gut gemacht, die Zweifel der Witwe am natürlichen Tod ihres Mannes schienen seit Sonnabend weitestgehend zerstreut, dennoch hatte sie darauf bestanden, an der Leichenschau, die vor der Kremation vorgeschrieben war, teilzunehmen. Daran hatten auch Tornows Erklärungen, dass dies völlig unüblich und eine Leichenöffnung eine unappetitliche Sache sei, nichts ändern können.

Nun stand sie da, mit einem Taschentuch vor Mund und Nase, über dem hellwache Augen abwechselnd die Leiche und Doktor Karthaus fixierten.

Der Gerichtsmediziner war am Ende seines mit Fachausdrücken gespickten Vortrages angelangt.

»Fremdeinwirkung ist beim Tode Ihres Mannes also zwingend auszuschließen«, schloss er und schaute in die Runde.

Karthaus' Worte standen eine Weile im Raum; niemand sagte etwas, alle warteten auf die Reaktion der Witwe.

»Well«, sagte Olympia Morgan schließlich, und es klang ein wenig gedämpft hinter dem Taschentuch, »dann wird es wohl so sein.«

So etwas wie Enttäuschung schwang in ihren Worten mit, beinahe als habe sie sich gewünscht, ihr Mann sei eines gewaltsamen Todes gestorben.

Tornow war erleichtert. Morgen um diese Zeit würde die Leiche auf der Bahre nur noch ein Häufchen Asche sein, dann wären Walter Morgan und alle Gerüchte, die sich um seinen Tod rankten, endlich aus der Welt. Er nickte Karthaus unauffällig zu, und der legte das Leinentuch wieder über den Oberkörper von Walter Morgan.

»Let's go«, sagte die Witwe.

Tornow nickte und hielt ihr die Tür auf. Olympia Tornow steckte ihr Taschentuch zurück in die Handtasche und verließ den Obduktionssaal mit schnellen Schritten. Tornow wusste, dass sie pünktlich zum Turmspringen wieder im Schwimmstadion sein wollte. Deswegen hatte er den Termin in der Gerichtsmedizin ja so gelegt.

Draußen auf der Hannoverschen Straße wartete der Wagen, der sie zurück zum Reichssportfeld bringen sollte. Dessen Tür musste Tornow nicht öffnen, das erledigte Klingenstein.

Er ließ der Witwe den Vortritt und setzte sich dann neben sie auf den Rücksitz.

»Ich hoffe, der Anblick war nicht allzu schlimm für Sie.«

»Ick bin nicht, wie sagen Sie: zart besaitet. My parents both died of the Spanish flu.«

»Oh, I'm sorry.«

»No need for.« Sie machte eine wegwischende Handbewegung. »Wissen Sie, es ist nickt leicht zu sehen Walter like this, but I wanted to be sure.«

»Haben Sie denn ein politisches Attentat so sehr befürchtet?«

»Diese communists haben Walter gehasst. Und sie arbeiten immer noch in meine company.«

»Dann werfen Sie sie doch einfach raus, dann sind Sie die Kerle los.«

»Ick hätte lieber sie gesehen in jail. Als Warnung für alle andere workers.«

»Dann sollten Sie dafür sorgen, dass sie eine Regierung bekommen, die ähnlich konsequent gegen den Kommunismus durchgreift wie die deutsche.«

»You're right«, sagte sie. »There's still hope.«

Und zum ersten Mal, seit sie deutschen Boden betreten hatte, sah Sebastian Tornow Misses Olympia Morgan lächeln.

76

Wilhelm Rademann hatte ein reines Gewissen. Ein derart reines Gewissen, wie es ein aufrechter und pflichtbewusster Nationalsozialist im neuen Deutschland nur haben konnte, und dennoch überkam auch ihn ein ungutes Gefühl, als seine Frau von der Wohnungstür, an der es soeben geklingelt hatte, in die Stube zurückkehrte und meldete: »Da sind zwei Herren von der Geheimen Staatspolizei.«

Es waren keine von denen, die er kannte, sonst hätte Monika sie beim Namen genannt. Er legte die Zeitung beiseite, in der er gerade gelesen hatte.

»Dann bitte die Herren doch herein«, sagte er.

Das war offensichtlich schon geschehen oder gar nicht nötig, denn hinter Monika Rademann erschienen zwei Männer in dunklen Mänteln, die nicht einmal ihre Hüte abgenommen hatten. Immerhin waren sie so gut erzogen, dass sie ihre Dienstausweise vorzeigten.

Rademann stand auf.

»Heil Hitler«, sagte er, »was kann ich für Sie tun?«

Die Männer erwiderten den Deutschen Gruß.

»Kommissar Steinke, Geheime Staatspolizei. Wir sind auf der Suche nach einem Thormann, Friedrich. Der soll hier wohnen«, sagte der Jüngere der beiden.

»Es handelt sich um mein – … um unseren Pflegesohn. Warum wollen Sie ihn sprechen, wenn ich fragen darf?«

»Sie dürfen. Uns ist gemeldet worden, dass Ihr feiner Herr Pflegesohn sich in aller Öffentlichkeit despektierlich über den Führer geäußert haben soll.«

»Wie bitte? Unmöglich! Friedrich ist ein vorbildlicher Nationalsozialist. Ein Hitlerjunge, wie man ihn sich besser nicht vorstellen kann.«

»Das zu beurteilen überlassen Sie lieber mal uns«, blaffte Kommissar Steinke ihn an. »Wo steckt der Junge?«

»Wir essen gleich zu Abend, er muss jeden Augenblick nach Hause kommen.« Rademann schaute sich nach seiner Frau um. »Oder ist er schon auf seinem Zimmer, Monika?«

»Ich … ich glaube nicht.«

»Wissen ist besser als glauben«, sagte Steinke. »Wo ist das Zimmer des Jungen?«

»Gleich dort drüben. Er teilt es sich mit Arthur und Jürgen, unseren leiblichen Söhnen.«

Die Männer achteten überhaupt nicht auf seine Worte, sie waren gleich losgestürmt und öffneten die Tür zum Jungenzimmer, ohne anzuklopfen. Rademann stand auf und folgte ihnen. Das ging nun aber doch zu weit.

»Hören Sie«, sagte er, »ich weiß nicht, ob Sie wissen, in welcher Wohnung Sie sich befinden. Ich bin Wilhelm Rademann, Abteilungsleiter in der Reichsjugendführung, ich …«

»Hören Sie, das ist ja alles schön und gut«, sagte Kommissar Steinke, »aber lassen Sie uns doch bitte einfach unsere Arbeit machen.«

Während Steinke noch sprach, war sein Kollege schon dabei, in den Sachen der Jungen zu wühlen. Wilhelm Rademann schielte zum Bücherregal hinüber und war froh, dass er Friedrich die Kästnerbücher weggenommen hatte, die hätten keinen guten Eindruck gemacht, und dieser Eindruck hätte womöglich auf die ganze Familie Rademann abgefärbt. Das Wesselbuch machte da mehr her, wie auch das HJ-Buch. Und die Karl-May-Bände schadeten ebenfalls nicht.

Rademanns Blick fiel auf Fritzes Bett. Darüber hatte etwas an der Wand gehangen, das nicht mehr dort hing. Die Autogramme der beiden Negersportler, die der Junge aus dem Olympischen Dorf mitgebracht hatte. Deswegen hatten sie schon ein ernstes Gespräch geführt, und Friedrich hatte sich wenig einsichtig gezeigt. Bis zum Ende der Olympiade hatte Rademann schließlich erlaubt, die Negerbilder hängenzulassen, und nun waren sie fort. Späte Einsicht des Jungen?

»Was wird Friedrich denn überhaupt vorgeworfen?«, fragte er Kommissar Steinke, der immer noch im Türrahmen stand und die Arbeit seines Kollegen überwachte, als sei er selbst sich zu fein dafür. »Was genau soll er gesagt haben?«

»Worte, die ich hier nicht wiederholen werde.« Steinke räusperte sich. »Ihr Pflegesohn hat der Vermutung Ausdruck gegeben, der Führer könne das Kind einer … einer Prostituierten sein.«

»Wie bitte?«

»Ich kann Ihnen die Äußerung im Wortlaut gerne aufschreiben. Aber aussprechen werde ich es nicht.«

»Ich bitte darum«, sagte Rademann. »Monika, sei so lieb und bringe uns Stift und Papier.«

Seine Frau gehorchte, und wenig später saß Wilhelm Rademann mit Kommissar Steinke am halb gedeckten Esstisch. Selbst beim Schreiben zögerte der Mann, und Rademann verstand, warum, als er das Geschriebene las.

Adolf Hitler ist ein verdammter Hurensohn.

Rademann schüttelte den Kopf.

»Das kann nicht sein«, sagte er. »So haben wir den Jungen nicht erzogen.«

»Na, so lang ist er ja noch nicht bei Ihnen. Zweieinhalb Jahre bei einem politisch unzuverlässigen Ehepaar, drei Jahre auf der Straße, da kann es durchaus sein, dass die Gossensprache wieder durchdringt. Manche sind eben unverbesserlich.«

»Nicht Friedrich. Sogar das Berlinern habe ich dem Jungen beinahe vollständig abgewöhnt.«

»Na, dann kann er den Führer ja wenigstens auf Hochdeutsch beleidigen, wollen Sie das damit sagen?«

Rademann schluckte seinen Ärger über den Mann hinunter, bei der Gestapo musste man vorsichtig sein.

»Wer hat ihn denn angezeigt?«, fragte er also.

»Das hat Sie nicht zu interessieren.«

»Ich frage mich nur, ob der Denunziant glaubwürdig ist.«

»Wir gehen auch anonymen Hinweisen nach, wenn sie glaubwürdig erscheinen. Und aufgrund der zweifelhaften Vergangenheit Ihres Pflegesohnes ist es mehr als glaubwürdig, dass er so einen Satz geäußert haben könnte und dringend einer strengen Erziehungsmaßnahme unterzogen werden sollte.«

Der andere Beamte kam aus dem Jungenzimmer zurück und zeigte dem Kommissar ein leichtes Kopfschütteln. Das hätte Wilhelm Rademann auch sehr gewundert, hätten sie etwas Belastendes gefunden.

»Gut«, sagte Steinke und stand auf, »wir sind dann erst einmal fertig hier.« Er reichte Rademann eine Visitenkarte. »Ich darf Sie bitten, morgen früh pünktlich um zehn mit Ihrem Pflegesohn in der Prinz-Albrecht-Straße zu erscheinen, damit wir ihn vernehmen können.«

Rademann nahm die Karte entgegen.

»Sie haben mir immer noch nicht gesagt, was überhaupt passiert ist. Wo und in welchem Zusammenhang soll denn diese Äußerung überhaupt gefallen sein?«

»Hören Sie, das sind alles Dinge, die der Kollege und ich mit Ihrem Pflegesohn besprechen werden, nicht mit Ihnen. Und zwar morgen früh um zehn. Seien Sie pünktlich.«

Die Beamten gingen zur Tür und verabschiedeten sich mit dem Deutschen Gruß.

Rademann stand da wie ein Fremder in der eigenen Küche. Er schaute seine Frau an, die den Tränen nahe war.

»Das wird sich alles klären, Monika«, sagte er, weil er irgendetwas sagen musste.

Wenig später kamen Arthur und Jürgen nach Hause.

»Was gibt's denn zu essen?«, fragte sein Ältester.

»Was sagt man, wenn man zur Tür hereinkommt?«

»Heil Hitler, Papa, Heil Hitler, Mama. Was gibt's denn heute? Hab 'nen Bärenhunger.«

Wilhelm Rademann gab darauf keine Antwort. Er baute sich vor seinem Sohn auf und gab ihm eine schallende Ohrfeige.

»Was hast du getan, Arthur?«

Dem Jungen waren die Tränen in die Augen geschossen. Überrascht schaute er seinen Vater an.

»Was ... was meinst du?«

»Wie konntest du nur? Du hast deinen eigenen Bruder denunziert!«

»Aber bestimmte Dinge muss man doch melden.«

»Du gibst es also zu?«

Arthur schwieg und schaute betreten zu Boden.

»Aber wenn er so was doch sagt.«

»Diesen Ausdruck hat er bestimmt nicht benutzt. Diese Worte, die ich nicht wiederholen will, habe ich bislang nur einmal gehört: aus deinem Munde, als du den armen Friedrich für seine Herkunft beschimpft hast, für die er nichts kann.«

»Ändert aber nichts daran, dass er ein Hurensohn ist, oder?«

Arthur schaute ihn frech an in Erwartung einer zweiten Ohrfeige, doch dazu ließ Wilhelm Rademann sich nicht hinreißen.

»Bringe mir die Reitpeitsche«, sagte er.

Arthur wurde bleich.

»Aber ich ...«, stammelte er und wusste wohl nicht recht, wie er den Satz beenden sollte.

»Keine Widerworte. Die Peitsche!«

Arthur trollte sich. Monika ging zurück in die Küche und kümmerte sich ums Abendessen, Jürgen schaute betreten zu Boden.

»Schau ruhig zu, Jürgen. Lass dir das eine Warnung sein. Frevel werden immer bestraft. Und jemandem mit falschen Anschuldigungen zu schaden ist ein schwerer Frevel. Du sollst nicht falsches Zeugnis ablegen gegenüber deinem Nächsten!«

Arthur kam zurück mit gesenktem Blick, die Reitpeitsche in der Hand. Seine Lippe zitterte, seine Wangen glänzten tränennass.

»Du hast dir die Strafe verdient, Arthur, nun ertrage sie auch wie ein Mann. Zehn Schläge.«

Ohne dass er noch etwas sagen musste, streifte sich Arthur die Hosen samt Unterhosen herunter und beugte sich über den Stuhl.

Wilhelm Rademann griff nicht oft zum Mittel der körperlichen Züchtigung, aber wenn es nötig war, musste dies so diszipliniert geschehen wie alles im Leben der Familie Rademann.

»Eins.«

Er holte aus und schlug zu. Arthur zuckte und unterdrückte einen Schmerzenslaut, ein roter Striemen zeigte sich auf dem weißen Gesäß seines Sohnes.

»Zwei.«

Rademann schlug, so fest er konnte. Auch beim Strafen musste man konsequent sein. Und so zählte er weiter, zählte alle zehn Schläge herunter und erteilte sie mit nicht nachlassender Härte.

Ohne dass er etwas sagen musste, zog Arthur sich die Hosen über das striemenübersäte Hinterteil. Ein paar Tage würde er sich an die Bestrafung noch erinnern. Wilhelm Rademann nickte ihm aufmunternd zu. Er war stolz auf seinen Sohn. Die Tränen hatte Arthur zwar nicht zurückhalten können, die Bestrafung jedoch tapfer und – bis auf wenige unterdrückte Schmerzenslaute –

ohne jede Klage ertragen. Auch Jürgen hatte brav durchgehalten und nicht weggeschaut. Er war stolz auf seine Söhne.

Arthur nahm die Reitpeitsche und brachte sie wortlos wieder an ihren Platz. Dann stellte er sich mit gesenktem Kopf vor seinem Vater auf. Er wusste, dass die Züchtigung nicht die einzige Strafe war. Das war es nie.

»Wenn Friedrich nach Hause kommt«, sagte Rademann zu seinem Sohn, »wirst du dich bei ihm entschuldigen.«

Arthur nickte.

»Und morgen früh gehst du mit uns zur Geheimen Staatspolizei und sagst dem Kommissar Steinke dort, dass du gelogen hast.«

Arthur schaute ihn mit tränenfeuchten Augen an.

»Aber …«

»Keine Widerrede! Du hast etwas wiedergutzumachen. Und nun geh dir die Hände waschen, wir essen gleich. Du auch, Jürgen.«

Die Jungen verschwanden im Badezimmer.

Seine Frau erschien in der Tür. Monika hielt sich immer im Hintergrund, wenn er einen der Jungen bestrafte, sie war eher zart besaitet.

»Es ist vorbei«, sagte er. »Du kannst den Tisch decken. Friedrich müsste auch jeden Moment nach Hause kommen.«

»Ich …«

»Was ist denn?«

»In der Speisekammer fehlen ein paar Dinge. Zwei, drei Äpfel, ein halbes Brot und eine Dauerwurst.«

»Wie?«

»Ich bin mir ganz sicher. Die Wurst habe ich heute morgen erst vom Fleischer mitgebracht.«

Wilhelm Rademann stürmte in das eheliche Schlafzimmer und öffnete die untere Schublade des Kommodenschranks.

Sie waren weg. Alle drei. Die Systemliteratur, die er Friedrich gleich nach dem Umzug aus dem Regal genommen hatte. *Emil und die Detektive*, *Pünktchen und Anton*, *Das fliegende Klassenzimmer*, Machwerke eines Asphaltliteraten.

Rademann ließ sich auf den plüschgepolsterten Stuhl vor dem Frisiertischchen sinken. Das Gefühl, das ihn vorhin beim Anblick der fehlenden Autogramme schon kurz gestreift, das er aber abgetan hatte, war zurückgekehrt, es hatte sich verstetigt und als schmerzende Gewissheit tief in die Magengrube gebohrt.

Friedrich Thormann hatte sie verlassen.

Der Junge war durchgebrannt.

Was für eine Enttäuschung! Was für ein Abgrund an Undankbarkeit, der sich da auftat. Wo Rademann sich so um ihn gekümmert, ihn derart gefördert hatte. Ihn oft genug seinem eigenen Sohn vorgezogen hatte. Welch fatale Fehleinschätzung.

Mochte Arthur in seinen Leistungen als Hitlerjunge auch nicht immer an die Friedrichs heranreichen, so war er doch der, der seine Liebe verdient hatte, und nicht dieser dahergelaufene Straßenjunge. Was hatte er nur in ihm gesehen? Hatte sich durch dessen sportliche Leistungen blenden lassen. Durch das blonde Haar und die blauen Augen, den jugendlich straffen Körper. Aber es floss wohl doch schlechteres Blut in Friedrich Thormanns Adern, als es den Anschein hatte. Viel schlechteres Blut. Wer wusste schon, welcher Bastard Friedrichs Mutter geschwängert hatte? Schließlich gab es auch blonde Juden.

Wilhelm Rademann fasste einen Entschluss. Er würde morgen früh allein zur Geheimen Staatspolizei gehen. Ohne Arthur. Er würde nichts tun, um das Missverständnis aufzuklären. Und er würde dem Jugendamt Mitte mitteilen, dass man Friedrich Thormann, sollte er aufgegriffen werden, unverzüglich der Gestapo vorzuführen habe. Was dann weiter mit dem Jungen geschah, sollten die entscheiden.

77

W*. Rademann* stand an der Tür, hier wohnte er also. Lothringer Straße, nahe Rosenthaler Platz, ein respekteinflößendes Haus, die Fassade wirkte frisch gestrichen, im Treppenhaus roch es nach Putzmittel. Rath holte noch einmal tief Luft und klingelte.

Es dauerte eine Weile, dann öffnete eine Frau. Er lüftete seinen Hut.

»Guten Morgen, entschuldigen Sie die Störung so früh am Morgen. Rath mein Name, Kriminalpolizei. Sie müssen Frau Rademann sein.«

Die Frau wirkte irritiert, aber sie nickte.

»Ich würde gern einmal mit Fritz Thormann sprechen, der wohnt doch bei Ihnen, oder? Als Ihr Pflegesohn …«

»Moment bitte.«

Freundlich, aber bestimmt schlug ihm Frau Rademann die Tür vor der Nase zu. Rath wartete. Er hatte Charly versprochen, nach dem Jungen zu sehen. Und er wollte auch wissen, wie es ihm ging, er hatte ein schlechtes Gewissen, weil er am Freitag nicht im Olympischen Dorf gewesen war.

Die Tür öffnete sich wieder und Rath sah in ein bekanntes Gesicht. Aber nicht in das, das er erwartet hatte.

»Herr Rademann«, sagte er. »Guten Morgen.«

»Heil Hitler. Was wollen Sie denn hier? Meinen Sie, das Kontaktverbot sei inzwischen abgelaufen? Sie dürfen Friedrich nicht sehen, und wenn Sie sich auf den Kopf stellen, Herr Rath. Bitte gehen Sie wieder oder ich informiere die Behörden.«

Rath zeigte seine Marke. »Ich bin nicht privat hier. Ich muss den Jungen beruflich sprechen. Er ist Zeuge in einem Todesfall im Olympischen Dorf. Doktor Schmidt, ich nehme an, Sie wissen Bescheid. Fritze hat die Leiche des Doktors gefunden.«

»Da ist er schon vernommen worden, die Sachlage ist doch klar. Das hat ihn ziemlich mitgenommen, da müssen Sie jetzt nicht alles wieder aufwühlen.«

»Lassen Sie das doch bitte meine Sorge sein, Herr Rademann. Wir haben noch ein paar Fragen, und die würde ich ihm gerne hier in seiner privaten Umgebung stellen. Oder wäre es Ihnen lieber, ich würde ihn ins Präsidium oder in die Kriminalwache Elstal laden?«

»Sie scheinen zu wenig Informationen auszutauschen zwischen den Polizeibehörden. Ich habe Ihre Kollegen von der Geheimen Staatspolizei gerade eben informiert, dass der Junge davongelaufen ist und sich der Vorladung entzogen hat.«

»Wie bitte? Fortgelaufen? Soll das heißen, Sie haben Ihre Aufsichtspflicht verletzt?«

»So etwas muss ich mir von Ihnen nicht sagen lassen, Herr Rath! Offensichtlich haben *Sie* Ihre Erziehungspflichten all die

Jahre verletzt. Oder darunter etwas verstanden, das im schlimmsten Sinne undeutsch ist.«

»Was soll denn das heißen?«

»Ich weiß nicht, ob Friedrich das von Ihnen gelernt hat oder von Ihrer Frau, jedenfalls hat der Junge den Führer in öffentlichen Reden aufs Schärfste beleidigt und sich der Ahndung durch feige Flucht entzogen.«

»Was erzählen Sie denn da? Das glauben Sie doch selbst nicht. Der Junge ist Feuer und Flamme für die HJ und Deutschland und den ganzen Zinnober. Wahrscheinlich ist er nur weggelaufen, weil er es bei Ihnen nicht mehr ausgehalten hat.«

Rademann stemmte die Hände in die Hüften wie ein streitbares Waschweib.

»Werden Sie mal nicht beleidigend, Mann!«

»Soll ich mal beleidigend werden? Können Sie haben! Mit Verlaub, Herr Rademann, Sie sind das größte Arschloch, das mir jemals begegnet ist, und ich glaube, Fritze hat genau das Richtige gemacht, dass er Ihnen davongelaufen ist. Er hätte nie in Ihre Familie gegeben werden dürfen. Sie bigotter Scheißkerl, Sie!«

Rademann schnappte eine Weile nach Luft, dann wurden seine Lippen ganz schmal, und er presste seine Antwort heraus.

»Das wird ein Nachspiel haben, Herr Rath, das ist Ihnen offensichtlich klar. Bislang habe ich Sie geschont, Sie und Ihre liederliche Frau, aus Rücksicht auf den Jungen, aber das ist jetzt vorbei. Machen Sie sich auf eine Anzeige gefasst!«

»Sie nennen meine Frau liederlich? Was fällt Ihnen ein, Sie lächerlicher Hanswurst? Was ist denn mit Ihrer Frau? Die ist wahrscheinlich schon vertrocknet zwischen den Beinen, weil ihr Mann sich lieber mit kleinen Jungen umgibt.«

Rademann sah aus, als wolle er Rath zum Duell fordern oder ihm die Faust mitten ins Gesicht donnern, doch er tat nichts dergleichen, er schlug einfach die Tür zu.

Einen Augenblick überlegte Rath, ob er noch einmal klingeln sollte, doch er ließ es bleiben. Wäre sowieso zwecklos, sich mit diesem Arschloch länger zu befassen.

Weitaus mehr sorgte er sich um den Jungen. Sie hatten ihn nicht nur aus dem Olympischen Dorf geworfen, nun war er auch noch von den Rademanns weggelaufen. Weil er Angst vor der Gestapo und dem Jugendamt hatte? Wahrscheinlich. Rath konnte sich nicht vorstellen, dass Fritze über Hitler geschimpft hatte, den er doch so verehrte, und schon gar nicht in aller Öffentlichkeit. Da hatte ihn jemand mit einer plumpen Lüge anschwärzen wollen. Vielleicht dieselben, die ihn aus dem Dorf abgezogen hatten? War jemand daran interessiert, dem Jungen zu schaden, seinen Ruf zu ruinieren, ihn unglaubwürdig zu machen?

Er hätte Wilhelm Rademann nur zu gern befragt, wer ihn dazu aufgefordert hatte, Fritze wieder zu sich nach Hause zu holen, aber von dem Mann würde er keine Antwort mehr bekommen, nicht nach der Szene, die sie sich gerade geliefert hatten.

Irgendetwas stimmte da nicht, das wusste Rath, seit er Lohmanns Protokoll gelesen hatte. Der Junge hatte etwas gesehen, ihm war etwas aufgefallen, das unter den Tisch fallen sollte. Er wunderte sich, warum alle so selbstverständlich davon ausgingen, dass es sich bei dem Tod von Doktor Schmidt um Selbstmord handelte, selbst Reinhold Gräf, während hinter allen anderen Todesfällen im Olympischen Dorf zunächst eine kommunistische Verschwörung vermutet wurde.

Wie sollte er den Jungen jetzt nur finden in dieser großen Stadt, die durch die vielen Olympiatouristen noch unübersichtlicher geworden war? Wo würde Fritze hingehen? Zu Charly? In die Carmerstraße? Da war niemand, den er kannte, außer Luise Ritter, und mit der hatte er sich immer gut verstanden.

Am Rosenthaler Platz stand eine Telefonzelle, die steuerte er an. Drei Leute warteten in der Schlange vor dem Glaskasten, und Rath wackelte ungeduldig von einem Bein aufs andere. Endlich war er an der Reihe.

»Luise? Gut, dass ich dich an die Strippe kriege.«

»Gereon! Hast du was vergessen? Du warst heute morgen schon so früh weg.«

»Nein, nein, alles gut. Muss nur kurz mit dir reden.«

»Ich habe nicht viel Zeit, die Millers wollen frühstücken.«

»Geht ganz schnell: Sollte sich Fritze heute bei dir melden, musst du mir sofort Bescheid geben. Oder Charly.«

»Was ist denn mit dem Jungen? Geht's ihm gut?«

»Schon. Nur bei seinen neuen Pflegeeltern nicht. Die darfst du unter keinen Umständen alarmieren, hast du mich verstanden?«

»Die Rademanns?«

»Genau die. Herr Rademann war nicht gut zu Fritze.«

»Was ist denn passiert?«

»Erzähle ich dir später. Wichtig ist, dass die nicht wissen dürfen, wo der Junge ist.«

»Und das Jugendamt?«

»Auch die nicht. Sag nur Charly oder mir Bescheid. Hast du das verstanden? Sonst niemandem!«

»Aber natürlich.«

Rath hängte ein und hoffte, dass sie tatsächlich verstanden hatte. Luise Ritter war zu einigen Dummheiten imstande. Aber sie liebte den Jungen, deswegen vertraute Rath darauf, dass sie schon das Richtige tun würde.

Er warf den nächsten Groschen ein, was ihm einige unfreundliche Blicke von den draußen Wartenden einbrachte. Ein Herr mit karierter Fliege und den olympischen Ringen am Revers zeigte unmissverständlich und mit tadelndem Blick auf das *Fasse-Dich-kurz!*-Schild.

In der Spenerstraße war natürlich niemand, also versuchte Rath es in Böhms Detektivbüro. Er bekam den Chef persönlich an die Strippe.

»Morgen, Böhm. Rath hier, ist meine Frau zu sprechen?«

Böhm grummelte irgendetwas Unverständliches, er war Rath trotz der inzwischen bestandenen gemeinsamen Abenteuer immer noch nicht sonderlich wohlgesinnt, und kurz darauf hörte er Charlys Stimme.

»Hallo«, sagte sie. »Wie geht's dem Jungen?«

»Gute Frage. Wenn ich das wüsste.«

Er erzählte ihr, was passiert war.

»Er ist ausgerissen? Meinst du, er weiß, dass er denunziert wurde?«

»Keine Ahnung. Vielleicht gibt's auch andere Gründe. Fritze hat sich doch schon länger nicht mehr wohlgefühlt bei den Rademanns.«

»Er hat sich *noch nie* da wohl gefühlt.« Sie seufzte. »Verdammt!«

»Was machen wir jetzt? Wo könnte er sein?«

»Überall und nirgends. Der Junge hat Jahre auf der Straße gelebt, der muss niemanden um Hilfe anbetteln.«

»Aber vielleicht meldet er sich ja doch bei uns. Ich habe deine Mutter schon instruiert. Dass sie nur uns Bescheid sagt, sollte er in der Carmerstraße aufkreuzen. Dass sie auf keinen Fall die Rademanns imformiert oder Jugendamt und Polizei einschaltet.«

»Gut. Doch ich werde besser selbst mal nach dem Rechten schauen.«

»Heißt das – kommst du zurück nach Hause?«

»Wir haben kein Zuhause mehr, schon vergessen?«

Er schob den Gedanken an die tschechischen Pässe tatsächlich immer wieder beiseite. Schon in einer Woche wäre nicht mehr die Carmerstraße sein Zuhause, sondern irgendeine billige Absteige in Prag.

»Was meinst du?«, fragte sie. »Was hältst du davon, wenn wir den Jungen mitnehmen?«

Draußen klopfte jemand mit dem Rand einer Münze gegen die Scheibe. Der Mann mit den Ringen am Revers.

»Ja doch«, rief Rath. »Einen Augenblick Geduld noch!«

»Wie?«, fragte Charly aus dem Hörer.

»Ach, nichts, hier drängelt jemand. Hör zu, ich habe nicht viel Zeit. Lass uns heute Abend reden. Vielleicht ist der Junge bis dahin wieder aufgetaucht.«

Er hängte ein, warf noch einen Groschen ein und wählte die nächste Nummer. Der Mann mit der Fliege schüttelte den Kopf und zeigte mit theatralischer Geste auf seine Armbanduhr. Rath ignorierte ihn. Sebastian Tornow nahm selbst ab.

Rath erzählte ihm von der Kaufmann-Spur. Und von den bescheidenen Erkenntnissen, die er aus der Akte Brinkmann gewonnen hatte. Das schien Tornow nicht zu interessieren.

»Was ist mit Marlow?«, wollte er wissen.

»Wie gesagt: Goldstein sagt, er sei in den Staaten. Und seinen Mittelsmann in Berlin, einen gewissen Lembeck, habe ich noch nicht ausfindig machen können.«

»Dann solltest du dich dahinterklemmen. Und Goldsteins Suite einen zweiten Besuch abstatten. Aber diesmal bitte, wenn Goldstein nicht zuhause ist.«

»Ich soll in sein Hotelzimmer einbrechen?«

»Du sollst das tun, was nötig ist. Aber auf eigene Verantwortung. Der SD hat nichts damit zu tun. Sollte man dich erwischen, werden wir jede Verbindung zu dir abstreiten.«

Und damit legte er auf. Rath hielt den Hörer noch eine Weile in der Hand und dachte über das Gehörte nach. Was den ungeduldigen Mann draußen zu einer weiteren Attacke mit seiner Münze trieb. Rath hängte ein, öffnete die Telefonzelle und hielt dem Fliegenmann seinen Dienstausweis unter die Nase.

»Sind Sie sich eigentlich im Klaren darüber, dass Sie ein wichtiges dienstliches Telefonat der Sicherheitspolizei gestört haben?«, raunzte er den Mann an, der plötzlich ganz kleinlaut wurde. »Hätte ich nichts Wichtigeres zu tun, würde ich Sie jetzt mitnehmen.«

Er stieg in den Buick und fuhr in die Wilhelmstraße. Zu seiner Besprechung mit Gräf kam er eine Viertelstunde zu spät. Am liebsten hätte er die abgesagt, aber das konnte er nicht wagen. Steinke verließ Gräfs Büro gerade, als Rath es betrat, und hatte neben einem »Heil Hitler« noch einen missgünstigen Blick für den Oberkommissar übrig.

»Wir haben Neuigkeiten«, sagte Gräf. »Einmal den letzten Besucher von Major Kieling in Stendal betreffend. Im gesamten Reichsluftfahrtministerium gibt es nur einen Herrn Kauffmann, aber erstens schreibt der sich mit zwei F und war zweitens am neunundzwanzigsten Juli den ganzen Tag in Berlin. Steinke hat das nachgeprüft.«

»Also wurde zweimal derselbe falsche Name benutzt, in Stendal und in Döberitz.«

Gräf nickte. »Das ist kein Zufall.«

»Das sehe ich auch so«, sagte Rath.

Gräf holte die Bleistiftzeichnung aus der Akte, die nach den Zeugenaussagen im Olympische Dorf angefertigt worden war, und betrachtete sie. »Wenigstens haben wir das.«

»Leider nicht sehr prägnant. Ich fürchte, das hilft uns nicht weiter.«

»Trotzdem sollten wir diese Zeichnung einmal den Zeugen im Invalidenheim vorlegen. Ich schicke Steinke damit heute noch nach Stendal. Und der Witwe Brinkmann sollte man es auch zeigen. Vielleicht erkennt jemand Herrn Kaufmann wieder.«

»Wenn du meinst.« Rath war froh, dass Gräf nicht ihn mit diesen Aufgaben betreut hatte.

»Steinke hat noch mehr herausgefunden.«

»Ja?«

Gräf räusperte sich. »Er hat inzwischen alle Soldaten des Regiments Göring ermittelt, die am Abend des elften Oktober neunzehnhundertfünfunddreißig Dienst auf der Baustelle des Reichsluftfahrtministeriums hatten.«

»Prima. Und?«

»Es bestätigt unsere Theorie. Leider.« Gräf räusperte sich. »Neben den vier Männern, die wir bereits kennen, taten vier weitere am fraglichen Abend Dienst und waren an der Schießerei mit Marlow und Liang beteiligt. Zwei starben bei dem Einsatz, Lieske und Nowitzky. Und die anderen beiden sind ebenfalls tot. Laut Aktenlage verunfallt.«

»Was?«

»Leutnant Deilmann wurde am zweiten August ertrunken in der heimischen Badewanne aufgefunden, Oberfeldwebel Hüttner lag drei Tage später mit einem Genickbruch am Fuße seiner Kellertreppe. Beide befanden sich zu diesem Zeitpunkt im Urlaub von der Truppe.«

Rath fühlte sich auf eine gewisse Weise erleichtert. Je weniger Mitwisser an den damaligen Ereignissen es noch gab, desto besser auch für ihn.

»Wir kommen also zu spät«, sagte er und versuchte, enttäuscht zu klingen.

»Wie man's nimmt. Wir kommen zwar zu spät, um diese Männer noch zu warnen, aber es ist nicht zu spät, den Mörder zu überführen. Und sollten die Spuren tatsächlich auf Hermann Göring weisen, sollte jeder Zweifel dahingehend ausgeräumt sein, wird sich Gruppenführer Heydrich persönlich dieses Falles annehmen müssen.«

Rath hoffte, dass es dazu erst kommen würde, wenn er das Land verlassen hatte.

78

Bergner, der Portier, der hier schon seit Jahren tagaus, tagein seinen Dienst verrichtete, grüßte freundlich.

»Schön, Sie wiederzusehen, Frau Rath. Wie geht es Ihnen?«

»Danke, gut.«

Mehr sagte Charly nicht, obwohl dem Portier die Neugier ins Gesicht geschrieben stand. Niemand hatte ihm bislang offenbar erklären können oder wollen, warum in der Wohnung Rath außer dem Mieter derzeit drei Amerikaner und die Schwiegermutter lebten, nicht aber die Ehefrau, und Charly wollte nicht diejenige sein, die das Versäumte nachholte. Sie stieg die Treppen hinauf, statt den Aufzug zu nehmen, wie immer, wenn sie es eilig hatte. Hinter der Wohnungstür hörte sie laute Stimmen. Sie hatte einen Schlüssel, dennoch klingelte sie.

Die Tür öffnete sich, und Charly blickte in das erstaunte Gesicht ihrer Mutter.

»Du?«, sagte Luise Ritter.

»Morgen, Mama.«

»Morgen, Lotte.« Luise Ritter trat einen Schritt beiseite. »Komm doch rein.«

Im Flur herrschte Hochbetrieb. Das Ehepaar Miller samt Sohnemann war dabei, Jacken und Mäntel überzustreifen und sich ausgehfertig zu machen.

»Heilitlör, Misses Rath«, grüßte Frank Miller freundlich, als er Charly erkannte. »Nice to meet you again.«

»Good morning, Mister Miller, Misses Miller.«

Charly nickte in die Runde und hoffte, die Olympiagäste bald los zu sein.

»You are leaving?«

»Oh yes.« Frank Miller wedelte mit einem Bündel Eintrittskarten. »We are going to visit the Deutschland exhibition.«

»Have fun«, sagte Charly und zwang sich zu einem Lächeln.

»Ja, häf viel fann«, ergänzte ihre Mutter.

Die Millers schoben sich zur Tür hinaus, und mit einem letzten »Heilitlör« und einem höflichen Heben seines Strohhuts verabschiedete sich Frank Miller.

Luise Ritter schloss die Tür und machte einen erleichterten Eindruck.

»Du gehst nicht mit?«, fragte Charly ihre Mutter.

»Ich hab die Ausstellung doch schon gesehen. Mit dem Deutschen Frauenwerk vorletzte Woche. Außerdem muss ich das Frühstücksgeschirr spülen.«

»Ich helfe dir.«

Luise Ritter zog die Augenbrauen hoch.

»Schaust du deshalb vorbei. Um mir zu helfen? Meinst du nicht, dass es deine Aufgabe gewesen wäre, dich komplett um eure Gäste zu kümmern?«

»Das sind nicht *meine* Gäste, das sind Gereons Gäste. Tut mir leid, dass er dich da eingespannt hat, aber ich war dagegen, Olympiatouristen aufzunehmen, und er hat es trotzdem getan.«

»Mein Gott, Kind, wie du redest! Er ist ja auch dein Mann, da muss er dich doch nicht um Erlaubnis fragen.«

»Mutter, fang nicht schon wieder damit an! Ich führe eben eine andere Ehe als du.«

»Ja. Und du ziehst einfach aus, wenn es dir nicht passt. Was sollen denn da die Leute denken?« Sie senkte die Stimme, als könne jemand mithören. »Lasst ihr euch scheiden?«

»Natürlich nicht. Gereon wusste, dass ich vorübergehend zu Greta gehe, sollte er Olympiagäste aufnehmen, und das hat ihn nicht daran gehindert.«

Luise Ritter schüttelte den Kopf.

»Ihr jungen Leute«, sagte sie nur.

Dann ging sie in die Küche. Charly folgte wie eine brave Tochter und schnappte sich ein sauberes Abtrockentuch.

Das Wasser war schon eingelassen, der Spülstein voller Geschirr, Luise Ritter fing gleich an und stellte die ersten Tassen zum Abtropfen hin. Charly trocknete ab. Schnell hatten Mutter und Tochter ihren Rhythmus gefunden. Es war fast wie damals in Moabit, als Vater noch lebte.

»Sag mal«, begann Charly nach einer Weile, »hat sich Fritze eigentlich mal hier gemeldet?«

Luise Ritter hielt mitten im Spülen inne. »Gereon hat deswegen schon angerufen«, sagte sie. »Ich soll euch Bescheid sagen. Und bloß nicht den Rademanns.«

»Genau.«

»Warum denn? Was ist denn mit dem Jungen? Hat Herr Rademann ihn geschlagen?«

»Vielleicht auch das, aber darum geht es nicht. Die Rademanns würden ihn ohne zu zögern der Gestapo ausliefern, und das darf nicht passieren.«

»Die Gestapo?«

Luise Ritter riss die Augen auf.

»Ja. Jemand hat den Jungen bei der Staatspolizei angezeigt. Er soll schlimme Dinge über Hitler gesagt haben.«

»Das glaube ich nicht.«

»Ich auch nicht. Aber was *wir* glauben, ist der Gestapo egal.«

»Die können doch nicht einfach einen Unschuldigen …«

»Aber das tun sie, Mutter! Der Junge wäre nicht der erste Unschuldige, der in die Fänge der Gestapo gerät. Ein Freund von ihm aus dem Olympischen Dorf sitzt schon seit Wochen unschuldig im Columbiahaus.«

Freund war zwar ein wenig übertrieben, aber irgendwie musste sie ihrer Mutter klarmachen, wie ernst die Sache war. Luise Ritter schwieg. Offensichtlich hatte auch sie schon einige Schauergeschichten vom Columbiahaus gehört.

»Bringen die da auch Kinder hin?«, fragte sie schließlich.

»Es geht darum, dass wir den Jungen schützen. Wir können dem Staat nicht trauen. Und den Rademanns auch nicht.«

Eine Viertelstunde später, die Küche sah picobello aus, saß Charly mit ihrer Mutter im Wohnzimmer und trank Kaffee.

»Meinst du denn, der Junge meldet sich wirklich hier?«, fragte Luise Ritter. »Das darf er doch gar nicht.«

Charly zuckte die Achseln und zündete sich eine *Juno* an. »Ich weiß nicht, wie verzweifelt er ist. Ob er ausgebüxt ist, weil er Angst vor der Gestapo hat oder vor seinem Pflegevater. Fritze hätte unsere Familie niemals verlassen dürfen.«

»Das hast du dir doch selbst zuzuschreiben. Wo du ihn nicht mal zur HJ gehen lassen wolltest.«

»Mutter, hör auf damit! Das Jugendamt hat uns den Jungen weggenommen, weil sein HJ-Führer gegen uns intrigiert hat. Weil er ihn unter Kontrolle bringen wollte. Nun siehst du, wohin das geführt hat.«

Luise Ritter sagte nichts mehr.

Charly stand auf und ging ans Fenster. Sie rauchte und schaute hinaus auf die Carmerstraße. Eine schwarze Limousine parkte am Straßenrand, direkt vor dem Haus. Der Schreck packte sie im Genick und jagte durch ihren Körper, bis sie es in den Fingerspitzen spürte, doch ihr Verstand wehrte sich dagegen. Nein, das konnte doch nicht sein, das bildete sie sich ein. Würde die Gestapo nach einem fünfzehnjährigen Jungen fahnden? Nur weil er angeblich über Hitler gelästert hatte? Blödsinn!

Es klingelte an der Tür, und sie erschrak gleich noch einmal.

Ob sie das waren? Und wenn schon? Der Junge war ja gar nicht hier.

»Bleib sitzen«, sagte sie zu ihrer Mutter, die schon Anstalten machte, sich vom Sofa zu erheben. »Ich mache auf. Schließlich ist das meine Wohnung.«

Charly ging zur Tür, holte tief Luft und öffnete. Sie konnte spüren, wie die Verkrampfung ihren Körper wieder freigab. Keine Staatspolizei. Vor der Tür stand nur ein ganz normaler Kriminalbeamter.

»Gereon! Was machst denn du hier? Ich denke, du musst arbeiten?«

»Begrüßt man so seinen Ehemann?« Er gab ihr einen Kuss und hängte seinen Hut an die Garderobe. Wie ein Mann, der von der Arbeit nach Hause kam. »Hat der Junge sich schon gemeldet?«, fragte er.

Charly schüttelte den Kopf.

79

Es war angenehm, ohne die Anwesenheit der Millers in der eigenen Wohnung zu sitzen. Und sich dort auch mal wieder zuhause zu fühlen. Allein Luise Ritter störte ein wenig. Zum Glück nicht lange. Seine Schwiegermutter schien sich so zu freuen, die Eheleute Rath endlich wieder beisammen zu sehen, dass sie selig lächelnd ihren Kaffee austrank und sich in die Küche verabschiedete, nachdem er kurz von seinem Besuch bei den Rademanns berichtet hatte.

»Ich muss mich mal langsam um das Mittagessen kümmern«, sagte sie und zwinkerte ihrem Schwiegersohn zu.

Rath antwortete mit einem Lächeln.

»Was meinst du, was wirklich dahintersteckt?«, fragte Charly, als sie allein waren. »Warum ist der Junge weggelaufen?«

»Ich weiß es nicht. Vielleicht hat er gewusst, dass jemand ihn angeschwärzt hat. Vielleicht hat er es auch einfach bei den Rademanns nicht mehr ausgehalten. Oder aber ...« Er zuckte die Achseln. »... oder aber der Selbstmord, den er im Olympischen Dorf gesehen hat, war gar keiner. Und er ahnt das, und er ahnt auch, dass sie ihn ruhigstellen wollen.«

»Wer ist *sie?*«

»Was weiß ich? Wehrmacht, Gestapo, SD. Da soll irgendetwas unter den Teppich gekehrt werden, und der Junge stört dabei. Weil er etwas gesehen hat, das er nicht sehen durfte.«

»Und was?«

»Das finden wir nur heraus, wenn wir Fritze finden.« Er schaute sie an. »Was meinst du? Wo kann man ihn suchen?«

»Wir könnten die Bahnhöfe abklappern. Wo er früher gebettelt hat.«

»Meinst du, er ist so leichtsinnig? Wo die Polizei doch schon gegen jugendliche Autogrammjäger rigoros vorgeht? Ein Halbstarker, der vor einem Bahnhof Olympiatouristen anbettelt – der ist doch schneller im Polizeigewahrsam, als er gucken kann.«

»Ich weiß doch auch nicht. Wir könnten natürlich einfach nur hoffen, dass er zu uns kommt. Aber nichts zu tun außer abzuwarten, das halte ich nicht aus.«

»Du hast recht, wir sollten es wenigstens versuchen. Und deine Mutter hält hier die Stellung.«

»Ich werde Greta Bescheid sagen. Falls er in der Spenerstraße auftaucht.«

»Gute Idee.« Er dachte kurz nach. »Und was tun wir, wenn wir ihn finden?«

»Na, was wohl? Wir nehmen ihn mit!«

»Wie?«

Sie senkte ihre Stimme. »Nach Prag. Wir nehmen ihn mit

nach Prag. Ich habe schon alles eingeleitet. Bis Freitag sind seine Papiere fertig, da kann er mit uns fahren. An der Grenze erzählen wir, er sei unser Neffe, mein Patenkind oder so.«

»Hm. Meinst du, das klappt?«

»Marie Niemann hat es geschafft. Vorgestern. Und wenn wir fahren, ist viel mehr Betrieb an der Grenze, dann hat der Rückreiseverkehr von der Olympiade schon begonnen, da werden die Grenzer sich nicht lange mit einem Ehepaar und einem Halbwüchsigen aufhalten.«

»Die Mörderin ist in Prag?«

Charly nickte. »Ist sie. Aber nenn sie nicht Mörderin.«

»Wenn sie doch eine ist.«

»Wenn es dein Gerechtigkeitsempfinden beruhigt: Ich werde der Witwe Morgan den Brief zukommen lassen. Den anonymen Brief, der Marie gegen Walter Morgan aufgehetzt hat. Mitsamt einer englischen Übersetzung, damit sie versteht, worum es geht: Das war Anstiftung zum Mord.«

»Die Übersetzung kannst du dir sparen, sie spricht Deutsch, wenn auch ein wenig gestelzt und altmodisch.«

»Woher weißt du das?«

»Ich habe mit ihr gesprochen. Musste sie davon überzeugen, dass der Tod ihres Mannes ein natürlicher war. Musste ihr genau diesen Verdacht ausreden, dass amerikanische Kommunisten hinter dem Tod ihres Mannes stecken. *Spitzbuben* hat sie die genannt.«

Charly sagte nichts, sie schaute ihn an und schüttelte den Kopf. Auf diese Art und Weise, die er nicht leiden konnte.

»Was sollte ich denn tun? Du weißt, in welcher Lage ich bin.«

»Dann ist es umso wichtiger, dass wir der Witwe den Brief zukommen lassen.«

»Damit amerikanische Kommunisten Probleme bekommen?«

»Ich weiß nicht, ob die Kollegen von Maries Verlobtem Kommunisten sind, aber eines sind sie in jedem Fall: Antisemiten. Mit denen habe ich kein Mitleid.«

»Charly, Charly!« Rath schüttelte den Kopf. »Wie du redest. Hätte mir das einer vor ein paar Jahren erzählt, ich hätte es nicht geglaubt.«

»Vor ein paar Jahren war die Welt auch noch eine andere.« Sie zuckte die Achseln. »Ich weiß nicht, ob so ein magerer Brief zur Strafverfolgung in Chicago reicht, aber eines wird er in jedem Fall bewirken: die Lügen der Regierung aufdecken. Wenn Olympia Morgan diesen Brief hat, dann glaubt sie nicht mehr an den natürlichen Tod ihres Mannes, dann kann niemand mehr vertuschen, dass es mitten im Olympischen Dorf einen Mord gegeben hat. Dann ist die ganze Propagandaschau für die Katz!«

»Das kannst du nicht machen, Charly. Das fällt alles auf mich zurück. Ich war es schließlich, der der Witwe erzählt hat, dass es keinen Zweifel daran gibt, dass ihr Mann an einem Herzinfarkt gestorben ist.«

»Wenn sie den Brief liest, bist du längst über die Grenze. Dann musst du dir über deinen Ruf in Deutschland keine Sorgen mehr machen, der ist dann sowieso ruiniert. Dann ist es wichtiger, dass Deutschlands Ruf in der Welt endlich der Wahrheit entspricht. Dass die Verlogenheit des Regimes und der Olympischen Spiele offenbar wird.«

80

Endlich brannte diese verfluchte Leiche. Seit der Sarg mit den sterblichen Überresten Walter Morgans im Brennofen verschwunden war, hatte Sebastian Tornow ein Gefühl der Erleichterung ergriffen, das er so schon lange nicht mehr erlebt hatte.

Er saß auf einer der Holzbänke in der Trauerhalle des Krematoriums Wedding und wartete mit Olympia Morgan darauf, dass ihnen die Urne ausgehändigt wurde. Die nötigen Papiere für die letzte Transatlantikfahrt Walter Morgans waren bereits zusammengestellt. Montag legte der Dampfer in Hamburg ab.

Die Witwe war wieder ganz in Schwarz gekleidet, sie trug ein Kleid, das Tornow noch nicht kannte. Er wunderte sich, wieviele schwarze Kleider – allesamt nach der neuesten Mode geschneidert – sie im Gepäck hatte. Und das heute war nicht einmal das schickste. Einen griechisch-orthodoxen Priester, der sich bereit erklärt hätte, eine Totenmesse für den Verstorbenen zu zelebrieren, hatte sie nicht gefunden, aber das schien ihr auch nicht so wichtig zu sein. So hatte es lediglich eine einfache Trauerfeier in der Trauerhalle des Krematoriums gegeben, der auch einige Mitglieder der amerikanischen Olympiadelegation und zwei Abgesandte des deutschen olympischen Komitees beigewohnt hatten, die sich jedoch, kaum war die Feier beendet, von der Witwe verabschiedet hatten.

Sie aber war geblieben. Sie hatte bei der Verbrennung anwesend sein wollen, obwohl das nicht üblich war, also war auch Tornow geblieben, obwohl es ihm wertvolle Zeit stahl. Doch es verschaffte ihm auch eine gewisse Genugtuung zu sehen, dass der Sarg mit diesem Leichnam nun endlich, endlich in den Ofen geschoben wurde. Und die Aussicht, in einer knappen Stunde die Asche Walter Morgans entgegennehmen zu können, eine gewisse Vorfreude.

Zurückgeblieben waren außer ihm und Klingenstein, seinem Adjutanten, nur Olympia Morgan und Henry Fitzgerald, ihr Sekretär und Faktotum, der fast immer in ihrer Nähe war, der sie zuletzt sogar ins Schwimmstadion begleitet hatte, so dass Tornow darüber nachdachte, ob seine Anwesenheit überhaupt noch länger vonnöten war. Nun saß Fitzgerald neben der trauernden Witwe und hatte ihre Hand ergriffen. Tornow fragte sich, welche Rolle der junge Mann im Leben der Witwe spielen mochte, dass sie eine solch intime Geste des Trostes zuließ. Aber eigentlich konnte ihm das gleichgültig sein; wichtiger war, dass Olympia Morgan keinen Ärger mehr machen konnte und er nicht länger auf sie aufpassen musste. Endlich konnte er sich wieder voll und ganz seiner Arbeit widmen, der wirklich wichtigen Arbeit. Wenigstens hatte er nun, da Fitzgerald sich um seine Chefin kümmerte, Zeit zum Nachdenken.

Die Beseitigung von Doktor Schmidt war im Großen und Ganzen nach Plan gelaufen. Ein eindeutiger Selbstmord, Doktor Heinen hatte das vor Ort bereits festgestellt, und Doktor Karthaus hatte es in der Gerichtsmedizin bestätigt. Wenn nur dieser Junge nicht dazwischengefunkt hätte. Rösler hatte die Sache bereinigen können, auf den Mann war Verlass. Aber der Junge hatte ihn gesehen. Fritz Thormann. Ehemaliger Pflegesohn von Gereon

Rath. Tornow fragte sich, ob das Zufall sein konnte. Rath hatte seit zehn Monaten strengstes Kontaktverbot zu seinem ehemaligen Zögling, aber ob sie sich im Olympischen Dorf wirklich nicht über den Weg gelaufen waren? Zum Glück kannte er Willi Rademann, den neuen Pflegevater, und hatte ein unverdächtiges Gespräch mit Thormann führen können. Eines, das ihn nicht hoffnungsfroh gestimmt hatte. Der Junge hatte Rösler gesehen und war bei der Geschichte geblieben, die er schon in der Kriminalwache erzählt hatte. Wenigstens war die nicht im Vernehmungsprotokoll aufgetaucht, dieser Kriminalsekretär Lohmann war auf Zack, den musste man sich für spätere Zwecke noch merken. Aber das half alles nichts, da draußen lief ein Junge herum, der gefährliche Geschichten erzählte.

Da war die anonyme Anzeige gestern ein Geschenk des Himmels gewesen. Friedrich Thormann habe Adolf Hitler unflätigst beleidigt. Er war gespannt, was die Kollegen im Gestapa heute zu berichten hatten; er hatte Steinke damit beauftragt, für heute morgen war Thormann vorgeladen, und die Anzeige gab ihnen einen idealen Vorwand, den Jungen eine Weile festzuhalten und auszuquetschen. Dann konnte man immer noch in Ruhe entscheiden, was mit ihm zu geschehen war.

Weniger Aufschub duldete die Sache Rath. Auch einer der Mitwisser, auf die kein Verlass war. Erst einmal hatte Gereon Rath noch einen Auftrag zu erledigen, aber spätestens mit dem Ende der Olympiade würde man sich etwas einfallen lassen müssen. Die Zeiten, da Gereon Rath mehr nutzte als schadete, waren vorbei.

Eine Tür öffnete sich, das knarrende Geräusch hallte laut in den Raum hinein, und alle schauten auf. Die Trauerhalle sah nicht nur so aus wie eine Kirche, sie hatte auch die Akustik einer Kirche. Der in Frack und Zylinder gekleidete Mitarbeiter der Firma Grieneisen, der schon die wenig feierliche Trauerzeremonie begleitet hatte, trat mit dezenten Schritten, als wolle er niemanden beim Schlafen stören, auf die kleine Trauergemeinde zu. In der Hand hielt er eine auf einem Samtkissen gebettete Urne, die er Olympia Morgan mit einer angedeuteten Verbeugung und niedergeschlagenem Blick präsentierte. Die Witwe stand auf und nahm die Überreste ihres Mannes gefasst und mit einem dankbaren Nicken entgegen.

Die drei Männer standen ebenfalls auf. Tornow seufzte. Endlich. Es war vorbei. Walter Morgan gab es nicht mehr, der Mann war nur noch Asche und Staub.

81

Er hatte lange im Auto sitzen müssen, bis er sie endlich aus der Drehtür kommen sah. Halb zehn. Sie in einem schlanken champagnerfarbenen Kleid mit passendem Bolero um die Schultern und einem frechen Hütchen auf dem Kopf; er im Abendanzug, den Hut in der Hand. Das Ehepaar Goldstein startete spät in die Berliner Nacht. Rath wartete, bis die beiden im Taxi verschwunden und außer Sichtweite waren, dann erst stieg er aus dem Buick, der in einigen Metern Entfernung auf der anderen Seite des Mittelstreifens im Schatten eines Fahnenmasts parkte. Er schnippte seine Zigarette auf den Asphalt und ging hinüber. Mit dem zielstrebigen Schritt eines Mannes, der genau weiß, wohin er will, durchquerte er die Halle, in der, kurz nach dem Abendessen, Hochbetrieb herrschte, und stieg in den Aufzug.

»Dritte Etage«, sagte er dem Liftboy.

Der langgestreckte Hotelflur war menschenleer, als Rath aus dem Aufzug trat. Er wartete, bis sich die Stockwerksanzeige wieder bewegte, dann kramte er die Sperrhaken aus der Manteltasche. Bevor er sich am Schloss der Suite zu schaffen machte, schaute er sich noch einmal um. Niemand war auf dem Gang, er konnte loslegen.

Es dauerte eine Weile, bis er das Schloss verstanden hatte, doch dann reagierte es, die schwere Tür schnappte mit einem satt schmatzenden Geräusch auf. Rath schlüpfte hinein und schloss sie so schnell wie möglich hinter sich.

Das Wichtigste war schon einmal geschafft. Dass irgendwer zum Bettenmachen hereinplatzte, war um diese Uhrzeit eher unwahrscheinlich. Aber in diesen Luxushotels wusste man ja nie, auf was für Ideen die kamen, die trugen ihren Gästen ja gern den Arsch hinterher, also lauschte er hellwach auf jedes Geräusch, während er begann, die Schränke und Schubladen zu durchsuchen, die die Eheleute Goldstein mit ihrem Krempel gefüllt hatten.

Er wusste nicht, was er eigentlich suchte, aber Tornows Befehl war unmissverständlich, und er konnte nicht riskieren, ihn zu missachten. Solange sie das Land nicht verlassen hatten, musste er weiterhin das gehorsame, sich in sein Schicksal fügende Erpressungsopfer spielen, das willige Werkzeug in der Hand des SD. Und irgendwie hatte er ja selbst bei seinem Besuch am Sonntag das Gefühl gehabt, Abraham Goldstein habe etwas zu verbergen. Der Mann hatte sich seltsam verhalten, als passe es ihm ganz und gar nicht, dass Rath ihn aufsuche.

Vielleicht würde er heute Abend den Grund dafür finden. Er schaltete die Taschenlampe ein und fing in den Nachttischschubladen an, doch außer der obligatorischen Hotelbibel, einem Streichholzbriefchen mit dem *Bristol*-Schriftzug, einer angefangenen Packung *Camel*-Zigaretten und einer angefangenen Packung *Fromms*-Kondome fand er nichts. Er blätterte durch die Bibel, und ein akkurat gefaltetes Stück Papier fiel aus den Seiten. Rath faltete es auseinander, und weißes Pulver rieselte heraus. Ob das eine Spur zu Marlow war? Wohl kaum. Dessen Zeiten als Berlins größtem Kokainanbieter waren vorbei, und Rath glaubte nicht, dass die Goldsteins das Zeug aus den Staaten nach Deutschland geschmuggelt hatten.

Also weiter. Er faltete das Briefchen zusammen, steckte es zurück in die Bibel und wandte sich dem Kleiderschrank im Ankleidezimmer zu, wühlte sich, die Taschenlampe zwischen den Zähnen, durch dessen Inhalt wie ein geübter Einbrecher. Zwei der Tanzkleider, die in dem riesigen Schrank hingen, kannte er schon. Die Garderobe von Marion Goldstein nahm deutlich mehr Platz in Anspruch als die ihres Mannes. Abraham Goldstein hatte helle sportliche Sommeranzüge eingepackt, ein paar normale graue oder braune Straßenanzüge und zwei Abendanzüge für festlichere Anlässe. Daneben ein Tennisdress, schneeweiß. Auf dem Boden zwei Tennisschläger, eine Sporttasche, eine Reisetasche.

Die Sporttasche enthielt akkurat gefaltete Tennishosen, einen Pullunder, Socken, einen Schuhbeutel und ein zusammengerolltes Handtuch. Es sah aus, als habe da jemand schon alles für ein Tennismatch eingepackt und wolle in wenigen Sekunden aufbrechen, doch Rath hatte das Gefühl, dass Goldstein die Sachen in Berlin noch nicht allzu oft benutzt hatte, es wirkte alles so arrangiert.

Er schloss sie wieder und öffnete die Reisetasche. Ein kleines Sortiment an Unterwäsche, ein Kulturbeutel, Rasierzeug, zwei englische Bücher. Gepäck für eine Tagesreise. Wohin Goldstein von Berlin aus gefahren sein mochte? Ausflüge in die Mark Brandenburg? Oder führte er anderes im Schilde? Die Tasche enthielt keinerlei Hinweise.

Rath ging zurück in den Salon. Gleich neben der Balkontür stand ein großer Schreibtisch vor dem Fenster mit Blick auf die Linden. Je drei kleine Schubladen rechts und links, eine große in der Mitte. Alle sieben waren verschlossen. Natürlich. Er suchte auf der Ablage und auf der Fensterbank nach einem Schlüssel, konnte jedoch keinen finden. Entweder hatte Goldstein sie gut versteckt oder mitgenommen. Das war einerseits ärgerlich, sprach aber andererseits dafür, dass sich in diesen Schubladen etwas verbarg, das er geheimhalten wollte.

Rath spürte, dass er auf der richtigen Fährte war, dieser Schreibtisch enthielt mehr als eine unregistrierte Pistole oder weitere Kokainbriefchen. Er holte die Sperrhaken hervor, klemmte die Taschenlampe erneut zwischen die Zähne und machte sich am Schloss der großen Schublade zu schaffen. Er hatte inzwischen so viel Übung mit dem Einbruchswerkzeug, dass ihm solch ein einfaches Schloss keine großen Probleme bereitete. Allein die Winzigkeit des Schlüssellochs war ein wenig ungewohnt, doch dann konnte er die Schublade öffnen.

Sie enthielt einen Pappkarton, darauf das altbekannte Firmenzeichen aus seiner rheinischen Heimat. Die fünf Buchstaben BAYER, die sich, einmal horizontal, einmal vertikal geschrieben, im gemeinsamen Y kreuzten. Das Bayer-Kreuz.

Bevor er den Karton öffnen konnte, horchte er auf. Ein feines Pling. Der Lift war auf der Etage angekommen, er hörte, wie sich dessen Tür öffnete und die Stimmen lauter wurden. Stimmen auf dem Gang, die sich näherten, ein lautes Lachen. Das hatte er schon einmal gehört, dieses Lachen kannte er und auch diese Stimme. Das war Marion Goldstein, geborene Bosetzky.

Der Schreck fuhr ihm in die Glieder, schnell schob er die Schublade wieder zu, zum Abschließen blieb keine Zeit, und schaute sich um. Wohin? Ins Schlafzimmer und unters Bett? Blödsinn, er musste raus hier, schnellstmöglich. Er hörte den Zimmerschlüssel bereits im Schloss, da hetzte er hinaus auf den Balkon, zog die Tür hinter sich zu und knipste, im letzten Augenblick, die Taschenlampe aus. Sein Herz schlug heftig.

»Du hättest wirklich nicht mit hinaufkommen müssen, es war meine Dummheit«, hörte er die Stimme von Marion Goldstein.

Das elektrische Licht in der Suite ging an, und Rath konnte sie sehen, Abraham und Marion Goldstein, in derselben eleganten Abendgarderobe, in der er sie vor fünfzehn Minuten erst ins Taxi hatte steigen sehen. Er zog sich hinter den schmalen Mauervorsprung zurück.

»Natürlich komme ich mit«, hörte er Goldstein antworten, »ich hab dich in den letzten Tagen oft genug allein lassen müssen.«

»Stimmt.«

»Aber das ist jetzt vorbei.«

»Und übermorgen?«

»Das ist das letzte Mal. Dann sind alle geschäftlichen Dinge erledigt. Versprochen.«

»Das wollen wir doch hoffen!«

»Es ist alles bestens gelaufen. Wenn wir wieder in den Staaten sind, suchen wir uns erstmal ein schönes neues Haus. In Long Beach, direkt am Atlantik. Mit Garten und eigenem *swimming pool*. Ich bin es leid, in Williamsburg zu leben.«

»So gut laufen deine Geschäfte?«

»Sag ich doch. Und deswegen feiern wir heute.«

»Aber nicht mit diesen Ohrringen. Du musst zugeben: Die passen unmöglich zu meinem Kleid.«

»Nein, die Saphiranhänger passen besser, du hast schon recht.«

»Das hättest du mir ruhig mal sagen können, bevor wir aufgebrochen sind.«

Ein Windstoß fegte über die Hotelfassade, fuhr durch Raths Haare und öffnete die nur angelehnte Balkontür.

»Was ist denn da los?«, hörte er Marion Goldstein fragen.

Verdammt!

Rath kletterte auf das steinerne Geländer und suchte Schutz hinter einer der Karyatiden, die den Ziergiebel über dem Balkon stützten. Während seine Füße auf dem schmalen Sims nach Halt tasteten, hörte er, wie jemand an die Tür trat.

»Du hast die Balkontür vorhin zwar zugezogen, aber nicht verriegelt, Darling.«

»Wirklich?«

»Sieht so aus.«

Die Stimme von Abraham Goldstein war nun ganz nah. Er musste auf dem Balkon stehen. Rath hörte das Zischen eines Streichholzes, und kurz darauf drang auch der typische süßliche Duft von Goldsteins *Camel*-Zigaretten an seine Nase.

Rath schloss die Augen, als könne er auf diese Weise unsichtbar werden. Jedenfalls half es kurzzeitig gegen seine Höhenangst. Dicht an die Mauer gepresst, zwang er sich, die Augen wieder zu öffnen, hoffte inständig, dass niemand, weder Goldstein noch seine Frau, sich über das Balkongeländer beugen und um die Ecke blicken würde. Diese Furcht überdeckte sogar seine Höhenangst.

Während er sich, so gut es ging, an die Gipsvorsprünge der Hotelfassade klammerte, schielte er immer wieder zum Balkon hinüber. Eine Weile konnte er sogar Goldsteins Rücken sehen, wie der Mann sich zur Straße hingewandt auf das Balkongeländer stützte und rauchte, während seine Frau die Ohrringe wechselte.

»I'm ready«, rief sie schließlich hinaus.

Goldstein stieß sich vom Geländer ab, drehte sich aber erst um, als er aus Raths Gesichtsfeld verschwunden war.

Die Balkontür wurde geschlossen und verriegelt, doch das Licht im Hotelzimmer wollte nicht verlöschen. Und so lange traute Rath sich auch nicht auf den Balkon zurück.

Diese verdammte Höhenangst. Er stand zitternd auf dem Sims, während es sich Goldstein drinnen mit seiner Frau gemütlich machte. Oder was auch immer. Suchten sie außer den Ohrringen noch etwas? Hoffentlich nicht in der großen Schreibtischschublade.

Unten auf der Straße rauschte der Verkehr und wuselten die Passanten durcheinander. Rath befand sich genau über dem Baldachin, der den Gehweg vor dem Eingang des *Bristol* überspannte und unter dem immer wieder große Limousinen oder Kraftdroschken vorfuhren, um die Leute aufzunehmen, die aus dem

Hotel kamen. Selbst wenn sie einen Blick hinaufwarfen, würden sie ihn nicht sehen können. Scheinwerfer an der Fassade ließen den olympischen Fahnenschmuck auf dem Boulevard leuchten und blendeten jeden, der zum Hotel hinaufschaute. Was ohnehin keiner tat.

Er wusste nicht, wie lange es dauerte, aber endlich erlosch das Licht hinter den Fenstern. Gott sei Dank, sie waren weg. Und er wieder allein mit seiner Höhenangst.

Der rettende Balkon, von dem er so schnell und angstgetrieben geflohen war, schien in unerreichbarer Ferne. Auch jetzt spürte er Angst, aber es war eine andere Angst als vorhin: nicht die vor Entdeckung, sondern vor dem Sturz in die Tiefe, und diese Angst trieb ihn nicht an, die lähmte ihn. Vorsichtig tastete er sich mit dem rechten Fuß zum Balkongeländer zurück und versuchte nicht daran zu denken, in welcher Höhe er sich befand und ob der Baldachin unten einen Sturz in die Tiefe womöglich abgefedert hätte. Seine rechte Hand umkrampfte die gipserne Dame, die den Ziergiebel über dem Balkon zu tragen vorgab. Er erwischte ihren Busen und betete, er möge halten und nicht abbrechen und mitsamt dem Grapscher in die Tiefe stürzen. Er holte noch einmal tief Luft, dann wagte er den Schritt über den Abgrund, vom Sims auf das steinerne Balkongeländer, rutschte mit dem linken Fuß ab, schaffte es aber dennoch irgendwie, sich über das Geländer auf den Balkon zu werfen, wo er bäuchlings liegenblieb.

Sein Herz schlug heftig, auf seiner Haut hatte sich ein feiner Schweißfilm gebildet. Für eine Weile lag Rath auf dem kalten Steinboden und spürte dem Pochen seines Herzens nach, das sich nur langsam wieder beruhigte.

Das Zimmer hinter dem Glas der Balkontür war immer noch dunkel. Er konnte zurück. Mit den Sperrhaken war es kein Problem, das Schloss zu öffnen. Rath kam sich vor wie dieser Baron von Gaigern in dem Film, den er vor Jahren einmal mit Charly im *Capitol* gesehen hatte. Nur dass er kein Fassadenkletterer auf der Jagd nach kostbaren Juwelen war, sondern ein Kriminalbeamter mit einem verkorksten Leben auf der Jagd nach etwas, von dem er nicht einmal wusste, was es war.

Er schloss die Balkontür sorgfältig hinter sich und schaltete die

Taschenlampe wieder ein. Auf dem Tisch im Salon lag das Kokainbriefchen aus der Nachttischschublade. Aufgefaltet und bis auf wenige Krümel leer. Rath konnte nicht anders: Er feuchtete den Zeigefinger an und rieb sich das restliche Pulver ins Zahnfleisch. Dann erst ließ er den Lichtkegel zum Schreibtisch wandern und öffnete die große Schublade. Er hatte schon so eine Ahnung gehabt, als er den Karton mit dem Bayer-Kreuz entdeckt hatte, und die bestätigte sich, als er den Deckel abhob.

Heroin. Originalverpackt. Die alte, erfolgreiche Bayer-Medizin, inzwischen in Verruf geraten und in vielen Ländern verboten. Nicht in Deutschland, aber die Produktion hatte Bayer gleichwohl vor ein paar Jahren eingestellt, denn auch im Reich gab es nur noch wenige Ärzte, die das Mittel verschrieben.

Das Mittel, das Friedrich Dräger in den Tod gespritzt hatte. Das Mittel, das dem schmerzgepeinigten Ferdinand Brinkmann vor seiner Selbstmordfahrt Linderung verschafft hatte.

Rath nahm eines der Fläschchen heraus und betrachtete es. Die Flüssigkeit hinter dem Glas sah sehr unschuldig aus. Und dennoch konnte sie Menschen töten. Oder für einen flüchtigen Moment sehr glücklich machen.

Er stellte die kleine, unscheinbare Flasche zurück zu den anderen. Zwei fehlten bereits in dem Karton. Er schloss die Schublade und verriegelte sie sorgfältig, dann wandte er sich den anderen sechs zu, deren Schlösser er der Reihe nach knackte. Er fand nichts Verdächtiges mehr, so dachte er wenigstens, bis er ein Schreiben auf feinstem Büttenpapier entdeckte, das neben den amerikanischen Reisepässen der Eheleute Goldstein und Eintrittskarten für die verschiedensten olympischen Wettbewerbe in der rechten oberen Schublade lag. Ein banales Einladungsschreiben, wie er ein wenig enttäuscht feststellte, aber dann entdeckte er den Briefkopf des Absenders und war elektrisiert.

Der Preußische Ministerpräsident, Generaloberst der Flieger Hermann Göring beehrt sich, Herrn Doktor Heinrich Kaufmann am Donnerstag, 13. August, zum Sommerfest im Garten seines Hauses, Leipziger Platz 11, höflichst einzuladen.

Dritter Teil
Fortius

Mittwoch, 12. August, bis Montag, 17. August 1936

Die Olympiade geht nächsten Sonntag zu Ende,
der Parteitag der NSDAP *kündigt sich an, eine Explosion*
steht vor der Tür, und es ist natürlich, daß man sich
zuerst gegen die Juden abreagieren wird. So vieles ist aufgehäuft.

VICTOR KLEMPERER, TAGEBUCH VOM 13. AUGUST 1936

Wieder 2 *Goldmedaillen. Letzter Tag Olympiade.*
Und dann schlafen, ausruhen!

JOSEPH GOEBBELS, TAGEBUCH VOM 16. AUGUST 1936

Großes Theater, Fanfaren, Chöre und Fahnen-Ceremoniell.
Eine Stimme rief die Jugend der Welt nach Tokyo.
Alle sprachen diesen Namen richtig aus, nur der Oberbürgermeister
von Berlin sagte Tockio. Er sprach auch vom Frieden der Welt.

THOMAS MANN, TAGEBUCH VOM 16. AUGUST 1936

82

Das nächste Opfer nahte bereits, ein beleibter Mann, der seinen Bowler leicht schief aufgesetzt hatte und ein Lied vor sich hin pfiff. Die rote Blechdose mit der weißen Hakenkreuzraute der HJ war schon gut gefüllt, sie rasselte ordentlich, als er sie direkt vor der Nase des gutgelaunten Dicken schüttelte.

»Eine Spende für die Hitlerjugend. Unterstützen Sie die deutsche Jugend, mein Herr.«

Der Dicke blieb stehen. »Für wen?«

»Die Hitlerjugend. Eine Spende für Deutschlands Zukunft.«

»Na, für die Zukunft spende ick doch immer!«

Der Dicke knipste seine Geldbörse auf, aus der er eine Münze kramte. Eine große Münze. Ein Markstück!

Fritze hielt ihm die Büchse hin, und die Mark verschwand, begleitet von einem satten metallischen Klimpern, im Einwurfschlitz.

»Sehr großzügig, der Herr! Volk und Führer danken. Heil Hitler!«

Der Mann erwiderte den Deutschen Gruß nicht, er tippte sich lediglich an die Hutkrempe und ging seiner Wege.

Fritze hielt sich die blecherne Büchse ans Ohr und schüttelte sie noch einmal. Hörte sich schon ganz ordentlich an. Das Markstück des Dicken dazugerechnet, seine größte Beute bislang, dürfte er heute morgen schon gut und gerne fünf, sechs Mark verdient haben.

Friedenau war ein gutes Pflaster und der Lauterplatz vor dem Rathaus ein Platz, auf dem er garantiert keinem Herrn Rademann, keinem Atze und auch sonst keinem bekannten Gesicht über den Weg laufen würde. Hier kannte ihn kein Aas. Dafür hatten die Leute genügend Geld in der Tasche.

Er wartete, bis die letzten Benutzer, die er hatte hineingehen sehen, die Bedürfnisanstalt am Rand des Platzes wieder verlassen hatten, dann betrat er das gusseiserne Oktogon. Er war allein, so wie er gehofft hatte. Bevor er sich an die Pinkelrinne stellte, öffnete Fritze die Sammelbüchse, die an einem Ledergurt um seine Schulter hing, holte die Münzen heraus und zählte sie. Fünffünfundsechzig, eine gute Ausbeute für zwei Stunden. Er steckte das Geld in die Hosentasche.

Wenig später stand er wieder auf dem Lauterplatz. Sein Magen knurrte, und Fritze gönnte sich im Fleischerladen auf der Rheinstraße zwei Halberstädter Würste. Jetzt fühlte er sich schon besser. War ja fast wie in alten Zeiten. Außer dass er Uniform trug.

Er hatte nicht viel mitgenommen. Die Sammelbüchse, seine HJ-Uniform, die Kästnerbücher, die Autogramme. Und natürlich noch ein normales Hemd, eine Hose, Unterwäsche, alles in die Reisetasche gepackt, mit der er schon ins Olympische Dorf gegangen war und die nun sicher in einem Schließfach im Potsdamer Bahnhof aufbewahrt war. Weil er ja nicht ewig in Uniform herumlaufen konnte. Aber zum Geldverdienen war die prima. Und Geld war das, was man auf der Straße brauchte. Was man sowieso im Leben brauchte.

Er wusste nicht, was er sich dabei gedacht hatte, einfach wegzulaufen. Er hatte auch nicht viel gedacht, er hatte es mehr gespürt. Dass Herr Rademann, auch wenn er anders tat, nicht sein Freund war. Dass Atze, auch wenn er sein Pflegebruder war, ihn hasste. Dass Herrn Tornow, auch wenn er mit Herrn Rademann befreundet sein mochte, nicht zu trauen war. Dass überhaupt niemandem zu trauen war.

Er hatte keine Ahnung, was aus ihm werden sollte, ja, er wusste doch nicht einmal, was der nächste Tag bringen sollte. Er wusste nur, dass er sich durchschlagen musste, von Tag zu Tag, und er wusste, dass er das konnte. Die Straße war letzten Endes wohl doch sein Zuhause, alles andere kam für einen wie ihn nicht in Frage. Er war wieder da angelangt, wo er vor vier Jahren schon gewesen war. Nur dass er nun ein paar Jahre älter war. Dass es bis zur Großjährigkeit nicht mehr ganz so lange dauerte. Bis zu jenem Zeitpunkt, an dem das Jugendamt einen wie ihn endlich in Ruhe ließ. Er war es gewohnt, sich allein durchzuschlagen, und das würde er tun.

Es gab ein paar Menschen, nach denen er Sehnsucht hatte, allen voran Hannah. Und Charly natürlich, auch wenn sie sich zuletzt gestritten hatten. Oma Luise. Maxe sowieso. Ein bisschen sogar Gereon.

Aber von Hannah wusste er nicht einmal, wo sie lebte, nur wie sie jetzt hieß. Und Maxe war im Olympischen Dorf, also unerreichbar, denn da konnte er sich am allerwenigsten blicken lassen. Oma Luise wohnte in Schwiebus im Brandenburgischen, da hatte er sie einmal besucht, aber er war sich nicht sicher, ob sie verstehen würde, warum er ausgebüxt war, und ob sie nicht aus lauter gutem Willen das Jugendamt informieren würde. Charly und Gereon durfte er nicht sehen, er befürchtete aber auch, dass Herr Rademann wie ein Schießhund aufpasste, ob Fritze sich nicht bei seinen früheren Pflegeeltern blicken ließ, und bestimmt auch schon das Jugendamt und wen sonst noch alles alarmiert hatte.

Mit dem Rest des letzten Würstchens in der Hand war er vor dem *Roxy-Palast* stehengeblieben und schaute sich die Fotos im Schaukasten an. In der Nachmittagsvorstellung lief ein Dick-und-Doof-Film. *Wir sind vom schottischen Infanterie-Regiment.* In Friedenau zeigten sie die Filme noch lange nach ihrer Premiere in den Ku'damm-Kinos. Fritze hatte sich den Streifen damals, kurz vor Beginn ihrer gemeinsamen Ehrendienstzeit, im *Gloria-Palast* mit Maxe angeschaut, der deswegen eigens aus Reinickendorf gekommen war. Erst zwei Monate her, und doch eine andere Zeit. Sie liebten Stan und Ollie; schon in Nürnberg, wo sie sich kennengelernt hatten, letztes Jahr auf dem Adolf-Hitler-Marsch, hatten sie sich gegenseitig Szenen aus deren Filmen erzählt, und allein der Gedanke daran hatte sie wieder zum Lachen gebracht. Herr Rademann hatte nichts davon wissen dürfen, der mochte Stan und Ollie nicht, der wollte sowieso nicht, dass Fritze ins Kino ging, und wenn, dann nur in deutsche Filme. Da war er ganz anders als Gereon, der oft mit seinem Pflegesohn ins Kino gegangen war, auch in amerikanische Komödien.

Fritze erinnerte sich daran, wie nachdenklich er damals aus dem *Gloria* gekommen war, obwohl er mit Maxe noch Stunden später herumgealbert und Szenen aus dem Film nachgespielt hatte. Sie hatten sich scheckig gelacht wie schon im Kino, und schon im

Kino hatte Fritze nicht so recht gewusst, über was er da eigentlich lachte. Ob er nicht über Dinge lachte, die ihm heilig waren, von denen er jedenfalls gedacht hatte, dass sie ihm heilig wären. Und ein einziger Film zeigte ihm, dass sie das gar nicht waren, dass die ganze Exerziererei, die sie in der HJ betrieben, lächerlich war. Der Gleichschritt, die Befehle, der heilige Ernst. So war es ihm jedenfalls vorgekommen, als er im Kino gesehen hatte, wie Stan Laurel durch ein paar Extraschritte nach und nach eine ganze Kompanie aus dem Gleichschritt gebracht hatte. Der ganze Saal hatte laut gelacht, er hatte Max angeschaut, und auch der hatte gelacht. Ein ganzes Kino lachte über das chaotische Gehüpfe der Soldaten, und das mitten im neuen Deutschland, das die soldatischen Tugenden doch über alles stellte.

Der *Roxy-Palast* war eines der modernsten Kinos Berlin; erbaut noch zu Zeiten der Republik, schien er nicht so recht in die neue Zeit zu passen. Genau wie du, dachte Fritze, du passt auch nirgends richtig hin, weder in die neue noch in die alte Zeit. Er zählte sein Geld. Fünf Groschen für einen Kinonachmittag waren doch nicht zuviel verlangt, und der Film würde ihn auf andere Gedanken bringen. Er legte dem Kassierer die abgezählten Münzen hin und nahm die Eintrittskarte entgegen. Der Saal war ziemlich leer, höchstens zur Hälfte gefüllt, und Fritze suchte sich einen Platz weit weg von den anderen. Ihm fiel auf, dass er noch nie allein im Kino gewesen war. Entweder mit Gereon oder mit Maxe, einmal sogar mit Charly, als sie sich den Emilfilm angeschaut hatten, der aber inzwischen kaum noch irgendwo lief.

Das Licht ging aus, und Fritze fühlte sich auf angenehme Weise unsichtbar. Die tönende Wochenschau begann, natürlich mit Bildern von der Olympiade, die Viermal-Hundert-Meter-Staffel. Er sah Jesse Owens als Startläufer und im Hintergrund unscharf ein paar weiße Ehrendienstuniformen, und er fragte sich, wer am Sonntag wohl Dienst im Stadion hatte. Und dann, ohne dass er sagen konnte, warum, schossen ihm auf einmal die Tränen in die Augen, und er war froh, dass ihn niemand sehen konnte. Was zum Teufel war bloß los mit ihm? Wurde er langsam zur Heulsuse?

83

Sebastian Tornow schaute nachdenklich drein, als Rath seinen Bericht beendet hatte, und sagte eine ganze Weile gar nichts. Sie saßen im Büro des Obersturmbannführers, und es war so still, dass Rath die moderne Uhr an der Wand ticken hörte.

»Hermann Göring ist also nicht der Auftraggeber.«

Tornow klang beinahe enttäuscht, als er das sagte.

»Eher im Gegenteil.« Rath räusperte sich. »Göring soll, wenn mich nicht alles täuscht, das nächste Opfer sein.«

»Ein Attentat auf Generaloberst Göring, aber kein politisches Motiv, verstehe ich das richtig?«

»Richtig. Eher das Ende eines Rachefeldzugs. Alle, die vor einem Jahr an der Erschießung von Liang Kuen-Yao beteiligt waren, sind tot. Alle außer dem, der den Befehl dazu gegeben hat. Und zu dessen Gartenfest morgen Abend hat der Mörder eine Einladung in der Schublade liegen.«

»Unter dem Namen Heinrich Kaufmann.«

»Richtig. Neben der Einladung habe ich auch noch einen Reisepass auf diesen Namen im Hotelschreibtisch gefunden. Mit Goldsteins Foto. Damit muss er sich auch Zugang zum Olympischen Dorf verschafft haben.«

»Wo ist dieser Pass jetzt?«

»Immer noch an Ort und Stelle. Ich habe selbstverständlich nichts mitgenommen, Obersturmbannführer. Wenn diese Beweise gerichtsverwertbar sein sollen, müssten sie im Rahmen einer offiziellen Hausdurchsuchung gefunden werden. Und dann könnten wir Goldstein festnehmen.«

»Festnehmen? Einen Amerikaner, einen Juden, einen Besucher der Olympiade?« Tornow schüttelte den Kopf. »Das gäbe einen Riesenskandal, und genau den gilt es zu vermeiden, um den Erfolg der Spiele nicht zu gefährden. Hast du das immer noch nicht verstanden?«

»Aber Generaloberst Göring ist in Gefahr.«

»Das ist noch das geringste Problem.« Tornow winkte ab. »Viel schlimmer ist die Tatsache, dass du erst jetzt herausgefunden hast, wer hinter dieser Mordserie steckt, das wirft kein gutes Licht auf den SD. Ein amerikanischer Jude mordet ungestört direkt vor unserer Nase? Damit kann ich unmöglich zu Heydrich gehen.«

»Streng genommen war es eine Serie von tödlichen Unfällen. Niemand außer uns weiß, dass es Morde waren.«

Tornow zog die Augenbrauen hoch. Beinahe respektvoll. Als habe er Rath solche Gedanken gar nicht zugetraut.

»Untersturmführer Gräf weiß es«, sagte er dann. »Und Kommissar Steinke vom Gestapa.«

»Nun, ich hoffe, deren Loyalität steht außer Frage, Obersturmbannführer.«

»Wirklich loyal sind nur Männer, denen bei Illoyalität der Untergang droht. Männer wie du.«

Der Verachtung, die Tornow in den letzten Satz legte, war anzuhören, welches Vergnügen es ihm bereitete, einen Menschen – und insbesondere Gereon Rath – völlig in der Hand zu haben und ihn dies auch spüren zu lassen. Vielleicht war es aber auch eine bewusste Drohung, aus der Angst geboren, Rath könne mit seinem Wissen zu Heydrich gehen.

»Die Loyalität Ihrer Mitarbeiter müssen Sie selbst beurteilen, Obersturmbannführer«, sagte Rath und zuckte die Achseln. »Die Frage ist, wie wir nun vorgehen. Sollen wir Goldstein einfach gewähren lassen?«

Rath hätte es Tornow durchaus zugetraut, einen Mordanschlag auf Göring, von dem er Kenntnis besaß, ganz bewusst nicht zu verhindern. Aber das ging dann wohl doch zu weit. Oder war ihm einfach zu riskant. Jedenfalls schüttelte Tornow energisch den Kopf.

»Natürlich nicht«, sagte er. »Aber wir können Goldstein auch nicht einfach so verhaften, wir müssen ihn auf frischer Tat ertappen. Und seinen Mordversuch wie ein vereiteltes politisches Attentat aussehen lassen.«

»Wie Göring das bei Marlow und Liang gemacht hat? War nicht sehr glaubwürdig, aus zwei Berliner Verbrechergrößen politisch motivierte Bombenleger zu machen. Wie soll das dann erst bei einem amerikanischen Gangster funktionieren?«

»Goldstein ist Jude. Das ist schon einmal gut. Besser wäre es, wenn wir ihm darüberhinaus eine Verbindung zu amerikanischen Kommunisten nachweisen. Wie dem auch sei: Es gilt, den

Anschlag zu verhindern und Goldstein bei der Gelegenheit zu überführen.«

»Es wird nicht wie ein Anschlag aussehen. Sondern wie der bedauernswerte Unfall eines unglücklichen Morphinisten, der sich aus Versehen eine zu hohe Dosis gespritzt hat.«

»Was macht dich so sicher, dass Goldstein es mit Heroin probieren wird? Warum legt er nicht einfach eine Bombe oder erschießt Göring? Hat er das nicht früher so gemacht?«

»Alle Morde sahen bislang wie Unfälle aus. Warum sollte er in diesem Fall davon abweichen? Außerdem hat er es schon einmal gemacht, und anders als Leutnant Dräger ist Generaloberst Göring tatsächlich Morphinist. Wahrscheinlich der bekannteste im Reich.«

»Du weißt, dass du so etwas nicht sagen solltest.«

»Das ist doch ein offenes Geheimnis, das pfeifen in Berlin sämtliche Spatzen von den Dächern.«

»Die Spatzen können tun und lassen, was sie wollen. Du nicht.«

Rath ließ sich nicht einschüchtern. Zwei Tage noch. Freitagnachmittag überquerte ein Zug in Tetschen die Grenze zur Tschechoslowakischen Republik, an Bord das böhmische Ehepaar Michalek auf der Heimreise von den Olympischen Spielen. Er würde Sebastian Tornow nie wiedersehen.

84

Luise Ritter hatte es sich bei einer Tasse Kaffee auf dem Sofa gemütlich gemacht und las Zeitung. Sie liebte diese Stunde am Nachmittag, die kurze Zeit, die ihr blieb, nachdem das Geschirr vom Mittagessen weggespült war und die Vorbereitungen fürs Abendessen noch nicht begonnen hatten. Und sie brauchte diese Zeit mehr denn je.

Bei aller Gastfreundschaft: Die Familie Miller ging ihr gehörig auf die Nerven, und das von Tag zu Tag mehr. Mit Frank Miller verstand sie sich eigentlich recht gut, der war immerzu fröhlich und redselig und gab sich Mühe beim Deutschlernen, aber die schmallippige Ehefrau und vor allem der maulfaule Sohn, der zwar kaum ein Wort sprach, gleichwohl aber ständig auf irgendetwas herumkaute, die waren schon eine ziemliche Zumutung. Zumal sie keinen Finger rührten, weder Dolores Miller noch die beiden Franks (da war der Senior auch nicht besser als der Junior), ihr aber umso lieber Befehle erteilten, als sei sie keine Gastgeberin, sondern ein Dienstmädchen.

Luise Ritter war eine gutmütige Frau, und sie half ihrem Schwiegersohn gerne, seine ausländischen Gäste zu beherbergen (auch weil sie sich ein wenig für ihre Tochter schämte, die sich – mit einer Sturheit, die der ihres Vaters ähnelte – beharrlich weigerte, ihren Teil zum Gelingen der Olympiade beizutragen), aber für alles gab es Grenzen, und mittlerweile war ihre Geduld weitestgehend erschöpft. Sie sehnte den Abschied der Familie Miller geradezu herbei, dann würde auch Lotte endlich wieder einziehen, und alles wäre so wie früher.

Manchmal bewunderte Luise Ritter ihren Schwiegersohn für seine Geduld. Zu ihren Zeiten hatte sie keinen Mann gekannt, der eine Frau wie ihre Tochter ertragen hätte. Eine Zeitlang hatte sie nicht mehr damit gerechnet, dass Lotte noch unter die Haube kommen würde. Das war zum Glück erledigt, nur auf ein Enkelkind wartete sie immer noch vergeblich. Lottes Pflegesohn hatte sie darüber hinweggetröstet, sie hatte ihn geliebt wie einen richtigen Enkel, doch dann hatte das Jugendamt ihrer Tochter die Pflege wieder entzogen. Politisch unzuverlässig. Manchmal fragte sie sich, was sie in der Erziehung alles falsch gemacht hatte. Aber Lotte hatte schon als kleines Mädchen ihren eigenen Kopf gehabt, und ihr verstorbener Vater hatte die nötige Strenge in der Erziehung leider vermissen lassen. Nicht ein einziges Mal hatte er Lotte übers Knie gelegt, obwohl sie es mehr als einmal verdient gehabt hätte. Und körperliche Züchtigung war ja wohl kaum Sache der Mutter.

»Hey, Misses Ritter.«

Sie blickte von der Zeitung auf. Frank Miller junior stand in der Tür.

»I would like a cocoa, Misses Ritter.«

Dieser kleine Pascha! Nicht einmal jetzt, in ihrer heiligen Mußestunde, ließ er sie in Ruhe. Immer öfter blieb der Junior zuhause, weil er keine Lust hatte, seine Eltern zu begleiten. Heute waren sie in irgendeinem Museum, wenn sie das richtig erinnerte. Aber es war ihr auch egal, welche Ecke von Berlin sich die Millers anschauten, sie hätten ihren verzogenen Sohnemann verdammt nochmal mitnehmen sollen!

Einen Kakao wollte er also, so viel Englisch verstand sie inzwischen. Luise Ritter stand auf, legte die Zeitung beiseite und ging in die Küche. Der Junge verschwand wieder im Schlafzimmer. Gott allein wusste, was der Stubenhocker da den ganzen Tag trieb.

Sie hatte die Milch gerade aufgesetzt, da klingelte es. Waren die Millers schon zurück? Dann sollten die sich mal um ihren Flegel von Sohn kümmern.

Sie öffnete und staunte. Vor der Tür stand ein Hitlerjunge. Fritze schaute mindestens ebenso überrascht wie sie, als er sie erblickte.

»Oma Luise! Was machst denn du hier?«

Sie konnte nicht anders, sie nahm ihn in den Arm und drückte ihn.

»Mensch, mein Junge! Wo warst du denn? Wir machen uns alle Sorgen um dich!«

»Kann ick rinkommen?«, fragte er und schaute sich zögerlich um. Als könnten hinter der nächsten Ecke Feinde stehen.

»Natürlich, komm rin. Mensch, welche Freude! Magst du einen Kakao? Wollte gerade welchen machen.«

»Da sag ich nicht nein.«

Endlich lächelte der Junge mal. Er wirkte so ernst.

»Wo ist denn Charly?«, fragte er, während er ihr in die Küche folgte.

»Weißt du denn nicht? Die ist doch ausgezogen.«

»Wie?«

Der Junge sah richtiggehend erschrocken aus, und ihr fiel wieder ein, dass er sie ja gar nicht mehr sehen durfte, Lotte und Gereon.

»Nein, nicht was du denkst. Die Wohnung ist nur zu klein für alle, seit wir Olympiagäste haben. Da wohnt sie vorübergehend bei einer Freundin.«

Fritze nickte.

»Aber sie ist nicht böse auf mich, oder?«

»Warum sollte sie das sein?«

»Na, wo wir uns doch gezankt haben zuletzt.«

»Ihr habt euch gesehen? Ist das nicht verboten?«

»Ach, was nicht alles verboten ist.« Er winkte ab und setzte sich an den Küchentisch, während sie im Milchtopf rührte, damit nichts anbrannte.

»Du, Oma Luise«, begann er nach einer Weile, »ick muss dir wat sagen.«

»Weiß ich doch schon. Du bist ausgebüxt.«

Er schaute erschrocken. »Waren die schon hier?«

»Die Rademanns? Nein, keine Angst. Lotte hat mir das erzählt. Dass dich einer angeschwärzt hat. Bei der Gestapo.«

»Wie?«

»Hab ich mir gleich gedacht, dass das nicht stimmt. Du sagst doch nichts Schlimmes über den Führer, oder?«

»Wer behauptet denn so was?«

»Irgendeiner. Wohl eine anonyme Anzeige. Ich dachte, deswegen bist du weggelaufen.«

»Aber nee, das ist doch ...«

Fritze hielt mitten im Satz inne, sprang vom Stuhl auf und lief ins Wohnzimmer hinüber. Durch den Türspalt konnte sie sehen, wie der Junge aus dem Fenster auf die Straße hinabschaute. Und dann zurückzuckte, als habe er den Leibhaftigen gesehen.

»So ein Mist«, sagte er, als er wieder in der Küche war. Er setzte sich nicht, sondern lief unruhig hin und her, wie ein Tier im Käfig. »Sie sind schon da.«

»Wer?«

»Gestapo. Da unten steht 'ne schwarze Limousine. Ist mir eben schon aufgefallen, als ich ins Haus gegangen bin. Aber da hab ich mir nichts dabei gedacht. Nur wenn die jetzt offiziell nach mir fahnden ...«

»Du siehst Gespenster. Die fahnden doch nicht nach einem Jungen. Außerdem: Wenn die wegen dir hier wären, hätten sie dich doch gar nicht erst ins Haus gehen lassen.«

»Wer weiß? Vielleicht warten die ja drauf, dass ich mit Charly oder Gereon wieder rauskomme, dann können sie die gleich mit festnehmen. Wegen dem blöden Verbot vom Jugendamt.«

»Aber deswegen nehmen die einen doch nicht fest, das gibt höchstens eine Geldstrafe oder so was.«

»Ich weiß auch nicht.« Fritze schaute sich suchend um, als wolle er sich irgendwo verstecken. Er wirkte mit einem Mal sehr hektisch. »Vielleicht klingeln die auch gleich.«

»Das hätten die doch auch längst getan, wenn die das vorhätten. Du bist doch schon ein paar Minuten hier.«

»Vielleicht hast du recht.«

»Komm, beruhige dich erst mal und trink einen Kakao. Ist gerade fertig geworden. Und ich ruf Gereon und Lotte an und sag Bescheid, dass du hier bist.«

»Die können doch nicht auch noch herkommen, wenn die Gestapo vor dem Haus steht. Das ist doch ...«

Er unterbrach sich mitten im Satz, und als Luise Ritter zur Tür schaute, wusste sie auch, warum. Dort stand Frank Miller junior.

»Who are you?«

»I am Fritz. And what's your name?«

»Frank.« Luise Ritter glaubte, ihren Augen nicht zu trauen: Frank Miller junior streckte tatsächlich seine Hand aus. »Nice to meet you«, sagte er.

Die Jungen schüttelten einander die Hände und begannen gleich ein Gespräch. Miller junior war wie ausgewechselt. Er lachte sogar und hätte beinahe vergessen, dass er wegen des Kakaos in die Küche gekommen war.

Sie war überrascht, wie gut Fritze Englisch sprach und verstand. Fast wie ein richtiger Amerikaner.

»Was redet ihr denn da?«, fragte sie nach einer Weile und stellte zwei Tassen Kakao auf den Küchentisch. »Man versteht ja kein Wort.«

»Dem Jungen gefällt meine Uniform«, erklärte Fritze. »Er hätte auch gerne so eine.«

»Na, dann leih sie ihm doch mal. Und du ziehst so lange seine Sachen an.«

»Meinst du?«

»Fragen kostet nüscht. Ihr seid doch ungefähr gleich groß.«

Fritze nickte. Und stellte eine Frage, die sie schon wieder nicht verstand. Ebensowenig die Antwort von Frank Miller. Aber dann gingen die Jungen mit ihren Kakaotassen ins Schlafzimmer. Die beiden schienen sich wirklich gut zu verstehen.

Keine drei Minuten später kehrten sie zurück und stellten sich im Flur vor den großen Spiegel. Frank Miller junior kam zuerst aus dem Schlafzimmer und betrachtete sich zufrieden. Er war zwar ein wenig dicker als Fritze, doch die Uniform passte. So gerade eben.

»Great«, sagte Fritze, als er hinzukam. Er hatte die Sachen seines neuen Freundes angezogen, die zwar an seiner hageren Gestalt herumschlackerten, ihm aber gut standen. Eine lange Leinenhose, Segeltuchschuhe und ein Sportblouson. Er sah sehr amerikanisch aus. Und viel erwachsener als in der HJ-Uniform.

»May I take a walk down on the street?«, fragte Frank Miller.

»Was?«

»Frank möchte die Uniform auch draußen tragen.«

»So war das aber nicht gemeint. Das ist doch verboten, oder?«

»Ach Quatsch. Kann er doch mal machen. Er geht ja nicht zum Gruppenabend und sammelt Geld oder so, er geht nur über die Straße.«

»Meinst du?« Luise Ritter fühlte sich ein wenig überrumpelt.

»Natürlich. Dann ist das doch kein Missbrauch.«

Sie seufzte. Gegen zwei Jungen kam sie einfach nicht an, und Fritze konnte sie sowieso keine Bitte ausschlagen. »Na gut.«

»Ten minutes«, sagte Fritze, und Frank Miller nickte.

»Wish you good luck«, sagte der und verschwand.

Diesmal hörte man sogar seine Schritte auf der Treppe, sonst nahmen die Millers, ganz gleich wie eilig sie's hatten, immer den Aufzug.

Fritze ging zum Fenster, Luise Ritter folgte ihm. Unten trat ein Hitlerjunge auf die Straße. Erstaunlich, wie deutsch Frank Miller in der Uniform aussah. Kaum hatte er sich Richtung Steinplatz gewandt, öffnete sich die Beifahrertür der schwarzen Limousine. Ein Mann stieg aus und folgte der HJ-Uniform.

Fritze grinste. »Gut«, sagte er. »Es hat funktioniert.«

»Funktioniert?« Luise Ritter stemmte die Arme in die Seite. »Kannst du mir zum Teufel mal bitte verraten, was hier gerade passiert?«

85

Diesmal ließ er Untersturmführer Gräf nicht ewig lange auf dem unbequemen Besucherstuhl hocken, er kam gleich zur Sache.

»Wir wissen, wer Heinrich Kaufmann ist.«

Gräf zog die Augenbrauen hoch, gleichermaßen überrascht und neugierig, sagte aber nichts. Er schien mehr zu erwarten.

»Niemand, der im Auftrag Görings unterwegs ist«, fuhr Tornow fort. »Sondern ein Mann, den wir aus unserer gemeinsamen Vergangenheit kennen. Abraham Goldstein.«

»Wie bitte? Der amerikanische Gangster?«

»So ist es. Unter dem Namen Kaufmann hat sich Goldstein eine Einladung zum Gartenfest von Generaloberst Göring erschlichen. Mit der Absicht, ein Attentat auf Göring zu verüben. Sie und Oberkommissar Rath werden dem Mörder auflauern, während er seinen Plan in die Tat umsetzt.«

»Welchen Plan? Wäre es nicht sinnvoller, ihn festzunehmen?«

»Sie sind nicht hier, um mit mir zu disputieren, Untersturmführer, Sie sind hier, um Befehle entgegenzunehmen.«

»Selbstverständlich, Obersturmbannführer.«

Gräf machte sich kerzengerade auf seinem Stuhl. »Wir wissen also von seinem Plan?«

»Ja. Es spricht alles dafür, dass Goldstein auch Generaloberst Göring mittels Heroin ermorden und es wie einen Unfall aussehen lassen will.«

»Und wie wollen wir das verhindern?«

»Sie und Oberkommissar Rath werden vor Ort sein.«

»Wir zwei alleine?«

»Natürlich werden wir auch einige SD-Beamte in Zivil zum Gartenfest entsenden, die ein Auge auf Generaloberst Göring haben und dessen Sicherheit garantieren, doch Ihnen kommt eine besondere Aufgabe zu. Mit Rath ist bereits alles besprochen, er wird Sie entsprechend instruieren.«

Tornow konnte es Gräfs Gesicht ansehen, dass ihm das missfiel. Sich von Rath wieder etwas sagen zu lassen. Prima.

»Wir stellen Goldstein also eine Falle.«

»Wenn Sie so wollen.«

»Und wenn wir ihn in flagranti erwischen, so, dass er sich nicht mehr herausreden kann, nehmen wir ihn fest. Verstehe.«

»Nein.«

Tornow ließ diese feine kleine Silbe, die so weich klang, aber so hart wirken konnte, eine Weile nachhallen. Gräf schaute überrascht, wagte es aber nicht, eine weitere Frage zu stellen.

»Jetzt, Untersturmführer«, fuhr Tornow fort, »kommt der Teil, den Oberkommissar Rath Ihnen nicht erläutern kann. Weil er davon nichts weiß.«

Gräf richtete sich auf.

»Während der versuchten Festnahme«, sagte Tornow, »wird es zu einem Schusswechsel kommen. Einen Schusswechsel, den Abraham Goldstein nicht überlebt.«

Gräf schluckte, aber er antwortete nicht, er nickte nicht einmal.

»Haben Sie das verstanden?«

»Ich fürchte nein, Obersturmbannführer.«

»Es darf niemals an die Öffentlichkeit dringen, ja es darf nicht einmal zu Heydrich dringen, dass Goldstein für den Tod von sechs Soldaten des Regiments Göring verantwortlich ist und Ihre Ermittlungen, Untersturmführer, ihn nicht aufhalten konnten. Sie werden die Akten schließen. In keinem Fall lag Fremdeinwirkung vor, es handelt sich um bedauerliche Unglücksfälle.«

Der Untersturmführer nickte langsam. Jetzt schien er endlich zu verstehen.

»Sie werden diesen jüdischen Dreckskerl, der seit Wochen vor Ihren Augen gemordet hat, liquidieren.«

»Jawohl, Obersturmbannführer.«

»Sie, Untersturmführer, haben bei den Ermittlungen versagt, Sie werden die Sache auch wieder einrenken.«

»Mit Verlaub, Obersturmbannführer: Auch Oberkommissar Rath war an den Ermittlungen beteiligt. Und wenn er nichts von meinem Geheimauftrag weiß, wie soll es dann funktionieren?«

»Ganz einfach: Gereon Rath wird diesen Einsatz ebenfalls nicht überleben.«

»Wie bitte?«

»Ihnen wird da schon was einfallen, Untersturmführer.«

»Ich ... ich soll ... einen Kollegen liquidieren?«

»Was heißt hier Kollege? Gereon Rath ist kein Kollege. Sie haben dem Führer und der Schutzstaffel Treue geschworen, nicht dem Polizeipräsidenten. Oberkommissar Rath ist zu einem Risiko für Deutschlands Sicherheit geworden, er muss beseitigt werden.«

»Gewiss, Obersturmbannführer.«

»Ihrer Personalakte entnehme ich, dass Sie eine solche Situation nicht zum ersten Mal meistern müssen. Sie haben bei der Zerschlagung des Röhm-Putsches mitgewirkt.«

»Jawohl, Obersturmbannführer.«

»Dann wissen Sie ja, was von Ihnen erwartet wird.«

»Jawohl.«

»Das Leben eines SS-Mannes ist reich an Bewährungsproben, dies ist Ihre nächste. Und es wird gewiss nicht Ihre letzte sein, gewöhnen Sie sich schon einmal daran.«

»Jawohl, Obersturmbannführer.«

»Gut, dann wäre ja alles geklärt. Sie können gehen.«

Gräf erhob sich und setzte seine Uniformmütze auf.

»Verlassen Sie sich auf mich, Obersturmbannführer«, sagte er und klang sehr entschlossen, »Gereon Rath wird nicht von diesem Einsatz zurückkehren.«

Sebastian Tornow lächelte, als Gräf das Büro verließ.

86

Sie erschrak, als sie ihn dort oben auf dem Treppenabsatz sitzen sah. Er war schon so groß, und dann diese fremde Kleidung, die sie noch nie an ihm gesehen hatte; sie brauchte einen Augenblick, ehe sie ihn erkannte.

»Mensch, Fritze! Wie lange hockst du denn schon da?«

»Ick dachte schon, du kommst gar nicht mehr.«

Er grinste, doch sie sah ihm an, dass er sich dazu zwingen musste.

»Ist später geworden.«

»Ick dachte, Oma Luise sagt dir Bescheid. Sie wollte dich anrufen.«

»Ich war unterwegs.«

»Wo denn?«

»Erzähl ich dir später. Komm erst mal mit rein.«

Sie kramte den Schlüssel aus der Handtasche.

»Hat dich jemand gesehen, als du gewartet hast?«, fragte sie, während sie die Wohnungstür aufschloss.

»Nur so'ne alte Frau.«

»Ach, die Brettschneider.«

Ausgerechnet die, dachte sie, ließ sich aber nichts anmerken. Sie wollte den Jungen nicht beunruhigen.

»Willst du'n Kakao?«, fragte sie, als sie in der Wohnung waren. Sie hatte gestern eigens welchen eingekauft für den Fall der Fälle.

Der Junge nickte. Er wollte noch etwas sagen, aber die Worte schafften den Weg über seine Lippen nicht mehr, stattdessen schossen ihm Tränen in die Augen, und Charly erschrak. Sie hatte ihn noch nie weinen sehen. Einen kurzen Moment traf sein hilfloser Blick den ihren, dann wandte er sich ab und drehte ihr den Rücken zu. Charly stand neben dem Jungen, dessen Körper immer wieder von einem Schluchzen durchgeschüttelt wurde, und wartete. Erst als das Zittern und Beben aufhörte, nahm sie ihn in den Arm und strich ihm durch das struppige Haar.

»Ist ja schon gut«, sagte sie. »Ist ja schon gut.«

Er stand da mit gesenktem Blick, traute sich immer noch nicht, sie anzuschauen. Sie wusste, dass er sich schämte.

»Ich mach uns dann mal den Kakao«, sagte sie und ging in die Küche.

Zwei Minuten später kam er durch die Tür und setzte sich an den Küchentisch. Er hatte sich die Tränen aus den Augen gewischt, dennoch sah man, dass er geweint hatte. Sie tat so, als fiele es ihr nicht auf.

»Sahne hab ich leider keine«, sagte sie.

»Oma Luise hat mir auch Kakao gemacht. Man merkt, dass ihr verwandt seid.«

»Du warst also schon bei ihr.«

»Weil ich dich gesucht habe. Wusste nicht, dass du ausgezogen bist.«

»Unser letztes Treffen war ja auch nicht sehr lang.«

»Tschuldige. War nicht richtig von mir, einfach wegzulaufen. Aber ich war so sauer. Weiß schon gar nicht mehr, warum.«

»Schwamm drüber.«

»Und wenn wir keinen Schwamm haben, nehmen wir'n Waschlappen!«

»Genau.« Charly lächelte. Es tat gut, etwas von dem alten Fritze zu hören. Der Junge, der da am Tisch saß, sah so anders aus als der, der vor einem Jahr noch bei ihr gewohnt hatte.

»Was hast du denn da eigentlich an?«, fragte sie. »Siehst ja aus wie ein Amerikaner.«

»Well that's a long story.«

Fritze grinste. Diesmal ohne sich dazu zwingen zu müssen.

»Das sind die Sachen von Frank Miller«, sagte er. »Dafür hat der jetzt meine HJ-Uniform. Die brauch ich nicht mehr.«

»Gereons amerikanische Gäste?«

»Frank ist schon in Ordnung. Hab ihm erklärt, dass draußen womöglich Leute auf mich warten, weil ich was ausgefressen haben soll, und er war sofort dabei, als ich ihm vorgeschlagen habe ...«

»Moment, Moment, Moment!« Charly unterbrach seinen Redefluss. »Nur mal zum Mitschreiben: Wer hat draußen auf dich gewartet?«

»Na, Gestapo.«

»Ist das dein Ernst? Die lauern einem Kind auf? Wegen so einer Lappalie, die nicht einmal wahr ist. Oder hast du wirklich Hitler beleidigt?«

»Was heißt hier Kind?«

Fritze wirkte ein wenig beleidigt.

»Hast du Schlimmes über Hitler gesagt?«

»Natürlich nicht. Hab das überhaupt erst von Oma Luise erfahren, dass ich was Böses gesagt haben soll. Jedenfalls: Frank war begeistert von meiner Idee. Er hat die Uniform angezogen und hat den Lockvogel gespielt. War auch besser so. Da war tatsächlich Gestapo. Und die sind hinter ihm her, kaum war er aus dem Haus.«

»Mensch, das ist doch gefährlich.«

»Quatsch mit Sauce! Frank ist Ami, und die Touristen packt die Gestapo mit Samthandschuhen an.«

»Aber ein Ausländer in einer HJ-Uniform?«

»Mensch, Charly, du redest ja wie deine Mutter.«

»Das wundert mich sowieso, dass die das mitgemacht hat.«

»Was sollte sie machen? Blieb ihr ja gar nichts anderes übrig. Außerdem ist die gar nicht so doof, wie du immer denkst.«

»Ich denk doch nicht, dass meine Mutter doof ist.«

»Naja. Aber behandeln tust du sie so.«

»Ehrlich?«

Fritze zuckte die Achseln. »Na, is ja auch nicht immer leicht mit Eltern, wa?«

»Was sollen das heißen? Willst du mich jetzt für doof verkaufen?«

»Aber niemals.«

»Und? Bist du dann durch den Hinterausgang raus, oder was?«

»Sehr scharfsinnig, Frau Privatdetektivin.«

»Mensch, dann bist du doch hier auch nicht sicher, dann suchen sie hier doch auch nach dir.«

»Ich hab kein verdächtiges Auto vor der Tür gesehen. Außerdem: Woher sollen die wissen, dass du gerade nicht in der Carmerstraße wohnst, ich wusste das ja auch nicht.«

»Hoffentlich hast du recht.« Charly klaubte eine *Juno* aus der Schachtel und zündete sie an. »Und was hast du nun vor?«

»Weeß nich. Erst mal wieder auf Platte. Kenn ick ja noch. Jedenfalls nicht zurück zu Rademanns und nicht zurück ins Waisenhaus. Und zu euch darf ich ja nicht.«

»Vielleicht doch.« Charly holte den braunen Briefumschlag aus ihrer Handtasche. »Du wolltest doch wissen, wo ich vorhin war. Die hier abholen.«

Sie kippte den Inhalt des Umschlags auf den Küchentisch. Der Junge staunte nicht schlecht.

»Sind das Reisepässe?«

»Tschechische. Damit kann man Leuten helfen.«

Der Junge nahm einen Pass in die Hand und betastete den eingeprägten Aufdruck REPUBLIKA ČESKO-SLOVENSKÁ.

»Sind die echt?«

»Ich erzähl dir jetzt etwas, das musst du unter allen Umständen für dich behalten.«

»Ja?«

»Gereon und ich fahren übermorgen nach Prag.«

»Ja?«

»Und wir werden dort bleiben.«

»Ihr wandert aus?«

»Wir müssen. Wir können nicht länger in Deutschland bleiben.«

Sie nahm ihm den Pass ab, den er in den Händen hielt, und gab ihm einen anderen. Einen ganz bestimmten.

»Willst du nicht mit uns kommen?«, fragte sie.

Fritze klappte den Pass auf, schaute hinein und ließ ihn dann fallen, als habe er einen elektrischen Schlag bekommen.

»Det bin ja icke!«

Sie nickte. »Damit kommst du problemlos über die Grenze.«

»Aber wat soll ick denn in Prag?«

»Wir fahren doch auch dorthin. Du wärst nicht allein.«

Fritze schüttelte den Kopf.

»Ne, ick kann nich mit. Ick will ooch nich. Ick bin doch Berliner.«

»Das bin ich auch.« Sie nahm seine Hand in die ihre. »Du musst nicht glauben, dass es mir leichtfällt, meine Stadt zu verlassen, aber es geht nicht anders. Hier ist es zu gefährlich für uns.«

»Für mich nicht.«

Warum war der Junge nur immer so bockig?

»Du versteckst dich gerade vor der Gestapo. Das ist nicht gefährlich?«

»Die finden mich schon nicht. Und irgendwann ist Gras über die Sache gewachsen.«

»Und das Jugendamt? Die werden nicht eher Ruhe geben, bis du großjährig bist.«

»Die paar Jahre halt ich auch noch durch.«

»Mensch, Fritze, ich versteh dich nicht. Ich hab doch alles schon vorbereitet.«

»Hättste mich vorher vielleicht mal fragen sollen.«

»Wie denn bitte?« Charly merkte, wie sehr die Bockigkeit des Jungen sie aufregte, und versuchte, ruhig zu bleiben. »Ich wusste doch nicht, wo du bist. Nur dass du den Rademanns weggelaufen und in Schwierigkeiten bist.«

»Und als du das gehört hast, da hast du gleich Kakao gekauft und einen Pass fälschen lassen?«

Charly musste grinsen. War wirklich eine seltsame Kombination.

»Den Pass hatte ich schon«, sagte sie, »ich brauchte nur noch den Stempel auf dem Foto.«

»Nepomuk Hutzke«, las Fritze. »Im Ernst? Wer heißt denn so? Hättste keinen besseren Namen finden können?«

»Das war der einzige, der auf dich passte. Der jüngste, den ich hatte. Und der ist auch schon zwanzig. Könnte aber funktionieren, du siehst erwachsen genug aus. Darfst nur keine kurzen Hosen mehr tragen.«

»Mensch Charly, das ist ja alles knorke von dir, ich weiß, dass du mir nur helfen willst. Und bei euch war's auch viel besser als bei den Rademanns, nur ... ich will eben einfach nicht nach Prag.«

»Das müssen wir ja auch nicht jetzt entscheiden. Nun müssen wir erst mal schauen, wo du bleiben kannst. Hier ist es zu gefährlich. Früher oder später wird die Gestapo auch in der Spenerstraße auftauchen.«

»Ich hab 'n bisschen Geld. Ich könnte mir ein Zimmer nehmen.«

»Ist doch alles belegt. Wegen Olympia.«

»Nicht unbedingt. Die ersten Touristen sind schon wieder weg.«

Charly dachte nach. Wahrscheinlich hatte er recht. Und in den Zimmern, die Fritze im Auge hatte, würden ohnehin keine Olympiatouristen übernachten. Sie holte einen Zwanzigmarkschein aus ihrem Portemonnaie.

»Hier«, sagte sie. »Damit kommst du ein paar Tage über die Runden.«

»Aber Charly, ich will doch kein Geld von dir.«

»Kriegste aber. Keine Widerworte. Und den Pass behältst du auch, dann kannst du dich wenigstens ausweisen. Dann hast du auch Ruhe vorm Jugendamt.«

Fritze nickte, er steckte das Geld und den Reisepass ein.

»Heute Nacht kannst du natürlich noch hierbleiben«, sagte sie.

Er schüttelte den Kopf. »Ne, lass man lieber. Du hast recht: Hier ist zu gefährlich. Ich find schon noch was, so spät isses noch nicht.«

»Soll ich dir suchen helfen?«

»Nix da. Bin groß genug.« Er wedelte mit dem Pass. »Fast großjährig.«

Er stand auf.

»Ick geh jetzt lieber, wird sonst zu spät.«

Charly nickte.

»Warte«, rief sie, als Fritze bereits auf dem Weg zur Tür war. Sie riss einen Zettel ab, schrieb etwas darauf und gab dem Jungen die Notiz.

»Wat issen dette? Ein Postamt?«

»Da kannst du uns in Prag erreichen. Postlagernd. Und …«

»Ja?«

»Nur falls du es dir noch überlegen solltest: Freitag, halb elf, Anhalter Bahnhof. Die Fahrkarten habe ich schon besorgt.«

Fritze nickte und steckte auch den Zettel ein.

»Mach's gut, Charly«, sagte er und drückte sie ein letztes Mal. »Ich wünsch euch eine gute Reise.«

»Alles Gute, mein Junge. Pass auf dich auf.«

»Keine Sorge, das kann ich.«

Charly wartete, bis die Schritte im Treppenhaus verhallt waren und sie die Haustür ins Schloss fallen hörte. Dann erst schloss sie die Wohnungstür. Und fühlte sich mit einem Mal unendlich traurig.

87

So aufgeregt hatte er Frank Miller in all den Tagen noch nicht erlebt.

»My son was in jail! Do you understand? In jail! You know what that *means*?«

»Actually it's not jail, it's custody«, sagte Rath. »But yes: I know exactly what it means, I'm a policeman.«

Frank Miller stutzte kurz, seine Gedanken schienen über Raths Antwort ins Stolpern geraten zu sein, aber dann redete er weiter. Seine Stimme klang schon deutlich weniger empört.

»Well you will understand then, that we have to leave. I can't stay in a country that treats children like criminals.«

»I am very sorry but I understand. You have to do what you have to do.«

Sie saßen zwar noch beim Frühstück, die Koffer der Millers aber standen schon säuberlich gestapelt neben der Garderobe im Flur, bereit zur Abreise. Wenn Rath richtig verstanden hatte, sollte es heute noch mit dem Zug nach Paris gehen. Die Überfahrt in die Staaten hatte Frank Miller nicht vorziehen können, aber in Deutschland wollte er keinen Tag länger bleiben. Gestern Abend noch hatten sie die Koffer gepackt, kurz nachdem Frank Miller junior wieder nach Hause gekommen war. In einer HJ-Uniform.

Aber das war nicht der eigentliche Grund ihrer überstürzten Abreise, sondern eher der Auslöser. Die deutsche Polizei hatte ihren Sohn festgenommen und stundenlang verhört, bevor sie ihn wieder auf freien Fuß setzte. Und das alles nur wegen der Uniform.

Als Rath nach Hause gekommen war, hatte sich bereits alles in heller Aufregung befunden, das Ehepaar Miller hatte sich gegenseitig angegiftet, Luise Ritter hatte vergeblich versucht zu beschwichtigen, und Frank Miller junior hatte, obwohl es doch letzten Endes um seine Erfahrungen mit den deutschen Behörden ging, so gewirkt, als hätte das alles nichts mit ihm zu tun.

Dem Jungen schien der ganze Trubel um seine Person viel weniger auszumachen als seinen Eltern. In all den Wochen hatte Rath Frank Miller junior nicht so gut gelaunt, ja beinahe entspannt erlebt wie heute. Er schaute nicht gelangweilt, kaute kein Kaugummi, er pfiff sogar ein Lied vor sich hin, während er seine Frühstücksschrippe mit Marmelade bestrich. Rath erkannte *Goody Goody.*

Die Gestapo hatte ihn in einer HJ-Uniform aufgegriffen. Das unbefugte Tragen von Uniformen war in Deutschland ein Sakrileg, spätestens seit dem *Hauptmann von Köpenick*, und Frank Miller hatte Glück gehabt, dass er sich mit dem Hinweis auf die Unbedarftheit eines nichtsahnenden, aber wohlmeinenden Ausländers da wieder hatte herausreden können.

Das war gleichwohl nur die halbe Wahrheit. Dass der Junge ganz bewusst Fritzes Uniform angezogen hatte, um die Gestapo abzulenken, das hatte Rath von seiner Schwiegermutter erfahren. Die Gestapo hatte ihn verfolgt und schließlich festgesetzt, weil sie ihn mit Fritze verwechselt hatte.

Rath wusste nicht, welche Geschichte Miller junior seinen Eltern erzählt hatte, jedenfalls schien die deutsche Polizei dabei nicht besonders gut wegzukommen. Am Abend noch hatte Frank Miller für seine Familie ein Hotelzimmer in Paris reserviert und seiner Frau befohlen, die Koffer zu packen. Rath hatte nicht protestiert.

Heute beim Frühstück wirkte er schon versöhnlicher, wenigstens nahm er Rath nicht mehr in Sippenhaft für das Verhalten seiner Kollegen, doch an seinen Abreiseplänen änderte das nichts. Zum Glück. Nachdem Frank Miller seiner Empörung noch einmal Ausdruck verliehen hatte, verlief der Rest des Frühstücks schweigend. Auch der Abschied kurz darauf war kein herzlicher, sondern eher sachlich. Frank Miller versuchte sich nicht länger am Deutschen Gruß, sondern gab seinen Gastgebern einfach die Hand, ebenso wie der Rest der Familie. Miller junior lächelte sogar freundlich und zwinkerte Luise Ritter kurz zu, bevor er sich umdrehte und seinen Eltern die Treppe hinunterfolgte. Weil das Gepäck der Millers auch beim Abschied den kompletten Fahrstuhl verstopfte.

Luise Ritter wirkte erleichtert und schloss die Tür.

»Endlich sind sie weg«, sagte sie.

Rath nickte.

»Habt ihr eigentlich ein Geheimnis?«, fragte er. »Du und Frank junior, meine ich.«

»Ich hab ihm nur heimlich die Uniform eingepackt. Darum hatte er mich gebeten. Als Souvenir. Seine Eltern hätten das bestimmt nicht erlaubt.«

»Dann findet die Gestapo sie wenigstens nicht bei uns. Die werden uns bestimmt auch noch einen Besuch abstatten.«

»Na, dann bin ich hoffentlich nicht mehr hier. Ich fahr morgen Nachmittag nach Schwiebus zurück.« Sie zwinkerte. »Dann habt ihr die Wohnung endlich wieder für euch alleine, du und Lotte. Am besten rufst du sie gleich an und sagst ihr, dass sie zurückkommen kann.«

Rath nickte. Er fragte sich, ob Charly ihre Mutter in die Auswanderungspläne eingeweiht hatte. Offensichtlich nicht, und wahrscheinlich war das auch besser so. Eine Postkarte aus Prag war sicherer. Luise Ritter trug ihr Herz zu sehr auf der Zunge.

»Ich werde dann mal die Betten neu beziehen«, sagte sie und verschwand im Schlafzimmer.

Rath ging zum Telefon und ließ sich mit der Spenerstraße verbinden. Charly nahm selbst ab.

»Ich habe gute Nachrichten«, sagte er.

»Ach ja?«

»Ich soll dir sagen, dass du zurückkommen kannst.«

»Sagt wer?«

»Sagt deine Mutter. Die Millers sind weg.«

»Tatsächlich?«

»Ihr Sohn ist in Fritzes HJ-Uniform festgenommen worden, das haben sie nicht verkraftet.«

»Schön, wenn ihr Deutschlandbild bei der Gelegenheit ein bisschen geradegerückt worden ist.«

»Wie geht's dem Jungen? War er bei dir?«

»Ja. Und ist schon wieder weg. Ich habe ihm angeboten, mit uns zu kommen, sein Pass ist gestern fertig geworden.«

»Und?«

»Er will nicht. Will lieber hierbleiben. Aber wer weiß, vielleicht kommt er doch, den Pass hat er jedenfalls mitgenommen.«

»Der kann ihn vielleicht auch in Berlin schützen.«

»Vielleicht.«

»Ist schon ein komisches Gefühl, oder? Alles verlassen zu müssen. Ich kann den Jungen verstehen.«

»Jetzt mach du nicht auch noch einen Rückzieher.«

»Keine Bange.«

»Wie wär's mit einem letzten Abendessen? Als Abschied von Berlin?«

»Geht leider nicht. Ich habe noch einen Einsatz heute Abend. Kann später werden.«

»Du hast heute noch einen Einsatz?«

Charlys Stimme war lauter geworden. Er wusste genau, wie ihr Gesicht jetzt aussah.

»Was soll ich denn machen? Wenn ich mich drücke, ist das verdächtig. Dann platzt am Ende unser ganzer Plan.«

Eine Weile herrschte Schweigen am anderen Ende der Leitung.

»Du hast ja recht«, sagte sie schließlich. »Dann sehen wir uns eben morgen früh auf dem Anhalter Bahnhof.«

»Zehn Uhr siebenunddreißig.«

»Korrekt. Kannst aber ruhig ein paar Minuten früher da sein. Und denk daran, nur kleines Gepäck, wir können nicht den ganzen Hausstand mitschleppen, wir sind nur Olympiatouristen.«

Rath musste an die Millers denken, die auch nur Olympiatouristen waren, aber dennoch ihren halben Hausstand durch Europa karrten. Aber die waren ja auch kein bescheidenes Ehepaar aus Klein Petersdorf.

»Ich mach das schon«, sagte er. »Ein Koffer, mehr nicht.«

Es schmerzte ihn, dass er nicht alle seine Schallplatten mitnehmen konnte. Zehn hatte er ausgesucht und eingepackt, es war ihm nicht leichtgefallen.

»Und denk an die Devisenbeschränkung. Nicht dass wir deshalb Ärger kriegen. Und vergiss die Briefe aus dem Nachttisch nicht. Alles Persönliche, was irgendwie verräterisch ist und auf andere hinweist. Die Gestapo wird unsere Wohnung umpflügen, wenn die erst einmal verstanden haben, dass wir weg sind.«

»Charly, mach dir keine Sorgen, wird alles erledigt. Noch bevor ich zur Arbeit fahre. Du bist ja nervöser als ich. Wird schon alles klappen. Wir machen eine kleine Zugreise, das ist alles. Und morgen Abend führe ich dich in Prag zum Essen aus.«

88

Sie legte auf. Noch ein letzter Einsatz. Der Gedanke gefiel ihr nicht, aber er hatte ja recht, es ging nicht anders: Bis morgen früh um elf mussten sie ihr normales Leben leben. Sie hatte sich allerdings heute schon bei Böhm freigenommen. Der wusste ja auch Bescheid. Zwangsläufig. Drei Pässe hatte sie ihm für eigene Zwecke abgeschwatzt, vier sogar, wenn man den für Marie Niemann mitzählte, und er hatte ihr alle vier anstandslos und ohne Murren überlassen. War eben ein anständiger Kerl.

Sie fragte sich, wie lange er es noch in Deutschland aushalten würde.

»Ich werde hier die Stellung halten, Charly«, hatte Böhm beim

Abschied gesagt, und sie hatte sich gefühlt wie eine Fahnenflüchtige, die ihr Land im Stich ließ.

Dass sie keine andere Wahl hatten, davon hatte sie ihm nichts erzählt, nichts von Sebastian Tornow und Gereons Verstrickungen mit dem SD. Von solchen Dingen zu wissen war gefährlich.

Sie nahm den Telefonhörer noch einmal von der Gabel.

»Vermittlung? Bitte verbinden Sie mich mit Humboldt siebendreivierneun.«

Es ratterte in der Leitung, und schon nach drei Freizeichen wurde abgehoben.

»Immanuel-Apotheke, Lorenz am Apparat.«

Charly senkte ihre Stimme. »Wann haben Sie zuletzt Ihren Bestand an Verodigen und anderen Digitalispräparaten überprüft, Herr Lorenz?«

»Wie? Wer spricht denn da?«

»Das tut nichts zur Sache. Überprüfen Sie Ihre Bestände, dann werden Sie verstehen.«

»Was soll denn das? Was wollen Sie? Ich …«

Charly legte auf. Das dürfte reichen, die erste Lunte war gezündet. Sie ging in die Küche zurück zu ihrem Kaffee und setzte sich. Wie lange sollte das noch so weitergehen mit Deutschland? Irgendwann musste doch auch der letzte merken, welche verlogenen Stümper das Land regierten. Im Augenblick jedoch lief es hervorragend, die Olympiade gaukelte der ganzen Welt ein sauberes, perfektes, sonnenbeschienenes Land vor. Sogar Jesse Owens hatte sich begeistert geäußert. Sah denn niemand die große Lüge hinter dieser Fassade?

Ein Schlüssel rasselte im Schloss, und kurz darauf stand Greta in der Küche.

»Du hier?«, sagte sie und musterte Charly. »Musst du nicht arbeiten?«

»Heute nicht. Willste'n Kaffee? Ist noch heiß.«

»Ne danke. Hab gerade bei Klaus gefrühstückt und …«

»Setz dich, ich muss mit dir reden.«

»Ui, das hört sich aber ernst an. Vielleicht brauchen wir Schnaps statt Kaffee.«

»Ist noch ein bisschen früh, oder? Vielleicht heute Abend. Einen Abschiedsschnaps.«

»Ach, gehst du doch zurück zu deinem Gereon? Hatte mich schon daran gewöhnt, dich wieder dauernd um mich zu haben.«

Charly nickte. »Ja, ich gehe zurück zu ihm. Aber es ist mehr als das. Wir fahren zusammen nach Prag, Gereon und ich.«

Damit hatte Greta nicht gerechnet, ihre Augen wurden groß wie Scheinwerfer.

»Du meinst: nicht als Touristen.«

»Richtig.«

»Ihr … ihr wandert aus.«

»Sozusagen. Ich hab dir eine Adresse aufgeschrieben, unter der du uns erreichen kannst. Postlagernd.«

»Mensch, Charlyschatz, tu mir das nicht an! Was soll ich denn ohne dich in Berlin anfangen?«

»Du kannst ja wieder nach Stockholm gehen. Oder komm einfach mal nach Prag. Dann fangen wir da was an. In Berlin geht das nicht mehr. Das Berlin, das wir geliebt haben, gibt es nicht mehr. Auch wenn es manchmal noch so tut.«

»Du hast deinen Ehemann also tatsächlich überredet.«

»Na, vielleicht waren es eher die Umstände, die ihn überredet haben. Wir müssen das Land verlassen, es ist höchste Zeit.«

»Warum?«

»Das kann ich dir nicht sagen. Aber du darfst niemandem davon erzählen, wo wir sind, schon gar nicht deinem Klaus.«

»Natürlich nicht.« Greta nahm ihre Hand. »Mensch, Charly, da wird mir ja richtig wehmütig zumute.«

»Na, nun lass uns mal nicht sentimental werden.«

»Sentimental? Igitt! Natürlich nicht.« Greta seufzte. »Und ich hatte gedacht, dass Deutschland langsam wieder normaler wird.«

»Alles nur Mummenschanz für die Olympiagäste. Deutschland wird erst wieder normal, wenn die Verbrecher, die uns regieren, zum Teufel gejagt werden.«

»Meinst du wirklich?«

»Du musst dir ja keine Sorgen machen. Mit deinem schwedischen Pass kannst du das Land verlassen, wann immer du willst.«

Greta sagte eine Weile nichts. Sie schaute nachdenklich drein.

»Weißt du was?«, sagte sie dann und nahm Charlys Hand in beide Hände. »Lass uns heute Abend noch einmal tanzen gehen. Ohne Männer, so wie früher.«

»Und dein Klaus?«

Greta machte eine wegwerfende Handbewegung. »Den lass mal meine Sorge sein, den hab ich im Griff.«

»Hast du ihm eigentlich schon von Herbert Ehlers erzählt?«

»Deinem Häftling?«

»So hast du ihn hoffentlich nicht genannt.«

»Keine Angst, ich hab deinen Namen nicht genannt, hab dich überhaupt nicht erwähnt. Habe ihm einfach erzählt, dieser Ehlers sei ein Bekannter, der ungerechtfertigt im KL säße. Wenn er denkt, dass ich ihn kenne, legt er sich bestimmt mehr ins Zeug als für einen deiner Bekannten.«

»Und wie hat er reagiert?«

Greta zuckte die Achseln. »Er hat sich den Namen aufgeschrieben. Und gesagt, er schaut mal, was sich da machen lässt.«

»Vielen Dank.«

»Keine Ursache. Ich halt dich auf dem Laufenden. Weiß ja jetzt, wie ich dich erreiche.«

»Du, Greta? Ich hab noch einen Auftrag für dich.«

»Alle Achtung. Du scheinst aber noch viel regeln zu wollen, bevor du abreist.«

Charly reichte ihr den Umschlag mit dem Brief, der Marie Niemann zum Mord an Walter Morgan angestiftet hatte.

»Was ist das?«

»Eine Zeitbombe. Die beweist, dass ein amerikanischer Olympiafunktionär im Olympischen Dorf vergiftet wurde und dass die deutschen Behörden, allen voran Gestapo und SD, das unter der Decke halten wollten.«

Greta nahm den Umschlag entgegen. »Und was soll ich damit tun? Zur Polizei gehen? Oder zur Presse?«

»Nichts dergleichen. Die lassen das nur wieder unter den Tisch fallen. Nein, das bringst du der Witwe des Funktionärs. Heute Abend noch. Persönlich. Sie heißt Olympia Morgan und wohnt im Hotel Bellevue.«

Greta nickte. Sie war mit einem Mal ganz ernst.

»Sage ihr, sie soll damit auf gar keinen Fall zur Polizei gehen, sie soll sich damit an einen Journalisten wenden, dem zu trauen ist.« Sie reichte Greta die Karte von Berthold Weinert. »Hier, den soll sie anrufen, der wird anbeißen und nichts verschweigen. Und wenn erst einmal in einer ernstzunehmenden Zeitung steht, wie und warum Walter Morgan ermordet wurde, dann kann das auch niemand in Deutschland mehr unter den Teppich kehren, nicht einmal Adolf Hitler persönlich.«

»Das soll ich ihr alles sagen? Das muss ich mir aufschreiben.«

»Ich hab schon einiges aufgeschrieben, in dem Umschlag steckt auch eine Übersetzung des Briefes ins Englische, damit die Witwe besser versteht, worum es geht. Wichtig ist, dass sie begreift, dass sie sich damit nicht an eine deutsche Zeitung wenden darf, und schon gar nicht an die deutsche Polizei, das musst du ihr einschärfen. Und dass es schnell gehen muss, noch vor Ende der Spiele.«

Greta horchte auf. »Geht's dir wirklich um Gerechtigkeit, Charly, und um nichts anderes?«

»Um was denn sonst?«

Greta schaute sie skeptisch von der Seite an. »Na, um den Skandal. Du willst Hitler und Konsorten den Spaß an den Olympischen Spielen verderben. Passend zur Abschlussfeier negative Schlagzeilen weltweit.«

Charly zuckte die Achseln. »Und wenn schon. Das ist doch auch Gerechtigkeit, oder? Die verlogene Propaganda der Nazis ein wenig zu beschmutzen.«

»Aber sicher.«

Greta schaute in den Umschlag. »Und was genau ist das jetzt hier für ein Sprengstoff?«

»Ein Brief, der ein unglückliches Mädchen, dessen Bräutigam in einer amerikanischen Fabrik unter mysteriösen Umständen gestorben ist, zum Mord am dafür verantwortlichen Fabrikanten anstachelt. Leider erfolgreich. Walter Morgan wurde von einer gewissen Marie Niemann vergiftet, doch die deutschen Behörden haben es wider besseres Wissen als natürlichen Herztod verkauft.«

»Dann willst du das arme Mädchen ans Messer liefern? Obwohl die nur Werkzeug war? Obwohl man sie nur ausgenutzt hat?«

»Marie ist längst in Sicherheit, die findet niemand. Wichtig ist, dass herauskommt, dass die Nazis das unter den Teppich kehren wollten. Um ihre Propagandasportschau nicht zu stören.«

»Dann verstehe ich dich also richtig? Du willst noch einen großen Skandal vom Zaun brechen, bevor du Deutschland verlässt?«

»Wenn du so willst.«

»Da bin ich dabei!« Greta grinste. »So kenne ich meine Charly! Wenn schon ein Abgang, dann einer mit einem dicken Rumms! Mädchen, ich werd dich vermissen. Verdammt doll vermissen.«

Und jetzt wurde die sonst so beherrschte und nordisch kühle Greta Overbeck doch noch sentimental und nahm ihre Freundin in den Arm.

89

Sein Zimmer ging zum Hinterhof hinaus, über dem Dachfirst des Nachbarhauses konnte er den Gasometer schwarz und groß vor dem glühend roten Abendhimmel aufragen sehen. Ein Bett, ein Waschtisch, ein Stuhl, ein Kleiderschrank und ein fleckiger Spiegel an der Wand, das war's, aber mehr brauchte er auch nicht. Die Pension war günstig, und in Schöneberg war er sicher, das lag weit genug weg von allen, die ihn kannten.

Fritze hatte all seine Siebensachen im Kleiderschrank verstaut, nun saß er auf der Bettkante und schaute sich den tschechischen Pass an. Auf dem Foto sah er tatsächlich älter aus, als er war. Wenn auch vielleicht nicht wie zwanzig. Aber genausogut gab es Zwanzigjährige, die jünger aussahen, also haute das irgendwie hin. Das Wichtigste war, dass Nepomuk Friedrich Hutzke in einem halben Jahr einundzwanzig und damit auch nach deutschem Recht großjährig wurde.

Das einzige, was störte, war der selten dämliche Name. Allein der zweite Vorname tröstete ihn ein wenig. Fritze hoffte, den Pass nicht allzuoft brauchen zu müssen. Vielleicht beim Arbeitsuchen oder Zimmermieten oder so. Immer dann, wenn er beweisen müsste, dass er schon großjährig war. Wenn er das denn beweisen müsste.

Er wusste immer noch nicht, ob er Charlys Angebot annehmen sollte. Morgen früh, kurz nach halb elf, würde der Zug nach Prag abgehen. Die Raths mochten ihn, und die Zeit bei den beiden war alles in allem, trotz der vielen Streitereien, eine gute gewesen.

Eigentlich die beste in seinem Leben. Nein, die zweitbeste. Die beste, das waren und blieben, trotz all der gefährlichen Dinge, die sich da ereignet hatten, die Wochen mit Hannah.

Er hatte sich das nie eingestanden und den Gedanken immer beiseitegeschoben, weil er ihm peinlich war, aber wenn es einen Menschen gab, den er wirklich vermisste, dann war das Hannah Singer.

Aber das durfte niemand wissen, nicht einmal Charly konnte er das erzählen. Obwohl er es sogar vorhatte, nachdem er peinlicherweise vor ihren Augen wieder so einen dämlichen Heulanfall hatte, doch irgendetwas hatte ihn nicht gelassen; er hatte es einfach nicht hingekriegt, ihr den wirklichen Grund zu nennen, der es ihm so schwer machte, Berlin – und vor allem Deutschland – zu verlassen.

Am Ende hätte sie noch denken können, er sei verliebt.

Wobei er genau das natürlich war, doch wen ging das etwas an? Nicht einmal Hannah ging das etwas an! Die am allerwenigsten.

Hannelore Schneider hieß sie jetzt. Er hatte keine Ahnung, wie sie mittlerweile aussah, was sie machte, wo sie lebte – ja, ob sie überhaupt noch im Land war, wo Deutschland mit den Juden doch so schlecht umsprang. Wobei Hannelore Schneider keine Jüdin war, sondern evangelisch. Aber Hannah Singer war eine.

Das letzte Lebenszeichen von ihr war ein Brief, den sie, unterschrieben nur mit ihren Initialen H. S., im Sommer 33 in ihrer unbeholfenen, weil wenig geübten Handschrift an die Familie Rath in der Carmerstraße geschrieben hatte. Der Brief hatte keinen Absender, doch war er in Breslau abgestempelt worden. Das war weit genug weg von Berlin, um in Sicherheit zu sein, aber immer noch nah genug dran. Eigentlich ein Ort wie gemacht für Friedrich Thormann in seiner jetzigen Situation. Die perfekte Stadt für einen Neuanfang. Vorausgesetzt, er würde Hannah dort finden.

Fritze hatte ihren Brief heimlich eingesteckt, bei seinem Besuch gestern in der Carmerstraße. Er hatte da gelegen, wo Charly all ihre Briefe aufbewahrte, in der abschließbaren Schublade ihres Nachttischs. Als Frank Miller in der Uniform aus dem Schlafzimmer gestürmt war, hatte Fritze ihn herausgenommen und in die Innentasche von Franks Sportblouson gesteckt, der jetzt im Schrank hing.

Auch das mit dem Brief hatte er Charly nicht erzählt. Sie würde es verstehen, da war er sich sicher. Sollte sie doch denken, er sei in Hannah verliebt; das war ihm egal, solange er nicht daneben saß, wenn sie das dachte.

Er legte den Reisepass beiseite und faltete den Brief auseinander. Er konnte nicht sagen, wie oft er ihn seit gestern schon gelesen hatte, immer und immer wieder.

Liebe Charlotte, lieber Gereon, lieber Fritz,

ich schreibe Euch diese Zeilen, um euch mitzuteilen, daß ich gut angekommen bin. Ich habe eine kleine Wohnung mit Balkon gefunden, auf dem ich manchmal sitze und die Gedanken kreisen lasse.

Ich muß oft an Euch denken und an das, was wir gemeinsam durchgestanden haben. Ich kann Euch gar nicht sagen, wie dankbar ich Euch allen bin und besonders Fritz. Ohne Dich, mein tapferer Junge, würde ich nicht mehr leben! Das werde ich Dir nie vergessen, in meinem ganzen Leben nicht.

Vielleicht kann ich eine Anstellung finden, in einem kleinen Krämerladen um die Ecke. Ich weiß, daß das nicht unbedingt nötig ist, für mich ist ja gesorgt, aber der Mensch muß doch irgendwas tun. Ich habe mir auch überlegt, Schreibmaschine zu lernen. Und überhaupt, mehr zu lernen, ich war ja leider nicht so viele Jahre in der Schule. Das solltest Du auch tun, Fritz. Streng Dich an in der Schule! Was Du einmal gelernt hast, kann Dir keiner mehr nehmen.

Im Moment ist das ja alles nicht möglich, aber ich hoffe, daß es irgendwann einmal Zeiten gibt, in denen wir uns wiedersehen können. Ich vermisse Euch sehr.

Alles, alles Gute Euch dreien,
Eure H. S.

PS: Fritz: Laß Dich nicht unterkriegen und laß Dir nichts erzählen! Mach was aus Deinem Leben! Ich will doch stolz auf Dich sein, wenn wir uns mal wiedersehen.

Das Postscriptum las er gleich zweimal, und jedesmal verursachten ihre Worte einen warmen Schauer, der im Nacken anfing und durch seinen ganzen Körper strömte. Obwohl er sie längst auswendig kannte.

Mach was aus Deinem Leben! Ich will doch stolz auf Dich sein, wenn wir uns mal wiedersehen.

Und auch andere Sätze in diesem Brief hatten sich in Fritzes Gedächtnis gegraben, seit jenem Tag, als Charly ihn zum ersten Mal vorgelesen hatte.

Eine kleine Wohnung mit Balkon.

Wenn er das hörte, stellte er sich vor, wie es wäre, wenn er zusammen mit Hannah in einer kleinen Wohnung mit Balkon lebte. Wenn sie dort säßen und der Sonne beim Untergehen zuschauten.

Das werde ich Dir nie vergessen, mein ganzes Leben lang.

Er würde Hannah auch sein Leben lang nicht vergessen, das stand fest. Die Sehnsucht nach ihr war von Jahr zu Jahr größer geworden. Je mehr die konkrete Erinnerung an sie verblasste (manchmal hatte er wirklich Probleme, sich ihr genaues Aussehen wieder ins Gedächtnis zu rufen), desto stärker wurde der Wunsch, sie wiederzusehen. Noch nie hatte er einen Menschen so sehr vermisst, nicht einmal seine Mutter.

Er faltete den Brief zusammen und schob ihn zurück ins Kuvert. Zusammen mit dem Pass steckte er ihn in seine Jackentasche. Diese Dinge hierzulassen wagte er nicht, er traute der Pensionswirtin nicht über den Weg. Auch alles Bargeld steckte er ein. Die HJ-Sammelbüchse hatte er schon in die Spree geworfen, ohne Uniform würde die ihm auch keinen Nutzen mehr bringen. Künftig musste er auf andere Art und Weise zu Geld kommen.

Aber ein bisschen was hatte er ja noch, für die nächste Woche sollte es reichen.

Sein Magen knurrte, und er beschloss, unten in der Bäckerei ein paar Backabfälle zu besorgen, Kuchenränder und ähnliches. Das war billig, und es machte satt. Außerdem machte es Matz, einer seiner Helden aus dem Fliegenden Klassenzimmer, genauso, und der war stark, der haute jeden anderen Jungen um. Eine Flasche Milch hatte Fritze heute morgen schon stibitzt, das würde zusammen eine gute Mahlzeit ergeben.

Als er unten auf die Gotenstraße trat, fühlte er sich frei wie schon lange nicht mehr in seinem Leben. Er war wieder sein eigener Herr *und* er hatte ein Dach über dem Kopf. Beides zusammen kannte er gar nicht mehr. Auf der Straße war er frei gewesen, aber ohne Obdach, in den Pflegefamilien hatte er zwar ein Dach über dem Kopf, musste sich aber dem Willen seiner Pflegeeltern fügen. Er war wohl nicht gemacht für so ein Kinderleben, wurde Zeit, dass er endlich erwachsen wurde. Auch vor dem Gesetz erwachsen. Aber da musste er sich noch ein paar Jahre gedulden. Und so lange mit den geborgten Jahren von Nepomuk Hutzke auskommen.

Die Bäckerei lag um die Ecke in der Leuthener Straße. An deren Ende wirkte der Schöneberger Gasometer, dessen Gasglocke jetzt auf ihrem Zenit stand, besonders eindrucksvoll. Wie das riesige Raumschiff aus der Geschichte von Hans Dominik, die er vor ein paar Jahren gelesen hatte.

Es war fünf vor halb sieben, und kurz vor Ladenschluss waren die Bäckereien mit ihren Resten meist besonders großzügig.

»Für zwei Groschen Reste, bitte«, verlangte Fritze.

»Na, da wollen wir mal kieken«, sagte die Frau hinter der Theke und packte ordentlich ein. »Magste denn auch Hefekuchenränder?«

»Aber immer.«

Er reichte die zwei Münzen über die Theke, nahm die prall gefüllte Papiertüte in Empfang und verabschiedete sich.

Na, dachte er zufrieden, als er die Bäckerei verließ und den ersten Kuchenrand in den Mund schob, hier in der Gegend lässt es sich doch leben.

Ein paar Meter vor ihm auf der anderen Straßenseite hatte eine schwarze Limousine gehalten. Ein uniformierter Fahrer stieg aus und öffnete seinem Fahrgast die Tür, der ebenfalls eine schwarze Uniform trug. SS. Fritze erschrak, obwohl die natürlich nicht seinetwegen hier waren. Die beachteten ihn gar nicht. Der Mann, der ausgestiegen war, den Abzeichen nach ein Obersturmbannführer, sagte noch etwas zu seinem Fahrer, der dann den rechten Arm zum Deutschen Gruß ausstreckte. Der Obersturmbannführer antwortete mit dem linken. Der rechte Uniformärmel war leer und mit perfekter Bügelfalte an die Seite geheftet.

Fritze erstarrte. Das war er, kein Zweifel. Obwohl er diesmal Uniform trug und keinen grauen Anzug. Herr Tornow. Der Freund von Herrn Rademann. Der so seltsame Fragen gestellt hatte.

Herr Tornow war Obersturmbannführer bei der SS.

Einen unendlichen Augenblick lang war Fritze außerstande, sich zu regen, er stand da wie erstarrt, den angebissenen Hefekuchenrand in der Hand. Erst nach einer Ewigkeit, wie es ihm schien, bekam er wieder Gewalt über seinen Körper und huschte in die nächste Toreinfahrt.

Hoffentlich kam Herr Tornow hier nicht vorbei! Hoffentlich hatte der ihn nicht gesehen. Der wusste bestimmt schon von Herrn Rademann, dass dessen Pflegesohn ausgerissen war. Und würde sich wundern, Fritze hier anzutreffen. Oder sich gar nicht wundern und sofort die Rademanns und das Jugendamt und womöglich auch noch die Gestapo alarmieren.

Fritze kam sich vor wie ein Verbrecher auf der Flucht, obwohl er gar nichts verbrochen hatte.

Er zuckte noch einmal zusammen, als hinter ihm jemand die Haustür öffnete. Ein Mann kam heraus, der ihn kopfschüttelnd anschaute.

»Heil Hitler«, grüßte Fritze forsch, und der Mann grüßte reflexartig zurück. Das klappte in Deutschland immer. Außer vielleicht bei Charly.

Dann verschwand Fritze, so selbstverständlich, als wohne er hier, durch die offene Haustür im kühlen Treppenhaus. Was sollte er tun? Wie lange warten, bis er wieder auf die Straße konnte? Und was, wenn Herr Tornow ausgerechnet hier in diesem Haus wohnte? Blödsinn, schalt er sich, dreh nicht durch. Wenn er hier wohnen würde, hätte sein Fahrer auch hier gehalten und nicht drei Häuser weiter auf der anderen Straßenseite.

Er wartete fünf Minuten, erst dann wagte er sich wieder nach draußen und lugte um die Ecke. Die schwarze Limousine war verschwunden. Keine Uniformen mehr auf der Straße.

Dennoch hatte Fritze ein ungutes Gefühl, als er über die Leuthener Straße zurück zu seiner Pension schlich. Was, wenn Herr Tornow oben am Fenster stand und hinaussschaute? Und den flüchtigen Pflegesohn seines Freundes erkannte?

Fritze war der Appetit vergangen, er steckte das angekaute Randstück zurück in die Tüte. Eines stand fest: Das Zimmer in der Pension Schiller würde er wieder aufgeben. Heute noch. Er würde sein Abendessen woanders essen müssen.

90

Als die Scheinwerfer eingeschaltet wurden, verdampften auch die letzten Reste des Tages. Rund um die illuminierte Bühne wirkte der Garten der Villa Göring plötzlich nachtschwarz und dunkel. Mittelalterlich anmutende Herolde nahmen im Lichtkegel Aufstellung. Sie setzten ihre Fanfaren an, und die Gäste nahmen Platz. Das Ballett der Staatsoper führte einen Elfenreigen auf. Was für ein lächerliches Gehüpfe, aber das musste man wohl über sich ergehen lassen, wenn man hier eingeladen war.

Abraham Goldstein saß mehrere Reihen hinter dem Gastgeber, der direkt vor der Bühne Platz genommen hatte. Was für ein feister, unangenehmer Kerl. Saß da in seiner weißen Uniform und verfolgte die Darbietungen mit sichtlichem Stolz und zufriedenem Grinsen. Schaut her, schien dieses Grinsen zu sagen, schaut her, das habe ich, Hermann Göring, für euch auf die Beine gestellt, und das ist noch längst nicht alles. Ihr staunt jetzt schon? Ihr werdet noch mehr staunen.

Goldstein hatte das feiste Grinsen die ganze Zeit im Blick. Er hätte Göring mit einem einzigen gezielten Schuss erledigen können, aber das ging natürlich nicht, hier lauerten überall Wachen. Rund zwei Dutzend allein in Uniform, aber mindestens genauso viele hatten sich in Zivil unter die Gäste gemischt. Für so etwas hatte er einen Riecher.

Beim Einlass hatte es keine Probleme gegeben. Ein Offizier des Regiments Göring hatte einen Blick auf seine Einladung geworfen und Herrn Doktor Heinrich Kaufmann passieren lassen. Er befand sich in guter Gesellschaft. Das gesamte diplomatische Corps der Reichshauptstadt war geladen, alle olympischen Funktionäre, die in der Stadt weilten, Mitglieder der Reichsregierung, hohe Militärs, SS, SA und prominente Olympiabesucher. Dazu ein paar Sportler, Künstler und Geschäftsleute. Niemand war misstrauisch.

Endlich war das Gehüpfe auf der Bühne zuende, die Elfen verbeugten sich, die Gäste applaudierten brav. Wieder setzten die Herolde ihre Fanfaren an, und Goldstein befürchtete schon eine weitere Ballettaufführung, doch kündigten die Fanfarenklänge diesmal etwas anderes an. Die großen Vorhänge, die bislang den Zugang zum hinteren Teil des Gartens versperrt hatten, wurden beiseite gezogen.

Der Hausherr betrat die Bühne und hieß seine Gäste willkommen, die wichtigsten namentlich, König Boris von Bulgarien, Kronprinz Paul von Griechenland, Erbprinz Gustaf Adolf von Schweden. Doktor Heinrich Kaufmann wurde nicht erwähnt. Am Ende seiner Ansprache erklärte Göring den zwanglosen Teil des Sommerfests für eröffnet und bat die Gesellschaft in den hinteren Teil des Gartens.

Alles erhob sich von den Plätzen und strömte nach hinten, Goldstein folgte der Menge. Göring hatte sich nicht lumpen lassen. In der parkähnlichen Anlage war zwischen den Bäumen ein ganzes Dorf entstanden, mit Bäckerei und Postamt und all dem, was man landläufig für typisch deutsch hielt: eine Schwarzwaldmühle, eine Hamburger Hafenschenke, sogar ein Rheindampfer. Dazwischen standen Jahrmarktbuden und Karussells. Der beleibte Hausherr selbst machte den Anfang und erklomm eines der hölzernen Pferdchen, um ein paar Runden Karussell zu fahren. Was ihn in seiner Uniform noch lächerlicher wirken ließ. Einigen Gästen war anzusehen, wie unangenehm ihnen das kindische Gehabe ihres Gastgebers war.

In deutsche Trachten gekleidete Kellner und Kellnerinnen trugen Tabletts mit Getränken und kleinen Häppchen durch die Gegend. Goldstein ergriff ein Champagnerglas und schaute sich um. Herren im Frack oder Ausgehuniform, Damen in Abendkleidern, die sich freuten wie die kleinen Kinder und zu den Schießbuden und Bratwurstständen strömten. Andere hielten sich erst einmal an den Champagner und suchten das Gespräch. Es mochten an die tausend Gäste sein, die sich in den weitläufigen Gartenanlagen tummelten. Goldstein trank einen Schluck von dem perfekt temperierten Champagner und schlenderte umher. Er konnte es nicht ganz genau sagen, aber ungefähr an dieser Stelle hier, auf halber Strecke zwischen dem Haus der Flieger und dem Ministerium, musste es passiert sein. Hier hatte Hermann Göring Johann Marlow und Liang Kuen-Yao eine Falle gestellt, hier hatten die beiden erschossen werden sollen. Von den Männern, die nun selbst den Tod gefunden hatten. Allein dem selbstlosen Einsatz seines Leibwächters verdankte es Marlow, dass er diesen schwarzen Tag überlebt hatte. Doktor M. sprach nicht oft darüber, nur ein einziges Mal hatte er es getan: als er seinen Geschäftspartner Abraham Goldstein gebeten hatte, ihm einen Gefallen zu tun, wenn er im Sommer die lang geplante Reise zur Olympiade antrete.

Eigentlich hatte Goldstein das Geschäft des Mordens gegen Bezahlung schon vor Jahren aufgegeben, doch diesem Angebot hatte er nicht widerstehen können. Niemand, der in New York und New Jersey Heroin verkaufen wollte, würde künftig an ihm vorbeikommen. Und Heroin war das Geschäft der Zukunft, seit Alkohol wieder legal und damit uninteressant geworden war. Die verbotene Medizin aus Deutschland war bei seinen Landsleuten beliebter als Kokain, und sie waren auch bereit, mehr dafür zu bezahlen. Der Kontakt zu diesem alten Chemiker war wertvoller als Geld, dessen Wissen noch mehr als dessen Heroinvorräte. Die Zukunft sah golden aus. Abraham Goldstein würde mehr Geld verdienen, als Fat Moe jemals mit Alkohol verdient hatte. Mehr als alle New Yorker jemals mit Alkohol verdient hatten.

Nur diesen einen Auftrag heute noch. Er grinste unwillkürlich. Zwei Fliegen mit einer Klappe schlagen, so sagte man doch in Deutschland.

Die Menschen verteilten sich überall im Garten, nicht nur auf dem künstlichen Rummelplatz. Goldstein bewegte sich langsam wieder zurück zur Villa Göring, die sich auf der anderen Seite des Hauses der Flieger befand. Die für die Ballettvorführung aufgestellten Stühle waren bereits abgeräumt, auch hier standen nun Menschen in Abendgarderobe und unterhielten sich.

Er erkannte Eleanor Holm, die bei den Spielen in Los Angeles vor vier Jahren eine Goldmedaille geholt hatte. Er hatte sie damals selbst siegen sehen. Und nun hatte Avery Brundage, der schmallippige Präsident des amerikanischen olympischen Komitees, der aussah wie eine humorlose Version von Harold Lloyd, ihr den Start in Berlin untersagt. Weil sie auf der Überfahrt zu viel gefeiert haben sollte. Wahrscheinlich war es der pure Neid, denn um die schöne Schwimmerin, die sich angeregt mit einer ganz in Schwarz gekleideten Dame und deren Begleiter unterhielt, hatte sich eine Traube von Menschen gebildet, während Brundage völlig allein und verloren in der Gegend herumstand.

Vor dem Haupteingang der Villa standen zwei Wachen. Die Dienstwohnung des preußischen Ministerpräsidenten, eine altehrwürdige, noch aus Kaisers Zeiten stammende Villa mit Renaissancegiebeln und kleinen Türmchen, hier würde Göring sich nach der Feier zur Ruhe betten, hier würde er sich, sollte es nötig sein, zwischendurch stärken.

Zwei uniformierte Wachen. Die übrigen Sicherheitsleute hielten sich dort auf, wo der Ministerpräsident war, und der fuhr immer noch Karussell. Goldstein leerte sein Champagnerglas und stellte es dem nächsten Trachtenkellner aufs Tablett. Als er sicher war, dass niemand auf ihn achtete, weil alle auf die hübsche Schwimmerin schauten, tat er einen schnellen Schritt zwischen zwei dichten Sträuchern hindurch und ging zur Rückseite des Gebäudes. Hier war es dunkler als auf der anderen Seite, wo Scheinwerfer und Lampions das Fest illuminierten. Im Haus brannte nur hinter wenigen Fenstern im Souterrain Licht, er vermutete, dass dort die Küche lag. Weiter hinten führte eine Treppe hinab zum Kohlenkeller. Das Schloss der Kellertür ließ sich problemlos knacken, und er schlüpfte hinein. Hier war es stockfinster, er zog seine Lederhandschuhe über und knipste die Taschenlampe an. Während er geduldig einen Weg durch den Keller nach oben suchte, achtete er sorgsam darauf, nirgends eine Wand zu berühren, um sich nicht mit Kohlenstaub zu besudeln.

Die Halle, die ihn am Ende der Kellertreppe erwartete, hatte große Fenster, durch die das Mondlicht fiel, er konnte die Taschenlampe wieder ausschalten. Eine breite Marmortreppe führte in die oberen Stockwerke. Seine Nerven waren bis zum Zerreißen gespannt, trotzdem blieb er ruhig und kaltblütig, als er in die Nacht hineinhorchte. Der Hausherr und seine Gattin waren auf dem Fest, ebenso die Dienstboten, dennoch hielt er immer wieder inne, während er auf leisen Sohlen die Treppen hinaufhastete. Doch außer den gedämpften Festgeräuschen, die von außen hereindrangen, war nichts zu hören.

Görings Schlafgemach lag in der zweiten Etage. Goldstein hatte sich den Grundriss gut eingeprägt. Er drückte die Klinke, die Tür war unverschlossen. Ein süßlicher Parfumdunst empfing ihn. Er musste seine Taschenlampe nicht einschalten, das Mondlicht schien durchs Fenster und ließ die Konturen eines großen Himmelbetts klar hervortreten. Er war beruhigt, Lembecks Plan stimmte.

Goldstein schloss die Tür so leise wie möglich. Das Fenster des Schlafzimmers ging zur Westseite hinaus, von dem Fest war nicht mehr viel zu hören. Er rupfte sich das Hemd aus der Hose und schnallte den Gürtel ab, den er um die Brust gewickelt trug. Eigentlich kein Gürtel, eher eine Art Korsett, das eine weiche, nachgebende Masse enthielt. Sprenggelatine, hatte Lembeck ihm erklärt, gespickt mit bösen, scharfkantigen Metallsplittern. Eine Sprengmasse, sicher gegen Erschütterung. Allein durch den Zünder zur Detonation zu bringen. Durch den Bleistiftzünder, den er wie einen Kugelschreiber in seiner Tasche trug. Er hatte die Bombe von den Fachleuten bauen lassen, die Lembeck ihm empfohlen hatte. Der Mann war Gold wert. Goldstein ahnte, wie wichtig dieser unscheinbare Kauz, der alles und jeden in Berlin zu kennen schien, für Johann Marlow gewesen war. Ohne Lembeck und dessen Informationen hätte Goldstein seine Arbeit in den letzten Wochen nicht so präzise erledigen können.

Er holte den Zünder aus der Tasche, knickte das obere Ende der Blechröhre und zerbrach damit den Glaszylinder mit dem Kupferchlorid. Jetzt gab es kein Zurück mehr. In sechs Stunden würde die Zündkapsel den Sprengsatz zur Detonation bringen. Goldstein schob die Bombe unter das Bett und ging zurück zur Tür. Er legte sein Ohr an das Holz und lauschte kurz, doch draußen auf dem Gang war alles still.

Die Dinge konnten ihren Lauf nehmen.

91

Je länger sie nun schon hier hockten, desto unsicherer wurde er, ob sie mit ihren Überlegungen auch recht hatten. Würde Goldstein wirklich versuchen, sein Opfer mit Heroin umzubringen?

Eigentlich konnte es ihm ja gleichgültig sein. Sollte er sich verschätzt haben mit seiner Theorie, würde Tornow ihm den Kopf nicht mehr abreißen können. Weil Gereon Rath morgen früh nicht zum Dienst erschiene. Weil es keinen Gereon Rath mehr gäbe, dem man den Kopf abreißen könnte. Sondern nur noch einen Helmut Michalek, der sich mit seiner Frau Erika zusammen in Prag eine neue Existenz aufbaute.

Das private Arbeitszimmer von Hermann Göring lag im ersten Stock an der Ostseite der Dienstvilla, zur Gartenseite hin. Von draußen konnte Rath das vergnügliche Stimmengewirr der Feiernden hören. Aber das war auch schon alles, sonst hörten sie nichts, sonst wussten sie nichts.

Das Dumme war, dass sie in ihrem Versteck von allen Informationen abgeschnitten waren. Sie wussten nicht einmal, ob Goldstein überhaupt auf dem Sommerfest erschienen war, geschweige denn, ob er das vorhatte, was sie vermuteten. Ihnen blieb nichts anderes übrig als zu warten.

Das Licht eines der Scheinwerfer, die das Gartenfest illuminierten, fiel durch die beiden großen Fenster in das holzgetäfelte Arbeitszimmer, und so konnten sie wenigstens den schweren Schreibtisch sehen, in dessen oberster Schublade das Hirschnappa-Etui eingeschlossen war, in dem Hermann Göring seine fertig aufgezogenen Morphinspritzen aufbewahrte. Diese Details waren Rath noch aus den Geheimdokumenten in Erinnerung geblieben, die er letztes Jahr eingesehen hatte.

Langsam wurde es unbequem. In dem Aktenschrank, den sie zuvor von sämtlichen Leitzordnern und Regalböden befreit hatten, konnten sie nur in hockender Haltung ausharren. Außerdem musste Rath die Schranktür festhalten, damit sie einerseits nicht aufschwang, sie aber andererseits den Schreibtisch durch den Türspalt immer im Blick hatten.

Es waren nicht viele Menschen eingeweiht, nicht einmal der

Hausherr selbst. Tornow hatte irgendwelche geheimen Strippen gezogen und mit dem Befehlshaber der Wachmannschaft gekungelt, und so hatte er mit Gräf eine halbe Stunde vor Beginn der Feierlichkeiten seinen Posten beziehen können, erst einmal die Akten nach nebenan geschafft und sich dann in den Schrank gehockt.

Die größte Sorge, die ihn seither plagte, neben den zunehmenden Rückenschmerzen, war die, Göring könne viel zu früh auf die Idee kommen, seinen Morphinspiegel in die Höhe zu spritzen und womöglich die beiden zusammengekauerten Beamten in seinem Aktenschrank entdecken.

Gräf hielt den Fotoapparat einsatzbereit, Rath eine Taschenlampe und seine Walther PPK. Wie in alten Zeiten. Nur dass Gräf diesmal nicht das Ungetüm der Kriminalpolizei benutzte, sondern eine kompakte Kleinbildkamera mit einem Osram-Vacublitz samt Reflektor. Bevor sie ihn festnahmen, wollten sie ein Beweisfoto von Goldstein schießen, wenn sich der Gangster an den Morphinvorräten des preußischen Ministerpräsidenten zu schaffen machte.

Wenn er das denn jemals täte. Sie hockten nun schon über drei Stunden hier. Die Wahrscheinlichkeit, dass Hermann Göring derjenige wäre, der das Hirschnappa-Etui als erster aus der Schublade holte, wuchs von Minute zu Minute.

»Was meinst du«, flüsterte Rath, »wie lange warten wir noch?«

»Was fragst du? Wir haben doch genaue Instruktionen. Bis Goldstein kommt oder wir Entwarnung bekommen, dass er das Sommerfest verlassen hat.«

»Ich würde lieber eine Warnung bekommen, wann er das Haus betreten wird. Damit wir Bescheid wissen.«

»Aber das geht nicht«, zischte Gräf. »Wir werden schon merken, wenn er das Zimmer betritt. Und dann sollten wir gefälligst unsere Klappe halten. Auch das gehört zu unseren Instruktionen.«

»Jawohl, Untersturmführer.«

Rath ärgerte sich wieder einmal über Gräfs belehrende Art. Und noch mehr darüber, dass er natürlich recht hatte. Sie mussten hier hocken und den Mund halten, so unbequem und langweilig das auch sein mochte. Und dann im richtigen Moment zuschlagen. Er hoffte nur, dass Reinhold Gräf nicht aus Versehen

Hermann Göring fotografierte, wenn der sich die Morphiumnadel in die Armbeuge oder sonstwohin stach. Wobei er sich nicht einmal sicher war, ob Tornow dem Untersturmführer nicht genau das befohlen hatte, sollte Plan A nicht funktionieren.

»Meinst du …«, fing Rath wieder an, doch ein Rippenstoß von Gräf unterbrach ihn.

»Psst«, zischte der, so schneidend scharf wie eine angriffslustige Giftschlange, »ich glaube, da kommt jemand.«

Sie hielten den Atem an und lauschten. Tatsächlich knarrten die Dielen auf dem Gang. Sie hörten, wie die Türklinke gedrückt wurde. Und Rath fragte sich, wer nun gleich in ihrem Blickfeld erscheinen würde: Abraham Goldstein oder Hermann Göring.

92

Dass Eleanor hier war, machte die Sache erträglich. Mit ihr konnte man so herrlich über Avery herziehen, diesen unerträglichen Nichtschwimmer. Wie er da stand mit missgünstig verkniffenen Lippen und immerzu zu ihnen herüberschielte. Die Abneigung gegen Avery Brundage war eines der wenigen Dinge, die sie mit ihrem verstorbenen Mann geteilt hatte. Wenn auch aus unterschiedlichen Gründen.

Ihren Aufpasser von der SS war sie auch endlich losgeworden. Nach dem Krematorium hatte der sich nicht mehr blicken lassen. Einen Augenblick hatte sie befürchtet, sie könne ihm auf dem Gartenfest begegnen, doch alle Herren in schwarzen Uniformen, die hier herumliefen, besaßen noch beide Arme.

Mit Eleanor versprach der Abend spaßig zu werden, dennoch konnte Olympia Morgan sich nicht so recht darauf einlassen, ihre Gedanken führten sie immer wieder woanders hin. Zu dieser energischen jungen Frau. Kurz bevor sie mit Henry zum Gartenfest bei Ministerpräsident Göring aufgebrochen war, hatte die sie im Hotel abgefangen. Sie hatte ihren Namen nicht genannt, aber behauptet, sie habe da einen wichtigen Brief für Misses Olympia Morgan.

Den hatte sie in der Tat, aber warum kam sie damit zu ihr, anstatt zur Polizei zu gehen? Und vor allem: Warum erst jetzt? Ein paar Tage vor ihrer Abreise! Jetzt, wo Walter längst verbrannt war!

Sie fragte sich, wie diese Frau an den Brief gekommen war, ob sie eine Bekannte des Mädchens war, die den Brief zufällig entdeckt und sich den Rest dann zusammengereimt hatte? Oder hatte das Mädchen der Frau alles gebeichtet? Dass sie Gift aus der Apotheke entwendet und das dem herzkranken Walter Morgan ins Essen gemischt habe?

Dass man ihren Mann vergiftet haben konnte, daran hatte Olympia Morgan auch schon gedacht, den Gedanken daran aber wieder verworfen, weil dieser deutsche detective sich doch so sicher gewesen war, dass Walter einem Herzinfarkt erlegen war. Alle waren sich so sicher gewesen, also hatte sie es irgendwann auch geglaubt.

Bis die Unbekannte mit dem Brief aufgetaucht war.

Dass ein junges Mädchen ihren Mann umbringen würde, daran hatte Olympia Morgan nicht gedacht, sie hatte eher mit deutschen Kommunisten gerechnet, aber letzten Endes war ja auch gleichgültig, wer es getan hatte: Walter war tot, so oder so.

Seine Asche würde nicht in das Familiengrab der Morgenthaus auf dem Jüdischen Friedhof von Chicago kommen, sie hatten vor einiger Zeit schon eine Grabstätte auf dem Oak Woods Cemetery gekauft. Weil sie dabei waren, eine neue Dynastie zu gründen. Benjamin war zwar der jüngere ihrer beiden Söhne, aber er war eindeutig der bessere Geschäftsmann; er würde den Namen Morgan weitertragen, er würde ganz in ihrem Sinne arbeiten, allerdings war er erst fünfzehn. Während Joseph, der Älteste, ein Träumer war, der nichts im Geschäftsleben verloren hatte. Mit einer monatlichen Rente würde er sich zufriedengeben, solange er nur seinen schriftstellerischen Versuchen nachgehen könnte. Sollte er. Solange er ihr nicht ins Handwerk pfuschte, konnte er machen, was er wollte. Niemand durfte ihr ins Handwerk pfuschen, auch ihre Söhne nicht.

Benny würde sie schon auf Kurs bringen, der Kleine war ganz nach seiner Mutter geraten. Dem konnte sie das Geschäft von der Pike auf beibringen, und er würde verstehen. Auch wie man mit den Arbeitern umgehen musste, vor allem mit jenen, die ihr Maul zu weit aufrissen. Das konnte er gar nicht früh genug lernen.

Nun hatte sie also einen Beweis in der Hand, dass amerikanische Kommunisten, genau jene Unruhestifter, die sowieso immer Schwierigkeiten bereiteten und die sie am liebsten im Gefängnis gesehen hätte, zum Mord an Walter angestiftet hatten, doch eigentlich war es eben kein wirklicher Beweis, und sie wusste nicht, was sie damit anfangen sollte. Zumal dort ja auch der Tod dieses Karl Landers wieder aufgerollt wurde, der der Schlimmste von allen gewesen war, dieser deutsche Kommunist. Und jetzt trug sie das verdammte Schreiben in ihrer Handtasche und fühlte sich nicht wohl dabei.

Das Auto hatte schon vor dem Hoteleingang gewartet, da hatte diese Frau sie abgepasst. Eine elegante Erscheinung, kein dahergelaufener Bauerntrampel.

Sie hatte ihr nicht nur den Brief übergeben, sondern auch dessen Übersetzung ins Englische. Lächerlich! Mochte sie auch mit Akzent sprechen, war das Deutsch von Olympia Morgan doch verdammt gut! Das hatte ihre Mutter immer gesagt, die noch in der Pfalz geborene Tochter von Ludwig Bossert, der anno sechsundsiebzig eingewandert war, und die noch akzentfrei Deutsch gesprochen hatte. Und Marianne Dimopoulou, geborene Bossert, hatte Wert darauf gelegt, dass auch ihre Kinder Deutsch sprachen.

Die Übersetzung war also völlig überflüssig, und noch mehr ärgerte sie, dass dem in schlechtes Englisch übersetzten Wortlaut des Briefes noch Erläuterungen beigefügt waren, was das zu bedeuten habe und welche Spuren man verfolgen solle, ja sogar, aus welcher Apotheke das Digitalis stamme, das die Giftmörderin verwendet habe. Und dann hatte die Frau ihr noch die Karte eines Reporters vom Prager Tagblatt gegeben, an den solle sie sich wenden, der sei unbestechlich.

Warum sie diese Unterlagen denn nicht der Polizei übergeben habe, wo sie doch schon so viel wisse?, hatte Olympia Morgan gefragt.

Nein, nein, das dürfe man keinesfalls tun, der deutschen Polizei sei nicht zu trauen.

Das glaubte sie mittlerweile auch, doch konnte sie sich immer noch keinen Reim auf die Beweggründe dieser jungen Frau machen.

»Are you a German reporter?«, hatte sie schließlich unverblümt gefragt.

»Nein, Misses Morgan. Ich bin nur jemand, der Ihnen einen Brief übergibt. Machen Sie damit, was Sie wollen. Es liegt an Ihnen, ob die deutschen Behörden mit ihren Lügen ungeschoren davonkommen. Ihr Mann wurde ermordet, wir dachten, das interessiert Sie.«

»Wer ist *wir*?«

»Das spielt keine Rolle. Sie haben den Brief, mehr habe ich nicht zu sagen. Auf Wiedersehen.«

Und damit war die Frau wieder abgerauscht. Sie hatte vor dem Hotel ein Taxi herangewinkt, und beinahe hätte Olympia Morgan ihren Fahrer gebeten, diesem Taxi zu folgen, aber sie waren spät dran, und so hatte sie ihre Neugier gezügelt. Es war ja ohnehin gleichgültig. Sie hatte den Brief in ihrem Besitz, es lag in ihrer Hand, was sie damit anstellen würde.

Eleanor hatte etwas gesagt, und alle lachten. Olympia Morgan lachte mit, obwohl sie nicht zugehört hatte. Sie trank einen Schluck Champagner, schaute Henry an, der zu ihrer großen Zufriedenheit auch auf diesem Parkett eine gute Figur machte, und schaute zu der Villa hinauf, in deren Garten sie standen. So also lebte der preußische Ministerpräsident.

Eindrucksvoll, aber ihr Anwesen in Kenwood war größer. Deutlich größer. God bless America!

93

Es war so, wie Marlow gesagt hatte. Manche Menschen änderten ihre Gewohnheiten einfach nie. Ein Etui aus Hirschnappaleder, in der obersten Schreibtischschublade, gegen unbefugte Zugriffe mit einem Schloss gesichert. Aber Marlow wusste auch, wo der Schlüssel lag. Ein kleiner, flacher Schlüssel, links unter der ledernen Schreibunterlage.

Goldstein schloss die Schublade auf und holte das Etui heraus. Es sah genauso aus wie beschrieben und fühlte sich ziemlich edel an. Er öffnete es, und das Leder gab drei fertig aufgezogene Morphiumspritzen frei. Ob das Görings Tagesration war? Oder ob er immer eine Reservespritze in der Hinterhand brauchte?

Egal, er hatte genügend Heroinfläschchen dabei, deren Inhalt reichte für Hunderte angenehme Stunden. Und wenn man alles auf einmal spritzte, für eine angenehme Ewigkeit.

Dann ruhe in Frieden, mein lieber Generaloberst, so oder so wird es dich erwischen.

Der Lärm des Gartenfestes drang ins Zimmer und machte ihn ein wenig nervös, er wusste nicht, ob er es rechtzeitig hören würde, wenn sich jemand dem Arbeitszimmer näherte. Zum Beispiel der Hausherr. Umso wacher waren all seine Sinne. Nicht auszudenken, wenn Göring plötzlich im Zimmer stünde, weil er eine kleine Auffrischung benötigte. Aber dazu war es eigentlich noch zu früh. Nach dem Gejohle draußen zu urteilen fuhr der Dicke immer noch Karussell.

Goldstein leerte den Inhalt der drei Spritzen in den Blumentopf, der am Fenster stand, und schaute kurz hinaus. Die schöne Schwimmerin stand noch immer neben der Dame in Schwarz, doch war von Trauer nichts zu spüren, die Gesellschaft schien bester Laune zu sein, auch die Witwe lachte mit den anderen. Weiter hinten konnte er die weiße Uniform von Hermann Göring entdecken. Der Generaloberst und ehemalige Jagdflieger setzte sich gerade in die Kunstflugmaschine, die er ebenfalls für seinen kleinen Rummelplatz besorgt hatte. Es gestaltete sich etwas schwierig, er passte kaum hinein. Jedenfalls war in den nächsten Minuten nicht mit ihm zu rechnen, das beruhigte Goldstein. Er würde seine Arbeit in aller Ruhe beenden können, sich dann wieder unter die Festgesellschaft mischen, vielleicht ein paar Takte mit Eleanor Holm sprechen, die er sehr bewunderte (und die auch nicht schlecht aussah), und sich dann verabschieden, bevor im Hause Göring der Tumult losging.

Er kehrte zum Schreibtisch zurück, tunkte die Nadel der ersten leeren Spritze in das mitgebrachte Heroinfläschchen und zog sie wieder auf, bis der Kolben gefüllt war. Ungefähr die doppelte Menge, die er dem Ehrenoffizier im Olympischen Dorf verpasst hatte, das sollte auch für einen fettleibigen und geübten Morphinisten wie Hermann Göring reichen. Dasselbe machte er mit den anderen beiden Spritzen, sicher ist sicher. Er musste eine weitere Flasche anbrechen, aber er hatte ja genug von dem Zeug.

Als er die Spritzen zurück ins Futteral legte, passierte etwas, mit dem er nicht gerechnet hatte und das sein Verstand sich auch nicht gleich erklären konnte, auf das seine immer noch wachen Sinne aber sofort reagierten. Ein grelles Licht blitzte auf und blendete ihn. Und dann sah er gar nichts mehr, rings um ihn war nur noch schwarze Nacht.

94

Nur für den Bruchteil einer Sekunde tauchte der Vacublitz den Gangster in gleißendes Licht. Abraham Goldstein erinnerte an eine überbelichtete Statue, so grell und starr und ohne jede Regung ließ ihn das Blitzlicht wirken: hinter dem Schreibtisch stehend, mitten in der Bewegung eingefroren, in der einen Hand ein Lederetui, in der anderen eine Injektionsspritze, und vor ihm auf dem Tisch zwei Flaschen Heroin, das Etikett gut zu lesen. So etwas nannte man wohl in flagranti.

Dieses mitten in der Bewegung eingefrorene Bild hatte Rath noch vor Augen, als er die Taschenlampe anknipste, doch der Lichtkegel erfasste nur den Schreibtisch und die beiden Heroinflaschen darauf, von Goldstein war nichts mehr zu sehen. Da, wo der Gangster eben noch gestanden hatte, direkt hinter dem Tisch, herrschte gähnende Leere. Eine schwarze Leere, denn der Blitz hatte Rath derart geblendet, dass auch das Licht, das durchs Fenster von draußen hereinfiel, ihm gerade keine Hilfe war.

»Kriminalpolizei«, rief er, die Taschenlampe in der einen, seine Walther PPK in der anderen Hand. »Abraham Goldstein, Sie sind verhaftet. Kommen Sie heraus und nehmen Sie die Hände hoch!«

Aus dem Dunkeln kam keine Antwort.

»Kommen Sie heraus, Goldstein«, meldete sich jetzt Gräf. Vielleicht nicht verkehrt, dem Kerl zu zeigen, dass sie in Überzahl waren. »Diese Spielchen sind doch zwecklos. Meinen Sie, Sie kommen hier unversehrt raus? Das Haus wird bewacht, und wir haben es auf Zelluloid, dass Sie sich am Morphiumbesteck von Generaloberst Göring zu schaffen gemacht haben. Und wir wissen auch, was herauskommt, wenn man die drei Spritzen auf ihren Inhalt untersucht. Eine tödliche Überdosis.«

Noch immer war nichts zu hören. Wenigstens gewöhnten sich Raths Augen wieder an die Dunkelheit, er konnte auch außerhalb des Taschenlampenlichtkegels die ersten Konturen erkennen. Gräf neben ihm hielt immer noch die Kamera vor der Brust. Er schaute Rath an und zuckte die Achseln.

Wo war der Kerl? Rath ließ den Lichtkegel über den Schreibtisch wandern. Irgendwo dahinter musste Goldstein doch noch sein. Irgendetwas irritierte ihn, und er versuchte herauszufinden, was. Der Schreibtisch. Die beiden Heroinfläschchen standen noch so da, wie Goldstein sie hingestellt hatte. Doch etwas anderes fehlte. Der Preußenadler. Ein bronzener Adler hatte auf dem Schreibtisch gestanden, eine Art Briefbeschwerer, vielleicht auch nur Kunst, und der war jetzt weg.

Bevor Rath den Gedanken zuende denken konnte, was das zu bedeuten hatte, hörte er ein dumpfes Geräusch und dann ein Krachen neben sich. Gräf war zusammengebrochen und rücklings gegen den Schrank gefallen, in dem sie sich bis zu dem Moment versteckt gehalten hatten, als Gräf das Foto gemacht und Rath die Pistole gezogen hatte. Er leuchtete mit der Taschenlampe hin, um besser sehen zu können. Die Schranktür war zerborsten, Gräf lag auf dem Boden, er blutete aus einer Wunde am Kopf. Neben ihm lag der bronzene Adler.

»Reinhold!«

Er verspürte einen Impuls, sich zu dem Kollegen hinunterzubeugen, sich um ihn zu kümmern, seinen Puls zu fühlen, doch das ging jetzt nicht. Goldstein war immer noch im Raum. Und er war offenbar entschlossen, sich mit allen Mitteln zu wehren. Rath schaute sich um, doch bevor er begriff, was der Schatten da links von ihm zu bedeuten hatte, spürte er den Schlag. Sein Reflex ließ ihn noch ausweichen, so dass es ihn nicht mit voller Wucht traf, dennoch blitzte es hell vor Augen und er ging zu Boden, die Waffe wurde ihm aus der Hand geschleudert und schlidderte über das Parkett, ebenso die Taschenlampe, deren Lichtkegel irre Pirouetten drehte.

Im Fallen prallte Rath mit dem Kopf gegen eine Stuhlkante und sah noch einmal Sterne. Benommen rappelte er sich auf, kassierte einen Tritt, der ihn gleich wieder zu Boden schickte, und musste zusehen, wie Goldstein die Walther einsammelte, die vor der Tür liegen geblieben war, und mit der Pistole aus dem Raum hetzte.

Verdammt!

Das war mal gründlich schiefgegangen. Er kannte Goldstein doch, er hätte gewarnt sein müssen. Man durfte den Mann nicht unterschätzen. Der wehrte sich mit Zähnen und Klauen, wenn es sein musste.

Rath hob die Taschenlampe wieder auf, die völlig sinnlos die holzvertäfelte Zimmerdecke ausleuchtete, und befühlte Gräfs Halsschlagader. Da war noch ein Puls zu spüren, der Mann lebte, Gott sei Dank.

Keine Zeit zu verlieren. Rath stürzte aus dem Arbeitszimmer auf den Gang. War Goldstein zum Treppenhaus gelaufen? Wahrscheinlich nicht, durch den Haupteingang konnte er nicht entkommen, da standen zwei Wachen. Er hörte ein Poltern aus dem Raum gegenüber und rannte hinein. Ein Salon, der zu einem Balkon oder eher einer großen Terrasse hinausführte. Eine der Terrassentüren stand offen, und durch die Gardinen konnte Rath einen Schatten erkennen, der sich bewegte. Goldstein hatte sich selbst in eine Sackgasse manövriert. Sie befanden sich im ersten Stock, hinter der Terrasse ging es anderthalb Etagen in die Tiefe. Anderthalb hohe Etagen.

Der Gangster stand an der steinernen Balustrade, als Rath hinaustrat. In seinem Abendanzug wirkte Goldstein wie ein verirrter Partygast. Hier auf der Westseite des Gebäudes war alles still und dunkel, das Gartenfest tobte auf der anderen Seite.

Goldstein hob die Pistole.

»Das ist meine«, sagte Rath. »Wollen Sie mir die nicht zurückgeben?«

»Sie sollten besser darauf aufpassen, officer. Nun habe ich eine Waffe und Sie nicht. Sie bleiben also besser genau dort stehen, wo Sie stehen.«

»Sehen Sie es doch ein, Sie haben keine Chance. Wie wollen

Sie entkommen? Wenn Sie auf mich schießen, sind in wenigen Sekunden mindestens ein Dutzend Wachen hier. Und gegen die kommen Sie nicht an. Irgendwann ist Ihr Magazin leer.«

»Sie müssen mir nicht sagen, ob ich eine Chance habe oder nicht«, sagte Goldstein.

Er stand im Lichtkegel der Taschenlampe und schien seine Möglichkeiten abzuwägen.

Und dann tat er etwas, was Rath nicht für möglich gehalten hätte. Mit einem beherzten Satz schwang er sich über die Balustrade und war kurz darauf im Dunkel der Nacht verschwunden.

95

Ein stechender Schmerz schoss durch sein rechtes Bein, als er auf dem Rasen landete und sich abrollte, um den Sprung abzufedern. Es war tiefer als gedacht, aber der verfluchte Cop hatte ihm keine andere Wahl gelassen. Dieser verfluchte Terrier. Er hatte schon einmal den Fehler gemacht und Gereon Rath unterschätzt, eigentlich hätte ihm das nicht noch einmal passieren dürfen. Aber die letzten Wochen hatte alles so reibungslos und wie am Schnürchen geklappt, dass er unvorsichtig geworden war.

Wie war Rath nur darauf gekommen? Hatte Lembeck nicht dichtgehalten? Kaum vorstellbar, dass der für die Cops arbeitete. Aber vielleicht für die andere Seite. Johann Marlow hatte immer noch viele Feinde in Berlin. Doch das ergab keinen Sinn. Sonst hätten sie ihm schon im Schlafzimmer aufgelauert und nicht erst im Arbeitszimmer. Nein, sie kannten seine Pläne nicht, sie hatten nur einen Glückstreffer gelandet.

Und die Bombe war nach wie vor an Ort und Stelle und würde das Göringsche Schlafgemach kurz nach Sonnenaufgang in ein Trümmerfeld verwandeln.

Aber wie sie darauf gekommen waren, das war jetzt auch egal, wichtig war, dass er sich einen Vorsprung erkämpft hatte, den es zu nutzen galt. Er musste auf dem schnellsten Wege von diesem Grundstück hinunter und hinaus auf die Straße.

Er schaute nach oben. Der dämliche Cop lugte über die Balustrade, aber traute sich wohl nicht, ihm hinterherzuspringen. Goldstein sammelte die Pistole ein und rappelte sich hoch. So sehr schmerzte das Bein gar nicht, er spürte den Schmerz kaum. Rechts von ihm lag der Haupteingang mit den Wachen, links endete das Grundstück an einer Mauer. Dorthin lief er, steckte noch im Laufen die Pistole in den Hosenbund und zog sich am Ast eines Baumes, der neben der Mauer wuchs, so weit hoch, dass er auf die Mauerkrone gelangte. Auf der Straße unten war niemand unterwegs, gegenüber stand ein Museumsbau, in dem alle Fenster dunkel waren. Vorsichtig ließ er sich an der Mauer hinab auf den Gehweg, er wollte seinen rechten Fuß nicht noch einmal malträtieren.

Zur nächsten Straßenecke war es nicht weit. Das Völkerkundemuseum, er erinnerte sich. *Saarlandstraße* las er auf dem Straßenschild, der Name war neu, aber die Gegend kam ihm bekannt vor, im *Excelsior* am Anhalter Bahnhof, dort drüben hinter dem Hochhaus, hatte er mal gewohnt. Die Straße war ziemlich belebt, der Potsdamer Platz nicht weit. Er hielt sich links und schlug sich dann gleich wieder nach rechts in die Dessauer Straße.

Als er sich umdrehte, meinte er ihn zu sehen, wie er gerade am Museum um die Ecke bog. Die Silhouette eines Mannes, der sich suchend in alle Richtungen umschaute.

Dieser verdammte, hartnäckige Terrier!

In der Villa Göring hatte er nicht auf ihn schießen können, das hätte nur die Wachen aufgeschreckt, aber hier draußen in der Stadt war das etwas anderes. Hier würde er alles tun, was notwendig war.

Ein ganzer Pulk Menschen in Abendkleidung kam ihm entgegen, er hetzte hindurch, dann sah er eine Hofeinfahrt, in die er hineinstürzte. Ein Berliner Hinterhof.

Goldstein stellte sich in eine dunkle Ecke und merkte, wie er langsam wieder zu Atem kam. Endlich Ruhe. Nun konnte er in Ruhe nachdenken, was zu tun war. Er musste außer Landes, keine Frage, so schnell wie möglich, und dann irgendwie wieder in die Staaten kommen. Lembeck würde ihm dabei helfen. Er müsste Marion sagen, dass sie die Überfahrt allein antreten solle. Sie würde nicht erfreut sein, aber sie wusste, dass es in seinem Leben ab und zu unerwartete Schwierigkeiten gab; das war der Preis, den sie zu zahlen bereit war.

Eine dieser unerwarteten Schwierigkeiten hieß Gereon Rath. Um die musste er sich zuerst kümmern. Er nahm die Pistole aus seinem Hosenbund und überprüfte das Magazin.

96

Es hatte etwas gedauert, bis er über die Treppe in den Garten hinuntergelaufen war. Von Goldstein war da nichts mehr zu sehen. Aber es gab nur eine Richtung, die der Mann eingeschlagen haben konnte, ohne irgendwelchen Wachen über den Weg zu laufen: zur Prinz-Albrecht-Straße, über die Begrenzungsmauer.

Also hatte auch Rath diesen Weg genommen, war über die Mauer gekraxelt, dann am Völkerkundemuseum vorbei zur Saarlandstraße gelaufen. Zunächst hatte er befürchtet, Goldstein könne auf der lebhaften Straße ein Taxi herbeigewunken und sich längst aus dem Staub gemacht haben, da erblickte er eine dunkle Gestalt im Abendanzug, die schon ein ganzes Stück die Dessauer Straße hinuntergelaufen war.

Im Laufschritt überquerte Rath die Saarlandstraße, musste sich von einem Autofahrer anhupen und beschimpfen lassen, aber dann hatte er die Einmündung erreicht.

Ein Mann im Abendanzug sollte doch so schwer nicht aufzuspüren sein, dachte er, aber dann kam ihm ein ganzer Schwarm von Menschen in Abendkleidung entgegen. Die Philharmonie musste ihre Vorstellung gerade beendet haben, und nun strömten die Besucher aus der Bernburger Straße in die nächste Bar oder zum nächsten Taxistand.

Er drängte sich an den entgegenkommenden Menschen vorbei, doch als er das Hindernis endlich überwunden hatte, war von Goldstein nichts mehr zu sehen.

Verdammt!

Wohin hatte sich der Kerl gewandt? War er in die Bernburger Straße hinein oder die Dessauer weiter hinunter bis zum Kanal und zum Hafen gelaufen? Rath schaute in alle drei Richtungen, doch konnte er Goldstein nirgends entdecken.

Verdammt, verdammt!

Warum schaffte es Abraham Goldstein nur immer wieder, ihm zu entkommen?

Aber andererseits – was regte er sich auf? Er konnte doch auch einfach nach Hause gehen. Was kümmerte es ihn, wenn Goldstein dem SD durch die Lappen ging? Das konnte ihm doch reichlich egal sein. Er ersparte sich sogar jede Menge Ärger, er müsste nichts erklären, sich womöglich stundenlangen Befragungen im Sicherheitshauptamt unterziehen; er würde einfach verschwinden, und kein Mensch wüsste, wo er abgeblieben war, nachdem er die Verfolgung von Goldstein aufgenommen hatte.

Der verletzte Reinhold Gräf würde spätestens dann entdeckt werden, wenn Göring sein Arbeitszimmer zwecks Auffrischung seiner Kräfte betrat, und wenn nicht Gräf den Generaloberst davon abhalten würde, sich eine der präparierten Spritzen zu injizieren, so würden es spätestens die beiden Heroinflaschen auf seinem Schreibtisch tun. Und wenn nicht? Auch egal.

Tornow würde sich mächtig aufregen, aber das musste Rath nicht stören. Konnte gut sein, dass der SD eine Großfahndung nach Abraham Goldstein und dem vermissten Gereon Rath einleitete. Der Anhalter Bahnhof, in dem er mit Charly morgen früh in den Zug nach Prag steigen wollte, lag ganz in der Nähe – was, wenn sie den auch durchkämmten? Und alle kontrollierten, die dort ein und aus gingen?

Und wenn schon, er hatte doch einen Pass. Den Reisepass von Helmut Michalek. Den durfte er nur nicht vergessen, den musste er morgen früh einstecken. Und daran denken, seinen Dienstausweis wegzuwerfen, und schon wäre er ein anderer Mensch.

Er kramte den Polizeiausweis aus der Tasche. Das Foto war älter als das im Reisepass. Rath sah Helmut Michalek ähnlicher als dem Mann in diesem Dienstausweis.

Seit Jahren war das sein Leben gewesen, dieser Ausweis, doch mit diesem Leben war es jetzt vorbei. Am besten, er warf ihn heute Abend schon weg. Der Landwehrkanal war nicht weit, und der gab die Dinge, die man ihm anvertraute, nicht so schnell wieder heraus.

Rath fühlte sich gleich besser, als er diesen Entschluss gefasst hatte. Die Enttäuschung, Goldstein verloren zu haben, wich dem Gefühl einer unendlichen Freiheit. Er würde ganz von vorne anfangen können, sein verkorkstes Leben beenden und ein völlig neues beginnen. Wieviele Menschen hatten schon diese Chance?

Er hatte das Hafenbecken am Ende der Dessauer Straße erreicht. Ein paar Lastkähne waren am Kai vertäut und schaukelten im brackigen Wasser des Landwehrkanals, das schummrige Licht der Gaslaternen reichte kaum bis dorthin. Ein nebliger Dunst stieg vom Hafenbecken her auf und kroch über das Straßenpflaster.

Rath lief noch ein paar Schritte weiter zur Schöneberger Brücke. Dann nahm er seinen Ausweis, warf einen letzten Blick darauf und schleuderte das Papier so weit wie möglich in den Kanal. Er hatte sich das Ende seiner Karriere bei der Berliner Polizei anders vorgestellt, aber dann sollte der Landwehrkanal eben seinen Dienstausweis bekommen und Abraham Goldstein seine Dienstwaffe. Mochten sie das beste damit anfangen.

Eine Stimme ließ ihn zusammenzucken, er hatte sich unbeobachtet gewähnt.

»Was machen Sie denn da für Sachen, officer?«

Rath drehte sich um. Goldstein war am Fuß der Brücke erschienen, in der Hand die Walther.

»Ich verabschiede mich von meinem alten Leben.«

»Sie wollen aber nicht selbst auch noch springen, oder? Ich hoffe, es ist nicht, weil Sie mich mal wieder vergeblich verfolgt haben.«

»Mir ist gerade klar geworden, dass ich Sie nicht mehr verfolgen will. Dass es mir egal ist, ob Sie für Ihre Morde zur Rechenschaft gezogen werden oder nicht. Machen Sie, was Sie wollen. Morgen werde ich nicht mehr im Land sein, und Sie und die deutsche Polizei können mir allesamt gestohlen bleiben.«

»Ach? Ist das so?«

»Gehen Sie, Goldstein. Gehen Sie, wohin Sie wollen, ich lasse Sie laufen.«

»Wie überaus großzügig, officer. Aber *ich Sie* nicht.«

»Wie?«

Rath war sich nicht sicher, ob er richtig gehört hatte. Hinter der

Köthener Brücke rumpelte gerade eine Eisenbahn aus dem Potsdamer Bahnhof mit viel Getöse über den Landwehrkanal.

»*Ich* werde Sie nicht laufen lassen, officer«, sagte Goldstein, als der Lärm sich gelegt hatte. »Eigentlich hatten wir andere Pläne, ich sollte Sie nicht erschießen, aber die neue Situation erfordert das leider. Sie haben Glück, ich bin ein guter Schütze. Sie werden nichts merken.«

»Wer ist *wir*? Sie und Marlow?«

»Sie sind wirklich ein scharfsinniger Kriminalist.«

»Und von welchen anderen Plänen reden Sie?«

»Nun, stellen Sie sich vor, was die SS in Ihrem schönen Land mit jemandem macht, der versucht hat, Reichsminister Göring in die Luft zu jagen. In Ihrem Keller hätte man so schöne Beweise gefunden.« Goldstein legte an. »Leider haben Sie meine Pläne gestört, ich muss auf Nummer sicher gehen. Vielleicht wird es Marlow trösten, dass Sie auf dieselbe Weise gestorben sind wie sein Sohn.«

Das erklärte einiges. Rath hätte Marlow niemals für so unvernünftig gehalten, Rachegedanken zur Maxime seines Handelns zu machen, er wusste noch, wie er mit Leo Juretzka umgesprungen war, als der sich so hatte gehen lassen.

»Sie sind auf einem Rachefeldzug unterwegs, der Sie nicht einmal persönlich etwas angeht. Ich verstehe Sie nicht, Goldstein, ich hätte Sie für intelligenter gehalten.«

»Sie mögen es Rache nennen, officer, mein Geschäftspartner nennt es Rechnungen begleichen. Und glauben Sie mir, es lohnt sich auch für mich, rein geschäftlich.«

»Dann sind Sie also immer noch als Auftragsmörder unterwegs. Ich dachte, Sie hätten es inzwischen weiter gebracht.«

»Oh, machen Sie sich dahingehend keine Sorgen.«

»Na dann«, sagte Rath. So langsam gingen ihm die Themen aus. Doch er musste reden; solange sie redeten, würde der Gangster nicht schießen. »Eine Frage noch«, sagte er also.

Goldstein zog die Augenbrauen hoch.

»Warum ich?«, fragte Rath, weil ihm nichts anderes einfiel.

»Tun Sie nicht so scheinheilig. Weil Sie die ganze Sache eingefädelt haben. Sie haben Göring auf Marlow gehetzt. Sie sollten Ihren Gegner niemals für dumm halten, officer.«

»Und Sie, Goldstein? Sie sind so dumm, mich nun einfach zu erschießen? Wo ich Ihnen vor fünf Jahren aus dem Schlamassel geholfen habe?«

Goldstein zuckte die Achseln. »Dafür bin ich Ihnen dankbar. Und dafür habe ich mich auch erkenntlich gezeigt.«

»Zweitausend Dollar? Und deshalb dürfen Sie mich jetzt so einfach umlegen?«

»Nehmen Sie es nicht persönlich. Ihr Tod gehört nun mal zu meinem Auftrag. Es wird schnell gehen, Sie werden nichts spüren.«

Goldstein nahm ihn über den ausgestreckten rechten Arm ins Visier. Rath blickte in den Lauf seiner eigenen Dienstwaffe, das Gesicht dahinter nahm er kaum mehr wahr. Er hielt es nicht länger aus und schloss die Augen. Nun spürte er nur noch den Wind, der über die Brücke strich. Das war es also, so schnell konnte es gehen.

Der Knall war lauter, als er erwartet hatte.

97

Sein Schädel schmerzte immer noch. Reinhold Gräf versuchte es zu ignorieren. Er hatte wichtige Dinge zu erledigen. Und er war noch längst nicht fertig, die Nacht drohte lang zu werden.

Nur die Dringlichkeit seines Auftrages hatte ihn überhaupt wieder auf die Beine kommen lassen. Hatte ihn den Weg durch die geöffneten Türen nehmen lassen bis auf die Terrasse hinter dem Salon, wo er gerade noch sehen konnte, wie Gereon Rath ein wenig unbeholfen über die Gartenmauer kletterte.

Er hatte sich wirklich verdammt zusammenreißen müssen, mit diesen Kopfschmerzen die Verfolgung aufzunehmen, aber eine andere Entscheidung gab es in dieser Situation nicht.

Und dann hatte er sie schließlich gefunden.

Gereon Rath stand da mit geschlossenen Augen. Immer noch.

Und dann öffnete er sie endlich. Stierte ihn mit großen Augen an. Dann den toten Mann im Abendanzug, der auf dem Pflaster lag, die Pistole noch in der Hand. Dann erst fasste er sich an den Arm. Durch seinen Anzugärmel sickerte Blut.

»Reinhold«, sagte er, »ich dachte, der Kerl hat dich außer Gefecht gesetzt.«

»So kann man sich täuschen.«

Gereon schaute auf seine rechte Hand, sie war voller Blut. Goldstein hatte ihn doch noch erwischt. Der Sterbereflex hatte einen Schuss ausgelöst, der aber nur seinen linken Oberarm gestreift hatte. Die Wunde blutete stark, und er presste seine Rechte wieder darauf. Das Blut lief ihm zwischen den Fingern hindurch.

»Danke«, sagte er. »Du hast mir das Leben gerettet.«

»Wie man's nimmt«, entgegnete Gräf. »Ich habe einen jüdischen Gangster erschossen. Beinahe hätte er dich noch mitgenommen.«

»Hat er aber nicht.«

»Nein, hat er nicht.«

Gräf nickte. Er musste es jetzt hinter sich bringen, er hatte nicht mehr viel Zeit, die beiden Schüsse, die fast gleichzeitig gefallen waren, dürften irgendwen aufgeschreckt haben. In spätestens fünf bis zehn Minuten wäre der Überfallwagen hier.

Er hockte sich zu dem toten Goldstein hinunter und nahm ihm die Walther aus der kalten Hand. Dann stand er auf und richtete die Waffe auf Gereon Rath.

Der machte große Augen.

»Was …?«

»Obersturmbannführer Tornow hat mir den Befehl gegeben, dich zu liquidieren. Tragischer Unfall bei einem Schusswechsel im Dienst. So soll es aussehen.«

»Dann hättest du Goldstein doch einfach gewähren lassen können.«

»Er sollte dich aber nicht erschießen.«

»Weil *du* mich erschießen willst?« Rath lachte verächtlich. »Na los, dann mach's doch! Wenn du da so versessen drauf bist.« Seine Augen funkelten. »Na los, schieß!«

»Du verstehst gar nichts, Gereon.«

»Ach nein?«

»Nein. Ich will dich nicht erschießen. Ich will, dass du abhaust.«

»Wenn's weiter nichts ist. Morgen früh fahre ich nach Prag.«

»Meinst du das im Ernst? Tornow wird nach dir fahnden lassen.

Schau dich mal an! Mit zerbeultem Gesicht und Schusswunde, wie willst du denn da unauffällig über die Grenze kommen. Die holen dich schon nach der ersten Fahrscheinkontrolle aus dem Zug.«

»Und was soll ich deiner Meinung nach tun?«

»Sterben.«

»Wie?«

»Spring von der Brücke und hau ab. Verkriech dich irgendwo und tauch unter, melde dich bei niemandem mehr, nicht einmal bei Charly. Gerade nicht bei Charly. Nur wenn alle glauben, dass du tot bist, kannst du leben. Nur wenn alle glauben, dass du tot bist, kann ich dich am Leben lassen.«

Gereon glotzte blöd. War immer schon ein bisschen schwer von Begriff der Mann.

»Du kannst doch nicht ...«

»Hau ab oder ich erschieße dich. Ernsthaft.«

»Du willst mich einfach so abknallen?«

»Eben nicht. Verstehst du das denn nicht, du Blödmann? Ich habe den Auftrag, dich zu liquidieren, und die einzige Möglichkeit, wie wir aus der Nummer rauskommen, ist, dass Tornow glaubt, ich hätte dich erschossen.«

Warum zögerte der Blödmann nur? Stand immer noch da rum und glotzte wie ein Ölgötze, als verstehe er gar nichts mehr.

»Gleich werden die Kollegen hier sein«, sagte Gräf. »Jetzt spring in den verdammten Kanal und hau ab! Ich werde erzählen, ich hätte dich erschossen, und deine Leiche sei ins Wasser gestürzt.«

»Aber die werden nach meiner Leiche suchen und keine finden.«

»Mach dir darüber mal keine Gedanken, das regele ich schon. Das kann Monate dauern, bis man eine Leiche im Landwehrkanal findet. Und nun spring, verdammt nochmal. Und lass dich nie mehr blicken. Wenn dir dein Leben lieb ist. Und meins. Und das von Charly.«

»Was verdammt hat Charly damit zu tun?«

»Was meinst du denn? Wenn sie auch nur den leisesten Anhaltspunkt haben, dass du am Leben bist und dass sie weiß, wo du dich aufhältst, was meinst du wohl, was sie dann mit ihr machen? Tornow will deinen Kopf, also musst du für alle Welt tot sein.«

»Dann muss ich also strenggenommen nur tot sein, solange Tornow lebt.«

»Lass deine Witze, Gereon, es ist ernst.«

Eine Polizeisirene jaulte durch die Nacht. Sie kamen vom Potsdamer Platz her.

»Spring endlich! Oder ich schieße dich wirklich über den Haufen. Ich mein's ernst!«

Gereon kletterte umständlich auf die Basaltlavabrüstung, hinter der das Wasser des Landwehrkanals dunkelschwarz gluckerte.

»Wer hätte das gedacht, dann bist du also tatsächlich mein Freund«, sagte er.

»Wenn du noch mehr solchen Mist verzapfst, erschieße ich dich doch noch. Nun spring endlich von der verdammten Brücke!«

Er hob die Waffe und schoss zweimal in die Nacht.

Als er wieder zur Brüstung schaute, war Gereon Rath verschwunden.

Ein Überfallwagen hielt mit quietschenden Reifen auf der Schöneberger Straße, ein anderer kam vom Tempelhofer Ufer und sperrte die Brücke von der anderen Seite ab, Schupos mit gezückten Pistolen sprangen von den Wagen, ihre schweren Stiefel knallten aufs Pflaster. Gräf ließ Raths Dienstwaffe neben Goldsteins Leiche fallen und hob beide Hände.

»Nicht schießen«, rief er, »ich bin ein Kollege. Nicht schießen! Kollege im Einsatz!«

98

Es schüttete wie aus Eimern. Der Wettergott hatte wohl beschlossen, ihr den Abschied von Berlin nicht allzu schwer werden zu lassen. Obwohl es nur ein paar Meter vom Taxi zum Hauptportal waren, spürte Charly den Regen auf ihrer Haut.

Sie hatte noch fast eine halbe Stunde bis zur Abfahrt und kaufte sich eine Zeitung in der Halle, mit der sie sich in den Wartesaal setzte. Sie hatte Glück, dass sie noch einen Platz fand; im Anhalter Bahnhof, ohnehin einer der geschäftigsten der Stadt, herrschte mehr Betrieb als üblich. Die Rückreisewelle von der Olympiade hatte bereits begonnen.

Sie stellte ihren Koffer unter die Bank, damit niemand auf die Idee kam, ihn zu stehlen, und schlug die Zeitung auf.

Die SS schult die Polizei, verkündete eine kleine Überschrift. Es ging um *weltanschauliche Schulungen,* wie der Artikel verriet. Charly fragte sich, was die wenigen Kriminalbeamten von altem Schrot und Korn, die noch in der Burg verblieben waren, wie Ernst Gennat oder Andreas Lange, davon halten mochten. In solch einen Polizeiapparat passte auch Gereon Rath nicht mehr. Ob er das auch eingesehen hätte, wenn die SS ihn nicht unter Druck gesetzt und zum Spitzel gemacht hätte? Sie war sich da nicht so sicher. Vielleicht musste man Sebastian Tornow dankbar sein.

Ob er bereits im Bahnhof war? Sie schaute sich um. Vielleicht stand er ja schon auf dem Bahnsteig. Charly spürte eine so noch nie gekannte innere Unruhe. Es hielt sie nicht mehr im Wartesaal, sie klemmte die Zeitung unter den Arm, nahm ihren Koffer und ging zurück in die Halle. Noch eine Viertelstunde bis zur Abfahrt, der Zug stand bereits im Gleis. Sie bahnte sich einen Weg durch das Menschengewimmel, zeigte an der Bahnsteigschranke ihre Fahrkarte vor und suchte ihr Abteil.

Von Gereon war weit und breit nichts zu sehen. Ob er schon im Zug saß? Der Schaffner half ihr beim Einstieg, und sie schaute in das Abteil, in dem aber nur ein einsamer Mann saß, der in einem Buch las und sie kurz über den Rand seiner Brille fixierte.

Charly drehte um und ging wieder hinaus. Sie hatte keine Ruhe, hier eine Viertelstunde zu sitzen, bei einem neugierigen Fremden, der aussah wie ein Gestapospitzel. Der Schaffner wunderte sich, als die Dame, der er eben noch beim Einsteigen geholfen hatte, schon wieder ausstieg.

»Falscher Waggon?«, fragte er.

»Nein, nein, alles richtig. Aber ich warte lieber draußen.«

Der Schaffner nickte, doch sein Blick drückte eher Unverständnis aus.

Charly zündete sich eine *Juno* an, um ihre Nervosität zu bekämpfen. Wo blieb er nur?

»Frau Rath!«

Sie drehte sich um. Da stand Manfred Oppenberg.

»Herr Oppenberg.«

»Ich darf doch sehr bitten!« Oppenberg zwinkerte. »Mein Name ist Mosch, Franz-Josef Mosch.«

»Natürlich, Herr Mosch.«

»Es überrascht mich, Sie hier zu treffen.«

»Michalek, mein Name ist Michalek.«

Oppenberg zog die Augenbrauen hoch.

»Interessant. Bleiben Sie länger in Prag?«

»Ich wohne dort.«

»Ahja. Na, ich reise nur geschäftlich dorthin. Für ein paar Wochen, bis die Dreharbeiten beendet sind. Dann geht's wieder nach Berlin.« Er zwinkerte ihr zu. »Das war eine prima Idee von Ihnen, ich fühle mich endlich wieder wie ein Mensch, nicht mehr so ... eingesperrt.«

»Das freut mich.«

»Warten Sie noch auf jemanden?«

»Auf meinen Mann. Der müsste eigentlich längst hier sein.«

»Sie sind verheiratet, Frau Michalek?«

»Ich reise zusammen mit meinem Helmut.«

»Verstehe.«

Oppenberg zwinkerte vielsagend.

Charly fragte sich, ob der Filmproduzent sich des Ernstes der Sache bewusst war, er schien es eher für einen Mummenschanz zu halten, ein lustiges Namen-wechsel-dich-Spiel. Aber hier war nicht der Ort, um ihm ins Gewissen zu reden.

Oppenberg lüftete seinen Hut. »Ich muss dann mal, Frau Michalek. Grüßen Sie den Herrn Gemahl von mir. Und melden Sie sich, wenn Sie in Prag sind. Einfach in der Vertretung der Hora Film nach Herrn Mosch fragen.«

Und mit diesen Worten und einem letzten Zwinkern stieg er in den Zug.

Die Lokomotive schnaufte bereits ungeduldig vor sich hin, und Charly wurde immer nervöser.

Mach dir keine Sorgen.

Charly schaute auf die Bahnhofsuhr, deren Minutenzeiger unerbittlich weiter nach vorne wippte, wie der Gummiknüppel eines Polizisten. Noch drei Minuten bis zur Abfahrt, und weit und breit kein Gereon Rath in Sicht.

Sie verspürte den starken Drang, wieder einzusteigen und sich neben den lesenden Mann im Abteil zu setzen. Einfach losfahren, dann eben ohne den Scheißkerl. Aber was, wenn ihm etwas passiert war?

Scheißkerl, Scheißkerl!

Sie ertappte sich dabei, wie sie mit dem Fuß aufstampfte. Auch der Schaffner, der eben so hilfsbereit gewesen war, hatte es bemerkt.

»Wat is denn, Frollein. Hat man Ihnen sitzen lassen, oder wat? Sie müssen sich schon entscheiden, ob Se rin wollen oder nich.« Er zeigte auf seine Trillerpfeife. »In einer Minute jeb ick det Abfahrtssignal. Die Reichsbahn is pünktlich, da kann ick uff Einzelschicksale keene Rücksicht nehmen.«

Charly nickte brav und versuchte ein Lächeln, das ihr total verunglückte. Innerlich jedoch verfluchte sie die Reichsbahn, sie verfluchte Gereon Rath, sie verfluchte die Welt, die ihr solche Entscheidungen aufzwang.

Der Minutenzeiger der Bahnhofsuhr federte auf die Siebenunddreißig. Der Schaffner nahm seine Trillerpfeife in die Hand und machte noch eine letzte einladende Handbewegung, mit der er auf die offene Waggontür wies.

Charly schüttelte den Kopf, und der Schaffner zuckte die Achseln. Dann hob er seine Signalkelle und ließ die Pfeife ertönen. So schrill und laut und trommelfellzerreißend wie in diesem Moment hatte Charly den Klang einer Trillerpfeife noch nie empfunden.

Der Zug begann zu stampfen und rollte langsam aus dem Bahnhof. Ohne das Ehepaar Michalek.

Charly wusste nicht, wie so oft bei Gereon, ob sie stinksauer sein sollte oder sich Sorgen machen musste. Beides, die Wut wie die Angst, drohten ihr die Tränen in die Augen zu treiben, und sie verließ den Bahnhof auf dem schnellsten Wege.

99

Sein Kopf schmerzte immer noch, jedenfalls wenn man ihn an der falschen Stelle berührte. Der bronzene Preußenadler hatte eine dicke Beule hinterlassen, die sie mit einem mehrfach um seinen Kopf gewickelten Verband versehen hatten, nachdem die Platzwunde genäht worden war. Außerdem hatte der Arzt ihm strikte Bettruhe verordnet, weil sie eine Gehirnerschütterung befürchteten, und so war er über Nacht im Urbankrankenhaus geblieben.

Der Doktor hatte gerade nach ihm geschaut und ihm die baldige Entlassung in Aussicht gestellt.

»Schonen sollten Sie sich aber gleichwohl. An Arbeit ist vorerst nicht zu denken.«

Reinhold Gräf hatte genickt. Und jetzt fragte er sich, ob der Besucher, der sich gerade einen Stuhl zum Krankenbett hinübergezogen hatte, nun privat hier war oder dienstlich.

»Wie geht es Ihnen, Untersturmführer?«, fragte Sebastian Tornow als erstes.

Das hörte sich privat an, doch war der Obersturmbannführer in Uniform im Krankenhaus erschienen.

»Den Umständen entsprechend. Nur eine leichte Gehirnerschütterung, eine dicke Beule und eine hässliche Platzwunde. Die ist aber schon genäht. Wenn ich Glück habe, sagt der Doktor, und alles gut verheilt, können sie in einer guten Woche die Fäden ziehen.«

»Prima«, sagte Tornow, doch es hörte sich nicht so an, als habe er zugehört.

Gräf hatte nicht gut geschlafen, er hatte schlecht geträumt. Unter anderem von dem Gespräch, das ihm nun bevorstand.

Gestern Abend war Tornow auch zur Schöneberger Brücke gekommen, denn natürlich war der SD informiert worden, nachdem Gräf sich den Schutzpolizisten erklärt hatte. Wegen der vielen Zeugen hatten sie allerdings nicht offen miteinander sprechen können. Und dann hatte der herbeigerufene Notarzt befunden, Gräf gehöre mit einer solchen Kopfverletzung dringend ins Krankenhaus.

»Vielleicht haben Sie eine Gehirnerschütterung erlitten, und damit ist …

»… nicht zu spaßen, ich weiß.«

Die ganze Nacht hatte er Zeit gehabt, sich zu überlegen, was er Tornow erzählen könnte, doch die Kopfschmerzen hatten ihm das Denken erschwert. Und taten es noch.

Er überlegte, ob er sich mit der Gehirnerschütterung und einem Gedächtnisverlust herausreden sollte, wie es Gereon Rath einmal getan hatte, aber das war nicht seine Art. Außerdem war das hier zu wichtig, mindestens drei Leben hingen davon ab, dass Reinhold Gräf in diesem Augenblick eine glaubwürdige Figur abgab.

»Dann erzählen Sie mir doch einmal, Untersturmführer, wie der gestrige Einsatz so abgelaufen ist. Diesmal aber die inoffizielle Version, die nicht für die Kripo bestimmt ist.«

»Goldstein hat Rath und mich überrumpelt und konnte mit Raths Dienstwaffe entkommen. Auf der Schöneberger Brücke haben wir ihn dann aber gestellt.«

Gräf sprach leise, fast heiser, weil er das Gefühl hatte, eine lautere Stimme würde seinen Kopf zum Platzen bringen.

»Und wo zum Teufel ist Rath abgeblieben?«

»Das habe ich Ihnen doch gestern Abend schon gesagt. Er ist von mehreren Kugeln getroffen in den Landwehrkanal gestürzt. Nur dass nicht Goldstein auf ihn gefeuert hat, wie ich es der Polizei erzählt habe, sondern ich. Nachdem ich Goldstein mit einem gezielten Kopfschuss außer Gefecht setzen konnte, habe ich die Walther PPK an mich genommen, die er Rath gestohlen hatte, und damit dreimal auf Rath gefeuert. Zwei Treffer in der Brust, einer zwischen die Augen. Rath ist daraufhin über die Balustrade in den Kanal gestürzt. Bevor ich nach ihm schauen konnte, hatten zwei Überfallwagen die Brücke erreicht, und ich musste der Schutzpolizei die Situation erklären. Eine halbe Stunde später erschienen Sie dann ja selbst am Tatort, Obersturmbannführer.«

Es klopfte, und eine Krankenschwester steckte ihren Kopf durch die Tür.

»Dann wollen wir mal Blutdruck messen«, flötete sie forsch in den Raum hinein und machte Anstalten, gleich zur Tat zu schreiten, doch ein Satz Tornows bremste ihren Elan.

»Das wollen wir mal schön bleiben lassen.«

»Wie?«

»Verschieben Sie das gefälligst auf später. Ich darf Sie bitten, mich mit dem Untersturmführer allein zu lassen, wir führen eine wichtige Unterredung.«

»Aber der Doktor …« Die Schwester brach mitten im Satz ab und schaute voller Respekt auf die schwarze Uniform. »Natürlich, Sturmbannführer, wie Sie wünschen.«

»Obersturmbannführer.«

»Natürlich.«

Mit einem devoten Knicks zog sie sich zur Tür zurück und verließ das Krankenzimmer.

Tornow klemmte einen Stuhl unter die Klinke, nachdem sie gegangen war.

»Sie haben Rath also persönlich liquidiert?«

»Jawohl. Wie befohlen.«

»Und sind sicher, dass er tot ist?«

»Jawohl. Ich darf Herrn Obersturmbannführer daran erinnern, dass ich ein guter Schütze bin.«

»Das ist mir durchaus bekannt, Untersturmführer. Das Merkwürdige ist nur, dass wir keine Leiche im Landwehrkanal gefunden haben. Wie erklären Sie sich das?«

Gräf zuckte die Achseln. Selbst diese Bewegung schmerzte.

»Ich weiß es nicht«, sagte er. »Aber hat es bei Rosa Luxemburg nicht Wochen gedauert? Sogar Monate?«

Tornow guckte streng, sagte aber nichts.

»Irgendwann«, sagte Gräf, »wird er schon auftauchen. In irgendeiner Schleuse. So war das bei der Luxemburg doch auch.«

»Was mich wundert«, sagte Tornow, »ist, dass die Taucher Raths Dienstausweis gefunden haben. Der hatte sich unter der Köthener Brücke in einem Ast verfangen, der ins Wasser ragte.«

»Na, immerhin.«

»Ist doch eigenartig, dass die Strömung so einen leichten Ausweis nur bis zur nächsten Brücke, einen menschlichen Leichnam hingegen viel weiter transportiert haben soll.«

»Der Landwehrkanal soll tückische, unberechenbare Strömungen haben. Und eine Leiche lässt sich von einem einfachen Ast auch nicht aufhalten.«

»Hm, mag sein.« Tornow schaute Gräf an. »Sind Sie sicher, Untersturmführer, dass Sie Rath auch wirklich tödlich getroffen haben?«

»Wie gesagt, ich habe drei Schüsse auf ihn abgefeuert, jeder der drei Treffer für sich hätte tödlich sein können, in der Summe aber würde ich es definitiv ausschließen, dass er das überlebt hat.«

»Hm«, machte Tornow. »Der Einsatz ist ziemlich aus dem Ruder gelaufen, meinen Sie nicht?«

»Solche Einsätze laufen ja nie genauso, wie man sich das vorstellt. Aber wenigstens stimmt das Ergebnis.«

»Da haben Sie recht.« Tornow schüttelte den Kopf. »Dass er auch noch eine Bombe gelegt hat. Wer hätte das gedacht?«

»Goldstein wollte wohl auf Nummer sicher gehen.«

»Ja, das wollte er wohl.« Tornow schlug mit der linken Hand auf die Matratze. »Gute Arbeit, Untersturmführer. Sie haben Improvisationsgeschick und Entscheidungsfreude bewiesen. Und außerdem Ihre Mission trotz der Behinderung durch Ihre Verletzung erfüllt. Generaloberst Göring und das Deutsche Reich sind Ihnen zu großem Dank verpflichtet.«

»Ich habe nur meine Pflicht getan, Obersturmbannführer.«

»Auch wenn wir noch keine Leiche haben, die zu identifizieren wäre, sollten wir seine Witwe zeitig informieren, was meinen Sie?«

»Jawohl, Obersturmbannführer.«

»Diese Nachricht überbringen am besten Sie persönlich, Untersturmführer. Sie kennen Frau Rath doch noch von früher.«

»Jawohl, Obersturmbannführer.«

»Wie die Ärzte sagen, werden Sie heute noch entlassen. Ich möchte, dass Sie sich dann unverzüglich darum kümmern.«

»Selbstverständlich, Obersturmbannführer.«

»Gut. Dann gute Besserung, Untersturmführer.«

Tornow ging zur Tür, stellte den zweckentfremdeten Stuhl wieder an seinen Platz und verließ das Krankenzimmer.

Gräf schloss die Augen. Charly. Vor dieser Begegnung graute ihm am allermeisten. Ihr konnte er doch nicht die Wahrheit erzählen, das wäre viel zu riskant, früher oder später würde es auffliegen. Nein: Gereon Rath war im Kugelhagel eines amerikanischen Gangsters umgekommen, das war die offizielle Geschichte, an die mussten alle glauben. Alle außer ihm selbst und Gereon Rath.

Nein, er hatte keine andere Wahl: Er würde ihr wehtun müssen.

100

Das erste, was ihr ins Auge fiel, war der Koffer, der im Flur stand. Alles reisefertig, wie er gesagt hatte. Nur dass er nicht zum Bahnhof gekommen war.

Sie ging hinüber ins Wohnzimmer. Sein Feldbett war abgebaut. Es roch auch nicht nach Zigaretten.

»Lotte?«

Sie drehte sich um.

»Mutter! Ich wusste nicht, dass du noch hier bist.«

»Ich nehme den Drei-Uhr-Zug nach Schwiebus. Aber so lange werde ich doch wohl noch bleiben dürfen.«

»Natürlich.«

Luise Ritter schaute auf den kleinen Koffer in Charlys Hand. »Ziehst du wieder ein?«

Charly wollte nicken, aber das Nicken missriet ihr zu einem Achselzucken.

»Wo ist denn Gereon?«, fragte sie.

»Ich dachte, er wäre bei dir.«

»Das heißt, er ist gestern Nacht nicht nach Hause gekommen?«

»Na, dann wäre er ja wohl hier. Er hat gestern gepackt. Wollt ihr übers Wochenende verreisen?«

»So ähnlich.«

»Was ist denn los, Kind?«

Charly hatte ein schlechtes Gewissen. Sie konnte ihrer Mutter doch schlecht sagen, dass sie drauf und dran gewesen war, sich aus dem Staub zu machen. Dass sie nur deswegen noch in Berlin war, weil Gereon sie am Bahnhof versetzt hatte.

»Ach, nichts. Ich frage mich nur, wo Gereon ist.«

»Wahrscheinlich arbeiten. Er hatte in den letzten Tagen immer viel zu tun.«

»War er denn gestern Nacht auch im Einsatz?«

»Er erzählt einem doch nie, was er beruflich gerade macht. Darf er ja auch nicht. Ist doch alles geheim.«

Charly nickte, aber sie hatte eigentlich gar nicht richtig zugehört.

»Setz dich mal, Lotte. Ich mach uns beiden einen Tee, das beruhigt. Wird schon wieder auftauchen, dein Gereon. Dann könnt ihr immer noch ins Grüne fahren, ihr beide. Und vorher vielleicht sogar deine alte Mutter zum Bahnhof bringen.«

»Sicher.« Charly mühte sich ein Lächeln ins Gesicht. Sie machte sich Sorgen um Gereon, und die Gedanken ihrer Mutter kreisten nur darum, wer sie zum Bahnhof bringen konnte.

Es klingelte an der Tür. Charly schreckte hoch; für den Bruchteil einer Sekunde glaubte sie, das sei Gereon, doch dann sagte ihr der Verstand, dass Gereon nicht an der eigenen Wohnungstür klingeln, sondern aufschließen würde. Sie ging in den Flur und öffnete.

Vor der Tür stand Reinhold. In SS-Uniform, die schwarze Schirmmütze in den Händen. Um seinen Kopf war ein Verband gewickelt.

»Reinhold! Was ist denn mit dir passiert? Hattest du einen Unfall?«

Sein Blick war gen Fußboden gerichtet, seine Hände spielten mit der Uniformmütze.

»Ist eine lange Geschichte. Gestern Nacht …« Er räusperte sich und schaute sie an. »Charly, darf ich reinkommen?«

»Geht es um Gereon? Wo ist er?«

»Darf ich reinkommen?«

Mehr musste er gar nicht mehr sagen. Sie hörte seine Worte, sah seine Augen und wusste Bescheid. Alles, was er ihr jetzt noch erzählen würde, wären nur unwichtige Details. Sie spürte, wie ihr die Knie wegzusacken drohten, doch sie riss sich zusammen und nahm Haltung an, richtete sich auf, das war ihre verdammte preußische Selbstbeherrschung. Nur sprechen konnte sie nicht mehr, sie merkte, wie ihr die Stimme versagte; das einzige, wozu sie sich noch imstande sah, war, zu nicken und Reinhold mit einer Handbewegung hereinzubitten.

101

Wie sie da saß, stocksteif und schweigend und jeden Blickkontakt mit ihm vermeidend. Er kam sich unsagbar schlecht vor, ihr all diese schmerzhaften Lügen aufzutischen, doch es ging nicht anders. Und es war auch richtig, dass er derjenige war, der nun hier saß, am Wohnzimmertisch der Familie Rath. Nicht auszudenken, wenn Sebastian Tornow selbst oder Michael Steinke es übernommen hätte, Charlotte Rath die Nachricht vom Tode ihres Mannes zu überbringen.

Nein, das war seine Aufgabe, ganz allein seine, und es spielte keine Rolle, wie schlecht er sich dabei fühlte.

In der Küche hörte man Charlys Mutter hantieren, die dabei war, Tee zu kochen. Im Wohnzimmer tickte die Wanduhr.

»Wir hatten einen Einsatz gestern Nacht, Gereon und ich«, begann er. Zögernd, weil er doch sah, dass eigentlich nichts mehr gesagt werden musste, dass sie es längst wusste. Doch entband ihn das nicht von seiner Pflicht.

Er räusperte sich und fuhr fort. »Es ging darum, einen feigen Anschlag auf Generaloberst Göring zu vereiteln. Ein jüdischer Verbrecher wollte den Reichsminister ermorden, und wir …«

Wieder musste er die Faust vor den Mund halten und hineinhusten. Dieser verdammte Frosch in seinem Hals, Reinhold Gräf konnte kaum sprechen. Und er hasste sich selbst, wie er da um den heißen Brei herumredete, obwohl sie doch längst wusste, was er zu sagen hatte.

»Es tut mir sehr leid, Charly, aber es gab einen Schusswechsel. Gereon … Er wurde mehrfach getroffen. Er ist … er ist tot. Es tut mir so leid.«

Charlys Miene blieb unbeweglich. Sie sagte nichts, ihr Blick war leer.

Verdammt, wie leid sie ihm tat. Wenn es eine Kollegin gab, die er in seiner Zeit am Alex wirklich gemocht hatte, dann war es diese junge Stenotypistin Charly Ritter gewesen. Allein ihretwegen verspürte er manchmal so etwas wie Wehmut, wenn er an die Jahre in Gennats Mordinspektion zurückdachte. Vielleicht war es auch mehr ihretwegen als Raths wegen, dass er den eindeutigen Liquidationsbefehl von Obersturmbannführer Tonrow nicht hatte ausführen können.

Und nun musste er ihr trotzdem weh tun. Er hätte sich am liebsten zu ihr gesetzt und sie in den Arm genommen, aber das ging natürlich nicht. Stattdessen redete er weiter.

»Seinen Mörder hat es ebenfalls erwischt. Gereon hat sein Leben gelassen in Erfüllung seiner Dienstpflichten. Wir alle wissen, dass dieser Beruf gefährlich ist. Es ...«

»Ich will ihn sehen«, unterbrach sie ihn.

Der erste Satz, den sie überhaupt sprach, seit sie hier saßen. Die Leere in ihren Augen war einem kalten, harten Blick gewichen.

»Es tut mir leid, das geht nicht.«

Wieder musste er mit dem Frosch in seinem Hals kämpfen, er klang so heiser, als leide er an einer schweren Erkältung.

»Warum nicht?«

Ihre Stimme war hart, härter noch als ihr Blick.

»Gereon ist in den Landwehrkanal gestürzt, wir haben seine Leiche noch nicht gefunden.«

Für einen Moment glaubte er, ein Aufblitzen der Hoffnung in ihren Augen zu erkennen, aber dann sackte Charly wieder in sich zusammen.

Gräf stand auf.

»Ich muss weiter, Charly. Aber wenn du Hilfe brauchst ... Du weißt, wie du mich erreichst.«

Der letzte Satz kam ihm hohl und leer vor, wo er ihr doch vor wenigen Tagen noch die Hilfe verweigert hatte. Aber was hätte er tun sollen?

Sie nickte, doch ihm kam es vor, als habe sie gar nicht richtig zugehört.

Er ging zur Tür und drückte die Klinke.

»Auf Wiedersehen, Charly.«

Es war das erste Mal seit Monaten, wenn nicht seit Jahren, dass er sich nicht mit dem Deutschen Gruß verabschiedete.

102

Das neue Lager nahm langsam Gestalt an. Der Kiefernwald war gerodet, sie hatten Gräben für die Kanalisation ausgehoben, ein paar provisorische Wachtürme errichtet und mit dem Bau der ersten Lagerbaracken begonnen. Bald schon würden mehr Häftlinge eintreffen, hatte man ihnen beim Morgenappell gesagt, dann würden die Arbeiten noch schneller voranschreiten.

Herbert Ehlers war mit ein paar Kameraden damit beschäftigt, die Baugrube für die Lagerkommandantur auszuheben, genau in der Mitte der Lichtung, die sie in den Wald geschlagen hatten. Manchmal kam er sich beinah vor wie ein normaler Bauarbeiter, der mit seinen Kollegen schuftete, nur dass sie kaum Pause machten und immer mit den bösen Scherzen ihrer SS-Wachen rechnen mussten. Die Genossen um ihn herum hatten ihm geholfen, sich an den Lageralltag zu gewöhnen, insofern man sich an so etwas überhaupt gewöhnen konnte. Sie gaben ihm das Gefühl, nicht alleine zu sein, und es tat gut, Freunde in der Nähe zu wissen, auf die man sich verlassen konnte.

Fragte sich nur, ob ihm das half, hier jemals wieder rauszukommen. Je mehr er sich mit den Kommunisten abgab, die sie aus dem Lager Esterwegen hierhergekarrt hatten, desto weniger würde man ihm glauben, kein Kommunist mehr zu sein. Und so manches Mal hatte er inzwischen selber Zweifel daran.

Andererseits wusste er nicht, ob es überhaupt eine Rolle spielte, wie er politisch dachte, sie hatten ihn schon ewig nicht mehr vernommen. Genau genommen kein einziges Mal mehr, seit sie ihn aus dem Columbiahaus hier in die brandenburgische Einöde verfrachtet hatten.

Herbert Ehlers fragte sich, ob er draußen nicht irgendwelche Fürsprecher hatte? Kollegen vom Norddeutschen Lloyd etwa oder, noch besser, seine Vorgesetzten. Die müssten doch ein bisschen Einfluss geltend machen können. Onkel Heini war bei der SA, aber kein sehr hohes Tier. Ob seine Familie überhaupt Bescheid wusste? Er hatte keinen einzigen Brief schreiben und kein Telefonat führen dürfen, seit die Gestapo ihn, kurz vor Beginn der Spiele, aus dem Olympischen Dorf abgeholt hatte.

Umso überraschter war er, als eine der Wachen ihn ansprach. Was in Sachsenhausen immer hieß: anschnauzte.

»Ehlers, du rote Sau. Besuch für dich!«

Er war so überrascht, dass er zunächst gar nicht verstand und den jungen Wachmann nur mit großen Augen anglotzte.

»Na los schon! Bist du taub! Beweg deinen lahmen Arsch! Oder wartest du drauf, dass ich dir Beine mache?«

Rudi, sein Nebenmann, gab ihm einen Stoß in die Rippen, der ihn endlich wach machte. Er stellte den Spaten ab und kletterte aus der Baugrube.

»Jetzt aber mal ein bisschen dalli. Hab nich ewig Zeit«, sagte der Wachmann und stieß ihm den Gewehrkolben ins Kreuz.

So etwas war Herbert Ehlers inzwischen gewohnt, das brachte ihn nicht mehr aus dem Tritt. Er beschleunigte seine Schritte, stolperte dem Wachmann voran auf die SS-Baracke zu, die am Eingang des Lagers stand. Ein Provisorium, das abgerissen werden würde, sobald die neue Kommandantur fertig war.

Er kannte den Uniformierten nicht, der am Eingang der Baracke neben Sturmbannführer Koch stand, ihrem Lagerkommandanten. Keiner von denen, die er aus dem Columbiahaus kannte, auch keiner aus dem Lager. Ein SS-Hauptsturmführer.

Ein letzter Kolbenstoß bedeutete Ehlers stehenzubleiben.

»Der Gefangene Ehlers, Sturmbannführer.«

»Danke«, sagte Koch.

Der SS-Wachmann salutierte.

»Ist das der Mann, den Sie sprechen wollen, Hauptsturmführer?«, fragte der Lagerkommandant seinen Besucher.

Der Hauptsturmführer nickte. »Wenn Sie mir noch einen Raum zur Verfügung stellen könnten? Ich müsste mich mit dem Gefangenen unterhalten. Ungestört.«

»Ungestört. Verstehe, was Sie meinen, Hauptsturmführer.« Der Lagerkommandant wies auf eine etwas abseits liegende Behelfsbaracke. »Dort führe ich selbst immer meine Befragungen durch. Da finden Sie alles, was Sie brauchen, mein lieber von Rekowski. Benötigen Sie Unterstützung? Ich könnte Ihnen ein, zwei SS-Männer zur Verfügung stellen.«

»Nein danke. Ich möchte den Häftling unter vier Augen sprechen.«

»Verstehe. Wie Sie meinen.«

Von Rekowski. Während der Wachmann ihn am Arm fasste und zu der Befragungsbaracke hinüberführte, durchforstete Ehlers seine Erinnerung, aber diesen Namen hatte er noch nirgends gehört, schon gar nicht in Verbindung mit der SS. Wer konnte das sein? Wer hatte den Mann geschickt?

Hauptsturmführer von Rekowski sagte nichts auf dem Weg zur Baracke. Und er sagte zunächst auch einmal nichts, als sie in der Baracke waren und die SS-Wache sich verabschiedet hatte.

Ehlers schaute sich um. Ein Schreibtisch, ein Stuhl davor, einer dahinter. In der Ecke ein Prügelbock, wie er sie aus dem Columbiahaus kannte, daneben an der Wand, fein säuberlich sortiert, diverse Peitschen, Stecken und sonstige Prügelwerkzeuge. An einem Balken etwas über Kopfhöhe eine Kette mit zwei Eisenmanschetten. *Alles, was Sie brauchen,* hatte Sturmbannführer Koch gesagt, und nun wusste Ehlers, was der Lagerkommandant darunter verstand.

»Herbert Ehlers«, sagte der Hauptsturmführer, und Ehlers erschrak so über das plötzliche Ende des Schweigens, dass er unwillkürlich zusammenzuckte. »So also siehst du aus. Die ganze Fahrt hier raus in diese Einöde habe ich mich gefragt, was du wohl für einer bist.«

Ehlers sagte nichts. Bei der SS war es nicht ratsam zu reden, ohne gefragt zu werden, so viel hatte er in den letzten Wochen gelernt.

Sein Besucher lächelte, und so langsam entspannte sich auch Herbert Ehlers.

»Setz dich doch«, sagte von Rekowski und wies auf den Stuhl vor dem Schreibtisch, dessen Holz vollgesogen war mit dem Blut und dem Angstschweiß unzähliger Häftlinge.

Ehlers gehorchte.

Von Rekowski setzte sich nicht. Er blieb stehen, die Hände hinter dem Rücken verschränkt, und wanderte dann in dem kleinen Raum auf und ab, als denke er über irgendetwas nach.

»Du hast eine Fürsprecherin draußen in der Stadt, Herbert Ehlers«, sagte er. »Eine Dame. Eine Dame, die ich sehr schätze.«

Er blieb vor Ehlers stehen und schaute ihn an, als taxiere er seinen Wert auf dem Sklavenmarkt.

»Ich frage mich allerdings«, fuhr er fort und beugte sich zu dem Häftling hinunter, bis sie sich direkt in die Augen schauten, »was sie an *dir* schätzt.«

Was wollte der? Warum kam der nicht endlich zur Sache?

»Greta Overbeck«, sagte der Hauptsturmführer und nahm seine Wanderung durch den Raum wieder auf. Er wirkte wie ein Lehrer, der zum Diktat gerufen hatte, und so lange war auch die Pause, die er nach dem Namen ließ, bevor er hinzufügte: »Woher kennst du sie?«

Ehlers war irritiert. Er kannte keine Greta Overbeck.

»Wie?«, fragte er also. Etwas Intelligenteres fiel ihm nicht ein.

Der Hauptsturmführer war vor den Schlagwerkzeugen an der Wand stehengeblieben und betrachtete sie. Dann nahm er einen Rohrstock aus seiner Halterung.

»Ist doch eine einfache Frage«, sagte er, ohne Ehlers anzuschauen. Stattdessen prüfte er den Rohrstock. »Was hast du mit Greta Overbeck zu schaffen?«

»Hören Sie, Hauptsturmführer, ich habe das Ihren Kollegen in Berlin schon gesagt: In meiner Jugend habe ich einen Fehler gemacht, den ich längst eingesehen habe. Ich habe bei der falschen Partei mitgemischt, ja, aber das ist vorbei, ich bin schon lange kein Kommunist mehr.«

Der Schlag kam ohne Vorwarnung. Der Hauptsturmführer hatte ihm den Rohrstock einmal quer durchs Gesicht gezogen. Es schmerzte höllisch.

»Was ist denn das für eine Antwort? Ich habe dich nach Greta Overbeck gefragt, deine politische Vergangenheit interessiert mich einen Scheißdreck!«

»Tut mir leid.« Ehlers schmeckte Blut beim Sprechen, seine Oberlippe schwoll an. »Aber eine Genossin dieses Namens ist mir nie untergekommen.«

Von Rekowski packte ihn am Kragen seiner Häftlingsjacke und zog ihn vom Stuhl hoch.

»Und wie erklärst du dir dann«, sagte der Hauptsturmführer, und bei jedem Wort sprühten Spucketröpfchen in Ehlers' Gesicht, »dass Greta es für unendlich wichtig hält, dass einer wie du wieder auf freien Fuß kommt? Für so wichtig, dass sie mich darum gebeten hat, dich rauszupauken?«

Der Mann atmete heftig. Die Ader an seiner Schläfe war angeschwollen. Ein verdammter Choleriker. Endlich ließ er den Häftlingskragen los und stieß Ehlers von sich.

»Gib's zu«, rief er, »du hast sie gefickt. Und du willst sie wieder ficken. Deswegen will sie dich raushauen!«

»Aber nein! Das ist ein Missverständnis. Ich kenne die Dame gar nicht.«

»Und woher kennt sie *dich*? Wie ein bekannter Filmschauspieler siehst du nicht gerade aus.«

»Das weiß ich doch auch nicht. Vielleicht verwechselt sie mich mit einem anderen Ehlers. Was weiß ich? Sie müssen ja auch nichts für mich tun. Gehen Sie nach Hause und sagen Sie Ihrer Greta, dass Sie nichts ausrichten konnten.«

»Nichts da! Ich habe ihr versprochen, mich darum zu kümmern, dass du nicht länger in Sachsenhausen bleibst, und ich halte meine Versprechen.«

Ehlers atmete auf. Ganz gleich, was der Kerl von ihm dachte, ob er ihn für einen Nebenbuhler hielt oder für sonstwas, das konnte er verkraften. Hauptsache war, er käme frei. Dann könnte er seinen Eltern Bescheid sagen, sich einen Anwalt nehmen und all diese Missverständnisse aufklären. Dass er ein Kommunist sei. Dass er der Liebhaber einer gewissen Greta Overbeck sei. Und was sie ihm sonst noch andichteten. Hauptsache raus, dann würde alles gut.

»Schau dich noch einmal um«, sagte von Rekowski und zog einen Schlagring, der auf dem Schreibtisch gelegen hatte, über die rechte Faust. »Präg dir alles gut ein. Denn das hier ist das Letzte, was du von Sachsenhausen zu sehen bekommst.«

»Wie? Ich verstehe nicht, ich denke, Sie …«

Weiter kam er nicht. Der Schlagring traf ihn so hart, dass irgendetwas in seinem Gesicht zerbrach, mehr als nur die zwei, drei Zähne, sie sich in seinem Mund sammelten. Ehlers ging zu Boden, der Schmerz ließ ihn beinahe ohnmächtig werden. Bevor er sich aufrappeln konnte, traf ihn ein Tritt in die Rippen. Es knackste laut, und die Luft blieb ihm weg. Während er noch nach Luft schnappte, sah er, wie der stiefelbewehrte Fuß noch einmal ausholte. Die Stiefelspitze kam genau auf ihn zu und traf seine Kinnspitze. Es blitzte einmal hell, als sein Kopf nach hinten kippte, viel zu weit. Dann knackte es noch einmal laut, und Herbert Ehlers sah nichts mehr und hörte nichts mehr und fühlte nichts mehr. Er hatte Sachsenhausen verlassen. Hauptsturmführer von Rekowski hatte Wort gehalten.

103

Der Keller war feucht, es roch nach alten Äpfeln und schimmelndem Kalkputz. Charly war ewig nicht hier unten gewesen, sie war keine Hausfrau, die Marmelade oder Obst einkochte und im Keller lagerte. Und auch Gereon verirrte sich nur selten hier unten hin. Ein paar alte Möbel standen in dem Verschlag, von denen sie sich nicht trennen konnten, die inzwischen aber ohnehin nicht mehr zu gebrauchen waren.

Sie wusste nicht, was sie denken sollte. Sie wusste nicht, ob sie lachen oder weinen sollte. Selten hatte ein Anruf sie gleichzeitig so froh und so unglücklich gemacht.

Er lebte. Sie würde ihn nicht wiedersehen. So bald jedenfalls nicht.

Und so lange musste sie weiterhin die trauernde Witwe spielen.

Ob es überhaupt eine Beerdigung geben würde, wenn es keine Leiche gab? Oder würde irgendwann eine unidentifizierbare Wasserleiche einen Grabstein mit der Inschrift *Gereon Wilhelm Rath* bekommen, *5. März 1899–13. August 1936?*

Zum Glück hatte er erst angerufen, als sie allein war. Als Greta, bei der sie Trost gesucht hatte, sich längst wieder verabschiedet hatte. Als Charly mit einer Flasche Cognac, mit *seiner* Flasche Cognac, die nur noch halb voll war, im Wohnzimmer gesessen und Musik gehört hatte, *seine* Musik, die amerikanischen Platten seines Bruders Severin. Wie schon am Vortag. Sie hatte genau das gemacht, was er immer machte, immer gemacht hatte, wenn er allein war. Wenn er keinen Schlaf fand. Genau wie sie jetzt.

Sie hatte noch kein bisschen geweint. Wie schon beim Tod ihres Vaters hatte sie keine einzige Träne geweint, sondern war einfach zu Stein geworden. Vielleicht hatte sie mit dem Cognac auch ihre

Versteinerung lösen wollen, weil die so schmerzhaft war, weil sich nichts in ihr mehr bewegen wollte und der Kloß in ihrem Hals so groß war, dass sie meinte, daran zu ersticken.

Und dann hatte das Telefon geklingelt und ihr einen fürchterlichen Schrecken eingejagt. Dennoch war sie natürlich rangegangen. Um sich noch mehr zu erschrecken.

»Gott sei Dank erreiche ich dich«, war das erste, was er gesagt hatte. »Bist du allein?«

»Gereon! Ich ... Was ...«

Sie hatte nichts sagen können, sondern war in Tränen ausgebrochen; was der Cognac nicht vermocht hatte, das hatte der Klang seiner Stimme geschafft: Ihre Versteinerung löste sich mit einem Mal, als habe man einen großen Felsen weggesprengt, der schwer auf ihren Gedanken und ihrem Herzen gelegen hatte. Sie hatte geschluchzt und geheult und sich verflucht dafür, und erst die langsam aufsteigende Wut hatte die Tränen versiegen und sie ihre Stimme wiederfinden lassen.

»Was fällt dir eigentlich ein? Wo bist du? Was soll das?«

»Waren sie schon bei dir? Haben sie dir erzählt, ich sei tot?«

»Reinhold war da. Er hat gesagt, ein Verbrecher habe dich erschossen. Im Landwehrkanal werde noch nach deiner Leiche gesucht, aber es könne keinen Zweifel geben, dass du tot bist.«

»Charly, es darf niemand wissen, dass ich dich angerufen habe. Es darf niemand wissen, dass ich überhaupt lebe. Das würde uns alle in Gefahr bringen. Dich, mich, Reinhold, vielleicht sogar deine Mutter und den Jungen.«

»Was redest du da?«

»Tornow will meinen Tod. Reinhold sollte mich erschießen, aber er hat mich entkommen lassen. Mehr musst du nicht wissen. Nur dass du glaubwürdig die trauernde Witwe spielen musst. Sollte Tornow auch nur den geringsten Zweifel an meinem Tod haben, wird er alles daransetzen herauszufinden, wo ich bin. Dann wird er auch nicht davor zurückschrecken, dich oder deine Mutter ins KL zu stecken, sollte er sich davon Informationen versprechen.«

»Warum warst du nicht am Bahnhof? Wir könnten längst in Prag sein.«

»Wenn du wüsstest, wie ich aussehe, würdest du nicht fragen.«

»Wie? Was ist denn passiert?«

»Nicht so wichtig. Habe jedenfalls einige Blessuren abbekommen, die nicht zu einem harmlosen tschechischen Olympiatouristen passen wollen. Meinem Passbild sehe ich im Augenblick auch nicht ähnlich. Helmut Michalek wäre spätestens an der Grenze aus dem Zug geholt worden, wenn nicht schon vorher.«

»Und wo bist du jetzt?«

»Das kann ich dir nicht sagen.«

Sie schwiegen beide eine ganze Weile. Als müsse die Bedeutung dieser Worte erst langsam auf den Boden sinken, bevor sie verstanden werden konnte.

»Es ist also ernst«, hatte sie schließlich gesagt.

»Sehr ernst. Solange Tornow lebt, muss ich den Toten spielen. Du darfst nicht wissen, wo ich bin, ich darf dir nicht sagen, wie's mir geht, dies heute ist das letzte Mal, dass wir miteinander sprechen. Vielleicht für sehr, sehr lange Zeit.«

Wieder hatten sie geschwiegen. Und dann hatte er ihr das mit dem Keller erzählt.

»Du musst dort nachschauen. Irgendwas hat er uns untergejubelt, irgendwelche Materialien, die man zum Bombenbasteln braucht.«

»Wer?«

»Abraham Goldstein. Aber das tut nichts zur Sache. Er wollte mich anschwärzen. Als Attentäter. Das kann er zwar nicht mehr, trotzdem wäre es nicht gut, wenn in unserem Keller irgendwelche Materialien gefunden werden, aus denen eine Bombe gebaut wurde, die die Gestapo unter Görings Bett sichergestellt hat.«

Da hatte er unzweifelhaft recht.

Und so stand Charly nun im Kellerverschlag ihrer Wohnung und wischte die Spinnweben von einem alten Nachttisch, um die Tür zu öffnen. Leer. Sie wollte das nächste Möbelstück untersuchen, da fiel ihr Blick auf einen Schuhkarton, der seltsam unverstaubt wirkte und ihr fremd vorkam.

Noch bevor sie den Deckel öffnete, wusste sie, dass es das war, was sie suchte. Umso überraschter war sie, als sie in dem Karton nur drei längliche blecherne Stifte fand und die Reste einer gallertartigen Masse. Sie hatte keine Ahnung, was das war, aber es war zweifellos das, vor dem Gereon sie gewarnt hatte, und sie musste es loswerden.

104

Er hatte es einfach nicht einhalten können. Nicht einhalten und nicht aushalten können. Niemandem Bescheid zu sagen. Vor allen Charly nicht Bescheid zu sagen. Reinhold hatte natürlich recht, Tornow durfte nicht den leisesten Hauch eines Verdachts haben, Gereon Rath könne noch leben. Aber auf Charly würde in dieser Hinsicht Verlass sein. Und auf Paul Wittkamp sowieso.

Seinen alten und wahrscheinlich einzigen wirklichen Freund, wenn man von Charly einmal absah, hatte er angerufen, nachdem er triefend nass und blutend aus dem Kanal geklettert war, an einem Steg hinter der Potsdamer Brücke. Am Shellhaus hatte er eine Telefonzelle gefunden und sich mit Köln verbinden lassen. Paul hatte keine Sekunde gezögert, er war sofort ins Auto gestiegen und nach Berlin gefahren. Acht Stunden hatte er gebraucht für die fast sechshundert Kilometer, Raths Anzug war längst wieder trocken, die Fleischwunde, die er mit einem Streifen seines Hemdes umwickelte, hatte endlich zu bluten aufgehört, die Sonne war längst wieder aufgegangen. Rath hatte im Tiergarten, wo er die ganze Nacht unter einer Brücke gelegen hatte wie ein gewöhnlicher Tippelbruder, Schutz vor neugierigen Blicken gesucht. Und so ähnlich sah er auch aus in seinem vom schmutzigen Wasser fleckigen Anzug und seinem durchlöcherten rechten Ärmel. Ganz zu schweigen von seinem von blauen und grünen Flecken entstellten Gesicht. Am Charlottenburger Tor hatten sie sich verabredet, und dort hatte Rath sich in einem Gebüsch zwischen Kanal und Chaussee versteckt gehalten, bis Pauls blauer Ford Rheinland mit dem IZ-Kennzeichen der Rheinprovinz endlich aufgetaucht war.

Sie hatten nicht viele Worte gebraucht. Paul hatte ihn auf den Rücksitz verfrachtet und sich sofort wieder auf den Heimweg gemacht. Nur weg aus Berlin. Als sie in Köln ankamen, war die Sonne bereits untergegangen. Was es auch einfacher machte, den lädierten und verletzten Gereon Rath unbemerkt in das Hinterzimmer der Weinhandlung Wittkamp zu bugsieren. Dort lag er immer noch, auf demselben Sofa, auf dem er am Rosenmontag einmal mit einer ihm bis dato gänzlich unbekannten Mickymaus gelandet war.

»Hier kannst du erst mal bleiben«, hatte Paul gesagt, der sich Raths Geschichte während der langen Autofahrt in allen Einzelheiten angehört hatte. »Übers Wochenende brauche ich das Büro sowieso nicht, und bis nächste Woche habe ich mir was überlegt.«

»Solange du mich nicht in deinen Keller sperrst.«

»Bestimmt nicht in meinen Weinkeller, das ist mir zu riskant.«

Rath hatte lange geschlafen. Und dann, nach einigem Hin und Her, hatte er schließlich das Telefon auf Pauls Schreibtisch benutzt und sich mit der Carmerstraße verbinden lassen. Er hatte einfach nicht anders gekonnt. Gleichwohl hatte es ihm das Herz zerrissen. Er hatte keine Ahnung, wann er sie wiedersehen würde. Ob er sie überhaupt jemals wiedersehen würde.

Er hatte sich wieder aufs Sofa gelegt und sich den Kopf darüber zerbrochen, was nun aus ihm werden sollte. Wie er es anstellen sollte, sich so unsichtbar zu machen, dass alle Welt ihn für tot hielt. Dummerweise war der Pass von Helmut Michalek in Berlin geblieben.

Abraham Goldstein war tot. Sebastian Tornow hatte den Tod des Gangsters, der ihm vor fünf Jahren entkommen war, von Anfang an gewollt. Und den Tod von Gereon Rath. Goldstein hatte ihn töten wollen, und Rath empfand bestimmt kein Mitleid, aber irgendwie hatten sie auch diesmal im selben Boot gesessen. Als Opfer von Sebastian Tornow. Nur dass Rath, anders als Goldstein, Glück gehabt hatte. Nein, kein Glück, einen Freund. Einen Freund, der ihn hatte laufen lassen.

Er hörte einen Schlüssel im Schloss, und wenig später stand Paul im Raum, eine Tasche in der Hand, aus der er ein ganzes Picknick zauberte. Belegte Brote, Äpfel, gekochte Eier, ein paar Frikadellen, eine Flasche Milch und zwei Flaschen Bier. Kein Wein, davon gab es in diesem Büro mehr als genug.

»Ich hoffe, das reicht erstmal bis Montag«, sagte er.

Rath richtete sich auf dem Sofa auf, dabei streifte sein verletzter Arm das Polster, und er stöhnte unwillkürlich auf.

Paul schaute ihn an.

»Meinst du wirklich, du brauchst keinen Arzt?«

»Nee.« Rath schüttelte den Kopf. »Niemand darf mich sehen,

wirklich niemand. Ich muss für alle Welt tot sein, sonst bin ich bald tot, so einfach ist das.«

»Das nennst du also einfach.« Paul schüttelte den Kopf. »Gereon Rath, es ist eine verdammte Strafe, mit dir befreundet zu sein. Ich hätte auf meine Mutter hören sollen.«

»Hättest du auf deine Mutter gehört, wärst du nun mit dem Meiers Käthchen von nebenan verheiratet.«

»Da hast du auch wieder recht.«

»Also: Ich brauche keinen Arzt. Aber ungefähr fünf Liter Jod, damit sich das nicht entzündet.«

»So viel hab ich nicht dabei, aber vielleicht reicht das erstmal.«

Paul holte ein braunes Fläschchen und eine Mullbinde aus der Tasche. Dann machte er sich daran, Raths Schussverletzung neu zu desinfizieren und zu verbinden. Es war nur ein Streifschuss, doch es brannte höllisch.

Nachdem er fertig verarztet war, aß Rath eine Stulle. Paul machte die beiden Bierflaschen auf, und sie stießen an.

»Auf die Zukunft«, sagte Paul.

»Wie immer die aussehen mag.«

»Darüber hab ich mir schon ein paar Gedanken gemacht.«

Paul zog ein Dokument aus seiner Anzugtasche und reichte es seinem Freund. Ein Führerschein.

Rath klappte ihn auf. »Wilhelm Kessler aus Neuwied?«, las er. »Wer ist denn das?«

»Das bist du.«

»Wie? Sieht mir aber gar nicht ähnlich.«

»Wir brauchen natürlich noch ein Foto von dir. Ich kenn einen, der Stempel nachmachen kann.«

Rath schüttelte den Kopf. »Wen ihr nicht alles kennt!«

»Wen meinst du mit *ihr*?«

»Na, dich und Charly. Ihr solltet eine Passfälscherwerkstatt aufmachen.«

Paul zuckte die Achseln. »Was heißt Fälscher. In Köln kennt man doch für alles seine Leute. Hast du ein Foto? Ein neues können wir von dir nicht machen, so wie du im Moment aussiehst.«

»Nimm das aus meinem Führerschein. Den brauch ich nicht mehr. Der sieht nach dem Bad im Landwehrkanal ohnehin etwas mitgenommen aus.«

Paul nickte. »Zeig mir mal deinen Ehering.«

Rath fummelte das gute Stück vom Finger. War gar nicht so einfach, der Ring saß wie festgewachsen, aber schließlich konnte er ihn über den Fingerknöchel schieben.

Paul nahm ihn an sich und betrachtete ihn genau. Dann nickte er anerkennend und deklamierte: »Der Junggeselle hat zum Schluss – nur graue Haare und Verdruss. Der Ehemann jedoch zum Schlusse – den guten Trauring von Max Busse.«

»Was soll denn das heißen?«

»Dass du den Ring loswerden musst. Erstens kann man ihn zu Geld machen. Und zweitens verrät er dich. In deinem neuen Leben bist du Junggeselle.«

»Mit grauen Haaren und Verdruss.«

»Wollen wir mal nicht mit dem Schlimmsten rechnen. Vielleicht kannst du ja bald in dein altes Leben zurückkehren.«

»Du meinst wirklich, Deutschland wird wieder normal?«

»Na, ewig kann das doch so nicht weitergehen, oder?«

»Keine Ahnung. Wer kann schon in die Zukunft sehen.«

»Na, wie sagt der Kölner? Et hätt noch immer jootjejange.«

»Und wie sagt der Berliner? Immer den Kopp hoch, und wenn der Hals ooch schmutzig is.«

105

Auch in der Sonntagsausgabe fand sie nichts. Keine einzige Zeile. Die Olympiade in Berlin und der Bürgerkrieg in Spanien, davon handelten die meisten Artikel im *Prager Tagblatt*, von der Vergiftung eines amerikanischen Sportfunktionärs war nirgends die Rede. Am Bahnhof Zoo hatte Charly sich rechtzeitig eines der begehrten Exemplare besorgt – einer der wenigen deutschsprachigen Zeitungen, denen man noch trauen konnte – und es schon auf dem Weg zurück in die Carmerstraße durchgeblättert. Am Frühstückstisch ging sie die ganze Zeitung systematisch von vorne bis hinten durch. Nichts. Drei Artikel von Berthold Weinert, aber alle drehten sie sich um Sport.

Verdammt! Das konnte doch nicht sein! Diese Geschichte *musste* er doch schreiben wollen.

Sie erreichte den Journalisten noch in seinem Hotel.

»Ich habe gerade das Tagblatt gelesen. Bist du jetzt nur noch Sportreporter?«

»Deswegen bin ich jedenfalls in Berlin.«

»Und ich hatte gedacht, es interessiert dich, schmutzige Machenschaften aufzudecken, den Mächtigen auf die Finger zu klopfen, war das nicht mal so?«

»Kannst du mir vielleicht mal verraten, worum es geht?«

»Worum wohl? Die Ermordung von Walter Morgan. Der Mord, den die Nazis vertuschen wollen, warum hast du darüber nichts geschrieben? Hat die deutsche Reichsregierung auch die ausländische Presse in der Hand?«

»Ich kann nur über Dinge schreiben, von denen ich auch weiß. Und von diesem Mister Morgan höre ich gerade zum ersten Mal.«

Charly stutzte. »Dann hast du keinen Anruf von seiner Witwe erhalten?«

»Ich habe einige Damenanrufe erhalten, aber Witwe war meines Wissens keine.«

»Olympia Morgan. Sie hat einen Brief für dich.«

»Einen derart aparten Namen hätte ich mir gemerkt.«

»Also nein.«

»Nein, eine Olympia Morgan war nie bei mir und hat mich auch nie angerufen.«

»Seltsam«, meinte Charly. »Wir sollten uns treffen. Am besten heute noch.«

»Schwierig. Heute ist der letzte Tag der Olympiade, ich muss den ganzen Tag …« Er stockte. »Weißt du was, Charly? Was hältst du davon, mit mir ins Stadion zu fahren? Auf der Pressetribüne können wir in Ruhe reden.«

Charly hätte sich Schöneres vorstellen können, als den Sonntag im Olympiastadion zu verbringen, aber sie willigte ein. Weinert, ganz der Kavalier alter Schule, holte sie sogar in der Carmerstraße ab.

Sein Škoda hatte das Steuer rechts, und sie wäre beinahe an der falschen Seite eingestiegen.

Weinert lachte. »In der Tschechoslowakei haben wir Linksverkehr«, erklärte er und öffnete die Beifahrertür.

Dieser banale Satz erinnerte Charly schmerzhaft an ihre gescheiterte Ausreise nach Prag. Sie setzte sich. Auf der Fahrt ins Stadion schilderte sie Weinert in knappen Worten die Vergiftung Walter Morgans und deren Vertuschung durch die deutschen Behörden. Ohne Gereons Rolle in diesem Fall zu erwähnen. Ohne überhaupt von Gereon zu erzählen, und schon gar nicht, dass er von seinem alten Arbeitgeber für tot gehalten wurde.

Weinert fragte dasselbe wie Greta. »Und warum willst du dieses arme Mädchen anschwärzen? Was meinst du, was die Nazis mit ihr machen?«

»Marie Niemann existiert nicht mehr. Die hat jetzt einen anderen Namen und lebt nicht mehr in Deutschland.«

Er schaute sie an und grinste vielsagend. »Verstehe.«

»Es geht mir auch nicht darum, das Mädchen anzuschwärzen, die war nur die nützliche Idiotin für andere. Es geht darum, dass die deutschen Behörden mit allen Mitteln versuchen, unangenehme Wahrheiten von ihren Propagandaspielen fernzuhalten.«

»Und das willst du mit Hilfe einer empörten Witwe aufdecken.«

»Olympia Morgan selbst hat Arbeiter ihrer Fabrik verdächtigt, hinter dem Tod ihres Mannes zu stecken. Und dieser Brief beweist es. Umso unverständlicher, dass sie damit nicht zu dir gekommen ist. Ich habe ihr sogar deine Karte zukommen lassen, damit sie weiß, an wen sie sich wenden soll.« Sie zuckte die Achseln. »Weil ich dachte, du würdest so eine Geschichte schreiben.«

»Mit Freuden würde ich das, Charly.« Weinert schaute sich um, als säßen außer ihnen noch andere Leute im Auto. »Die Verlogenheit der Nazis geht mir auf die Nerven, seit ich wieder in Berlin bin. In den Stürmerkästen hängen jetzt Sportnachrichten. Oder sie sind ganz abgeschraubt. Und plötzlich ist es Juden auch nicht mehr verboten, bestimmte Parkbänke oder Grünanlagen zu benutzen. Alles nur Augenwischerei. Und die Zeitungen lassen sich einspannen. Wenn ich daran denke, dass das alles mal meine Kollegen waren.«

»Das sind doch immer noch deine Kollegen.«

»Wie man's nimmt. Ich schreibe fürs Prager Tagblatt und nicht für die Nazi-Verlautbarungsorgane und biedermeierlichen Kitschblätter, die man in Deutschland neuerdings Zeitung zu nennen beliebt.«

Er hatte sich richtiggehend in Rage geredet.

Sie waren am Reichssportfeld angekommen. Weinert musste nicht lange nach einem Parkplatz suchen, für Journalisten gab es reservierte Stellplätze. Und auch keine langen Wartezeiten am Eingang. Weinert stellte Charly als seine Praktikantin vor, und der Blick des Kontrolleurs ließ vermuten, dass sie nicht die erste Dame war, die auf diese Weise ins Stadion gelangte.

Die Pressetribüne befand sich direkt über der Ehrenloge, in der, auch am letzten Tag der Spiele, Adolf Hitler Platz genommen hatte. Charly konnte genau auf seinen Hinterkopf sehen. Was, wenn sie eine Pistole besäße? Sie erschrak über den Hass, den sie plötzlich spürte. Machte sie sich gerade wirklich Gedanken darüber, wie es wäre, zur politischen Attentäterin zu werden?

In mehreren Reihen saßen Journalisten aller Herren Länder hinter Tischen, auf denen einige sogar Schreibmaschinen stehen hatten, in die sie ihre Berichte direkt hineintippten. Weinert hatte nur ein paar Notizblöcke vor sich liegen. Und gespitzte Bleistifte.

Auf dem Fußballfeld war ein Parcours aufgebaut; das Olympiastadion war am letzten Wettkampftag ganz dem Springreiten gewidmet. Diesem Sport hatte Charly noch nie etwas abgewinnen können. Berthold Weinert offensichtlich auch nicht. Er machte sich am Rande immer wieder ein paar Notizen, aber großes Interesse zeigte er nicht.

»Musst du nicht aufpassen?«, fragte Charly.

»Da sind ein paar deutsche Offiziere, die in Feldgrau auf ihren Pferden sitzen und sowieso alle Medaillen abräumen werden. Ist eher langweilig. Das Witzigste ist noch, dass das Pferd von Oberleutnant Hasse Tora heißt. Vielleicht sollte ich mal nachforschen, ob es sich um ein jüdisches Pferd handelt, das die deutsche Equipe zum Sieg führt.«

»Und die tschechischen Reiter?«

»Bures, Procházka und Dobes? Wenn die dran sind, pass ich ein bisschen mehr auf. Aber die werden nix gewinnen. Dreimal Gold, fünfmal Silber, das ist mehr, als unsere bescheidene Republik von diesen Spielen erwartet hat. Das reicht.« Er zeigte ihr seinen Notizblock. »Ich habe aber noch jede Menge Papier. Vielleicht solltest du mich mal mit deiner Geschichte füttern. Diesmal zum Mitschreiben.«

Und Charly erzählte ihm das Ganze noch einmal, diesmal in allen Einzelheiten. Und mit gedämpfter Stimme, damit Weinerts Kollegen rechts und links nicht mithörten. Am Ende wusste Weinert alles, was sie über den Tod von Walter Morgan herausgefunden hatte.

»Das hört sich nach einer interessanten Geschichte an«, sagte er.

»Dann wirst du sie schreiben?«

»So gerne ich das würde, Charly, aber ohne die Witwe Morgan und ihre Beweise kann ich das nicht.«

»Dann glaubst du mir nicht?«

»Natürlich glaube ich dir. Aber ich kann nicht aufgrund einer einzigen Informantin, die ich nicht mal beim Namen nennen darf ...«

»Gott behüte.«

»... ich kann nicht allein auf Basis deiner Aussagen derart brisante Behauptungen in die Welt setzen: Deutsche Polizei vertuscht einen Mord.«

»Du kannst dich ja mal erkundigen, ob Apotheker Lorenz von der Immanuel-Apotheke eine Anzeige wegen des Diebstahls von Digitalispräparaten gestellt hat. Vielleicht hat die Polizei Marie Niemann schon unter Verdacht.«

»Das mag sein. Aber wenn die Dinge sich so verhalten, wie du sagst, und alles unter den Teppich gekehrt werden soll, werden sie das wohl kaum einem ausländischen Pressevertreter auf die Nase binden. Dann wird das genauso vertuscht wie alles andere auch.«

Charly spürte, wie die aufkeimende Hoffnung von der näherkommenden Enttäuschung aufgefressen zu werden drohte, wie ein Gänseblümchen von einer gefräßigen Kuh. Sie wollte es nicht wahrhaben.

»Wahrscheinlich hast du recht«, sagte sie schließlich, »die werden erst was tun, wenn sie müssen. Wenn die Sache öffentlich ist.« Sie schaute Weinert an. »Wenn du sie geschrieben hast.«

»Da scheint sich die Katze irgendwie in den Schwanz zu beißen, findest du nicht?«

Das war der Moment, in dem das Gänseblümchen gerupft

wurde. Eine Weile verfolgten Charlys Augen das Springreiten, ohne dass sie wirklich hinsah. Das konnte nicht sein, irgendwie müsste Weinert doch dazu gebracht werden können, die Geschichte trotzdem zu schreiben. Auch ohne Gewährszeugen. Sie war doch wahr.

Während sie versuchte, ihre Enttäuschung zu überwinden, schaute sie gedankenverloren auf die Hinterköpfe der Ehrentribüne. Alles Männer. Typisch. Gerade als sie das noch dachte, betrat eine Frau die Tribüne. Die auf den ersten Blick gar nicht auffiel, weil sie ebenfalls, wie die Männer neben ihr, Schwarz trug. Wie die meisten Männer auf der Ehrentribüne, wenn sie nicht Feldgrau trugen oder Weiß wie Hermann Göring. Der war mit Abstand der größte Paradiesvogel in der Loge, nicht aber die schlanke unscheinbare Frau in dem eleganten schwarzen Kleid. Die sich jetzt ihren Platz ein paar Reihen hinter Hitler inmitten der olympischen Delegation der Amerikaner suchte.

Wenn man vom Teufel sprach …

Charly stieß Weinert, der gerade tatsächlich mal etwas notierte, in die Seite.

»Da ist sie«, sagte sie zu ihm.

»Wie? Wer?«

»Die Witwe Morgan! Sie nimmt gerade auf der Ehrentribüne Platz. Da, drei Reihen hinter Hitler, bei den Amerikanern, direkt hinter Avery Brundage.«

»Und?«

»Na, vielleicht sollte ich euch miteinander bekannt machen.«

106

Sie waren zu früh eingetroffen, die Reiterspiele liefen immer noch. Wenn sie sich für etwas nicht interessierte, dann waren es Pferde. Anders als Walter, der es mit zunehmendem Reichtum fast schon als seine Pflicht betrachtet hatte, einen eigenen Pferdehof zu erwerben und reiten zu lernen. Ein jüdischer Parvenü auf einem Rassehengst, was für ein lächerlicher Anblick! Und vor allem: was für ein überflüssiger, kostspieliger Mist! Den Verkauf des Hofes hatte sie schon in die Wege geleitet, bevor sie nach Europa aufgebrochen war.

Es gab so vieles zu regeln, es wurde Zeit, dass sie die Heimreise antrat; es wurde Zeit, Walters klägliche Überreste zu bestatten; es wurde Zeit, ein neues Leben anzufangen. Ohne einen geltungssüchtigen, unfähigen Mann an ihrer Seite. Der nicht einmal Dankbarkeit zeigte. Der vor aller Welt den erfolgreichen Geschäftsmann spielte, obwohl er eigentlich nur ein Versager war, der das Glück gehabt hatte, die richtige Frau geheiratet zu haben.

Ohne Olympia Morgan, geborene Dimopoulou, hätte die Morgan Canning Company nie die rasante Entwicklung genommen, die sie in den letzten Jahrzehnten, selbst in den Jahren nach dem Börsenkrach, genommen hatte. Ohne sie hätte Walter die Klitsche, die er von seinen Eltern geerbt hatte, doch längst an die Wand gefahren.

Weil ihm jeglicher wirtschaftliche Sachverstand fehlte. Weil er viel zu nachgiebig war, seinen Arbeitern gegenüber ebenso wie gegenüber seinen Geschäftspartnern. Die Streiks der letzten Jahre hätten ihnen das Genick gebrochen, hätte sie nicht mit harter Hand durchgegriffen. Zum Glück kannte sie Leute in Chicago, mit denen man auch auf dieser Ebene Geschäfte machen konnte. Eine Allianz, die sich für beide Seiten lohnte.

Walter hätte dafür viel zu viel Skrupel gehabt. Das hatte er ja schon bewiesen, mit dem Theater, das er veranstaltete, als er dahintergekommen war, mit wem seine Frau paktiert hatte, um den Streik im Hauptwerk zu brechen und diesen Dreckskommunisten das Maul zu stopfen. Vor allem dem vorlauten Deutschen, den sie für immer hatten ruhigstellen müssen. Ein kleiner fingierter Unfall im *meat grinder*. Der zart besaitete Walter hatte sich schockiert gezeigt, hatte ihr eine Szene gemacht, hatte ihr sogar gedroht, sich mit seinem Wissen an die Polizei zu wenden. Aber was wusste er schon?

Als er seine Drohung wahrmachte, hatte er zum Beispiel nicht gewusst, dass auch das Chicago Police Department mit dem Outfit zusammenarbeitete. Walter hatte eigentlich nie verstanden, wie Chicago funktionierte. Als detective White bei ihr anrief und ihr mitteilte, wer bei ihm gewesen sei und was er erzählt habe über den Tod von Karl Landers, da war klar, dass es so nicht weitergehen konnte. Walter Morgan war zum Risiko für seine eigene Firma, seine eigene Familie, ja, seine eigene Stadt geworden.

Zur Erleichterung aller war er dann erst einmal nach Berlin abgereist. Tony Accardo hatte ihr bis zum Ende der Olympiade Zeit gegeben, das Problem mit ihrem Mann zu lösen, andernfalls würde der Outfit sich darum kümmern. Dazu musste es glücklicherweise nicht mehr kommen.

Das war das wichtigste.

Immer noch trug sie den Brief in der Tasche, den ihr diese Frau vor drei Tagen gegeben hatte. Sie wusste einfach nicht, was sie damit anfangen sollte, ob er ihr mehr nützen oder schaden konnte; darüber hatte sie sich die ganzen letzten Tage den Kopf zerbrochen.

Avery warf ihr einen missgünstigen Blick zu. Weil sie erst zur Abschlussfeier erschienen war und nicht zu den letzten Wettkämpfen? Weil sie die einzige Frau in der amerikanischen Funktionärsriege war? Oder weil sie sich mit Eleanor so gut verstand, die ihm während der ganzen Spiele die Show gestohlen hatte? Hätte er sie besser mal nicht aus dem Team geworfen, dann hätten die Staaten eine Goldmedaille mehr gewonnen. Aber so weit dachte er nicht. Was wollte man von einem Nichtschwimmer auch erwarten?

107

Charly hatte sofort losstürmen wollen, als sie Olympia Morgan entdeckte, doch Weinert hatte sie zurückgehalten. »Niemand gelangt ohne Einladung auf die Ehrentribüne. Nach der Abschlussfeier können wir die Frau immer noch abpassen.«

Und so hatte Charly geduldig ausgeharrt.

Sie hatte mit dem Schlimmsten gerechnet, aber zum Glück war es nach der letzten Siegerehrung, bei der drei uniformierte deutsche Soldaten auf dem Treppchen standen, ziemlich schnell gegangen, deutlich zügiger als bei der Eröffnungsfeier. Kurz nach

Sonnenuntergang hatte es begonnen, die Fahnenträger aller neunundvierzig teilnehmenden Nationen waren ins Stadionrund marschiert und hatten auf der Aschenbahn vor der Ehrentribüne einen kleinen Fahnenwald gepflanzt, die Hakenkreuzfahne direkt neben dem Sternenbanner der Amerikaner. IOC-Präsident Coubertin sprach einige wenige Worte, Hitler diesmal zum Glück gar keine, und dann wurde auch schon die olympische Flagge eingeholt, während das olympische Feuer in der Schale am Marathontor immer kleiner wurde und langsam verlosch.

Dann schallte, ohne dass gerade irgendwer am Mikrofon der Ehrenloge stand, eine weihevolle Stimme über die Lautsprecheranlage und verkündete mit großem Pathos: »Ich rufe die Jugend der Welt nach Tokio.«

Alle Besucher des Olympiastadions waren aufgestanden und reckten den rechten Arm zum Deutschen Gruß, wohl um den erhabenen Augenblick noch erhabener zu machen, selbst einige Journalisten auf der Pressetribüne, und Charly konnte es kaum ertragen.

Zig Flakscheinwerfer, in regelmäßigen Abständen im ganzen Stadionrund plaziert, flammten auf, perfekt synchron, und strahlten senkrecht in den Nachthimmel. Als könne dort oben jederzeit eine feindliche Bomberflotte auftauchen.

»Lichtdom nennen sie das«, flüsterte Weinert ihr zu, »das hat Albert Speer sich ausgedacht.«

»Ach? Der, der den Nazis auch immer die Maifeiern dekoriert?«

Weinert grinste. Ihre Formulierung schien ihm zu gefallen.

»Der Dekorateur. Genau. Der neue Liebling eures Führers. Baut auch am Reichsparteitagsgelände herum.«

»Wenn's ihm Spaß macht«, sagte Charly, die immer ungeduldiger wurde. »Lass uns gehen. Nicht dass wir sie noch verpassen.«

Weinert nickte und packte Blöcke und Stifte in seine Tasche.

Während sie die Pressetribüne verließen, pfiffen die ersten Feuerwerkskörper durch die Nacht und explodierten. Nun hörte es sich auch an wie Krieg. Das waren die Gedanken, die Charly kamen, sie konnte sich nicht helfen. Scheinwerfer, helle Blitze, Knall und Pulverdampf.

Sie warteten unten am Ausgang der Ehrentribüne, der von martialisch aussehenden SS-Männern bewacht wurde. Hitlers Begleitschutz, vermutete Charly. Weinert hatte recht, sie wären niemals zur Witwe Morgan vorgedrungen.

Auch Olympia Morgan schien dem Pomp der Abschlussfeier nicht viel abgewinnen zu können, ebensowenig dem Feuerwerk, sie gehörte zu den ersten, die die Ehrenloge verließen.

»Misses Morgan?«

Charly hatte sie entdeckt und ging ihr entgegen, Weinert folgte ihr.

Die Witwe blieb stehen und schaute sie irritiert an.

»Yes?«

»Misses Morgan, I have to talk to you, I ...«

»Kennen wir uns?«

»Oh, Sie sprechen Deutsch! Mein Name ist Rath, Charlotte Rath, ich ...«

Bevor Charly den Satz zu Ende bringen konnte, setzte sich Olympia Morgan wieder in Bewegung. Charly versuchte Schritt zu halten.

»Misses Morgan, ich wollte Sie nur fragen, ob Sie vor drei Tagen Besuch von einer jungen Frau hatten, die ...«

»Was wollen Sie von mir? Ick habe es eilig.«

»Sie haben vor drei Tagen einen Brief erhalten, der beweist, dass Arbeiter aus der Firma Ihres Mannes ein deutsches Mädchen dazu angestiftet haben, Ihren Mann ...«

Olympia Morgan machte keinerlei Anstalten stehenzubleiben.

»Wir haben Ihnen auch die Adresse eines Journalisten zukommen lassen, der nicht dem Einfluss des deutschen Propagandaministeriums untersteht ...«

»Yes?«

»Nun, ich habe ihn mitgebracht, er würde Ihre Geschichte gerne kennenlernen und über den Mord an Ihrem Mann schreiben.«

Olympia Morgan verlangsamte ihre Schritte um keinen Deut, Charly hatte eher das Gefühl, sie sei noch schneller geworden. Sie schaute sich um. Weinert hatte es aufgegeben mitzuhalten; er folgte ihnen zwar immer noch, aber gemessenen Schritts, es schien ihm wohl zu albern zu sein, einer Informantin, die gar keine sein wollte, hinterherzuhetzen. Charly war es nicht zu albern, sie wollte wissen, was da los war. Warum war es der Witwe lästig, auf die Todesumstände ihres Mannes angesprochen zu werden? Sie merkte, wie sie sich immer mehr aufregte über diese Frau, die sie dazu nötigte, ihr wie eine fanatische Autogrammjägerin hinterherzulaufen.

»Ich weiß, dass ich ihm diese Geschichte auch direkt hätte erzählen können«, fuhr sie fort, »aber ich wollte Sie nicht übergehen, Sie sollten doch nicht aus der Zeitung erfahren, dass Ihr Mann ermordet wurde.«

Olympia Morgan blieb so abrupt stehen, dass Charly beinahe das Gleichgewicht verloren hätte.

»Misses Rath«, zischte sie, »Sie sollten besser nickt erzählen irgendwelche Geschichten über mick und meine Mann. Kein Mensch wird sie glauben.«

»Was für Geschichten«, sagte Charly und hielt dem wütenden Blick der Witwe stand, »ich möchte doch nur …«

Und dann, während sie in diese Augen blickte, in dieses Gesicht voller Wut und Entschlossenheit, verstand sie mit einem Mal, was da los war.

»*Sie* waren es«, sagte sie. »*Sie* haben den Brief an Marie Niemann selbst geschrieben. Sie wollten, dass Ihr Mann getötet wird, Sie haben die Trauer dieses Mädchens schamlos ausgenutzt. Sie haben das alles zu verantworten!«

»Wie ick sage: Niemand wird Ihnen glauben diese Geschichte. Aber die SS wird sick sehr interessieren für Sie, Misses Rath, wenn ick gebe Mister Tornow eine Hinweis. Also überlegen Sie besser, was Sie tun.«

Mit diesen Worten stiefelte sie aus dem Stadion hinaus in die Dunkelheit des Reichssportfeldes. Charly blieb stehen, völlig perplex, außerstande, sich auch nur einen Millimeter zu rühren. Und während sie der schwarzen Gestalt nachschaute, bis sie in der Menschenmenge verschwunden war, hatte Berthold Weinert sie endlich eingeholt.

»Na«, sagte er, »das sah ja nicht gerade aus, als sei Misses Morgan wild darauf gewesen, mit mir zu sprechen.«

108

Im Stadion war es bereits erloschen, aber hier brannte es noch, das olympische Feuer, auf dem kleinen Altar, dem von Flaggen eingerahmten marmornen Sockel, den die Deutschen vor dem Stadtschloss errichtet hatten. Ein beliebtes Fotomotiv bei den Touristen, doch nun war es kurz vor Mitternacht und kaum ein Mensch unterwegs. Und im Schloss waren alle Fenster dunkel, dort wohnte niemand mehr.

Sie hatte den Fahrer anhalten lassen, als sie die Flamme gesehen hatte, und war ausgestiegen. Ein kleiner Spaziergang, allein und ohne Begleitung, würde ihr gut tun.

Rath hieß die Lady also, die hinter dem Brief stand. Das erklärte einiges. Das musste die Frau dieses detective sein, der in Walters Todesfall ermittelt hatte. Warum hatte er ihr vor einer Woche, als sie ihn gesprochen hatte, nichts von dem Brief erzählt, warum kam stattdessen seine Frau? Wollten diese *fucking krauts* sie erpressen?

Der Name Tornow hatte Misses Rath erschreckt, das hatte sie gesehen. Die würde den Mund halten.

Was wusste die auch schon? Wusste sie, dass Walter ein Versager war? Ein fucking Nichtschwimmer? Der drohte, alles, was Olympia Morgan aufgebaut hatte, wieder zu vernichten? Sie hatte sich doch nur das genommen, was ihr zustand.

Nach dem Gespräch mit detective Rath hatte sie ja sogar eine Weile wirklich geglaubt, das Schicksal habe ihr die Arbeit abgenommen, und der anonyme Brief, den sie an Landers' Braut geschickt hatte, sei völlig überflüssig gewesen, bis diese Frau vor drei Tagen in ihrem Hotel erschienen war. Da erst war ihr klar geworden, dass sie den Brief nicht umsonst geschrieben hatte. Dass die Kommunistenbraut selbst zur Mörderin geworden war.

Mehr konnte sie nicht erwarten. Walters Tod auch noch den Unruhestiftern in ihrem Betrieb in die Schuhe zu schieben, das hatte die deutsche Polizei leider verhindert, aber sonst war ihr Plan doch prima aufgegangen. Der Outfit würde nicht in Aktion treten müssen, das war die Hauptsache.

Sie hatte nicht damit gerechnet, dass es in Berlin ähnlich zuging wie in Chicago. Während die Polizei in Chicago in der Hand des Outfit war, so war sie in Berlin in der Hand der SS. Dieser Obersturmbannführer und sein detective hatten sie eiskalt belogen. Tornow und Rath, diese Namen hatte sie sich eingeprägt. Olympia Morgan ließ sich nur ungern an der Nase herumführen.

Nachdenklich schaute sie in das olympische Feuer.

Die Olympiade war vorbei, in knapp zwei Wochen wäre sie wieder in Chicago. Dann würde sie sich um die faulen Äpfel in der Belegschaft der *canning factory* kümmern, das würde sie doch besser dem Outfit überlassen als der Polizei.

Sie holte den Brief aus ihrer Manteltasche, ebenso die unbeholfene Übersetzung dieser Misses Rath und deren sorgfältig aufgelistete Hinweise darauf, dass Landers' Braut als Apothekenhelferin und später in der Hotelküche des *Esplanade* gearbeitet habe, sie nahm all das und knüllte es zusammen mit dem Kuvert zu einem dicken papiernen Klumpen. Sie zögerte nur kurz, dann warf sie das Knäuel in die Flammen.

109

Über der Stadt lag so etwas wie Katerstimmung. Die olympischen Flaggen wurden eingeholt, ebenso die der teilnehmenden Nationen, nur die Hakenkreuzfahnen blieben hängen. Die Straßen waren merklich leerer, weniger Autos, weniger Fußgänger, weniger Festtagsstimmung. Der Alltag war zurückgekehrt nach Berlin.

Im roten Blechkasten am Savignyplatz hing wieder eine aktuelle Ausgabe des *Stürmer*. Und davor stand eine Traube Passanten. Charly mochte gar nicht hinsehen. Der Wahlspruch des Hetzblattes, den man während der Olympiade überklebt hatte, war wieder freigelegt: *Die Juden sind unser Unglück.*

Charly überquerte den Platz und ging die Kantstraße hinunter, wie sie es all die Wochen, Monate, Jahre getan hatte. Doch war es eben nicht wie all die Wochen, Monate, Jahre. Es war ein seltsames Gefühl, allein in der Carmerstraße zu sitzen, allein zu Bett zu gehen, allein aufzuwachen und allein zu frühstücken. Sie hätte nicht gedacht, Gereon Rath jemals so zu vermissen.

Sie wusste nicht, wie sie damit umgehen sollte. Nicht zu wissen, wann sie ihn wiedersehen würde. Ob sie ihn überhaupt wiedersehen würde. Immer noch fühlte sie sich seltsam leer nach den Ereignissen der letzten Tage. Selten zuvor war ihr die Vergeblichkeit menschlichen Strebens so deutlich vor Augen geführt geworden. Sie fühlte sich wie Sisyphos, der gerade am Gipfel angekommen war und dem Stein hinterherschaute.

Olympia Morgan saß schon im *Fliegenden Hamburger*, um in den nächsten Tagen die Überfahrt zurück in die Staaten anzutreten, Berthold Weinert hatte sich gestern Abend noch nach Prag verabschiedet. Er würde nichts schreiben, die Witwe, die ein unglückliches Mädchen zum Mord an ihrem Mann angestiftet hatte, konnte unbehelligt zurück in die Heimat reisen. Und die deutschen Behörden, die mehrere Morde unter den Teppich gekehrt hatten, konnten der Welt weiterhin eine friedliche, erfolgreiche Olympiade ohne jegliche Zwischenfälle vorgaukeln, die beste Werbung für das neue Deutschland, die die Regierung Hitler sich wünschen konnte. Wären die Olympiatouristen und die Journalisten aus aller Welt doch nur ein paar Tage länger geblieben. Hätten ein wenig genauer hingeschaut. Und nicht alles geglaubt, was Goebbels' Propagandisten ihnen erzählt hatten. Hätte, hätte.

Sie fragte sich, was aus dem Jungen geworden sein mochte. Er war nicht am Bahnhof erschienen, hatte sich also entschieden zu bleiben. War eben ein Berliner. Würde er sich durchschlagen können, gesucht von Jugendamt und Gestapo gleichermaßen? Um die Geheime Staatspolizei machte sie sich da tatsächlich weniger Sorgen, die würde nicht ewig nach einem Jungen fahnden, der Hitler beleidigt hatte, das konnte auch ein Wilhelm Rademann nicht bewirken. Mehr Sorgen machte sie sich um das Jugendamt, das war beim Aufspüren von Straßenkindern unermüdlich und würde erst Ruhe geben, wenn Fritz Thormann die Großjährigkeit erreicht hatte.

Ob Herbert Ehlers inzwischen draußen war? Greta hatte sich ja sehr optimistisch gezeigt, dass ihr SS-Klaus das schon richten werde. Hoffentlich hatte der wirklich so viel Einfluss, wie Greta glaubte.

Den tschechoslowakischen Reisepass von Erika Michalek mit ihrem Konterfei trug sie immer noch in ihrer Handtasche. Ob sie den jemals nutzen würde? Oder ihn einer anderen Frau zugutekommen lassen sollte, einer, die ihn nötiger hatte? Ein neues Foto, ein neuer falscher Stempel, und schon wäre wieder jemandem geholfen. Dasselbe konnte man mit dem Pass von Helmut Michalek machen, den sie in Gereons kleinem Koffer gefunden hatte. Auch der lag nun in ihrer Handtasche. Diese kleinen Fetzen Papier konnten Leben retten. Und das war es, was sie wollte: Leben retten. Was zum Teufel sollte sie sonst tun?

Sie hatte das Haus erreicht. Die Hakenkreuzfahne an der Fassade wirkte auf sie wie eine Tarnung. Weil sie doch wusste, was hinter der Fassade geschah.

Detektivbüro W. Böhm, stand auf dem Messingschild. *Private Ermittlungen aller Art.*

Es kam ihr ein wenig unwirklich vor. Eigentlich hätte sie dieses Schild so bald nicht wiedersehen sollen. Jedenfalls nicht an einem Haus, vor dem eine Hakenkreuzfahne hing.

Charly zögerte einen kleinen Moment, dann ging sie hinein und stieg die Treppe empor. Klopfte an die Bürotür.

Wilhelm Böhm saß an seinem Schreibtisch und schaute überrascht auf, als sie eintrat und ihren Mantel an die Garderobe hängte.

»Charly«, sagte er. »Was machen Sie denn hier? Ich dachte, Sie sind längst in …«

Er brach den Satz ab, als sei es gefährlich, das Wort *Prag* auch nur auszusprechen.

»Was ich hier mache?« Sie setzte sich an ihren Schreibtisch. »Ich melde mich zur Arbeit. Es gibt genug zu tun, meinen Sie nicht?«

Epilog

Montag, 3. Mai 1937

Es war überwältigend, ein anderes Wort fand er einfach nicht. Einige Male schon hatte er die schimmernde Schönheit am Himmel gesehen, und auch da hatte sie ihn beeindruckt, doch nun, wo er sie, fest vertäut und nur von den Landemasten am Boden gehalten, aus der Nähe sah, blieb ihm für einen Moment die Luft weg. Und nicht nur ihm schien es so zu ergehen, alle Menschen, die mit ihm aus dem Bus stiegen, der gerade eben vor der großen Halle des Flug- und Luftschiffhafens Frankfurt gleich neben der Reichsautobahn gehalten hatte, richteten ihre Blicke unwillkürlich nach oben, auf den riesigen Koloss, auf dessen dünne grausilberne Haut, die in der Abendsonne schimmerte. Die olympischen Ringe prangten nicht mehr dort, er sah nur die großen schwarzen Buchstaben am Heck: D-LZ129. Den Namen am Bug konnte er nicht erkennen, der entzog sich seinem Blick, aber er wusste ja, was dort stand, rot und in Fraktur: *Hindenburg.*

Das größte Luftschiff der Welt, und er würde in wenigen Minuten an Bord gehen. Hätte er sich auch niemals träumen lassen. Die beiden Treppen, die ins Innere führten, waren bereits ausgeklappt, die ersten Passagiere auf dem Weg nach oben. Nie hätte er gedacht, sich jemals eine der teuren Karten für eine Transatlantikfahrt mit der *Hindenburg* leisten zu können. Und streng genommen konnte er es ja auch nicht. Die Dame an seiner Seite hatte die Passage bezahlt. Irina Jawlenka stand auf ihrem Ticket, auf seinem der Name Hartmut Oswald.

Er fühlte sich nicht ganz wohl in seiner Haut, und auch die Frau neben ihm wirkte nervös. Die Passkontrolle hatten sie zwar hinter sich, aber bei der Einschiffung im Frankfurter Hof vor wenigen Stunden hatte der Offizier ihre beiden Reisepässe einbehalten. »Wir halten unterwegs alle Ausweispapiere in Verwahrung, Herr Oswald, Frau Jawlenka«, hatte er gesagt. »Bei der Ankunft in

Lakehurst erhalten Sie die Dokumente zurück.« Es war ein komisches Gefühl, den Pass aus der Hand geben zu müssen. Obwohl er gefälscht war. Weil er gefälscht war. Eine Irina Jawlenka gab es gar nicht. Und Hartmut Oswald war tot.

»Ich wünsche eine gute Reise, Herr Oswald, Frau Jawlenka«, hatte der Mann gesagt und sie mit einem Tippen an seine Uniformmütze passieren lassen.

Dann hatte man ihr Gepäck und ihre Taschen durchsucht, da war die Zeppelin-Reederei sehr gründlich. Ihre Feuerzeuge hatten sie abgeben müssen, auch die erhalte man in Lakehurst zurück. Sonst hatten sie nichts gefunden. Das Geld war ins Futter ihres Mantels eingenäht und zu einem weitaus größeren Teil im doppelten Boden ihres Koffers versteckt. Für sie alle beide bedeutete der heutige Tag den endgültigen Abschied von Deutschland.

Er kannte die Frau, an deren Seite und als deren Verlobter er nun die Aluminiumtreppe betrat, nicht sonderlich gut. Vor acht Jahren war er ihr zum ersten Mal begegnet und hatte geglaubt, sie nie wiederzusehen. Dann aber hatte sie vor vier Tagen in seiner Wohnung gestanden. Neben einer Leiche. Und hatte ihn um Hilfe gebeten. Swetlana Gräfin Sorokina.

Acht Monate hatte er unbehelligt in Wiesbaden gelebt, in einer Stadt, in der er sich nie zuhause gefühlt hatte, mit einem Namen, der nie der seine geworden war, und er hatte es in Kauf genommen. Weil er keine andere Wahl gehabt hatte. Weil er nur so sicher war und alle, die er kannte. Weil er als einfacher Lieferwagenfahrer in Wiesbaden niemals Gefahr laufen würde, jemandem aus seinem alten Leben über den Weg zu laufen.

Wie man sich täuschen konnte.

Die Gräfin Sorokina war aus ähnlichen Gründen in derselben Stadt abgetaucht. Und hatte ihn erkannt.

»Kommissar Rath, Sie müssen mir helfen«, hatte sie gesagt. In jener Nacht, in der sie in seiner Wohnung aufgetaucht war. Zusammen mit einer Leiche. Sie werde erpresst. Von jemandem, der ihre wahre Identität kannte und drohte, sie an die Sowjets zu verraten, die sie und vor allem ihr Vermögen seit Jahren suchten. Der Mann, der tot in Raths Sessel saß, habe sie verfolgt. Sie hatte ihn für den Erpresser gehalten und zur Rede gestellt, in einem

Gerangel war er die Treppe hinuntergestürzt und hatte sich den Hals gebrochen.

Was hätte Rath tun sollen? Er hatte ihr geholfen, die Leiche zu beseitigen, ihm blieb nicht anderes übrig. Keiner von ihnen konnte es sich erlauben, die Polizei einzuschalten. Oder überhaupt in irgendeiner Angelegenheit, und sei sie noch so harmlos, mit der Polizei zu tun zu haben.

Die Erpressung jedoch war weitergegangen und Rath hatte geholfen, dem Erpresser eine Falle zu stellen. Keiner von ihnen ahnte, dass der Verlobte der Gräfin, ein SS-Offizier und Mitarbeiter des SD, hinter den Erpresserbriefen steckte. Doch so war es. Hartmut Oswald hatte auch Rath damit gedroht, seine wahre Identität auffliegen zu lassen, doch dazu sollte er nicht mehr kommen. Die Gräfin hatte eiskalt Rache genommen und ihren Liebhaber, mit dem sie eigentlich in die Staaten hatte ausreisen wollen, vor Raths Augen umgebracht. Hatte dessen Gesicht zur Unkenntlichkeit zerschnitten, ihm die Brieftasche und die Tasche mit dem Lösegeld abgenommen und war mit Rath geflohen.

Mit Hilfe eines Passfälschers, den die Sorokina kannte, war Raths Foto in Oswalds Reisepass gelandet. Das mindeste, was sie für ihn tun konnte, fand er, nachdem sie seine über Monate gehütete Geheimidentität hatte auffliegen lassen. Schon der dritte Name, den er binnen acht Monaten trug. Er wusste schon gar nicht mehr, wer er wirklich war, ob es einen Gereon Rath überhaupt noch gab.

Es schien der Gräfin ganz recht zu sein, einen Mann an ihrer Seite zu wissen, auf den sie sich schon einige Male hatte verlassen können. Ob das auch umgekehrt galt, da war er sich nicht so sicher. Sie war eine faszinierende, geheimnisvolle Frau, eine dunkle Schönheit, doch sie war auch eine skrupellose Mörderin, das hatte er mit eigenen Augen gesehen. Eine Frau, die man besser nicht enttäuschte.

Irgendwann im Laufe der jüngsten Ereignisse hatten sie angefangen, sich zu duzen. Was nun, da sie allen ein Paar vorspielten, ohnehin unerlässlich war. Doch nach allem, was Rath mit ihr erlebt hatte, fiel es ihm schwer, so etwas wie Nähe auch nur vorzuspielen.

Gleichwohl bot er ihr hilfreich seine Hand, wie man es von

einem Verlobten erwartete, als sie über die Aluminiumtreppe ins Innere des Luftschiffes stiegen.

Im B-Deck erwartete sie gediegene moderne Eleganz. Eine weitere Treppe führte hinauf ins A-Deck, wo bereits für das Abendessen eingedeckt war. Rath schaute auf die Uhr. Viertel vor acht. Die Sonne stand schon tief am Horizont. Die meisten Passagiere hatten Abendgarderobe angelegt, doch noch saß niemand an den Tischen, alles drängte sich auf dem Deck oberhalb des Speisesaals an den großen Panoramafenstern, die schräg nach unten wiesen, wie die im Berliner Funkturmrestaurant.

Ein Raunen ging durch die Menge, denn nun geriet das Bild dort draußen in Bewegung. Das Luftschiff schob sich langsam aus der großen Halle, dann wurden die Halteseile gekappt, und die vier Motoren sprangen an. Das monotone Brummen war auch an Deck zu hören und hatte etwas Beruhigendes. Sie waren unterwegs. Bald hätten sie Deutschland verlassen, das Land, in dem ihm der Tod drohte, sollte man ihn jemals erkennen.

Es dämmerte bereits, doch die Aussicht, die sich ihnen vom Promenadendeck aus bot, war spektakulär. Unten glitzerte das silberne Band des Mains, dahinter das Häusermeer und die Kirchtürme von Frankfurt. Auf der Reichsautobahn gleich neben dem Luftschiffhafen waren etliche Autofahrer rechts rangefahren, standen neben ihren Fahrzeugen und winkten zum Zeppelin hinauf. Einige Passagiere winkten zurück, während das Luftschiff langsam an Höhe gewann und die Welt dort unten immer kleiner wurde.

Rath und die Gräfin suchten ihren Tisch auf. Sie sprachen nicht viel, sie waren immer noch in Deutschland, und sie waren nervös. Am liebsten hätte er sich eine Zigarette angezündet, doch Rauchen war nur unten im B-Deck in einem entsprechenden Salon gestattet.

Das Abendessen bestand aus fünf Gängen und zog sich in die Länge. Obwohl es vorzüglich war, fehlte Rath der Appetit. Er hielt sich mehr an die Weine, der Alkohol beruhigte ihn ein wenig. Dennoch war er froh, als das Essen beendet war. Ihr schien es ähnlich zu gehen. Inzwischen war es dunkel geworden, und sie gingen nach unten.

Der Rauchsalon und die Bar waren nur über eine Luftschleuse

zu erreichen. Strenge Sicherheitsbestimmungen. Sie fanden einen freien Tisch in der Nähe der Fenster und setzten sich. Rath holte sein Zigarettenetui aus der Jacke und klappte es auf. Sie nahm eine und dankte es ihm mit ihrem Blick. Rath suchte aus alter Gewohnheit in seinen Jackentaschen nach einem Feuerzeug, doch da war keines. Natürlich nicht. Ein Steward hatte die Situation bereits erfasst und ließ sein Feuerzeug klicken. Erst die Dame, dann der Herr, wie es sich gehörte.

Es bestellte einen Cognac für sich und einen Wodka Martini für die Gräfin. Sie rauchten und tranken und schwiegen.

Obwohl vor den Fenstern nicht viel zu sehen war, spürte Rath, dass das Luftschiff an Höhe verlor. Was war da los? Trotz der Dunkelheit konnte er die Biegung eines großen Flusses erkennen, in dem sich das Mondlicht spiegelte, und die allzu bekannte Silhouette zweier Kirchtürme. Markante Zwillingstürme. Der Kölner Dom. Seine Heimatstadt. Sollten sie hier einen Zwischenhalt einlegen? Davon stand nichts in ihren Reiseunterlagen.

Rath spürte, wie er nervös wurde. Hatten sie die Pässe von Hartmut Oswald und Irina Jawlenka inzwischen genauer studiert? Würde seine Reise, die in Frankfurt begonnen hatte, in Köln schon wieder enden? Sie verloren weiter an Höhe, schwebten in geringer Höhe über die Häuserdächer Richtung Westen.

Ein Steward kam mit ihren Getränken.

»Was ist denn los?«, fragte Rath und versuchte, scherzhaft zu klingen, »landen wir schon wieder? Das sieht mir aber nicht nach New York aus.«

»Nein, der Herr. Das ist Köln. Wir werfen über dem Flughafen nur ein paar Postsäcke ab, dann geht es Richtung Nordsee und ohne weiteren Halt bis Lakehurst.«

»Butzweilerhof«, sagte Rath und hätte sich im selben Moment auf die Zunge beißen können. Hartmut Oswald war kein Kölner. Er hätte solche Dinge nicht wissen dürfen. Doch der Steward schien sich nicht zu wundern, er nickte nur anerkennend und entfernte sich wieder.

Verdammt, du siehst Gespenster, dachte Rath. Gewöhn dich an den Gedanken, dass du Deutschland bald hinter dir gelassen hast. Und bei diesem Gedanken wurde ihm, trotz aller Erleichterung, die damit verbunden war, schwer ums Herz. Er würde nicht zurückkehren können. Er würde den Kölner Dom, würde seine Heimatstadt nie wiedersehen. Er würde Charly niemals wiedersehen. Er würde niemanden jemals wiedersehen. Der Gedanke daran zerriss ihm das Herz.

Er zog tief an seiner Zigarette. Ein Dutzend *Overstolz* ungefähr hatte er noch, auch das würden die letzten sein, die er jemals rauchte, in den Staaten, da war er sich sicher, gab es diese Marke nicht, da würde er anderes rauchen müssen. *Camel* zum Beispiel, wie Abraham Goldstein.

Die Gräfin hob ihr Glas und lächelte ihn an. Eine Seltenheit, sie lächeln zu sehen, umso mehr berührte es ihn.

»Wir haben es geschafft«, sagte sie mit ihrer dunklen, warmen Stimme. »In zwei Tagen sind wir in Amerika.«

Sie saßen noch lange im Rauchersalon, sie hatten beide keine Eile, in ihre spartanisch ausgestatteten schmalen Kabinen zu kommen, in denen ein Etagenbett auf sie wartete. Und die Getränke waren gut.

Sie saßen einfach da und schauten aus dem Fenster, wo immer mal wieder ein Licht aufleuchtete oder der Silberstreif eines Flusslaufes zu erkennen war. Und dann waren sie plötzlich über dem Meer. Der abnehmende Mond stand direkt über dem Horizont und schien dort zu versinken. Seine Strahlen zauberten ein unwirkliches Glitzern auf die Wellen der Nordsee. Der Ozean würde sie nun die nächsten zwei Tage begleiten. Wenn sie das nächste Mal Land sähen, dann wäre das Amerika. Die neue Welt. Ein neues Leben.

Er versuchte, nicht an Charly zu denken, sondern daran, dass nun vielleicht doch alles gut werden würde. Vielleicht sogar mit seinem verkorksten Leben. Ein neuer Anfang in einem neuen Leben – wieviele Menschen hatten schon diese Chance.

Das eintönige Brummen der Motoren beruhigte ihn. Vielleicht war es auch der Alkohol. Er drückte seine letzte Zigarette aus und erhob sich.

»Gute Nacht«, sagte er. Sie nickte nur.

Er ging nach oben und betrat die enge Kabine, wusch sich und zog sich aus. Er nahm das obere Bett, weil er dachte, dass Kavaliere das so machten, und deckte sich zu. Kaum hatte er die Augen geschlossen, war er eingeschlafen.

Irgendetwas machte ihn wieder wach. Im ersten Moment wusste er nicht, wo er sich befand, es war stockdunkel. Das Bett wackelte und quietschte leicht, jemand stieg nach oben. Er war zu verschlafen, um Panik empfinden zu können, und dann roch er ihr Parfum.

Es war die Gräfin. Sie trug ihr Nachthemd. Sie kroch zu ihm unter die Decke und schmiegte sich an ihn. Sie fühlte sich gut an. Und obwohl er es nicht wollte, obwohl er sich nicht enger an diese geheimnisvolle, angsteinflößende Frau binden wollte, als er dies sowieso schon getan hatte, spürte er seine Erregung wachsen, spürte noch viel mehr den Wunsch, sie zu umarmen. Und so hielten sie sich aneinander fest, zwei Menschen, denen sonst niemand mehr geblieben war.

Addendum

Donnerstag, 6. Mai 1937

It's burst into flames ... It's burst into flames and it's falling,
it's crashing. Watch it! Watch it, folks! Get out of the way,
get out of the way. Get this, Charlie, get this, Charlie!
It's cra... and it's crashing, it's crashing, terrible. Oh, my!
Get out of the way, please! It is burning, bursting into flames and ...
... and it's falling on the mooring mast and all the folks agree
this is terrible, this is one of the worst catastrophes in the world!
Oh, four or five hundred feet into the sky, it's a terrific crash,
ladies and gentlemen. There's smoke and there's flames now
and the frame is crashing to the ground, not quite to the mooring mast.
Oh, the humanity and all the passengers, screaming around me!

RADIOREPORTER HERBERT MORRISON
6. MAI 1937, 18:25 UHR, LAKEHURST, NEW JERSEY

Charlottenburg
Wilmersdorf
Tiergarten
Moabit
Sport-Plätze
Post-Stadion
Kleiner Tiergarten
Schloß Bellevue
Park Bellevue
Großer Stern
Charlottenburger
Techn. Hochsch.
Zoolog. Garten
Zoolog. Grt.
Savigny Pl.
Budapester
Kurfürsten
Uhlandstr.
Nürnberger Pl.
Wittenbergpl.
Nollendorfpl.
Viktoria Luise Pl.
Bayerischer Pl.
Fehrbelliner Pl.
Hohenzollerndamm
Hindenburg
Innsbrucker Pl.
Schöneberg
Kaiser Allee
Joachimsthaler
Grunewald
Spree
Landwehr
Robert Koch Krkhs
Stadtpark
Kaiser Pl.
Sachsendamm